アメリカ映画史入門

責任編集
杉野 健太郎

副編集
大地 真介

執筆
相原 直美
相原 優子
碓井 みちこ
大勝 裕史
小野 智恵
河原 大輔
川村 亜樹
川本 徹
小原 文衛
高野 泰志
中村 善雄
仁井田 千絵
長谷川 功一
ハーン小路恭子
藤田 修平

監修
日本映画学会

SANSHUSHA

はじめに

　19世紀末に映画というメディウム＝ミディアム（medium）が誕生してからゆうに1世紀を超え、映画が専用映画館で上映され、テレビで放映され、ビデオやDVDで視聴されるようになり、文化の中で大きな地位を占めるようになって久しい。また、20世紀末から21世紀にかけて、デジタル化、インターネット配信など、様々な時代の変化を映画が経験してからかなりの時間が経過した。

　アメリカでは1960年代には映画学は積極的に高等教育に取り入れられはじめ、大学の学術的制度再編成に多大な影響を与えた。その後、アメリカおよびイギリス等を含む英語圏の映画研究は大きな成果を上げつづけている。自ら『アメリカ映画の文化史　映画がつくったアメリカ』(1975) で高名な文化史家ロバート・スクラー (1936-2011) が回顧しているように、1970年代以降、映画史研究の試みも継続して行われている。

　さてこなた、日本の国立大学でも1990年代に入ってようやく映画学で博士号が取得できる制度が実現したと加藤幹郎 (1957-2020) が書いているように、日本でも映画の学術的研究が本格的に始まって30年以上の時間が経過した。こういった状況下にあって、われわれは、アメリカ映画研究の基盤を作るためには主に大学生向けの概説書が必要だと考えるに至った。本邦初のアメリカ映画史の本格的概説書となる本書は、日本でアメリカ映画研究あるいは学習を志す人のために書かれた。時代概説を通読し、映画監督や映画の項目を読み、実際に映画を見て自らお考えいただきたい。このように読者のガイドあるいは水先案内となれば、われわれのささやかな願いは叶えられたことになる。アメリカ映画の理解をともに推進していければ、幸甚の至りである。

著者一同

本書について

第Ⅰ部　アメリカ映画の歴史

　時代の映画史の概説とともに、その時代に登場した監督および映画を映画史的意義とともに紹介している。監督は生年順に、映画は公開順に並べてある。

　映画は言うまでもなく多くの人々によって製作されるが、やや監督中心主義的になっていることは否めない。20世紀前半の大スターに関しては巻末資料「アメリカのスクリーンレジェンド」を参照していただきたい。

　そのほかの出演俳優、脚本家、撮影監督、プロデューサー、美術監督、編集者、作曲家、衣装デザイナー、メイキャップアーティスト、ヘアスタイリスト、映画ビジネス界などの著名な人物は、The American Film Institute: Desk Reference（2002）にリストがあるので参照していただきたい。

第Ⅱ部　アメリカ映画研究の主要テーマと研究方法

　アメリカ映画研究の主要テーマと研究方法を解説しているので、研究の参考にしていただきたい。

巻末資料

　巻末資料には、「レポート・卒論の書き方」などの案内や諸資料が収録されている。研究の参考にしていただければ幸いである。

- ・映画に付された年号は、原則としてアメリカでの一般公開年である。
- ・アステリスク（＊）がついた人名および映画タイトルは、本書で立項されていることを示す。
- ・固有名詞の日本語表記は映画製作会社日本法人等が用いている表記を使用することを原則とした。

アメリカ映画史入門 │ 目次

はじめに
本書について

第 I 部　アメリカ映画の歴史

1　映画の誕生とサイレント時代のアメリカ映画　1895−1927　8

映画の誕生とエジソン ／ 映画産業の成長とスタジオ・システムの形成 ／
サイレント時代に活躍した監督たち ／ スターダム、スキャンダル、業界の自主規制 ／
サイレント喜劇の黄金時代

監督　エドウィン・S・ポーター ／ D・W・グリフィス ／ セシル・B・デミル ／ トーマス・H・インス ／
ロバート・フラハティ ／ エリッヒ・フォン・シュトロハイム ／ F・W・ムルナウ ／
ジョセフ・フォン・スタンバーグ ／ チャールズ・チャップリン

映画　『國民の創生』／『シヴィリゼーション』／『キートンの探偵学入門』／『サンライズ』

2　トーキーの誕生から第二次世界大戦期　1927−1948　38

トーキーの到来 ／ 検閲と映画製作倫理規定 ／ 映画スタジオ、ジャンル、監督、スター ／
ハリウッドと戦争 ／ フィルム・ノワール

監督　ラオール・ウォルシュ ／ マイケル・カーティス ／ ジェームズ・ホエール ／ フリッツ・ラング ／
エルンスト・ルビッチ ／ キング・ヴィダー ／ ジョン・フォード ／ ハワード・ホークス ／
ウィリアム・A・ウェルマン ／ フランク・キャプラ ／ ドロシー・アーズナー ／ ダグラス・サーク ／
プレストン・スタージェス ／ ジョージ・キューカー ／ ロバート・シオドマク ／ ウィリアム・ワイラー ／
ヴィンセント・ミネリ ／ ジャック・ターナー ／ ビリー・ワイルダー ／ オーソン・ウェルズ

映画　『ワイルド・パーティー』／『暗黒街の顔役』／『フリークス』／『ゴールド・ディガーズ』／
『或る夜の出来事』／『モダン・タイムス』／『風と共に去りぬ』／『駅馬車』／『オズの魔法使』／
『ヒズ・ガール・フライデー』／『市民ケーン』／『キャット・ピープル』／『カサブランカ』／
『深夜の告白』／『ミルドレッド・ピアース』／『我等の生涯の最良の年』

3　第二次世界大戦後のハリウッド　1948−1960　102

映画界の凋落 ／ パラマウント判決と赤狩り ／ 郊外化、テレビ、映画 ／
戦後のハリウッドのジャンルと作家 ／ ハリウッドのリアリズムと新演技法

監督　アルフレッド・ヒッチコック ／ オットー・プレミンジャー ／ アンソニー・マン ／ エリア・カザン ／
ニコラス・レイ ／ サミュエル・フラー ／ ドン・シーゲル ／ アイダ・ルピノ

映画　『雨に唄えば』／『波止場』／『理由なき反抗』／『捜索者』／『ボディ・スナッチャー／恐怖の街』／
『サイコ』

4 ハリウッドの変革期 1960–1967 132

産業構造の変化が決定的に ／ 映画製作倫理規定への抵抗 ／
『バージニア・ウルフなんかこわくない』と『欲望』／
1967年のニュー・ハリウッド（New Hollywood）の始まり ／ 映画会社のコングロマリット化

監督 ロバート・アルドリッチ ／ シドニー・ルメット

映画 『荒馬と女』／『ウエスト・サイド物語』／『アルゴ探検隊の大冒険』

5 ニュー・ハリウッド 1967–1980 148

映画製作倫理規定からレイティング・システムへ ／
ハリウッドの復興とアクション・ブロックバスターの成功 ／ ベトナム戦争とアメリカへの懐疑 ／
ノスタルジアとアウタースペース ／ フェミニズムとマスキュリニティ ／ セクシュアリティとエロス ／
シドニー・ポワチエ、ブラックスプロイテーション、LAリベリオン ／ ウェスタン、コメディ、ホラー ／
インディペンデント、アヴァンギャルド、ドキュメンタリー

監督 アーサー・ペン ／ ロバート・アルトマン ／ サム・ペキンパー ／ ロジャー・コーマン ／
スタンリー・キューブリック ／ ジョン・カサヴェテス ／ フレデリック・ワイズマン ／
ロマン・ポランスキー ／ ウィリアム・フリードキン ／ ウディ・アレン ／ ステファニー・ロスマン ／
フランシス・フォード・コッポラ ／ マーティン・スコセッシ ／ テレンス・マリック ／
ジョージ・ルーカス ／ スティーブン・スピルバーグ

映画 『俺たちに明日はない』／『2001年宇宙の旅』／『ナイト・オブ・ザ・リビングデッド』／
『ワイルドバンチ』／『イージー・ライダー』／『明日に向って撃て！』／『スウィート・スウィートバック』／
『ゴッドファーザー』／『チャイナタウン』／『ナッシュビル』／『タクシードライバー』／
『キラー・オブ・シープ』／『スター・ウォーズ』／『地獄の黙示録』

6 ニュー・ニュー・ハリウッド 1980–2000 204

レーガノミクスとメディア寡占 ／ 製作と配給──ブロックバスター映画と製作費の高騰 ／
上映──スクリーンの増加と縦の系列の復活 ／ 付属マーケットの成長 ／ 商業化するインディペンデント ／
インディペンデント映画に接近するメジャー・スタジオ ／ グローバル化 ／ ジャンルの動向

監督 クリント・イーストウッド ／ リドリー・スコット ／ デヴィッド・クローネンバーグ ／
マイケル・マン ／ デイヴィッド・リンチ ／ オリバー・ストーン ／ ガス・ヴァン・サント ／
ジュリー・ダッシュ ／ ジム・ジャームッシュ ／ ジェームズ・キャメロン ／ アン・リー ／
マイケル・ムーア ／ コーエン兄弟 ／ スパイク・リー ／ ティム・バートン ／ ピーター・ジャクソン ／
デヴィッド・フィンチャー ／ スティーヴン・ソダーバーグ ／ クエンティン・タランティーノ

映画 『ブレードランナー』／『ブルーベルベット』／『ドゥ・ザ・ライト・シング』／『テルマ＆ルイーズ』／
『自由への旅立ち』／『パルプ・フィクション』／『デッドマン』／『セブン』／『マトリックス』／
『トラフィック』

7 21世紀のアメリカ映画　2001－　264

ハリウッドの再編 ／ アメリカ映画市場の成長性、販売戦略 ／ デジタル化、DVD、動画配信 ／
アニメーション ／ マーベル・シネマティック・ユニバース（MCU）／
#OscarSoWhite、#MeToo、Academy Aperture 2025 ／ 21世紀の監督と作品

監督　キャスリン・ビグロー ／ ミーラー・ナーイル ／ トッド・ヘインズ ／
アレハンドロ・ゴンサレス・イニャリトゥ ／ ウェス・アンダーソン ／ ポール・トーマス・アンダーソン ／
クリストファー・ノーラン ／ ソフィア・コッポラ

映画　『エデンより彼方に』／『ロスト・イン・トランスレーション』／『Mr.インクレディブル』／
『ブロークバック・マウンテン』／『ハート・ロッカー』／『アバター』／『ラ・ラ・ランド』／
『ダンケルク』／『ゲット・アウト』／『ジョーカー』

第II部　アメリカ映画研究の主要テーマと研究方法

階級　302 ／ 人種・エスニシティ　306 ／ ジェンダー　310 ／ セクシュアリティ　314 ／
宗教　318 ／ 家族　322 ／ 戦争　326 ／ スター　330 ／ メディアとしての映画　334 ／
映画の語り　338 ／ ジャンル　342 ／ ドキュメンタリー映画　346 ／ アニメーション　350 ／
アダプテーション　354

巻末資料

・レポート・卒論の書き方　360

・アメリカ合衆国基礎データ ／ アメリカ映画史年表 ／ アメリカ大統領一覧 ／ 映画ランキング ／
　アカデミー賞作品賞 歴代受賞作品 ／ 歴代アメリカ映画 興行収入トップ50 ／ アメリカの映画館 ／
　テレビ所有率・ケーブルテレビ加入率 ／ アメリカのスクリーンレジェンド ／ ASLの年代推移

・映画製作倫理規定　400

・さらに学びたい人のための文献資料案内　405

・映画用語集　415

索引（人名・作品名）　432
執筆者一覧　462

第 1 部

アメリカ映画の歴史

1

映画の誕生とサイレント時代のアメリカ映画
1895 － 1927

　アメリカで映画の興行が始まり、その産業基盤が確立されていったのは、1890年代から1920年代にかけてである。この時期は、アメリカが農業国から工業国へと転換し、第一次世界大戦（1914-18）を経て世界一の経済大国へと飛躍、大量生産された安価な製品を大量に消費する大衆消費社会が形成された時期であった。特に20年代の好景気は「狂乱の20年代（the Roaring Twenties）」と呼ばれ、アメリカは未曽有の経済的繁栄を謳歌した。チャールズ・リンドバーグがプロペラ機で大西洋の単独無着陸飛行を成し遂げ、アメリカじゅうを熱狂させたのもこのころである。この繁栄は1929年10月の株価暴落によって大恐慌が始まるまで続いた。

　この時期には社会の諸相でも大きな変化が起こった。都市化の進展、広告・新聞・雑誌などのメディアの成長、ラジオ放送の開始、電灯・蓄音機・電話などの電化製品の普及、ジャズの流行、性道徳の解放などである。フォード社のモデルTが1908年に発売されて自動車の大衆化も始まった。また、経済発展に取り残された農民や労働者たちによる大規模なストライキがたびたび行われたり、フェミニズム思想の高まりを受けて女性参政権が1920年に認められたりもした。

　こうした時代の享楽的・進歩的な志向に対しては、伝統的な価値観を守る動きも強まった。それは、反共思想（赤狩り）の高まり、1920年の禁酒法施行、アングロ＝サクソン系以外の移民の排除を意図した1924年の移民法の成立、高校で進化論を教えた教員が訴えられて有罪となった、1925年のスコープス裁判（モンキー裁判）、黒人やユダヤ人などを敵視する白人至上主義の集団KKK（クー・クラックス・クラン）の台頭などの形で現れていた。

　このように貧富の格差や社会的分断などの問題を抱えつつも、多くの国民が経済的繁栄を享受していた時代に映画は誕生し、大衆娯楽の代表として成長していった。この時代の映画はまだ白黒・サイレント（無声）であり、場内での音楽演奏を伴っていた（最初のトーキー映画の登場は1927年である）。それでは、この時代の映画を概観しよう。

映画の誕生とエジソン

　映画の歴史は1895年12月28日、フランスで始まった。オーギュスト・リュミエール（Auguste Marie Louis Lumière, 1862-1954）とルイ・リュミエール（Louis Jean Lumière, 1864-1948）の兄弟がパリにあったレストランを借りて、自分たちの開発した映写機シネマトグラフ（Cinématographe）の有料上映会を開催、世界で初めて活動写真がスクリーンに投影されたのである。世界最初の映画としてよく取り上げられる「工場の出口」（"La Sortie de l'usine Lumière à Lyon"）は、このときに上映された。

　映画は、視覚をめぐる技術の発展を経て発明された。ロウソクなどを光源として、ガラススライド上の図画などをレンズで投影するマジック・ランタンが17世紀に発明され、大衆娯楽としてヨーロッパで広まると、19世紀中期に回転おもちゃと結びついて、イメージを連続的に投影できるゾエトロープなどの器具へと展開していった。これと並行して、写真も19世紀前半にフランスで発明され、大衆向けのカメラが開発されると19世紀後半には急速に普及していった。こうした視覚技術の発展の延長線上に、連続撮影した写真を連続投影する技術としての映画が誕生したのである。

　映画はアメリカでも、蓄音機や白熱電球の開発者として有名なトーマス・エジソン（Thomas Alva Edison, 1847-1931）によってほぼ同時期に発明されている。彼は映写機の原理の着想を二人の発明家との接触から得ていた。一人がイギリス生まれの写真家・企業家のエドワード・マイブリッジ（Eadweard Muybridge, 1830-1904）である。マイブリッジは1878年、鉄道王リーランド・スタンフォードの依頼で、疾走中の馬の4本の脚が同時に地面から離れているかどうかを確かめるために行った、一列に並べた12台のカメラによる連続撮影の実験で知られていた。エジソンはこのマイブリッジから過去の連続写真を購入し、そのセルロイド版を使って動きを再現する器械の研究を始めた。もう一人がフランスのエティエンヌ＝ジュール・マレー（Etienne-Jules Marey, 1830-1904）である。マレーは1882年、鳥の飛翔の動きの撮影・研究のために、1秒間に12コマ撮影できるショットガン形の連続撮影カメラを開発していた。エジソンはマレーと1889年にパリで会い、ロール型のフィルムによる動くイメージの再現という着想を得た。

　こうしてエジソンは、自社の技術者ウィリアム・K・L・ディクソン（William Kennedy Laurie Dickson, 1860-1935）と共同で映写機の研究に着手、工夫を重ねて、帯状フィルムに等間隔の穴（パーフォレーション）を開けて、それに歯車（スプロケット）の歯をひっかけ、フィルムを一定速度で滑らかにレンズの前を通過させる仕組みを考案し、それを組み込んだ撮影機・映写機の開発に成功した。そしてこの原理に基づいて、小型の箱をのぞいて短編

映画を見るキネトスコープ（Kinetoscope）を開発した。特許を申請したのは1891年である。1894年には、客が25セントを払って一列に並んだ5台ののぞき箱を順に、立ったままのぞいていくキネトスコープ・パーラーの営業がニューヨークで始まった。この新種の視覚的娯楽は話題を呼び、全国の大都市に次々にパーラーが開業していった。観客は、演芸、スポーツ、ダンス、西部開拓などに題材を取った1分程度のフィルムを楽しんだ。同年10月にはパリでも開業している。

　このように映画の基本的原理は、リュミエール兄弟の映画初上映よりも早くエジソンによって開発されていた。ただ、一般向け興行としてスクリーンにフィルムを投影するという形態を「映画」と考えれば、その歴史はリュミエール兄弟から始まったことになる。アメリカ初のスクリーンへの映画の投影は、1896年4月、キネトスコープを改良したヴァイタスコープ（Vitascope）を使ってブロードウェイの劇場で行われ、短編フィルムがオーケストラの演奏付きで上映された。アメリカにおける映画の誕生である。

映画産業の成長とスタジオ・システムの形成

　スクリーンにフィルムを投影する映画の誕生によって、キネトスコープ・パーラーはほどなく衰退し、代わって小さな映画館の営業が都市の繁華街で始まり、1900年代後半に急増した。短編フィルムを一日じゅう上映し、5セント（ニッケル硬貨）でいつでも入場できることからニッケルオデオン（Nickelodeon）の名で親しまれ、1908年にはニューヨークだけでも約600のニッケルオデオンがあった。

　ニッケルオデオンの興隆を支えたのは、主に移民からなる都会の労働者たちだった。1880年代までのいわゆる旧移民に対して、20世紀初頭からの東欧・南欧からの新移民は、旧移民とは異なる言語・宗教・風俗習慣を持ち、職業能力・教育程度も高くなかったため、多くが都市部の非熟練労働者になった。1910年のニューヨークでは人口の41パーセント、シカゴでは36パーセントが外国生まれだった。都市の工場で半日近くも働く移民労働者たちは、日々の労働のつらさから逃避できる安価で手軽な娯楽として、英語があまりわからなくても楽しめる短編映画を求めたのである。

　エジソンはこの新たな大衆娯楽メディアを支配しようと、ライバル会社のアメリカン・ミュートスコープ・カンパニー（改名後にバイオグラフ社と通称）や、シカゴ、フィラデルフィアなどにある映画製作・配給会社を、特許を武器に抱き込んで、10社からなるMPPC（Motion Picture Patent Company）を1908年に結成した。このザ・トラスト（MPPCの別称）は映画の製作・配給・上映、それに生フィルムの供給を管理することで、

映画産業の独占を図った。しかし、ほかの独立系の映画会社は結束して対抗し、1リール（約15分）の短編製作主体のザ・トラストに対して、数リールの長めの劇映画（物語映画）を製作することによって、観客の関心を引きつけることに成功して優位に立った。そして、1915年、ザ・トラストに対してシャーマン反トラスト法違反の判決が出るに及んで、その力は決定的に弱体化した。

このザ・トラストに対抗したグループから、アメリカ映画を世界的な産業へと成長させる人物たちが出てきた。カール・レムリ（後にユニバーサルを創立）、ウィリアム・フォックス（20世紀フォックス）、アドルフ・ズーカー（パラマウント）、マーカス・ロー（MGM）、ワーナー兄弟（ワーナー・ブラザース）である。全員がヨーロッパから移民してきたユダヤ人かその子息で、東海岸の都市部で映画興行ビジネスで成功した後に、映画製作に参入した。彼らは、ザ・トラストの支配に挑戦するために、また、増大する作品需要に応えるために、晴天日が多く、海・山・砂漠など多様な撮影場所があることから映画撮影に好都合だった西海岸に製作機能を移しはじめた。先陣を切ったのはカール・レムリで、1915年、会社の管理機能はニューヨークに残したまま、大きな撮影所を西海岸に建設した。20年代に入るとほかの映画会社もこの動きに追随して、映画の都ハリウッドが形成されはじめた。

映画は好景気の1920年代に一大産業へと成長したが、この映画の繁栄を支えたのが、同時代に形成されたスタジオ・システムである。このシステムでは、製作・配給・興行の三部門が統合・系列化され、作品を一括して劇場側に上映させるブロック・ブッキングが行われた。また、映画をビジネスとして捉えるウォール街の投資家たちの資金が入り、長編映画を効率よく製作するために製作工程が分割され、専門の各部門が各工程を担当するようになった。この製作方式の標準化は、フォード社の自動車生産に導入されていた流れ作業による生産方法の考えを反映していた。スターの人気に便乗して企画された映画が、乗り物を意味する「ヴィークル（vehicle）」と呼ばれるのは、その点で象徴的であった。また、俳優・監督・製作スタッフを長期の独占契約で雇用して人件費を抑える管理手法も確立された。スタジオ・システムは1940年代まで有効に機能し、映画王国ハリウッドを支えることになる。

サイレント時代に活躍した監督たち

アメリカ映画成長の原動力になった監督のうちで最初に挙げるべきは、エジソンの会社にいたエドウィン・S・ポーター＊である。ポーターは「アメリカ消防士の生活」（"Life of an American Fireman," 1903) で初歩的なクロスカッティングを見せ、「大列車強盗」("The Great Train Robbery," 1903) では、その技法をさらに洗練させながら、場面展開を段階的に進め、話の筋を明確に示すことで映画の持つ物語伝達能力の高さを初めて示した。

この時代のアメリカ映画でもっとも重要な監督がD・W・グリフィス*である。グリフィスはバイオグラフ社で多数の短編映画を撮ることで、クロースアップ、クロスカッティング、視点ショットなどのテクニックを、物語を効果的に語る手法として統合的に使用することを学んでいき、1915年にアメリカ初の長編劇『國民の創生』*を監督した。南北戦争とその後の南部再建の混乱に翻弄される、北部と南部の家族の運命を描いた映画である。演出・表現技法のレベルの高さと、人種差別的な黒人描写とのあいだで公開時から評価が割れたが、中・上流階級も観客に取り込んで興行的に成功し、映画をひとつの芸術に高め、映画製作の流れを初期の短編映画から長編劇映画（物語映画）の方向へ決定づけたことで、サイレント時代のもっとも重要な作品になった。

グリフィスに並ぶ活躍を見せたほかの監督・プロデューサーに、セシル・B・デミル*とトーマス・H・インス*がいる。デミルはメロドラマ『チート』(The Cheat, 1915) で成功、第一次世界大戦後の享楽的な志向が強まった時代には、誘惑・浮気をテーマに取り上げた映画をヒットさせ、その後もスペクタクル性の高い作品を撮りつづけて、パラマウント社成長の原動力になった。インスは良質の西部劇を量産した映画人で、プロデューサーとして脚本どおりの撮影を監督に要求し、製作過程も部門別に区分して流れ作業のように製作を進めることで、作品の質と量を確保した。ウィリアム・S・ハート (William Surrey Hart, 1864-1946) はインスの西部劇から生まれたスターだった。

第一次世界大戦中に映画製作が中断されたヨーロッパに代わって、世界の映画産業の中心になったハリウッドには、ヨーロッパの才能ある監督たちも集まってきた。オーストリア生まれのエリッヒ・フォン・シュトロハイム*は20世紀初めにアメリカに移住、俳優・助監督などをした後、『アルプス嵐』(Blind Husbands, 1919) を監督、それまでのアメリカ映画では見られなかった凝った衣裳やセット、緻密な心理描写などが注目を集めた。代表作には『愚なる妻』(Foolish Wives, 1922) や『グリード』(Greed, 1924) がある。オーストリアからの亡命貴族を装っていたことでも知られていた。

『吸血鬼ノスフェラトゥ』(The Nosferatu, 1922) と『最後の人』(The Last Laugh, 1924) の成功ですでに国際的に著名だったドイツのF・W・ムルナウ*は、1927年にフォックス社に招かれて渡米、『サンライズ』*を撮った。田舎に住む既婚の男性が都会の女性に誘惑されるという内容の作品で、移動撮影や多重露光などを効果的に使った表現主義的なスタイルに

よって、芸術的完成度の高い傑作となった。ムルナウは1931年に42歳の若さで自動車事故で他界したため、アメリカではわずか4本の作品しか残すことができなかった。

　そのムルナウの遺作となった、南太平洋を舞台とする『タブウ』(Tabu, 1931) を共同監督したのが、ドキュメンタリー映画監督のロバート・フラハティ＊である。フラハティは、イヌイット（エスキモー）の生活を撮った『極北のナヌーク』(Nanook of the North, 1922) で成功を収め、その後に、W・S・ヴァン・ダイク (Woodbridge Strong Van Dyke, 1889-1943) とともに『南海の白影』(White Shadows in the South Seas, 1928) を、ムルナウとともに『タブウ』を共同監督したが、途中で彼らとの折り合いが悪くなって製作から離脱した。その後、イギリスの離島での漁師の生活を描いた『アラン』(Man of Aran, 1934) で再び脚光を浴びた。

　ヨーロッパで高い評価を受けていたスウェーデンのマウリッツ・スティッレル (Mauritz Stiller, 1883-1928) は、1925年にMGMと契約、演劇学校の生徒から映画女優に育て上げたグレタ・ガルボを伴って渡米したが、大きな裁量権をもって演出できたヨーロッパとは異なって、スタジオ・システムの製作体制に馴染むことができずに経営陣と何度も衝突、わずか2本の映画を完成させただけで、失意のうちに帰国した（監督を途中降板させられたものがほかに2本ある）。他方、ガルボは神秘的な微笑をたたえた情熱的な女性を演じて、ハリウッドでの主演1作目から脚光を浴び、スターダムへと登りつめていった。スティッレルが監督を降ろされた映画『罪の街』(The Street of Sin, 1928) は、オーストリア出身のジョゼフ・フォン・スタンバーグ＊によって完成された（クレジット表記はなし）。スティッレルがガルボを連れてきたように、スタンバーグはマレーネ・ディートリヒ（ドイツ出身）をハリウッドでデビューさせた。スティッレルよりもうまく立ち回ることができたスタンバーグは、彼女の主演で6本を監督、アメリカ映画史に確かな足跡を残した。

　多数の女性監督が活躍したのも、創成期のハリウッドの特徴である（監督に限らず、多くの職種が女性に開かれていて、特に脚本の分野では才能を発揮した女性が多かった）。その先駆者となったのが世界初の女性映画監督アリス・ギイ (Alice Guy-Blaché, 1873-1968) である。1873年にパリ郊外で生まれたギイは、フランスの映画会社ゴーモン社に秘書として入社、リュミエール兄弟の映画に刺激されて、短編映画を撮った。1907年に同社の社員だった夫の転勤に伴ってニューヨークに移住、1910年には独立系の映画製作会社ソラックス社を設立して、1920年までに数多くの映画を監督した（56本が現存するとされる）。彼女の作品で著名なのが「アメリカ国民を作る」("Making an American Citizen," 1912) であり、ロシアから移民してきたばかりの夫婦を主人公に、暴力的な夫がアメリカでの生活を通して、紳士的なふるまいを身につける様子が描かれている。アリス・ギイに続いた女性

1　映画の誕生とサイレント時代のアメリカ映画　1895－1927

映画監督で重要な人物が、100本を優に超える作品を撮ったロイス・ウェバー（Lois Weber, 1879-1939）であり、アメリカ人女性では初めて長編劇映画も監督している。

スターダム、スキャンダル、業界の自主規制

　映画史初期の慣習では俳優の名前はまだクレジットされていなかったが、特定の俳優がほかの俳優よりも人気があり、集客に貢献する現象が起きていて、特にバイオグラフ社のフローレンス・ローレンスにはファンからの手紙が数多く舞い込んでいた。これに目をつけたカール・レムリは彼女を1909年に引き抜いて俳優の名前で売り出しはじめ、ここにアメリカ映画初のスターが生まれることになった。続けてレムリが呼び寄せたメアリー・ピックフォードは、持ち前の溌剌さと可愛らしい少女役が人気を呼び、彼女の名前だけで観客を呼べる本格的なスター女優になった。人気のある俳優が利益を確保するための重要な要素であることを認識した各映画会社は、スターの積極的な売り出しを始めた。異国的な風貌を持つセダ・バラは、フォックス社によって神秘的な力を持つ「ヴァンプ（妖婦）」のスターに仕立てあげられた。イタリア生まれの元ダンサーで色黒で優雅なルドルフ・ヴァレンチノは女性ファンに人気が高く、『シーク』（*The Sheik*, 1921）や『血と砂』（*Blood and Sand*, 1922）などのヒット作を出した。1926年に31歳で急逝したときには、8万人もの女性ファンが葬儀に押し寄せたと言われる。鍛え上げられた肉体美を誇ったダグラス・フェアバンクスは『ロビン・フッド』（*Robin Hood*, 1922）や『バグダッドの盗賊』（*The Thief of Bagdad*, 1924）などで、快活さ・楽天さを失わずに困難を乗り切るヒーローを演じて、アメリカ人の理想的な男性像を体現した。

　こうしたスターダムの裏面がスキャンダルであった。ハリウッド初の大スキャンダルは、人気の絶頂期にあったコメディアンのロスコー・"ファッティ"・アーバックルが1921年、乱痴気騒ぎのパーティの最中に若手女優を暴行・殺害したと告発された事件であった。のちにアーバックルは裁判で無実になるものの、マスコミが扇情的に書き立てて大衆の憤慨も大きかったため、彼の俳優としてのキャリアは終わった。この事件で悪徳と犯罪の巣窟としてのハリウッドが印象づけられ、宗教団体や社会改革団体などからの非難の声も強くなり、すでに1910年代から起こっていた映画に対する検閲の動きが強くなった。この大衆からの非難と検閲強化の動きに対処するために、映画業界は1922年、業界の自己規制団体であるアメリカ映画製作者配給者協会（MPPDA: Motion Picture Producers and Distributors of America）を組織、トップに前郵政長官のウィル・H・ヘイズ（Will H. Hays, 1879-1954）を招請した。ヘイズはただちに行動を起こして、アーバックル作品の上映

14　　　　　　　　　　　　　　　　　　　　　　　　　　　第Ⅰ部　アメリカ映画の歴史

を中止させ、各州で広がりつつあった検閲の動きを先んじて抑え込むことに成功した。ヘイズは映画業界のイメージ浄化に努めて保守層からの批判をかわし、協会の組織力を強化、「ヘイズ・コード」とも呼ばれた映画製作倫理規定（Production Code）を1930年に作成して、映画の表現内容に強い影響力を及ぼすようになった。

サイレント喜劇の黄金時代

　サイレント期は「スラップ・スティック（ドタバタ）」喜劇が流行した時期であった。このジャンルはマック・セネット（Mack Sennett, 1880-1960）から始まった。グリフィスのもとで映画製作を学んだセネットは、1912年にキーストーン社を設立、300本もの喜劇を世に送り出した。ドタバタ警官隊のキーストーン・コップスや「水着美人（Bathing Beauties）」の作品が人気を呼んだ。同じパターンの繰り返しが多かったが、荒々しいエネルギーにあふれて、異様な速さのテンポで起こるギャグは労働者階級をおおいに楽しませた。

　セネットに続いたチャールズ・チャップリン*、バスター・キートン（Buster Keaton, 1895-1966）、ハロルド・ロイド（Harold Lloyd, 1893-1971）といった個性的な3人のコメディアンの活躍で、サイレント喜劇は黄金時代を迎えた。チャップリンはイギリスのミュージックホールや演劇で培ったパントマイムの演技をアメリカの喜劇界に持ち込み、哀愁感あふれる小さな浮浪者（the Little Tramp）の人物を造形した。貧乏でけちだが、ロマンスと冒険をいつも夢見ていて、警官を手玉に取る俊敏さも持ち合わせているこの浮浪者は、万人に愛される人物になった。短編から長編劇まで、チャップリンの作品は映画史に名を残す傑作ばかりである。

　ヴォードヴィル芸人の両親のもとに生まれたバスター・キートンは、幼少時からステージに上がって身体的なギャグ表現の能力を獲得、成人後に映画界入りして成功した。どんな危機にも表情を変えない「ストーン・フェイス」で知られ、まるで曲芸のようなギャグを数多く披露した。代表作には、キートンが多数の警官に追われる『キートンの警官騒動』（Cops, 1922）、キートンが映画の世界に入り込む『キートンの探偵学入門』*（1924）、蒸気機関車同士の迫力ある追っかけを演出した『キートン将軍』（The General, 1927）がある。

　ハロルド・ロイドは黒ぶち眼鏡の田舎の好青年という、中流階級好みの人物像で人気者になった。代表作『ロイドの要心無用』（Safety Last!, 1923）や『猛進ロイド』（Girl Shy, 1924）に端的に表れているように、純情で恥ずかしがり屋だが、がむしゃらな向上心に燃え、愛する女性のためにはどんな障害も乗り越える活力に満ちた主人公を演じて、好景気に沸く1920年代のアメリカ国民に愛されるコメディアンになった。

（長谷川）

エドウィン・S・ポーター
Edwin Stanton Porter（1870-1941）

——アメリカ映画の創成期に表現技術の革新を進めた監督

　ポーターはアメリカ映画が創成期にあった1900年代、映画の表現技術に新機軸を打ち出して、映画を物語を語るメディアに成長させた監督である。D・W・グリフィス*のように映画の表現技法を体系的に探究したわけではなかったが、初期のアメリカ映画史では、グリフィスと並ぶ重要な監督として位置づけられている。

　14歳で学校をやめて様々な職業を転々とした後、1896年からエジソンが開発した投影機ヴァイタスコープの販売会社で働きはじめ、インドや南米にも出かけて短編フィルムとともに売り歩き、やがて投影機やカメラの開発・製造に乗り出したが、1900年に火災に遭って全財産を失った。この後にエジソン社に技術者として就職、監督兼カメラマンとして働いて、同社のニューヨークのスタジオで製作責任者に就くと、多数のフィルムを送り出した。

　ポーターの作品の多くは、ほかの初期映画同様、見世物の記録や喜劇、それに、アメリカでも人気のあったフランスのジョルジュ・メリエスの映画に触発されたトリック・フィルムであった。その中には、映画でキスを見た男が怒ってスクリーンに飛び込む「ジョシュおじさん映画を見る」（"Uncle Josh at the Moving Picture Show," 1902）、ベストセラー小説を映画化した「アンクル・トムの小屋」（"Uncle Tom's Cabin," 1903）、マンガの映画化で飽食して眠りについた男が夢の中でベッドとともに夜空を飛び回る「レアビット中毒者の夢」（"Dream of a Rarebit Fiend," 1906）などの興味深い作品があり、また、1910年代に入ると、アドルフ・ズーカーの会社で、『ゼンダ城の虜』（The Prisoner of Zenda, 1913）や『モンテ・クリスト伯』（The Count of Monte Cristo, 1913）などの長編映画も撮っている。

　映画史的に重要なポーターの作品が、「アメリカ消防士の生活」（"Life of an American Fireman," 1903）と「大列車強盗」（"The Great Train Robbery," 1903）の2本である。前者は、消防士たちが消防車に乗って火事現場に駆けつけ、二階の寝室に取り残された母親と子どもを救出する約7分のフィルムであり、初期映画が物語映画に移行する最初の段階の映画である。従来の初期映画が固定カメラで目の前の出来事を単純に記録する傾向が強かったのに対し

第Ⅰ部　アメリカ映画の歴史

て、この映画の画期的な点は、消防署内・車両の走行・燃える住宅など、撮影が複数の場所で行われていることと、火災警報器のクロースアップ・寝室の全景・家全体のショットなど、異なったサイズのショットを編集して、物語的な流れを示していることであった。

　「アメリカ消防士の生活」でよく言及されるのが、消防士が2階の部屋から最初に母親、次に子どもを背負って、窓からはしごで降りて救出する場面の編集についてである。このアクションを最初に室内からワンショットで見せ、次に同じアクションを建物の外側からワンショットで二度見せているのだが、これらの映像をクロスカッティングした版が存在したため、この技法のアメリカ初の使用例と考えられていた時期もあったが、別々に見せた編集のほうがオリジナルであったことが現在では判明している。

　「大列車強盗」は強盗団による列車強盗を描いた約12分の映画で、初期のアメリカ映画史ではもっとも重要な作品である。強盗団が列車に乗り込み、輸送中の現金を奪った後、列車を停めて乗客を全員降車させて、金品を巻き上げる。強盗団は馬に乗って林の中を逃げるが、追ってきた保安官と銃撃戦になって捕まる。このような展開が場面ごとに、段階を追って描かれていて、世界で最初の物語映画として位置づけられている。また、強盗の進行、縛られた駅員の救出、（強盗発生の報が届く直前に）保安官たちがホールで躍るダンスの各場面が、別々の場所で同時進行している出来事として編集されている点も画期的であった。「大列車強盗」は、物語を語り、スペクタクルを提示する映画の潜在的な能力を初めて引き出した作品であり、興行的にも成功した。また、その題材の性格から最初の西部劇とも言われる。映画の最後に一味の首領がカメラ（観客）に向けて銃を撃つショットは、この歴史的映画を象徴する映像になっている。このショットは興行主の裁量で映画の最初、あるいは、最初と最後の両方に編集されて公開されることもあった。　　　　（長谷川）

参考文献紹介　日本語文献には、『新映画理論集成①』（フィルムアート社）所収のノエル・バーチ論文「ポーター、あるいは曖昧さ」がある。ポーターの映画的キャリアの概要は、『アメリカ映画の文化史（上）──映画がつくったアメリカ』（講談社学術文庫）で紹介されている。英語文献では、Charles Musser, *Before the Nickelodeon: Edwin S. Porter and the Edison Manufacturing Company*（U of California P）がまとまった研究書である。

1　映画の誕生とサイレント時代のアメリカ映画　1895－1927

D・W・グリフィス
David Wark Griffith(1875-1948)
——アメリカ映画創成期のもっとも偉大な監督

　アメリカ映画の創成期に、物語を語るメディアとしての映画の表現技法を押し広げて芸術の域にまで高め、アメリカのみならず、世界の映画の発展に大きな影響を与えた監督である。

　ケンタッキー州に生まれ、様々な職を経た後、1897年に地元の移動劇団に参加、俳優の経験を積みながら短編小説や戯曲を書いては各地で売り込んでいた。やがて演劇から離れてニューヨークの映画会社に仕事を求め、エジソン社のエドウィン・S・ポーター＊と出会い俳優の仕事を得た。『鷹の巣から救われて』(Rescued from an Eagle's Nest, 1908) では、鷹にさらわれた子どもを崖の巣から救出する父親役で主演し、その後も主に脇役として出演を続けた。

　初監督作品はバイオグラフ社で撮った「ドリーの冒険」("The Adventures of Dollie," 1908) である。ジプシーに誘拐された娘が樽の中に隠されるが、馬車で運ばれる途中に川に落下、流されていった先で釣り人に救出され、無事に父親のもとに帰るという短編であるが、グリフィスがのちに映画表現技法として完成させるクロスカッティングの萌芽が現れた作品である。

　監督としてのグリフィスは旺盛な製作意欲を見せ、1913年までに400本以上の短編を撮った。この過程で、様々な位置やアングルからの撮影、視点ショット、異なるサイズ間のクロスカッティング、クロースアップ、移動ショット、劇的効果を意識した照明など、映画独自の表現手法を開拓していった。これらの技法は単独ではすでに使われていたが、物語を効果的に伝えるために、それらを統合的に使う演出を行ったのである。また、それまでの演劇的な誇張された演技ではなく、抑制の効いた演技を俳優に指導したことも画期的であった。

　グリフィスにとって幸運だったのは、バイオグラフ社でカメラマンのビリー・ビッツァー (Gottfried Wilhelm Bitzer, 1872-1944) に出会ったことである。機械的な工夫の才に恵まれたビッツァーは、グリフィスの劇的な発想を映像化するための撮影方法・技術の開発に才能を発揮したからである。二人の創造的な協力関係はアメリカ映画史上、特筆に値する。

グリフィスはやがて長編劇映画への志向を強めていったため、短編製作に固執するバイオグラフ社の製作方針と対立し、監督名がクレジットされないことへの不満もあって（映画史初期の慣習では会社のロゴだけの表示）、懇意の撮影スタッフ・俳優を引き連れてリライアンス・マジェスティック社に移った。ここで撮ったのがアメリカ映画初の本格的な長編劇映画『國民の創生』*（The Birth of a Nation, 1915）であり、その後の映画製作の流れを長編劇の方向に決定づけた作品である。

　『國民の創生』はトーマス・ディクソン・ジュニアの小説『クランズマン』（The Clansman, 1905）の映画化作品で、南北戦争後の南部を舞台に、解放された黒人の横暴とそれに立ち向かう、白人至上主義グループのKKK（クー・クラックス・クラン）の活躍を描いた、上映3時間を超える大作である。上・中流階級も映画館に呼び込こむことに成功して大ヒットした。それまでに培った表現技法を駆使して叙事詩的なスケールの作品に仕上げ、クライマックスでは黒人たちに脅かされる白人とその救出に向かう乗馬したKKKの疾駆を、クロスカッティングによって交互に見せ、その交替時間を徐々に短くしていき、間一髪で救出に成功させることで、劇的な高まりを演出した。作品の芸術的な達成度は評価される一方、露骨な人種主義描写は多くの批判も浴び、全国的な上映反対運動も引き起こしている。

　次回作の『イントレランス』（Intolerance, 1916）は『國民の創生』をも凌ぐ大作として企画され、自費も投入して製作、3時間半のスペクタクル巨編になったが、「不寛容」を共通テーマに、古代バビロニアから現代アメリカまでの四つの異なる時代の物語が交互に語られる複雑な構成が敬遠され、興行的には失敗した。だが、その構想の壮大さや、洗練された映像編集のテクニックなどは、後世の映画人に大きな影響を与えた。

　その後は野心的な大作からは遠ざかり、もっぱらメロドラマを撮ったが、『散り行く花』（Broken Blossoms, 1919）、『東への道』（Way Down East, 1920）、『嵐の孤児』（Orphans of the Storm, 1921）は、いずれも可憐なリリアン・ギッシュをヒロインにした映画で、彼女の演じる薄幸の少女の運命が観客の感傷に訴えてヒット、映画監督としての健在ぶりを示した。

（長谷川）

参考文献紹介　『リリアン・ギッシュ自伝──映画とグリフィスと私』（筑摩書房）は、グリフィスの演出を間近に見聞した女優の生きた証言である。英語文献では、Richard Schickel, *D.W. Griffith: An American Life*（Limelight Editions）が優れている。

セシル・B・デミル
Cecil Blount DeMille (1881-1959)

――大衆性とキリスト教的道徳を融合させたスペクタクル映画の巨匠

1881年、マサチューセッツ州アッシュフィールド生まれ。舞台俳優だった父ヘンリーは敬虔なキリスト教者であり、聖公会で平信者ながら説教を読む権限を与えられていたほどであった。デミルは、一旦は全寮制兵学校ペンシルベニア・ミリタリー・カレッジ（現在のワイドナー大学）に入学するが中退し、アメリカン・アカデミー・オブ・ドラマティック・アーツ（AADA）で演技を学ぶ。その後、一時期舞台俳優として活躍するが、1913年ごろ、ジェシー・ラスキーとサム・ゴールドフィッシュ（後のサミュエル・ゴールドウィン）らとともに映画集団ジェシー・L・ラスキー・フィーチャー・プレイ・カンパニーを設立し、当時はまだ人口の少ない田舎町であったハリウッドを拠点に、長編映画の製作に携わるようになる。

1914年、ハリウッド初の長編西部劇『スコウ・マン』(*Squaw Man*) を監督して人気を博し、この成功により、パラマウント社設立の礎を築く。その後、早川雪洲が白人上流婦人を悩ます不気味な東洋人として登場する『チート』(*The Cheat*, 1915) を監督し、大ヒットとなる。サイレント時代のデミルは、社会派、西部劇、コメディなど、多種多様なジャンルの映画を撮る一方、徐々に映画製作をひとつの産業として確立させていく。

さらに、デミルは、歴史映画、とりわけ父親ヘンリーの影響もあり、「聖書映画」というハリウッド特有のジャンルを作り上げていく。例えば、『キング・オブ・キングス』(*The King of Kings*, 1927) では、イエス・キリストの生涯を描き、モーゼをめぐる物語を描いた『十誡（十戒）』(*Ten Commandments*) は、サイレント時代の1923年に1本製作し、トーキー時代の1956年にリメイクしている。サイレント版では、現代の若者の視点を加えた二部構成となっているが、リメイク版はモーゼの物語のみを扱っている。両作品とも当初予定していた製作費を大幅に超過して撮られたが、どちらも大ヒットとなる。これらの作品を機にそれまでの金ぴか主義のコメディ映画監督から叙事詩的なスペクタクル映画の巨匠というイメージが定着。1949年、旧約聖書の物語を基とした『サムソンとデリラ』(*Samson & Delila*) を撮り、聖書とエロスを組み合わせた独特の作風で人気を博す。聖書映画のほかに

『暴君ネロ』(The Sign of the Cross, 1932) や『クレオパトラ』(Cleopatra, 1932) などの歴史大作も撮る。

　大勢の人間と動物を使ってサーカスの世界を描いた超大作『世界最大のショウ』(The Greatest Show on Earth, 1952) でアカデミー作品賞を受賞。1952年に永年の映画界への貢献を称える彼の名前を冠する賞も設けられた。往年の大女優の栄光と悲劇を描いたビリー・ワイルダー*監督の『サンセット大通り』(Sunset Boulevard, 1950) では本人自身としてカメオ出演している。1956年のリメイク版『十戒』を最後に、心臓疾患のため77歳で他界。

　デミルは、新しい技術も駆使して映画芸術を進歩させたことでも有名である。『十誡』の紅海が真っ二つに分かれて道ができる有名な場面では、ゼラチンの塊でミニチュアを作って撮影された。なかでも照明の使い方にはこだわりがあり、ラスキーが強いコントラストを好んだのに対し、デミルはよりモダンな柔らかい照明を好んだ。リメイク版『十戒』では、本編が始まる前にデミル本人が作品の紹介役として登場して作品のテーマを述べ、作品の冒頭のナレーションでは映像に声を被せるヴォイスオーヴァーという独特のスタイルを採用している。また、彼の作品の多くが、リーダー的存在がときに宗教的とも言える超越的な力を用いて無秩序な社会に掟、力、秩序を取り戻すプロセスを描いているため、特に20年代以降、それらに「国造り」のテーマを読み取る見方も出てくる。

　監督としては、観客の求める娯楽性とキリスト教的な道徳性のバランスをよく心得ており、サイレント・コメディ映画時代には観客を惹きつけるため入浴場面を使ったことを非難され、自ら設立を手助けしたパラマウント社を辞めざるを得なくなるが、その後、再び呼び戻されている。いかにもアメリカの大衆を知り尽くしたデミルらしいエピソードである。撮影現場でのデミルは、大変厳しく、スタッフに絶対服従を求め、まるで王侯貴族のようであったと言われている。さらに、政治界、経済産業界、ラジオなど、映画界以外の分野でも成功を収めた。

(相原［優］)

参考文献紹介　Scott Eymann, *Empire of Dreams: The Life of Cecil B. DeMille* (Simon & Schuster) から入るとよい。

トーマス・H・インス
Thomas Harper Ince (1880-1924)
―― スタジオ・システムを作った男

1910〜20年代に活躍した映画監督、脚本家、プロデューサー。舞台俳優としてキャリアをスタートさせたが成功せず、1910年からカール・レムリ率いる独立系映画製作会社（IMP）で映画監督を始める。エジソン率いるパテント・カンパニー（MPPC）とのあいだで繰り広げられていた特許戦争を受け、1911年には西海岸のハリウッドに移って「インスヴィル」と呼ばれる映画スタジオを設立した。カリフォルニア州のマリブとサンタモニカのあいだに位置する広大な土地に1910年代を通して拡大していったインスヴィルは、様々な映画の物語設定に対応する多様なセットを兼ね備えた、撮影所のひとつの見本を作った。そこでは雄大な自然を活かした西部劇が多く製作され、彼の映画でカウボーイを演じたウィリアム・S・ハートは、初期の西部劇スターとして知られている。

　トーマス・H・インスのアメリカ映画史におけるもっとも大きな功績は、スタジオ・システムの基礎となる映画製作方式を作ったことである。それ以前の映画製作においては、カメラマンまたは監督が中心となって全体の作業が進められていたが、インスは撮影現場の監督と、脚本（プリプロダクション）、編集（ポストプロダクション）の仕事を分け、全体の工程をプロデューサーが統括する「中央プロデューサー・システム」を始めた。インスはカット割などを詳細に記載した脚本を作り、それを現場の監督に渡して脚本どおりに作るよう指示を出し、撮影後にできたフィルムを自ら編集することで有名であった。この方法は、映画の需要が増えていくなかで、映画を効率的かつ経済的に製作することを可能にし、のちのMGMのアーヴィング・タルバーグや、20世紀フォックスのダリル・F・ザナックといったプロデューサーにも踏襲された。ハリウッドの映画製作における権限が監督ではなく、プロデューサーに置かれるという体制は、まさにインスによって確立されたと言えるだろう。

　監督よりもむしろプロデューサーとして活躍したインスだったが、彼の作品の特徴としては、入念に練られた無駄のないコンティニュイティ脚本によって語られるヒューマン・

ドラマの中に、ロケーション撮影による広大な風景や自然災害をリアリスティックなアトラクションとして加えていることが挙げられる。例えば、桜島の大正大噴火を題材にした『火の海』(The Wraths of the Gods, 1914) では、日本人キャストとして早川雪洲と青木鶴子を起用し、サンタモニカで壮大な火山噴火のシーンの撮影を行っている。また、1916年にレイモンド・B・ウェスト、レジナルド・ベイカーと共同で監督した『シヴィリゼーション』*(Civilization, 1916) は、アメリカが第一次世界大戦に介入する直前に作られた反戦映画のひとつであり、映画が社会に与えた影響の点からも、D・W・グリフィス*の『國民の創生』*(1915) としばしば比較される作品である。

インスは1915年にD・W・グリフィス、マック・セネットとともにトライアングル社を設立し、1919年には独立してトーマス・H・インス社を設立した。しかし1924年、新聞王ウィリアム・ランドルフ・ハーストが主催した豪華客船のクルーズで、招待客の一人として乗船していたインスは心不全を起こして急死する。彼の死をめぐっては、同乗していたハーストの愛人マリオン・デイヴィスとチャールズ・チャップリン*の仲を疑ったハーストが、間違ってインスを撃ち殺したというゴシップがその後世間を騒がし、ハリウッドのスキャンダルのひとつとして記憶されることになった（このゴシップを題材にしたフィクション映画として、ピーター・ボグダノヴィッチ (Peter Bogdanovich, 1939-2022) 監督の『ブロンドと棺の謎』[The Cat's Meow, 2001] がある）。

現在では監督作品よりも急死をめぐるスキャンダルのほうで名前が出てくることも多いインスだが、プロデューサー・システムをはじめ、西部劇のジャンルや映画スタジオの設立、当時アメリカで人気のあった日本や日本人をテーマにした映画の製作など、インスがハリウッド映画産業の草創期に果たした役割は極めて大きい。　　　　　　　　　(仁井田)

参考文献紹介　本格的なアメリカ映画史の書籍として戦前に出版されたLewis Jacobs, *The Rise of the American Film: A Critical History* (Harcourt) では、インスが個性的なスタイルを持つ監督の一人として取り上げられている。また、伝記としては、Brian Taves, *Thomas Ince: Hollywood's Independent Pioneer* (UP of Kentucky) がある。

ロバート・フラハティ
Robert Flaherty (1884-1951)
――ドキュメンタリーというジャンルを切り拓いた先駆者

　父が経営する鉱山のあったミシガン州アイロン・マウンテン生まれ。ほとんど正規の教育を受けることなく、探検家・探鉱者として人生を歩みはじめたフラハティが映画の世界に足を踏み入れたのは、カナダの鉄道王ウィリアム・マッケンジーのもとで、カナダ北東部ハドソン湾周辺の探検と鉱物資源調査を行ったことがきっかけである。1913年の遠征時に映画用カメラを持参し、イヌイット族の映画を撮りはじめたが、編集中にたばこの火の不始末でネガを焼失してしまう。再び映画を作るための資金集めに奔走し、第一次世界大戦の混乱も収まった1920年、フランスの毛皮会社から資金提供を受け、撮影／照明／現像／投影用機材一式を持ち込み、現地のイヌイット族の人たちをスタッフとして雇って16か月現地に滞在した。こうして作り上げた長編映画が『極北のナヌーク』(Nanook of the North, 1922) であり、フランスのパテ社によって配給され、大きな興行的な成功を収め、「ドキュメンタリー」という新しいジャンルを切り拓いた歴史的な作品となった。

　この映画が画期的であったのは、ナヌーク（熊）と呼ばれた壮年の男性を主人公として選び出し、イヌイット族の人たちの協力のもと、セイウチ狩りやイグルーづくりといった伝統的な亜北極圏の暮らしに加えて、就寝、起床、子育てなどの日常を再現し、厳しい自然の中を生き抜いていくナヌークの家族の物語を構築したことにある。雪遊びでかじかんだ子どもの手を温めるといった親子の親密な場面もあり、異国情緒あふれる風景の中で、民族衣装を身につけ、（西洋人にとってはもの珍しい）儀式を行う匿名の人たちの姿を記録した紀行映画 (travelogue) などとはまるで異なっていた。

　『ナヌーク』の成功を受けて、パラマウント社と契約し、今度は南太平洋へと向かい、ポリネシア諸島のサバイイ島サフネ村を舞台とした『モアナ』(Moana, 1926) を撮る。サンゴ礁に囲まれた美しい海に熱帯の森林、タロイモやココナッツの採集、ウミガメの捕獲にトップレスの若い女性といった通俗的な南国のイメージに続いて、主人公のモアナが村の伝統に従い、入れ墨を入れる試練に耐え、婚約者と結婚式を挙げるという物語が用意され

た。興行的には失敗したが、英国ドキュメンタリー運動を先導したジョン・グリアスンは
この映画を高く評価し、「ドキュメンタリー」という語を初めて用いたことで知られる。

　フラハティは職業的な映画人ではなく、ハリウッドの映画スタジオとの協働には挫折し
た。タヒチ島などを舞台とした2本の映画『南海の白影』（W・S・ヴァン・ダイク監督、White
Shadows in the South Sea, 1928）と『タブウ』（F・W・ムルナウ＊監督、Tabu, 1931）には企画段階から
関与したが、途中で離脱。グリアスンはその彼をイギリスの帝国マーケティングボード映
画班に招き入れ、フラハティは英国の職人技が工場労働者にも受け継がれていることを表
現した短編「産業英国」（"Industrial Britain," 1931）を監督した。その後アイルランド西岸の絶
海の孤島であるアラン諸島で、少年とその家族が貧しい島で生き抜く姿を描いた『アラ
ン』（Man of Aran, 1934）を撮り、ヴェネチア国際映画祭ムッソリーニ杯（最優秀外国語映画
賞）を受賞。しかし、インドで取り組んだイギリス映画『カラナグ』（Elephant Boy, 1937）の
監督は途中降板した。

　政府のスポンサーによる映画の製作、配給、上映を推進するために、アメリカ映画局
（the United States Film Service）がローズヴェルト大統領によって1938年に設立される
と、招聘され、ニューディール政策の成果を訴えたPR映画『土地』（The Land, 1942）の監督
を務めた。しかし、第二次世界大戦へのアメリカの参戦後に完成したため、荒廃した大
地や困窮する小作農が映る（フラハティとしては例外的な）この映画の公開は中止され
た。戦後はスタンダード・オイルがスポンサーとなった『ルイジアナ物語』（Louisiana Story,
1948）を撮る。主人公はケイジャンと呼ばれるフランス系住民の少年で、ワニが暮らす湿
地帯の叙情的な映像と石油を採掘する巨大な構造物のスペクタクルの対比が印象的な作品
である。フラハティは近代化が進む世界で、最後まで近代化以前の社会や自然の中で生き
る人間の物語を追い求めた映画作家であった。

　フラハティの死後、妻のフランシスが設立したフラハティ協会を中心に、アメリカでは
ハリウッドの商業主義に屈することのなかった芸術家としてのフラハティ像が確立され
た。こうした「神話」はジェイ・ルビーをはじめとする文化人類学者の論文やフラハティ
の制作手法を検証したドキュメンタリー映画によって崩されてきた。

（藤田）

参考文献紹介　エリック・バーナウ『ドキュメンタリー映画史』（筑摩書房）では『極北のナヌー
ク』をはじめとする代表作の解説が行われ、入門書にふさわしい。その他の作品と人生について
は、Paul Rotha, *Robert J. Flaherty: A Biography* （U of Pennsylvania P）が詳しい。

1　映画の誕生とサイレント時代のアメリカ映画　1895－1927

エリッヒ・フォン・シュトロハイム
Erich von Stroheim（1885-1957）

―― 映画のリアリズムを追求したサイレント期の奇才

1885年、エリッヒ・オズヴァルド・シュトロハイム（Erich Oswald Stroheim）としてオーストリア、ウィーンに生まれる。1920年ごろに公開されたプロフィールには「ドイツ人男爵夫人とオーストリア人伯爵とのあいだに生まれ、オーストリア・ハンガリーの陸軍士官学校で教育を受け、ウィーンの帝国陸軍士官学校を少尉として卒業した」とあるが、彼の死後、この経歴が虚偽であり、実際はユダヤ人の帽子職人の息子として生まれ、職業訓練校で教育を受けていたことが判明。1909年、アメリカに向かう汽船の中で、貴族を意味するvon（フォン）を名前に加え、エリッヒ・フォン・シュトロハイムとして新天地に入国する（入国時の記録ではErich Oswald Hans Carl Maria von Stroheimとなっている）。ニューヨークやブルックリンで州兵や婦人服の営業などの職を転々とした後、ハリウッドでD・W・グリフィス*の『國民の創生』*（1915）にエキストラとして出演する。これを機にほかの映画にも端役で出演する一方、軍服や勲章などの考証顧問や助監督として映画製作にも関わるようになる。アメリカが第一次世界大戦に参戦すると、戦争プロパガンダ映画の悪役として活躍する。

1919年、ユニバーサル社に自作の脚本を売り込み、自らの脚本・監督・主演・製作で『アルプス嵐』（おろし）（Blind Husbands）を撮る。東アルプス山脈の麓にあるリゾート地を舞台に、アメリカ人医師とその妻、その妻を誘惑しようとするシュトロハイム演じるオーストリア人中尉との三角関係を描いた本作は、雄大な自然を背景に、欲望や罪悪感が渦巻くリアルな人間の心理戦を見事に捉えて大ヒットとなり、映画監督として華々しいデビューを飾る。ヨーロッパの洗練と退廃に翻弄される純朴なアメリカ人夫婦というモチーフは、第2作目の『悪魔の合鍵』（The Devil's Pass Key, 1920）と第3作目の『愚なる妻』（Foolish Wives, 1922）でも繰り返されることになる。シュトロハイム自身がアメリカ大使夫人を誘惑するロシア人山師を演じる後者では、舞台となるモンテカルロの街並みやカジノなどが撮影所内に実物さながらに再現され、上流社会の食事の場面では本物のキャビアが使用されるなど、完璧主義者であったシュトロハイムの徹底したこだわりが随所に確認できる。本作はその

扇情的な内容ゆえに検閲の対象となり、さらには完成当初は6時間半もの長さがあったため、公開に向けて大幅な編集を余儀なくされる。巨額の製作費を投じて長尺映画を撮るシュトロハイムに業を煮やしたスタジオ側は、第4作目となる『メリーゴーランド』(Merry-Go-Round, 1923) の撮影中に彼を解雇する。1924年、移籍したMGMの前身であるゴールドウィン社で、フランク・ノリスの自然主義小説『マクティーグ』(1899) を下敷きにした『グリード』(Greed) を撮る。本作は、サンフランシスコで開業するもぐりの歯科医の妻がくじ引きで大金を当てたことから彼らの運命の歯車が狂い出すさまを容赦なく追う濃厚な人間ドラマである。原作の完璧な映画化を目指してその大半が野外で撮影され、最終的に47巻（時間にして9時間半）にも及ぶ完成版は、公開までに監督を含む様々な関係者の手を介して10巻（約2時間）に再編集される。公開時は酷評された本作も、現在では映画史上もっとも重要な映画のひとつに数えられ、完全な復元が困難なノーカット版は幻の傑作として今なお語り継がれている。1925年には、MGMのもとでラブロマンス『メリー・ウィドウ』(The Merry Widow) を撮り大好評を博すが、スタジオの商業主義的な方針に嫌気がさして退社する。1928年、パラマウント社でウィーン貴族と貧しいハープ奏者の悲恋物語『結婚行進曲』(The Wedding March) を撮るが、製作費をめぐりスタジオと対立して解雇される。1929年、大女優グロリア・スワンソン製作・主演の『クィーン・ケリー』(Queen Kelly) の撮影に取りかかるもスワンソン側と意見が衝突して撮影中止となる。1932年、初めてのトーキー映画『ブロードウェイをゆく』(Walking Down Broadway) に挑むが未公開となり、これが最後の監督作品となる。晩年は俳優としてフランス映画『大いなる幻影』(1937) や『サンセット大通り』(1950) で印象的な演技を披露している。

　シュトロハイムの映画はいずれも原形を留めぬほど無残に編集されてしまったが、ディープ・フォーカス、モンタージュ編集、ロケ撮影などを駆使して撮られた作品群は喜劇主流のサイレント映画におけるリアリズムの可能性を押し広げ、後のアメリカ映画に多大な影響を及ぼした。

(相原［直］)

参考文献紹介　英語文献として Richard Koszarski, *Von: The Life and Films of Erich von Stroheim* (Limelight Editions) がある。

F・W・ムルナウ
Friedrich Wilhelm Murnau（1888-1931）

――ドイツ表現主義とリアリズムを融合させたサイレント期の巨匠

　1888年、帝政ドイツ、ビーレフェルトに生まれる。大学で美術史を学ぶかたわら、当時のドイツ演劇界の中心的人物マックス・ラインハルトの演劇学校で演技を学び、ベルリンの舞台に立つ。1914年、第一次世界大戦にドイツ空軍の一員として従軍するが、任務中にスイスに不時着し、終戦まで抑留される。

　終戦後、俳優のコンラート・ファイトとともに映画会社を設立し、1919年に『青い服の少年』（Der Knabe in Blau）で映画監督デビュー。1922年、ヴァンパイア映画の原点となる『吸血鬼ノスフェラトゥ』（Nosferatu, eine Symphonie des Grauens）を撮り、世界的に評価される。光と影が織りなす恐怖の演出やドイツ表現主義的な映像美は、のちのホラー映画に多大な影響を与える。多くのドイツ表現主義映画の監督が抽象的なセットを好むのに対し、ムルナウはロケ撮影を好み、暗い丘、深い森、嵐の前の暗雲など自然界の現象を映像表現に巧みに取り入れる。また、ブラム・ストーカーの原作に登場する吸血鬼とはかけ離れた吸血鬼オルロック伯爵の不気味な容貌は、1978年のリメイク版以降、数々のホラー映画の怪物型ヴァンパイア像に引き継がれている。さらに、オルロック伯爵の仕業で疫病が蔓延し古都ブレーメンが「死の都」と化したさまを、大通りを静かに行進する棺の列で表した場面は、ヨーロッパを襲った第一次世界大戦の悲劇を二重写しにしているとの見方もある。

　ドイツ時代に撮った映画は、このほかにも『ジキル博士とハイド氏』（Der Januskopf, 1920）、ウーファ社移籍後に撮った『最後の人』（Der Letzte Mann, 1924）や『ファウスト』（Faust, 1926）も含め、計17本にのぼる。高級ホテルを舞台に、金モールの制服に身を包むドアマンからトイレの接客係に格下げになった老人の悲哀を描く『最後の人』は、字幕を一切使わず、移動ショット、光と影のコントラスト、ガラス越しや鏡越しのショット、グロテスクな顔のクロースアップなどを駆使して老人の絶望的な心象風景を見事に捉え、サイレント期映画の金字塔と目される。老人の惨めな姿をもってこの映画は終わるものと思われた次の瞬間、たった一度だけ字幕が使われ、そこには「実生活なら物語はこれで終わ

りである。……しかし彼を哀れに思った脚本家はとてもありそうにない終幕を加えたのである」という説明文が記され、それに続く場面では、一転明るい調子の中、次のように書かれた新聞記事が大写しとなる。「老人は孤独な百万長者の遺言で多額の遺産を相続した。」この唐突なハッピーエンドはアメリカへの輸出を目論む会社の方針によるものらしく、取ってつけたようなエンディングにムルナウの不満が透けてみえるが、同時に、映画のファンタスティックな一面も浮き彫りになる。超大作『ファウスト』を撮り終えた翌年、フォックス社に招かれ、渡米する。

　フォックス社移籍後の第1作『サンライズ』*（Sunrise, 1927）は、第1回アカデミー賞で芸術作品賞、主演女優賞、撮影賞を受賞。第2作『四人の悪魔』（4 Devils, 1928）では、小さな曲馬団に預けられた4人の孤児が、心優しい道化師の男に助けられて冷酷な団長のもとを逃げ出した後、花形の空中ブランコ乗りグループとなるが、その一人が都会の女性と恋に落ちたことから起こるドラマを追う。第3作『都会の女』（City Girl, 1930）は、シカゴのダイナーで働く孤独な娘がミネソタから出てきた純朴な青年と恋に落ちて結婚し、広大な麦畑を所有する夫の実家に移り住むものの、結婚に反対する冷酷な義父や、彼女を誘惑しようとする日雇いの粗野な男によって結婚の危機に直面させられるさまを、広漠たる麦畑を背景に緊迫感をもって描き出す。南太平洋のボラ・ボラ島を舞台に島の男女の悲恋を描く第4作『タブウ』（Tabu, 1931）は、オールロケで、現地の素人のみを使って撮られたセミドキュメンタリー映画である。ドキュメンタリー映画作家ロバート・フラハティ*と共同で撮影に入るが、意見の相違から二人は仲違いし、最終的にムルナウが単独で映画を完成させる。しかしその直後、サンタモニカで自動車事故に遭い、命を落とす。享年42歳。私生活では同性愛者であったため、その苦悩や孤立感の痕跡を彼の映画に見出すことは可能だが、遺作となった本作の美しい南洋の風景に、それらから解放された監督最晩年の晴れやかな心持ちを認める批評家もいる。本作はアカデミー撮影賞を受賞し、1994年にはその文化的重要性が評価され、アメリカ国立フィルム登録簿（National Film Registry）に登録されている。

（相原［直］）

参考文献紹介　日本語文献ではジェイムズ・モナコ『映画の教科書』（フィルムアート社）、ケヴィン・ブラウンロウ『サイレント映画の黄金時代』（国書刊行会）がある。ドイツ語圏での研究が多いが英語文献では Lotte H. Eisner, *The Haunted Screen*（U of California P）にムルナウの映画についての記述がある。

ジョセフ・フォン・スタンバーグ
Josef von Sternberg（1894-1969）

―― 光と影を操る映像の詩人

　1894年、オーストリア、ウィーンで貧しいユダヤ人家庭に生まれ、7歳のときにアメリカに移住する。3年後にいったんウィーンに戻るが14歳のときに再びアメリカに移り、以後定住する。両親の関係は悪く、父親は暴力的で、母親はその父親の暴力から逃れるために最終的に家庭を見捨ててしまう。この家庭環境がのちのスタンバーグ作品に影響を及ぼしていると言われている。

　様々な職を転々とし、映画会社で雑用係として雇われ、助監督などを経験した後、30歳のときに俳優のジョージ・K・アーサーの資金提供で『救ひを求むる人々』(The Salvation Hunters, 1925) を自主製作する。わずか4800ドルという低予算で作られた映画ながら、エリッヒ・フォン・シュトロハイム*の影響を受けた自然主義的リアリズムが高く評価された。例えば冒頭の浚渫機の映像などは光と影のコントラストを明確に浮かび上がらせ、すでにスタンバーグ特有の美学がこの時からはっきりと現れている。

　チャップリン*の後押しもあり気鋭の若手監督として注目を集めるが、スタジオ・システムの商業主義と折り合いが悪く、作った映画はほとんどがお蔵入りとなってしまう。転機となったのは『暗黒街』(Underworld, 1927) で、史上初のギャング映画として大ヒットした。その結果スタンバーグはスタジオから潤沢な予算を与えられるようになり、『最後の命令』(The Last Command, 1928) や『紐育の波止場』(The Docks of New York, 1929) などサイレント映画後期を代表するような作品を作ったが、興行収入は芳しいものではなかった。

　トーキー時代になり、ハリウッドのスタジオでの作品製作が難しくなったため、スタンバーグはベルリンで『嘆きの天使』(Der blaue Engel, 1930) を撮った。これは当時無名だったマレーネ・ディートリヒを一躍有名にする傑作となった。堅物の高校教師がキャバレーの歌手ローラ・ローラに入れ込み、破滅していくまでを描いた映画で、スタンバーグの最高傑作と考える批評家も多い。

　これ以後スタンバーグはディートリヒと6本の映画を撮ることになった。『モロッコ』

（*Morocco*, 1930）、『間諜Ｘ27』（*Dishonored*, 1931）、『上海特急』（*Shanghai Express*, 1932）、『ブロンド・ヴィナス』（*Blonde Venus*, 1932）、『恋のページェント』（*The Scarlet Empress*, 1934）、『西班牙狂想曲』（*The Devil Is a Woman*, 1935）であり、どれもスタンバーグ特有の強い美意識の表れた作品となっている。これらの作品ではスタンバーグに極めて大きな裁量が与えられ、当時のスタジオ・システムで製作された同時代の映画とは一線を画す、作家性の強い作品となっている。またこれらはいずれもアメリカを遠く離れた異国情緒のある場所を舞台にしており、こだわりぬいた背景装飾とそれを捉える映像は、スタンバーグが欲した空気感を見事に捉えている。

　しかし、ディートリヒと袂を分かって以降は不遇に沈むことになる。失敗作が続いた後にイギリスで再起をかけて取り組んだロバート・グレイヴズ原作の『われ、クラウディウス』（*I, Claudius*）は、様々な問題に見舞われた挙句、俳優の自動車事故をきっかけに頓挫した。失意の中、第二次世界大戦のプロパガンダ短編映画などを撮るが、ハリウッドでの仕事に見切りをつけ、日本で『アナタハン』（1953）を監督する。これは太平洋戦争末期、太平洋上のアナタハン島に取り残された日本人30人あまりがたった一人の女性をめぐって争奪戦を繰り広げた実際の事件をもとにしたもので、この作品を完成させた後はもう映画を撮ることはできなかった。

　スタンバーグはドイツ映画の表現主義をアメリカに持ち込んだだけでなく、独自の美学を築き上げた。それとともにディートリヒを見出し、アメリカに紹介した意義も大きく、とりわけ二人の共同作業となった6本はスタンバーグのもっとも実りある時期となった。ディートリヒの描き方にとりわけ顕著であるが、スタンバーグの描く女性は、ほかのハリウッド映画のヒロインとは異なり、男性の助けを必要としない力強い女性像として描かれており、当時のジェンダー観を転覆させる可能性を秘めていた。『モロッコ』の酒場で登場するディートリヒは男性の姿をし、女性客にキスまでしてみせるのはその典型である（一方で相手役ゲーリー・クーパーの頭には花がさしてある）。そういった今日のジェンダー・セクシュアリティの観点からも十分研究に耐える作家であると言える。　　　　　　　（高野）

参考文献紹介　日本語で読める研究はほとんどない。まずはスタンバーグの自伝*Fun in a Chinese Laundry*（Mercury House）を読むべきだろう。入門にはJohn Baxter, *Von Sternberg*（UP of Kentucky）、もう少し専門的なものとしてはGaylyn Studlar, *In the Realm of Pleasure: Von Sternberg, Dietrich, and the Masochistic Aesthetic*（U of Illinois P）などがある。

1　映画の誕生とサイレント時代のアメリカ映画　1895－1927

チャールズ・チャップリン
Charles Chaplin (1889-1977)

――社会的弱者に寄り添う喜劇王

　チャールズ・チャップリンは、ロンドンのミュージックホール芸人の両親のもとに生まれるが、父親のアルコール中毒、母親の精神疾患により貧困と苦難の幼少時代を過ごす。5歳から舞台に立っていたが、19歳のとき当時大人気だったフレッド・カーノー劇団と契約。そのアメリカ巡業中にスカウトされて1914年にキーストン映画会社の短編コメディ「成功争ひ」("Making a Living")で映画デビューした。

　ちょび髭に山高帽、ステッキ、大きすぎるズボンと靴といういでたちの世界映画史上もっとも有名なキャラクター「小さな浮浪者（the Little Tramp）」は、同年の「ヴェニスの子供自動車競走」("Kid Auto Races at Venice")から登場する。また、同年の「恋の二十分」("Twenty Minutes of Love")で監督デビューした。

　人気の上昇とともに映画会社を転々とするが、1917年にファースト・ナショナル社に移籍して自分専用の撮影所を手に入れる。その撮影所から、チャップリン初の長編映画であると同時に、映画史上初めて喜劇と悲劇が見事に融合した『キッド』(The Kid, 1921) が生み出された。1919年には、ダグラス・フェアバンクス、メアリー・ピックフォード、D・W・グリフィス*と共同でユナイテッド・アーティスツを設立する。監督が自由に映画を作ることができる同社のシステムは画期的であり、映画産業の発展に大きく貢献した。同社でチャップリンは、「小さな浮浪者」が、飢えや孤独を克服して黄金や恋人を獲得する『黄金狂時代』(The Gold Rush, 1925)、盲目の娘の手術代を調達しようと奮闘する『街の灯』(City Lights, 1931) などを製作している。

　サイレント映画に固執し、トーキー映画の製作を頑なに拒んできたチャップリンだったが、ついに『モダン・タイムス』*(Modern Times, 1936) で台詞を少々と音楽と効果音を取り入れた。本作は、工場の労働者が、現代社会の冷酷なシステムから逃れるため貧しい少女と苦闘するさまを描く。

　次作『独裁者』(The Great Dictator, 1940) は、全面的にトーキーで製作された。当時ヨーロッパで台頭していたヒトラーとナチズムを風刺した作品であり、チャップリン映画で最高

32　第Ⅰ部　アメリカ映画の歴史

の興行収入を記録したが、ファシズムに反対する最後の演説は、共産主義的であるとして物議をかもす。チャップリンの政治的傾向を認めないFBIは、彼のスキャンダルを煽るなどのネガティヴ・キャンペーンを展開した。次作『殺人狂時代』（*Monsieur Verdoux*, 1947）は、フランスの失業した銀行員が家族を養うために裕福な未亡人と結婚しては殺すことを繰り返すブラックコメディだが、資本主義や大量破壊兵器を批判している。これにより、赤狩りによるチャップリン排斥の動きが加速し、1952年のアメリカ追放へとつながった。チャップリンは、『独裁者』の後も、『ライムライト』（*Limelight*, 1952）、『ニューヨークの王様』（*A King in New York*, 1957）などを発表している。

　1960年ごろになるとチャップリンの過去の作品が再評価されはじめ、カンヌ国際映画祭特別賞やヴェネチア国際映画祭栄誉金獅子賞を授与され、1972年にはアカデミー名誉賞に輝き、20年ぶりにアメリカに帰国した。『モダン・タイムス』の主題曲「スマイル」に顕著なようにチャップリンは作曲の才能もあり、1973年にはアカデミー作曲賞を受賞している。

　映画史において、チャップリンが果たした役割は極めて大きい。彼は、テンポが早く短いドタバタ喜劇だったコメディ映画を尺の長いものにしてスローテンポにし、そこに哀愁、繊細さ、悲劇性を加え、主人公に複雑な感情表現をさせた。チャップリンは、一貫して貧者などの社会的弱者の窮状を同情的に描いており、例えば、「チャップリンの移民」（"The Immigrant," 1917）では移民、「担へ銃」（"Shoulder Arms," 1918）では塹壕の一兵卒、『キッド』では非摘出子を扱っている。そして、彼ら／彼女らを苦しめる体制や主義をあからさまに非難しており、『モダン・タイムス』では労働者を過酷な状況に追いやる資本主義や機械文明、『独裁者』ではファシズムやナショナリズム、『殺人狂時代』では戦争や資本主義、『ニューヨークの王様』ではマッカーシズムを糾弾した。　　　　　　　　　　　　　（大地）

参考文献紹介　入門書としては、大野裕之『チャップリン──作品とその生涯』（中公文庫）が最適。デイヴィッド・ロビンソン『チャップリン』上下（文藝春秋）はチャップリンの伝記の決定版。チャップリンの主要なインタヴューを集めたものとして、Kevin J. Hayes編*Charlie Chaplin: Interviews*（UP of Mississippi）がある。

國民の創生
The Birth of a Nation, 1915

監督 D・W・グリフィス／脚本 フランク・ウッズ、D・W・グリフィス、トーマス・ディクスン／撮影 ビリー・ビッツァー／出演 リリアン・ギッシュ、メエ・マーシュ、ヘンリー・B・ウォルソール、ミリアム・クーパー

　3時間を超えるアメリカ映画初の長編劇映画であり、その後の映画製作の流れに大きな影響を与えた作品。1905年出版の小説『クランズマン』を原作とする。本作公開のちょうど50年前に終わった南北戦争（1861-65）とその後の南部の再建を、北部と南部のふたつの家族間の親交と兄弟姉妹同士の恋愛関係を軸にして描いている。

　第1部では、両家の男たちが北軍と南軍に分かれて戦い、彼らの指揮する隊は塹壕を奪い合う白兵戦を展開する。両家には死傷者が出て家族を悲しませる。北軍を勝利に導いたリンカーン大統領が観劇中に暗殺される場面で終わる。第2部では、解放された黒人が白人に対して横暴や略奪を繰り返し、これに業を煮やした南部の家の長男が、白装束の隊を作って黒人たちを脅かすことを思いつき、KKK（クー・クラックス・クラン）が誕生する。KKKは、黒人反乱の首謀者が北部の家の娘（ギッシュ）を監禁して結婚を強引に迫っていることを知ると救出に駆けつけ、別の場所で黒人の暴徒に包囲されていた残りの家族も解放する。両家が協力して横暴な黒人を鎮圧することで、北部と南部は象徴的に和解したのである。

　グリフィス*は、彼が南北戦争と南部の再建の歴史の正確な再現と考えるこの物語を、短編映画製作で培った様々な表現技術を駆使して壮大な歴史劇として描き出した。映画としては初めての演劇並みの2ドルの入場料にもかかわらず、ニューヨークでは47週の続映となるなど驚異的大ヒットとなり、アメリカ最初の「ブロックバスター」となった。ホワイトハウスでも上映され、ウィルソン大統領が鑑賞した。専用の伴奏音楽が作曲された最初の映画でもある。多くの批評家が表現技術の高さを絶賛する一方、黒人に対する人種差別的な描写は批判され、各地で公民権団体による上映反対運動が起こり、映画から一部の場面がカットされたほか、一定期間、上映禁止になった州もあった。

（長谷川）

シヴィリゼーション
Civilization, 1916

監督 トーマス・H・インス、レイモンド・B・ウェスト、レジナルド・ベイカー／脚本 C・ガードナー・サリヴァン／撮影 アーヴィン・ウィラット、ジョセフ・オーガスト、クライド・デ・ヴィナ／出演 ハーシェル・メイホール、ローラ・メイ、ハワード・ヒックマン、エニッド・マーキー、ジョージ・フィッシャー、J・フランク・バーク

　1910年代を代表する大作長編映画のひとつ。映画はヨーロッパの架空の国を舞台として、戦争が引き起こす人類の惨事をキリスト教の愛と平和の精神によって乗り越えるさまを描く。映画の冒頭には字幕による長めのプロローグがついており、人々の強欲によって戦場で多くの命が奪われている今日、キリストの教えに従って平和を希求することによって、本来の意味での「文明（シヴィリゼーション）」を取り戻そう、という趣旨のメッセージが語られる。

　映画は、ある国の君主が戦争を始めたことによって、人々の生活が一変するところから始まる。一般市民が乗っている船を攻撃するように命じられた潜水艦の船長は、国からの命令に背いて人々の命を守ることを決意し、自ら潜水艦を沈める。救助され生死を彷徨っていた船長はそこでキリストと出会い、平和の伝道者となることを誓って息を吹き返す。その後、多くの女性たちが戦争の終結を懇願するなか、死刑宣告を受けた船長は監獄で亡くなるが、今度は国王の前にキリストが現れ、悲惨な戦場の様子を次々と見せていく。自分が始めたことの恐ろしさを知った国王は戦争をやめることを決意し、国には平和が戻る、というストーリーである。

　1915年のルシタニア号事件以来、第一次世界大戦への参戦の是非をめぐってアメリカ国内の世論が揺れ動くなか、本作品は強い反戦のメッセージを持つ映画としてヒットした。特にスペクタクルとしての戦闘シーンは、当時の批評でも大きな注目を集めた。日本における受容としては、小津安二郎が映画監督になることを決意するきっかけになった作品として、また、それまで映画の上映に先立って口上にあたる前説を行っていた弁士が、前説をやめるきっかけになった作品としても知られている。

（仁井田）

キートンの探偵学入門

Sherlock Jr., 1924

監督 バスター・キートン ／脚本 クライド・ブラックマン、ジャン・ハヴェス、ジョセフ・A・ミッチェル ／撮影 バイロン・フック、エルジン・レスレー ／出演 バスター・キートン、キャスリン・マクガイア、ジョー・キートン

『キートンの探偵学入門』は、映画というメディアの機構と社会的機能をギャグとして取り入れたサイレント喜劇である。バスター・キートン演じる主人公は、映画館の上映技師で、探偵志望の青年である。仕事中に居眠りすると、その身体からもう一人のキートンが現れ、上映中の映画の世界の中に入り込む（あるいは、その夢を見る）。映画の世界に入った直後のキートンは、次々に変わる背景の映像に翻弄されつづける。この作品の有名な場面のひとつである。そして、大邸宅でネックレスの盗難事件が発生すると、凄腕の探偵シャーロック・ジュニアに変身して見事に解決する。この物語の中心にあるのは、映画の発明後、早くから指摘されていた映画と夢の類比であり、また、探偵への変身は、観客が主人公に同一化して、現実には不可能な出来事を体験できるという、映画の疑似体験的な機能の具象化である。

　幼少時からヴォードヴィルで演技をしてきたキートンだけに、それを応用したギャグも数多く演出されている。キートンが衣裳を仕込んだ輪をくぐり抜けて、一瞬で老婆に変身する妙技や、壁際に立つ部下が抱えたスーツケースに飛び込んで、壁の向こう側に姿を消してしまうスタントなどは、今見ても思わず目を見張ってしまう。最大の見せ場は、キートンが運転者不在のバイクの前部（運転席の前）に腰かけ、その姿勢のままの運転で数々の障害を間一髪でくぐり抜けつづけ、悪党団に監禁されたヒロインの救出に駆けつける場面であり、コマ落とし撮影、逆回転撮影、二重露光などのトリック撮影も駆使して、サイレント喜劇ならではの愉快なスペクタクルに仕上がっている。

　夢から覚めて映写室に戻ったキートンは、上映中の映画のラブシーンを横目で見て参考にしながら、駆けつけてきた恋人にキスをする。この結末には、映画が若者たちの恋愛作法のお手本になったという、新しい世相の反映も読み取れるだろう。

（長谷川）

サンライズ
Sunrise: A Song of Two Humans, 1927

監督 F・W・ムルナウ ／ 脚本 カール・メイヤー ／ 撮影 チャールズ・ロシャー、カール・ストラス ／ 出演 ジョージ・オブライエン、ジャネット・ゲイナー、マーガレット・リヴィングストン

　都会からやってきた美女の出現によって危機に直面する村の若い夫婦が、迷いや不信を乗り越えて、徐々に互いへの愛を復活させるまでを詩情豊かに描くドイツ映画の巨匠F・W・ムルナウ*の渡米第1作。

　避暑で都会から田舎にやってきた美女に誘惑された妻子持ちの村の男（オブライエン）は、女に言われるがまま妻（ゲイナー）を殺害し二人で逃避行する計画に同意する。男は妻を湖に突き落とそうと小船での遠出に誘うが、逡巡する隙に妻が男の計画を察知し、対岸に着くやいなや逃げるように市電に乗り込む。男も妻を追いかけ、やがて二人は市電に運ばれ都会の喧騒へと足を踏み入れる。深い後悔の念を抱く男は、妻に必死に許しを乞い、妻も徐々にそれを受け入れていく。都会で楽しい時間を過ごした二人は小船に乗って村に帰ろうとするが、嵐で小船が転覆し、男は助かるものの妻は行方不明となる。絶望する男の前に再び都会の女が現れて、計画が成功したと思い込み喜ぶ。男は憎しみに駆られて女を絞め殺そうとした矢先、妻の無事を伝える知らせが届く。女は村を去り、男は朝日の中で妻を抱きしめる。

　本作でムルナウは寓話的とも言える単純な物語を無類の想像力と創意あふれる映像技術力で深淵な心理ドラマへと仕立て上げることに成功した。市電が走る都会の大通りや葦に覆われた湖のほとりなどはすべて本作のために作られたセットである。ショットの流動性を確保するため天井から吊り下げられたレールを使ったドリーショットなども採用された。特に市電で長距離移動する場面は歴史に残る移動ショットのひとつに数えられている。登場人物には名前が与えられておらず、主人公の男の重い足取りや沼の泥に汚された靴などを通して内面的葛藤や罪意識が表象されている点などにドイツ表現主義的影響が見て取れる。都会／田舎の緊張関係が悪女／妻に置き換えられジェンダー化されている点も興味深い。本作は第1回アカデミー賞で芸術作品賞、主演女優賞、撮影賞に輝いた。

（相原［直］）

2 トーキーの誕生から第二次世界大戦期
1927 — 1948

　サイレント映画が内実ともに成熟した1920年代後半から、アメリカ映画史はサウンド技術の導入によって新たな局面を迎えることになった。このトーキー革命に伴い、映画製作のあり方が変化しただけでなく、それまでの撮影所や映画スターなどの人材の再編成が行われた。1930年代のハリウッドは、トーキーと大恐慌というふたつの波を乗り越えながら新たな映画ジャンルや俳優・監督などの人材を開拓し、1939年には今日知られる名作を数多く創出してひとつの頂点を極めることになる。大恐慌から世界大戦に向かう困難な時代に、映画は人々のもっとも身近な娯楽として求められ、スタジオ・システムに支えられたアメリカの映画産業は、まさにこの時期に黄金期を迎える。では、トーキー革命とその後のスタジオ・システムの成熟、代表的な映画ジャンル、検閲や戦争といった社会との関わりについてふれながら、この時代の映画を概観しよう。

トーキーの到来

　当初映画は音を持たなかったが、映画の上映の際には音楽の演奏などがライブで提供されていた。アメリカではオルガンやオーケストラの演奏を提供する大型の映画館（ムービー・パレス）が次々と建てられ、1920年代には各都市にさながらコンサート・ホールのような映画館が立ち並び、音楽の演奏やヴォードヴィルの舞台上演と合わせて映画の上映が行われていた。1920年代後半になると、技術開発により同時録音のサウンドをつけた映画が登場するようになり、「トーキー (talkie)」と呼ばれたそれらの映画は、それ以前の「サイレント」映画を一掃していくことになった。

　このサイレントからトーキーへの変化は、映画史におけるひとつのランドマークとなっているが、これは決して新しいテクノロジーの登場によって一夜で成し遂げられたことではない。そもそも映画史の初期から、エジソンをはじめとして映画に音をつけようとする試みは数多く行われていた。しかし、映像と音のシンクロがうまくいかなかったり、大型の映画館で聞こえるほど音質が良くなかったりと、業界内での評判が悪く、サウンド映画の開発は下火になっていたのである。

　1920年代に入って再び映画に音をつけるための技術開発が進んだ背景には、新たに台

頭してきたアメリカの電話業界やラジオ業界の映画への進出、開発をバックアップするウォール街の投資、映画上映のマンネリ化に対する打開策の必要性など、様々な要因が重なり合っていた。いくつかのサウンド・システムが同時期に並行して開発されていたが、なかでも商業的に早く成功したのは、ワーナー・ブラザースがウェスタン・エレクトリックと共同で開発したヴァイタフォン・システムである。このサウンド・システムは、フィルムの映像とレコードの音声を同期させるディスク録音式（サウンド・オン・ディスク）で、シンクロがうまくいかなくなるリスクはあったものの、すでに技術的に開発が進んでいた音質の良いレコードを利用できるというメリットがあった。

　ヴァイタフォンは1926年にジョン・バリモア主演の大作映画『ドン・ファン』（*Don Juan*, 1926）で初公開された。そこで録音されていたのは、映画俳優による台詞ではなく、通常なら映画館でオーケストラが生で演奏する映画音楽だった。一般的に世界初のトーキー映画とされる『ジャズ・シンガー』（*The Jazz Singer*, 1927）は、同じヴァイタフォン・システムを使って『ドン・ファン』の翌年に公開された映画であり、映画音楽に加え、ごく一部の場面で主演のアル・ジョルソンが話す台詞と歌も入っていた。同時期にはヴァイタフォンでミュージカルの一場面などを撮っている短編映画も多く製作されており、『ジャズ・シンガー』はこうした映画の延長線上に出てきたものだったのである。

　さらに、フォックス社が発明家のセオドア・ケースと共同で開発したムービートーン、ラジオ会社主体で開発されたRCAフォトフォンなど、ヴァイタフォン以外のサウンド・システムも開発され、普及した。それらのフィルム録音式（サウンド・オン・フィルム）は、映像と音声のシンクロのしやすさから次第にディスク録音式を駆逐していった。

　当初トーキー映画の撮影はカメラやマイクの移動に制限があり、サイレント映画時代に培われた独自の視覚芸術が損なわれるとの批判もあった。しかし、次第にカメラの軽量化やマイクの移動も可能となり、映像と音声の両方を生かした映画製作が行われるようになった。例えばルーベン・マムーリアン（Rouben Mamoulian, 1897-1987）監督の『喝采』（*Applause*, 1929）は、単に俳優の台詞を固定カメラで捉えるのではなく、流動的なカメラワークやロケーション撮影、オフ・スクリーン・サウンドやショット同士をまたぐサウンド・ブリッジなどを早くから使用した作品として有名である。

検閲と映画製作倫理規定

　映画のトーキー化のために映画産業で大きな事業拡大や設備投資が進むなか、1929年の株価大暴落によって大恐慌が起こった。映画製作はハリウッドで行われるものの、ビジネ

2　トーキーの誕生から第二次世界大戦期　1927－1948

ス面はニューヨークのウォール街に支えられていた映画産業は大きな痛手を受け、1930年代に入ると失業率の上昇に伴って興行収入が激減する。いくつかのスタジオは倒産の憂き目にあい、経済的苦境の中でなんとか観客数を確保するための対策が必要になっていた。

こうした中、映画が単なる娯楽としての役割を超えて、社会や人々にもたらす影響を懸念する声が出てくるようになった。これ以前にも、映画スターのスキャンダルなどに起因する映画業界全体のネガティヴなイメージを払拭するため、アメリカ映画製作者配給者協会（MPPDA）の会長ウィル・H・ヘイズ主導のもとで、様々なポジティヴ・キャンペーンが行われていた。しかし映画のトーキー化によって、台詞で明白にメッセージを伝えたり、直接的に出来事を描いたりすることが可能になったことで、映画の社会的な影響に対する懸念が高まったのである。

MPPDAは対策として、映画で描いてはいけない事柄、あるいは描く際に注意しなければならない事項などを記載した「映画製作倫理規定」を1930年に発表した。しかし、大恐慌期の世相を反映した犯罪映画や、男女の不貞といったスキャンダラスな内容を描く映画が次々に製作されるのを受け、カトリックを中心とした宗教団体による映画のボイコットや、映画が青少年に与える影響をまとめたペイン財団の研究が発表されるといった出来事が相次いだ。こうした映画産業への圧力を受け、MPPDAは1934年に映画倫理規定管理局（PCA）を設置し、カトリック系のジャーナリストだったジョセフ・ブリーン（Joseph Breen, 1888-1965）を局長に任命して、映画製作倫理規定の施行を製作現場と連携しながら統括する体制を整えた（映画製作倫理規定が制定された1930年からPCAが設置されるまでの1934年までの4年間は、プレ・コード時代と呼ばれることがある）。このPCAによる自主規制は1967年まで続き、アメリカ映画の性格を大きく規定することになった。

アメリカ映画と検閲について考える際、このハリウッドの自主規制の果たした役割は大きいが、これが単なる禁止事項の列挙や、問題部分の削除に終始するものではなかったことは注目に値する。むしろ、国内外にあるそうした様々な検閲を回避するために、いかに事前に問題となりそうな内容や描写を避け、検閲でカットされないギリギリのラインで物語を描くかを示すガイドラインとして、映画製作倫理規定は機能したのである。1934年以降、ハリウッドでは映画製作倫理規定に適応した新たな映画ジャンルや表現技法が創出されることになった。

映画スタジオ、ジャンル、監督、スター

1930年代から40年代にかけて、アメリカ映画はスタジオ・システムの黄金期を迎え、

年間総計400〜500本ほどの長編映画を製作していた。各スタジオでは複数のプロデューサーがそれぞれのユニットを率いて映画製作を同時並行的に進めることが多かったが、なかにはスタジオの顔として全体の決定権を持つプロデューサー（mogul）もいた。メジャー・スタジオとしては「ビッグ5」と呼ばれたパラマウント、MGM、20世紀フォックス、ワーナー・ブラザース、RKOがあった。また、「リトル3」と呼ばれたマイナー・スタジオには、ユニバーサル、コロンビア、ユナイテッド・アーティスツが活動していた。また、独立系プロダクションとしては、サミュエル・ゴールドウィン（Samuel Goldwyn, 1879-1974）、デヴィッド・O・セルズニック（David O. Selznick, 1902-65）のプロダクションなどがあった。

パラマウント：アドルフ・ズーカー（Adolph Zukor, 1873-1976）率いるパラマウントは、ヨーロッパ風の洗練された映画を作ることで知られており、トーキー初期にはジョセフ・フォン・スタンバーグ*監督、マレーネ・ディートリヒ主演の『モロッコ』（Morocco, 1930）や、エルンスト・ルビッチ*監督、モーリス・シュヴァリエ主演の『陽気な中尉さん』（The Smiling Lieutenant, 1931）などを製作している。大恐慌で大きな打撃を受け、1933年には倒産の憂き目を見たが、ヴォードヴィル出身のメイ・ウェストやマルクス兄弟などを主演にしたコメディ映画のヒットにより立ち直った。1940年代にはビング・クロスビー、ボブ・ホープといったラジオ・スターを主演にした映画でヒットを出し、プレストン・スタージェス*やビリー・ワイルダー*などの脚本家出身の映画監督を輩出した。

MGM：神童と呼ばれた敏腕プロデューサーのアーヴィング・タルバーグ（Irving Thalberg, 1899-1936）を統括者として、「星の数より多い」と呼ばれたスターを抱えていたMGMは、初期のミュージカル映画である『ブロードウェイ・メロディー』（The Broadway Melody, 1929）、オールスター・キャストの『グランド・ホテル』（Grand Hotel, 1932）など、高額予算、豪華スターの映画を作ることで知られていた。1936年にタルバーグが若くして亡くなった後は、ルイス・B・メイヤー（Louis Burt Mayer, 1884-1957）がスタジオのトップとなり、ジュディ・ガーランド、ミッキー・ルーニー、ジーン・ケリーらを主演にしたミュージカル映画が、プロデューサーのアーサー・フリード（Arthur Freed, 1894-1973）のもとで作られた。

20世紀フォックス：ウィリアム・フォックス（William Fox, 1879-1952）率いるフォックス社は、1920年代末にムービートーンを開発し、ワーナー・ブラザースのヴァイタフォンと競いながら業界におけるトーキーの到来を推し進めていた。しかし大恐慌の打撃により経

営難に陥り、1935年に20世紀社と合併して、新たなトップであるダリル・F・ザナック (Darryl Francis Zanuck, 1902-79) の下で再出発することになった。1930年代後半にはシャーリー・テンプル主演の映画で経営難を乗り越え、1940年代には『怒りの葡萄』(The Grapes of Wrath, 1940)、『わが谷は緑なりき』(How Green Was My Valley, 1941) といったジョン・フォード*監督の名作を生み出した。

ワーナー・ブラザース：業界でも早くからサウンド映画のヴァイタフォンを開発し、メジャー・スタジオの仲間入りを果たした。ワーナー・ブラザースの映画は、ギャング映画『民衆の敵』(The Public Enemy, 1931)、アメリカ南部における囚人の虐待を糾弾した『仮面の米国』(I Am a Fugitive from a Chain Gang, 1932) など、社会問題に切り込む低予算でありながらタフなイメージの映画で知られていた。一方、『ジャズ・シンガー』をはじめとしたアル・ジョルソン主演の映画のほかに、バズビー・バークレーが振り付けをしたミュージカル・ナンバーで有名な『ゴールド・ディガーズ』*(1933) など、一連のミュージカル映画も多く製作した。

RKO：当時台頭してきたラジオ会社（RCA）と、劇場チェーン（KAO）、ジョセフ・P・ケネディの映画会社（FBO）が統合されたことにより、1928年に設立された。ラジオの電波塔をロゴマークとするRKOは、まさにサウンド映画の新時代の幕開けを象徴するスタジオだった。強力なプロデューサーが不在でメジャー・スタジオの中ではもっとも経営が不安定な会社であったが、特撮で大ヒットした『キング・コング』(King Kong, 1933)、フレッド・アステアとジンジャー・ロジャースのコンビを主演にした『トップ・ハット』(Top Hat, 1935) などのミュージカル映画、演劇とラジオ界の新星として注目を集めていたオーソン・ウェルズ*監督デビュー作の『市民ケーン』*(1941) など、映画史に残る映画を製作した。

ユニバーサル：創設者のカール・レムリ (Carl Laemmle, 1869-1939) の引退後、息子のカール・レムリ・ジュニア (Carl Laemmle, Jr., 1908-79) が経営を引き継いだユニバーサルは、1930年代には『魔人ドラキュラ』(Dracula, 1931)、『フランケンシュタイン』(Frankenstein, 1931)、『透明人間』(The Invisible Man, 1933) といったホラー映画のヒット作を出した。こうした大恐慌の暗い世相を反映したホラー映画は、MGMで製作されたトッド・ブラウニング (Tod Browning, 1880-1962) 監督の『フリークス』*(1932) とともに、映画製作倫理規定が遵守される以前の暴力や性描写が垣間見られるプレ・コードの映画としても今日注目を集めている。

コロンビア：ハリー・コーン（Harry Cohn, 1891-1958）がスタジオのトップとして経営しながら、1930年代はフランク・キャプラ*監督の一連の作品を生み出している。例えばキャプラの『或る夜の出来事』*（1934）は、未婚の男女の珍道中を映画製作倫理規定に違反しない形でユーモラスに描き、スクリューボール・コメディと呼ばれる男女の結婚／離婚劇のジャンルの先駆けとなった。その後、キャプラの作品は『我が家の楽園』（You Can't Take It With You, 1938）、『スミス都へ行く』（Mr. Smith Goes to Washington, 1939）などでも興行的・批評的成功を収め、1930年代のアメリカ映画を代表する作品となっている。

ユナイテッド・アーティスツ：チャールズ・チャップリン*らによって1919年に創設され、トーキー以降は主に独立系のプロダクションの配給会社として機能した。例えばウォルト・ディズニー社は、1932年から37年までミッキー・マウス、シリー・シンフォニー（Silly Symphony）といった自社のカートゥーン・シリーズをユナイテッド・アーティスツの配給によって公開している。この時期のディズニー映画はテクニカラーを使用したものも多かったが、1930年代後半になると、実写映画においてもMGMの『オズの魔法使』*（1939）といったミュージカル映画や歴史映画において、テクニカラーが使用されるようになった。

サミュエル・ゴールドウィン・プロダクション：メジャー・スタジオと並んでA級映画を製作できる数少ない独立系プロダクションのひとつだった。例えば、ブロードウェイの戯曲や文芸作品をウィリアム・ワイラー*監督で映画化した『孔雀夫人』（Dodsworth, 1936）や『偽りの花園』（The Little Foxes, 1941）は、題材やキャストの選定、監督の現場における権限といった点において独立プロダクションだからこそ柔軟に対応できた点も多く、いずれも興行的・批評的に大きな成功を収めている。戦後には、同じくワイラーが監督した『我等の生涯の最良の年』*（1946）がアカデミー作品賞を受賞した。

デヴィッド・O・セルズニック・プロダクション：セルズニックは、義理の父親がMGMのルイス・B・メイヤーであったという人脈も生かしつつ、自らの才覚を発揮してRKOの『キング・コング』、MGMの『嵐の三色旗』（A Tale of Two Cities, 1935）といった作品のプロデュースを担当した。1935年に独立し、1939年に公開した『風と共に去りぬ』*は、脚本からキャスティング、監督の選定までセルズニックが全面的に統括し、全編テクニカラーの4時間近い超大作で、大ヒットを記録した。1940年代に入ると、イギリスからアルフレッド・ヒッチコック*を迎え入れ、ヒッチコックのアメリカでの監督デビュー作『レベッカ』（Rebecca, 1940）をアカデミー作品賞に導いた。

ハリウッドと戦争

　1930年代後半以降、アメリカの映画産業は大恐慌の痛手から回復の兆しを見せ、1939年には映画の質・量ともにひとつのピークを迎えようとしていた。一方ヨーロッパでは、ナチス・ドイツの台頭により1939年に戦争が勃発する。当初ハリウッドは反ユダヤ主義を掲げるナチス・ドイツを危険視しながらも、ドイツ市場への輸出を制限されることを恐れ、映画で反ナチスの思想を明確に打ち出すことを避けていた。「教化あるいは宣伝という明白な目的を持たない娯楽だとまず第一義的に映画をみなす」と明言する映画製作倫理規定は、犯罪や性をめぐる描き方を制限するのと同時に、反ナチスのプロパガンダ映画を製作することも妨げていたのである。

　ヨーロッパの戦争にアメリカが介入するべきではないという世論が強い中で、映画界からは新たな動きが見られるようになった。例えばチャールズ・チャップリンは、自身の初めてのトーキー映画として『独裁者』(The Great Dictator, 1940) を製作し、ナチス・ドイツへの批判を鮮明に打ち出した。また、メジャー・スタジオの中でもワーナー・ブラザースは、反ナチスの方向性を比較的早くから打ち出し、例えば『戦慄のスパイ網』(Confessions of a Nazi Spy, 1939) では、ナチスのスパイがアメリカに潜伏して国家を危機にさらしているというストーリーで、ナチスの脅威に立ち向かう必要性を訴える内容になっている。

　1941年の真珠湾攻撃によって状況が一変し、アメリカも戦争に介入するようになると、ハリウッドの方針も大きく変化した。例えば、メロドラマの名作としても有名な『カサブランカ』*(1942) は、ハンフリー・ボガート演じるアメリカ人の主人公が、戦争へ介入することへの消極的な態度から、民主主義という大義を掲げて積極的な介入へと態度を変えるさまを描いており、当時のアメリカの方針の変換を色濃く反映している。ヨーロッパからはユダヤ系の映画人たちが次々とハリウッドに亡命し、ナチスの脅威を描く映画を監督したり、ナチスの将校役として映画に出演したりした。例えば、ドイツの映画界の重鎮として活躍していたフリッツ・ラング*は、1930年代後半からハリウッドに拠点を移しており、彼が監督した『死刑執行人もまた死す』(Hangmen Also Die!, 1943) は、ミステリー映画としても優れたレジスタンス映画になっている。

　戦争が始まると、アメリカ政府は戦時情報局（OWI）を設置し、映画を含めたメディア報道の統制を開始した。ハリウッドのスタジオはOWIの定める映画製作の指針と、独自の内部規制である映画製作倫理規定の両方の監視を受けながら、映画製作を行うことになった。また、通常の娯楽映画としての戦争映画のほかに、国民に戦争の意義を解説するド

キュメンタリー映画や戦況を伝えるニュース映画が、ハリウッドの監督たちによって製作された。代表的なものとしては、フランク・キャプラの『我々はなぜ戦うのか』(『戦争の序曲』) (*Why We Fight*, 1942-45)、ジョン・フォードの『ミッドウェイ海戦』(*The Battle of Midway*, 1942) などがある。

フィルム・ノワール

　戦争によって生み出された映画のある種の傾向やスタイルを代表するものとして、フィルム・ノワールがある。戦後フランスの批評家によって名付けられたこの一連の映画群は、サスペンス、ミステリー、犯罪もの、メロドラマといったジャンルを横断しながら、それまでのアメリカ映画にはなかった暗さを持つことが特徴である。例えば、ビリー・ワイルダー*の『深夜の告白』*(1944) は、保険のセールスマンと人妻が夫に保険金をかけて殺そうとするサスペンス・ドラマで、内容は戦争と直接関係ないものの、ローキー・ライティングを使った暗い画面、死を迎える主人公が過去を語っていくフラッシュバック、男性を魅了しながら陥れていくファム・ファタール（運命の女）など、主人公が必死にもがいても回避し切れない、ある種の絶望感を印象づけている作品である。こうした1940年代から50年代にかけて作られたアメリカ映画のある種の傾向は、夢工場を体現してきたハリウッドの自己不信と屈折した思いを示していると言えるだろう。

(仁井田)

ラオール・ウォルシュ
Raoul Walsh (1887-1980)

——ハリウッド古典期のアクション派の職人監督

　ラオール・ウォルシュは、オスカー像には無縁で、突出した傑作も残してはいないものの、古典期を中心に多彩なジャンルの娯楽映画を撮った監督であり、1913年から64年までの現役時代に撮った作品は130本を超える。テンポのある場面経過と素早いアクション描写が持ち味で、西部劇・戦争映画・犯罪映画のジャンルに優れた作品が多い。淀みなく伝達される語りの自然さの中に、職人的な演出の巧みさが織り込まれている。

　ニューヨークの中流階級の家庭に生まれたウォルシュは、のちに『壮烈第七騎兵隊』(They Died with Their Boots On, 1941) で、その軍人像を理想的に描くことになるカスター将軍の英雄譚に胸を躍らせるなど、子ども時代から大西部に憧れを抱いていた。大学を中退して叔父の船でキューバに航海後、メキシコ、テキサス、モンタナでカウボーイとして働いていたが、馬の調教中に右膝を負傷、その療養中に乗馬技術を見込まれて移動劇団に参加した。ベストセラー小説を演劇化した『クランズマン』で、白装束のKKK（クー・クラックス・クラン）の団員役で出演したのが俳優としての第一歩になった。ニューヨークに戻ってからパテ社の西部劇出演を経て、D・W・グリフィス*のいたバイオグラフ社に参加、俳優兼監督として働いた。グリフィスの演出を間近に観察して、映画製作について多くを学んだ。グリフィスの『國民の創生』*(1915) では、観劇中のリンカーンを暗殺したジョン・ウィルクス・ブース役を演じている。

　1915年にフォックス社と契約、ニューヨークを舞台に初の本格的なギャング映画とされる『復活』(Regeneration) を撮り監督業を開始。多いときには年に5本の作品を撮った。サイレント期では、鍛え上げた身体が自慢のダグラス・フェアバンクスが盗賊を演じ、魔法のロープや空飛ぶ絨毯のトリック撮影でも楽しませてくれる『バグダッドの盗賊』(The Thief of Bagdad, 1924) や、第一次世界大戦のフランス戦線を舞台に二人の海兵隊員の友情とフランス人女性をめぐる確執を、爆発と閃光に満ちた戦闘場面も交えて描いた『栄光』(What Price Glory, 1926) が知られている。また、『港の女』(Sadie Thompson, 1928) では、監督だ

けではなく、人気のピークにあったグロリア・スワンソンを相手に主役も務め、俳優としても注目されたが、『懐かしのアリゾナ』（In Old Arizona）を撮影中の1929年、田舎道を夜間に運転中、小動物がガラスを破ってウォルシュの顔を直撃して右目を失明し、以後は監督業に専念した。トーキー移行後に撮った『ビッグ・トレイル』（The Big Trail, 1930）では、まだ無名だったジョン・ウェインを主役に抜擢し、幌馬車隊が大平原を移動してオレゴンへと至る西部開拓の苦闘を雄大なスケールで描いた。

　ウォルシュのフィルモグラフィで高い評価を受けているのは、1939年以降にワーナー・ブラザースで撮った一連の犯罪劇である。密造酒製造によって犯罪組織のトップにのぼりつめたジェームズ・ギャグニーが、敵対組織との抗争に敗れて最後は路上で息絶える『彼奴は顔役だ！』（The Roaring Twenties, 1939）、ハンフリー・ボガート主演で長距離トラック運転手の労働と生活の過酷さを描いた『夜までドライブ』（They Drive by Night, 1940）、ボガートがアイダ・ルピノ＊と共演、出所したが更生の機会を失って再び強盗に手を染め、悲劇的な最期を遂げる『ハイ・シェラ』（High Sierra, 1941）、冷酷で非情、計算高いが母親に異常な愛着を持つギャグニーが、石油タンクの頂上で大爆発に包まれるラストで有名な『白熱』（White Heat, 1949）は、いずれも古典期のハリウッドが生んだ娯楽作品の中でも最良の部類に属する。

　ウォルシュは、ジャンルの枠組みに忠実な娯楽映画を撮ってきた一方で、その慣習を創造的に踏み越える演出も見せてきた。都会の片隅ではなく大自然を舞台に犯罪者が悲劇的に死ぬことで、逆に精神的な高貴さを獲得する『ハイ・シェラ』は、従来のギャング映画の構造を反転させた作品である。主人公を苦しめる悪夢の正体が、敵対する別の家族との過去の抗争であったことが徐々に明らかにされる『追跡』（Pursued, 1947）は、西部劇にフィルム・ノワールの様式を組み合わせた映画である。また、『死の谷』（Colorado Territory, 1949）では、『ハイ・シェラ』のプロットを西部劇の意匠で再演出し、一匹狼の主人公の軌跡を新たな哀感で表現している。彼の演出の巧みさは、こうしたジャンルの慣習の拡張にも表れている。

（長谷川）

参考文献紹介　日本語文献でまとまったウォルシュ研究はないが、英語文献は複数あり、近年のものでは、John M. Smith, *The Films of Raoul Walsh: A Critical Approach*（CreateSpace Independent Publishing）がウォルシュのキャリアの全貌を知るのに適している。

マイケル・カーティス
Michael Curtiz (1888-1962)

——スタジオ・システムが生んだ多作監督

ハンガリー、ブダペスト生まれ。当初は俳優兼監督としてハンガリー映画の創成期を支えたが、ハンガリー革命の失敗で映画製作が国営化されると、共産主義者であったカーティス（アメリカ亡命前はケルテス・ミハーイと名乗っていた）はオーストリアのサッシャ・フィルムに移籍した。そこで撮った『ソドムとゴモラ』(Sodom und Gomorrha, 1922)と『イスラエルの月』(Die Sklavenkönigin, 1924)で注目を集め、『ノアの箱舟』(Noah's Ark, 1928)の映画化を企画していたワーナー・ブラザースと契約。100万ドルという巨額の製作費をかけた『ノアの箱舟』は大成功を収め、製作費の倍以上の興行収入を稼いだ。以降は平均すると年に3本以上のペースで撮り、トータルで作品数は100本以上に及ぶなど、生涯ハリウッドで多産な映画人生を送った。

スタジオ側の企画に応じてありとあらゆるジャンルの映画を作っており、そういう意味でハリウッドのスタジオ・システムでもっとも活躍した監督であると言える。したがってその作家性を取り上げられることはほとんどなく、典型的な職人監督とみなされていた。一方でこれほどの数の映画を撮りながら、完全主義的な厳格さで作品の質を高めたことでも知られる。また数多くの俳優の魅力を引き出し、スターにした功績も無視できない。

ハリウッド時代の初期でもっとも特筆すべきはエロール・フリンを主人公に据えた一連の作品で、全部で8本を数える。なかでも『海賊ブラッド』(Captain Blood, 1935)、『ロビンフッドの冒険』(The Adventures of Robin Hood, 1938)、『シー・ホーク』(The Sea Hawk, 1940)は高く評価されている。これらの映画は支配者の暴虐に抵抗するヒーローを描く物語であり、かつて革命の失敗で故国ハンガリーを追われたカーティスは、ヨーロッパ全域を侵略しつつあったナチスの脅威を悪役に投影していたと思われる。

またカーティスは第二次世界大戦参戦に向かいつつあったアメリカにおいて、スタジオ側が抱いていたプロパガンダ的な意図をうまく描き出していた。あからさまに愛国心高揚映画であった『ヤンキー・ドゥードゥル・ダンディ』(Yankee Doodle Dandy, 1942)は言うまでもなく、例えばしばしば指摘されるように、参戦前夜に作られた『カンサス騎兵隊』(Santa

Fe Trail, 1940) は、南北アメリカ人の団結を訴えるため、実在の奴隷解放運動家ジョン・ブラウンを南北戦争の原因と捉え、国を二分させようとする悪役として描いた。カーティスのもっとも有名な映画である『カサブランカ』*（Casablanca, 1942）もアメリカの参戦直後に作られた映画であり、やはり政治的に無関心な主人公がやがてナチスへの抵抗運動に目覚める物語として、孤立主義から参戦に転じたアメリカを賛美する内容になっているのである。

　このように国家やスタジオの意図をくみ取る内容の映画を多数撮っていたことからもわかるように、強い作家性から作品を製作するというよりは時代のイデオロギーに迎合するような内容が多いことは否めない。フィルム・ノワールとメロドラマを融合させた『ミルドレッド・ピアース』*（Mildred Pierce, 1945）なども社会に出て活躍する女性を罰する男性中心的な物語として観ることが可能であり、カーティス作品はしばしば非常に保守的である。

　おそらくカーティスはアメリカ人が見たいアメリカを描き出すことにもっとも才能を発揮した監督であった。『エジプト人』（The Egyptian, 1954）や『剣と十字架』（Francis of Assisi, 1961）のような歴史映画を除けば、『夜も昼も』（Night and Day, 1946）や『アメリカ野郎』（Jim Thorpe: All American, 1951）など著名人の伝記映画や『ジャズ・シンガー』（The Jazz Singer, 1952）、『ホワイト・クリスマス』（White Christmas, 1954）などのミュージカルなど、いずれもアメリカの理想像を描き出す映画になっている。しばしばスタジオ・システムの崩壊とともに能力を発揮できなくなっていったと評されるが、死の前年に至るまでカーティスが描いたのは『俺たちは天使じゃない』（We're Are No Angels, 1955）のハンフリー・ボガートであり、『闇に響く声』（King Creole, 1958）のエルヴィス・プレスリーであり、『コマンチェロ』（The Comancheros, 1961）のジョン・ウェインであった。カーティスの多産で雑多な作品リストに共通点を見出すとすれば、故国を追われた移民の見た理想的な国家が描き出されているということだろう。

（高野）

参考文献紹介　日本ではほとんど研究されていない。アメリカでは James C. Robertson, The Casablanca Man: The Cinema of Michael Curtiz（Routledge）がもっとも包括的である。

2　トーキーの誕生から第二次世界大戦期　1927－1948

ジェームズ・ホエール
James Whale (1889-1957)

――アメリカン・ホラー映画の父祖

　1889年、イギリス、ダドリーの貧しい労働者階級の家庭に生まれる。幼少期は慈善学校に通いながら靴修理屋で働き、20代には日中は板金工場で働きながら、夜は美術学校で絵を学ぶ。1915年、第一次世界大戦に少尉として従軍。フランスの西部戦線でドイツ軍と激しい塹壕戦の末、17年にドイツ軍の捕虜となる。この戦争体験はホエールの人生と芸術に大きな影響を与えることになる。ドイツの収容所で捕虜たちと気晴らしのつもりで始めた演劇上演会で演劇に目覚め、戦後、イギリスの劇団に入団し、俳優、舞台美術家を経て舞台演出家となる。28年、R・C・シェリフの戯曲『旅路の果て』(*Journey's End*) の演出で注目される。本作は、第一次世界大戦下のフランスの英国軍塹壕陣地を舞台に、何年にもわたるドイツ軍との激しい戦闘で心が荒み酒に溺れる陸軍大尉スタンホープと、彼を取り巻く兵士たちとが織りなす群像劇である。塹壕戦を経験したホエール自身がセットをデザインし、不吉な閉塞感を見事に再現する。舞台上で描かれる戦場があまりにも悲惨であったことから、初日の幕が下りた直後はしばらく重苦しい沈黙が劇場を満たしたという。この劇は大ヒットとなり、翌年にはブロードウェイで上演され好評を博す。この成功を耳にしたハリウッドがホエールを映画の世界に誘い、29年以降、映画監督としての道を歩みはじめる。

　ハリウッドにやってきたホエールは、まず2本の映画でダイアローグ・ディレクターを務めながらトーキーの撮影技術を学び、1930年に『旅路の果て』の映画版を撮る。本作では、舞台のために考案した爆弾の轟きや銃声の音などの複雑な音響効果を駆使し、戦争の生々しさをよりリアルに伝え、高い評価を得る。その後、ユニバーサルと5年契約を結び、そこで、彼の代表作となる『フランケンシュタイン』(*Frankenstein*, 1931)、『透明人間』(*The Invisible Man*, 1933)、そして『フランケンシュタインの花嫁』(*Frankenstein's Bride*, 1935) を世に送り出す。これらはいずれも現代ではホラー映画創世記の古典とみなされている。

　メアリー・シェリーの原作を大胆に脚色した『フランケンシュタイン』は、生命創造方法を探り当てたフランケンシュタイン博士が人造人間のモンスターを作り上げるもの

の、そのモンスターに次第に追い詰められていくさまをドイツ表現主義的なセットと壮大なスケールで描き出し、記録的な大ヒットとなる。現在では定番となっている四角い頭、重たい額、それらをつなぐ首元の留め具といったモンスターの外見は、この映画のためにホエール自身が考案したものである。その続編となる『フランケンシュタインの花嫁』では、前作では死んだと思われていたモンスターが実は生き延びており、自らの孤独を癒すパートナー（花嫁）を望むものの、その希望が叶わず自滅する。この2作品を通じて描かれるのは、創造主である博士の苦悩というよりは、むしろ人間的な感受性や言葉を獲得していきながらも人間社会から排斥されるモンスターの究極の孤独であり、ここに同性愛者であったホエール自身の孤独を重ねる批評家も少なくない。H・G・ウェルズ原作の『透明人間』は、天才科学者グリフィンが研究中の新薬に体を透明にする作用があることを知り、これがもたらし得る富と権力を独占する野望を胸に自らが実験台となって体を透明にするものの、元に戻れず次第に追い詰められ罪を犯していくさまを追う特撮を駆使したSFホラー映画である。上記作品ではいずれも個人的野心から後戻りできない状況へと追い込まれていく傲慢な科学者が描かれており、そこには人間の科学的進歩への妄信と、戦争に代表される取り返しのつかない状況を作り出す人間の愚かさに対する警鐘が込められている。

　ホラー映画以外にも、第一次世界大戦の空襲下のロンドンを舞台に、生活苦から娼婦となった女性と戦場へと赴く青年将校との悲恋を叙情豊かに描く『ウォタルウ橋』(Waterloo Bridge, 1931) などのメロドラマや、ミュージカル映画『ショウボート』(Show Boat, 1936) など、扱ったジャンルは多岐にわたる。『ショウボート』では、有名なナンバー「オールマンリヴァー」を歌う黒人俳優ポール・ロブソンの顔が当時としては珍しくクロースアップで捉えられるなか、苦役に耐える彼の姿が一連のタブローで挿入され、ここに監督の社会的弱者への問題意識を認めることができる。

　1930年代後半からスタジオとの関係が悪化し、映画界から距離を置くようになる。晩年は絵を描いて過ごすが、病に苦しみ、57年に自殺。

(相原 [直])

参考文献紹介　James Curtis, *James Whale: A New World of Gods and Monsters* (Faber and Faber) がある。

2　トーキーの誕生から第二次世界大戦期　1927−1948

フリッツ・ラング
Fritz Lang（1890-1976）

――ベルリンの光と闇をまとってハリウッドに降臨したフィルム・ノワールの巨匠

1890年、当時のオーストリア＝ハンガリー帝国の首都ウィーンでフリードリヒ・クリスティアン・アントン・ラング（Friedrich Christian Anton Lang）として生まれる。母親はユダヤ系だがカトリックに改宗しており、ラング自身もカトリックの洗礼と教育を受ける。はじめのうちはフリードリヒ・ラングと名乗っていたが、のちにフリッツ・ラングを正式名として用いるようになる。建築業者であった父親の希望でウィーン工科大学に進学するも1年で中退し、画家を目指してミュン

CC BY-SA 3.0

ヘンの美術学校に通った後パリで画家修業をする。このころから映画も本格的に観るようになる。第一次世界大戦勃発とともにウィーンに戻り、オーストリア＝ハンガリー帝国軍に志願する。従軍中は敵陣地に潜入して要塞の様子をデッサンするといった偵察の任務に就く。前線で片目を負傷したことにより、その後トレードマークとなる片眼鏡を常用するようになる。負傷による一時休暇中に知人の勧めで映画の脚本を書きはじめ、そのうちの何本かが映画化される。除隊後、自分が書いた脚本の映画化の出来に幻滅し、自ら映画監督を目指すようになる。ドイツ国籍を取得後、ウィーンを離れベルリンで映画監督としての道を歩みはじめる。1919年、混血の女性をめぐる人種差別とそれに起因する復讐を扱った『混血児』（Halbblut）で念願の監督デビューを果たす。

ドイツ（ワイマール共和国）時代（1919-33）の計16本の映画の中には日本を舞台にした『ハラキリ』（Harakiri, 1919）、未来都市を描いたSF大作『メトロポリス』（Metropolis, 1927）、そしてドイツ映画史にその名を残す代表作『M』（M, 1931）などがある。『メトロポリス』は興行的には失敗に終わったものの、その斬新さゆえにポップ・イコンとして現代の様々な芸術ジャンルに今なお影響を与えつづけている。幼女連続殺人を扱った『M』はそれまでサイレント映画を撮っていたラングの初トーキー映画である。トーキー初期に大量生産された音楽映画とは趣を異にし、音楽の代わりに犯人の吹く口笛、子供の歌声、盲目の風船売りの聴覚が捉える生活音などが効果的に使われ、ラングの洗練された創造性が遺憾なく発揮されている。1933年、フランス経由でアメリカに亡命。本人は亡命理由としてナチ

スの宣伝大臣ゲッベルスに第三帝国の映画製作の監修を要請されたことを挙げているが、近年ではそれ以外の私生活上の問題もあったのではないかとの見方もある。

アメリカ時代の幕開けとなる『激怒』(Fury, 1936)、『暗黒街の弾丸』(You Only Live Once, 1937)、『真人間』(You and Me, 1938) では犯罪者と間違われた者がさらされる社会的暴力、出所した元犯罪者への差別や彼らの更生といった社会的テーマが扱われている。1940年代前半には3本の反ナチ映画──『マン・ハント』(Man Hunt, 1941)、『死刑執行人もまた死す』(Hangmen Also Die!, 1943)、『恐怖省』(Ministry of Fear, 1944) ──を撮り、『死刑執行人』ではラングの資金的援助でアメリカに亡命したベルトルト・ブレヒトが共同脚本執筆者として参加している。中年男が謎の美女に惹かれることで巻き込まれる悪夢的世界を描く『飾窓の女』(The Woman in the Window, 1944) と『スカーレット・ストリート』(Scarlet Street, 1945) や、妻を殺された刑事が復讐に燃える姿を追う『復讐は俺に任せろ』(The Big Heat, 1953) は、いずれもラングのフィルム・ノワールの代表作である。このほかにもカラー西部劇(『地獄への逆襲』[The Return of Frank James, 1940]、『西部魂』[Western Union, 1941]) やメロドラマ的な犯罪映画など、手がけたジャンルや主題は多岐にわたり、アメリカでの監督作品だけでも20本を超えている。

監督主導のドイツとは異なるスタジオ主導の映画製作に甘んじたことから、ラングのアメリカ時代の映画はその質においてドイツ時代に劣るとみなす批評家もいる。しかし、亡命後のラングは積極的にアメリカ文化を吸収し、ドイツ時代から得意としてきた犯罪映画やメロドラマの可能性をさらに押し広げていった。ドイツ時代からの重要な主題であった扇動され暴徒化する大衆の暴力性などはアメリカ社会を捉える有効な装置となり、彼の映像の斬新な構図とその多義性、悪夢的な暗さ、そして憂いを湛えたアイロニーはフィルム・ノワール的表現をさらなる高みへと昇華させることに貢献した。　　　　(相原[直])

参考文献紹介　人生と作品は、明石政紀『フリッツ・ラングまたは伯林＝聖林』(アルファベータ) と吉田広明『亡命者たちのハリウッド』(作品社) に詳しい。『映画監督に著作権はない』(筑摩書房) は貴重なインタヴュー。英語圏の研究には、Joe McElhaney編 A Companion to Fritz Lang (Wiley Blackwell) などがある。

エルンスト・ルビッチ
Ernst Lubitsch（1892-1947）

――映画演出に新たな可能性をもたらしたコメディの天才

　1892年に裕福なユダヤ人の両親のもと、ドイツ、ベルリンに生まれる。ドイツ映画界で活躍した後、歴史劇『マダム・デュバリー』(Madame Dubarry, 1919) が本国ドイツだけでなく、アメリカでも大ヒットしたことで注目され、メアリー・ピックフォードの招へいでアメリカに渡ってからは、その後の生涯をアメリカ映画界で過ごす。

　「ルビッチ・タッチ」と呼ばれる独特のスタイルで知られているが、この言葉自体明確な定義がされているわけではない。すでに1920年代の評論にも用いられており、1968年にはルビッチ最初の研究書のタイトルにもなったが、多くはヨーロッパ風の雰囲気を指すなど皮相的な理解にとどまっている。重要なのは省略や間接的なほのめかしを通じて、映し出される以上の内容を伝える技巧であり、これによって複雑なニュアンスを伝えるとともに想像をかき立て、観客を解釈の共犯関係に巻き込むのである。ルビッチは不倫などの性的なモチーフを好んで扱うが、とりわけ性的な表現を抑圧しようとする30年代のハリウッドにおいて、あからさまな表現を避けるこの技巧は重宝された。しかしそれだけではなく、描かれた映像以上の内容を観客に伝える技術を高めたという点で映画演出上の大きな進歩をもたらしたと言えるだろう。

　ハリウッドに行ってから、ルビッチのこのようなスタイルは、三角関係や不倫、売春などの犯罪といった、とりわけ性的にきわどい内容を扱ったロマンティック・コメディの分野で開花することになる。サイレント時代の『結婚哲学』(The Marriage Circle, 1924) はその代表であり、複数の登場人物が婚姻外の相手に対して抱く欲望が引き起こす人間関係の変化をテーマにしている。これらはのちの作品と同様、性的なモチーフを描くに際して舞台をヨーロッパに置き、ヨーロッパの原作を用いることで、ヨーロッパ的洗練を「安全に」アメリカに持ち込むことを可能にしたのである。

　トーキー映画初期はミュージカルが中心であった。『ラヴ・パレイド』(The Love Parade, 1929) や『陽気な中尉さん』(The Smiling Lieutenant, 1931) などである。一方でトーキーになっ

てもほかの監督のように台詞に頼ることなく、サイレント時代に築き上げた間接的表現の技巧を深めた。それが高い芸術的成果となって表れたのが『極楽特急』(Trouble in Paradise, 1932) をはじめとする男女の三角関係を扱ったコメディである。この作品は詐欺師の男女が大富豪の女性を騙そうとするも、男が標的に恋をしてしまうという物語で、ルビッチの典型的な作品として高く評価されている。翌年には『生活の設計』(Design for Living, 1933) が作られ、この作品も評価が高い。

『青髭八人目の妻』(Bluebeard's Eighth Wife, 1938) にはビリー・ワイルダー＊とその盟友であった脚本家チャールズ・ブラケットが脚本を書いた。ソビエト連邦の公使がフランス人貴族と恋に落ちる物語『ニノチカ』(Ninotchka, 1939) でも、この二人は脚本に加わっている（一番のお気に入りの脚本家はサムソン・ラファエルソンで8本の作品の脚本を書いている）。1940年の『桃色の店』(The Shop around the Corner, 1940) はこのジャンルの最高傑作として知られており、『グッド・オールド・サマータイム』(In the Good Old Summertime, 1949)、『ユー・ガット・メール』(You've Got Mail, 1998) と二度にわたってリメイクされている。

また『桃色の店』は世界恐慌の影響と労働者と雇用者の関係という当時の社会問題も扱っており、『ニノチカ』以降、ルビッチはヨーロッパの政治的状況を強く意識していたことがわかる。とりわけ『生きるべきか死ぬべきか』(To Be or Not to Be, 1942) はポーランドに侵攻したナチス・ドイツに対する抵抗運動を、ユダヤ人の三流俳優たちの活躍を通して描いたコメディで、ルビッチの最高傑作と言ってよいだろう。この作品も『メル・ブルックスの大脱走』(To Be or Not to Be, 1983) としてリメイクされている。

ルビッチは映画演出の可能性を大きく広げ、彼のことを師と仰いだビリー・ワイルダーなど、多くの作家に多大な影響を与えた。またしばしば力強い女性が描かれることが特徴的で、結婚制度の問題点とその機能不全をコメディの形式を通して描いた。これらの特色は娘のニコラ・ルビッチが#MeToo運動の先駆けと評したように、今日的な問題とつながっている。

（高野）

参考文献紹介　最初の本格的な研究は1968年に書かれたハワード・G・ワインバーグ『ルビッチ・タッチ』(国書刊行会) だが、それ以後無数に研究されている。最近のものとしてはRick McCormick, *Sex, Politics, and Comedy: The Transnational Cinema of Ernst Lubitsch* (Indiana UP) などがある。

キング・ヴィダー
King Vidor (1894-1982)

―― 映画の内と外で「個人」として生きることを問いつづけた監督

　サイレントからトーキーへの転換期を乗り越えて、1950年代まで活躍した。テキサス州ガルヴェストンに生まれる。彼の祖父は、革命をきっかけにハンガリーからアメリカに亡命した移民だった。ニュース映画のカメラマンや自主映画の監督を経て、ハリウッドへ赴く。1918年に『故郷への道』(The Turn in the Road) で商業映画監督デビューした後、「ヴィダー・ヴィレッジ」という個人の映画会社を立ち上げたが、経営に行き詰まり閉鎖する。23年、ゴールドウィン社と契約（同社は、他2社との合併により24年にMGMとなる）。その後、ほかの映画会社と短期間契約したり、個人の企画を手がけたりすることもあったが、44年までの約20年間にわたり、MGM製作・配給の作品を監督しつづけた。

　MGMでの代表的なサイレント作品は、第一次世界大戦時にフランスに出征したアメリカ人を描いて、サイレント映画最高とも言われる興行収入を記録し、のちの戦争映画にも大きな影響を与えた『ビッグ・パレード』(The Big Parade, 1925)、そして、ニューヨークの大勢の人々の中で歯車のひとつのようになって働きながらも、いつかは個人として成功することを夢見るアメリカ人青年ジョン・シムズの半生を描いた『群衆』(The Crowd, 1928) である。特に、『群衆』は、スタジオ・システムが確立していくころの映画会社と監督との関係性を考察する上でも興味深い作品である。ヴィダー自身の当初のアイデアによる現実的なエンディングと、MGMがそれに難色を示したために生まれた、広告代理店の仕事に就くことに成功したジョンが家族とクリスマスを祝うというハッピー・エンディング、これらふたつのエンディングがあり、公開当時、どちらのエンディングを選んで上映するかは、興行側が決めてよいということになっていたことで知られている。

　トーキー以後のヴィダーは、主にMGMで腕を振るいながらも、個人企画の作品も発表した。個人企画の作品で特に知られているのは、彼のトーキー第1作『ハレルヤ』(Hallelujah!, 1929)、そして、『群衆』と同じ名前の主人公を持つ『麦秋（むぎのあき）』(Our Daily Bread, 1934) の2作である。『ハレルヤ』は、南部の黒人コミュニティを描いたミュージカ

ル映画で、配給のみ MGM が担当した。オール黒人キャストのメジャー配給作品としては
もっとも早いものの1本となった。『群衆』の続編と位置づけることも可能な『麦秋』は、
大不況のために都市で困窮していたジョン・シムズとその妻メアリーが、農村に移住し、
仕事を求めて村に集まってきたほかの住人を取りまとめながら、自給自足農業を確立しよ
うと奮闘する物語である。当時の MGM のプロデューサーで『ビッグ・パレード』の製作
にも携わったアーウィング・タルバーグは、テーマが急進的すぎると『麦秋』の企画に難
色を示した。そのためヴィダーは、自宅を抵当に入れ、独立プロダクションで製作。配給
は MGM ではなくユナイテッド・アーティスツが担当した。このように MGM とはときに
微妙な関係に陥りながらも、ヴィダーは、MGM がその演出の手堅さを常に頼りにする、
まさにスタジオ・システム全盛時代を支えた監督の一人であった。

　1930年代から40年代前半にかけては、西部劇『ビリー・ザ・キッド』(*Billy the Kid*, 1930)、
ファミリー・メロドラマ『ステラ・ダラス』(*Stella Dallas*, 1937) など、複数のジャンルにま
たがって秀作を生んだ。また、MGM のミュージカル映画『オズの魔法使』* (*The Wizard of
Oz*, 1939) では、ノン・クレジットながら白黒パートの大部分を監督した。

　しかし、劇場側の長すぎるという抗議を受けて『アメリカン・ロマンス』(*An American
Romance*, 1944) を MGM がカットしたこと、さらに本作が結局興行的には振るわなかったこ
とから、ヴィダーは MGM と決別する。翌年、独立プロデューサー、デヴィッド・O・セ
ルズニックが製作・配給・脚本を手がけた西部劇『白昼の決闘』(*Duel In The Sun*, 1946) を
監督するが、セルズニックと対立し、撮影終了直前に現場を去った。その後も、『摩天
楼』(*The Fountainhead*, 1949)、『戦争と平和』(*War and Peace*, 1956)、『ソロモンとシバの女王』
(*Solomon and Sheba*, 1959) などを監督するが、60年代以降はメジャーの大作から手を引いた。
82年、カリフォルニア州で死去。

（碓井）

参考文献紹介　近年のメロドラマおよびフェミニスト映画研究で注目されるようになった『ス
テラ・ダラス』をめぐる論争史が Karen Hollinger, *Feminist Film Studies* (Routledge) の49-55頁に
まとめられている。『群衆』のふたつの異なるエンディングについては、Miriam Hansen が、ク
ラカウアーの理論に依拠しつつ、"Ambivalences of the Mass Ornament: King Vidor's *The Crowd*"
(*Qui Parle*, vol. 5, no. 2, 1992) で詳しく論じている。

ジョン・フォード
John Ford（1894-1973）

―― 西部劇の名匠、映画界の巨星

　メイン州ケープ・エリザベス生まれ。両親はアイルランド移民。アイルランドはフォード映画を貫くテーマである。本名はジョン・マーティン・フィーニー。「フォード」は兄フランシスの芸名を借りたもの。フォードは、1914年にハリウッドに渡り、先に俳優・監督として名を馳せていたフランシスの助手となる。17年に監督デビューをする。生涯を通し、「フォード一座」と呼ばれる俳優仲間とともに、長編映画だけで110本以上もの作品を手がけた。短編映画やテレビ作品を加えると作品数はさらに増え、膨大になる。

　少年時代のスティーブン・スピルバーグ＊に、フォードが画面の地平線の位置の重要さを講じたという有名な逸話があるが、シンプルな構図や演出の内に、無限の美しさとニュアンスを織り込むことのできた不世出の監督である。世界中の多くの監督に敬愛されており、まさしく映画界の巨星と言える。一方で、古きアメリカの象徴である西部劇ジャンルや、タカ派として知られるスター、ジョン・ウェインとの結びつきが一因となり、保守的・反動的な監督という先入観にもさらされてきた。

　以下、監督としての経歴をいくつかの時期に分けて概観する（監督作が極めて多いため、個別作品への言及は最小限に留める）。1917年から21年まではユニバーサルで西部劇を多く監督。フォードと20作以上でコンビを組み、若き日の彼に大きな影響を与えたスターが、ハリー・ケリーである。初の長編『誉の名手』(Straight Shooting, 1917) もケリーが主演した西部劇。1921年から31年まではフォックスの専属監督として、多様な題材の映画を手がける。当時の最大のヒット作は叙事詩西部劇『アイアン・ホース』(The Iron Horse, 1924)。1926年、フォードは同スタジオに招かれたドイツの巨匠F・W・ムルナウ＊と親交を結び、視覚スタイルの面で多大な影響を受けた。1931年から41年までは、フォックスを拠点としつつ、ほかのスタジオでも監督を務める。この間に『男の敵』(The Informer, 1935)、『怒りの葡萄』(The Grapes of Wrath, 1940)、『わが谷は緑なりき』(How Green Was My Valley, 1941) で3度のアカデミー監督賞を受賞し、ハリウッドを代表する監督となる。後者2作の

58　　第I部　アメリカ映画の歴史

製作を務めた20世紀フォックス（旧フォックス、合併により改称）のダリル・F・ザナックとは、監督の裁量をめぐり衝突を繰り返した。『駅馬車』*（Stagecoach, 1939）は独立系のプロデューサー、ウォルター・ウェンジャーと組んだ作品で、13年ぶりの西部劇。戦時中はアメリカ海軍で自ら創設した野戦撮影隊を率い、ドキュメンタリー映画や訓練映画の製作を行った。

　1946年、フォックスの再契約のオファーを断り、独立し、50年代前半までは、メリアン・C・クーパーと共同設立したアーゴシー・ピクチャーズを中心に活動する。野心作『逃亡者』（The Fugitive, 1947）は興行的失敗に終わるが、騎兵隊3部作『アパッチ砦』（Fort Apache, 1948）、『黄色いリボン』（She Wore a Yellow Ribbon, 1949）、『リオ・グランデの砦』（Rio Grande, 1950）などで挽回。騎兵隊の砦や、『長い灰色の線』（The Long Gray Line, 1955）の陸軍士官学校は、フォードのふたつの関心領域、軍隊と家庭が共存する空間として重要である。アーゴシーでは、長年温めてきた『静かなる男』（The Quiet Man）の企画を進め、52年に映画化を実現している。アイルランドに帰郷する元ボクサーを描く本作で、史上最多となる4度目のアカデミー監督賞を受賞した。主演は『駅馬車』以降、フォード映画の顔となったジョン・ウェインで、これ以降もウェインは西部劇の傑作『捜索者』*（The Searchers, 1956）などで主演を務めた。

　キャリアの終盤、特に60年代の作品は創作意欲の衰えが見えるとして軽視されることもあったが、のちに再評価が進んだ。最後の長編監督作は、中国のキリスト教宣教師団を描く『荒野の女たち』（7 Women, 1966）。

　フォードが西部劇の名匠であることは間違いない。しかし、特に30年代以降は西部劇がフィルモグラフィの一部を占めるにすぎないことも、見逃すべきではない。実際、映画の舞台はアメリカ南部、アイルランド、南太平洋、中国など西部を越えて広がっている。西部劇から連想される男性的、個人主義的ヴィジョンとは異なる側面もある。むしろそうした多面性がもっとも効果的な映像の内に表出している点こそが、フォードを真の巨匠たらしめている。

（川本）

参考文献紹介　蓮實重彦『ジョン・フォード論』（文藝春秋）は映画作家論の金字塔。英語文献では、Joseph McBride の伝記 Searching for John Ford: A Life（St. Martin's Press）をまず手に取るとよい。Bill Levy, John Ford: A Bio-Bibliography（Greenwood）や Sue Matheson, The John Ford Encyclopedia（Rowman & Littlefield）もリサーチを進める上で役に立つ。

ハワード・ホークス
Howard Hawks (1896-1977)

──ハリウッド映画を確立した〈作家〉

インディアナ州生まれ。2歳のころにウィスコンシン州に、10歳のころにカリフォルニア州に移り住み、工科学校に進む。その後、コーネル大学で工学を学ぶが、この時期にパラマウント社の製作部門であった会社で働き、映画製作の現場に触れ、メアリー・ピックフォードの小道具係となり、彼女が出演した映画『小公女』(The Little Princess, 1917) の助監督の仕事も経験する。第一次世界大戦における航空戦を描くホークス監督初のトーキー『暁の偵察』(Dawn Patrol, 1930)、マフィア世界の中で成り上がる男（トニー・ムサンテ）の台頭と破滅を描く『暗黒街の顔役』*(Scarface, 1932) は、ギャング・アクションというサブジャンルのみならず、アクション映画というジャンルの歴史における金字塔となった。

マリリン・モンローやキャサリン・ヘプバーンといった「ホークス的女性」が登場する、『赤ちゃん教育』(Bringing Up Baby, 1938)、『ヒズ・ガール・フライデー』*(His Girl Friday, 1940)、『モンキー・ビジネス』(Monkey Business, 1952)、ミュージカル『紳士は金髪がお好き』(Gentlemen Prefer Blonds, 1953) は、良質のスクリューボール・コメディとして有名である。

また、（のちに夫妻となる）ハンフリー・ボガートとローレン・バコールを主要登場人物に据えたハードボイルド2作、『脱出』(To Have and Not Have, 1945) と『三つ数えろ』(The Big Sleep, 1946) は、ボガートとバコールのハリウッド俳優としての地位を不動にした。

『赤い河』(Red River, 1948) は、ジョン・ウェインの西部劇スターとしての地位を確立したのみならず、本作で俳優デビューしたモンゴメリー・クリフトのスター性をも発見した。助演にディーン・マーティンを迎え、ウェインと再度コンビを組んだ『リオ・ブラボー』(Rio Bravo, 1959) は、西部劇における籠城アクションの典型としてアクション映画史のランドマークとなった。ホークスは、この後『ハタリ！』(Hatari!, 1962)、『エル・ドラド』(El Dorado, 1967)、『リオ・ロボ』(Rio Lobo, 1970) においても、ウェインとコンビを組んでいる。ハリウッド＝西部劇＝ウェインという等式を確立したのは、ジョン・フォード*でもあり、ホークスでもあるのだと言える。

1977年に動脈硬化で死去する。ゲーリー・クーパーが主演男優賞、ウィリアム・ホームズが編集賞を受賞した『ヨーク軍曹』（Sergeant York, 1941）では監督賞を逃すなど、アカデミー賞では無冠であったホークスだが、1975年には名誉賞を受賞している。

ホークスを「作家」としていち早く評価したのは、1953年のジャック・リヴェットの論文「ハワード・ホークスの天才」であった。ホークスを高く評価あるいは再発見したフランスのシネフィルには、このほかにはフランソワ・トリュフォーやジャン＝リュック・ゴダールも含まれ、彼らはホークスをアルフレッド・ヒッチコック＊と並ぶハリウッドの「作家（auteur）」の代表格とみなし、その芸術性を高く評価した。

ホークスが、多種多様なジャンルの作品製作において、自らの理論・メソッドをいかんなく発揮し、ヒット作を生み出すことができたという点で優れた監督であったことを否定する者はいないであろう。徹底的な娯楽の創出へのこだわりは、フランスの評価以前のホークスがヒッチコックとともにどちらかというとB級作品の監督とみなされていたことの理由なのかもしれないが、歴史・政治・経済といったいわゆる外在的なコンテクストとはある一定の距離を感じさせるホークスの映画テクストが、ハリウッド映画を確立した映画群として重要な位置にあり、繰り返し再考すべきテクストなのだ、ということは疑いの余地がないものと考えられる。

（小原）

参考文献紹介　映画理論、ジェンダー、ジャンルといったコンテクストからホークスの作品を読み直した論集としては、Ian Brookes編 *Howard Hawks: New Perspectives*（British Film Institute）が参考になる。ホークスの作品群に現れる象徴をユング心理学の観点から分析した研究に、Clark Branson, *Howard Hawks: A Jungian Study*（Players Press）がある。伝記的な著作としては、トッド・マッカーシー『ハワード・ホークス――ハリウッド伝説に生きる偉大な監督』（フィルムアート社）、ホークスのインタヴューのコレクション、ジョセフ・マクブライド『監督ハワード・ホークス［映画］を語る』（青土社）がある。山田宏一『ハワード・ホークス映画読本』（国書刊行会）からも研究上の様々なインスピレーションが得られる。

ウィリアム・A・ウェルマン
William Augustus Wellman（1896–1975）

——「ワイルド・ビル」の異名を持つ元パイロットの監督

マサチューセッツ州ブルックライン生まれ。本名はウィリアム・オーガスタス・ウェルマン。第一次世界大戦中、アメリカの志願パイロットからなるフランス空軍部隊で活躍。「ワイルド・ビル」という渾名はこのときについたものだが、映画界でもそれにふさわしく、豪胆で激しい気性を見せ、スタジオ幹部とも衝突を繰り返した。

戦場より帰還後、以前より親交のあった俳優ダグラス・フェアバンクスの手引きで、ハリウッドで俳優の仕事に就く。しかし、すぐに関心を演出に移し、下積みを経て、1920年代からフォックスで監督として活動を開始する。低予算の西部劇を多く手がけた後、戦闘機のパイロットとしての経験を買われ、第一次世界大戦の空中戦を描くパラマウントの大作映画『つばさ』（*Wings*, 1927）の監督に抜擢される。リアリズムを徹底追求した空中撮影により、航空アクション映画の礎を築いた。『つばさ』は第1回アカデミー賞の作品賞を受賞。20年代のほかの佳品に、男女の逃避行を描く『人生の乞食』（*Beggars of Life*, 1928）がある。

30年代序盤はワーナー・ブラザースの契約監督として、ギャング映画の古典『民衆の敵』（*The Public Enemy*, 1931）、大恐慌下の生活の鋭敏なドキュメントと言うべき『飢ゆるアメリカ』（*Heroes for Sale*, 1933）や『家なき少年群』（*Wild Boys of the Road*, 1933）など多数の作品を手がける。ワーナーを離れた後は、特定のスタジオとは長期契約を結ばず活動を続けた。30年代後半には、映画スターの栄枯盛衰を描く『スタア誕生』（*A Star Is Born*, 1937）、スクリューボール・コメディ『無責任時代』（*Nothing Sacred*, 1937）（以上の2作はデヴィッド・O・セルズニック製作）、フランス外人部隊に加わるイギリス人兄弟を描く『ボー・ジェスト』（*Beau Geste*, 1939）などを監督。『スタア誕生』では原案でアカデミー賞を受賞した。本作は今日までに3度リメイクされている。

40年代に入り監督した『牛泥棒』（*The Ox-Bow Incident*, 1943）は、リンチの問題を扱った驚くほど陰鬱な西部劇で、ジャンルが描いてきた暴力の正当性を問い直す重要作である。西部劇は第二次世界大戦後に内容的な深化を遂げるが、その先駆となった一作であ

る。『G・Iジョー』(The Story of G.I. Joe, 1945) はヒロイズムや愛国主義を極力排した戦争映画の名作であり、自他ともに認める代表作。ヨーロッパ戦線で常に死と接しながら行動する歩兵隊の姿が、従軍記者の視点から描かれる。暴力や死、生存をかけた戦いは、ジャンルを問わず、ウェルマン映画の重要テーマである。時にあまりに唐突に訪れる死の描写や死体の扱いは、ハリウッド映画の中で異彩を放っている。また、ウェルマンの描く戦いの主体が、男性に限定されないことも重要である。ウェルマンは、プレ・コード期の『夜の看護師』(Night Nurse, 1931)、『地獄の中の安全』(Safe in Hell, 1931)、『真夜中の処女』(Midnight Mary, 1933) ですでに女性の戦いを描いた。また、後年の西部劇『女群西部へ！』(Westward the Women, 1951) は、140人の女性たちが過酷な西部の旅に挑む異色の作品であり、フェミニスト西部劇の初期の例として再評価が進んでいる。

そのほか、戦後の監督作に『廃墟の群盗』(Yellow Sky, 1948)、『戦場』(Battleground, 1949)、『紅の翼』(The High and Mighty, 1954)、『血ぬられし爪あと／影なき殺人ピューマ』(Track of the Cat, 1954) などがある。

最後の監督作は自伝的要素の強い『壮烈！外人部隊』(Lafayette Escadrille, 1958)。同世代のほかの監督と比べると早くに引退したが、それでも生涯にクレジットのあるものだけで60作以上を監督した。クリント・イーストウッド*やマーティン・スコセッシ*などの現代作家からも敬愛されている。もっとも、多様なジャンルで才覚を発揮したがゆえに、作家としての個性はやや見えづらい。内容面でも、社会的メッセージが強い作品はあるが、それに良くも悪くもこだわる監督ではなかった。むしろ、パイロットが毎回命懸けで飛ぶように、各作品にその都度新たな情熱を注ぎ、多くの生気に満ちた作品を世に送り出したところが、ウェルマンらしさと言えるだろう。

(川本)

参考文献紹介 吉田広明『西部劇論——その誕生から終焉まで』(作品社) の第3章は西部劇を中心とする貴重なウェルマン論。英語文献では息子による浩瀚な伝記 William Wellman, Jr., *Wild Bill Wellman: Hollywood Rebel* (Pantheon) がある。文献ではないが、ドキュメンタリー *Wild Bill: Hollywood Maverick* (1995) も併せて参照するとよい。

フランク・キャプラ
Frank Capra (1897-1991)

――アメリカの理念を撮りつづけた理想家肌の社会派監督

　1897年にイタリア、シシリー島に生まれる。1903年、家族とアメリカに移住。1918年にスロープ大学（のちのカリフォルニア工科大学）を卒業後、召集され入隊するが、スペインかぜで除隊。その後様々な職に就くが、1921年に映画会社で働くようになり、1922年に短編映画で監督デビューをする。1925年にマック・セネットと出会い、コメディ俳優ハリー・ラングドン専属の映画監督となる。1928年、当時まだマイナーなスタジオだったコロンビアに雇われ専属となる。コロンビアでのキャプラの活躍は、コロンビアを大成長させ、自分自身を大監督に押し上げた。
　このコロンビア時代に代表作の多くを監督している。大恐慌時代に人道主義の理想に燃える銀行家を描いた『狂乱のアメリカ』(American Madness, 1932)、豪勢な暮らしむきの貴婦人であるかのように娘に伝えていたリンゴ売りの老婆が娘と対面することになり、まわりの人々が善意で支える『一日だけの淑女』(Lady for a Day, 1933)、父親に結婚を反対され家出した大富豪の娘がスクープねらいの新聞記者と出会い一緒に旅を続けるうちに惹かれ合うようになるスクリューボール・コメディ『或る夜の出来事』*(It Happened One Night, 1934)、大富豪である伯父の遺産相続騒動に巻き込まれ自分を陥れようとする者たちと対決し最後は勝利し、報道目的で近づいてきた女性記者と惹かれ合う善良な男を描く『オペラハット』(Mr. Deeds Goes to Town, 1936)、主人公が大富豪の父親が買収しようとしている土地の持ち主の娘と恋をするが、その風変わりな一家の反対にあい結局はその一家の主の老人の「いくら金を儲けても、あの世までには持って行けない」（原題の意味）という考えにみなが共感していく『我が家の楽園』(You Can't Take It with You, 1938)、急死した上院議員の後任として担ぎ出されたスミスがダム汚職関連の土地にキャンプ場を作ろうとして腐敗議員たちに陥れられそうになるものの最後は勝利する『スミス都へ行く』(Mr. Smith Goes to Washington, 1939) などである。『或る夜の出来事』、『オペラハット』、『我が家の楽園』でアカデミー監督賞を受賞した。その後ワーナー・ブラザースに移籍し、社会で追い込まれ自殺志願者となるジョン・ドー（女性記者が捏造した人物）の役目を引き受けた男が政治

利用され陥れられそうになる『群衆』(Meet John Doe, 1941) などを撮った。第二次世界大戦が始まると従軍し『我々はなぜ戦うのか』(『戦争の序曲』) シリーズ (Why We Fight, 1942-45) などのプロパガンダ映画を監督した。1945年には、ウィリアム・ワイラー＊らとリバティ・ピクチャーズを設立し、『素晴らしき哉、人生！』(It's a Wonderful Life, 1946) を監督したが、興行的には失敗した。クリスマス・イブに経済的危機へと陥れられ人生に絶望した善良な男性が友人たちに救われるという代表作のひとつである本作は、皮肉にも、その後、テレビ時代に再発見され、クリスマス映画の定番となっている。キャプラは、1964年の短編映画を最後に引退した。

　キャプラの映画では、理想主義的な個人が腐敗した組織や政治に立ち向かうという主題が繰り返され、民主主義や人権といったアメリカの理念がアイコノグラフィ的にも明示的に標榜され、最後には個人が勝利を収め正直や正義が勝つ。この理想主義的な映画は「キャプレスク」、さらには「キャプリコーン」と呼ばれた。キャプラが活躍した1930年代から第二次世界大戦にかけての大不況時代と異なり、第二次世界大戦後は、キャプラの理想主義的な映画は観客を失った。しかし、啓蒙思想の直系であるアメリカの理念というイデオロギーをキャプラは映画化した。1930年代から第二次世界大戦までのあいだのアメリカを代表する監督の一人である。最後には理想主義が勝利する物語にはなっているが、社会問題や人生の不条理や暗部や絶望が刻印されていることも見逃してはいけないだろう。キャプラの映画は、過酷な社会システムの中で人がいかに自分でありつづけ正しく生きつづけられるかを追求した映画とも言える。なお、キャプラは、個性的な監督と言われるが、ほぼすべてがアダプテーションであり、また、脚本家ロバート・リスキンと協働関係にあった。

(杉野)

参考文献紹介　井上篤夫『素晴らしき哉、フランク・キャプラ』(集英社新書) から入るとよい。学術研究としては、『映画のなかの社会／社会のなかの映画』(ミネルヴァ書房) 所収の杉野の『素晴らしき哉、人生！』論がある。英語圏の研究では、包括的な学術研究書である Ray Carney, *American Vision: The Films of Frank Capra* (Cambridge UP) がある。スタンリー・カヴェル『幸福の追求——ハリウッドの再婚喜劇』(法政大学出版局) は『或る夜の出来事』だけではなくスクリューボール・コメディの必読文献のひとつである。

ドロシー・アーズナー
Dorothy Arzner (1897-1979)
――女性による女性のための女性映画のパイオニア

　若年のアイダ・ルピノ*とともに、スタジオ・システム時代のハリウッドで活躍した女性監督の一人。1897年、カリフォルニア州サンフランシスコ生まれ。1906年、家族でロサンゼルスに移住。父親はハリウッド近郊にチャールズ・チャップリン*など有名な映画人らが集うレストランを経営し、幼いアーズナーはそこに出入りする映画関係者たちに可愛がられていたという。そのような環境の中、15年に南カリフォルニア大学に入学するも2年で中退し、映画監督を目指すようになる。知人の紹介でパラマウント映画の前身であるフェイマス・プレイヤーズ＝ラスキーの脚本部に就職し、そこで脚本をタイプする通常業務のかたわら映画作りの全工程を学び、やがて映画フィルムの編集や脚本執筆に携わるようになる。ルドルフ・ヴァレンチノ主演の映画『血と砂』(1922)では、スタジオが保管するストック動画と新たに撮影された映像とを巧みに組み合わせた迫力ある闘牛場面などを担当し、高度な編集技術が評価される。27年、念願かないサイレント映画『近代女性風俗』(Fashions for Women)で映画監督デビュー。この映画を皮切りに、監督として活躍した15年間で17本の映画を撮る。
　パリのたばこ売りの娘がファッションモデルの替え玉となることで起きる騒動を描いたコメディ『近代女性風俗』で成功を収めたアーズナーは、さらに続けて3本のサイレント映画――下宿屋のメイドが下宿人の売れない作曲家を売り込もうと奔走する『モダン十戒』(Ten Modern Commandments, 1927)、クララ・ボウ演じるアメリカ人娘がパリで婚約者のいるフランス人男性と出会い彼を射止めるまでを描いた『恋人強奪』(Get Your Man, 1927)、サイレント映画でありながら音楽と歌声だけは挿入された『マンハッタン・カクテル』(Manhattan Cocktail, 1928)――を撮った後、パラマウント社初のトーキー映画『ワイルド・パーティー』*(The Wild Party, 1929)をクララ・ボウ主演で撮り、トーキー映画を撮った初の女性監督となる。
　『ワイルド・パーティー』の後、女性脚本家ゾー・エイキンスとタッグを組み、不実な夫によって幼い息子を他家に養子に出されてしまったヒロインが必死に息子を探しあてる

までを描くメロドラマ『サラアと其の子』（Sarah and Son, 1930）を撮る。この映画は当時としては珍しく脚本家、監督、主演俳優がすべて女性の「女性映画」として注目され、その年の「映画ベストテン」に選出される。エイキンスはさらに3本のアーズナー作品――酔った勢いでコーラスガールと結婚した弁護士が彼女への真実の愛に目覚めるまでを描く『夫なき妻』（Anybody's Woman, 1930）、職業婦人になることを夢見て田舎から都会に出てきた姉妹の恋と結婚を描く『めくらの鼠（ねずみ）』（Working Girls, 1931）、そして、キャリアを犠牲にして既婚男性との不倫に走り妊娠するも、社会に自分の居場所を見つけられず死の飛行に旅立つ女性飛行士の悲劇を描いた『人生の高度計』（Christopher Strong, 1933）――の脚本も手がけている。アーズナーとエイキンスは原作を映画脚本用に翻案するにあたり、当時のハリウッド映画の枠組みを維持しつつも、結婚、妊娠、女性の経済問題、女性の連帯といった女性特有のテーマを最大限盛り込み、「女性映画」の礎を築いた。二人のコラボ作品は近年、フェミニスト研究者らによって積極的に再評価されている。特にパラマウント社退職後の監督作品第1作目となった『人生の高度計』は、キャサリン・ヘプバーン演じるヒロインの男性的／女性的服装の揺らぎや、蛾をイメージした仮装パーティ用の奇抜な衣装など、ファッションが多義的なメッセージを放っている点で、一連のアーズナー映画の主要な手法の集大成となっている。このほかにも、父権制の檻の中で自由を希求するあまりに「家」を自分の砦として他者を排除していく女性の複雑な心理を捉えた『クレイグの妻』（Craig's Wife, 1936）や、男性的視線に消費されていく女性の身体性を女性ダンサーの視点から鋭く問う『恋に踊る』（Dance, Girl, Dance, 1940）などがある。

　1942年、ハリウッドの第一線からは退くが、UCLAなどで教鞭を執るかたわらコマーシャル製作などにも関わる。75年、全米監督協会が女性初の会員であったアーズナーの功績を称える。私生活では撮影現場で知り合った16歳年上の女性ダンサーで振付師のマリオン・モーガンと40年間連れ添う。日頃からよく男装しており、映画の中にも度々男装する女性を登場させている。79年、カリフォルニア州にて82歳で死去。　　　　（相原［直］）

参考文献紹介　英語文献にJudith Mayne, *Directed by Dorothy Arzner*（Indiana UP）がある。

ダグラス・サーク
Douglas Sirk (1897-1987)

――アメリカン・メロドラマの巨匠

　1897年、ドイツ、ハンブルクにてハンス・デトレフ・ジールクとして生まれる。第一次世界大戦後、ミュンヘン、イェーナ、ハンブルクの大学で法律、哲学、美術史を学ぶかたわら、ハンブルクのドイツ・シャウシュピールハウスで演目の選定や台本の手直しなどをする第二ドラマトゥルクの職に就く。1922年、演出家としてデビュー。23年、ブレーメン・シャウシュピールハウスの演出主任となり、29年にはライプツィヒの市立劇場の監督に就任。ブレーメン時代に俳優リューディア・ブリンケンと結婚し息子をもうけるが、彼女が熱心なナチス党員となり、離婚。同年、サークの再婚相手の俳優ヒルデ・ヤーリがユダヤ人であったことから、前妻はサークが息子に会うことを禁じる法廷命令を取りつけ、その後サークは二度と息子と会うことができなかった。33年にヒトラーが政権に就くと、妻がユダヤ人であったことから演劇の世界で生きていくことが次第に困難になり、34年、ナチスの監視が比較的緩かったウーファ（UFA）のオファーを受け、映画監督に転身する。長編コメディ映画『エイプリル・フール』(April, April!, 1935)で映画監督としてデビューし、4作目となる『第九交響曲』(Schlußakkord, 1936)が大ヒットとなる。ウーファ時代に10本以上の映画を撮り、ドイツ映画界のトップにのぼりつめるが、39年に妻とともにフランス、オランダを経由してアメリカに亡命。ドイツに残してきた息子については、第二次世界大戦後、一年かけてその消息を尋ね歩いた結果、44年にロシア戦線で戦死していたことを知る。

　亡命後、なかなか監督の仕事に就けず、一時、亡命者救済雇用でコロンビアに脚本家として雇われる。42年、ドイツ人亡命者グループの独立プロダクション企画に参加し『ヒトラーの狂人』(Hitler's Madman)を撮ると、それがMGMに売れ、ようやくアメリカで監督としての再スタートを切る。これ以降、ドイツ時代に名乗っていたデトレフ・ジールクではなく、ダグラス・サークと名乗るようになる。コロンビアでは続けて『夏の嵐』(Summer Storm, 1944)、『パリのスキャンダル』(A Scandal in Paris, 1945)、『誘拐魔』(Lured / Personal Column, 1946)などの犯罪映画を撮るが、ユニバーサルに移籍後、在籍していた7年間で理解ある

68　　第I部　アメリカ映画の歴史

スタッフとともに21本の映画を撮る。

　ユニバーサルでは、はじめのうち西部の小都市を舞台とした家族もののコメディ映画3部作を撮る。なかでもサーク初の長編カラー映画『僕の彼女はどこ？』(*Has Anybody Seen My Gal?*, 1951) では、ヒロインの婚約者役を演じたロック・ハドソンの人気に火がつき、その後ハドソン主演で計8本の映画を撮る。ハドソン演じるプレイボーイが、自分が起こしてしまった事故のせいで未亡人となってしまった女性に純愛を捧げる『心のともしび』(*Magnificent Obsession*, 1954) と、ニュー・イングランドの小都市を舞台にハドソン演じる庭師が周囲の反対を乗り越え身分違いの未亡人との愛を貫く『天が許し給うすべて』(*All That Heaven Allows*, 1955) は、サークのメロドラマの代表作となる。

　サークのメロドラマでは何かが起きても最後には円を描くように元の形に収まるという点で一見ハッピーエンドで終わるが、別の見方をすれば、起きてしまった問題は本質的には何ら解決に向かうことなく放置されたままで状況は何も変わらない、といったペシミズムも含んでおり、観終わった後にはある種の苦みとアイロニーが残る。大ヒットとなったアメリカ時代最後の作品『悲しみは空の彼方に』(*Imitation of Life*, 1959) でも一見白人と黒人の家族がひとつ屋根の下で共存する理想形が描かれているが、ラストシーンで様々な出来事の末に両家族が集うのは主人公の一人の葬式の狭い馬車の中であり、そこに漂う閉塞感は彼らが直面している諸問題が宙吊りのまま明確な解決法を見出せていないことを暗示している。このようにメロドラマという古典的な形式を、人間世界の解決不可能性をアイロニーをもって浮かび上がらせるヨーロッパ的悲劇に匹敵する形式へと昇華させたサークに対する評価は近年高まっており、多くの現代監督に影響を与えつづけている。　　(相原[直])

参考文献紹介　ジョン・ハリディ編『サーク・オン・サーク』(INFASパブリケーションズ) は、サークについての初の単行本 *Sirk on Sirk: Conversations with Jon Halliday* の翻訳であり、巻末に伝記やフィルモグラフィもついている。人生と作品は吉田広明『亡命者たちのハリウッド』(作品社) に詳しい。英語文献としては Victoria L. Evans, *Douglas Sirk, Aesthetic Modernism and the Culture of Modernity* (Edinburgh UP) や Robert B. Pippin, *Douglas Sirk: Filmmaker and Philosopher* (Bloomsbury Academic) などがある。

プレストン・スタージェス
Preston Sturges (1898-1959)
――圧倒的な速度の笑劇に鋭い風刺をこめるトーキー初の脚本家兼監督

　1898年にイリノイ州シカゴでエドモンド・プレストン・バイデンとして誕生。3歳のときに母が資産家のソロモン・スタージェスと再婚して以来、プレストン・スタージェスと名乗る。その生育歴は彼の作品のように波瀾万丈である。母は心酔する舞踏家イザドラ・ダンカンを追って渡欧してはアメリカに戻る生活を続けたが、プレストンが8歳のときに両親は離婚し、母とともに渡仏する。奔放な母だったが文化教育には熱心で、幼少期から息子を、楽器、古典美術、オペラ、演劇、映画などに頻繁に触れさせた。また様々な国の芸術家

Masheter Movie Archive / Alamy Stock Photo

や資産家といった頻繁に変わる母の恋人や、ダンカンを筆頭とする芸術家たちとの交流から、プレストンは10代にして多様な文化の影響を受けた。

　第一次世界大戦の勃発で帰米し、戦後は母が経営する化粧品会社で働く。1920年代後半から劇作家として活動し、ブロードウェイでヒット作も書いた。30年代からはハリウッドに移り映画の脚本家となる。スタージェスが初めて単独で脚本を担当した『力と栄光』(*The Power and the Glory*, 1933) は、年代順の語りという当時の映画文法に従わず、故人の生がフラッシュバックで回想される形式を取り、オーソン・ウェルズ*監督『市民ケーン』*(1941) に影響を与えた。

　1940年代前半のパラマウント時代がスタージェスの最盛期である。監督デビュー作（ジョン・ヒューストン（John Huston, 1906-87）やビリー・ワイルダー*に先駆けて脚本と監督を兼任した作品）となる『偉大なるマッギンティ』(*The Great McGinty*, 1940) で、アカデミー脚本賞を受賞した。この作品は、浮浪者が不正な手段で州知事にまで成り上がるも、腐敗が暴かれてすべてを失うまでを本人が回想で語る伝記映画である。最高傑作とみなす論者もいる『サリヴァンの旅』(*Sullivan's Travel*, 1941) では、人気の映画監督が社会的な題材を求めて放浪しながら映画製作の意味を再発見する。『崇高な時』(*The Great Moment*, 1944) は、歯科医師が麻酔薬を実用化するまでの紆余曲折を彼の死後から回想で描く。ほかのパラマウント時代の作品はスクリューボール・コメディである。『七月のクリスマス』(*Christmas*

in July, 1940）では、広告コンテストで優勝して賞金を得たと勘違いした男が、地元の住民に
季節外れのクリスマス・プレゼントをふるまう。『レディ・イブ』（*The Lady Eve*, 1941）では、
イカサマ賭博師の女が淑女を装い大企業の御曹司と恋に落ちる。『パームビーチ・ストー
リー』（*The Palm Beach Story*, 1942）は、離婚を切り出した妻を夫が追跡した末に復縁にいたる
珍道中を描く。『モーガンズ・クリークの奇跡』（*The Miracle of Morgan's Creek*, 1944）では、出
征パーティで泥酔したまま素性もわからぬ兵士と結婚した女性の妊娠が発覚し、夫の地位
をめぐって大騒動が巻き起こる。『凱旋の英雄万歳』（*Hail the Conquering Hero*, 1944）では、花
粉症で除隊しただけの男が、故郷で戦争の英雄として歓迎された挙句に、市長選挙に担ぎ
出されてしまう。

　パラマウント離脱後は、仕事のペースがかなり落ちてしまう。引退していたサイレン
ト喜劇王ハロルド・ロイドを再出演させた伝記映画『ハロルド・ディドルボックの罪』
（*The Sin of Harold Diddlebock*, 1947）やスクリューボール・コメディ『殺人幻想曲』（*Unfaithfully
Yours*, 1948）、そしてフランスで『トンプソン少佐の日記』（*Les Carnets du Major Thompson*, 1955）
を脚本・監督した以外では、数本の脚本を書いただけだった。1959年にニューヨークの
ホテルで心臓発作により死去。

　スタージェスのコメディには、原初の誤解が誘引する運命の転変という共通点が見られ
る。誤解がもたらす幸運や不運（英雄になる、大金を得る、恋に落ちる、または監獄に入
るなど）が、主人公をさらなる偶然の渦に巻き込むが、最終的に誤解は解けて、しばしば
あり得ないハッピーエンドで映画は終わる。ここにはアメリカ的な成功の夢を皮肉混じり
で描く風刺的な作風が確かに認められる。例えば、第二次世界大戦の最中に公開された
『凱旋の英雄万歳』は、一歩間違えば論争必至の際どさで「戦争の英雄」神話を風刺して
いる。監督としての独自性は、視覚的スタイルではなく喜劇的なタイミングにこそある。
物語の首尾一貫性は度外視して、ドタバタ喜劇の凄まじい速度で圧倒するスタイルは、サ
イレント喜劇の身体性と30年代コメディの会話リズムに影響を受けている。　　　　（大勝）

参考文献紹介　ドナルド・スポトー『プレストン・スタージェス──ハリウッドの黄金時代が生
んだ天才児』（キネマ旬報社）は伝記の翻訳である。研究書としては、Jeff Jaeckle と Sarah Kozloff が
編集した *Refocus: The Film of Preston Sturges*（EUP）から入るとよい。

ジョージ・キューカー
George Cukor (1898-1983)

――脚本の忠実な演出に徹するスタジオ・システムの申し子

CC BY-SA 3.0

　ニューヨーク市マンハッタン生まれのハンガリー系ユダヤ人。学生時代から授業をサボって観劇するほど演劇に傾倒する。高校卒業後に演劇界で舞台監督助手として働きはじめる。ほどなく舞台監督となり1926年にはブロードウェイでF・スコット・フィッツジェラルド原作の『グレート・ギャツビー』の初舞台化により注目される。折しもハリウッドではトーキー到来により俳優に台詞回しを指導する必要が生じ、キューカーはダイアローグ監督としてパラマウントと契約した。ルイス・マイルストーン監督『西部戦線異状なし』(All Quiet on the Western Front, 1930) のダイアローグ監督を務めた後、数作の共同監督を経て『心を汚されし女』(Tarnished Lady, 1931) で単独監督デビューをする。

　RKOに移籍して『栄光のハリウッド』(What Price Hollywood, 1932) を監督する。本作は、落伍していく監督と対照的にスターの座に駆け上がる女優をめぐるハリウッドの舞台裏を描いている。またオルコット原作の『若草物語』(Little Women, 1933)、ディケンズ原作の『孤児ダビド』(David Copperfield, 1935)、シェイクスピア原作の『ロミオとジュリエット』(Romeo and Juliet, 1936)、デュマ原作の『椿姫』(Camille, 1937) といった文学作品の映画版も監督して好評を得る。

　キューカーが真価を発揮したのがロマンティック・コメディだった。『素晴らしき休日』(Holiday, 1938)、『フィラデルフィア物語』(Philadelphia Story, 1940)、『奥様は顔が二つ』(Two-Faced Woman, 1941)、『アダム氏とマダム』(Adam's Rib, 1949)、『ボーン・イエスタデイ』(Born Yesterday, 1950)、『パットとマイク』(Pat and Mike, 1952)、『有名になる方法教えます』(It Should Happen to You, 1954) に共通するのは、気持ちの離れた、または単に関係の近い男女が紆余曲折の末に結ばれるという筋である。

　1940年代には、『女の顔』(A Woman's Face, 1941)、『火の女』(Keeper of the Flame, 1942)、『ガス燈』(Gaslight, 1944)、『二重生活』(A Double Life, 1947) など、のちにフィルム・ノワールと呼ばれるスリラーも手がけた。50年代から監督するミュージカルには、自身の監督作品

『栄光のハリウッド』のリメイク作品でシネマスコープを使ったカラー大作『スタア誕生』（*A Star Is Born*, 1954）や、ジーン・ケリー主演『誘惑の巴里』（*Les Girls*, 1957）、さらにはオードリー・ヘプバーン主演でキューカーに初のアカデミー監督賞をもたらした『マイ・フェア・レディ』（*My Fair Lady*, 1964）がある。60年代には『チャップマン報告』（*The Chapman Report*, 1962）や『アレキサンドリア物語』（*Justine*, 1969）でエロティシズムの主題も取り入れた。晩年は『恋の旅路』（*Love among the Ruins*, 1975）や『小麦は緑』（*The Corn Is Green*, 1979）といったテレビ映画も監督した。女性同士の友情と確執を描いた『ベストフレンズ』（*Rich and Famous*, 1981）が遺作となった。

　半世紀にもわたる監督キャリアにおいて、キューカーはハリウッドの時流に沿って様々な作品を監督してきたが、ギャング映画や戦争映画のような暴力的なジャンルからは縁遠く、彼の十八番はロマンティック・コメディだった。このジャンルの核は自己を再発見していく女性の演技にある。ここから「女優の監督」というキューカー自身は納得していない評価がしばしばなされた（この呼称は、同性愛者だったキューカーのセクシュアリティに対する当てこすりでもあった）。キャサリン・ヘプバーンやジュディ・ホリデイなどキューカー作品で躍進した女性俳優が注目されがちだが、男性俳優からも、例えば『スタア誕生』における自殺直前の男性（ジェイムズ・メイスン）が見せる崩壊寸前の表情など、絶妙な演技を引き出していた。またキューカーは自身を映画作家とはみなさずスタジオ・システムの申し子を自認していた。自ら脚本は書かず、脚本が描く世界の忠実な再現を目指す姿勢は、演技指導だけでなく、歴史物の正確な時代考証にも現れている。他方で、シネマ・ヴェリテ風のロケーション撮影、手持ちカメラ、長回しショットなど特徴的な技法も見出せるが、技法はあくまで自然に物語世界の首尾一貫性を引き立てる機能に徹するべきだとキューカーは考えていた。

（大勝）

参考文献紹介　まずはインタヴュー集『ジョージ・キューカー、映画を語る』（国書刊行会）が読みやすい。研究書としては、キューカー作品を年代ごとに分析するEmanuel Levy, *George Cukor, Master of Elegance: Hollywood's Legendary Director and His Stars*（William Morrow）と、ジェンダー／セクシュアリティの視点から読み直すElyce Rae Helford, *What Price Hollywood: Gender and Sex in the Films of George Cukor*（UP of Kentucky）をすすめる。

ロバート・シオドマク
Robert Siodmak（1900-73）
――スタジオ時代に活躍したノワール的資質の監督

United Archives GmbH /
Alamy Stock Photo

　シオドマクは、1933年のナチスの政権獲得後、ドイツからアメリカに亡命した多数の映画人の一人である。もともと持っていたノワール的な資質が1940年代のハリウッドで開花し、フィルム・ノワールの典型的な映画作家の一人とみなされるようになった監督である。

　ドイツの銀行家の家に生まれ、両親はユダヤ人だった。若いころに演劇への関心に目覚め、劇場専属の俳優になったが成功せず、複数の職を転々とした後に映画製作に関わりはじめ、1930年にベルリン市民の生活を描いた疑似ドキュメンタリー映画『日曜日の人々』（Menschen am Sonntag [People on Sunday]）を初監督した（エドガー・G・ウルマー [Edgar G. Ulmer, 1904-72] と共同監督）。この映画の製作には、カート・シオドマク（ロバートの弟で脚本家・SF小説家）、ビリー・ワイルダー＊（脚本に協力）、フレッド・ジンネマン（[Fred Zinnemann, 1907-97] 撮影に協力）も加わり、彼らの映画キャリアの出発点にもなっている。その後は、サスペンス映画などを撮っていたが、ナチス政権が成立すると、フランスでの滞在・映画製作の期間を経て1940年にアメリカに亡命。1942年にユニバーサルと7年契約を結び、怪奇映画などを撮っていたが、『幻の女』（Phantom Lady, 1944）で初めて興行的にも批評的にも成功を収めた。ある社長が妻殺害の容疑で死刑判決を受けるが、彼の無実を信じる会社の女性秘書が彼のアリバイを証明できる女性を、男たちの欲望が渦巻く都会で様々な手練手管を使って探索し、その過程で真犯人が社長の友人であったことが判明するという映画である。ドイツ時代に培った表現主義的手法を駆使して、明暗のコントラストが強い夜の都会や、人影を異様に誇張した人物の映像などを撮り、その後のフィルム・ノワールの表現様式に影響を与えた作品となった。また、収監されて動けない主人公に代わって、犯人の企みを暴く活躍を見せるのが女性であったことも、当時としては先駆的な演出であった。『幻の女』以後に撮ったフィルム・ノワールには、『クリスマスの休暇』（Christmas Holiday, 1944）、『容疑者』（The Suspect, 1944）、『ハリーおじさんの悪夢』（The Strange Affair of Uncle Harry, 1945）、『らせん階段』（The Spiral Staircase,

1946)、『殺人者』（The Killers, 1946）、『暗い鏡』（The Dark Mirror, 1946）、『都会の叫び』（Cry of the City, 1948）、『裏切りの街角』（Criss Cross, 1949）、『血塗られた代償』（The File on Thelma Jordan, 1950）がある。

　シオドマクのフィルム・ノワールの特徴のひとつとして、人格の分裂した人物像が挙げられる。このモチーフは、芸術家と殺人者の両面を持つ男（『幻の女』）、尊敬を集める大学教授と障がいのある女性ばかりを殺す殺人鬼の両面を持つ男（『らせん階段』）のように、対極的なふたつの人格を持つ一人の人物として表現される場合と、兄の結婚に反対する姉とそれを許容する妹の姉妹（『ハリーおじさんの悪夢』）、他人には一人の女性ように見える、邪悪な姉と善良な妹の双子（『暗い鏡』）のように、分裂した人格が象徴的に二人の人物として表現される場合がある。人格の分裂はフィルム・ノワール全般の特徴でもあるので、この点でもシオドマクは典型的なフィルム・ノワールの作家とみなされる。

　シオドマクの作品群の中でも特筆に値するのが、アーネスト・ヘミングウェイの同名の短編小説を導入部に使った『殺人者』である。バート・ランカスター演じるボクサーくずれの男が、二人の殺し屋にやすやすと自分を殺させる。この死に方に疑念を持った保険会社の男が調査を始めると、8人の人物の回想から、過去の強盗事件の顛末が徐々に浮かび上がってくるという複雑な構成の作品である。本作はフィルム・ノワールとしては異例のヒット作となり、わずかな演劇出演経験しかなかったランカスターを一躍スターダムに押し上げ、彼を最後に裏切る情婦を演じたエヴァ・ガードナーにとっても、端役から抜け出るきっかけとなった。強盗場面は約2分間の長回しショットとなっている。

　スタジオ・システムに巧みに適応できたシオドマクは、会社の経営方針に協力的で管理部門とうまくつきあい、俳優とも良好な関係を維持して、決められた予算と撮影期間内に90分以内の映画を撮ることができたので、いわゆるスタジオお抱え監督として重宝され、そのために現役時代にはあまり注目されなかったが、現在では、自分の資質を刻印した数多くのフィルム・ノワールを撮った映画作家の一人として評価されている。　　　　（長谷川）

参考文献紹介　日本ではほぼ研究されていない。英語文献では、Deborah Lazaroff Alpi, *Robert Siodmak: A Biography, With Critical Analyses of His Films Noirs and a Filmography of All His Works* （McFarland Publishing）が、シオドマクのキャリアと作品を包括的に取り上げている。

ウィリアム・ワイラー
William Wyler (1902-81)

―― ハリウッド古典期のもっとも偉大な社会派監督

　アルザス＝ロレーヌ地方の当時ドイツ帝国領のミュールハウゼン（現在はフランスのミュルーズ）生まれ。両親はユダヤ系。母方の遠縁の親戚であったハリウッドの大物カール・レムリを頼って1920年に渡米し、1925年までにはユニバーサルで監督を務めるに至り、監督作は40本を超える。完璧主義者のワイラーは、「40テイクのワイラー」などと呼ばれた。そのスタイルには、セットの奥行の活用、ディープ・フォーカス（撮影のグレッグ・トーランドと7作品でコンビを組んだ）、微細なカメラの動きを伴う長回し、演技の重視、効果的な音楽使用という特徴があるが、派手さはなく抑制がきいている。

　ワイラーは、最初期は、低予算西部劇、短編、サイレント映画の監督を務めている。この時期の代表作は、エルマー・ライスのブロードウェイ劇のアダプテーション作で貧しいユダヤ人ゲットー出身の弁護士の危機的な数日を描く『巨人登場』(Counsellor at Law, 1933) などが挙げられる。1935年から46年は主にサミュエル・ゴールドウィンのもとで監督を務め、『デッドエンド』(Dead End, 1937)、『嵐ヶ丘』(Wuthering Heights, 1939)、『我等の生涯の最良の年』*(The Best Years of Our Lives, 1946) など、ハリウッド古典期ならびにワイラー自身の代表作がある。1940年代終わりから50年代にかけては、マッカーシズムと闘いながら、古巣パラマウントで、『女相続人』(The Heiress, 1949)、『ローマの休日』(Roman Holiday, 1953) などを監督した。ヨーロッパ統合問題を背景に小国の王女とアメリカ人新聞記者の束の間の恋を描いた『ローマの休日』はワイラーの作品の中でももっともポピュラーな映画である。1956年から70年にかけては、『友情ある説得』(Friendly Persuasion, 1956)、『大いなる西部』(The Big Country, 1958)、『ベン・ハー』(Ben-Hur, 1959)、『噂の二人』(The Children's Hour, 1961)、唯一のミュージカル『ファニー・ガール』(Funny Girl, 1968)、そして最後の作品である、南部の人種差別や警官などの腐敗を取り上げた『L・B・ジョーンズの解放』(The Liberation of L. B. Jones, 1970) を監督した。

　ワイラーのもっとも評価された映画は、『我等の生涯の最良の年』である。出身階層な

どが異なる3人の男性が第二次世界大戦で心身に傷を負い戦後の様々な問題に直面しながらも社会に復帰していく過程を、撮影にトーランドを据えて監督した。また、『友情ある説得』、『大いなる西部』などでは好戦的ではない修正主義的な男性像が見られる。ジョン・フォード＊やハワード・ホークス＊とは異なり、ワイラーは、男性同士のホモソーシャルな友愛を扱う脚本を選ばず、ベティ・デイヴィス、オリヴィア・デ・ハヴィランド、オードリー・ヘプバーンなどを主演に据え女性に焦点を当てた映画を13本監督した。これらの映画は、いずれも女性が強靭な精神を獲得していく物語である。例えば、ヘンリー・ジェイムズの小説の演劇化作品を映画化した『女相続人』では、父親に反対されながらも財産狙いで近づいてきたかもしれない男と駆け落ちするが裏切られ、父親の他界後に自らが家父長的な女相続人になり、帰ってきた男に復讐する女性を描いている。この主人公をデ・ハヴィランドが好演している。また、『デッドエンド』では、ニューヨークのスラム街イーストエンドを舞台に社会階層と構造的貧困問題を取り上げた。リリアン・ヘルマンの戯曲のワイラー2度目の映画化である『噂の二人』では女性の同性愛を扱った。

　ワイラーの映画はほぼすべてに文学の原作があるので、ワイラーをアダプテーションの名手と呼べるだろう。ただ、比較的早くから力を持ったワイラーは、社会的テーマを持つ脚本でない限り監督を引き受けなかった。反ユダヤ主義、黒人差別、人種間異性関係、社会階層と貧困、戦争、ジェンダー、同性愛、結婚、国際関係など、シリアスで多様な社会問題を、ワイラーは取り上げた。映画のテーマとジャンルが多岐にわたるが、また映画のスタイルを脚本に巧みに合わせる傾向があったが、作家と呼ばれないにしても（1976年のAFIの生涯功労賞受賞スピーチで批評家のこの評価を皮肉っている）、ハリウッド黄金期のスタジオ・システムの分業体制下で映画製作現場の細部にまで気を配り入念な撮影を指揮し、またアメリカ社会の多様な問題を取り上げたワイラーは、古典期最大の社会派監督と言えるだろう。

（杉野）

参考文献紹介　『我等の生涯の最良の年』に関してはK・シルヴァマン「歴史的トラウマと男性主体」（加藤幹郎訳・解説、『文藝』1993年秋季号所収）がある。『噂の二人』に関しては『アメリカ文学と映画』（三修社）所収の相原直美論文がある。英語圏の研究では、Gabriel Miller, *William Wyler: The Life and Films of Hollywood's Most Celebrated Director*（UP of Kentucky）から入るとよい。

ヴィンセント・ミネリ
Vincente Minnelli（1903-86）

――ミュージカル映画最盛期を彩ったMGMの申し子

RGR Collection /
Alamy Stock Photo

　1903年、レスター・アンソニー・ミネリとして、イリノイ州シカゴに生まれる。のちに父親の名前Vincentの最後にeを加えて、ヴィンセント・ミネリ（Vinvcente Minnelli）と名乗るようになる。幼少期は旅一座の芸人であった両親とともに各地を転々とし、自身も子役として舞台に立つこともあった。高校卒業後、シカゴの大手デパートのショーウィンドウ・ディスプレイ担当、ポートレイト写真家ポール・スローンのアシスタントなどの職を経て、25年、シカゴとその周辺地域一帯に映画館を所有していた劇団バラバン・アンド・カッツ・シアターコーポレーション（B&K）に雇われ、映画の合間に上演するショーの衣装デザイナーとなる。31年、B&Kがパラマウントの傘下に入ると社が所有するニューヨークの劇場の衣装デザイナーとなるが、大恐慌の影響で贅沢なショー経営が破綻に追い込まれ、一時期失職する。しかしその直後、当時建設されたばかりの客席数6200席を誇るラジオ・シティ・ミュージックホールの衣装担当チーフに抜擢され、のちにアートディレクターにまで昇進し、ショー全体の演出を任されるようになる。35年、ラジオ・シティ・ミュージックホールを辞め、ブロードウェイで3本のレヴューを演出し、いずれも好評を博する。37年、ハリウッドのパラマウントと契約するが、1作の映画も作れないまま半年後に退社。40年、今度はミュージカル映画を専門とするMGMの映画プロデューサー、アーサー・フリードと契約を交わし、40年代から50年代のミュージカル最盛期にMGMのミュージカル映画製作を一手に引き受けることになる製作集団「フリード・ユニット」の主要メンバーとして、その後12本のミュージカル映画を撮ることになる。

　フリードと製作したミュージカル映画はミュージカル映画史に残る名作揃いである。45年に結婚することになる大スター、ジュディ・ガーランド（51年に離婚）が万国博覧会を控えたアメリカの地方都市セントルイスの四季を背景に、近所の青年と恋に落ちる初々しいヒロインを演じて大ヒットとなった『若草の頃』（Meet Me in St. Louis, 1944）、タップの名手ジーン・ケリー扮する貧しい画家とパリジェンヌの恋模様を音楽とダンスで綴る『巴

里のアメリカ人』（*An American in Paris*, 1951）、そしてブロードウェイの新作舞台で再起を図ろうと奮闘する落ち目のスターを名優フレッド・アステアが演じる『バンドワゴン』（*The Bandwagon*, 1953）などは、そのほんの一部である。58年には19世紀のパリ社交界を舞台に無邪気な少女と恋に落ちるプレイボーイを描いた『恋の手ほどき』（*Gigi*）でアカデミー監督賞を受賞。76年には念願かなってガーランドとのあいだに設けた一人娘ライザ・ミネリ主演で『ザ・スター』（*A Matter of Time*）を撮り、これがキャリア最後の映画となった。

　ミネリが手がけた映画はミュージカル以外にも、弁護士の父親が愛娘を嫁がせるまでの怒涛の日々を描いた大ヒットコメディ『花嫁の父』（*Father of the Bride*, 1950）、野心家の映画プロデューサーと彼に翻弄される映画人たちを軸にハリウッドの内幕が暴かれるメロドラマ『悪人と美女』（*The Bad and the Beautiful*, 1952）、そして文芸作品『ボヴァリー夫人』（*Madame Bovary*, 1949）など、そのジャンルは多岐にわたるが、それらのテーマはいずれも芸術家の苦悩、現実と幻想の拮抗、芸術と娯楽の対立、アメリカ社会と消費文化など一貫性が見られる。また、『お茶と同情』（*Tea and Sympathy*, 1956）などに登場する社会的な「男性」という規範に悩む主人公やミネリ映画のトレードマークでもある衣装、セット、色彩の過剰な装飾性に見られる「キャンプ」趣味には、現代に通じるジェンダーへの問題意識がうかがえる。

　ミネリが生涯に撮った40本近い映画のほぼすべてがスタジオ・システムを取っていたMGMで製作された。そこで働く以上は社の方針によって映画製作上の妥協を強いられることは避けられなかったが、その一方で、ミネリが好んだクレーンやブームを駆使した斬新なカメラワーク、豪華で贅沢なセットや衣装、そして優れた振付家、脚本家、作曲家らとのコラボレーションは大手スタジオの力なくしては実現不可能であったことも事実である。

（相原［直］）

参考文献紹介　日本語文献では、『ハリウッド白熱教室』（大和書房）が『若草の頃』の映像の特徴について触れている。英語文献としては、James Naremore, *The Films of Vincente Minnelli*（Cambridge UP）や Joe McElhaney編 *Vincente Minnelli: The Art of Entertainment*（Wayne State UP）がある。

ジャック・ターナー
Jacques Tourneur (1904-77)

――スタジオ・システムとともに歩んだ、ホラーとフィルム・ノワールの名匠

Universal / Kobal / Shutterstock

フランスのパリ生まれ。父は、米仏で活躍した映画監督のモーリス・トゥルヌール (Maurice Tourneur, 1876-1961)。10歳のころ、父と渡米。父が、『モヒカン族の最後』(The Last of the Mohicans, 1920、クラレンス・ブラウンとの共同監督) など、多数のサイレント作品を監督してハリウッドで名声を得ていたとき、ターナーも、若いころから、エキストラ俳優、スクリプターとして、映画業界で働きはじめる。しかし1926年、父がハリウッドと決別したため、ターナーもいったんはフランスに帰国する。フランスでは、父の助手を経て、31年に短編を初監督、33年からは長編も手がけはじめていたが、ハリウッドに戻ることを決意して、34年に再渡米。MGMと契約し、ハリウッドでは、39年、犯罪映画『彼らはみな出所する』(They All Come Out) で監督デビューを果たす。また、MGMでは、のちにともに仕事をすることになるヴァル・リュートン (Val Lewton, 1904-51) と出会っている。

1941年、ターナーはMGMを解雇される。しかし、先にRKOに移籍していたリュートンが、1作あたり約15万ドル（当時）、75分以内というB級ホラー映画の製作班の責任者に抜擢されており、ターナーをRKOに誘う。42年、リュートンのプロデュースにより監督した『キャット・ピープル』* (Cat People, 1942) が、口コミで人気に火がつき、13週連続公開のロングラン・ヒットとなる（前年にRKOが公開し評判を呼んだ『市民ケーン』* でも12週連続公開）。翌43年に、ターナーは、リュートンのもとで、『私はゾンビと歩いた！』(I Walked with a Zombie, 1943)、『レオパルドマン 豹男』(The Leopard Man, 1943) の2作を監督する。2作ともゾンビ、豹男といったモンスターが主役のような題名だが、作品の内実はかなり異なっている。特に前者は、シャーロット・ブロンテの小説『ジェーン・エア』(1847) の設定を参考に、若い娘が、カリブ海の島で砂糖農園を経営する男に雇われて、意思を完全に失ったその妻の世話をするという物語を持ち（物語はリュートンのアイデア）、その物語をさらにターナーが、繊細な光と影を伴う端正な画面とカリプソ音楽などの独特の音響で演出した。スタジオ・システムが生み出したホラーの傑作として現在も

高く評価されている。

　当時主流だったユニバーサルの、モンスターを直接的に示すことで観客を怖がらせるホラーとは異なり、リュートンとターナーがRKOで創出したホラーは、恐怖の対象を間接的に描写することで観客の想像力をかき立てるものだった。リュートンは、ターナーとの3作品の後は、当時まだ監督の経験がなかった、ロバート・ワイズとマーク・ロブソンを監督としてデビューさせ、ときには自ら脚本も書いて、さらに4作のホラー作品をプロデュースする。他方、ターナーは、RKOのA級作品の監督に昇格し、フィルム・ノワール、西部劇、戦争映画などを手がけた。ただ、A級に昇格しても、ターナーは、基本的には、優れたプロデューサーおよび脚本家と組むことによって、その卓越した演出力を発揮するタイプの監督であった。

　ターナーが、RKOのプロデューサー、ウォーレン・ダフ（Warren Duff, 1904-73）と組んだ作品のうち、影と光の対比が見事な映像と、元私立探偵の主人公によるヴォイスオーヴァーにより、現在ではジャンルとしてのフィルム・ノワールを代表する1本とみなされているのが、『過去を逃れて』（Out of the Past, 1947）である。主人公が、ギャングのボスの愛人であるヒロインを愛したためにボスを裏切るものの、このヒロインに今度は自身が陥れられる。二転三転する物語は複雑ではあるけれども、その複雑さは、主人公がヒロインの邪悪さに圧倒されて次第に打つ手をなくしていく様子を明確に描くためのものでもあった。

　ほかにも、『ベルリン特急』（Berlin Express, 1948）など、RKO時代には優れた作品がある。しかし、RKOをハワード・ヒューズが買収したのと同年の1948年に、ターナーはRKOから契約を打ち切られた。RKOを去った後の彼は、一貫したスタイルを持った映画作品を作れず、テレビ作品なども手がけるが、『深海の軍神』（War-Gods of the Deep, 1965）を監督したのを最後に映画界を引退。フランスに帰国した。77年、ベルジュラックにて死去。　（碓井）

参考文献紹介　ターナーの代表作『キャット・ピープル』を中心に論じているのは、宮尾大輔『映画はネコである──はじめてのシネマ・スタディーズ』（平凡社）の第2章と、Kim Newman, *Cat People*（British Film Institute）の2冊。監督としてのターナーの研究は、Chris Fujiwara, *Jacques Tourneur: The Cinema of Nightfall*（McFarland）くらいしか目立ったものがない。

ビリー・ワイルダー
Billy Wilder (1906-2002)
―― 徹底して娯楽を追求した職人監督

オーストリアのスーチャ（現在のポーランド、スハ・ベキツカ）でユダヤ人の両親のもとに生まれた。ベルリンでジャーナリストとして働きはじめ、ドイツ映画の脚本を書くことで映画産業に関わりはじめたが、ヒトラーが政権をとったため1934年にアメリカに移住した。ウィーンに残った母や祖母はアウシュヴィッツのユダヤ人強制収容所で死亡したと言われている。

一般にはコメディが得意な監督として知られているが、実際にはフィルム・ノワールや戦争映画、法廷ものなど多彩なジャンルの作品があり、職人監督・脚本家を自認しながら徹底的に娯楽を追求した。アカデミー賞候補の常連であり、D・W・グリフィス賞、アメリカン・フィルム・インスティチュート功労賞、アーヴィング・G・タルバーグ賞など数多くの名誉賞を与えられ、その功績が高く評価されている。

亡命直後は脚本やストーリーを売って下積みをするが、そのころから脚本家チャールズ・ブラケットと出会い、この二人の共同脚本はワイルダーの最初の黄金時代をもたらすことになる。ハリウッドでの監督デビュー作『少佐と少女』(The Major and the Minor, 1942)はまずまずの成功を収め、その後もワイルダー最大のヒット作『深夜の告白』*(Double Indemnity, 1944)（ブラケットが原作を気に入らなかったために脚本には加わらず、ワイルダーとレイモンド・チャンドラーとの共同脚本となった）、『失われた週末』(The Lost Weekend, 1945)、『サンセット大通り』(Sunset Boulevard, 1950)などの傑作を次々に送り出した。

ブラケットとのコンビを解消してからも、様々な脚本家と組んで、『第十七捕虜収容所』(Stalag 17, 1953)、『麗しのサブリナ』(Sabrina, 1954)、『七年目の浮気』(The Seven Year Itch, 1955)、『翼よ！あれが巴里の灯だ』(The Spirit of St. Louis, 1957)などを監督する。そして『昼下がりの情事』(Love in the Afternoon, 1957)で初めて脚本家I・A・L・ダイアモンドと組み、この二人のコンビでワイルダー二度目の黄金時代を迎えることになる。二人はアガサ・クリスティ原作の『情婦』(Witness for the Prosecution, 1958)を除いて、ワイルダー最後の作品までコンビを続けることになった。『お熱いのがお好き』(Some Like It Hot, 1959)、『アパートの鍵

貸します』（The Apartment, 1960）、『あなただけ今晩は』（Irma la Douce, 1963）、『シャーロック・ホームズの冒険』（The Private Life of Sherlock Holmes, 1970）などは今日、特に高く評価されている。

このようにワイルダーは特定の脚本家との共同作業を好み、同じ俳優を何度も使いたがる監督であった。いわゆる作家性の強い監督たちが作品に対して強い支配力を及ぼそうとするのとは異なり、他人の才能を引き出すのが実にうまい監督であったと言える。グロリア・スワンソンやマレーネ・ディートリヒ、ジャック・レモンやマリリン・モンローなど、ワイルダーの演出のもとでとりわけ強く記憶に残る業績を残した俳優は数多い。

テーマ的には、ワイルダーが師と仰いだエルンスト・ルビッチ＊と並び、アメリカとヨーロッパの対比を極めてうまく描いた監督であると言えよう。アメリカで成功を収めた移民として、ワイルダーのアメリカを見る目はときにアンビバレントであるが、その理想と暗部を、ほかの移民監督にはない独特の感性で浮かび上がらせる。ときにその皮肉な眼差しが行き過ぎ、とりわけ性に関する価値観やお上品なふるまいなどを辛辣に描き出したために、俗悪でふしだらであるとして評価を著しく下げた時期もあった。

なりすましのモチーフ、不倫や売春といった性的なテーマなど、内容面では批評的な読みの糸口は非常に豊富にそろっている。作品の特徴として、驚異的な複雑さで張りめぐらされた伏線と小道具の活用などで知られるとおり、脚本を何より大切にした監督であり、演出上の作為や工夫で自己主張することはなかったが、観客に演出を意識させない自然さこそがワイルダーの天才性の証であった。いわば職人として作品作りに向かいながら、その職人的手腕を芸術的な域にまで高めた作家であると言えるだろう。

（高野）

参考文献紹介　日本では瀬川裕司『ビリー・ワイルダーのロマンティック・コメディ』（平凡社）が入手しやすいだろう。またインタヴュー集『ワイルダーならどうする？──ビリー・ワイルダーとキャメロン・クロウの対話』（キネマ旬報社）やシャーロット・チャンドラー『ビリー・ワイルダー──生涯と作品』（アルファベータブックス）など、翻訳された研究書も数多い。英語文献としてはGerd Gemünden の A Foreign Affair: Billy Wilder's American Films（Berghahn Books）などがある。

オーソン・ウェルズ
Orson Welles（1915-85）

―― 映画の文法を書き換えつづけた真の天才

　ウィスコンシン州で裕福な起業家の父親のもとに生まれるが、9歳のときに母親を失う。自由奔放な少年時代を過ごすが、ウィリアム・シェイクスピアに出会い、生涯にわたってシェイクスピア作品を脚色することになる。

　16歳のときウェルズは、アイルランドのダブリンにある有名なゲート劇場で脇役として舞台デビューした。1936年には、アメリカ政府による世界恐慌下の演劇人支援を目的とする連邦劇場計画（FTP）に参加し、黒人キャストによる『マクベス』など実験的な劇を上演する。翌年には、古典文学を大衆のために新たなアプローチで翻案するという目標を掲げてマーキュリー劇場を立ち上げた。

　1938年には、H・G・ウェルズの『宇宙戦争』のラジオドラマで熱演し、全米の注目を集める。ハリウッドのRKOピクチャーズが、ウェルズに映画製作の全権をゆだねて生まれたのが、しばしば映画史上最高傑作と言われる『市民ケーン』*（Citizen Kane, 1941）である。狂言回しの記者が、新聞王ケーンの生涯や秘密を、関係者への取材によって明らかにしていく物語であり、ケーンをウェルズ自らが演じている。物語の時間軸を解体し、ケーンの関係者の様々な回想によって物語を再構築するというモダニズム的構成はもちろんのこと、ロー・アングルの多用、俳優の演劇的な演技を生かすための長回し、前景から後景まですべてにピントを合わせて奥行きを生み出すディープ・フォーカスといった技法も極めて革新的であった。ただし、モデルとなった新聞王ウィリアム・ランドルフ・ハーストの妨害にあい、興行的にはふるわず、アカデミー賞も9部門でノミネートされながら脚本賞のみの受賞にとどまる。

　ウェルズは、のちにフランシス・フォード・コッポラ*監督によって成就されることになるジョセフ・コンラッドの『闇の奥』の映画化に躓いて巨額の資金が回収されずじまいだったことと、『市民ケーン』の商業的失敗により、ハリウッドでの発言力は低下し、2作目の『偉大なるアンバーソン家の人々』（The Magnificent Ambersons, 1942）は、ウェルズの許可なく再編集された。

1943年には女優リタ・ヘイワースと結婚し（のちに離婚）、夫婦で主演する『上海から来た女』(The Lady from Shanghai, 1947) を監督。ミラーハウスでのラストシーンは、ブルース・リーの『燃えよドラゴン』(1973) など多くの映画に影響を及ぼした。キャロル・リード監督の『第三の男』(1949) では、名演技と自ら考案した名台詞を披露している。監督と主演を務めた『オセロ』(Othello, 1951) は、のちの『オーソン・ウェルズのフォルスタッフ』(Chimes at Midnight, 1965) とともにシェイクスピア映画の大傑作であり、カンヌ国際映画祭グランプリに輝く。

ウェルズが再びハリウッドで撮った『黒い罠』(Touch of Evil, 1958) は、アメリカとメキシコの国境地帯を舞台にメキシコ人捜査官がウェルズ演じる悪徳警官の不正を追及するフィルム・ノワールの秀作だが、難解であるとして映画会社が勝手に再編集し、公開当時は興行的にも批評的にも失敗した。ただし、ヌーヴェル・ヴァーグの監督たちには絶賛され、1998年にはウェルズが残したメモに基づいて編集し直したディレクターズ・カット版が公開されることになる。『黒い罠』は、3分を超える冒頭の長回しなどの撮影面だけでなく、音響面でも画期的な技法を生み出した。作品終盤の盗聴シーンはコッポラ監督の『カンバセーション…盗聴…』(1974) に、既存のヒット曲をBGMとして流す手法はジョージ・ルーカス*監督の『アメリカン・グラフィティ』(1973) に受け継がれている。

ウェルズは、『黒い罠』を彼に無断で編集したハリウッドに失望し、また、興行的に失敗した彼に手を差し伸べる映画会社もなく、本映画が彼のアメリカにおける最後の作品となった。ただし、1970年にはアカデミー名誉賞が授与されている。　　　　　(大地)

参考文献紹介　ウェルズの再評価に貢献したアンドレ・バザン『オーソン・ウェルズ』（インスクリプト）は歴史的名著。Simon Callowによる2巻本のOrson Welles（Penguin Books）は、ウェルズの伝記の決定版。最晩年のウェルズが親友に語った話をまとめたピーター・ビスキンド編『オーソンとランチを一緒に』（木魂社）は、ウェルズはもちろんのこと映画にまつわる興味深いエピソードに満ちあふれている。

ワイルド・パーティー
The Wild Party, 1929

監督 ドロシー・アーズナー ／ 原作 ワーナー・ファビアン ／ 脚本 E・ロイド・シェルドン ／ 撮影 ヴィクター・ミルナー ／ 出演 クララ・ボウ、フレドリック・マーチ

アメリカの女子大学を舞台に、無為な学生生活を送っていた女子大学生が恋と友情を通して成長し、新たな生活へと踏み出す姿を追う。本作はサイレント映画で人気を博したクララ・ボウの主演作であり、ボウの記念すべき初トーキー映画である。監督はハリウッドの女性監督の草分け的存在であるドロシー・アーズナー*。彼女にとっても5作目にして初のトーキー映画であり、本作でトーキーを撮った初の女性監督となる。

ステラ・エイムズ（ボウ）はウィンストン・カレッジの学生であり、跳ねっ返り女子大生グループ「ハードボイルドな乙女たち」の中心的人物である。学期はじめのある夜、帰省先から大学に戻る寝台列車の中で、ステラは誤って見知らぬ紳士（マーチ）の寝台に潜り込んでしまう。二人は何事もなくその場で別れるが、後日、ステラはその紳士が大学に新しく赴任してきた文化人類学者のギルモア教授であることを知る。あるとき、仲間と町の酒場で飲んでいたステラが酔漢らに絡まれ連れ去られそうになると、偶然そこに居合わせたギルモア教授が彼女を救出し、これを機に二人は恋に落ちる。ステラは彼のために今までの生活態度を改める決意をするが、特待生になるために必死に努力してきた親友ヘレンが恋人宛てに書いた手紙が大学側の手に渡り、その情熱的な内容ゆえにヘレンが特待生に選ばれないかもしれないことを知ると、ステラは恋文を書いたのは自分であると大学側に嘘をつき、そのまま退学してしまう。真相を見抜いた教授は自らも大学を辞めて彼女の後を追い、最終的にステラは教授の研究旅行に同行することを決意する。

本作は一見軽やかなラブロマンスだが、実際は女性同士の友情と連帯、そして女性を性的対象とみなす男性の視線とそれに伴う女性への暴力といった女性映画特有のテーマが盛り込まれている。初めてのトーキー映画でマイクに慣れていなかったボウのために、監督が釣竿の先にマイクをつけて、今でいうブーム・マイクを初めて考案したことでも有名である。

（相原［直］）

暗黒街の顔役
Scarface, 1932

監督・製作 ハワード・ホークス ／ 脚本 ベン・ヘクト ／ 出演 ポール・ムニ、ジョージ・ラフト、アン・ドゥヴォーラック

　本作の冒頭には、「この作品はギャングによる支配への政府の無関心を告発する映画である」とのメッセージが提示される。つまり、のっけから本作は政治的な意図を明らかにしているのである。その一方で、マフィアの世界で成り上がっていくトニー・カモンテ（ムニ）を主人公として描いた本作は、ギャング・アクションというサブジャンルだけでなく、アクション映画という上位ジャンルの映画史的なランドマークとなった。1983年にはトニー役にアル・パチーノを起用してブライアン・デ・パルマがリメイクし、現在ではこのリメイクもカルト的な人気を誇っている。オリジナルにあった暴力に対抗する旨の政治的メッセージとは裏腹に、視覚的な暴力のプロトタイプとして『暗黒街の顔役』がハリウッドに残した痕跡には何らかのアイロニーが含意されていると言うことができる。

　本作の問題性は、基本的にトニーという悪役を主役としたピカレスク・ロマンのナラティヴが展開される一方で、例えば冒頭のマフィアのボスの殺害場面では殺人者の影と口笛のみが現われ、この換喩的な表現によって、逆説的に悪役のスタイリッシュさあるいはカリスマ性が高まっているということだ。戦前のハリウッド映画ということもあるが、明らかにジル・ドゥルーズ的な運動ーイメージの体制に属する映画であるため、本来唾棄すべき存在であるトニーが運動の主体としてカリスマ性を帯びてしまうことも不自然なことではない。本作には、妹チェスカ（ドゥヴォーラック）に対するトニーの近親相姦的なゆがんだ愛情が描かれ、クライマックスの籠城戦の重要なキーとなっていることは、映画製作倫理規定が支配していた当時のハリウッドのナラティヴとしては極めて特殊な事例のようにも思われる。

　トニーのようなアンチヒーローがカリスマ性を帯びる瞬間にこそ、芸術としての映画の真骨頂があるのだと考えることもできるかもしれない。もちろん、トニーのこの放埓性あるいは生々しい欲望は、のちのニュー・シネマのアンチヒーローたちのキャラクター造形に通じるところもある。現代において再度観直し、再度議論すべき作品である。　　（小原）

フリークス
Freaks, 1932

監督 トッド・ブラウニング／脚本 ウィリス・ゴールドベック他／出演 ハリー・アールス、リーラ・ハイアムズ

　本作は、小人症、小頭症、シャム双生児といった現実的にはいわゆるディサビリティ（身体障がい）を持った俳優をサーカス団の見世物的な団員役として起用しており、1932年という公開当時においてもかなり物議をかもしたとされ、もしも現在公開されたとすれば、さらに過激な議論の対象となったことであろうと推測される。トッド・ブラウニング監督の代表作が周知の『魔人ドラキュラ』であること、本作が『魔人』やジェームズ・ホエール*監督『フランケンシュタイン』やジョージ・ワグナー監督『狼男』(1941)、ジャック・アーノルド監督『大アマゾンの半魚人』(1954) といったユニバーサルのモンスター映画の系譜に位置づけられる可能性を考慮すれば、さらにこの映画は問題作として映画史に残るはずである。

　ただし、このサーカス＝見世物（＝スペクタクル＝アメリカ映画の原点）に、これらディサビリティの領域にある登場人物たちが極めて自然に溶け込み、何ら不自然さを観客に抱かせない存在として扱われていることも、本作の特徴として極めて重要である。本作を、ディサビリティを見世物として扱う差別的な映画と断罪することは簡単であろうが、実際に本作を観ると、実は本作には、われわれが住んでいて自明のこととしている現実性（Reality）の彼方にある現実界（ジャック・ラカンの用語、The Real）を垣間見させる何ものかが存在していることが体感されるであろう。

　また、本作の基本的なプロットは実はラブロマンスである。小人症の男ハンス（アールス）は健常者であるクレオパトラ（ハイアムズ）に恋をし、同じく小人症のフィアンセの心を踏みにじって、健常者のクレオパトラと結婚することになる。実はクレオパトラは、ハンスが相続する巨万の富を狙っており、ほかに怪力男という恋人がありながら、戦略的にハンスと結婚するのである。恋愛道義上の詩的正義は本作のクライマックスで貫かれることとなるが、デイヴィッド・スカルが指摘するように、ハンスとクレオパトラの抱擁のショットは、エディプス的な関係性をまさに視覚的にわれわれ観客の目前に現出たらしめており、われわれのリアリティにあるディサビリティに対する考え方を換骨奪胎し、まさに現実界的な耽美的領域を垣間見させるものであると言えるだろう。

(小原)

ゴールド・ディガーズ
Gold Diggers of 1933, 1933

監督 マーヴィン・ルロイ ／ 振付 バズビー・バークレー ／ 作曲 ハリー・ウォーレン ／ 作詞 アル・デュービン ／ 出演 ウォーレン・ウィリアム、ジョーン・ブロンデル、ルビー・キーラー、ディック・パウエル、ジンジャー・ロジャース

　ワーナー・ブラザースが『四十二番街』(1933) に続いて製作した、ブロードウェイを舞台にしたバックステージ・ミュージカル。ジンジャー・ロジャース演じるコーラスガールの顔のクロースアップで、「私たちはお金の中にいる」("We Are in the Money") というナンバーを歌うオープニングは、その後劇場が差し押さえられ公演が中止になるという皮肉な展開へと続き、当時の大恐慌の状況を如実に伝えている。「ゴールド・ディガーズ」とは、金目当てで男に寄ってくる女性のことを指すが、本作品では仕事を失ったショーガールたちが自分たちを見下す上流階級の男性と出会い、次第に惹かれ合って結ばれ、彼らの資金援助で無事にショーを開演するというストーリーになっている。ギャング映画など犯罪都市を赤裸々に描くことを得意としたワーナー・ブラザースが、同じ雰囲気で今度はショー・ビジネスを舞台とし、ミュージカルのショーという形で現実離れしたスペクタクルを見せる内容になっている。一方、エンディング・ナンバーの「忘れられた男を思い出して」("Remember My Forgotten Man") は、前年に起こった退役軍人による失業者への救済措置を訴えた抗議デモをそのまま題材にしており、後年定着する明るいユートピアをテーマにしたミュージカル映画とは異質の雰囲気を醸し出している。

　ミュージカル・ナンバーの振付を担当したバズビー・バークレーは、第一次世界大戦従軍中に軍隊の行進の振付を手がけた経験もあり、その後ブロードウェイでのキャリアを経て、トーキー以降はミュージカル映画の振付や監督を行うようになった。彼の映画での振付は、通常の舞台では捉えられない視点から、多数のコーラスガールを幾何学模様のように並べて見せる演出で有名であり、本作でも「シャドー・ワルツ」("Shadow Waltz") といったナンバーにおいて、彼の見事な演出を堪能することができる。

（仁井田）

或る夜の出来事
It Happened One Night, 1934

監督 フランク・キャプラ／脚本 ロバート・リスキン／原作 サミュエル・ホプキン・アダムズ／出演 クラーク・ゲーブル、クローデット・コルベール

　短編小説「夜行バス」をもとにリスキンがシナリオを書き、キャプラ＊が監督した作品。気の強い富豪令嬢エリー（コルベール）は、プレイボーイの飛行士との結婚を父親に反対され監禁から逃げ出し、夜行バスでマイアミからニューヨークに向かう。失業中の新聞記者ピーター（ゲーブル）は、バスでエリーと遭遇しスクープをねらうが、些細な誤解、階級差などを乗り越え、二人が結ばれるというストーリー。低予算のこの映画は、まったく期待されていなかったが、口コミで評判が広まり1934年のもっとも成功した映画のひとつとなった。アカデミー賞の主要部門賞すべてを受賞し、当時はまだ無名のコロンビアを有名にした。

　『或る夜の出来事』は、議論の余地はあるが、スクリューボール・コメディの最初の作品である。スクリューボール・コメディとは、歴史的には女性の地位向上を背景に登場したロマンティック・コメディ（恋愛を主プロットとし困難を乗り越えハッピー・エンディングに終わる）の初のサブジャンルである。強烈な自己を持つ女性と男性が繰り広げる激しい言葉のバトル、テンポの速いコミカルなアクションを特徴とし、1934年から42年のあいだに多く製作された。

　スクリューボール・コメディの最初の作品か否か、反抗的なヒロインが新しいタイプの女性か否か、じゃじゃ馬ならし的要素を持つこの映画が父権制を結局は強化してしまうのではないか、「ジェリコの壁」などこの映画のセクシュアルな要素がどの程度まで同年に厳格適用された映画製作倫理規定への抵抗となっているかなどが議論されるが、『或る夜の出来事』が、変化しつつある男女の力関係や恋愛を描いた貴重な作品のひとつであり、未婚の男女の珍道中を映画製作倫理規定を侵犯しないようにユーモラスに描いたことは間違いない。また、キャプラの代表作のひとつ、評価によっては最高傑作であることも確かである。

（杉野）

モダン・タイムス
Modern Times, 1936

監督・脚本・製作・音楽 チャールズ・チャップリン／撮影 ローランド・トザロー／出演 チャールズ・チャップリン、ポーレット・ゴダード

　本映画は、チャールズ・チャップリン*の代表作のひとつであり、彼の象徴的キャラクター「小さな浮浪者（the Little Tramp）」の最後の出演作となった。「浮浪者」は、近代化された巨大工場で単調かつ機械的な仕事をしたり、自動給食マシーンの実験台にされたりするうちに精神に異常をきたして病院に送られる。退院後、職探しをしていて赤旗を拾い、労働者のデモ隊のリーダーと間違われて投獄され、出所後、無職のため無銭飲食をして逮捕されるが、パンを盗んで捕まった貧しい少女（ゴダード）と逃げ出す。二人は悪戦苦闘した結果キャバレーで職にありついて成功するものの、少女に追っ手が迫る。二人は再び逃亡を余儀なくされ、少女は絶望の涙を流すが、「浮浪者」は、諦めなければ道は開けると言って励まし、二人は自由を求めて旅立つ。

　チャップリンは『モダン・タイムス』の着想を、世界恐慌、フォード・モーターの工場見学、機械文明に批判的なマハトマ・ガンディーとの対話から得た。本作は、1930年代を席巻していた従来のコメディとは一線を画しており、一般大衆にアピールする娯楽喜劇であるだけでなく、富裕層や権力者による貧困層や労働者の搾取を告発している。チャップリンは、続く『独裁者』（1940）と『殺人狂時代』（1947）とともに『モダン・タイムス』において、政治的問題に真正面から取り組んだ。また、本作品は、一部に台詞が入る以外は音楽の伴奏と効果音のみによるパート・トーキー映画であり、チャップリンの声が初めて登場した映画である。

　本作品の主題曲「スマイル」は、チャップリンが作曲したもののうちもっとも有名。トッド・フィリップス監督の『ジョーカー』*（2019）の主人公は、精神疾患の母親を持つコメディアンという点でチャップリンと共通しており、同作品には「スマイル」と『モダン・タイムス』が登場する。人間性を踏みにじる社会的格差と悪しき資本主義という『モダン・タイムス』のテーマは『ジョーカー』にも受け継がれており、『モダン・タイムス』は時代を超えた大傑作と言える。

（大地）

風と共に去りぬ
Gone with the Wind, 1939

監督 ヴィクター・フレミング／製作 デヴィッド・O・セルズニック／音楽 マックス・スタイナー／出演 ヴィヴィアン・リー、クラーク・ゲーブル、レスリー・ハワード、オリヴィア・デ・ハヴィランド

　マーガレット・ミッチェル原作の同名小説の映画化。南北戦争期の南部を舞台に、ジョージア州タラで綿花農園を所有するアイルランド系の一家に生まれた女性スカーレット・オハラの人生を描く歴史ロマンス超大作。1939年12月にアトランタでワールド・プレミア上映され大ヒットを記録し、アカデミー賞でも作品賞をはじめ10部門を受賞した。

　南北戦争前夜、美貌と激烈な気性を併せ持つスカーレット（リー）は、思いを抱く幼馴染アシュリー（ハワード）に告白するも、メラニーと（デ・ハヴィランド）結婚することを知らされる。スカーレットが腹いせに結婚した男性は戦死し、喪に服しながらも出席したパーティで、以前知り合った男性レット・バトラー（ゲーブル）と再会し、求愛されるも拒絶する。南軍の敗北で戦争が終わると、スカーレットは荒廃したタラの再建に奔走し、再婚した夫の死後にレットの求婚を受け入れるも不仲が続き、流産と娘の乗馬中の事故死が原因で関係は破綻する。スカーレットはなおもアシュリーを追い求めるが、メラニーが産褥で亡くなると、彼女とアシュリーの深い愛を知り改心する。レットは家を出てしまうが、一人になったスカーレットはタラに戻り、必ずやレットを取り戻すことを誓う。

　スカーレットには南部の規範的サザン・ベル像を裏切る破天荒な魅力と、家業を一人切り盛りするビジネスの才覚があり、旧弊なジェンダー観を刷新したが、その自主独立の女性像が黒人の労働力に依存していたことも忘れるべきではない。乳母役のハティ・マクダニエルが黒人として初めてアカデミー助演女優賞を受賞したにせよ、奴隷制とプランテーション経済に支えられた南北戦争以前の南部社会を美化する原作小説の人種観に、映画もあくまで追随した。スパイク・リーの『ブラック・クランズマン』(2018) が、冒頭で『風と共に去りぬ』の南軍旗がはためく場面を引用し強い印象を残したように、良きにつけ悪しきにつけ、ポピュラー文化における南部のイメージを後年に至るまで鮮明に刻みつけた作品である。

（ハーン）

駅馬車
Stagecoach, 1939

監督 ジョン・フォード／脚本 ダドリー・ニコルズ／撮影 バート・グレノン／
出演 クレア・トレヴァー、ジョン・ウェイン、トーマス・ミッチェル

　西部劇の黄金期は1940年代後半から50年代までだが、それ以前にジャンルをひとつの完成の域に高めた重要作である。30年代末、ヨーロッパで戦雲垂れ込めるなか、アメリカの神話たる西部劇はＡ級映画（二本立て興行のメインの作品）として復活を果たす。『駅馬車』はその中では比較的低予算の一本だが、逆に余計な装飾を剥ぎ取り、ジャンルの本質を純化させた。原作はアーネスト・ヘイコックスの短編小説「ローズバーグ行きの駅馬車」(1937)。同じく駅馬車の旅を描くギ・ド・モーパッサンの小説『脂肪の塊』(1880) からの影響もある。

　ダラス（トレヴァー）とリンゴ（ウェイン）を中心とする総勢9名が、西部の荒野を駅馬車で旅する。映画の冒頭からアメリカ先住民のアパッチ族の脅威が語られる。物語の後半で実際にアパッチ族の襲撃を受けるシーンは、映画史上屈指の名アクション・シーンである。撮影や編集に加えて、ヤキマ・カナットのスタントが素晴らしい。同時に、先住民を野蛮な集団として描いた点で批判されることも多い。

　一方で、「アパッチよりも悪いことがある」というダラスの台詞に表れているように、白人の文明社会に潜む不寛容や分断こそが本作最大のテーマである。作中で明確にそう呼ばれることはないが、ダラスは娼婦であり、それゆえに町から追放される。旅に出た後も、同乗の別の女性とは対照的な扱いを受ける。ただ一人、ダラスに丁重に接するのが、彼女の素性を知らない様子のリンゴである。本作の駅馬車はアメリカ社会の縮図であり、乗客の社会的関係とその変化が、台詞以上に、互いに対するふるまいやそれへの反応を通して描かれる。ドイツ表現主義の影響を受けたライティングも優れた効果を上げている。

　リンゴ役のジョン・ウェインにとっては大出世作となった。また、本作のロケーション地のひとつ、モニュメント・バレー（アリゾナとユタの州境に広がる岩石砂漠）はこの後、フォード西部劇の特権的な風景となった。

(川本)

オズの魔法使
The Wizard of Oz, 1939

監督 ヴィクター・フレミング／脚本 ノエル・ラングリー、フロレンス・ライアソン、エドガー・アラン・ウルフ／出演 ジュディ・ガーランド

　多数の名作が公開され古典期のピークとされることもある1939年に公開されたミュージカル映画で、莫大な製作費でも知られる。製作会社はMGM、プロデューサーはマーヴィン・ルロイ。監督はフレミングがクレジットされているが、実際はリチャード・ソープ、ジョージ・キューカー*、キング・ヴィダー*の4名が監督した。脚本は、3名がクレジットされているが、実際は10名が携わった。音楽監督はハロルド・アーレンで、作曲はアーレンが、作詞をイップ・ハーバーグが担当した。アーサー・フリードはアシスタント・プロデューサーであったが、いわゆるフリード・ユニット（班）映画とみなされる。主演は、言わずと知れたジュディ・ガーランドである。

　カンザス州で暮らす少女ドロシー（ガーランド）は、映画史上名高い「虹の彼方に」を歌い遠くのトラブルのない世界に憧れ、竜巻によって家ごとオズの国に飛ばされる。しかし、セピア色の世界からテクニカラーの世界に移動したものの、ドロシーは、すぐにカンザスに帰りたいと願う。脳みそのないカカシ、勇気のないライオン、心のないブリキの木こりという、ジェンダー・トラブルをそれぞれ抱える3人の男とともにオズに助けを求めるものの、結局、よい魔女の助言により靴の力でカンザスへ帰ることができるというのがストーリー。原作小説とは異なり、本映画は、夢おち（dream vision）になっており、ドロシーも男たちも現状を受け入れるという結末に至る。

　原作は、ライマン・フランク・ボームの小説『オズのふしぎな魔法使い』(1900)。1956年以降映画がテレビで繰り返し放映されることによって、映画と小説の名声が強固なものになり、今では、アメリカでもっとも有名なファンタジーであり、AFIが2007年に実施したアンケートのファンタジー映画部門1位にランクされている。ファンタジーとは、部分的にであれ、超現実的な出来事を含んでいる物語を指す。リメイクや関連作も製作され、例えばデイヴィッド・リンチ*の映画など、様々な作品やコンテクストで言及あるいは引用される映画でもある。

(杉野)

ヒズ・ガール・フライデー
His Girl Friday, 1940

監督 ハワード・ホークス／脚本 チャールズ・レデラー／出演 ケーリー・グラント、ロザリンド・ラッセル、ラルフ・ベラミー

　ハワード・ホークス*のスクリューボール・コメディとして特に知られる作品。スクリューボール・コメディとは変化球の一種スクリューボールのように先が読めないドタバタ・コメディを指す。行先のわからない物語が展開される本作はその典型。

　物語の主旋律は、コメディ・タッチで描かれるヒロインであるヒルディ（ラッセル）をめぐる前夫ウォルター（グラント）とヒルディの新しい婚約者ブルース（ベラミー）のホモソーシャルとも言えそうなドタバタ劇だが、精神異常のために警官を射殺して死刑判決を受けた男が絡んでくるストーリーラインは単にコメディとは言えないのかもしれない。ベースとしては新聞あるいはマスコミ業界を風刺的に描いているようにも見えるが、『モンキー・ビジネス』（1952）のようなカオティックな結末も用意されていない点で、単なるコメディとは若干異なる印象を与える。

　本作では、複数の役者の台詞の重なり（発話の重複）、いかにも早撮りしたという印象の各ショットなど、ホークスが信条とした映画技法が目白押しであり、ホークス研究の基礎的な作品としては不可欠の作品だと言える。また、いわゆる「ホークス的女性（Hawksian Women）」の典型が本作のヒルディであることも重要であろう。男性の性的な視線の対象というよりは、むしろ男性と同じ目線・レベルで行動し、ときには男性よりも（本作では記者としての手腕という点で）高い能力を発揮し、そして何よりも早口で話し、男性を出し抜く能力を持つ女性としての「ホークス的女性」は、本作のヒルディがもっとも明らかに具現化していると言うことができるだろう。

　本作は作家論的な意味では「ホークス主義」が凝縮された作品でもあり、ジル・ドゥルーズの言う感覚−運動図式を基本とした運動−イメージを前面に押し出すハリウッド映画の典型でもあるが、（死刑という問題を軸に展開する）政治的なサブテクストによる伴奏への注目、あるいは現代のジェンダー意識からの「ホークス的女性」の見直しはやはり必要であり、今後も研究の対象とすべき映画であろう。

（小原）

市民ケーン
Citizen Kane, 1941

監督・製作 オーソン・ウェルズ ／ 脚本 ハーマン・J・マンキーウィッツ、オーソン・ウェルズ ／ 音楽 バーナード・ハーマン ／ 撮影 グレッグ・トーランド ／ 出演 オーソン・ウェルズ、ジョゼフ・コットン

しばしば史上最高の映画と言われる本作は、ウィリアム・フォークナーの代表作『アブサロム、アブサロム！』を下敷きにして、ある傑物の生涯を複数の登場人物の証言で再構築するモダニズム的手法を取っている。新聞王ケーン（ウェルズ）についてのニュース映画の製作者は、ケーンの最後の言葉「バラのつぼみ」の意味を探るよう記者のトンプソンに命じ、トンプソンがケーンの知人たちを取材してまわるという構成である。ケーンの母親は金鉱によって突如大富豪となり、幼い息子の教育をニューヨークの銀行家に託す。青年ケーンは、親の遺産を相続すると、倒産寸前の新聞社インクワイラーを買収し、親友リーランド（コットン）の協力を得て再建する。強引な編集・経営方針によってインクワイラーをニューヨーク随一の新聞にした後、報道機関をことごとく掌中に収めていく。さらに、大統領の姪と結婚してニューヨーク州知事の座は目前のものとなるが、歌手志願のスーザンとの不倫を暴露されて落選する。離婚後、スーザンと大豪邸に住むが、やがて彼女もリーランドもケーンのもとを去り、ケーンは孤独の中死去し、結局トムソンは「バラのつぼみ」の意味を突き止めることができなかったが、ケーンが両親の愛情のもとで幸せに暮らしていたときに遊んでいたソリに記された「バラのつぼみ」というロゴが映し出されて映画は終わる。

ケーンは、非人間的な資本主義に邁進する現代アメリカ社会の象徴と言える。映画会社は、前例がなかったもののオーソン・ウェルズ＊に映画製作の全権を与えたが、本作は、モデルとなった新聞王ウィリアム・ランドルフ・ハーストの妨害にあい、興行的にはふるわず、アカデミー賞も9部門でノミネートされながら脚本賞のみの受賞にとどまる。しかしながら、同映画は、クレーン・ショット、クロースアップ、特殊撮影、長回し、モンタージュ、特殊メイクを極めて効果的に用い、なおかつ、天井をも映し出すロー・アングル、前景から後景まですべてにピントを合わせて多くの情報を提供するディープ・フォーカスといった非常に画期的な技法を生み出した。

（大地）

キャット・ピープル
Cat People, 1942

監督 ジャック・ターナー／脚本 ドゥイット・ボディーン／製作 ヴァル・リュートン／撮影 ニコラス・ムスラカ／出演 シモーヌ・シモン、ケント・スミス、ジェーン・ランドルフ、トム・コンウェイ

『キャット・ピープル』は、監督ジャック・ターナー＊と、プロデューサーのヴァル・リュートンが初めてタッグを組んで製作したRKOの低予算ホラー映画。原作の怪奇短編小説（アルジャーノン・ブラックウッド「いにしえの魔術」）を、舞台を現代のニューヨークに置き換えて翻案している。着ぐるみの怪物があからさまに出てくるような映画ではなく、ヒロインの、愛する男性（のちに夫になる）に理解されない悲しみと、夫とのちに相思相愛になる女性への強い嫉妬心を、繊細なタッチで描いた心理ドラマである。口コミで人気に火がつき、13週連続公開のロングラン・ヒットとなる（前年にRKOが公開し、評判を呼んだ『市民ケーン』＊[1941]でも12週連続公開）。

　ヒロインのイレーナ（シモン）は、自分が故郷の猫族の末裔で、感情が高ぶると豹に変身すると信じるようになる。自身の本性が呼び覚まされることを恐れ、イレーナは、夫となったオリバー（スミス）と、キスをすることも、ベッドをともにすることも拒絶する。オリバーは同僚のアリス（ランドルフ）に妻についての悩みを打ち明ける。オリバーはアリスを愛するようになり、アリスもそれを受け入れるが、やがて彼女は何ものかの影が自分をつけ狙っていることに気づく。

　イレーナやアリスの感じる心理的恐怖を、本作は、ラスキー・ライティングと呼ばれる、画面の限られた部分だけに光を当てて影を目立たせる照明により演出する。また、会社から帰宅途中のアリスが、豹に変身したと思しきイレーナ（その姿ははっきり見えない）に尾行されるときの音の表現も秀逸である。

　本作のヒットを受けて、ヴァル・リュートンは、今度は新人監督ロバート・ワイズを起用して、後日談『キャット・ピープルの呪い』（*The Curse of the Cat People*, 1944）を製作した。

（碓井）

カサブランカ
Casablanca, 1942

監督 マイケル・カーティス／脚本 ハワード・コッチ、ジュリアス・エプスタイン、フィリップ・エプスタイン／撮影 アーサー・エディソン／出演 ハンフリー・ボガート、イングリッド・バーグマン、ポール・ヘンリード

　ハリウッドで作られたもっとも有名なメロドラマで、アカデミー賞3部門（作品賞、監督賞、脚色賞）を獲得するなど、公開当時から現在に至るまで非常に高い評価を受けつづけている。にもかかわらず、実際の製作現場では脚本がろくにできていない状態で撮影が始められ、結末すら決まっていなかったという混乱ぶりはなかば伝説的である。第二次世界大戦でアメリカが参戦を決めた直後に製作が始まった。モロッコのカサブランカで主人公リック（ボガート）の経営するカフェ・アメリカンにかつての恋人イルザ（バーグマン）がレジスタンス活動家の夫ヴィクター（ヘンリード）をともなって現れる。二人はヨーロッパを追われ、アメリカに亡命するためにこの地に逃れてきたのである。ゲシュタポに狙われ、ヴィクターらに危険が迫るなか、ドイツ軍の発行した通行証を手に入れていたリックがどのような選択をするかが物語の焦点となる。

　一見すると男女の三角関係を描いたメロドラマであり、かつそのように見られてきたが、製作された歴史的背景を考えれば、この作品がある種の戦意高揚のためのプロパガンダであることは否定できない。悪役としてドイツ軍のシュトラッサー少佐が登場するというだけでなく、最初はイルザに対する恋愛感情という個人的動機だけに終始し政治に関心を示さないリックが、やがてドイツへの抵抗運動に身を投じるようになる展開は、孤立主義の立場にあったアメリカがヨーロッパの大戦に参加するようになった経緯に重ね合わされる。

　このように当初から政治的に構想された映画であることから、批評的にもその点を無視するわけにはいかないだろう。近年はカサブランカを舞台にしながらアフリカ人がほぼ不在である点を指摘したポストコロニアル批評や、リックの酒場で働く黒人ピアニスト、サムの表象にアンクル・トミズムを見て取る人種的批評、イルザの主体性のなさを指摘したフェミニズム批評など、様々な観点から、ときに批判的に論じられる。

（高野）

深夜の告白
Double Indemnity, 1944

監督 ビリー・ワイルダー／脚本 ビリー・ワイルダー、レイモンド・チャンドラー／撮影 ジョン・F・サイツ／出演 フレッド・マクマレイ、バーバラ・スタンウィック、エドワード・G・ロビンソン

　『郵便配達は二度ベルを鳴らす』や『ミルドレッド・ピアース』*などで知られるノワール作家のジェイムズ・M・ケインの小説を映画化した作品であり、やはりノワール作家のレイモンド・チャンドラーが脚本家の一人として関わっている。男性主人公によるヴォイスオーヴァーの語り、ファム・ファタール、悲劇的な結末、暗闇を強調する映像など、今日フィルム・ノワールと呼ばれるジャンルの特徴とされる要素をほぼすべて兼ね備えているという意味で、このジャンルの代表的作品であるとともに最高傑作として高く評価されている。

　保険セールスマンの主人公ウォルター・ネフ（マクマレイ）は妖艶な美女フィリス・ディートリクソン（スタンウィック）に、夫に保険金をかけて殺害する企てを持ちかけられ、慎重にアリバイ工作をした上で、二人で殺人を実行する。しかしネフの同僚の保険調査員バートン・キーズ（ロビンソン）の調査によって徐々に計画にほころびが見えはじめ、ネフは次第に追い詰められていく。物語は典型的な犯罪映画であり、暴力とエロティシズムの要素をはらんでいるものの、当時は映画製作倫理規定によってそういった描写をスクリーン上に持ち込むことはできなかった。ワイルダー*はそういう意味でほとんど映画化不可能であると思われた小説をあえて選び、一切直接的な描写をすることなく、極めて扇情的な作品を作り上げたと言える。映像が、いかに描かないことによって豊かな表現力を持ち得るかを示した教科書的な作品であるとも言える。そういう意味でフィルム・ノワールというジャンルを超えた傑作であると言えるだろう。

　ジャンル論において必ず持ち出される作品であり、あまりにも語りつくされたような作品であるが、現在に至っても次々に新しい解釈が持ち出されている。男性の視点の特権性に着目するフェミニズム批評、エディプス・コンプレックスのモチーフを見出す精神分析批評、ネフとキーズの同性愛的関係性を読み取るゲイ・スタディーズなどがその代表である。

(高野)

ミルドレッド・ピアース
Mildred Pierce, 1945

監督 マイケル・カーティス／脚本 ロバート・マクドゥガル／撮影 アーネスト・ホーラー／出演 ジョーン・クロフォード、ジャック・カーソン、ザカリー・スコット、アン・ブライス、ブルース・ベネット

　前年にビリー・ワイルダー＊によって映画化された『深夜の告白』＊(1944) に続き、ジェイムズ・M・ケインの小説をマイケル・カーティス＊が映画化した。クレジットには記されていないが、途中段階の脚本にはウィリアム・フォークナーも関わっていたことで知られている。ワイルダーが確立した、主人公のヴォイスオーヴァーの語りや暗闇を強調する映像などのフィルム・ノワール特有の様式を踏襲しながらも、同時にメロドラマ的様式を混在させた個性的な作品になっている。多くのフィルム・ノワールの作品とは異なり、本作品は女性が主人公となっており、物語の中心に母と娘のメロドラマ的関係が据えられている。一方で娘ヴィーダ（ブライス）の悪女ぶりは強烈で、母親の同僚や義父とも性的関係を持っていることがほのめかされている。ミルドレッド（クロフォード）はこの娘に盲目的な愛情を注ぎ、娘のために身を粉にして働くが、娘は溺愛されて何不自由なく育ったせいで生活のために働かなければならない母を軽蔑している。その二人の葛藤が、原作にはない殺人事件という悲劇的な結末へと向かわせるのである。

　原作では大恐慌下の階級間の軋轢を舞台としているが、映画版はそれを第二次世界大戦後の働く女性の問題に移しかえており、戦時中に社会進出していた女性に対する男性側の不安が色濃く投影されている。そういう意味では保守的な価値観で作られた作品であり、レストランをいくつも開店させて社会的成功を収めた女性主人公は、悲劇的結末によって罰を受けることになり、別れた夫のもとへ戻って行くという男性にとっての秩序回復の物語となっている。

　一方で作品に描かれる男性登場人物たちの多くはミルドレッドに経済的に依存し、男性性に不安を抱えているという意味で、決して安定した秩序を感じる結末になっているとも言えない。とりわけ主人公の親友として登場するアイダが同性愛的人物として描かれていることからも、この作品に関するジェンダー的解釈にはまだまだ研究の余地が残されている。

(高野)

我等の生涯の最良の年
The Best Years of Our Lives, 1946

監督 ウィリアム・ワイラー／脚本 ロバート・E・シャーウッド／撮影 グレッグ・トーランド／出演 フレドリック・マーチ、ダナ・アンドリュース、ハロルド・ラッセル、テレサ・ライト、マーナ・ロイ

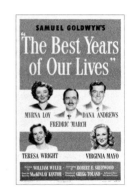

　第二次世界大戦直後のアメリカを舞台に、同じ軍用機に偶然乗り合わせて故郷へ帰還した階級も経歴も異なる3人の復員兵が様々な困難に直面しながらも生きる意欲を取り戻していくさまを描いた。原作は、マッキンレー・カンターの『我に栄誉を』。
　銀行員のアル軍曹（マーチ）は、様子が少し変わった家族に不安を感じアルコールに浸る。軍功があり軍では高位だったドラッグストア店員のフレッド大尉（アンドリュース）は、出征直前に結婚した妻が家出し彼女を探しながら仕事を探す。フットボールの花形選手だったが戦争で両手を失い鉄製義手の若い水兵ホーマー（ラッセル）は、負い目を感じ、家族や恋人のウィルマに心を閉ざす。フレッドは、妻に捨てられたもののアルの娘ペギー（ライト）と恋仲になるが、引け目を感じ別れようとする。しかし最後は、ホーマーとウィルマの結婚式でペギーと再会したフレッドが彼女にプロポーズするというのがストーリーである。本作は、社会派のワイラー*にふさわしく、戦争、戦争による身体的傷と精神的トラウマ、社会階層、ジェンダー、ディサビリティ、家族、夫婦、格差恋愛など、様々な社会問題が取り上げられた群像劇である。また、オーソン・ウェルズ*の『市民ケーン』*(1941) で有名な撮影のグレッグ・トーランドとワイラーが組んだ7作品のうちのひとつ。例えば最後のシーンでは、画面の右半分でホーマーとウィルマに牧師が結婚承認の誓いの言葉を述べているあいだ、左手前の花婿付添人フレッドは左奥のペギーと離れたところから見つめ合っており、牧師の言葉が終わった後でフレッドが歩み寄りプロポーズに至るというように、セットの奥行を活用したディープ・フォーカスでの長回し撮影が用いられている。なお、第9回アカデミー賞で作品賞、監督賞、主演男優賞（マーチ）など当時最多の9部門に輝いた。実際の負傷復員兵で素人俳優だったラッセルは助演男優賞と特別賞を受賞した。

（杉野）

3 第二次世界大戦後のハリウッド
1948 – 1960

　第二次世界大戦の終結後、アメリカは政治・経済・軍事の面で世界をリードする超大国に成長するが、共産主義の拡張を目指すソ連がこれに立ちはだかった。米ソ冷戦と呼ばれる新たな対立構造が、以後約半世紀にわたって続くことになる。冷戦は徐々に世界に拡大し、アジアでは1949年に中国共産党が中華人民共和国を設立。翌年には朝鮮戦争が勃発した。時を前後してソ連は原爆実験に成功し、これ以降、米ソの軍備拡張競争が激化していく。

　冷戦開始後、アメリカ国内では共産主義への恐怖心が高まり、これが共産主義分子の排除・根絶を目指す赤狩りに発展する。38年に発足した下院非米活動委員会（HUAC［House Committee on Un-American Activities]）は当初はファシズム同調者を取り締まる組織だったが、やがてその標的を共産主義者に切り替え、戦後の反共運動の牙城となった。ハリウッド映画人に大規模な証人喚問を行ったのも下院非米活動委員会である。50年以降は、国務省内に多数の共産主義スパイがいるという爆弾発言で注目を集めた上院議員ジョゼフ・マッカーシー（Joseph McCarthy）が赤狩りの先頭に立ち、この排外主義的運動を過熱させた。

　戦後は経済的には未曽有の繁栄期で、国民総生産は1945年から60年のあいだに実に2.5倍に増大した。生活にも大きな変化が訪れた。郊外に庭付きの戸建住宅を購入し、自動車やテレビ、冷蔵庫、洗濯機などのモノに囲まれて暮らす。そのような豊かな（しかし画一的な）暮らしが白人中産階級のあいだに広まった。50年代はアメリカの黄金時代という見方もある。一方で、郊外型生活の中では、性別役割分担が進み、女性は家庭に囲い込まれた。男性の多くも戦争の傷が癒えないまま、戦後社会への適応を迫られた。また、黒人などのマイノリティは繁栄から取り残された。人種差別もまだ続くなか、公民権運動が始まり、次の60年代の大きな社会変革を準備することになった。では、この時代の映画を概観しよう。

映画界の凋落
　アメリカ経済全体の繁栄とは裏腹に、映画界は徐々に、しかし確実に衰退していく。ハ

リウッドが史上最多の観客動員数を記録したのは1946年。翌年からは減少に転じ、10年後には約半分にまで落ち込んだ。戦後のハリウッドを衰退させた要因として、パラマウント判決、赤狩り、生活様式の変化が挙げられる。まずパラマウント判決によって、メジャー・スタジオは独占支配の構造を失い、長年続いたスタジオ・システムに亀裂が入った。次に冷戦下の赤狩りの中で、ハリウッドはその主要な標的となり、多くの映画人が仕事を奪われ、信頼関係も壊された。さらに、戦後の生活様式の変化、特に郊外化の進展は映画の動員に大きな影響を与えた。郊外住宅の必需品となり、映画のライバルと化したのがテレビである。ハリウッドはテレビとの差異化のために、画面の大型化などの取り組みを始めた。ジャンルの面では、フィルム・ノワールやメロドラマ（とりわけファミリー・メロドラマ）を中心に、新旧のジャンルが多様な展開を遂げた。また、この時代は、内容・撮影・演技などにおいて、映画のリアリズムが高まった点も重要である。

パラマウント判決と赤狩り

　1920年代から40年代後半まで、ハリウッドは寡占的ではあるが、それゆえに安定した産業構造を誇っていた。垂直統合、すなわちビッグ5と呼ばれる最大手のスタジオが、製作から配給、興行までを独占支配する構造である。ビッグ5とは異なり、独自の劇場チェーンを持たないリトル3も、寡占体制に協力していた。38年にアメリカ司法省は、こうしたハリウッドの主要スタジオを相手取り、反トラスト訴訟を開始した。一連の裁判は、筆頭会社であり、最大規模の劇場チェーンを持っていたパラマウントの名を取って、パラマウント裁判と呼ばれる。訴訟開始から10年後の48年、最高裁による同意判決が下され、ビッグ5はそれまで固く結びついていた製作・配給と興行を切り離し、劇場チェーンを放棄することになった。複数作品の一括契約を劇場に求めるブロック・ブッキングなどの不公正な慣習も禁止された。パラマウント判決はメジャー・スタジオが安定した収入基盤を失い、スタジオ・システムが崩壊していく要因となった。同時に、独立系のプロダクションの増加を促し、映画の中身やジャンルの多様化につながった。

　ハリウッドの産業構造を揺るがしたのがパラマウント判決だとすれば、同時期に映画人の仕事と生活に直接影響を与えたのが赤狩りである。かつての世界恐慌の時代には、アメリカでも共産主義に共鳴する者は少なくなく、映画界やその人材供給源である演劇界にも左傾化の動きがあった。大戦中は自由主義と共産主義は対ファシズムで協調関係にあった。ところが、冷戦が始まると状況は一変。赤狩りの機運が高まるなかで、下院非米活動委員会の格好の攻撃対象となったのが、アメリカ娯楽・メディア産業の中心たるハリウッ

ドだった。下院非米活動委員会の調査が進むなか、映画業界でもブラックリストの作成が始まる。後述のハリウッド・テンを皮切りに、共産党との関与が疑われる者、または下院非米活動委員会に非協力的である者が次々にリストに載せられた。それはハリウッドからの追放を意味した。完全に職を失った者もいれば、監督のジョゼフ・ロージー（Joseph Losey, 1909-84）のように、ヨーロッパに亡命し、活動を続けた者もいる。脚本家の中には、他人の名義を借りて、あるいは偽名を用いて、秘密裡に執筆を続けた者もいる。脚本家のダルトン・トランボ（Dalton Trumbo, 1905-76）は『ローマの休日』（Roman Holiday, 1953）と『黒い牡牛』（The Brave One, 1956）の2作でアカデミー賞を受賞したが、それぞれ他人名義と偽名によるものである。一方、下院非米活動委員会の要請に従い、共産主義者として仲間の名前を挙げることによって、ブラックリスト入りを免れた者もいる。監督のエリア・カザン*の例が有名だが、この行為は裏切りとみなされ、ハリウッドに深刻な禍根を残した。

　下院非米活動委員会が最初にハリウッド映画人を喚問したのは1947年。証人は、委員会に協力的であるか否かで、事前に「友好的」か「非友好的」に色分けされた。「非友好的証人」として召喚された19名の内、実際に証言台に立ったのは11名で、その内10名は合衆国憲法第1条を盾に証言を拒否するが、議会侮辱罪に問われ、結局1年間または半年間投獄された（残る1名はドイツの劇作家ベルトルト・ブレヒトで、彼は公聴会を攪乱した上で、アメリカを離れた）。この10名をハリウッド・テンと呼ぶ。先述の脚本家トランボはその中心人物である。51年に下院非米活動委員会は第二次公聴会を開始し、さらに多くの映画人を召喚した。下院非米活動委員会に協力し、仲間の名を挙げた者も少なくない。証言の拒否は即ブラックリスト入りを意味した。

　赤狩りのブラックリストの掲載者数は最終的には300を超えたと言われている。トランボが実名で復帰した60年ごろからリストの無効化が始まるが、その影響はなおもしばらく続いた。

　赤狩りが作品の内容に反映された例もある。『真昼の決闘』（High Noon, 1952）と『波止場』*（1954）は、前者は赤狩りの犠牲者（脚本のカール・フォアマン［Carl Foreman, 1914-84]）、後者は赤狩りの協力者（監督のカザンと脚本のバッド・シュールバーグ［Budd Schulberg, 1914-2009]）が作った映画であり、それぞれの経験が作品に刻み込まれている。とはいえ、どちらの作品でも主人公が周囲から見捨てられ、孤独に戦わねばならない点は変わりない。いずれの映画からも赤狩りに翻弄された映画人の苦悩が浮かび上がる。

郊外化、テレビ、映画

　1947年をピークに映画の観客動員数は減少に転じ、以後下降線をたどっていく。その
ひとつの背景に、戦後の郊外化の進展が挙げられる。都市部の映画館はおのずと集客を減
らした。逆に郊外生活の中で爆発的に普及し、ハリウッドを脅かしたのがテレビである。
テレビの所持率は50年代末には各家庭に１台程度にまで達した。もっとも、テレビの普
及以前からハリウッドの観客動員数は減少に転じていたため、テレビだけがハリウッド衰
退の直接的原因だとは言えない。ハリウッドの衰退は、産業構造の転換や国民のライフス
タイルの変化などの複合的な要因によって生じた現象である。

　とはいえ、ハリウッドがテレビを脅威とみなしたのは事実である。その中でテレビに対
抗し、観客を映画館に呼び戻すための手段が模索された。スクリーンで鑑賞する映画なら
ではの魅力をアピールするために、史劇ジャンルを中心に、巨額予算を投じた大作映画が
増加した。従来よりも横長の画面サイズであるワイドスクリーンも普及した。画面の大型
化の試みはサイレント時代からあったが、ワイドスクリーンが映画の新たな標準形となっ
たのは1950年代である。ワイドスクリーンには、シネラマ、シネマスコープ、ビスタビ
ジョン、トッドAO、パナヴィジョンなど様々な形式があった。ここでは、その代表とし
てシネラマとシネマスコープについて述べよう。それぞれ第１作は『これがシネラマだ』
(This Is Cinerama, 1952) と『聖衣』(The Robe, 1953) である。シネラマは３台のカメラ・映写機
を必要とする大掛かりな形式だが、一方のシネマスコープは変形レンズのみで横長の映像
を実現する形式だった。50年代のワイドスクリーンの先駆はシネラマだが、シネマスコ
ープのほうが経済的で普及性が高かった。観客はワイドスクリーンを好意的に受け入れた
が、映画監督は違った。横に画面が拡張したことによって、演出の変化を余儀なくされた
からである。だが、その中で空間の広さを生かした独自の演出も生まれた。ニコラス・レ
イ*監督の『理由なき反抗』* (1955) が好例である。技術面に話を戻せば、画面の大型化だ
けでなく色彩化も進み、立体音響も導入されるようになった。短命に終わったが、50年
代初頭には3D映画も流行した。郊外のライフスタイルに合わせて、車に乗ったまま映画
を鑑賞できるドライヴイン・シアターが普及したことも注目される。

　このように、ハリウッドはテレビとの差異化に必死になった。もっとも、映画産業の衰
退が進むなか、50年代半ばにはこの「敵」との共存が模索されるようになる。映画会社
はテレビ番組の製作を引き受けるようになり、旧作映画をテレビに売るという試みも始ま
った。両メディア間で人材交流も活発に行われた。テレビは徐々に映画の敵からパートナ
ーへと変化していった。

戦後のハリウッドのジャンルと作家

　戦後のハリウッドを特徴づけるジャンルやスタイルとしては、フィルム・ノワールとメロドラマが挙げられる。まずは前章で概略を述べたフィルム・ノワールについて改めて見よう。ノワールは純然たるジャンルというよりは、複数のジャンルを横断する傾向やスタイルとみなせる。視覚面では、「暗黒映画」という名のとおり、画面が暗いのが特徴である（夜のシーンが中心であり、キアロスクーロやロー・キーの照明が多用される）。内容的にも、孤独や頽廃、パラノイアなどを扱う陰鬱なものが多い。また、しばしばファム・ファタル（男を破滅させる女）が登場する。ハリウッド映画としては例外的なことに、ハッピー・エンディングも回避される傾向にある。ヴォイスオーヴァーやフラッシュバックの使用も特徴である。ただし、それらは物語をわかりやすく語るためではなく、主人公を捕える宿命を強調するために用いられる。

　フィルム・ノワールが生まれたのは第二次世界大戦中である（しばしば第1作とされるのは『マルタの鷹』[The Maltese Falcon, 1941]）。物語の主な素材はアメリカのハードボイルド小説だが、ノワールの発展に大きく寄与したのは、ナチス・ドイツからの亡命監督たちである。彼らは不安と危機感とともに、それを映像化するのに適したドイツ表現主義の技法（不安定な構図や歪んだセット、キアロスクーロの照明などが特徴）をアメリカに持ち込んだ。ノワールは戦後にさらに発展・拡張を見せる。それはアメリカ社会が経済的繁栄の裏側で、種々の不安——戦時体制から戦後体制への転換、それに伴うジェンダー役割の再編成、共産主義や核戦争の恐怖、赤狩りという思想統制など——を抱えていたことと無縁ではない。戦後の代表作に『三つ数えろ』（The Big Sleep, 1946）、『過去を逃れて』（Out of the Past, 1947）、『サンセット大通り』（Sunset Boulevard, 1950）、『アスファルト・ジャングル』（The Asphalt Jungle, 1950）、『キッスで殺せ！』（Kiss Me Deadly, 1955）などがある。ノワールには低予算・早撮りの作品が多いが、それゆえに実験的な内容や大胆な演出が見られるものもある。ジョゼフ・H・ルイス（Joseph H. Lewis, 1907-2000）監督の『拳銃魔』（Gun Crazy, 1950）はその好例である。1950年代後半、映画のカラー化やワイドスクリーン化が進むなか、ノワールは衰退し、『黒い罠』（Touch of Evil, 1958）をもって一度は闇に消えたが、その特異なスタイルは今日でも多くの映画に影響を与えている。

　戦後はメロドラマがそれ以前とは異なる形で花開いた時代でもある。メロドラマは元来、社会的外圧に翻弄される弱者を描くジャンルだが、そこに男性の弱さ、心の病、人種差別といった戦後的なテーマが加わった。戦後のメロドラマの最大の巨匠がダグラス・サーク＊である。サークは、『心のともしび』（Magnificent Obsession, 1954）、『天が許し給うすべ

て』（All That Heaven Allows, 1955）、『風と共に散る』（Written on the Wind, 1956）、『悲しみは空の彼方に』（Imitation of Life, 1959）といった傑作を残した。メロドラマの中でも、特に戦後発展を遂げたのはファミリー・メロドラマである。戦後のベビーブームや冷戦下の社会不安は、家族を重視し神話化する傾向を生んだ。一方で、その背後には世代間の葛藤という問題が潜んでいた。これがジャンル発展の背景である。また、50年代のファミリー・メロドラマでは、父権的社会の理想的な男性像に自らを重ねることができず、苦悩する男性の姿がしばしば描かれた。この種の映画は男性メロドラマと呼ばれ、前出の『風と共に散る』のほか、『二重結婚者』（The Bigamist, 1953）、『エデンの東』（East of Eden, 1955）、『黒の報酬』（Bigger Than Life, 1956）、『走り来る人々』（Some Came Running, 1958）などが代表作である。メロドラマは女性映画の同義語として用いられることが多いが、このジャンルが描く弱者は女性だけではない。

　メロドラマ同様、長い伝統がある西部劇も、明朗なアクション映画から、暴力や性、人種問題、精神的苦悩を扱う深みのあるジャンルに変容した。代表作に『拳銃王』（The Gunfighter, 1950）、『真昼の決闘』、『シェーン』（Shane, 1953）、『大砂塵』（Johnny Guitar, 1954）、『捜索者』*（1956）などがある。西部劇の歴史上、もっとも充実した時期と言えるだろう。ミュージカルは戦前からの勢いを戦後も継続した。その中でダンス・歌と物語の滑らかな連携を試み、『恋愛準決勝戦』（Royal Wedding, 1951）、『巴里のアメリカ人』（An American in Paris, 1951）、『雨に唄えば』*（1952）など数々の名作を世に送り出したのが、MGM のプロデューサー、アーサー・フリード（Arthur Freed, 1894-973）が率いる「フリード・ユニット」である。また、共産主義や核戦争の恐怖を陰に陽に反映させる形で多数製作されたのが、SF 映画である（『地球の静止する日』[The Day the Earth Stood Still, 1951]、『ボディ・スナッチャー／恐怖の街』*（1956）など）。コメディ映画もそれ以前と同様に人気を博したが、男性性の揺らぎをテーマとする作品が多かった点が注目される（『殺人幻想曲』[Unfaithfully Yours, 1948]、『七年目の浮気』[The Seven Year Itch, 1955]、『お熱いのがお好き』[Some Like It Hot, 1959] など）。

　新しいジャンルとしては、ティーン映画がある。戦後は、ベビーブームと経済成長を背景として、若者が大人とは異なる消費者層を形成した時代である。ここからロックンロールなどの新たな文化が生まれ、映画界もティーンエイジャーを対象とする映画を製作した。代表作に『乱暴者』（The Wild One, 1953）、『理由なき反抗』、『暴力教室』（Blackboard Jungle, 1955）などがある。

　戦後の作家に目を向けよう。この時代は、ジョン・フォード*、ハワード・ホークス*、アルフレッド・ヒッチコック*、ウィリアム・ワイラー*といった巨匠が引き続き活躍す

る一方で、より若い世代が台頭した。アンソニー・マン*、ジョゼフ・ロージー、ジョゼフ・L・マンキーウィッツ（Joseph Leo Mankiewicz, 1909-93）、エリア・カザン、ドン・シーゲル*、サミュエル・フラー*、ニコラス・レイ、フランク・タシュリン（Frank Tashlin, 1913-72）、ロバート・アルドリッチ*、リチャード・フライシャー（Richard Fleischer, 1917-2006）などである。俳優として活躍しながら、脚本・監督・製作も手がけたのがアイダ・ルピノ*である。また、レイやロージーらを監督デビューさせる上で大きな役割を果たしたのが、プロデューサーのドーリ・シャリー（Dore Schary, 1905-80）である。ドイツやオーストリアから渡って来た監督で、この時期にも活躍したのは、フリッツ・ラング*、ダグラス・サーク、ロバート・シオドマク*、マックス・オフュルス（Max Ophüls, 1902-57）、エドガー・G・ウルマー（Edgar Georg Ulmer, 1904-72）、オットー・プレミンジャー*、ビリー・ワイルダー*、フレッド・ジンネマン（Fred Zinnemann, 1907-97）などである。この誰もが映画産業の斜陽化の中で困難な映画作りを強いられたが、こうした転換期だからこそ、一般的なハリウッドの明るいイメージとは異なる、陰翳のある秀作が生まれた。

ハリウッドのリアリズムと新演技法

　戦後のハリウッドでは、スペクタクル性の高い史劇などが製作される一方で、リアリズムを重視した作品も多く製作された。具体的には、労働者階級の日常への注目（ただし、赤狩りの最盛期はこの動きは後退した）、ロケーション撮影や自然光の多用、演技における心理的な真実性の探求などが特徴である。リアリズムの高まりの背景には、大恐慌時代の左派演劇やドキュメンタリー写真・映画、ニュース映画、イタリアのネオレアリズモの影響がある。第二次世界大戦――戦時中は、多くの映画人がドキュメンタリー映画や教育映画の製作に携わった――の影響も見逃せない。戦後、メジャー・スタジオが経営難に陥ったことも、安上がりなロケーション撮影などが行われる契機となり、リアリズムの進展を促した。

　演技面でのリアリズムに関して重要なのが、メソッド演技の導入である。メソッド演技は、ロシアの演出家コンスタンチン・スタニスラフスキー（Konstantin Stanislavski, 1863-1938）の理論の影響を受けて、エリア・カザンや演出家のリー・ストラスバーグ（Lee Strasberg, 1901-82）らが編み出した演技法である。カザンとストラスバーグが率いた俳優養成所アクターズ・スタジオで採用された。メソッド演技では、俳優は自分自身の経験や感情を掘り下げ、それを基に虚構人物を築くことが求められる。つまりその特徴は、外見ではなく内面からの役作りにある。アクターズ・スタジオ出身の代表的俳優としては、マーロン・ブ

ランドやジェームズ・ディーンがいる。カザンが監督した『波止場』におけるブランドの
メソッド演技は特に有名である。『波止場』は内容・撮影の点でも1950年代のリアリズム
的傾向を代表する1作である。

(川本)

アルフレッド・ヒッチコック
Alfred Hitchcock（1899-1980）

——映像・音響表現の可能性を押し広げたサスペンスの巨匠

　イギリスのロンドン生まれ。電信会社勤務を経て、1920年にアメリカの映画会社フェイマス・プレイヤーズ＝ラスキー社（のちのパラマウント）のロンドン支社にあたるイズリントン撮影所に入社する。無声映画の字幕デザインに始まり、美術、脚本、助監督などを経て、次第に頭角を現した。同撮影所でアルマ・レヴィルと出会う（26年に結婚）。24年、独立プロデューサーのマイケル・バルコンが設立したゲインズボロ・ピクチャーズに参加し、同社で『快楽の園』（The Pleasure Garden, 1925）を初監督。第3作『下宿人』（The Lodger: A Story of the London Fog, 1926）で注目を集めた。同時代のドイツ表現主義の影響を受け、映像のみで語ることを徹底した作品である。連続殺人犯に疑われる主人公は、のちのヒッチコック映画に繰り返し登場する「間違えられた男」の原型となった。また、監督本人がエキストラとして登場するのもこの作品からとなった。

　1927年には、ブリティッシュ・インターナショナル・ピクチャーズ（BIP）に移籍。同社で手がけたイギリス初のオール・トーキー作品である『恐喝（ゆすり）』（Blackmail, 1929）では、映像から音が自然に聞こえるかどうかが主な関心事であったトーキー最初期において、途切れ途切れにしか聞こえない声をあえて用いた。ヒロインの耳に飛び込む「ナイフ」という声、それだけが次第に大きくなっていくことで、本人の意思にかかわらず、その注意がナイフ（と彼女が犯した殺人の記憶）だけに向いていく。特定の音をクローズアップすることにより、ヒロインの心の動きを表現するという画期的な試みだった。

　1934年には、ゴーモン・ブリティッシュ撮影所に移籍（バルコンが同社の重役になっていた）。このゴーモン時代には、『暗殺者の家』（The Man Who Knew Too Much, 1934）（のちにハリウッドで『知りすぎていた男』[The Man Who Knew Too Much, 1956] として自らリメイク）、『三十九夜』（The 39 Steps, 1935）などが作られた。その後、バルコンのゲインズボロ・ピクチャーズに戻り、『バルカン超特急』（The Lady Vanishes, 1938）などを手がけていたころ、独立プロデューサーのデヴィッド・O・セルズニックの誘いを受け、39年からハリウッドに

活動の拠点を移した。

　ハリウッドでの活躍により、ヒッチコックは、映画史上、もっとも重要な映画監督の一人となった。以下、主要作を厳選して紹介する。アカデミー作品賞を受賞した『レベッカ』(*Rebecca*, 1940) は、原作小説に忠実な映画化を望んだセルズニックが、ヒッチコックの演出にたびたび難色を示した。だが、例えば、ヒロインのヴォイスオーヴァー・ナレーションを伴うオープニング・シークエンスは、原作小説に則りつつも、カメラワークを駆使して観客を映画世界に引き込むヒッチコック独自の表現になっている。セルズニックが製作に関与しなかった『汚名』(*Notorious*, 1946) は、主要人物3人の愛と裏切りの関係を示した視覚的モチーフが有効に機能した傑作である。

　セルズニックと完全に決別し、監督と製作を兼ねるようになった1948年から50年代には、作品がもっとも充実した時期である。ショットの切れ目を目立たないようにして、全編があたかもワン・ショットであるかのように撮影・編集した『ロープ』(*Rope*, 1948)、眼鏡などの小道具を巧みに用いて、交換殺人を持ちかける男の主人公に対する一方的な愛と執着を描いた『見知らぬ乗客』(*Strangers on a Train*, 1951)、「めまい」ショットをはじめ、外界に存在する脅威に主人公の身体が常にさらされているような表現が特徴的な『めまい』(*Vertigo*, 1958)、のちのスパイ・スリラーに多大なる影響を与えた『北北西に進路を取れ』(*North by Northwest*, 1959) などを製作している。なかでも、1954年に公開された『裏窓』(*Rear Window*) は、映像のみならず、音でも主人公の注意が向くものを次々に示すことで、核心的なことは何も表現されていないのに、主人公の心の中で何が起こっているのかを観客は推測するように促される。映像と音の相互作用を強く意識した実験的作品となった。また、テレビ番組の製作に進出したのも50年代であった（『ヒッチコック劇場』[*Alfred Hitchcock Presents*, 1955-62] など)。1960年代以降も、『サイコ』*(*Psycho*, 1960)、『鳥』(*The Birds*, 1963)、『フレンジー』(*Frenzy*, 1971) などの傑作を生み出したが、次第に製作のペースは落ちた。80年に80歳で死去。

(碓井)

参考文献紹介　フランソワ・トリュフォーによるインタヴュー『定本 映画術』(晶文社) およびエッセイ・インタヴュー・講演録集『ヒッチコック映画自身』(筑摩書房) は必読。『サイコ』の製作過程については、スティーヴン・レベロ『ヒッチコック&メイキング・オブ・サイコ』(白夜書房)。英語文献は多数あり、Thomas Leitch & Leland Poague 編 *A Companion to Alfred Hitchcock* (Wiley Blackwell) から入るとよい。

3　第二次世界大戦後のハリウッド　1948−1960

オットー・プレミンジャー
Otto Preminger（1905-86）

―― 映画製作倫理規定に抗いつづけた挑戦者

　オーストリア＝ハンガリー帝国ブコヴィナのヴィシュニッツ生まれとされるのが通説だが、生誕地については諸説ある。法律家であった父の仕事の関係でウィーンへ移り、1923年マックス・ラインハルトが新しく結成したヨーゼフシュタット劇団に加わる。ウィーン大学在学中からまずは俳優として頭角を現し、のちに舞台演出を手がけるようになった。こうした活動のかたわら、1931年には初めての映画作品『偉大なる愛』（Die große Liebe）を監督している。1933年にラインハルトのもとへ戻り劇団を継承し、若くしてウィーン演劇界に地位を築くが、当時の教育相からブルク劇場の芸術監督就任を打診された際、ユダヤ教からカトリックへの改宗を条件とされたため断ったと伝えられている。ナチスの台頭とともに身近に危険を感じはじめ、出国を真剣に考えるようになる。

　1935年、20世紀フォックスのジョセフ・シェンクと、ブロードウェイのプロデューサー、ギルバート・ミラーから誘いを受け、同年10月アメリカへ渡る。ニューヨークでの最初の舞台演出を手がけた後、ハリウッド第1作となる『アンダー・ユア・スペル』（Under Your Spell, 1936）を監督する機会に恵まれた。この時期、重要な役で出演もした『マージン・フォー・エラー』（Margin for Error, 1943）ほか数本を監督しているが、自身が納得できるほどの賞賛は、まだ得られなかった。

　最初の転機は、製作を担当していた『ローラ殺人事件』（Laura, 1944）とともに訪れる。監督のルーベン・マムーリアン（Rouben Mamoulian, 1897-1987）が降板し、ダリル・F・ザナック（Darryl Francis Zanuck, 1902-79）は後継にプレミンジャーを指名する。批評的にも興行的にも成功したこの作品によってアカデミー監督賞にノミネートされ、メジャー監督の仲間入りを果たした。以降、『堕ちた天使』（Fallen Angel, 1945）など数々のフィルム・ノワールはもちろんのこと、『センテニアル・サマー』（Centennial Summer, 1946）などのミュージカルを含む様々な作品を手がけ、流麗なカメラワークと統制されたクリアな画面構築は彼のトレードマークとなる。

ハリウッドとブロードウェイの双方を拠点として活動を続けていた1951年、自らも演出を手がけ、そのきわどい内容が話題となっていた舞台劇『月蒼くして』を独立プロダクション製作で映画化すると発表し、続いて自身のメジャー・スタジオからの独立を宣言する。ユナイテッド・アーティスツとの配給契約を進めていたが、映画製作倫理規定の承認申請は却下された。当時の道徳感覚から見ればかなりセンシティヴな内容であることに加え、規定のもとでは許容できない言葉が多数含まれていたからである。しかし、ユナイテッド・アーティスツは、この作品を承認印なしで公開することを決定する。各紙誌のレヴューは承認印なしでの公開を書き立てて話題を呼び作品はヒットした。きわどい台詞が飛び交う『月蒼くして』(The Moon Is Blue, 1953) は、その後の映画製作倫理規定見直しのきっかけとなると同時に、プレミンジャーがハリウッドの慣習に挑戦する監督であることを強く印象づける作品となった。

　20世紀フォックス製作、マリリン・モンロー主演の『帰らざる河』(River of No Return, 1954) を経て、独立プロ製作の次作には、全キャストにアフリカン・アメリカンを配した『カルメン』(Carmen Jones, 1954) を選ぶ。そして、再び倫理規定に抵触することになったのが、フランク・シナトラを薬物依存症の主人公に据えた『黄金の腕』(The Man with the Golden Arm, 1955) である。映画製作倫理規定の承認申請は却下されたが、ユナイテッド・アーティスツは再び承認印なしで作品を公開し成功する。これを受けて、映画製作倫理規定の薬物に関する規定はマイナーチェンジされたものの、それはいかにも時代遅れに見えた。その後も、プレミンジャーは『或る殺人』(Anatomy of a Murder, 1959) ではレイプを、『野望の系列』(Advise & Consent, 1962) では同性愛を、『枢機卿』(The Cardinal, 1963) では中絶を取り上げ、タブーに挑みつづけた。

　また、グラフィック・デザイナーのソール・バスを自作のタイトルや広告キャンペーンのために最初に起用したことでも知られる。バスはその後、アルフレッド・ヒッチコック*監督の『めまい』(1958) をはじめとした多数の映画作品のタイトルや広告を手がけ、ハリウッドにおいてもっとも有名なグラフィック・デザイナーの一人となった。　　　　(小野)

参考文献紹介　伝記的な著作としてChris Fujiwara, *The World and Its Double: The Life and Work of Otto Preminger* (Farrar, Straus and Giroux) やFoster Hirsch, *Otto Preminger: The Man Who Would Be King* (Knopf) がある。

アンソニー・マン
Anthony Mann (1906-67)

――ノワール西部劇の傑作群で知られる映画作家

Allstar Picture Library Limited. / Alamy Stock Photo

　アンソニー・マンはスタジオ・システム時代のハリウッドにおいて、相応の演出の自由を確保しながら、1940年代にフィルム・ノワール、50年代に西部劇、60年代には叙事詩的な歴史劇を撮って、作家的な創作姿勢を保持しつづけた監督である。

　カリフォルニア州に生まれ、子どものころから演技に関心があったマンは、家族とともにニューヨークに転居後、夜警として働きながら演劇に参加、演出も手がけるようになった。デヴィッド・O・セルズニックの会社で映画製作に関わりはじめ、1939年にパラマウント社に移って助監督を務め、プレストン・スタージェス*のもとでも働いて、1942年に犯罪劇『ドクター・ブロードウェイ』(*Dr. Broadway*) で初監督を務めた。その後はフリーの監督として、映画会社を渡り歩きながら、低予算・不十分な製作人員数の制約下で様々なジャンルの映画を撮って演出の手腕を磨いた。

　1947年に独立系の映画会社に参加、より大きな予算・良質の脚本に恵まれ、『偽証』(*Railroaded*, 1947)、『Tメン』(*T-Men*, 1947)、『脱獄の掟』(*Raw Deal*, 1948)、『国境事件』(*Border Incident*, 1949)、『横丁』(*Side Street*, 1950) などの秀作フィルム・ノワールを撮った。特に注目されるのが、財務省の捜査官による偽札製造組織への潜入捜査を、ナレーションを使った疑似ドキュメンタリー形式で描いた『Tメン』である。密室での覆面捜査官と犯罪者の緊迫した駆け引きの場面では、極端なアングル、明暗のコントラストの強い照明、レンズ手前の誇張された空間から画面奥の空間までを立体的に表現するディープ・フォーカスの使用によって、日常の世界とは異なる犯罪空間の歪んだ性質を視覚的に表現している。巧みな画面構成でシーンの意味を伝えるマンの演出の特徴が、映画全体の基調として初めて表れた作品である。

　このフィルム・ノワールの時代の後に、ジェームズ・ステュアート主演で『ウィンチェスター銃'73』(*Winchester '73*, 1950)、『怒りの河』(*Bend of the River*, 1952)、『裸の拍車』(*The Naked Spur*, 1953)、『遠い国』(*The Far Country*, 1954)、『ララミーから来た男』(*The Man from*

114　第Ⅰ部　アメリカ映画の歴史

Laramie, 1955）の一連の西部劇を撮った。これらのいわゆるノワール西部劇が、映画作家としてのマンの名声を現在高めている作品群である。

　これらの映画でステュアート演じる主人公は、従来の西部劇が称揚してきたような理想的な西部の男ではなく、フィルム・ノワールに出てくる男たちのように、弱さや心理的な複雑さを抱えた人物である。彼らは何かに異様な執着を見せるのだが、その原因である忌まわしい過去の出来事が容易には明かされないため、その強迫的な行動だけが際立って描写されることになる。例えば『ウィンチェスター銃'73』において、ステュアートが執拗に追いかける男は、父親を殺した実兄であるが、これが明らかになるのは、最後の二人の決闘の直前である。また、そうした主人公の内面の屈折が、彼が敵対者から被る身体的な暴力の生々しさとして表現されている点にも、マンの西部劇の特徴がある。例えば『ララミーから来た男』では、主人公は両腕をロープで縛られて馬に引きずられ、掌を銃で撃ち抜かれるが、そうした外傷の痛みは、弟を殺された悲痛とその復讐に燃える心の疼きに照応している。西部劇の演出にフィルム・ノワールの手法を援用することで、この伝統的なジャンルに新たな展開をもたらしたのである。

　マンはその後、ヨーロッパに渡ってスケールの大きい叙事詩的な作品を撮った。国内の分裂をまとめてスペインを北アフリカの侵入から守った11世紀の英雄を取り上げた『エル・シド』（El Cid, 1961）と、皇帝の毒殺と後継者間の対立に動揺するローマ帝国を描いた『ローマ帝国の滅亡』（The Fall of the Roman Empire, 1964）では、大人数の軍勢による会戦と大群衆のシーンを演出して、スペクタクル大作にも対応できる手腕を見せた。また、『テレマークの要塞』（The Heroes of Telemark, 1965）では、ノルウェーを舞台にナチス・ドイツによる重水製造・運搬を阻止する活動家たちの活躍を描いた。

　ベルリンでスパイ映画『殺しのダンディー』（A Dandy in Aspic, 1968）の撮影中、心臓麻痺で60歳で死去したが、この早すぎた死によって、マンが自作について、後世の映画人や研究者に語る機会が失われたため、彼の作品の再評価が遅れたとも指摘されている。

（長谷川）

参考文献紹介　吉田広明『B級ノワール論』（作品社）の第二章が、マンのキャリアと作品を包括的に取り上げている。英語文献としては、マン研究の第一人者とされるJeanine Basingerの Anthony Mann の増補版（Wesleyan UP）が挙げられる。

エリア・カザン
Elia Kazan（1909-2003）

——人間の内面の複雑さを発見し格闘した映画界の巨匠

　エリア・カザン、本名エリア・カザンジョグルスとして、トルコのイスタンブールでギリシャ系の家庭に生まれる。4歳のとき、両親に連れられ渡米。ニューヨーク州ニューロッシェルに居を構える。母親アシーナの計らいで、白人の裕福な層の子女が多く通う名門ウィリアムズ大学に進み、イェール大学で演劇を学んだ後、「ザ・グループ」という劇団に所属し、便利屋兼舞台俳優として経験を積む。そこでリー・ストラスバーグや劇作家のクリフォード・オデッツなどに出会う。
　カザンは、映画監督として活躍する前に、舞台演出家として、多くの劇作家を世に送り出したことでも知られている。また、舞台演出家としてソーントン・ワイルダー、テネシー・ウィリアムズ、アーサー・ミラー、ユージン・オニールなどの作品を演出する。ワイルダーの作品『危機一髪』(The Skin of Our Teeth) の演出でピューリッツァー賞を受け、頭角を現す。
　映画監督業を務めるようになってからのカザンによる、ハリウッドで初めてユダヤ人差別を扱った作品『紳士協定』(Gentleman's Agreement, 1947) は、アカデミー作品賞、監督賞、助演女優賞に輝いた。精神が崩壊していく女性を描いたウィリアムズの名作の映画化『欲望という名の電車』(The Streetcar Named Desire, 1951) でニューヨーク映画批評家協会賞作品賞・監督賞に、名優マーロン・ブランドが演じる主人公が悪徳業者と闘う『波止場』*(On the Waterfront, 1954) で再びアカデミー作品賞・監督賞に、旧約聖書の物語を下敷きに父と息子の軋轢と和解を描いた『エデンの東』(East of Eden, 1955) とウィリアムズ原作の『ベビイ・ドール』(Baby Doll, 1956) ではゴールデングローブ賞に、高校時代の恋人同士の時の流れを描くウィリアム・インジ原作の『草原の輝き』(Splendor in the Grass, 1961) ではアカデミー脚本賞に輝くなど、主要な賞を余すところなく受賞している。F・スコット・フィッツジェラルドの未完の作品を原作とし、若き映画プロデューサーの苦悩を描く『ラスト・タイクーン』(The Last Tycoon, 1976) の映画化を最後に一線を退くことになった。エリア・カザンは、マンハッタンのマンションで2003年に94歳の生涯を終えた。

エリア・カザンの映画界における功績を称えるために、1999年、彼が90歳のときに、アカデミー名誉賞を受賞することになるものの、全米を揺るがした赤狩り時代、いわゆるマッカーシー時代に下院非米活動委員会（HUAC）に対して、「情報提供（naming names）」を行った（自身のキャリアを救うために「ザ・グループ」の元同僚で共産党シンパの名前を8名挙げた）裏切り者とみなされ、会場が騒然となったことは、まだ記憶に新しい。

カザンは、演出家、監督だけでなく作家としても活動しており、『アメリカの幻想』（*America, America*, 1962）、『代役』（*The Understudy*, 1975）、『エリア・カザン自伝』（*Elia Kazan: A Life*, 1988）など8冊の書籍を出版している。

演劇界および映画界における最大の功績としては、古典的で、様式重視の演技から、リー・ストラスバーグを通して学び信奉したモスクワ芸術劇場を経由した、俳優の体験・記憶や内面を重要視した演技法であるスタニスラフスキーシステム（メソッド演技法）をアメリカの俳優や演劇人、映画人に定着させた点であろう。また、マーロン・ブランド、ジェームス・ディーン、ダスティン・ホフマン、アル・パチーノなど、多くの名優を輩出してきた俳優養成所アクターズ・スタジオの設立（1947）にも関わっている。

アメリカのエンターテインメント業界にすっかり著名人として数えられているカザンではあるものの、本人は最後までギリシャ系の移民の息子であり、アメリカに完全に溶け込んだという自覚を持つことはなかったようである。

（相原［優］）

参考文献紹介　Brian Neve, *Elia Kazan: The Cinema of an American Outsider*（I. B. Tauris）から入るとよい。伝記としては、Richard Schickel, *Elia Kazan: A Biography*（Harper）がある。エリア・カザン自身の8冊の著作のうち、自伝をはじめ数冊が翻訳されている。

3　第二次世界大戦後のハリウッド　1948−1960

ニコラス・レイ
Nicholas Ray（1911-79）
——映画作家に愛される監督

GRANGER - Historical Picture Archive / Alamy Stock Photo

　1911年、ウィスコンシン州生まれ。若年期からアルコール依存や素行不良といった問題を抱えながらも、1931年にシカゴ大学に進学。わずかな在学期間のうちに当時同大学で教鞭を執っていた戯曲家・小説家のソーントン・ワイルダーと親交を持ち、学生演劇団体に参加。のちにニューヨークの演劇界で活動し、第二次世界大戦中にはラジオのプロパガンダ番組を監督した。演劇、映画プロデューサーのジョン・ハウスマンと共作するうちにチャンスをつかみ、RKOに入社すると、初の監督作『夜の人々』（They Live by Night, 1949）を発表した。
　若手俳優ファーリー・グレンジャーを起用し、純粋な心を持ちながら犯罪者として社会の周縁で生きる若者とその妻の悲劇を抒情的に描いた『夜の人々』をはじめ、RKO時代を中心に、監督初期にはレイは数本のフィルム・ノワール作品を製作している。それらに共通するのは、ノワールの道具立てを用いながらも、どこかジャンルから逸脱する、あるいは他ジャンルとの混淆が見られるような独自の構成や心理主義的な演出法にあった。ハンフリー・ボガート演じるスランプに陥ったハリウッドの脚本家が殺人事件の容疑者となる『孤独な場所で』（In a Lonely Place, 1950）や、暴力的傾向を持つ刑事が殺人犯の姉である盲目の女性（アイダ・ルピノ*）との出会いを通して変化していく『危険な場所で』（On Dangerous Ground, 1951）などはその例である。印象的なのは、ルピノが演じた役柄のように、男性を主人公とする物語でも造形に深みのある女性人物を登場させ、その内面を細やかに描いていることであり、いわゆる「女性映画」的な感性もそこには見て取れる。
　1950年代に入ると、レイは代表作を立て続けに発表する。ひとつは『大砂塵』（Johnny Guitar, 1954）、もうひとつは『理由なき反抗』*（Rebel Without a Cause, 1935）である。どちらも過去のハリウッド・シネマにはない強烈な新しさを放つ作品だ。テクニカラーが印象的な西部劇『大砂塵』では、典型的なローン・ヒーローは一応登場するが主人公はジョーン・クロフォード演じる酒場の女主人ヴィエナであり、彼女と男性人物たちのロマンティックなプロットも一応用意されてはいるものの、実質的なクライマックスはヴィエナと、彼女を

共同体に対する害悪としてその追放を図るエマ（メルセデス・マッケンブリッジ）の女性同士の決闘である。孤高のヒロインを演じるクロフォードの魅力と、彼女の衣装に代表される印象深い色彩の使い方、西部劇という既存の男性中心主義的なジャンルを用いながら、そこからの逸脱を享楽的に展開する映画的手法は、スーザン・ソンタグの「キャンプ」の美学に当てはまる絶好の例であるように思う。続く『理由なき反抗』は、この時期のハリウッドを席巻しつつあったメソッド・アクティングの波に乗り、ジェームズ・ディーンを主人公に社会的なアウトサイダーである若者たちの苦悩や世代間の葛藤を描いた。映画の中のアクションそのものよりも人物の心の機微に焦点を当てた演出、人物同士の関係性を的確に表現するドラマティックな画面構成は鮮烈であり、この2作は、飽和した50年代のハリウッド・シネマが内側から脱構築されていくさまを記録しているかのようだ。

　60年代になるとレイは活動の場をヨーロッパに移し、その間『キング・オブ・キングス』（King of Kings, 1961）や『北京の55日』（55 Days at Peking, 1963）といった大作を監督したが、後者の製作中に著しく体調を崩し、結局それが最後のハリウッド映画監督作となった。その後70年代にはいくつかの大学で教鞭を執り、そのうちのひとつ、ニューヨーク大学では、大学院生だったジム・ジャームッシュ＊がティーチング・アシスタントを務めた。同じ時期にはヴィム・ヴェンダースの『アメリカの友人』（The American Friend, 1977）にも俳優として出演し、それが縁でレイとその息子が作成中だったドキュメンタリーの映像をヴェンダースが使用し、『ニックス・ムービー／水上の稲妻』（Nick's Film / Lightning Over Water, 1980）として完成させた。

　レイがのちの世代の映画作家たちの尊敬を集めたのは、40〜50年代の作品で生み出したある種のメタ・ハリウッド・シネマ性とでも言うべき特徴のためだったのだろう。破天荒なようで緻密な画面作りと細やかな演出法によって、レイは映画作家に愛される監督になった。

（ハーン）

参考文献紹介　講義録に『わたしは邪魔された──ニコラス・レイ映画講義録』（みすず書房）、伝記にベルナール・エイゼンシッツ『ニコラス・レイ──ある反逆者の肖像』（キネマ旬報社）がある。英語圏の研究では、Patrick McGilligan, *Nicholas Ray: The Glorious Failure of an American Director*（It Books）などがある。

サミュエル・フラー
Samuel Fuller (1912-97)
―――〈戦場〉を戦い、生き抜いた監督

CC BY 2.5

ジャン＝リュック・ゴダールの『気狂いピエロ』(Pierrot le Fou, 1965) に本人役で出演したサミュエル・フラーは、「映画とは何か知りたい」と問いかけるジャン＝ポール・ベルモントに、「映画とは戦場のようなものだ。そう、愛だ。憎悪、アクション、暴力、死、そう一言で言えば、数多の情動だ」と答えているのはよく知られている。第二次世界大戦時に従軍し、戦場を生き延びた監督の作風を物語る言葉としてことに知られるエピソードだ。

フラーは、1912年、マサチューセッツ州に生まれる。父はロシア出身、母親はポーランドにルーツを持つ。フラーのキャリアは13歳になるころに『ニューヨーク・イヴニング・ジャーナル』紙のコピーボーイ（原稿運び）の仕事から始まり、17歳になるころには『ニューヨーク・イヴニング・グラフィック』紙の事件記者となる。ジャーナリストとしての彼の経験は、彼がのちに監督することになる犯罪映画の徹底的に実録的な特徴に大きな影響を与えたようだ。フラーは作家、映画脚本家としての経験も積むが、彼の作風にもっとも大きな影響を残したのは、第二次世界大戦における従軍経験であろう。フラーは、ヨーロッパを転戦し、ナチスの強制収容所の解放にも参加した。死屍累々のホロコーストの惨禍を目の当たりにし、それを記録映像に残してもいる。

長編監督デビュー作は、西部開拓時代の有名な強盗ジェシー・ジェームズの物語を、同性愛を含意したタッチで、（ジェームズを暗殺した）ロバート・フォードの視点から描いた異色西部劇『地獄への挑戦』(I Shot Jesse James, 1949) である。本作では、本項で紹介するほかの作品同様、脚本も担当している（共同脚本も含む）。朝鮮戦争を題材として、戦場で生き延びる軍曹の精神を徹底的なリアリティで描く『鬼軍曹ザック』(The Steel Helmet, 1951) や、冬の戦場で特別任務にあたる兵士たちを描き、戦場におけるタフガイの現実を、極力感情表現を排して描いた『折れた銃剣』(Fixed Bayonets!, 1951) では、フラーが生き延びた戦場の無情をいわば即物的に提示している。『拾った女』(Pickup on the Street, 1953) では、舞台をニューヨークとし、共産スパイによって政府の極秘情報が収められたマイクロフィルムをそ

れとは知らずに運ぶ女と、そのフィルムが入った財布を偶然に盗んだスリの男、共産スパイの情報のタレコミ屋をして生計を立てる年老いた女性を中心に、冷戦に躍起になる国家とそれに翻弄される下層の市民のリアルが荒涼感と諦念をもって描かれる。『東京暗黒街・竹の家』(House of Bamboo, 1955) は日本をロケ地として、軍用列車を襲撃して銃器・弾薬を奪ったアメリカ人強盗団を捜査する日米合同捜査のためにこの強盗団に潜入するアメリカ軍憲兵と、事件に巻き込まれて憲兵に協力する日本人女性、彼らのロマンスを伏線とするノワール的な作品であり、ここでもフラーは高度成長期に入る時期の日本をノワール的な事態が展開する場所としてカメラでリアルに提示する。その後、女性の首領に率いられる40人の強盗団と州司法の任務を帯びて戦う元ガンマンを中心に物語が展開する西部劇『四十挺の拳銃』(Forty Guns, 1957)、精神病院で起こった殺人事件を解決してピューリッツァー賞を獲得しようと、狂気を装って病棟に潜入した新聞記者が次第に精神崩壊していく社会派ドラマ『ショック集団』(Shock Corridor, 1963) など、独自のタッチの作品を発表している (『ショック集団』は1996年にアメリカ国立フィルム登録簿に登録された)。1980年には、フラー作品としてもっとも有名な作品となる『最前線物語』(The Big Red One, 1980) を発表。第一次世界大戦を戦い、戦闘行為に憔悴しながらも、続いて第二次世界大戦では小隊を率いて戦う「軍曹」にリー・マーヴィンを起用し、ヒロイズムを一切捨象して、初期にものした戦争映画と同様、兵士の心理・戦場のリアルを即物的な実録ドラマとして完成させた。この意味で『最前線物語』は、戦場作家としてのフラーの集大成的な作品だと言える。1997年、ロサンゼルスで死去。情動のリアリティを徹底的に追求し、映画と現実の関係を独特の作家主義的な手法で体現したフラーは、フランスのヌーヴェル・ヴァーグの監督たちにも高く評価された。

(小原)

参考文献紹介　フラー自身の『映画は戦場だ！』(筑摩書房)、『サミュエル・フラー自伝――わたしはいかに書き、闘い、映画をつくってきたか』(boid) といった自伝的著作が作家論的な研究には有用である。英語文献では、フラーの映画テクストの総合的な分析 Lisa Dombrowski, *The Films of Samuel Fuller: If You Die, I'll Kill You* (Wesleyan UP) が研究上の手がかりを与える。

ドン・シーゲル
Don Siegel (1912-91)

―― 1960－70年代最高のアクション映画監督

Sueddeutsche Zeitung Photo / Alamy Stock Photo

　イリノイ州シカゴ生まれ。ワーナー・ブラザースに就職すると、すぐにモンタージュ（ハリウッドでは時間経過などを示すために複数のショットをつなげて作られたシークェンスのことを指す）を作る才能を認められ、モンタージュ部門の責任者となる。監督デビューは短編とドキュメンタリーであったが、その2本ともがアカデミー賞を取ったことから長編への道が開け、『ビッグ・ボウの殺人』(The Verdict, 1946) で長編映画監督デビューを飾った。当初は持ち込まれた企画を片っ端から監督し、低予算の中で優れた作品を数多く作り上げた。そんな中で1956年の『ボディ・スナッチャー／恐怖の街』*(Invasion of the Body Snatchers, 1956) は特筆すべき成功を収めた。宇宙からの生命体が小さな町の住民を次々に複製で置き換え、徐々にアメリカを支配していこうとするこの低予算SF映画は、冷戦期のパラノイア的不安を映し出しながらも、日常生活に潜む恐怖を極めてうまく描き出したために、その後3度もリメイクされた。

　しかし、即物的でシンプルかつ極めてスピード感のあるシーゲルの演出は、アクション映画で最大限に発揮される。麻薬の密輸事件をめぐる捜査を描き、クライマックスのカーチェイスが高く評価された『殺人捜査線』(The Lineup, 1958)、アーネスト・ヘミングウェイ原作でロバート・シオドマク*が『殺人者』(The Killers, 1946) として映画化した作品のリメイク版『殺人者たち』(The Killers, 1964)、拳銃を奪われた刑事の捜査を描く『刑事マディガン』(Madigan, 1968)、初めて俳優クリント・イーストウッド*と組んだ『マンハッタン無宿』(Coogan's Bluff, 1969) などは今日でも高く評価されている。

　これらの作品を見てもわかるように暴力的な内容の作品が多く、ときにその暴力性は過剰なまでに強調される。一見不必要に見える主人公の暴力は、不必要であるがゆえにより強く違和感をもって浮き上がり、アメリカ社会の持つ根源的な暴力性を指し示そうとしているようにも見える。この系統の映画で今日もっとも評価が高く有名なのは、言うまでもなく『ダーティハリー』(Dirty Harry, 1971) であろう。敵役アンディ・ロビンソンの怪演もあ

って、暴力に侵されたアメリカ社会の病巣が鮮明に浮かび上がる。

　イーストウッドとの信頼関係は強く、二人の作品は『マンハッタン無宿』、『ダーティ
ハリー』以外にも『真昼の死闘』(Two Mules for Sister Sara, 1970)、『白い肌の異常な夜』(The
Beguiled, 1971)、『アルカトラズからの脱出』(Escape from Alcatraz, 1979) と5本を数える。ほか
にもウォルター・マッソーを主演に迎えた『突破口！』(Charley Varrick, 1973) やジョン・ウ
ェインの遺作となった『ラスト・シューティスト』(The Shootist, 1976) など、1960年代から
70年代にかけてのハリウッドの代表的なアクション映画監督として知られている。

　シーゲルついて特筆すべきは、映画関連のキャリアをモンタージュ作りから始めたこと
である。それまでは雑多なショットをつなぎ合わせるだけの作業であったものを、シーゲ
ルは試行錯誤を繰り返しながら自らモンタージュ用のスクリプトを書き、多くの映画の優
れたモンタージュ・シークェンスを作り上げた。例えば『カサブランカ』* (1942) の冒頭
部分などはシーゲルの仕事である。ここで積み上げたモンタージュの技術は、のちにシー
ゲルの大きな特徴となる。説明的な部分をシンプルに無駄なく一目でわかるように伝え、
場面を極めてスピーディに転換する例は数多い。また編集に対する意識が強かったためで
あろうが、他人の編集によって自分の作品が台無しにされることを恐れていた。そのため
にシーゲルは撮影前に入念な打ち合わせをすることで、可能な限り余分なフィルムを残さ
ず、編集者にできるだけ自由裁量の余地を残さないようにしたのである。

　シーゲルが残した後世への影響は極めて大きく、特に『ダーティハリー』はその後に作
られたあらゆる刑事映画の原型となったと言っても過言ではない。またその演出スタイル
はサム・ペキンパー *や監督としても活躍するイーストウッドなどに大きな影響を与えた。
シーゲルの影響を受けた映画があまりにも多いために、それらを見慣れた現在の目で振り
返ると、むしろシーゲルの映画のほうに既視感が伴い、その個性的な特徴が見えにくくな
ってしまったかもしれないが、本来は極めて個性の強い映画監督なのである。　　　　(高野)

参考文献紹介　日本ではほとんど研究がなく、アメリカでもさほど研究されていない。本人が自
作について語った*A Siegel Film: An Autobiography*（Faber and Faber）は必読である。

3　第二次世界大戦後のハリウッド　1948－1960

アイダ・ルピノ
Ida Lupino (1918-95)

——フィルム・ノワールで女性的テーマを扱ったハリウッドの女性監督の草分け

　ドロシー・アーズナー*とともに、スタジオ・システムのハリウッドで活躍し、また、1950年代にも活躍した唯一の女性監督でもある。

　48年のキャリアの中で59本の映像作品に出演し、8本の映画を監督し、キャリアの後期にはテレビ界でも活躍した。イギリス生まれでありながらも、アメリカで活躍し、1948年にアメリカ国籍を取得。1918年にイギリス、ロンドンで生まれる。ルピノ一族はヨーロッパを中心に活躍する芸能一家であり、歴史をたどれば、イタリア・ルネサンス時代は、王宮の道化師まで遡ることができる。父親は、コメディアン、プロデューサー、そして劇作家であった。母親も、ヴォードヴィルの女優であった。好んで俳優を志したわけでもないが、大変な父親っ子であったアイダは、父親を落胆させたくなかったため、俳優の道を選び、14歳足らずでイギリス映画『彼女の初めての出来事』(Her First Affaire, 1932) に出演した。それから、主にイギリスの映像作品に多く出演するようになるが、その後、活躍の場をアメリカに移し、ワーナー・ブラザースやパラマウント社と契約する。『ハイ・シェラ』(High Sierra, 1941) では、ハンフリー・ボガートと共演し、ブロンテ姉妹を描いた『まごころ』(Devotion, 1946) でシャーロット・ブロンテを演じた。

　3度結婚したルピノは、2番目の夫であるコリアー・ヤングと独立系の映画会社フィルムメイカーズ (The Filmmakers) を設立した。主に、低予算でメロドラマ的、または、フィルム・ノワール的にしつらえてあるものの、娯楽映画にはそぐわない社会的かつ女性の苦闘のテーマを扱う作品を監督した。フィルムメイカーズでの監督第1作は、未婚の女性の妊娠・出産というテーマを扱った『いらない』(Not Wanted, 1949) であった。この作品は、エルマー・クリフトンの名前が監督名となっているが、彼が病で降板し、その後をルピノが引き継ぎ、監督を務めた（ただしこの作品の監督のクレジットは与えられなかった）。ルピノは、この作品について、エレノア・ローズヴェルトと全国放送のラジオ番組で対談している。監督としての正式な第1作は、『恐れてはならぬ』(Never Fear, 1949) で、ポリ

オに侵されたダンサー兼振付師の奮闘を描いた物語である。ルピノ自身この病に侵された経験があるため彼女の自伝的な事実が反映されているのではないかと言われている作品である。『暴行』（Outrage, 1950）という作品では、当時タブー視されていた女性へのレイプをテーマとして扱った。その翌年に監督した『砂に咲く花』（Hard, Fast and Beautiful, 1951）では、一人の女性がテニスプレイヤーとして成功する過程を描いている。監督作品の中で代表作と目されるのが、皮肉にも一人も女性が登場しないフィルム・ノワール『ヒッチハイカー』（Hitch-Hiker, 1953）と言えるだろう。見知らぬヒッチハイカーを殺人犯だと知らずに車に乗せた二人の男の恐怖を描いた。ルピノはフィルム・ノワールを監督した初の女性監督である。重婚の罪を扱った『二重結婚者』（The Bigamist, 1953）では、俳優としても登場している。この映画でも未婚女性の妊娠、出産というテーマを扱っていることから、一貫して、男性主流の社会で苦闘する女性に関心があったと推察される。数年後に、ルピノはフィルムメイカーズから離れ、さらに数年後、女子学生を描いたコメディ映画『青春がいっぱい』（The Trouble with Angels, 1966）を監督するが、これが彼女の最後の映画監督作品となった。

　1954年にフィルムメイカーズ最後の作品を製作してからは、ルピノは活動の拠点をテレビに移し、テレビドラマ監督兼テレビ俳優として活動する。テレビ番組の『ギリガンの島』（Gilligan's Island）や『トワイライトゾーン』（Twilight Zone）、『奥様は魔女』（Bewitched）などのエピソードを合計100本以上監督する。テレビ俳優としても活躍したが、彼女の最後のテレビ出演は1978年であった。1995年8月3日にロサンゼルスにて脳梗塞で逝去した。77歳であった。男性主流の世界の中に、女性への関心を盛り込むことのできた監督と言えよう。

（相原［優］）

参考文献紹介　William Donati, *Ida Lupino: A Biography*（UP of Kentucky）という伝記や本格的な論集Phillip Sipiora編*Ida Lupino, Filmmaker*（Bloomsbury Academic）などがある。

雨に唄えば
Singin' in the Rain, 1952

製作 アーサー・フリード ／ 監督 スタンリー・ドーネン、ジーン・ケリー ／ 脚本 アドルフ・グリーン、ベティ・コムデン ／ 撮影 ハロルド・ロッソン ／ 音楽 ナシオ・ハーブ・ブラウン ／ 出演 ジーン・ケリー、デビー・レイノルズ、ドナルド・オコナー、ジーン・ヘイゲン、シド・チャリシー

　いわゆるフリード・ユニットによるMGMの代表的なミュージカル作品のひとつ。サイレント映画からトーキー映画へ移行する当時のハリウッドの様子を描いた内幕（backstage）もの。AFIのミュージカル映画ランキングでは第1位。

　舞台は、サイレント映画からトーキー映画へと移りつつある1920年代後半のハリウッド。ハリウッドは、『ジャズ・シンガー』という初めてのトーキー映画に衝撃を受ける。サイレント映画のスターであるドン（ケリー）は、相手役のリナ（ヘイゲン）の性格と悪声に悩まされている。そのとき、ドンはコーラスガールのキャシー（レイノルズ）に出会う。ドンとキャシーはお互いの気持ちを確認するが、同時に完成されつつあるサイレント映画を、大衆に受け入れられるよう、大急ぎでトーキーのミュージカル映画に変えなければならず、ドンはリナの吹き替えを美声の持ち主キャシーに依頼する。キャシーの声の人気に嫉妬したリナは、彼女を常に吹き替えとして利用することを希望するが、キャシーの才能と名声を守りたいドンと友人のコズモ（オコナー）は、リナが歌っているところをキャシーとリナの二人を遮っている幕を上げて、リナの背後で実際歌っているキャシーの姿を映画観客にそのまま見せる。

　この作品は映画業界がサイレントからトーキーに移行した当時の騒動をよく捉えている。白人俳優が黒人に化ける『ジャズ・シンガー』に導かれ、「代わり」を務めることが、この映画の隠れたモチーフになっている。リナの「代わり」にキャシーが声を出し、映画中盤の本格的なダンスシーンでは、キャシーに「代わり」シド・チャリシーが相手役を務める。まるで、サイレント映画に「代わり」トーキー映画が主流になっていくことを象徴しているようである。ドンがキャシーを思いながら、土砂降りの雨の中で歌い踊る表題作の歌と踊りの場面は、アメリカ・ミュージカル映画の名場面として記憶されている。

（相原［優］）

波止場
On the Waterfront, 1954

監督 エリア・カザン／製作 サム・スピーゲル／脚本 バッド・シュールバーグ／撮影 ボリス・カウフマン／音楽 レナード・バーンスタイン／出演 マーロン・ブランド、エヴァ・マリー・セイント、リー・J・コッブ、ロッド・スタイガー

　エリア・カザン監督の重厚な演出と主演のマーロン・ブランドの斬新な演技でアカデミー賞8部門を受賞。波止場の地元のギャングであるジョニー・フレンドリー（コッブ）は不正な方法で、沖仲士を牛耳っている。かつてボクサーであったが、今はジョニーの一味の下っ端のチンピラに成り下がったテリー・マロイ（ブランド）は友人ジョーイの殺害に、知らず知らずに手を貸してしまう。ジョーイは、ある公聴会でジョニーの不正行為について証言する予定だったが、その口封じのために殺されたのであった。ジョーイの死後、皮肉にもテリーが公聴会での証言を要請される。ジョニー一味の仲間で、一味の弁護を務めているテリーの兄チャーリー（スタイガー）も、弟をかばって殺害される。テリーは、兄ジョーイの死の真相を探ろうと奔走する妹のイディ（セイント）の清らかな姿に徐々に惹かれていく。沖仲士の知的支柱であるバリー牧師に助けられながら、テリーはジョニーの不正を暴こうとする。

　『波止場』が公開された2年前、カザンは悪名高いマッカーシズムの公聴会の証人として証言をして、古い知り合いを「裏切って」いる。このイメージから、この映画でもテリーが公聴会で証言する姿は、カザン自身の姿と重なるとよく言われる。はっきりした意図は不明だが、本作には、マッカーシズムの中で、証言した人物3名（カザン監督、脚本家シュールバーグ、ジョニー役コッブ）が関わっている。カザンは、セミ・ドキュメンタリー的な白黒でリアリスティックな映像を使って、スタジオ・セットを使わず、場所のリアリティを表すためにほとんどをニュージャージー州でロケで撮影したという。鳩がビルの屋上で飼育されている場面がよく映されるが、すさんだ環境の中、鳩を通じて、テリーの柔和さが表現されている。また、台詞を口にしていないマーロン・ブランドは、豊かなボディ・ランゲージで言葉とは裏腹の心情を静かに、細やかに表現している。　　　（相原［優］）

理由なき反抗
Rebel Without a Cause, 1955

監督 ニコラス・レイ／音楽 レナード・ローゼンマン／撮影 アーネスト・ホーラー／出演 ジェームズ・ディーン、ナタリー・ウッド、サル・ミネオ

　監督ニコラス・レイ*、主演俳優ジェームズ・ディーンの代表作と言える作品。ディーンが公開の約1か月前に交通事故死したこともあって話題を呼んだ。

　主人公ジム・スターク（ディーン）は、学校生活に馴染めずに問題を起こしては転居・転校を繰り返している。両親は不仲で、気弱な父親が母親に逆らえない様子にジムは失望している。学校や家庭での共通する鬱屈を背景に、ジムはジュディ（ウッド）、プレートー（ミネオ）と友情を育む。校外学習のプラネタリウム訪問の後、ジュディのボーイフレンド、バズがジムに因縁をつけた結果行われた車でのチキンレースを機に、3人の運命は暗転する。バズがチキンレースで事故死すると、その仲間たちはジムを逆恨みして復讐を企てる。親に受け入れてもらえないことにフラストレーションを感じて家を出たジム、ジュディ、プレートーは廃墟化した邸宅を隠れ家にし、束の間疑似家族的な安らぎを得るが、バズの仲間たちに追われ逆上したプレートーは、銃を持っていたために駆けつけた警官隊に撃ち殺されてしまう。泣き崩れるジムに父親が駆け寄って強い父になることを誓うと、ジムは両親とついに和解する。

　『理由なき反抗』と言っても、そこで描かれる反抗には実のところ明確な理由があり、強い父親像の不在やプレートーの潜在的同性愛などに象徴される家族の機能不全や男性性の不安がその主題である。人物同士の不和や緊張関係をドラマティックに視覚化するレイの絶妙な画面構成や心理主義的な演出と、ハリウッドを席巻しつつあった、内面から湧き出る感情を表現するメソッド・アクティングを実践するディーンの印象的な演技により、今なお無軌道な若者の姿を描いた青春映画の金字塔として広く記憶されている。　（ハーン）

捜索者
The Searchers, 1956

監督 ジョン・フォード／脚本 フランク・ニュージェント／撮影 ウィントン・C・ホック／出演 ジョン・ウェイン、ジェフリー・ハンター、ナタリー・ウッド

　西部劇の代表作。ジャンルの枠を超えて、アメリカ映画史上屈指の名作とみなされることも多い。原作はアラン・ルメイの同名小説（1954）。

　ビスタビジョン（ワイドスクリーンの一形式）で描かれたモニュメント・バレーの風景が全編を通して極めて美しい。一方、内容は人種問題を扱った重いものである。1950年代には先住民差別問題を扱う西部劇が多く製作された。『捜索者』が特徴的なのは、ジョン・ウェイン演じる映画のヒーローその人が、人種差別主義者だという点である。

　舞台は南北戦争後のテキサス。イーサン（ウェイン）はマーティン（ハンター）とともに、コマンチ族に誘拐された姪デビー（ウッド）の捜索に出る。旅が長引き、デビーが結婚適齢期に達すると、イーサンはデビーの殺害を考える。先住民の男と関係を持った女性は生きるに値しない。そう考えるほどにイーサンの先住民への憎悪は強い。一方で、イーサンと彼が唾棄する先住民のあいだには類縁性が見られる。イーサンは弟の妻（デビーの母）に密かに想いを寄せており、それゆえに一家に複雑な感情を抱いていた。コマンチ族はこの一家を破壊するが、それはイーサン自身の隠れた破壊衝動の現れともみなせる。本作は先住民の野蛮さを強調するが、同時にその野蛮さが白人にも潜むことを描く。こうした白人と先住民の関係性のラディカルな問い直しが、本作の大きなポイントである。

　戸口をフレーム内フレームとして利用した冒頭と結尾のショットは、映画史上もっとも有名なショットのひとつであり、繰り返し模倣されてきた。また、作品自体が後世の映画の作り手の貴重な参照項となっており、『タクシードライバー』*（1976）や『パリ、テキサス』（1984）をはじめ、多くの映画にその影響が見られる。フォード*自身の関連作としては、女性の捕囚の白人社会への帰還を描いた『馬上の二人』（1962）がある。『捜索者』とあわせて鑑賞することをすすめたい。

（川本）

ボディ・スナッチャー／恐怖の街
Invasion of the Body Snatchers, 1956

監督 ドン・シーゲル／脚本 ダニエル・メインウェアリング／撮影 エルズワース・フレデリクス／出演 ケヴィン・マッカーシー、ダナ・ウィンター

ジャック・フィニィの『盗まれた街』(1955) を映画化したもので、のちに3度もリメイクされている。1950年代半ばから多数作られた、未知の侵略者による洗脳やなりすましなどを扱った一連の作品のひとつであり、最高傑作と言ってよいだろう。

主人公の医者マイルズ・ベネルはある日、町の人々から家族が他人にすり替わってしまったという訴えを次々に聞くようになる。最初はたんなる思い込みにすぎないと考えているが、実は宇宙から飛来した種子が住人たちの複製を作り、眠っているあいだに入れ替わってしまうという恐ろしい事件が進行していることに気づく。

自分の家族が実は別人にすり替わっているかもしれないという、ごく日常的に考え得る不安（パラノイア）から始まり、未知の生命体による地球の侵略という脅威にまでスケールを拡大していく物語であるが、類似の物語が量産されたのは冷戦下の赤狩りという社会状況が影響している。しかし感情を失い、ただコントロールされるままに動く異星生物のなりすましは、たんにアメリカに浸透しつつある共産主義者に対する不安を描き出したものというだけでなく、赤狩りの不安の中で隣人と同じ「アメリカ的」行動をとろうとするアメリカ人の姿や、主演俳優のケヴィン・マッカーシーが主張するように広告が消費者に画一的な行動を仕向けている高度に発達した資本主義社会の風潮を風刺したものとも読める。

侵略というモチーフ以外にも、主人公の男女が二人とも離婚経験者であり、当時当然のものと考えられていた家庭を築くのに失敗していることを考えても、典型的なアメリカ的風景であった郊外の小さな町の裏側を映し出していると言える。その意味で、アメリカ社会に根源的に存在する不安を写し取った作品として見ることが可能だろう。この作品が今日に至るまで優れた作品として残っている理由は、あえて当時のアメリカ人の持つ不安が何を指し示しているのかを提示しないことにあったと言える。その結果、観客は自分の抱く不安をそれぞれ映画に投影し、恐怖を感じることになったのである。

(高野)

サイコ
Psycho, 1960

監督・製作 アルフレッド・ヒッチコック ／ 脚本 ジョセフ・ステファーノ ／ 撮影 ジョン・L・ラッセル ／ 出演 ジャネット・リー、アンソニー・パーキンズ、ヴェラ・マイルズ、ジョン・ギャビン、マーティン・バルサム

　映画史上、もっとも重要な作品のひとつ。原作は、ロバート・ブロック『サイコ』(1959)。最初に登場する女性マリオン・クレインがモーテルに泊まったその日に殺害されるという展開は、原作も同様だが、映画ではそのマリオンを、当時、主役級の俳優だったジャネット・リーに約50分間も演じさせた。シャワー・ルームでマリオンが殺害される場面は「シャワー・シーン」と呼ばれる。弦楽器のみで構成された緊張感のある音楽（バーナード・ハーマン作曲「殺人」[The Murder]）に合わせて、振り下ろされるナイフなどの一連のショットが、ひとつひとつは非常に短く、畳みかけるように提示される。ナイフが腹に刺さったように見えるショットが一瞬挿入されるが、実際には、スタンド・インの女性の腹に押し当てた状態のナイフを素早く引いた動きを撮影し、それを逆回しして、ナイフが刺さるように見せたものである。映画製作倫理規定により、当時は、映画でヌードになることは（女性の場合は胸を映すことも）禁止されていた。この制約があったからこそ、短く切り刻んだ一連のショットで、殺害の瞬間を表すという名シーンが生まれた。

　また、本作が現代ハリウッド映画で重要な位置を占めるサイコ・スリラーの先駆的作品となったのは、アンソニー・パーキンズ演じる殺人鬼ノーマン・ベイツの表現によるところも大きい。ブロックの原作では、ノーマンはアルコール中毒の中年男で、彼が酔って意識を失うあいだに、〈母〉が大暴れする。しかし映画では、ノーマンを当時の青年スターのパーキンズに演じさせることで、シルエットや声だけで表される〈母〉に、彼が真面目に接し、翻弄される様子が強調される。映画研究者の加藤幹郎は、ノーマンを、「息子に近づく女たちを殺害する母親役」と「嫉妬深い母親に振り回される無垢な息子役」の一人二役を演じる「二重人格」であると説明する（『映画とは何か』）。「無垢な息子」に思わず肩入れしていた観客は、それが、自分の生み出した〈母〉が実在すると信じ込むための「役」であったと知り、恐怖する。

（碓井）

4 ハリウッドの変革期
1960－1967

　アメリカの1960年代は、激動の時代であった。60年の大統領選挙では、ジョン・F・ケネディが僅差で当選した。ケネディ政権のもとで、62年に、冷戦におけるもっとも深刻な事態となるキューバ・ミサイル危機が起こり、ソ連がミサイル撤去に同意するまで、世界は核戦争の危機にさらされた。ケネディ大統領はこの危機を乗り越えて、西側のリーダーと認められるようになったが、63年11月に、ダラスで暗殺された。ケネディの死後、後を継いだリンドン・ジョンソン大統領のもとで、ケネディが連邦議会に提出していた立法議案が可決された。64年に成立した減税法と公民権法である。しかし、ジョンソン大統領は、共産主義者による南ベトナム侵攻を阻止するため、64年11月の再選後には、戦争を拡大させる政策を取る。これにより、ベトナム戦争は泥沼化した。

　またこの時期、機会平等を求める動きは、黒人による差別撤廃運動に始まり、そして、若者全体、女性やネイティヴ・アメリカンにも飛び火した。過激な政治運動も一部には見られたが、その多くは、自由な性行動や服装といった形で、親世代とは異なる、自分たち自身の新しい行動基準を求めるものであった。既存の社会規範、制度に反抗する若者たちのあいだで支持された文化という意味で、カウンターカルチャーと呼ばれることもあるが、そうした若者文化が全米に広がっていった。

　こうした激動の時代の中で、ハリウッドのメジャー・スタジオにもようやく、現実から背を向けた、夢のような表現ばかりをしていてはいけないという機運が高まってきた。しかし、それでもハリウッド映画の、特に内容面での変化は、同時代の社会の劇的な変化に比べると、全体的には遅かった。

　だが、映画の観客数がますます減り、スタジオ・システムも完全に崩壊すると、映画をビジネスとして維持していくためにも、映画の作り手たちは、若者たちにも受け入れられるような、新しい傾向の映画を作らざるを得なくなってきていた。以下、その状況を詳しく見ていこう。

産業構造の変化が決定的に

　1948年のパラマウント判決により、メジャー・スタジオのビッグ5は、自社の劇場チ

ェーンを手放すことになった。また、映画会社が自社製作の複数作品を劇場に一括予約・独占公開させる、ブロック・ブッキングも禁止された。これを境に、映画会社が各社の特色を生かしたジャンルの作品をベルトコンベヤー式に量産し、劇場に対して必要本数を安定的に配給するハリウッドのスタジオ・システムは、崩壊していくことになった。

　このスタジオ・システムの崩壊にさらに拍車をかけたのが、ビッグ5とリトル3（メジャー8社）のうち、ビッグ5の一角だったRKOが閉鎖に追い込まれたこと（1957年）、そして、メジャー8社に第二次世界大戦前より君臨していた会社の創設者・重役が、1950年代以降、次々に、会社を追われたり、死去したりしたことであった。60年代になっても会社に残っていたのは、ワーナー・ブラザースのジャック・L・ワーナーと、20世紀フォックスのダリル・F・ザナックくらいであった。

　しかし、この二人も、1960年代後半から70年代初頭にかけて、相次いで会社から離れた。ジャック・L・ワーナーは、ワーナー・ブラザースの業績悪化により1956年に兄のハリーとアルバートが株を売却した後も、個人で筆頭株主になり、同社をしばらく率いていた。だが、兄弟の中ではもともと製作現場の責任者であった彼には、会社の経営を立て直すことはできず、1967年、『俺たちに明日はない』*（Bonnie and Clyde, 1967）の公開の直前に、新興のセヴン・アーツ・プロダクションに会社を売却した。もう一人の、ダリル・F・ザナックは、20世紀ピクチャーズとフォックス・フィルムが合併して、1935年に20世紀フォックスが設立されて以来、同社の製作担当重役だったが、会社の不振を受けて1956年に重役を退き、いったんはパリを本拠地に製作者として独立していた。しかし、20世紀フォックスの超大作『クレオパトラ』（Cleopatra, 1963）が、スター女優エリザベス・テイラーへの100万ドル超の報酬、テイラーの病気やロケ地の変更などによるスケジュールの遅れ、ルーベン・マムーリアン（Rouben Mamoulian, 1897-1987）からジョゼフ・L・マンキーウィッツ（Joseph Leo Mankiewicz, 1909-93）への監督の交代、テイラーと共演者リチャード・バートンの不倫スキャンダルなど、複数のトラブルに見舞われ、同社の経営陣にも内紛が起こった。ザナックはそれを機に会社に乗り込み、社長に就任した。ザナックがパリで製作し、20世紀フォックスが配給した『史上最大の作戦』（The Longest Day, 1962）、そして、ザナックが20世紀フォックスに復帰してから同社が作った『サウンド・オブ・ミュージック』（The Sound of Music, 1965）、これら2作の世界的な大ヒットが、『クレオパトラ』で負債が膨れ上がり、破産寸前になっていた同社を救った。だが、ザナックも、どちらかと言えば製作現場を率いて力を発揮するタイプであり、1969年に息子を社長につけて自身は会長に就任するも、71年には結局、会長職を解かれた。

4　ハリウッドの変革期　1960－1967

メジャー・スタジオの創設者・重役が相次いでいなくなり、会社の求心力はさらに低下した。作品はその都度バラバラに企画され、製作本数も減少した。封切り興行の期間は、会社が、作品の内容を試写で確認してから決定するようになった。それは、会社にとっては、興行から得られる収益の見通しが立てにくくなったことを意味した。果たして利益が見込めるのか、いっそう不確実になった映画に、銀行などの出資者は資金を出すことを躊躇しはじめた。出資者に安心して出資してもらうためにも、各映画会社は、すでにその人気が確立しているスターを主役に起用すること、そして、かつてのヒット作に見られるような、客受けしやすいストーリーや形式を踏襲することに、いっそう重きを置くようになった。さらには、ベストセラー小説、ヒットしたミュージカルや舞台作品の映画化も盛んに行われるようになった。

　人気スターを起用したり、かつてのヒット作を参考にして企画を立てたりすることは、一見、慎重な判断であるように思える。しかし、『クレオパトラ』の場合は、エリザベス・テイラーというスターをコントロールしきれず、ゴシップで作品の認知度は皮肉にも高まったが、製作費の回収には到底及ばなかった。あるいは、過去の成功体験に固執すれば、企画の内容が最初から新鮮さを欠いてしまうこともあった。それでも、どのメジャー・スタジオも、企画の数を絞って、それぞれに以前よりも多額の製作費をかけ、なるべく大きく当てようとするようになった。つまり、慎重であるどころか、その1作がもし失敗すれば、会社にとって致命的になってしまうようなことが実際には行われていた。

　メジャー・スタジオが、特定の企画に注力するようになると、製作本数はさらに減少し、自社製作の作品だけでは配給作品を劇場に提供することが難しくなった。1960年代には、人件費を抑制するため、撮影、美術、照明、音響などを担当するスタッフの人員整理を行ったり、新規の雇用を制限したり、さらには賃金の安い海外で撮影するなどの対策がすでに取られていた。また、作品づくりの要とも言える、監督、脚本家、スターについても、メジャー・スタジオには、彼らを自社で育てる余裕も、さらには、自社専属として彼らに高額な契約料を支払ってつなぎとめておく余裕も、もはやなくなっていた。つまり、メジャー・スタジオでも、企画ごとに人を集める必要が生じはじめており、製作本数はその点でも絞らなければならなかった。しかし、劇場への配給は、依然として、メジャー・スタジオの重要な収入源のひとつであった。そこで、自社製作の作品が減った分の穴を埋めたのが、独立系プロダクション、独立プロデューサーの手がけた作品であった。

　メジャー・スタジオの力が弱くなるのと対照的に、スター、および彼らを顧客とするエージェントの力は強くなった。スターは次々にフリーになった。例えば、先に述べたエリ

ザベス・テイラーは、MGMとの専属契約が終了した直後の1960年に、20世紀フォックスと『クレオパトラ』の出演契約を結んでいる。スターは、もはや特定の1社に縛られる必要はなく、自分にふさわしいと思える企画を提示した映画会社と、その都度、エージェントを代理人に立てて交渉した。そして、銀行などの出資者が、そのスターの出演を企画への融資の条件としているような場合には、エージェントはより強力なリーダーシップを発揮した。エージェントは、顧客であるスターの出演料だけでなく、共演者、監督、脚本などを選ぶ際にも、そのスターの意向を汲むよう、映画会社に要求したのである。なお、70年代に入ると、エージェントの中には、顧客のスターに、共演者、脚本家、監督、プロデューサーなどを加えた製作チームを組織して、出資者と映画会社の双方に提案するようなところも出てきた。それはつまり、エージェントが、かつては映画会社の仕事であった映画製作を手がけるようになったことを意味していた。

映画製作倫理規定への抵抗

映画製作倫理規定（プロダクション・コード、ヘイズ・コード）は、ハリウッド映画が、道徳的で、家族で安心して見ることができる、多少現実離れはしていても正しい道を進む主人公には必ずハッピーエンドが訪れる、そうした健全な娯楽として人々に支持されるのに、非常に大きな役割を果たしてきた。しかし、1950年代には、映画製作倫理規定の強制力は、次第に弱まることになった。

1953年に映画倫理規定管理局（PCA）は、ブロードウェイでヒットした同名戯曲（1951年初演）を原作に、オットー・プレミンジャー＊が製作・監督した『月蒼くして』（The Moon Is Blue, 1953）において、婚前の性交渉を行う女性が現実にはいると示唆した台詞があることなどから、同作に承認印を与えることを拒否した。しかし、プレミンジャーは台詞の削除に応じず、配給元のユナイテッド・アーティスツもアメリカ映画業協会（MPAA）を脱退し（1954年に復帰）、罰金を支払うことなく、上映を強行した。いくつかの州では上映禁止になったが、同作は大ヒットした。さらに2年後の1955年、同じくプレミンジャーが製作・監督した『黄金の腕』（The Man with the Golden Arm, 1955）では、主人公が薬物依存症であることなどが、PCAに問題視された。プレミンジャーは、著名な歌手・俳優のフランク・シナトラを主人公にするなどしてPCAの横槍を振り切り、配給元のユナイテッド・アーティスツも再びMPAA脱退騒動を起こした。同作品もPCAの承認印なしで上映されたが、当時の興行収入のベスト20に入った。これら2作の興行的成功は、映画の観客数が落ち込むなかで、劇場にとっては、売り上げの見込みのある作品を上映することのほ

うが、PCAの承認印の有無よりもすでに重要になっているのを如実に示すものであった。
PCAは、1956年、映画製作倫理規定をわずかではあるが改正した。

『バージニア・ウルフなんかこわくない』と『欲望』

　1960年代に入ると、高等教育を受けた大人の観客と、急増する戦後ベビーブーマーの
青年観客を掘り起こしたいと願っている映画業界にとって（家族のみなで楽しめる娯楽は、
テレビが担うようになってきていた）、特に性の描写に依然として厳しい映画製作倫理規
定は、時代に合わないとみなされるようになっていた。アルフレッド・ヒッチコック＊監
督『サイコ』＊のシャワー・シーンは、当時のヌード表現への依然として残っていた規制
を逆手に取って生まれたものと捉えることもできる。

　1966年に、リンドン・ジョンソン大統領の元補佐官のジャック・ヴァレンティ（Jack
Valenti, 1921-2007）が、MPAAの3代目会長に就任した。彼の会長就任は、映画の興行収入
の改善と、映画製作倫理規定の刷新を期待されてのことだった。この2年後の1968年に、
ヴァレンティはレイティング・システムを導入し、映画製作倫理規定を完全に終わらせる
のだが、彼にその決断を促した1966年公開の作品が2作ある。

　1作目は、エドワード・オールビーの同名戯曲（1962年初演）の映画化作品『バージニア・
ウルフなんかこわくない』（Who's Afraid of Virginia Woolf?, 1966）である。 本作の主人公夫婦を
演じたのは、『クレオパトラ』の後、正式に結婚したエリザベス・テイラーとリチャード・
バートンである。テイラーは、脚色担当のアーネスト・レーマン（Ernest Lehman, 1917-2005）
とともに、本作の監督を探した。ブロードウェイで原作戯曲を演出した経験はあるが、映
画の監督はこれが初めてだったマイク・ニコルズ（Mike Nichols, 1931-2014）が抜擢された。本
作の主人公夫婦は、自分たちの客である若い夫婦の前でも仲の悪さを隠さず、互いの恥部
を口汚く暴き合う。当初、PCAは、原作戯曲の台詞をそのまま映画で使用すれば、承認印
を与えない可能性があるとワーナー・ブラザースに警告していた。しかし、原作戯曲を熟
知していた監督のニコルズは、PCAの警告には従わず、原作の設定や台詞を、映画でもほ
ぼ忠実に踏襲した。

　だが、ヴァレンティがMPAAの会長に就任してから、『バージニア・ウルフなんかこわ
くない』へのPCAの対応は変わった。彼は、ジャック・L・ワーナーらと面会し、条件を
出した。本作の台詞から「screw」の語は削除するが、「hump the hostess」などほかの
問題になりそうな部分はそのまま残す。そのかわり、ワーナー・ブラザースは、本作のす
べての広告に成人向けのコンテンツであることを示す警告を表示し、劇場との契約には、

18歳未満の人物が大人の引率なしで入場することを禁止する条項を含めなければならない。この条件のもとで、本作にはPCAの承認印が与えられたのである。本作は、1966年末の時点で、1000万ドル以上の興行収入をあげた。本作によって、年齢による鑑賞の制限が、収益を確保する上でも有効な策であることが証明され、「成人向け」を掲げる作品が、この後増加することになった。

　そして、ヴァレンティに、レイティング・システムの導入を決意させるきっかけを与えたもうひとつの作品が、イギリス・イタリア・アメリカの合作映画で、ミケランジェロ・アントニオーニ（Michelangelo Antonioni, 1912-2007）監督が初めて全編を英語で撮影した『欲望』（Blowup, 1966）である。アメリカではMGMが配給した本作は、メジャー・スタジオの配給作では初めてヌードが登場した作品である（当時のヨーロッパ映画は、アメリカ映画よりも、性の表現は自由であり、すでにアートハウスの少数の映画観客向けにはPCAの承認印がなくとも上映はされていた）。PCAは、メジャーの配給作となったアントニオーニのこの作品に、承認印を決して与えなかった。「成人向け」と表示したとしても、承認印を得たいのであれば、ヌードは間違いなく削除しなければならなかった。しかし、MGMとアントニオーニの交わした契約では、PCAの規準に沿うように映画を改変することはMGMには認められていなかった。ヴァレンティが本作を非承認とするPCAの決定を支持するとすぐに、MGMは次の動きを取った。MGM本体はMPAAから脱退することも罰金を支払うこともなく、かわりにMPAA非加盟のプレミア・フィルム（Premier Film）という子会社を通して、承認印のないまま、ヌードをカットせずに本作を配給したのである。MGMは、当時すでにヨーロッパでは批評家に絶賛されていた本作に、綱渡りの方法で賭けたわけだが、結果、本作は同社の出資額の7倍もの興行収入をあげた。PCAの承認印のない映画は上映しないという、MPAA加盟映画会社の自主協定は、このMGMの方法が通用するならばもう無意味に等しくなった。アメリカ映画は性の自由な表現という点ではかなり遅れていること、映画製作倫理規定は明らかに時代に合わなくなっていることが、ここでも露呈することとなった。

　1968年に、ヴァレンティは、イギリスの制度をモデルとして、「レイティング・システム」を導入した。レイティング・システムは、映画の表現に何らかの制限を加えるのではなく、完成した映画をいくつかの等級に分類（レイティング）し、観客の年齢によってその作品を見せるかどうかを制限するものである。これにより、アメリカ映画の自主検閲制度は、映画製作倫理規定よりも柔軟性のあるものになり、その結果、映画表現に大きな変化が起こることになった。

1967年のニュー・ハリウッド (New Hollywood) の始まり

　映画業界は、ベビーブーマーたちを、映画の新しい観客層として掘り起こしたいとは考えていた。しかし、業界が最初は注目さえしていなかった1967年公開の『俺たちに明日はない』*(1967)と『卒業』(*The Graduate,* 1967)の2作が、ベビーブーマーたちを中心に強く支持され、業界に衝撃を与えた。この2作のおかげで、映画の観客数は、一時的にではあったが久しぶりに上昇した。「ニュー・ハリウッド」という言葉が登場し、映画製作倫理規定からレイティング・システムへの移行ともあいまって、既成の倫理観に疑問を投げかけるような、残酷描写、暴力描写、性描写のなされた作品が、この後、次々に公開された。

　さて、『俺たちに明日はない』については、同作品とアーサー・ペン*の項目を参照していただくことにし、以下では、マイク・ニコルズ監督『卒業』に触れることにしよう。

　『卒業』は、ニコルズの監督2作目で、1作目の『バージニア・ウルフなんかこわくない』をはるかにしのぎ、封切り興行期間で約4000万ドルの興行収入をたたき出した。主人公のベンジャミン（ダスティン・ホフマン、このとき映画初主演）は、大学ではクラブ活動や勉学に励んだものの、卒業して、次の目標を見つけられないまま、実家に戻ってきた。彼の両親は、息子の大学卒業を祝うパーティを開くが、そこにいるのは両親の知人ばかりで、彼は強い疎外感を抱き、自室に引きこもる。その自室で、ベンジャミンは、父親の仕事のパートナー・ロビンソン氏の妻、ミセス・ロビンソン（アン・バンクロフト）に誘惑され、その後、彼女と不倫関係に陥る。しかし、ロビンソン夫妻の娘・エレーン（キャサリン・ロス）と久しぶりに再会したベンジャミンは、エレーンに強く惹かれる。ベンジャミンは、自分とは別の男とエレーンが結婚すると知って、結婚式に乗り込み、彼女を連れ出す。バスに乗る二人が、真顔になるところで映画は終わる。

　アッパー・ミドル（中流階級の上位層）の郊外住宅での豊かな暮らしを謳歌する親世代と、そうした親世代の暮らしぶりにうそくささを感じる主人公たち子ども世代。本作では、親子世代の断絶、そして最後には、親世代に対する子ども世代の反乱が描かれる。パーティで、両親の知人のビジネスマンが、一言、「プラスティック」と言い、当時の新素材であったプラスティック業界への就職を主人公ベンジャミンに勧めるシーンがある。この「プラスティック」の一言こそ、親世代の、ひいてはアメリカの消費社会の「偽物」「いんちき」感をよく表した台詞として、ベビーブーマーの観客たちが注目し、やがては本作の代名詞となる。

　なお、忘れてはならないのは、『卒業』の物語や映像表現に、当時のヨーロッパ映画か

らの強い影響が見られることである。本作を配給したのは、1950年代の終わりに、映画館経営をしていたジョゼフ・E・レヴィン（Joseph Edward Levine）が設立したエンバシー・ピクチャーズである。同社は、60年代には、フェデリコ・フェリーニ（Federico Fellini, 1920-93）監督の『8 1/2』（8 1/2, 1963）や、ヴィットリオ・デ・シーカ（Vittorio De Sica, 1901-74）監督の『昨日・今日・明日』（Ieri, Oggi, Domani, 1963）などのヨーロッパ映画を配給していた。また、レヴィン自身も、『卒業』の製作総指揮を務めており、監督のニコルズとは、彼が『バージニア・ウルフなんかこわくない』を完成させる前から契約を結んでいた。ヨーロッパ映画に精通した製作者・配給元と、監督の経験がまだ浅かったニコルズだったからこそ、既存のメジャーの映画にはなかった要素を持ち込むことができたと言えよう。

映画会社のコングロマリット化

　映画製作倫理規定からレイティング・システムへの移行と並行して、映画会社は次々にコングロマリットの傘下に収まることになった。

　リトル3のうち、2社を見てみよう。ユニバーサルは、1952年にデッカ・レコードに吸収された。しかし、50年代末ごろには、ミュージック・コーポレーション・オブ・アメリカ（MCA）が、デッカを支配下に置いた。そして、1962年には、ユニバーサルもMCAの映画部門として、同社に吸収された。ユナイテッド・アーティスツは、1967年までに、株の98パーセントが、生命保険、消費者金融、旅行業などの大手企業を傘下に持つトランザメリカのもとに移っていた。

　ビッグ5のうち、3社を見てみよう。パラマウントは、1966年に大手コングロマリット、ガルフ・アンド・ウェスタン（G&W）に株を売却し、その傘下に入ることになった。ワーナー・ブラザースは、1967年にワーナー・ブラザース＝セヴン・アーツとなったものの、1969年には駐車場や葬儀場を経営するキニー・ナショナル・サービスに身売りした。MGMは、航空業・ホテル業・不動産業で知られる実業家のカーク・カーコリアンが、1960年代後半から同社の株を買い集め、1974年には株の過半数を取得した。　　　　　（碓井）

ロバート・アルドリッチ
Robert Aldrich（1918-83）
——戦いを描きつづけたヒットメーカー

RGR Collection /
Alamy Stock Photo

　1918年、ウィスコンシン州生まれ。父方の祖父には合衆国上院議員を務めた高名な政治家ネルソン・アルドリッチ、母方の従弟には銀行家・政治家で合衆国副大統領となったネルソン・ロックフェラーがいる名家の生まれである。自らの興味はショービジネス業界にあるとヴァージニア大学在学中に確信し、雑用係として1941年にRKOの撮影所に入る。翌年には助監督に昇進するが、その後10年以上にわたり下積みを経験し、テレビドラマの監督を経て、大リーガーを目指す青年たちを記者の視点から描き父と息子の関係にフォーカスを当てたスポーツ映画『ビッグ・リーガー』（Big Leaguer, 1953）で長編映画監督デビューを果たした。以下、多作のアルドリッチの作品から代表作を挙げる。

　1954年、バート・ランカスターの映画製作会社ヘクト＝ランカスター・プロダクションズ製作で2本の西部劇を製作する。『アパッチ』（Apache, 1954）は、青い目のランカスターがアパッチ最後の戦士を演じ、合衆国に孤軍奮闘して戦いを挑む男の姿を描き、『ヴェラクルス』（Vera Cruz, 1954）は、革命下のメキシコを舞台に、南軍の大佐崩れのガンマン（ゲーリー・クーパー）とお尋ね者（バート・ランカスター）の奇妙な友情と駆け引き、そして決闘を描いた娯楽アクション西部劇であり、全米で大ヒットした。革命の動乱を背景とした『ヴェラクルス』のクーパーとランカスターの決闘シーンは、両者のガンさばきの巧みさもあいまって強烈なカタルシスを観客に与え、西部劇の歴史に刻まれる名シーンとなった。

　一方、ハリウッドの重要なサブジャンルとしての戦争映画もアルドリッチの得意とするところであった。1956年の『攻撃！』（Attack）は、ヨーロッパ戦線を舞台に、有力者の息子であるがゆえに階級のみが高い臆病者の大尉（エディ・アルバート）と、彼の裏切りによって部下を失った歴戦の勇士である軍曹（ジャック・パランス）との確執と戦いを描いた映画であるが、戦場の理不尽を痛烈に批判した反戦映画として知られている。本作はヴェネチア国際映画祭に出品され、アルドリッチは映画批評家賞を受賞した。これとは対照

的な映画、荒くれ者の軍曹（リー・マーヴィン）率いる12名の軍刑務所囚人がドイツ軍を強襲する『特攻大作戦』(_The Dirty Dozen,_ 1967) は、多くの名優が出演して大ヒットした娯楽大作であり、囚人の寄せ集めの特命部隊という設定など、のちのアクション映画に多大な影響を与えた作品とされる。

　男性映画の巨匠と言われるアルドリッチだが、半ば恐怖症的に女性を描く作品をものした監督としても有名である。例えば、確執があったことで知られたベティ・デイヴィスとジョーン・クロフォードを主演とした『何がジェーンに起こったか？』(_What Ever Happened to Baby Jane?,_ 1962) は、今やカルト的な作品として知られている。名子役だった妹は大人になると落ち目となり、姉がスター女優となるが、自動車事故で姉は半身不随となる。二人は老人となり、お手伝いを雇ってひとつの屋敷に住んでいる。閉所空間で繰り広げられる妹（ディヴィス）の姉（クロフォード）に対するおぞましい仕打ちが描かれ、そして最後に姉によって語られる真実。白塗りの不気味なディヴィスの鬼気迫る、そして物悲しくもある怪演は、私生活で不仲のクロフォード、そして観客に対して彼女が挑んだ戦いの記録なのだとも言える。アルドリッチの作家性がここにも現出する。

　囚人対看取のフットボール戦を描いた『ロンゲスト・ヤード』(_The Longest Yard,_ 1974) は、スポーツ映画の大傑作として知られる。囚人チームのコーチは悪辣な刑務所長に八百長を強要されるが、最後には断固として拒否し、自らの命運を犠牲にしても真剣勝負を貫く。アルドリッチは、スプリットスクリーンを活用して、クライマックスの「戦い」をダイナミックかつ鮮やかに構築した。遺作となったのもスポーツ映画である。『カリフォルニア・ドールズ』(_All the Marbles,_ 1981) と題されたこの作品では、チャンピオンを目指す女子プロレスのコンビがまさに人生を戦いつくす。1983年に腎不全で死去。アルドリッチはどのジャンルでも戦いと闘志を描く巨匠であった。この一貫性ゆえに彼はアメリカを代表する映画「作家」となり得たのかもしれない。

（小原）

参考文献紹介　アラン・シルヴァー／ジェイムズ・ウルシーニ『ロバート・アルドリッチ大全』（国書刊行会）は、アルドリッチについての作家論的研究と作品分析が統合された大著。英語文献としては、Tony Williams, _Body and Soul: The Cinematic Vision of Robert Aldrich_ (Scarecrow Press) が、アルドリッチの作品を社会・文化的なコンテクストから読み直す方法の実践例を提示している。

シドニー・ルメット
Sidney Lumet (1924-2011)

――ニューヨークの批判精神を胸にアメリカのモラルを問いつづけた社会派監督

Abaca Press / Alamy Stock Photo

1924年、ペンシルヴァニア州フィラデルフィア生まれ。父親はイディッシュ劇場の俳優バルーク・ルメット。幼少期に家族とともにニューヨークに移り住み、以後そこを活動の拠点とする。4歳から子役として舞台に立つ。41年にコロンビア大学に入学するが、その直後陸軍に入隊し第二次世界大戦に従軍。終戦後、オフ・ブロードウェイで演劇グループを立ち上げ、俳優・演出家として活動する一方、大手テレビ局CBSで黎明期を迎えていたテレビドラマの製作にも携わるようになる。CBSでは人気演出家として約500本の生放送のテレビドラマを演出し、2000名近い俳優たちとともに仕事をする。この時期に様々な撮影技術を習得し、正確かつ迅速に、そして期限内・予算内にドラマを撮る術や様々なタイプの俳優たちとの付き合い方などを学び、これらの経験は映画監督となった際にも大いに役立つことになる。その後、映画界に進出。

　初監督作品となる『十二人の怒れる男』(Twelve Angry Men, 1957) は、貧しいヒスパニック系の青年の父親殺しを問う裁判で、12人の陪審員たちが彼を死刑にするかどうかの評決をめぐり息詰まるような議論を交わす法廷劇である。テレビで放映された人気ドラマの映画化である本作は、超低予算映画であったため、「安く早く」撮ることを得意とするルメットに白羽の矢が立った。セットは陪審員室のみという密室劇であったことから、撮影にはアカデミー賞受賞経験者のカメラマン、ボリス・カウフマンの協力を仰ぎ、映像が単調にならないように、映画の最初、真ん中、最後でカメラの位置を目線より高め、目線と同じ、目線より低め、と変化させ、話が進むにつれて壁と天井が四方から迫ってくるような閉塞感を演出するなどの工夫を凝らし、陪審員室内の緊迫した空気を映像化することに成功した。本作はベルリン国際映画祭の金熊賞を受賞し、ルメットはアカデミー監督賞にノミネートされる。初監督作品の成功後、何本かハリウッドで映画を撮るものの、勝手に自分の映画が上層部によって編集されてしまう強権的なハリウッドのスタジオ・システムのやり方に嫌気がさし、ハリウッドからは距離を置いてニューヨークを拠点に映画を撮るよ

うになる。

　ルメットが生涯で撮った44本の映画はその種類において多岐にわたる。1960年代には
アントン・チェーホフやテネシー・ウィリアムズの作品など戯曲を原作にした映画も少
なくなく、その中でもアメリカ演劇の父祖ユージン・オニールの同名の家族劇の映画化
である『夜への長い旅路』（*Long Day's Journey Into Night*, 1962）では、狂気へと追い込まれる母
親を演じたキャサリン・ヘプバーンを含む主要キャスト全員が第15回カンヌ国際映画祭
の演技部門で賞を独占し、ルメット自身も認める代表作となる。70年代には、ニューヨ
ーク市警内に巣くう腐敗に立ち向かう警官の孤高の戦いを描いた実話に基づく『セルピ
コ』（*Serpico*, 1974）や、ある真夏の午後に起きた銀行強盗立てこもり事件で犯人の男たち
がマスメディアを通じて英雄化されていく異様な状況を描いた『狼たちの午後』（*Dog Day*
Afternoon, 1975）など、硬質な社会派映画を発表。1976年公開の『ネットワーク』（*Network*）
では視聴率に支配されたテレビ業界の狂騒がグロテスクに描き出され、ルメットはゴー
ルデングローブ賞監督賞に輝く。一方、1974年にはイングリッド・バーグマンを筆頭に
名優たちを競演させた豪華なミステリ映画『オリエント急行殺人事件』（*Murder on the Orient*
Express）、1978年にはミュージカル『ザ・ウィズ』（*The Wiz*）など、第一級の娯楽映画も世
に送り出している。1980年代以降も、名優ポール・ニューマンを迎え、名門病院の不正
に立ち向かう初老の弁護士を描いた『評決』（*The Verdict*, 1982）など数々の名作を撮りつづ
け、2005年には生涯における業績に対して、アカデミー名誉賞が贈られた。

　生前、「俳優のための監督（actor's director）」を自認し、撮影中は俳優の気持ちに寄り添う
ことを常に心がけた。また、映画監督としては珍しく撮影前に2週間のリハーサル期間を
設け、俳優も裏方も周到な準備をして映画の全体像を捉えられるようにした。生涯を通し
て多様な題材を扱いながらも、それらの映画の多くに通底しているのは社会の不正への鋭
い批判精神と、それに立ち向かおうとするアメリカの良心への深い信頼である。（相原［直］）

参考文献紹介　『メイキング・ムービー』（キネマ旬報社）はルメット自身が映画製作について丹念
に説明している*Making Movies*の翻訳。英語文献ではAubrey Malone, *Sidney Lumet: The Actor's*
Director（McFarland）などがある。

荒馬と女
The Misfits, 1961

監督 ジョン・ヒューストン／脚本 アーサー・ミラー／撮影 ラッセル・メティ／出演 クラーク・ゲーブル、マリリン・モンロー、モンゴメリー・クリフト、イーライ・ウォラック

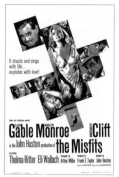

SilverScreen / Alamy Stock Photo

　1957年発表の短編小説「はぐれ者たち」(The Misfits) をもとに、作者のアーサー・ミラー本人が脚本を執筆。原題が示すように登場人物はそれぞれに問題を抱え、急速に変化していく社会にうまく適応できない。当時ミラーはマリリン・モンローと結婚していたが、夫婦関係は破綻していた。おそらくは関係修復を意図して、ミラーはモンローに合わせた登場人物を造形し、父親のいないモンローが理想的な父親として思い描いていたクラーク・ゲーブルを相手役に据えた。撮影直後に心臓発作を起こしたゲーブルはまもなく死去し、モンロー自身も翌年に睡眠薬の過剰服用で死亡し、この作品は結果的に二人の遺作となった。

　離婚のためにネヴァダ州リノに滞在しているロズリン（モンロー）は（リノは6週間滞在すると相手の同意なしに離婚できる）、年老いたカウボーイのゲイ（ゲーブル）とその親友グイドに出会い、ゲイと親密な関係になる。やがてロデオ大会で若いカウボーイのパース（クリフト）を仲間に加え、野生馬の捕獲に向かうが、捕らえた馬が殺されてドッグフードにされると知り、ロズリンはその残酷さに衝撃を受ける。馬を捕らえようとするなかで、社会の残酷さに対するそれぞれの姿勢が浮かび上がる。

　公開当時は批評的にも評価が低く、興行的にも失敗したが、現在ではおおむね高く評価されており、とりわけ俳優たちの演技は非常に優れている。一方でモンローの演じるロズリンの人物造形はミラーの願望の投影や偏見を映し出しており、離婚を経験した30歳の女性とは思えないほど無垢に描かれていたり、野生馬をめぐるいさかいにおいてもヒステリックに叫ぶだけで、知性を感じさせなかったりするなど、問題が多い。またカウボーイたちの台詞も回りくどい抽象的な言い回しになっており、メロドラマ的な感傷性とミラーの舞台劇の文学性が混在する欠陥の多い作品ではある。しかしむしろその欠陥が奇妙な魅力を生み出していることも否めない。そういう意味でも解釈の余地は多様に残されているだろうし、ミラー自身の手による短編、映画、小説と書きかえられていくアダプテーションの過程を論じるのも面白いだろう。

（高野）

ウエスト・サイド物語
West Side Story, 1961

製作 ソール・チャップリン／製作・監督 ロバート・ワイズ／監督・原作 ジェローム・ロビンス／脚本 アーネスト・レーマン／撮影 ダニエル・L・ファップ／作曲 レナード・バーンスタイン／歌詞 スティーヴン・ソンドハイム／出演 ナタリー・ウッド、リチャード・ベイマー、ジョージ・チャキリス、リタ・モレノ

　アメリカのミュージカル映画史に燦然と輝く伝説的名作。ブロードウェイの舞台で上演されていた同名のミュージカル作品の映画化。シェイクスピアの悲恋劇『ロミオとジュリエット』を下敷きにし、人種に根差した対立に翻弄される若者の悲恋を描く。

　舞台は白人を中心としたジェット団とプエルトリコ系移民からなるシャークス団が縄張り争いを続けているマンハッタンの西部地区。ジェット団のリーダーであるリフの親友トニー（ベイマー）と、シャークス団のボスであるベルナルド（チャキリス）の妹マリア（ウッド）はダンスパーティで運命的な出会いをして、たちまち恋に落ちる。対立が深まるジェット団とシャークス団が決闘を決行することになると、トニーは決闘を思い止まらせるため現場に赴くが、リフがシャーク団の一人に殺されると、ベルナルドをナイフで殺害してしまう。その後、トニーはマリアと落ち合うものの、次の瞬間シャークス団の一人に撃ち殺される。闘争のむなしさを訴えるマリアは警察に運ばれるトニーの遺体の後に静かに続く。

　本作はワイズ監督の初めてのミュージカル作品であるが、ミュージカル映画の定番であったスタジオでの撮影をロケ撮影にするなど、ミュージカル映画の常識を覆して撮影され、街の変化を映し出している。映画において今まで無視されることの多かった都会と若者、特に不良を取り込んだ点で斬新と言える。映画離れの傾向にあった若者世代を強く惹きつけ、映画界の活性化にも貢献した。主役マリアを演じたナタリー・ウッドの歌声は、マーニー・ニクソンが吹き替えている。本作ではプエルトリコ人役も白人が演じているが、スティーブン・スピルバーグ監督が2021年にこの映画をリメイクした際には、ヒスパニック系の俳優が採用されている。

（相原［優］）

アルゴ探検隊の大冒険
Jason and the Argonauts, 1963

監督 ドン・チャフィ／特撮 レイ・ハリーハウゼン／撮影 ウィルキー・クーパー／音楽 バーナード・ハーマン／脚本 ジャン・リード／出演 トッド・アームストロング、オナー・ブラックマン

　世界の映画史において、本格的な特殊撮影技術（Special Effects: SFX）を前面に押し出した映画は、ウィリス・オブライエンによる『ロスト・ワールド』(1925) と『キング・コング』(1933) に始まる。特に後者は空前の大ヒットとなり、キング・コングは、ミッキーマウスと並ぶアメリカ文化の古典的かつ象徴的なキャラクターとなった。そのオブライエンのストップモーション・アニメーションの技術を完成させたのが、「特撮の神様」ことレイ・ハリーハウゼンであり、本作は、自他ともに認める彼の最高傑作である。

　ギリシャ神話の英雄イアソン率いるアルゴ探検隊の冒険が描かれる。20年前にテッサリア王である父が殺されて王位を奪われたイアソン（アームストロング）は、富と繁栄をもたらすという伝説の「黄金の羊の毛皮」を手に入れるため、ヘラクレスら多くの勇者とともに大型帆船アルゴ号で旅立つ。女神ヘラ（ブラックマン）の加護を受けながら、青銅の巨人タロスとの対決など様々な試練に打ち勝った後、コルキスの王女メディアの支援で、首が七つの竜ヒュドラを倒して「毛皮」を獲得する。最後に、コルキス王によってヒュドラの歯から生まれた骸骨の剣士たちに殺されそうになるも、結局無事に帰国の途につく。

　本作のタロスや骸骨剣士が、ハリーハウゼンの『タイタンの戦い』(1981) の、より複雑な動きをするメドゥーサよりも迫力があるのは、銅や骨でできた本来不動のモノが動き出すことが、モノに生命を吹き込むストップモーション・アニメーションの技法と共振しているからである。そのインパクトたるや、CGの比ではない。彼の様々な技術は、『ゴジラ』(1954)、『スター・ウォーズ』*(1977) などに代表される後続の特撮映画に多大な影響を与えた。ギリシャ神話に基づく優れたストーリーと巨匠バーナード・ハーマンによる壮麗な音楽も、ハリーハウゼンの究極の技法とあいまって、本作を、単なる特撮映画ではなく、見事な芸術作品に昇華している。

(大地)

5 ニュー・ハリウッド
1967 – 1980

　1960年代末のアメリカは公民権運動とベトナム戦争によって大きく揺れていた。アフリカン・アメリカンの公民権運動は、次第にネイティヴ・アメリカン、女性、レズビアンやゲイなど、ほかのマイノリティの権利運動へと波及しはじめる。ベトナム政策は批判され、学生を中心に各地で反戦集会が開かれて平和を求める声が高まっていた。1968年、公民権運動の指導者マーティン・ルーサー・キング・ジュニア牧師と反戦運動の擁護者でもあったロバート・F・ケネディが相次いで暗殺される。権利革命と人種間対立、反戦運動の激化によって治安は悪化し、軍事費の増強と福祉政策の拡充が引き起こした深刻なインフレーションに苦しむ人々は、アポロ11号による人類初の有人月面着陸成功に束の間の夢を見る。

　ベトナム戦争の死傷者は20万人を超え、秩序の回復とベトナム撤退を唱えた共和党のリチャード・ニクソンが第37代合衆国大統領に就任し東西緊張緩和を進める。同時に、ドルの信用低下に伴いブレトンウッズ体制が崩壊し、アメリカの国際的勢力が弱まる時代へと入っていく。第一次石油危機が世界を襲うなか、ウォーターゲート事件によって1974年にニクソン大統領が辞任する事態となる。アメリカが内政的にも大きく傷ついた直後、1976年のアメリカ独立200年祭に続く数々の歴史回顧イベントは人々に古きよき時代を懐かしむ機会を与えた。民主党のジミー・カーター大統領が不況脱却とイランのアメリカ大使館人質事件解決に失敗した1980年、内政的にも外交的にも威信を失ったアメリカは大統領選前夜であった。この時期のアメリカ映画業界は大きな転機を迎える。

映画製作倫理規定からレイティング・システムへ

　相次ぐ大作の公開によってきらびやかに見えたハリウッドであったが、1947年に始まった興行収益の落ち込みはすでに20年ものあいだ続いていた。当時の各メジャー・スタジオは基本的には形式的・内容的慣習に則り、多くの場合、「繰り返し成功する定型」を利用して、すべての世代に向けて映画作品を送り出してきたが、それまでの方法では興行収益の不振から脱却できないことは明白であった。1960年代半ばまでには、不振脱却への有効な解決策は、観客の多様性に対応することであるとのコンセンサスがハリウッド内

に得られてくる。業界は抜本的な改革を求められていた。30年以上にわたってハリウッドに存続してきた映画製作倫理規定を見直すときがきたのである。1968年、アメリカ映画業協会（MPAA）は、レイティング・システムを導入した。導入時の内容は「G＝すべての観客／M＝成人・成熟した若者／R＝16歳未満は保護者同伴／X＝16歳未満禁止。承認シールの資格なし」というものであった。「G（General audiences）」は、一般向けで全年齢入場可。「M（Mature audiences）」は、成人観客向け、保護者による指導が推奨されるが、すべての年齢層が入場可。「R（Restricted）」は制限あり、16歳未満の子どもは親または成人の保護者の同伴なしでは入場不可。「X」は、16歳未満入場不可である。このシステムは、観客へのコンテンツ・ガイドを標榜すると同時に、映画産業側にとってはマーケティング・デバイスともなり、基本的にすべての観客対象であった作品提供から、多様な観客に対応する作品提供を可能にすることになる。なお、1970年に16歳から17歳に引き上げられた（「X」は自治体の法律などによっては18歳もあり）。また、多くの保護者が「M」を「R」よりも厳しいと誤解していることがわかり、1970年に「M」は「GP（General audiences, Parental guidance suggested）」に変更され、さらに1971年に、現在でも使用されている「PG（Parental Guidance suggested）」に変更された。

　1960年代を通じて進行した映画産業を含む企業のコングロマリット化は、肥大したスタジオ事業の効率化を促すこととなった。スタジオは「製作」事業を大作中心の少数作品のみに絞り、高収益・低リスクの「配給」事業を重視する方向へとシフトしていく。結果として、外国映画と独立プロダクション製作による作品の配給率が急増する。また、このころテレビはむしろ友好的なパートナーとして定着し、ハリウッドにとって俳優や監督といった人材開拓の場としても機能していた。一方、大学において映画の歴史や理論、製作を学問として学ぶカリキュラムが次々に開設され、そこで学んだ学生たちは、映画に関する知識と審美眼を養い、目の肥えた観客・評者となったばかりか、なかにはハリウッドのシステムに組み込まれることなく、映画製作に携わるようになる者も出てくる。この時期には、メジャー・スタジオのほかにも、AIPなどのミニメジャーと呼ばれる製作・配給会社が市場の重要な位置を占めはじめ、例えばロジャー・コーマン*らが率いる製作の現場は新進監督たちが腕を磨く場ともなっていた。さらに、フランスでヌーヴェル・ヴァーグが起こった1950年代末以来、大都市や大学のある都市を中心に登場した「アートハウス」と呼ばれる映画館が、決して多いとは言えないもののその数を増やしていた。その観客の中心は一定の教養のある層や若年層であり、1960年代末には、ちょうど成人年齢に達しつつあった戦後ベビーブーマー第1世代がそこに加わることになる。これらの映画館で上映さ

れる作品は、大半は多かれ少なかれハリウッド映画の影響を受けながらも、同時代のハリウッド映画とは異なるスタイルを持ち、異なる主題を扱っていた。

ハリウッドの復興とアクション・ブロックバスターの成功

　1969年から71年のあいだに、アメリカ映画産業は業界全体を巻き込む深刻な不況に見舞われる。ハリウッドは、大成功した『サウンド・オブ・ミュージック』(The Sound of Music, 1965) のようなブロックバスターに「繰り返し成功する定型」の可能性を賭けて類似作を連発した結果、多くは製作費さえ回収できない失敗が続いていた。そのような状況のもと、1967年に公開されたアーサー・ペン*監督の『俺たちに明日はない』*とマイク・ニコルズ (Mike Nichols, 1931-2014) 監督の『卒業』(The Graduate) のヒットに続き、1969年には、デニス・ホッパー (Dennis Hopper, 1936-2010) 監督の『イージー・ライダー』*とジョン・シュレシンジャー (John Schlesinger, 1926-2003) 監督の『真夜中のカーボーイ』(Midnight Cowboy) が予想外の好評を得る。これらの作品の主な観客となったのは、それまでハリウッド映画にあまり関心を持たなかった若年層、および一定の教養のある層であった。ようやくハリウッドは有望な観客層の存在を認めると同時に、これらの層にアピールする作品がどのようなものであるかをよく知る新進の監督たちと契約し、作品のクリエイティヴ面に関する決定権を与えるという方法にたどり着く。

　おおむね1967年からハリウッド内に起こったこの潮流および作品群は「(第一次) ニュー・ハリウッド」「ハリウッド・ルネサンス」「ニュー・シネマ」「ポスト古典的ハリウッド」などと呼ばれる (巻末の用語集を参照)。この時代には数多くの作家監督たちが活躍したが、その中心となったのは、アーサー・ペン、ロバート・アルトマン* (『ナッシュビル』* [1975])、フランシス・フォード・コッポラ* (『ゴッドファーザー』* [1972])、マーティン・スコセッシ* (『ミーン・ストリート』[Mean Streets, 1973]) らであった。また、この時代以前から際立った活躍を続けており、前述の作家たちとはややスタンスの異なるスタンリー・キューブリック* (『時計じかけのオレンジ』[A Clockwork Orange, 1971]) とハリウッドのみならずヨーロッパ各国においても活動したロマン・ポランスキー* (『チャイナタウン』* [1974]) の名をここに加えることもできよう。さらに、テレンス・マリック* (『地獄の逃避行』[Badlands, 1973]) の名前も挙げておきたい。ほかにも多くの監督たちが作家としての仕事を残したが、彼らの作品のうちの多くは、それまで映画製作倫理規定という自己検閲制度のもとにあった過去のハリウッド映画の多くが婉曲的な方法でほのめかしてきた、例えば、体制批判などの「政治」、犯罪行為などの「暴力」、あるいは「セ

クシュアリティ」といった主題を扱い、手法的にはハリウッドの形式的・内容的な慣習の批評、解体・再構築、新たな解釈、融合、といった試みを行うものであった。

　アルトマン監督の『M★A★S★Hマッシュ』(*M*A*S*H*, 1970) が批評的にも興行的にも大きな成功を収め、作品製作における監督たちの権限と製作費は急激に増加してゆく。コッポラ監督の『ゴッドファーザー』は作家映画であると同時に高額予算のブロックバスターともなり、結果として、長期にわたる歴史的な低迷から業界を救った。以後、監督たちはますますスター扱いされ、発言力は飛躍的に増し、製作費も格段に跳ね上がる。そして、彼らの指向を反映して形式的にも内容的にもより複雑な、より芸術的価値を追求した作品が試みられるようになっていく。

　1975年、スティーブン・スピルバーグ*監督の『ジョーズ』(*Jaws*) が大ヒットする。この作品もまた作家映画であると同時に、少ないとは言えない資金を投入した作品であったが、1950年代のモンスター映画のサイクルに新しい解釈を加えたそのストーリーは、それまでのハリウッド・ルネサンス作品の多くに比べて非常にシンプルでわかりやすく、幅広い年齢層の観客を惹きつけてブームを起こした。この作品に、スタジオの幹部たちは「繰り返し成功する定型」の可能性を見出す。続いて、ジョージ・ルーカス*監督の『スター・ウォーズ』*(1977) が公開され、より若い年齢層を含む全世代の観客へのアピールに成功しただけでなく、映画産業以外の業界をも巻き込む大きな経済的社会的インパクトを与える。配給権を握るハリウッド幹部たちは、これらの作品から新たな定型を創出し、やがてニュー・ハリウッドは衰退していく。製作費・製作期間の大幅な超過によって記憶されるマイケル・チミノ (Michael Cimino, 1939-2016) 監督の『天国の門』(*Heaven's Gate*, 1980) をその終末の象徴と見ることもできるだろう。しかし、それ以前から終わりは始まっていたのである。ニュー・ハリウッドは1967年に始まり、その最盛期は1976年ごろまでとされるのが一般的である。

ベトナム戦争とアメリカへの懐疑

　全国的にテレビ放映された1968年のテト攻勢の後、ベトナム反戦運動は最高潮に達する。戦争の賛否について国内世論が引き裂かれるなか、ハリウッドは直接的ではない方法によってベトナム戦争を批判してみせる。ニコルズ監督の『キャッチ22』(*Catch-22*, 1970) は第二次世界大戦を舞台とし、アルトマン監督の『M★A★S★Hマッシュ』は朝鮮戦争を舞台にして、戦争の狂気をブラック・ユーモアとともに描き、無益な戦争にコメンタリーを加える。1970年代後半には、スコセッシ監督の『タクシードライバー』*[1976] に見

られるように、ベトナム帰還兵とその周囲を中心に据える作品も増えてくる。ハル・アシュビー (Hal Ashby, 1929-88) 監督の『帰郷』(Coming Home, 1978) やチミノ監督の『ディア・ハンター』(The Deer Hunter, 1978) では、ベトナム戦争がアメリカ人に何をもたらしたのかを率直に問う。コッポラ監督の『地獄の黙示録』*(1979) のように、戦争の暴力と狂気を独自の視点から解釈しようとする壮大な試みもあった。

　作家たちは、アメリカの政治経済システムへも懐疑の目を向ける。コッポラ監督の『ゴッドファーザー PART II』(The Godfather Part II, 1974) をアメリカ的資本主義と政治との癒着に対する批判として理解することもできるだろう。過ぎた日を振り返りながら孤独を思い知る主人公のイメージにアメリカの姿を重ねる者も少なくない。ポランスキー監督の『チャイナタウン』もまた、ロサンゼルスの水利権をめぐる市政と資本家との共謀を暴こうとする探偵を主人公に据え、その顛末をよりシニカルに描く。

ノスタルジアとアウタースペース

　憂鬱な出来事が連続したこの時期、観客は現実から逃避するためにもまた映画館を訪れた。現実逃避は過去へ、そして宇宙へと向かう。ピーター・ボグダノヴィッチ (Peter Bogdanovich, 1939-2022) は、ノスタルジックな作品を次々と送り出し好評を博した。1950年代初頭のテキサスの小さな街に生きる若者たちを描いた『ラスト・ショー』(The Last Picture Show, 1971) に続いて、恐慌期の1930年代を舞台にした『ペーパー・ムーン』(Paper Moon, 1973) がともに批評的にも興行的にも成功し、『ニッケルオデオン』(Nickelodeon, 1976) では、1910年代当時のアメリカ映画産業界を自己言及的に描いた。カリフォルニアのある街に住む若者たちの夏の終わりの一晩を描くルーカス監督の『アメリカン・グラフィティ』(American Graffiti, 1973) では設定を1962年とし、ラジオを媒介にして1950年代から60年代にかけて流行した多くのヒット曲が観客をノスタルジックな世界へと連れ出す。しかし『ラスト・ショー』の終盤には主人公の一人が朝鮮戦争へ出征する現実が待っており、『アメリカン・グラフィティ』の舞台となった1962年の翌年には、ジョン・F・ケネディ大統領が暗殺され、動乱の時代へと入っていくのである。

　現実からの逃避は宇宙へも向かう。アポロ8号が初の有人月周回飛行に成功することになる1968年、キューブリック監督の『2001年宇宙の旅』*が公開される。この作品は、当時の最新映像技術を用いて、冷戦の緊張とコンピュータ時代への不安を幻想的で予言的な逃避ファンタジーに結びつけ、ドラッグ・カルチャーを中心に支持された。同時に、1950年代以来となるSF映画の流行を再燃させ、1970年代半ばの重要なふたつの作品に影

響を与える。ルーカス監督の『スター・ウォーズ』は、10代前半の若者をターゲットに、ベトナム戦争やウォーターゲート事件によって傷ついた倫理観を取り戻そうとする。また、部分的にコンピュータを導入したマット技法で作られる特殊効果、きめ細かい音響効果によって、かつてない映画経験を提案し、同時に、他企業との協業によってひとつの映画が消費者文化の中心となるという新たな現象をもたらした。スピルバーグもまた『2001年宇宙の旅』にインスパイアされ『未知との遭遇』（*Close Encounters of the Third Kind*, 1977）の特殊撮影効果のスーパーバイザーに『2001年宇宙の旅』と同じくダグラス・トランブル（Douglas Trumbull, 1942-2022）を起用した。『スター・ウォーズ』と『未知との遭遇』の両作品ではともに、ジョン・ウィリアムズ（John Williams, 1932- ）による壮麗な映画音楽が大きな役割を果たし、宇宙の無限の可能性に希望を与えた。これらは、特殊効果によってスペクタクルをもたらすブロックバスターが持続可能なストラテジーとなり得ることを証明し、宇宙は西部に代わる新たなフロンティアとなる。

フェミニズムとマスキュリニティ

　フェミニズムの高まりを受けて、女性の自立を扱う作品も目立った。その多くが「家庭か仕事か」の選択を迫られるステレオタイプを描くなかで、この時代をより反映した女性表象が追求された。ペン監督の『俺たちに明日はない』の女性主人公は男性主人公と肩を並べる犯罪者としてそれまで以上に鮮烈な存在感を示し、アルトマン監督の『ギャンブラー』（*McCabe & Mrs. Miller*, 1971）は、女性主人公を男性主人公と対等なビジネス・パートナーとして描く。アラン・J・パクラ（Alan Jay Pakula, 1928-98）監督の『コールガール』（*Klute*, 1971）の女性主人公は、仕事を辞めて街を去るかに見せながら、完結性の弱い曖昧な結末によって別の可能性を示唆する。

　女性の立場から、フェミニズムや女性の自立といった主題に取り組む女性監督の作品も見られた。ジョーン・ミックリン・シルヴァー（Joan Micklin Silver, 1935-2020）監督の『ヘスター・ストリート』（*Hester Street*, 1975）では、移民女性のアメリカ同化と自立が主題とされ、クローディア・ウェイル（Claudia Weill, 1946- ）監督の『ガールフレンド』（*Girlfriends*, 1978）では、キャリアと友情が主題とされる。また、ステファニー・ロスマン＊監督は、『グループ・マリッジ』（*Group Marriage*, 1973）などの作品において、男性優位のエクスプロイテーション作品の枠組みの中で、しばしばフェミニズム的な試みを行った。

　その一方で、より男らしくふるまおうとする男たちの姿もあった。ドン・シーゲル＊監督の『ダーティハリー』（*Dirty Harry*, 1971）の男性主人公は、ときに警察官としての職域の境

界線上にあるような暴力を行使して自ら悪を裁こうとする。マイケル・ウィナー（Michael Winner, 1935-2013）監督の『狼よさらば』（Death Wish, 1974）の男性主人公もまた、自警的な暴力によって犯罪者を罰する。そこには悪化した秩序への懸念と同時に、急進的な権利革命への抵抗が反映されていたと考えられている。

セクシュアリティとエロス

レズビアンとゲイの権利運動が力を得はじめた1960年代末以降、ハリウッドにおいても多様なセクシュアリティの表象が増加してくる。旧態依然としたネガティヴなイメージに混じって、よりリアリスティックなイメージを提示する作品もあった。主流映画においては、ロバート・アルドリッチ＊監督の『甘い抱擁』（The Killing of Sister George, 1968）や、ウィリアム・フリードキン＊監督の『真夜中のパーティー』（The Boys in the Band, 1970）などとともに、レズビアンやゲイの日常的な姿が描かれるようになってきたと一般には考えられている。なかにはボブ・フォッシー（Bob Fosse, 1927-87）監督の『キャバレー』（Cabaret, 1972）のように、多様なセクシュアリティを自然なものとして肯定する作品も現れた。

セクシュアル・レヴォリューションとレイティング・システムはエロス表現の幅も広げた。ジェラルド・ダミアーノ（Gerard Damiano, 1928-2008）監督によるアメリカ産ハードコア『ディープ・スロート』（Deep Throat, 1972）は、批評家の絶賛を受けて郊外に住む中産階級の観客も惹きつける大ヒットとなる。一方、主演にマーロン・ブランドを起用してきわどい性愛表現を含んだ、ベルナルド・ベルトルッチ（Bernardo Bertolucci, 1941-2018）監督の『ラストタンゴ・イン・パリ』（Ultimo tango a Parigi, 1972）は、X指定を受けた外国作品だが好成績を残し、配給元のユナイテッド・アーティスツに称賛と利益をもたらす。

シドニー・ポワチエ、ブラックスプロイテーション、LAリベリオン

1964年にアフリカン・アメリカンとして初めてアカデミー主演男優賞を受け、監督としても活動したシドニー・ポワチエ（Sidney Poitier, 1927-2022）は、この時期にもノーマン・ジュイソン（Norman Jewison, 1926-2024）監督の『夜の大捜査線』（In the Heat of the Night, 1967）といった作品に出演し、際立った活躍を続けていた。ポワチエの演じるキャラクターが1950年代以来の穏健な公民権運動にフィットしていた一方で、運動のストラテジーは次第に攻撃的・武装的になってくる。「ブラック・パワー」が叫ばれるなか、メルヴィン・ヴァン・ピーブルズ（Melvin Van Peebles, 1932-2021）監督によるインディペンデント作品『スウィート・スウィートバック』＊（1971）が、そのサウンドトラック音楽も含めヒットして

154　　　　第Ⅰ部　アメリカ映画の歴史

注目を集め、ゴードン・パークス（Gordon Parks, 1912-2006）監督の『黒いジャガー』（Shaft, 1971）もまた高い興行収益をあげる。アフリカン・アメリカンのヒーローを主人公とした作品群はのちに「ブラックスプロイテーション」と総称され、アフリカン・アメリカン以外の観客にもアピールする人気のサイクルとなった。クールでカリスマ性はあるが、社会的に好ましいとは言いがたいヒーローのステレオタイプを作ったとの批判を受ける一方で、ジャック・ヒル（Jack Hill, 1933- ）監督の『コフィー』（Coffy, 1973）やジャック・スターレット（Jack Starrett, 1936-89）監督の『ダイナマイト諜報機関／クレオパトラ危機突破』（Cleopatra Jones, 1973）などに登場する強い女性ヒーローを生み出した。

　一方、UCLAにおいて映画を学んだチャールズ・バーネット（Charles Burnett, 1944- ）らアフリカン・アメリカンの作家監督たちが中心となり、ブラックスプロイテーションに描かれる偏った主題や、ハリウッドの形式的・内容的慣習に代わるものを提案しようと、「LAリベリオン」あるいは「LAスクール・オブ・フィルムメイカーズ」と呼ばれるグループが結成される。その活動から、バーネット監督の『キラー・オブ・シープ』＊（1978）などの作品が送り出された。

ウェスタン、コメディ、ホラー

　サム・ペキンパー＊は、キャリアを通じて映画的暴力を誰よりも再定義しようとした映画作家であると考えられているが、それはウェスタンにおいてもっとも顕著に表れた。この時期の作品である『ワイルドバンチ』＊（1969）と『砂漠の流れ者／ケーブル・ホーグのバラード』（The Ballad of Cable Hogue, 1970）はともに、老いた西部の男たちを描く。さらに、ペン監督の『小さな巨人』（Little Big Man, 1970）や、アルトマン監督の『ビッグ・アメリカン』（Buffalo Bill and the Indians, or Sitting Bull's History Lesson, 1976）といった修正主義ウェスタンが次々と発表された。

　コメディ映画では、二人の作家監督、ウディ・アレン＊とメル・ブルックス（Mel Brooks, 1926- ）が極めて自己言及的な作品を手がけた。アレンは彼自身によって（のちに、彼を想起させる分身的な俳優たちによっても）演じられる、臆病で、不器用で、知的で、シニカルなキャラクターをその初期作品から創出し、署名のひとつとしてきた。初期のエピソディックな、一連の同時代文化や政治への風刺的作品を経て、『ウディ・アレンの愛と死』（Love and Death, 1975）ではロシア文学などをパロディ化し、『アニー・ホール』（Annie Hall, 1977）や『マンハッタン』（Manhattan, 1979）では、ラブストーリーを前景にして同時代文化を皮肉のこもった眼差しで眺めながら、それぞれに芸術を生み出そうと奮闘する人物たちを描く。『スターダスト・メモリー』（Stardust Memories, 1980）では、フェデリコ・フェ

リーニ監督の『8 1/2』(1963) をなぞるようにして、自身によく似た映画作家の物語を笑いに変える。ブルックスもまた、映画史や映画作品への観客の期待に支えられた約束事を裏切るパロディ作品を送り出してきた。彼は、お馴染みのジャンルや名高い先達に対して批評的な目を向ける。例えば『ブレージングサドル』(Blazing Saddles, 1974) ではウェスタンを、『ヤング・フランケンシュタイン』(Young Frankenstein, 1974) ではホラー映画を、『メル・ブルックスのサイレント・ムービー』(Silent Movie, 1976) はサイレント映画を、そして『新サイコ』(High Anxiety, 1977) では、アルフレッド・ヒッチコック監督の諸作品を、それぞれ俎上に載せる。また、ブルックスは一貫して、伝統的なハリウッドには言及することが難しかった人種やエスニシティの問題に取り組み、風刺してきたことでも知られる。

　ポランスキー監督の『ローズマリーの赤ちゃん』(Rosemary's Baby, 1968) や、フリードキン監督の『エクソシスト』(The Exorcist, 1973)、キューブリック監督の『シャイニング』(The Shining, 1980) などは、アプローチの仕方は異なるものの各々ホラー映画にシリアスな物語を導入して親世代の観客にも受け入れられることに成功した。さらに、ジョージ・A・ロメロ (George Andrew Romero, 1940-2017) 監督の『ナイト・オブ・ザ・リビングデッド』*(Night of the Living Dead, 1968) やトビー・フーパー (Tobe Hooper, 1943-2017) 監督の『悪魔のいけにえ』(The Texas Chain Saw Massacre, 1974) などが、ホラー映画の発展に大きく貢献した作品として知られるが、ブライアン・デ・パルマ (Brian De Palma, 1940-) とジョン・カーペンター (John Carpenter, 1948-) もまた、このジャンルにおいて、それぞれ作家的な試みを行った。デ・パルマは『キャリー』(Carrie, 1976) の主人公を通して、怒りによって特殊な力を爆発させる高校生を描いて青春期の不安と恐れに訴えかける一方で、『殺しのドレス』(Dressed to Kill, 1980) では、ヒッチコック監督の『サイコ』*にならいながらホラーを性的な衝動に結びつけ、暴力をより鮮烈な表象として描いた。カーペンターは、様々な先行作品の引用に満ちた『ハロウィン』(Halloween, 1978) において作家的な野心を完成させる。「スラッシャー映画」としても知られるこの作品は効果的なカメラワークと音響の使用によってサイコティックな殺人鬼と性についての恐怖を連動させ、郊外の中流階級家庭で起こるシンプルなストーリーは「繰り返し成功する定型」のひとつともなった。

インディペンデント、アヴァンギャルド、ドキュメンタリー

　ハリウッドの慣習とは異なる手法によって『アメリカの影』(Shadows, 1959) を発表し、高い評価を得たジョン・カサヴェテス*は、この時代にもハリウッドやテレビにおいて俳優や監督として仕事をしては、その収入を自身が監督する低予算作品の製作に当て、『フェイシ

156　　　　　　　　　　　　　　　　　　　　　　　　　　　　　　第Ⅰ部　アメリカ映画の歴史

ズ』（Faces, 1968）や『こわれゆく女』（A Woman Under the Influence, 1974）をはじめとした数々の作品を生んだ。1978年には、ロバート・レッドフォード（Robert Redford, 1936- ）らが中心となり、のちにインディペンデント作品の登竜門として知られるようになる「サンダンス映画祭」（発足時は「ユタ／US映画祭」）が始まる。

　アヴァンギャルドでは、引き続きアンディ・ウォーホル（Andy Warhol, 1928-87）らの活躍が目立った。ウォーホルは自身の監督による『バイク・ボーイ』（Bike Boy, 1967）、『ロンサム・カウボーイ』（Lonesome Cowboys, 1968）などにおいて独自の性表象を発展させ、あるいはハリウッドの伝統への新しい解釈を試み、主流映画にも大きな影響を与えた。ジョン・ウォーターズ（John Waters, 1946- ）は、アヴァンギャルドの系譜にある過激な作品をこの時期次々と発表し、多くは俳優ディヴァインとともに『ピンク・フラミンゴ』（Pink Flamingos, 1972）や『フィーメイル・トラブル』（Female Trouble, 1974）などを通じて、ハリウッドの慣習や中流階級の人々の欲望や競争心を風刺した。

　1960年代のダイレクトシネマ・ムーヴメントは、体制と既存の権威的なメディアに対し、直接的なリアリズムを奉じて挑戦を続けていた。D・A・ペネベイカー（Donn Alan Pennebaker, 1925-2019）は、ボブ・ディランのイギリス・ツアーを記録した『ドント・ルック・バック』（Dont Look Back, 1967）に続き、アメリカで行われた最初のロック・フェスのひとつであるモンタレー・ポップ・フェスティバルの様子を収めた『モンタレー・ポップ フェスティバル'67』（Monterey Pop, 1968）を発表。当時の若者文化のナチュラルな側面を描き出し、マイケル・ウォドレー（Michael Wadleigh, 1939- ）の『ウッドストック／愛と平和と音楽の3日間』（Woodstock, 1970）などに影響を与えた。アルバート・メイズルス（Albert Maysles, 1926-2015）、デヴィッド・メイズルス（David Maysles, 1931-1987）、シャーロット・ズウェリン（Charlotte Zwerin, 1931-2004）は、ザ・ローリング・ストーンズのアメリカ・ツアーを追うなかでオルタモント・フリー・コンサートでの痛ましい事件が記録された『ザ・ローリング・ストーンズ／ギミー・シェルター』（Gimme Shelter, 1970）や、聖書を売り歩く人々とその購入者たちを追いかけた『セールスマン』（Salesman, 1969）などを共同監督する。これらの作品は、ズウェリンが手がけた編集手法が生み出す物語性も含め、ダイレクトシネマの新しい可能性を示した。また、フレデリック・ワイズマン*は『チチカット・フォーリーズ』（Titicut Follies, 1967）や『高校』（High School, 1968）、『基礎訓練』（Basic Training, 1971）といった一連の作品を通じて、組織内での生活をわれわれの社会の縮図として提示しつづけた。

（小野）

5　ニュー・ハリウッド　1967－1980

アーサー・ペン
Arthur Penn（1922-2010）
——ニュー・シネマの立役者

Moviestore Collection Ltd /
Alamy Stock Photo

　ペンシルヴァニア州フィラデルフィアのロシア系ユダヤ人の家庭に生まれる。父親は時計職人、母親は看護師、兄は有名な写真家アーヴィング・ペン。19歳のとき第二次世界大戦で徴兵され、歩兵としてバルジの戦いに従軍。イギリスに駐留中、演劇に興味を持つようになる。オーソン・ウェルズ＊監督の『市民ケーン』＊（1941）を観てからは、映画への関心が高まった。

　テレビ界や演劇界で幅広い経験を積んだ後、ポール・ニューマン主演の『左きゝの拳銃』（*The Left Handed Gun*, 1958）で映画監督デビューを果たす。同作品は、伝説的な無法者ビリー・ザ・キッドの生きざまを生々しく人間味豊かに描いている。ペンの2作目は、盲目で耳の聞こえないヘレン・ケラーにコミュニケーションの仕方を教えようとするアン・サリヴァンの奮闘記『奇跡の人』（*The Miracle Worker*, 1962）である。ペンは、すでにアン・バンクロフトとパティ・デューク主演の劇『奇跡の人』の演出でトニー賞を受賞しており、映画化の際、映画会社の反対を押し切って二人を起用し、バンクロフトとデュークに、それぞれアカデミー賞の主演女優賞と助演女優賞をもたらした。

　続く作品は、ホートン・フートの戯曲をリリアン・ヘルマンが脚色した『逃亡地帯』（*The Chase*, 1966）で、マーロン・ブランドを主役に据え、脱獄囚が舞い戻ってパニックに陥る田舎町の暴力や不道徳ぶりをあからさまに描いている。次にペンが撮ったのが、ニュー・シネマの口火を切る記念碑的作品『俺たちに明日はない』＊（*Bonnie and Clyde*, 1967）である。世界恐慌下のアメリカ中西部で銀行強盗や殺人を繰り返したボニー・パーカーとクライド・バローの半生を、1960年代の反体制文化に適合するような新しい形で再現すると同時に映画の暴力表現を革新し、後続の映画に計り知れないほど大きな影響を及ぼした。本作の画期的な点を具体的に挙げると、過激な性表現を導入したこと、銃に撃たれた人物が死ぬ姿をカット処理なしで描写したこと、無数の銃弾を浴びて絶命する主人公たちをスローモーションも交えてリアルに描いたことなどがある。アカデミー撮影賞と助演女優賞

に輝いた。

次作『アリスのレストラン』(*Alice's Restaurant*, 1969) は、ベトナム反戦運動で揺れる世相を背景に、社会からドロップアウトしたヒッピーの若者たちの生活や苦悩を描く。続いてペンは、『俺たちに明日はない』に匹敵する大傑作『小さな巨人』(*Little Big Man*, 1970) を発表する。当時の観客は、従来の西部劇の「ヒーロー対ヒール」という単純な善悪二元論に疑問を抱くようになっており、そこで生まれたのが、物事の解決のために暴力を行使することを問題視したり、悪者扱いされてきたネイティヴ・アメリカンへの白人の虐待の実体を描いたりする修正主義西部劇だった。その代表格がラルフ・ネルソン監督の『ソルジャー・ブルー』(*Soldier Blue*, 1970) および同年に公開された『小さな巨人』である。『小さな巨人』は、ネイティヴ・アメリカンに育てられた男が、ジョージ・アームストロング・カスター将軍率いる第7騎兵隊の全滅という西部開拓史に残る大事件と関わる自らの数奇な人生を歴史学者に語るという構成を取っている。ネイティヴ・アメリカンの大量虐殺を当時のベトナム戦争でのベトナム人殺戮と重ねており、同戦争へのアメリカの介入に対して間接的に抗議する反体制的映画となっている。

『俺たちに明日はない』で抜擢したジーン・ハックマンを再起用して撮った『ナイトムーブス』(*Night Moves*, 1975) は、私立探偵が失踪事件とその背後にある巨悪に挑む優れたサスペンス映画である。しかしながら、ともにアカデミー主演男優賞受賞俳優のマーロン・ブランドとジャック・ニコルソンを主役に迎えた異色の西部劇『ミズーリ・ブレイク』(*The Missouri Breaks*, 1976) は、批評的にも興行的にも大失敗となった。1960年代を振り返る青春群像劇『フォー・フレンズ／4つの青春』(*Four Friends*, 1981) は、批評家の評価は悪くなかったものの、商業的には失敗。その後ペンは、主な活動の場をテレビ界に移し、刑事・法廷ドラマシリーズ『ロー＆オーダー』の製作総指揮を務めるなどした。　　　　　(大地)

参考文献紹介　Michael Chaiken編*Arthur Penn: Interviews*（UP of Mississippi）は、アーサー・ペンの主要なインタヴューを集めたもの。Nat Segaloff, *Arthur Penn: American Director*（UP of Kentucky）は、ペンの優れた伝記。ペンを論じたものとして、Robert Kolker, *A Cinema of Loneliness: Penn, Stone, Kubrick, Scorsese, Spielberg, Altman*（Oxford UP）、ペンのみを分析したものとして、Robin WoodとRichard Lippeの*Arthur Penn*（Wayne State UP）、『俺たちに明日はない』の作品論として、Lester D. Friedman編*Arthur Penn's* Bonnie and Clyde（Cambridge UP）がある。

ロバート・アルトマン
Robert Altman（1925-2006）
――ハリウッドの慣習に挑む音と映像の冒険者

CC BY-SA 3.0

　ミズーリ州カンザス・シティ生まれ。ドイツ系カトリックの家庭に育つ。ウェントワース・ミリタリー・アカデミー・アンド・カレッジにおいて学んだ後、陸軍航空軍（のちの空軍）へ入隊し、大型爆撃機B-24のパイロットとなる。戦後、友人のジョージ・W・ジョージとともに書いた2本の脚本原案が売れ、RKO配給の『ボディガード』(Bodyguard, 1948) に初めて名前をクレジットされている。その後、インダストリアル・フィルム（法人がスポンサーとなって普及活動や従業員教育のために製作する映画）の専門プロダクションへ入社し、ショート・フィルムを監督するなかで映画製作の専門知識を修得する。このころ手がけた初めての劇場用映画『ザ・ディリンクエンツ』(The Delinquents, 1957) に注目したアルフレッド・ヒッチコック*に誘われ、テレビシリーズ『ヒッチコック劇場』の数話を演出した後、『ピーター・ガン』(Peter Gunn, 1958-61)、『ボナンザ』(Bonanza, 1960-61)、『コンバット！』(Combat!, 1962-63) など、多様なジャンルを手がけつつ、テレビの世界に身を置く。

　映画監督としてのキャリアが本格的に始まるのは、ジェイムズ・カーンが宇宙飛行士を演じるSF映画『宇宙大征服』(Countdown, 1967) からである。しかし、登場人物たちが同時に話すことに驚いたスタジオ側は編集前に彼を解雇してしまう。その場面の大部分は削除されて公開されているが、重なり合う会話（オーヴァーラッピング・ダイアローグ）は、以後、彼のトレードマークのひとつとなった。サンディ・デニスが主人公を演じた『雨にぬれた舗道』(That Cold Day in the Park, 1969) を経て、1970年に『M★A★S★Hマッシュ』(M*A*S*H) が公開される。朝鮮戦争下の移動野戦病院の日常はベトナムの現状を想起させ、ドライなユーモアをこめた体制批判は反戦運動と重なり大ヒットとなった。カンヌ国際映画祭ではグランプリ（当時の最高賞）を受賞するなど、興行的にも批評的にも成功した同作によって、ハリウッド・ルネサンス期のスター監督の一人となる。その後も、レイモンド・チャンドラー原作の『ロング・グッドバイ』(The Long Goodbye, 1973) では、エリオット・グールド演じる探偵フィリップ・マーロウがハリウッドにおけるマーロウのイメー

ジを塗り替え、『ナッシュビル』*（Nashville, 1975）には主要人物を24人登場させて同時代の
アメリカへの壮大なコメンタリーを描き、『ビッグ・アメリカン』（Buffalo Bill and the Indians,
or Sitting Bull's History Lesson, 1976）では、ポール・ニューマンが演じた実在の西部のヒーロー、
バッファロー・ビルを修正主義的な視点から捉え直すと同時に、ショー・ビジネスの裏側
を自己言及的に描いた。この間、マルチトラック録音システムやポストフラッシング加工
などをはじめとする、独創的な実験を試みたことでも知られる。1970年代後半、ハリウ
ッド・ルネサンスを担った監督たちの多くがそうであったように彼のキャリアは下降線
をたどる。『ウエディング』（A Wedding, 1978）のようなヒットを放つ一方で、好評とは言え
なかったロビン・ウィリアムズ主演の大作『ポパイ』（Popeye, 1980）に始まる1980年代に
は拠点をニューヨークへと移し、『フール・フォア・ラブ』（Fool for Love, 1985）をはじめと
した舞台の映画化作品を多く手がけた。パリへ移り『ニューヨーカーの青い鳥』（Beyond
Therapy, 1987）などの作品を監督するかたわら、ティム・ロスがゴッホを演じたテレビ映画
は好評を博し、短縮版が『ゴッホ』（Vincent & Theo, 1990）として劇場公開され注目されるな
ど、このころ手がけたいくつかの作品が話題を呼び、転機を迎える。

　『ザ・プレイヤー』（The Player, 1992）では、ハリウッドの舞台裏をリフレクシヴに批判し
つつハッピー・エンディングの慣習に大胆に挑み、『ショート・カッツ』（Short Cuts, 1993）
ではレイモンド・カーヴァーによる複数の原作をつなぎ合わせて、ロサンゼルスを舞台に
再び20人超の中心人物を登場させた。この2作品の批評的・興行的成功によって、1990
年代インディーズ全盛期に再びスター監督の座に返り咲く。イギリスのカントリー・ハウ
スを舞台とした古典風ミステリー『ゴスフォード・パーク』（Gosford Park, 2001）によって5
回目のアカデミー監督賞ノミネートの後、2006年には名誉賞を受賞。同年の『今宵、フ
ィッツジェラルド劇場で』（A Prairie Home Companion）が最後の作品となった。　　　　　　（小野）

参考文献紹介　自作を語るインタヴュー Altman on Altman には翻訳『ロバート・アルトマン—
—わが映画、わが人生』（キネマ旬報社）がある。スタイルについての研究書には、小野智恵『ロバ
ート・アルトマン 即興性のパラドクス——ニュー・シネマ時代のスタイル』（勁草書房）など。ま
た、日本語論文としては、『アメリカ文学と映画』（三修社）所収の諏訪部浩一「裏切りの物語——
『長いお別れ』と『ロング・グッドバイ』」などがある。

サム・ペキンパー
Sam Peckinpah (1925-84)

―― 行き止まりを撮ったアクション監督

　1925年、カリフォルニア州フレズノに生まれる。海兵隊除隊後、フレズノ州立大学に入学。ここで最初の妻に出会い、彼女の影響で演劇に興味を持ちはじめたと言われる。テレビ業界でキャリアを開始し、ドラマ『ライフルマン』(*The Rifleman*, 1958-63) や『遥かなる西部』(*The Westerner*, 1960) の演出・脚本家として評判を得るが、テレビドラマの表現規制に不満を持ち転向し、『荒野のガンマン』(*The Deadly Companions*, 1961) で映画監督デビューし、次に『昼下がりの決闘』(*Ride the High Country*, 1962) を撮る。この2作が高く評価されチャールトン・ヘストン主演の『ダンディー少佐』(*Major Dundee*, 1965) の監督に起用される。ペキンパーの映画監督としてのキャリアはこのように西部劇から始まっているが、いずれの作品においても彼は製作者と衝突し、問題児とみなされ、飲酒や薬物の問題も絡んで映画界からは追放状態になる。

　『ワイルドバンチ』*(*The Wild Bunch*, 1969) は、ペキンパーにとって、映画界への復帰を可能にした起死回生となった作品であり、マルチカメラで撮影した映像の編集による転換と緩急のリズム、特にスローモーションのショットの挿入など、ペキンパーの代名詞となる独特のスタイルを確立した作品である。本作は、西部劇のアウトローたちがたどり着く行き止まり＝メキシコと、彼らの刹那的かつ壮絶な生きざまを実録的に描き、西部劇の「終わり」をマークする作品とも言え、製作年代からもニュー・シネマ作品のひとつとされ、いわば西部劇にとどめを刺した作品とも言われる。次作『砂漠の流れ者／ケーブル・ホーグのバラード』(*The Ballad of Cable Hogue*, 1970) は、砂漠の水飲み場を舞台に、テクノロジー＝自動車がもたらす「西部」の「終焉」を象徴的に、そして抒情的に描いた作品である。

　一方『わらの犬』(*The Straw Dogs*, 1970) では、妻の故郷であるイギリスの田舎に家を借りたアメリカ人数学者が住民によそ者として扱われ、ある偶然的な理由から家を暴徒と化した若者らのグループに攻囲されるが、この籠城戦の最中、数学者の暴力性と怒りが爆発する（暴力、レイプなどがペキンパー流の編集で生々しく表現される）。翌年のスティーブ・マックイーン主演『ジュニア・ボナー／華麗なる挑戦』(*Junior Bonner*, 1972) は、ロデオ大

会をクライマックスに据えた比較的牧歌的な作品で、暴力描写は極力控え、時代設定を現代にして、カウボーイ的な世界観を描いた。ペキンパーの監督歴におけるバイオレンスの緩急のリズムのようなものがここに見て取れる。

　『ゲッタウェイ』(The Gettaway, 1972) は、主人公の銀行強盗（マックイーン）が妻を連れて組織と警察の追跡をかわしながら逃亡を図る物語でアクション映画だが、男女の関係の奥底にある生々しい情念（嫉妬、背徳心など）が極めて直接的に描かれる。翌年の『ビリー・ザ・キッド／21才の生涯』(Pat Garret and Billy the Kid, 1973) は、西部の時代にとどまるビリーとその時代を後にするギャレットの関係を描いた西部劇アクション、カルトとなった映画『ガルシアの首』(Bring Me the Head of Alfred Garcia, 1974) では、一獲千金を狙うものの自滅していくアウトローの生きざまを悲壮感を醸し出す演出で描いた。『キラー・エリート』(The Killer Elite, 1976) は、ジェイムズ・カーンを主演としたスパイアクションであり、忍者も登場する比較的軽いタッチの作品だが、翌年公開の『戦争のはらわた』(Cross of Iron, 1977) は、ペキンパーの真骨頂たる過激な暴力表現、そして、ロバート・アルドリッチ*の『攻撃！』(Attack, 1956) と並ぶ硬質の反軍隊・反戦的なメッセージを含んだ作品として知られる。さらに翌年のトラックアクションのヒット作『コンボイ』(Convoy, 1978) では、カウボーイ的な精神が哀愁的に描かれている。遺作となった『バイオレント・サタデー』(The Osterman Weekend, 1983) は、CIAのスパイ戦とテレビメディアの錯綜を描く映画であり、ポスト・トゥルースを予見する作品ともなった。ペキンパーは1984年に死去したが、彼の映画術の画期性、彼独特の行き止まり＝終わりの物語は、ハリウッドのアクション・ジャンルの革新につながったと言えるだろう。

（小原）

参考文献紹介　遠山純生編『サム・ペキンパー』（エスクァイアマガジンジャパン）はペキンパーの伝記的情報、作品の背景を総合的に把握する上で大変有用な著作。ペキンパー作品研究の動向については、Michael Bliss, Peckinpah Today: New Essays on the Films of Sam Peckinpah (Southern Illinois UP) から多くの情報を得ることができる。伝記の David Weddle, "If They Move ... Kill 'Em!": The Life and Times of Sam Peckinpah (Grove Press) が伝記的研究のベースとなろう。

ロジャー・コーマン
Roger Corman（1926-2024）

──独立系低予算映画の基礎を作った職人／ビジネスマン／芸術家

ミシガン州デトロイト生まれ。14歳のときに家族でカリフォルニア州ビバリーヒルズに転居する。高校では数学や科学の学習に力を入れる一方で、エドガー・アラン・ポーなどの文学も愛好した。スタンフォード大学に進学し、2年次に海軍プログラムに参加した後、復学して工学の学位を取得した。1948年にフォックス社でメッセンジャーの職を得ると、すぐに脚本部でストーリー・アナリストになった。その後、復員兵救護法を利用してオックスフォード大学で1年間英文学を学んだ。

CC BY-SA 3.0

1954年から主流映画会社の外部で低予算映画を扱う独立系製作者として働きはじめ、翌年の『荒くれ五人拳銃』(Five Guns West, 1955) からは監督もこなすようになる。60年代まではコーマンのもっとも多産な時期である。ホラーやSFを中心にあらゆるジャンルの作品を製作、監督したが、凡百の低予算作品の枠に収まらない映画もある。芸術家を志す青年の猟奇的な創作活動を描く『血のバケツ』(Bucket of Blood, 1959) においてコーマンは、コメディ・ホラーに挑戦した。人喰い植物をめぐる『リトル・ショップ・オブ・ホラーズ』(The Little Shop of Horrors, 1960) も同じ路線にある。唯一、興行的に失敗した『不法侵入者』(Intruder, 1962) は、主流映画が回避しがちな人種差別問題を主題とする意欲作だった。『アッシャー家の惨劇』(House of Usher, 1960) や『黒猫の怨霊』(Tales of Terror, 1962) など、ポーの文学作品をアダプテーションしたゴシックホラーも多数撮った。フランシス・フォード・コッポラ*の監督デビュー作『ディメンシャ13』(Dementia 13, 1963) と、デビューして間もないマーティン・スコセッシ*の監督作『明日に処刑を…』(Boxcar Bertha, 1972) の製作も手がけた。また自身の製作した作品『クライ・ベイビー・キラー』(The Cry Baby Killer, 1958) でジャック・ニコルソンを銀幕デビューさせ、『血まみれギャングママ』(Bloody Mama, 1970) では駆け出しの新人ロバート・デ・ニーロを配役した。『侵略戦線』(The Secret Invasion, 1964) や『聖バレンタインの虐殺』(The St. Valentine's Day Massacre, 1967) といったメジャー作品も監督したが、以後、融通のきかない大手映画会社からは距離を置くようになる。60年代後半には反体制的テーマの作品で大ヒットを記録した。暴走族の無軌道な生活を描いた

『ワイルド・エンジェル』（The Wild Angels, 1966）と薬物の幻覚体験を映像化した『白昼の幻想』（The Trip, 1967）は、それぞれバイカー映画とドラッグ映画のサイクルを生み出した。

　1970年の結婚を機にニューワールド・ピクチャーズを設立し、以後、監督からは手を引き製作と配給に集中するようになる。女囚映画、看護婦映画、バイカー映画、ブラックスプロイテーションなど低予算映画の流行ジャンルを製作しながら、ジョー・ダンテ、ジェームズ・キャメロン*、ジョナサン・デミなど、のちに大物となる新人監督だけでなく、ステファニー・ロスマン*など当時は珍しかった女性監督にもチャンスを与えた。またイングマール・ベルイマン、フェデリコ・フェリーニ、フランソワ・トリュフォーといったヨーロッパの映画作家の作品をアメリカで配給した。ニューワールドを売却後、1983年にニューホライズンズ・ピクチャーズを設立して製作に専念しようとしたが、すぐにコンコード・ピクチャーズを新設して配給事業を再開することになった。同社の作品は劇場公開されずに直接ソフト販売ないしテレビ放映されるものも多い。2009年にアカデミー名誉賞受賞。近年も自作のリメイク『デスレース2050』（Death Race 2050, 2017）を製作した。

　コーマンは、時流に即した衝撃的なテーマ（性、暴力、薬物など）を扱い、低予算、短期間で製作されるエクスプロイテーション映画を大量に、しかも半世紀を超えて作ってきた。その器用な仕事ぶりは特筆すべきである。時事ネタ（例えばソ連のスプートニク号）や新しい感性（若者文化）は即座に利用し、使い古しのセットなどありあわせの撮影手段も有効活用した。だがその独自性は、映画業界を取り巻く状況の変化を察知する商才にこそある。「B級映画の帝王」と称されることもが、厳密に言えばコーマンが専門としたのは、パラマウント裁定による映画業界の再編で廃れていったB級映画（2本立て上映においてA級映画と抱き合わせで上映される低予算映画）に代わって浮上したエクスプロイテーション映画（独立系製作会社による低予算映画）である。従来的な映画館以外の新たな配給形態も積極的に活用した。50-60年代に急増したドライブ・イン・シアター、80年代には家庭用ビデオ、90年代にはケーブル・テレビ、2000年代からは家庭用DVDやインターネットもコーマン作品の配給路となった。2024年にサンタモニカの自宅で逝去。　　　　　（大勝）

参考文献紹介　まずは『私はいかにハリウッドで100本の映画をつくり、しかも10セントも損をしなかったか──ロジャー・コーマン自伝』（早川書房）とドキュメンタリー映画『コーマン帝国』（Corman's World: Exploits of a Hollywood Rebel, 2011）が、コーマン作品の全体像を捉えるには最適である。研究書では Pawel Aleksandrowicz, The Cinematography of Roger Corman: Exploitation Filmmaker or Auteur?（Cambridge Scholars Publishing）をすすめる。

スタンリー・キューブリック
Stanley Kubrick (1928-99)
―― ハリウッドの完全主義者

　ユダヤ人の両親のもと、ニューヨークに生まれた。『ルック』誌のカメラマンとして仕事をするうち、自主製作で短編ドキュメンタリーや長編映画を撮るようになる。当初はニューヨークで活動していたが、ハリウッドに進出すると、映画会社からはうまく距離をとりながらハリウッド資本で11本の映画を撮った。完全主義者で知られ、その奇人ぶりは半ば伝説化しているが、20世紀の映画監督の中でもっとも革新的かつ影響力の強い作家の一人である。

　カメラマンとして活動を始めたことから、カメラやレンズなどの仕組みに詳しく、その知識がたぐいまれな映像表現につながっている。長編劇映画のデビューは『恐怖と欲望』(Fear and Desire, 1953) であったが、これは叔父に資金提供してもらった完全な自主製作であった。続く『非情の罠』(Killer's Kiss, 1955) も含め、ニューヨークの批評家には好評であったものの、資金を回収するまでにはいたらなかった。『現金に身体を張れ』(The Killing, 1956) でハリウッドに進出したが、複数の時系列を並行して描く斬新なスタイルを高く評価された。戦争映画『突撃』(Paths of Glory, 1957) を共同プロデュースしたカーク・ダグラスの招きで歴史大作の『スパルタカス』(Spartacus, 1960) を撮り、キューブリックは一気に有名監督となった。しかし本人は自分の思うとおりに作品を作ることができなかったことを不満に思い、これ以後は作品に対する支配権を把握するために自らがプロデューサーとなって映画会社の影響力を免れようとした。

　ウラジーミル・ナボコフの原作を映画化した『ロリータ』(Lolita, 1962) 以降はイギリスに拠点を移し、ほとんどその地を離れることがなかった。『ロリータ』のヒットに続き、『博士の異常な愛情 または私は如何にして心配するのを止めて水爆を愛するようになったか』(Dr. Strangelove or: How I Learned to Stop Worrying and Love the Bomb, 1964)、『2001年宇宙の旅』*(2001: A Space Odyssey, 1968)、『時計じかけのオレンジ』(A Clockwork Orange, 1971) と立て続けに大ヒットを飛ばす。しかしこれらの作品は現在でこそアメリカ映画史でももっとも重要な映画として高く評価されているものの、当初は批評的にはほとんど理解されず、難解な作家とし

ての評価を定着させることになった。

　その後もウィリアム・メイクピース・サッカレー原作の18世紀を舞台にした『バリー・リンドン』(*Barry Lyndon*, 1975)、スティーヴン・キングのホラー小説を映画化した『シャイニング』(*The Shining*, 1980)、ベトナム戦争を描いた『フルメタル・ジャケット』(*Full Metal Jacket*, 1987)、アルトゥル・シュニッツラーの『夢小説』を映画化した『アイズ ワイド シャット』(*Eyes Wide Shut*, 1999) など寡作ながら様々なジャンルの作品を取り上げたが、近寄りがたい作風であるにもかかわらず興行的に大失敗することはほとんどなく、一定の興行収入をあげつづけた。

　完全主義者として知られたキューブリックは作品全体に自分のコントロールが及ぶよう、あらゆる役割に支配力を及ぼそうとした。そのような人物がほとんどの作品をオリジナルではなく原作をもとにしているのは興味深いが、完成した作品は原作を換骨奪胎したまったく別の次元の作品になっている。一方原作を徹底的に読み込み、隅々まで理解することを怠らず、原作者が存命の場合は事実上、共同作業として新しい作品を作るに等しいほどであった。

　カメラマンであった経歴を生かし、カメラや撮影技法に関しては革新的な技術を取り入れ、常に新しい映像を作り出そうとした。『バリー・リンドン』ではろうそくの光だけで撮影するためにNASAのために開発された大口径レンズを用いたことは非常に有名である。『2001年宇宙の旅』ではそれまでとは一線を画すリアルな映像を作り出すために、特撮技術はもとより、70ミリシネラマ規格を用い、フロント・プロジェクションやスリット・スキャンなどの新しい撮影技術を採用した。これらは『シャイニング』で導入したステディカムとともに、その後の映画製作に大きな影響を与えた。

　キューブリックの映像の特徴は、カメラが動く割には構図が安定しており、非常に静的な印象を与える点である。広角レンズを用いて被写界深度を広げ、しばしば左右対称の構図は視覚に透き通った安定性をもたらすが、その安定性こそが、画面に侵入する歪み――視覚的なものだけでなく、物語や登場人物の持つ歪み――をも強調する。キューブリックの映像は、いわば端正な静寂の中に潜む異物を捉えることに特徴があるのである。

〔高野〕

参考文献紹介　非常に研究が多いが、まずは日本語に翻訳されたものとしてヴィンセント・ロブロット『映画監督スタンリー・キューブリック』(晶文社) を、英語文献としてはMick Broderick, *The Kubrick Legacy* (Routledge) などから入るのがいいだろう。

5　ニュー・ハリウッド　1967－1980

ジョン・カサヴェテス
John Cassavetes（1929-89）

——インディペンデント映画のパイオニア

　1929年、ギリシャ系移民の子どもとしてニューヨークに生まれる。高校を卒業し兵学校や大学を転々とした後の1950年、英語圏で最古の演劇学校アメリカン・アカデミー・オブ・ドラマティック・アーツ（AADA）に入学し演技の基礎を学ぶ。1954年、AADAで出会った俳優ジーナ・ローランズと結婚。カサヴェテスの生涯の伴侶となるローランズはその後カサヴェテスの12本の監督作品中7本に主演することになる。

　AADAで学んだ後、ドン・シーゲル*監督の『暴力の季節』（Crime in the Streets, 1956）で俳優として注目され、1957年にはマーティン・リット監督の『暴力波止場』（Edge of the City）に主演する。一方、その同じ年には俳優を志す若者たちを集めて即興的な演技を訓練する演劇ワークショップを主催し、その活動が初監督作品『アメリカの影』（Shadows, 1959）の自主製作へとつながっていく。マンハッタンに住むアフリカ系アメリカ人の3兄弟の青春群像を斬新な手法で瑞々しく捉えたこのモノクロ映画は、ワークショップに参加していた無名の俳優たちの即興的な演技によって作り上げられている。人種差別を主題にしながらもメッセージ性が前面に出る従来の社会派映画とは異なり、行き場のない感情を抱えながらも前に進もうとする若者たちの切実さが、多用される彼らの顔や目のクロースアップを通じて表現される。また、この映画では俳優たちがカメラに合わせて演技するのではなく、カメラが彼らに合わせてついていく手法をとっている。本作で採用された即興的演技、顔や目のクロースアップ、そして俳優の動きに合わせたカメラワークは、その後もカサヴェテスが好んで用いる手法となる。本作はアメリカでは一部の批評家を除きさほど評価されなかったもののヨーロッパでは高く評価され、ヴェネチア国際映画祭批評家賞を受賞。

　この映画で作った借金を返済するために一時期テレビドラマシリーズ『ジョニー・スタッカート』（Johnny Staccato）の主役を引き受け、タイトルロールの私立探偵役を好演し、その後も『特攻大作戦』（The Dirty Dozen, 1967）でアカデミー助演男優賞にノミネートされ、『ローズマリーの赤ちゃん』（Rosemary's Baby, 1968）などの有名な作品で重要な役を演じるが、

俳優業で得た収入はたちまち映画製作資金に充てられることになる。

　監督業としては、『アメリカの影』の成功後、一時期パラマウントにプロデューサー兼監督として雇われるが映画製作をめぐって上層部と対立し、その結果2年間ハリウッドから完全に干されてしまう。ハリウッド的な映画作りに限界を感じたカサヴェテスは自宅を抵当に入れ、自費で『フェイシズ』(Faces, 1968) を撮ることを決意。倦怠期にさしかかった一組の夫婦の堅固と思われた関係性がふとしたきっかけで脆く崩れていくさまを刻々と追うこのモノクロ映画は、カサヴェテスの自宅で撮影され、ローランズをはじめとする出演者やスタッフは無報酬で半年間の撮影に臨み、3年かけて編集された。この独立精神に貫かれた映画は結果的にアカデミー賞3部門でノミネートされ、ヴェネチア国際映画祭最優秀主演男優賞や最優秀監督賞などに輝き、インディペンデント映画というカテゴリーの確立に大きく貢献した。

　カサヴェテス映画の特徴のひとつは、脆さと強靭さをあわせ持つその女性像にある。ローランズ主演で撮られた『こわれゆく女』(A Woman Under the Influence, 1974) と『オープニング・ナイト』(Opening Night, 1978) では精神的危機に直面する女性の複雑に揺れ動く内面が丹念に描出される。また、大スタジオで久しぶりに撮影された『グロリア』(Gloria, 1980) でもギャングの闘争に巻き込まれた他人の子どもを必死に守り抜くヒロインをローランズが熱演し、興行的にも評価的にも大成功を収めた。

　このほかにも場末のナイトクラブ・オーナーの悲哀を描いた『チャイニーズ・ブッキーを殺した男』(The Killing of Chinese Bookie, 1976) や、それぞれの家庭が崩壊し孤独の淵にいる姉弟の優しくも哀しい関係を描いた『ラヴ・ストリームス』(Love Streams, 1984) などがあり、いずれにも不条理を生きる人間への監督の深い共感がこめられている。『ラヴ・ストリームス』ではローランズとカサヴェテスが主役の姉弟を演じ、これがカサヴェテスの遺作となった。

(相原[直])

参考文献紹介　日本語文献としては、レイモンド・カーニー『カサヴェテスの映したアメリカ
　──映画に見るアメリカ人の夢』(勁草書房) とレイ・カーニー編『ジョン・カサヴェテスは語る』
(ビターズ・エンド) がある。英語文献では Ray Carney, The Films of John Cassavetes: Pragmatism,
Modernism, and the Movies (Cambridge UP) がある。

フレデリック・ワイズマン
Frederick Wiseman (1930-)

——「場所がスター」になったドキュメンタリー

1960年代にナグラと呼ばれるポータブルの録音機を用いた（映像と同期する）音声の録音が撮影現場で始まると、ドキュメンタリーは大きく変化した。軽量で小型の16ミリカメラの機動性を生かし、手持ちで長回し撮影し、再現ではなく出来事が起こる瞬間を記録し、60年代の激変する社会の現実を捉えようとする映画が登場する。その嚆矢となった作品が民主党大統領予備選挙を扱ったロバート・デュー監督の『予備選挙』(Primary, 1960) である。その撮影に参加したＤ・Ａ・ペネベ

CC BY-SA 2.0

イカーやメイズルス兄弟たちはボブ・ディランやザ・ローリング・ストーンズといった時代の寵児を主人公に選び、その行動や出来事をありのままに記録し（たように演出し）、ナレーションなしで主人公の物語を構築した。それはダイレクトシネマと呼ばれたが、それと同じ撮影手法を用い、ナレーションとインタヴューの禁止を徹底しながら、彼らと異なるアプローチを試みた監督がワイズマンである。彼が関心を向けたのは、個性ある人物の物語ではなく、施設制度 (institution) であり、例えば職場では人は自由に行動する主体ではなく、その場にふさわしい与えられた役割を果たす存在となる。そして、彼らの会話やふるまいを観察することで、目に見えない権力関係や制度と規則に絡め取られた人間の多様なドラマをカメラに収めようとしたのである。これまで監督した約50本の映画では（例外的な劇映画を除いて）組織に関わるあらゆる関係者（電話受付や掃除夫まで）が撮影対象になり、場面ごとに異なる関係者が主人公に設定された。作品全体を通した主人公はおらず、「場（組織）」から離れたプライベートな空間／時間は撮影されない。

ここでワイズマンの経歴を取り上げれば、父はロシア系ユダヤ人移民でボストンの著名な弁護士であり、彼もイェール大学で法学を学び弁護士となり、ボストン大学で法学を教えた。そのときの校外学習で学生を連れて、法を犯した精神障がい者を収容する矯正施設（病院）を見学したことがきっかけで、その施設を扱った『チチカット・フォーリーズ』(Titicut Follies, 1967) を監督・製作する。収容者に対する非人間的な扱いとその残酷な映像は衝撃を与え、プライバシーの侵害などを理由として一般公開が禁止され、社会的な議論を

引き起こしたが、看守が交わすジョーク、医師が家族にかけた電話、ランチでの職員の雑談なども長回し撮影され、施設運営を成り立たせる仕組みや権力関係の考察だけでなく、文化人類学的な関心も垣間見られ、彼のスタイルを確立した点でも重要な映画である。

　その後、ワイズマンは公的組織を対象として毎年1本のペースで映画を発表していく。フィラデルフィア郊外の公立高校を撮影した『高校』（High School, 1968）、カンザスシティ警察の仕事に密着した『法と秩序』（Law and Order, 1969）、ニューヨーク市の公立病院の救急処置室を舞台とした『病院』（Hospital, 1970）、ベトナム戦争の最中にケンタッキー州の陸軍トレーニングセンターでの新兵訓練を取り上げた『基礎訓練』（Basic Training, 1971）が続いた。『エッセネ派』（Essene, 1972）、『モデル』（Model, 1980）、『ストア』（The Store, 1983）では民間の（営利）組織にも撮影対象を広げ、さらに滞在経験のあるパリで撮った『コメディー・フランセーズ 演じられた愛』（La Comédie-Française ou L'amour joué, 1996）を皮切りにフランスやイギリスでも映画を撮りはじめる。

　ワイズマンは撮影現場で録音を担当し、16ミリカメラで撮影するカメラマンに指示を出す（パリの老舗キャバレーを撮った『クレイジーホース・パリ 夜の宝石たち』[Crazy Horse, 2011] で初めてデジタルカメラを用いた）。彼によれば、カメラを向けられた人は（カメラを意識して）普段と異なるふるまいをするというより、むしろその状況にふさわしいと考える行動をとるという。そのため「場（組織）」のドラマは例外的というより、典型的なものとされる。長回し撮影した場面は観客が気づかないように短縮されるが、こうした編集方法を含めて自らの映画を「リアリティ・フィクション」と呼ぶ。21世紀以降も優れた作品を継続的に発表しており、これまでの映画は相互に関係を持ちはじめ、現代の壮大な人類学的な記録にもなっている。

（藤田）

参考文献紹介　ワイズマンの映画の特異性をいち早く説明した論文に Bill Nichols, "Fred Wiseman's Documentaries: Theory and Structure"（Film Quarterly, vol. 31, no. 3, 1978）がある。Joshua Siegel編 Frederick Wiseman（Museum of Modern Art）に収められた "A Sketch of a Life" は入門にふさわしい。日本語文献には土本典昭・鈴木一志編『全貌フレデリック・ワイズマン——アメリカ合衆国を記録する』（岩波書店）がある。

ロマン・ポランスキー
Roman Polanski（1933- ）

―― ノマド的人生から生まれる不条理な世界

CC BY-SA 3.0

　パリにて、ユダヤ系ポーランド人の父とロシア人の母のもとに生まれる。3歳のときにポーランドへ戻り、ドイツによる侵攻後はクラクフのゲットーへ移住を強いられた。そのころの記憶は、アカデミー監督賞を受けた『戦場のピアニスト』（The Pianist, 2002）に反映されている。両親は別々の強制収容所へ連行され、母は亡くなり、父は生き延びた。自身は父の指示に従いゲットーから脱走し、いくつかの家庭を転々とする。解放後、ラジオ番組出演をきっかけに舞台の主役を演じたことから演技に興味を持ち、はじめは俳優を志す。ウッチ映画大学の学生であったアンジェイ・ワイダらが共同で手がけた（ワイダは共同脚本）『3つの物語』（1953）の端役を経て、ワイダ監督の初長編『世代』（1955）に出演する機会を得る。映画作りに魅了され、自らも監督を目指してウッチ映画大学へ入学する。在学中には多くの短編を手がけたが、なかでも「タンスと二人の男」（"Dwaj ludzie z szafa," 1958）は、オーバーハウゼン国際短編映画祭などにおいていくつかの賞を受けた。海の中から出現し、再び海へと帰っていく二人の男とタンスを追った本作には以後も彼の作品に見え隠れする不条理が貫かれている。

　大学卒業後は製作プロダクションに入り、イエジー・スコリモフスキらと共同で脚本を書いた長編第1作『水の中のナイフ』（Nóz w wodzie, 1962）を完成させる。一組の夫婦と一人の青年が出会い、別れるまでの24時間を描いたこの作品は国内では不評を買ったものの、西側では大きな話題となり『タイム』の表紙を飾ることとなる。ヴェネチア国際映画祭では国際映画批評家連盟賞を受賞し、アカデミー外国語映画賞にノミネートされた。このころ拠点をパリ、そしてロンドンへ移す。ロンドンでは低予算のホラー映画を依頼され、カトリーヌ・ドヌーヴ主演の『反撥』（Repulsion, 1965）を監督した。主人公の心理表象を様々に試みたこの作品はヒットとなり、続いて『袋小路』（Cul-de-sac, 1966）も好評を得る。MGMのマーティン・ランソホフの誘いで手がけることとなった『ロマン・ポランスキーの吸血鬼』（The Fearless Vampire Killers, 1967）には自身も出演し、のちに結婚することとなるシャロン・テイトを起用している。続くハリウッド作品『ローズマリーの赤ちゃん』

（*Rosemary's Baby*, 1968）では同時代のニューヨークにゴシック・ホラーを出現させ、心理表象を洗練させた演出は話題を呼び大ヒットとなる。アカデミー監督賞にもノミネートされ、セレブリティ監督の一人となった。この年、テイトと結婚してロサンゼルスに家を借りるが、1年後、妊娠8か月の彼女はチャールズ・マンソンを信奉する「ファミリー」のメンバーによって友人たちとともに殺害されてしまう。

　続いてイギリスにて『マクベス』（*The Tragedy of Macbeth*, 1971）を、イタリアでは『ポランスキーの欲望の館』（*Che?*, 1972）を手がけたが、再びハリウッドへ戻り、ニュー・ハリウッドを代表する作品のひとつとなる『チャイナタウン』＊（*Chinatown*, 1974）を成功へ導く。フランス製作の『テナント／恐怖を借りた男』（*Le locataire*, 1976）を発表後の1977年、ロサンゼルスにおいて当時13歳の少女に対する性的暴行等の疑いで逮捕される。いったん釈放されるが、判事がポランスキーの身柄を再度拘束すると発表したことを知り、アメリカを出国してロンドン、そしてパリへと移動する。以後、フランスに居を定めるが、2009年、スイス入国の際にこの件により逮捕され、のちに釈放されている。

　パリを舞台にハリソン・フォードを奔走させた『フランティック』（*Frantic*, 1988）に相手役として起用したエマニュエル・セニエと結婚する。フォードだけではなく、セニエは『赤い航路』（*Bitter Moon*, 1992）ではヒュー・グラントを、『ナインスゲート』（*The Ninth Gate*, 1999）ではジョニー・デップを、『毛皮のヴィーナス』（*La Vénus à la fourrure*, 2013）ではマチュー・アマルリックを翻弄し、あどけないのに妖艶、シリアスなのにどこかオフ・ビートなヒロインを演じてポランスキーの世界を理想的に体現するように見える。創作意欲は衰えず、ドレフュス事件を扱った『オフィサー・アンド・スパイ』（*J'accuse*, 2019）はヴェネチア国際映画祭審査員大賞などを受賞する。2023年には再びスコリモフスキらと脚本を手がけた『ザ・パレス』（*The Palace*）が公開された。

（小野）

参考文献紹介　ポランスキーのコメディなどを中心に論じた James Morrison, *Roman Polanski*（U of Illinois P）、多様な作品を扱った John Orr & Elzbieta Ostrowska 編 *The Cinema of Roman Polanski: Dark Spaces of the World*（Wallflower P）などがある。

ウィリアム・フリードキン
William Friedkin（1935-2023）

――ドキュメンタリーとフィクションの融合

CC BY-SA 4.0

イリノイ州シカゴ生まれ。両親はポグロムを逃れたユダヤ人移民であった。高校卒業後、テレビ局WGN-TVの郵便仕分け室に就職し、のちにドキュメンタリーの製作に携わるようになる。1962年にはドキュメンタリー映画『人民対ポール・クランプ』(People vs. Paul Crump) を監督し、強盗殺人の罪で死刑判決を受けた黒人が冤罪である可能性を訴えた。この映画の影響で死刑囚ポール・クランプは死刑執行を免れ、のちに釈放されることになった。この作品が高く評価されたために、劇映画の監督への道が開かれることになる。フランシス・フォード・コッポラ*やピーター・ボグダノヴィッチとともにニュー・ハリウッドの代表的な監督として知られ、一時期3人でディレクターズ・カンパニーという映画製作会社を設立していた。

『ソニーとシェールのグッド・タイムス』(Good Times, 1967) で長編映画デビューを果たすと、ハロルド・ピンターの戯曲をもとにした『誕生パーティー』(The Birthday Party, 1968) やオフ・ブロードウェイの舞台を映画化した『真夜中のパーティー』(The Boys in the Band, 1970) で批評的に成功を収める。翌年には『フレンチ・コネクション』(The French Connection, 1971) を大ヒットさせ、アカデミー賞（作品賞、監督賞を含む5部門）を受賞する。次作『エクソシスト』(The Exorcist, 1973) は世界中にオカルト・ブームを巻き起こし、アカデミー賞10部門にノミネートされた（受賞は脚色賞のみ）。

しかしアンリ・ジョルジュ・クルーゾーの『恐怖の報酬』(Le Salaire de la peur, 1953) をリメイクした『恐怖の報酬』(Sorcerer, 1977) は、現在では高く評価されているが、当時は興行的にも批評的にも惨敗を喫し、その後は監督としての評価を徐々に落としていくことになる。とりわけ『クルージング』(Cruising, 1980) は『真夜中のパーティー』に続いてゲイ・コミュニティを描いた作品であるが、同性愛の描き方が偏見に満ちているとして抗議運動が起こった。作品はゲイばかりを狙った連続殺人鬼を追ってハード・ゲイのコミュニティに潜入捜査をする主人公を描くが、徐々にゲイの世界に取りこまれていく主人公の描写は極めて迫力があるものの、ゲイになることと猟奇殺人を犯すことを同一視しているような

描き方には批判があって当然であろう。

『L.A.大捜査線／狼たちの街』(*To Live and Die in L.A.*, 1985) は 1980 年代以降の作品の中でもっとも高く評価された作品であり、それ以外の作品は酷評されることが多かった。『英雄の条件』(*Rules of Engagement*, 2000) では、アラブ人の描き方にまたしても偏見に満ちた悪意があるとして批判された。2000 年以降はオペラの舞台演出も手がけ、活躍の幅を広げている。

フリードキンはドキュメンタリーの技法をフィクションに持ち込み、極めてリアルな空気感を作り出すことに定評があり、特に 1970 年代の作品に典型的に見られるように、手持ちカメラの揺れる映像や甘いフォーカス、ざらついた画質など、非常に特徴的である。『フレンチ・コネクション』にせよ、『エクソシスト』にせよ、この独特のスタイルがあったために、並みのジャンル映画とは一線を画した迫真性と芸術性を持ち得たのである。

またフリードキンのもうひとつの特徴は、ドキュメンタリー的作風に一見それとは相容れないような舞台劇の様式性を融合させていることである。むき出しの現実感と演劇的様式性が融合していることこそがフリードキンの映像の強みであり、表面的にドキュメンタリー風を装っただけの作品とは似て非なるものである。俳優にはメソッド演技的なアプローチで演出をし、自然な演技を引き出すためにファーストカットを重要視した。リハーサルを行わず、ほとんどのカットを 1 ～ 2 テイクで撮り終えるスタイルであった。

フリードキンはこのようにスタイルにおいて優れた作家である一方で、すでに述べたようにテーマ的には差別的偏見などで問題視されることが多い。しかしながら評価の低い『クルージング』や『ハンテッド』(*The Hunted*, 2003)、あるいはトレイシー・レッツの舞台劇をもとにした『BUG ／バグ』(*Bug*, 2006) など、政治的メッセージを読み取ろうとするのではなく、純粋に映像表現として見れば、フリードキンにしか作れない独創性の高い作品になっているのがわかるだろう。

(高野)

参考文献紹介　日本ではほとんど研究がない。英語文献ではまずは本人の自伝 *The Friedkin Connection: A Memoir* (Harper Perennial) を読むべきであろう。また 19 世紀アメリカ文学が専門の David Greven が *Psycho-Sexual: Male Desire in Hitchcock, De Palma, Scorsese, and Friedkin* (U of Texas P) を書いている。

ウディ・アレン
Woody Allen（1935- ）

――ニューヨークを舞台にマルチに活躍するオールラウンドプレイヤー

CC BY-SA 3.0

　1935年、ニューヨーク生まれのユダヤ系。ニューヨーク市立大学を中退するものの、在学中からギャグ作りに励み、テレビや舞台でコメディ作家として認められるようになる。1961年にはスタンダップ・コメディアンとしてデビューし、舞台での評判を聞きつけた映画界からのオファーで、『何かいいことないか子猫チャン』(What's New, Pussycat?, 1965) にて脚本家兼俳優として映画界にデビューする。翌66年に、コメディ映画『どうしたんだい、タイガー・リリー？』(What's Up, Tiger Lily?) にて初監督。気の弱いダメ男が犯罪に手を染めては失敗し、前科53犯の有名人になる姿を描いたスラップスティック・コメディ『泥棒野郎』(Take the Money and Run, 1969) で監督・脚本・主演とマルチな才能を発揮した。以後も、監督、脚本、出演を兼ねてコメディ映画を製作し、1977年には出世作『アニー・ホール』(Annie Hall) が公開され、アカデミー賞の作品賞や監督賞など4部門を受賞する。これまでのドタバタ・コメディとは一線を画し、アレン自身を投影したようなユダヤ系コメディアンであるアルビーとアニーとの出逢いと別れを、厳粛なドラマとシニカルな笑いを組み合わせて描き出したロマンティック・コメディで、その後のアレン映画を確立した。この作品ではアルビーが「第四の壁」を破って観客に語りかけたり、登場人物の心の声を字幕で表示したり、画面分割によってふたつの場面を同時進行させたりと、斬新な映像手法が適用されている。翌年には、ロングアイランドに居を構えた裕福な夫妻と3人の娘たちの心の葛藤を中心に、悲劇へと向かうシリアスな映画『インテリア』(Interior, 1978) が、1979年にはニューヨークを舞台に冴えない中年男と彼を取り巻く女性たちとの恋愛模様をモノクロ映像で綴った群像劇『マンハッタン』(Manhattan) が公開された。

　1985年公開の『カイロの紫のバラ』(The Purple Rose of Cairo) も「第四の壁」を破ったロマンティック・ファンタジーで、映画の中の探検家で詩人トムが、観客セシリアに一目ぼれしてスクリーンから抜け出し、トム役を演じた俳優ギルもセシリアに恋をする、虚実入り混じった三角関係が展開される。翌年公開のコメディ・ドラマ『ハンナとその姉妹』

（*Hannah and Her Sisters*, 1986）ではアカデミー助演男優賞と助演女優賞を受賞し、アレン自身は二度目の脚本賞を受賞。マンハッタンに暮らす3人姉妹と彼女たちに関わる男たちが織りなす群像劇で、各エピソードの前にはキャンプションが付され、ジャジーな音楽が効果的に使用されている。

　『さよなら、さよならハリウッド』（*Hollywood Ending*, 2002）は落ち目の映画監督が映画製作のストレスから失明するシニカル・コメディであるが、そのタイトルどおり、その後ヨーロッパを舞台にした作品を発表する。この時期の作品としては、イギリスの上流階級を舞台に運や偶然によって野心家の男の人生が左右されるラブ・サスペンス『マッチポイント』（*Match Point*, 2005）や、バルセロナを訪れた二人のアメリカ女性と地元の画家とその妻が織りなす恋模様を描いた『それでも恋するバルセロナ』（*Vicky Cristina Barcelona*, 2008）が挙げられるが、2011年製作の『ミッドナイト・イン・パリ』（*Midnight in Paris*）がアレン監督最大のヒット作となった。この映画で3度目となるアカデミー脚本賞を受賞する。婚約者と訪れた2010年代のパリから1920年代の狂乱の時代、さらにはベルエポックへとタイムスリップしたハリウッドの脚本家が、ヘミングウェイら敬愛する文化人と遭遇し、自らの人生を問い直すファンタジー映画。その後、裕福な上流階級から転落したヒロインが再起をかけて奮闘するも失敗する姿をシニカルに描いた『ブルージャスミン』（*Blue Jasmine*, 2013）や1930年代のハリウッド黄金時代のきらびやかな社交界に飛び込んだ青年の恋や人生を描くロマンティック・コメディ『カフェ・ソサエティ』（*Café Society*, 2016）など、ほぼ毎年新作を発表している。ウディ・アレンはユダヤ人に対するコンプレックスや自己意識に裏打ちされた、シニカルで軽妙な会話や皮肉、都会的でお洒落なファッションに彩られながらも、生と死や善と悪など根源的テーマを潜ませた映画が多く、また現実と虚構が入り混じった世界観を生み出している。

（中村）

参考文献紹介　アレン監督の作品を網羅したファンブックであるジェイソン・ベイリー『ウディ・アレン──完全ヴィジュアルガイド』（スペースシャワーネットワーク）や、監督自身の歩みを知る上では『唐突ながら──ウディ・アレン自伝』（河出書房新社）がお薦め。英語文献では2巻本のWilliam Miller, *The Woody Allen Film Guide* から入ることをすすめる。

ステファニー・ロスマン
Stephanie Rothman（1936- ）
——女性の視点と創造性を映像に刻み込んだ不屈の映画監督

Charley Gallay / Getty Images Entertainment

　1936年、ニュージャージー州パターソン生まれ。8歳で家族とともにロサンゼルスに移り住み、16歳で高校を卒業後、カルフォルニア大学ロサンゼルス校、同大学バークリー校で社会学を専攻。学生時代には、ベルイマンやキューブリック*の作品に出会い感銘を受ける。大学卒業後、大学院に進むが中退し、1962年、サウス・キャロライナ大学大学院で映画製作を本格的に学ぶ。在学中に女性として初めて、ディレクターズ・ギルド・オブ・アメリカの奨学金を授与される。1964年、「B級映画の帝王（King of the B's）」の異名を持つ監督兼プロデューサーのロジャー・コーマン*のアシスタントとなり、彼が製作した低予算映画の追加場面の脚本執筆と撮影、ロケ現場の視察、キャストの手配、ファイナルカットの編集などに携わる。1966年、コーマンが安く権利を買い受けてきた東欧スパイ映画をジャック・ヒルと共同でホラー映画に作り変え『ブラッド・バス』（*Blood Bath*）というタイトルで発表。この映画で初めてヒルと並んで監督としてクレジットに名前が載る。その後、当時流行っていた「ビーチ・パーティもの」のミュージカル・コメディ映画『ビキニ・ワールド』（*It's a Bikini World*, 1967）を撮る。脚本は夫チャールズ・S・シュワルツとの共同執筆。本作は、このジャンルの約束事である太陽、砂浜、サーフィン、ロックンロール、そして美しい水着姿の女性たちが頻繁に映し出される一方、そのあらすじは女性主人公が男性サーファーと様々な競技で互角に競い合う、といった男女間でのジェンダーロールの無効化を示唆するフェミニズム的視点が反映されている。これがロスマンの単独初監督作品となるが、この映画を撮り終わった直後、自分の撮りたい映画が撮れない現実に悩み、一旦は映画界を離れる。しかし、その3年後、映画製作への思いを断ちきれず、映画業界に復帰。

　1970年、コーマンが新たに設立したインディペンデント映画の製作配給会社ニューワールド・ピクチャーズで、4人の女性看護学生の青春をエロティックに描いた『看護学生』（*The Student Nurses*, 1970）とカルト的人気を博すことになるホラー映画『ベルベット・バン

パイア』(*The Velvet Vampire*, 1971) を撮る。大ヒットとなった前者について、ある業界紙がエクスプロイテーション映画と評したことから、自分の映画が属するジャンルについて初めて知ることになる。エクスプロイテーション映画とは、当時のメインストリームの映画では決して扱われることがなかった性や暴力などタブーとみなされていた題材を、あえて興行成績を上げるためにセンセーショナルに「利用 (exploit)」した一連の作品群を指すアメリカ映画の1ジャンルである。このジャンル自体は1919年ごろからあったが、1954年にこの種の映画を専門に扱う配給製作会社アメリカン・インターナショナル・ピクチャーズが創設されると、極めて低予算で量産されるようになり、そこで名を成した監督の一人がコーマンであった。それまで単なる低予算映画を製作していたと思っていたロスマンにとってこの事実は決して喜ばしいものではなかったが、当時の映画界で女性である彼女を唯一受け入れてくれたのがこの業界でもあったことから、与えられた環境の中で精一杯自分の望む映画作りを目指すことになる。

　1972年、元同僚のローレンス・ウールナーと夫シュワルツとともに映画製作配給会社ディメンション・ピクチャーズ (Dimension Pictures) を設立し、女性として初めてインディペンデント系映画会社の副社長となる。そこでは80年代以降広く注目されるようになるポリアモリー (複数性愛) 的男女関係を先取りして描いた『グループ・マリッジ』(*Group Marriage*, 1973) や孤島を舞台に様々な人種の囚人が繰り広げる生存をかけた死闘を通してディストピア／ユートピア的人種・性別混合社会を活写する『ターミナル・アイランド』(*Terminal Island*, 1973) を発表。1974年には異なる職種の女性たちの友情と彼女たちが巻き込まれる男性との危険な関係を追う『ワーキング・ガールズ』(*The Working Girls*) で、自分を殴った男を殴り返す堂々たる女性主人公を描いている。

　1975年、ディメンションを去り、夫とともにその後10年近くメインストリームの映画界で働くチャンスを探るも叶わず、映画界を引退。近年、彼女の作品は積極的に再評価されており、上映会や本人を招いてのシンポジウムなどが多く開催されている。　　(相原[直])

参考文献紹介　Alicia Kozma, *The Cinema of Stephanie Rothman* (UP of Mississippi) は、ロスマンについての最初の本格的な研究書である。

フランシス・フォード・コッポラ
Francis Ford Coppola (1939-)

――バイオレンス映画に高い芸術性を付与した巨匠

CC BY-SA 2.0

　イタリア系のコッポラ家は芸能一家であり、コッポラの父カーマインは名門NBC交響楽団の元フルート奏者で作曲家、娘ソフィア*は映画監督、妹タリア・シャイアと甥ニコラス・ケイジは俳優である。

　コッポラは、デトロイト生まれで、ニューヨークのクイーンズで育つ。10歳のとき、小児麻痺から回復する過程で演劇に興味を持ち、6年後に戯曲を書きはじめた。ホフストラ大学でセルゲイ・エイゼンシュテインを研究し、卒業後はUCLAに在籍しながら、B級映画の帝王ことロジャー・コーマン*のもとで映画製作に携わる。コッポラの最初の長編映画は、ホラー『ディメンシャ13』(Dementia 13, 1963) であり、その撮影現場で、のちに妻となるエレノアと出会う。コッポラが監督と脚本を担当し、UCLAで修士号を取得した作品『大人になれば…』(You're a Big Boy Now, 1966) は劇場公開されて脚光を浴び、それがきっかけでコッポラは『パットン大戦車軍団』(Patton, 1970) の脚本を任され、同作品でアカデミー脚本賞を授与された。

　1969年には映画製作会社アメリカン・ゾエトロープ社を設立するも、ジョージ・ルーカス*監督の『THX 1138』(1971) の興行が失敗して経営危機に陥る。そのような状況で製作されたのがコッポラの代表作『ゴッドファーザー』*(The Godfather, 1972) である。それまでマフィアものといえば、基本的には、暴力を売り物にする娯楽映画にすぎなかったが、コッポラは同ジャンルに高い芸術性を付与した。マリオ・プーゾのベストセラー小説をもとにする本作は、マフィアの一家の興亡を通して、アメリカ移民社会の暴力世界の実態を、ギリシャ悲劇やシェイクスピア劇のように荘厳に描く。コッポラによる優れた脚本、メソッド・アクティングに基づくマーロン・ブランドとアル・パチーノのリアルで重厚な演技、様々な撮影技法を駆使した映像美、ニーノ・ロータによる哀愁漂う美しい主題曲により、史上まれにみる完成度の高い映画芸術が誕生した。同映画は、当時の歴代世界興行収入第1位を記録し、アカデミー賞の作品賞、主演男優賞、脚色賞に輝く。

　『フレンチ・コネクション』(1971) で人気俳優となったジーン・ハックマンを主役に据

えた『カンバセーション…盗聴…』(*The Conversation*, 1974) は、盗聴のプロが殺人事件に巻き込まれるというサスペンス映画の秀作であり、カンヌ国際映画祭グランプリを獲得した。その陰鬱で錯綜したストーリーは、ウォーターゲート事件やベトナム戦争で疲弊したアメリカを象徴している。続く、『ゴッドファーザー PART II』(*The Godfather Part II*, 1974) は、『ゴッドファーザー』の前日譚と後日譚を交互に配置する対位法的構成であり、前作に増してアメリカン・ドリームとアメリカ社会の光と影を描いており、続編映画として大変異例ながら前作に勝るとも劣らぬ大傑作である。同映画は、アカデミー賞の6部門で受賞した。

　続いてコッポラは、ジョセフ・コンラッドの『闇の奥』の舞台をベトナム戦争に置き換えた『地獄の黙示録』*(*Apocalypse Now*, 1979) を発表。映画史上初めてベトナム戦争やアメリカ軍を批判的に扱うと同時に、戦争の暴力や狂気を極めて芸術的に描いた。例えば、T・S・エリオットの『荒地』や「うつろな人間たち」、ジェイムズ・フレイザーの『金枝篇』などが様々な形で引用されている。コッポラは、『地獄の黙示録』の製作過程でおびただしいトラブルに見舞われるが、結局、カンヌ国際映画祭パルムドールに輝き、全世界で大ヒットする。本作によってコッポラは、巨匠としての名声をほしいままにした。

　映画作家としてのピークは1970年代だが、その後もコッポラは、『アウトサイダー』(*The Outsiders*, 1983)、『ランブルフィッシュ』(*Rumble Fish*, 1983)、『ゴッドファーザー PART III』(*The Godfather Part III*, 1990)、『ドラキュラ』(*Bram Stoker's Dracula*, 1992)、『レインメーカー』(*The Rainmaker*, 1997) といった話題作を発表しつづけている。

(大地)

参考文献紹介　小出幸子編『フランシス・F・コッポラ──Francis Ford Coppola & His World』(エスクァイアマガジンジャパン) は、本人へのインタヴューを含む優れた論評集。『フランシス・フォード・コッポラ、映画を語る──ライブ・シネマ、そして映画の未来』(フィルムアート社) は、刺激的な映画論。James M. Welsh編*The Francis Ford Coppola Encyclopedia* (Scarecrow Press) は、大変便利な百科事典。Peter Cowie, *Coppola: A Biography* (Da Capo) は、コッポラの伝記の決定版。『地獄の黙示録』については、『イギリス文学と映画』(三修社) 所収の中井亜佐子論文がある。

マーティン・スコセッシ
Martin Scorsese (1942-)
——聖なるものと世俗的なものを撮る映画学科世代の監督

CC BY 2.0

　ニューヨーク市のリトルイタリーで生まれ育ったイタリア系アメリカ人。病弱だった少年期から映画館に足繁く通う。一時はカトリックの聖職者を志したが、ニューヨーク大学映画学科にて学士号と修士号を取得した。

　初期作品は自伝性が強い。長編映画の監督デビュー作となる『ドアをノックするのは誰？』(Who's That Knocking at My Door, 1968) や、初のメジャー作品となった『ミーン・ストリート』(Mean Streets, 1973) は、故郷リトルイタリーを生きる若者の青春群像である。このころ、ドキュメンタリー映画も手がけた。ベトナム反戦運動を記録した『ストリート・シーンズ』(Street Scenes, 1970) と、故郷やルーツについて自ら両親にインタヴューする『イタリアナメリカン』(Italianamerican, 1974) を監督したほか、伝説的な音楽祭の記録である『ウッドストック／愛と平和と音楽の３日間』(Woodstock, 1970) では編集と助監督を務めた。

　1970年代中ごろから監督としての評価が定まってくる。フィルム・ノワールや西部劇への参照を散りばめながら、鬱屈するベトナム帰還兵がニューヨークの街で炸裂させる暴力を描く『タクシードライバー』*(Taxi Driver, 1976) でカンヌ国際映画祭パルムドールを受賞。撮影所時代のようなセットで音楽家のロマンスを描いた『ニューヨーク、ニューヨーク』(New York, New York, 1977) は興行的に失敗したが、『レイジング・ブル』(Raging Bull, 1980) で再び注目される。この映画はフィルム・ノワール『悪の力』(1948) に影響を受けた全編モノクロ作品で、八百長に手を染めるボクシング王者の成功と転落を描く。スターを夢見る男が人気コメディアンの誘拐により一夜限りのテレビ出演を果たす『キング・オブ・コメディ』(The King of Comedy, 1983) でも好評を得る。

　1980年代半ばからはより娯楽的な作品も撮る。『ハスラー』(1961) の続編『ハスラー2』(Color of Money, 1986) は、前作の主人公ポール・ニューマンに新人のトム・クルーズを加えた二大スターを呼び物とした娯楽大作である。『恐怖の岬』(1962) のリメイクである『ケープ・フィアー』(Cape Fear, 1991) は、出所した前科者の執拗な復讐を描くスリラーである。

182　　第Ⅰ部　アメリカ映画の歴史

他方で宗教的主題にも着手した。『最後の誘惑』（The Last Temptation of Christ, 1988）は、イエスの神性よりも人間性に焦点を当てる問題作だった。宗教映画には、ダライ・ラマ14世の伝記映画『クンドゥン』（Kundun, 1997）や、遠藤周作の小説を原作とする『沈黙——サイレンス』（Silence, 2016）もある。

　1990年代以降はさらに仕事が多様化する。まずはアイルランド系ギャング映画である。アイルランド系の血筋ゆえにイタリア系マフィアの世界で出世できない男を描く『グッドフェローズ』（Goodfellas, 1990）に始まり、19世紀ニューヨークを舞台とする復讐劇『ギャング・オブ・ニューヨーク』（Gang of New York, 2002）、警察内スパイとギャング内スパイの交錯を描いた『ディパーテッド』（The Departed, 2006）を経て、久しぶりにロバート・デ・ニーロが主演するネットフリックス配信の『アイリッシュマン』（The Irishman, 2019）に至る。また『カジノ』（Casino, 1995）や『ウルフ・オブ・ウォールストリート』（The Wolf of Wall Street, 2013）では、金銭的に大成功を収めて贅沢と堕落を尽くした後に転落する賭博師や株屋を描いた。『ヒューゴの不思議な発明』（Hugo, 2011）では自身初の3D映画にも取り組む。さらにテレビにも進出し、製作総指揮を務めたHBOの『ボードウォーク・エンパイア——欲望の街』（Boardwalk Empire, 2010-14）ではエミー賞ドラマ部門最優秀監督賞を受賞。

　教会とマフィアという故郷の原風景から、魂や救済といった宗教的な主題と欲望や暴力といった世俗的な主題が生まれている。アメリカン・ドリームの歪みは両者を横断する主題だと言える。スコセッシ作品では、物質的な成功は堕落や転落と表裏一体である。成金の悪銭は身につかず、鬱屈した男のいびつな自己実現は皮肉をもって描かれる。また『タクシードライバー』がジョン・フォード＊監督の西部劇『捜索者』＊（1956）を参照したように、古典的作品から外国映画に至る映画史の意識的な引用も特筆すべきである。さらに時代性を銘記しつつシーンの情感を盛り立てる音楽の利用法も特徴的である。その音楽的関心は、ザ・バンド、ザ・ローリング・ストーンズ、ジョージ・ハリスン、ボブ・ディランなど様々なミュージシャンのドキュメンタリー作品にも具現している。

（大勝）

参考文献紹介　包括的な研究書として Aeron Baker, *A Companion to Martin Scorsese*（Wiley-Blackwell）をすすめる。アメリカン・ドリームの表象という観点からスコセッシ作品を読み直す Jim Cullen, *Martin Scorsese and the American Dream*（Rutgers UP）もよい。日本語論文としては、杉野健太郎編『映画とイデオロギー』（ミネルヴァ書房）所収の大勝の『タクシードライバー』論、『アメリカ文学と映画』（三修社）所収の新井景子『エイジ・オブ・イノセンス』論、北村匡平・志村三代子編『リメイク映画の創造力』（水声社）所収の北村匡平の『沈黙』論がある。

テレンス・マリック
Terrence Malick (1943-)

——天と地のあわいで彷徨う現代人の魂を描く瞑想的映画監督

イリノイ州オタワ生まれ。ハーヴァード大学で哲学を専攻し1965年に最優等で卒業。ローズ奨学生に選ばれオックスフォード大学大学院で哲学を学ぶも、博士号を取得することなく帰国する。MITで教鞭を執るなどした後、1969年、ロサンゼルスのAFI映画学校で1期生として芸術学修士号を取得。いくつかの映画の脚本に関わった後、1973年に『地獄の逃避行』(Badlands)で監督デビュー。1958年に実際に起きた事件をもとに、遭遇した人たちを殺しながら逃避行する男女を女のヴ

CC BY-SA 4.0

ォイスオーヴァー・ナレーションを交えて描いた。1978年には、第一次世界大戦へと向かう時代を背景に農場主と流れ者の労働者たちの三角関係と農場主殺害後の逃避行を少女のヴォイスオーヴァー・ナレーションを交えて物語る『天国の日々』(Days of Heaven)の監督・脚本を担当し、カンヌ国際映画祭で監督賞を受賞する。

ニュー・ハリウッド時代にデビューしたマリックは、その後しばらく作品を発表しなかったが、1998年に20年ぶりに『シン・レッド・ライン』(Thin Red Line)を発表する。本作は、1964年にも映画化されたことがあるジェイムズ・ジョーンズの同名の小説をもとにマリック自らが脚本を担当した映画であり、第二次世界大戦のガダルカナル島の戦いを登場人物のヴォイスオーヴァーを交えて描いた。2005年公開の『ニュー・ワールド』(The New World)は、イギリス初のアメリカ植民地ヴァージニアを建設した探検家ジョン・スミスとネイティヴ・アメリカンのポウハタン族の酋長の娘ポカホンタスとの愛と魂の彷徨を描いた。2011年公開の監督・脚本作『ツリー・オブ・ライフ』(The Tree of Life)は、マリック自身の半生に基づく映画であり、成功した長男のジャックが、1950年代半ばテキサスの自然豊かな町ウェーコ（マリックが育った町）で厳格だが自らは成功できなかった父と優しく美しい母とのあいだで二人の弟とともに育った少年時代に思いを馳せるというストーリー。第64回カンヌ国際映画祭でパルムドールを受賞した。マリックは、本作以降、しばしば自らの人生に題材を求めていく。2012年公開の『トゥ・ザ・ワンダー』(To the Wonder)も自伝的作品で、フランスとアメリカを舞台に、男女の愛の移ろいを美しい映像

にヴォイスオーヴァー・ナレーションを交えて描きだした。2015年公開の『聖杯たちの騎士』（Night of Cups）も自伝的作品で、ハリウッドでセレブな生活を送るものの心底では不安や空虚さを抱え進むべき道を見失った脚本家リックが女たちや父弟との関係性の中で自分と向きあうさまをヴォイスオーヴァーを交えて7部構成のシークェンスによって物語る。2016年公開の『ボヤージュ・オブ・タイム』（Voyage of Time）は、20年間の沈黙期を含めておよそ40年にわたって取り組んできたライフワーク的作品で、ビッグバンから生命の誕生そして現在までの過程を映像でたどり、生命の本質と人類の過去と未来を探究する映像詩的作品。2017年の『ソング・トゥ・ソング』（Song to Song）もまた自伝的要素の強い作品で、テキサス州オースティンの華やかな音楽業界で愛をめぐってさまよう男女を描いた。2019年公開の『名もなき生涯』（A Hidden Life）では伝記映画に取り組み、第二次世界大戦中ナチス・ドイツに併合されカトリック教会までがナチス協力に傾いていたオーストリアを舞台に、良心的兵役拒否の立場から自分の信念と家族への愛に生き36歳で処刑された実在の農夫フランツ・イェーガーシュテッターを描いた。

　マリックは、多作とは言えないが作家性の強い映画を発表している。監督作品ではすべて自ら脚本を書き、天と地あるいは内在と超越のあいだ、厳しくも美しい自然環境の中で物質的には豊かだが悩み多い魂の彷徨をヴォイスオーヴァーを交えて関連が明確ではないシークェンスによって語る独特のエピソディックなスタイルによって独自の地位を築いている。また、あまり人前へ出ないことでも有名である。

（杉野）

参考文献紹介　日本ではほぼ研究されていないが、英語圏では2010年ごろから研究が盛んである。Robert Sinnerbrink, *Terrence Malick: Filmmaker and Philosopher*（Bloomsbury Academic）などがある。

ジョージ・ルーカス
George Lucas (1944-)

——現代ハリウッドの技術革新の牽引者

CC BY-SA 2.0

カリフォルニア州モデストに生まれる。南カリフォルニア大学で映画製作を学んだ後、映画界に入る。1969年にフランシス・フォード・コッポラ*と映画製作会社アメリカン・ゾエトロープを共同で設立し、近未来ディストピアSF作品『THX 1138』(*THX 1138*, 1971)で商業映画デビューを果たす。ジョージ・オーウェルの小説『一九八四年』を想起させるような舞台設定と実験的な映像スタイルが印象的なデビュー作は興行的には失敗に終わるが、続く監督第2作である青春映画『アメリカン・グラフィティ』(*American Graffiti*, 1973)がヒットし、自身のキャリアを軌道に乗せた。

コッポラやマーティン・スコセッシ*、ブライアン・デ・パルマ、スティーブン・スピルバーグ*らとともに、幼少期からテレビなどで様々な時代や国の映画作品に慣れ親しみ、大学の映画学科で映画教育を受け、1970年代にスタジオ・システムの外部から映画産業へと参入する新世代の監督(映画小僧を意味する「ムービー・ブラッツ」と呼ばれる)の代表的な一人とされる。同世代の中でもルーカスを特徴づけているのは、商業性と最新テクノロジーを前面に押し出したブロックバスター映画製作を先導したことにあるだろう。

その記念碑的な作品となったのが、1977年公開の宇宙を舞台とする壮大な冒険活劇『スター・ウォーズ』*(のちに『スター・ウォーズ　エピソード4／新たなる希望』[*Star Wars: Episode IV – A New Hope*]に改題)である。宇宙空間の支配をもくろむ悪の帝国軍と、平和の守護者たるジェダイ率いる反乱軍という善悪二元論的な物語に、古典期に流行した冒険活劇ジャンル、スワッシュバクラーの伝統をジャンル横断的に踏襲した剣戟やアクション、最新の特殊効果を巧みに組み合わせることで、『スター・ウォーズ』は世界中で一大ブームを巻き起こし、商業的にも大成功を収めた。

「遠い昔　はるか彼方の銀河系で……」というテロップとジョン・ウィリアムズ作曲の印象的なテーマ曲によって幕を開けたルーカスによる一大SF叙事詩は、ブロックバスター映画製作が主流化する映画産業において巨大なフランチャイズを形成した。1980年と

1983年には『スター・ウォーズ／帝国の逆襲』（のちに『スター・ウォーズ　エピソード5／帝国の逆襲』[Star Wars: Episode V – The Empire Strikes Back]に改題）と『スター・ウォーズ／ジェダイの復讐』（DVDは『スター・ウォーズ　エピソード6／ジェダイの帰還』[Star Wars: Episode VI – Return of the Jedi]に改題）の続編2本が公開された。この作品でルーカス自身は脚本とプロデュースに専念したが、新作公開に合わせた過去作品の再上映やソフト販売は巨額の興行収入とカルト的なファン・カルチャーを生み出した。また、玩具やコミック、ゲーム、ディズニーランドのアトラクション「スター・ツアーズ」に至るまで、ライセンス商法によってメディアの境界を超えて作品の世界観を拡散させていく『スター・ウォーズ』のマーケティング戦略は、現代ハリウッドにおけるブロックバスター映画製作のひな型となった。

　1990年代の終わりからは、最初の『スター・ウォーズ』3部作の前日譚にあたる新3部作（『スター・ウォーズ　エピソード1／ファントム・メナス』[Star Wars: Episode I – The Phantom Menace, 1999]、『スター・ウォーズ　エピソード2／クローンの攻撃』[Star Wars: Episode II – Attack of the Clones, 2002]、『スター・ウォーズ　エピソード3／シスの復讐』[Star Wars: Episode III – Revenge of the Sith, 2005]）を発表。将来を嘱望された若きジェダイの騎士アナキン・スカイウォーカーが悪の手に落ちるまでの顛末を描いた。その後、2012年に自身の製作会社ルーカス・フィルムをディズニーに40億5000万ドルで売却し、自身も会社を離れたが、彼が生み出したスター・ウォーズ帝国は、その後も増殖と拡大をし続けている。

　ルーカスの作品づくりに一貫しているのは、映像・音響技術の革新と普及に対する絶えざる欲求である。1975年に自社内に立ち上げた視覚効果スタジオIndustrial Light & Magic（ILM）は、自社作品を含む数多くの作品にCGI（Computer-Generated Images）を提供し、視覚効果技術の発達をリードしつづけた。また、1999年からの新3部作では、それまで編集プロセスに限定されていたデジタル技術を撮影に持ち込み、その後急速に進展することになる映画製作のアナログからデジタルへの移行の旗振り役を務めた。　　　　　　　　（河原）

参考文献紹介　Sally Klineによるインタヴュー集に*George Lucas: Interviews*（UP of Mississippi）、入門書にCarmelo Esterrich, *Star Wars Multiverse*（Rutgers UP）がある。

スティーブン・スピルバーグ
Steven Spielberg (1946-)

―― ハリウッド随一のオールラウンドなヒットメーカー

CC BY-SA 4.0

　1946年、オハイオ州シンシナティ生まれのユダヤ系。カリフォルニア大学ロングビーチ校映画学科在学中の68年に、短編映画「アンブリン」("Amblin")を製作し、これがユニバーサルに認められ、69年に同社と7年の専属契約を結ぶとともに大学を中退する。テレビ映画の監督として入社後、トレーラーの運転手に執拗に追跡されるセールスマンの恐怖を描いた『激突』(Duel, 1972)が好評を博する。以後、劇場用映画監督に転じ、巨大人食いザメの恐怖とハンターとの死闘を描いた海洋アクション映画『ジョーズ』(Jaws, 1975)、巨大UFOに乗って地球に現れた異星人と地球人との接触を感動的に描いた『未知との遭遇』(Close Encounters of the Third Kind, 1977)、地球に取り残され迷子になった異星人と10歳の少年との心温まる交流を描いたSFファンタジーの金字塔『E.T.』(E.T. the Extra-Terrestrial, 1982)と、立て続けにヒット作を発表し、ハリウッド新世代のトップ監督の地位を築く。『未知との遭遇』と『E.T.』のほかに、製作として参加したSFXホラー映画『ポルターガイスト』(Poltergeist, 1982)を加えた3作品は、いずれもスピルバーグが育ったアメリカ郊外を舞台とするとともに、離婚した父親アーノルドや母親リアとの関係が反映されている。シリーズものも多く手がけ、ジョージ・ルーカス*とタッグを組み、架空の考古学者インディアナ・ジョーンズを主人公としたアドベンチャー映画『インディ・ジョーンズ』シリーズ(Indiana Jones, 1981, 1984, 1989, 2008, 2023)の第4作までの監督や、遺伝子技術で蘇った恐竜が巻き起こすパニック映画『ジュラシック・パーク』シリーズ(Jurassic Park, 1993, 1997, 2001)の第1作、第2作の監督でもある。ほかにも高校生と天才科学者が自動車型タイムマシンに乗って過去や未来を行き来するSFコメディ『バック・トゥ・ザ・フューチャー』シリーズ(Back to the Future, 1985, 1989, 1990)や、クリスマス・プレゼント用のペットが異常繁殖して町中がパニックに陥るディザスター・コメディ『グレムリン』シリーズ(Gremlin, 1984, 1990)の製作総指揮にも名を連ねている。2000年代に入っても、スタンリー・キューブリック*の遺志を継ぎ製作された、ロボットの少年と人間との共存の可能性を描く『A.I.』(A.I. Artificial Intelligence, 2001)やH・G・ウェルズの同

名SF小説を映画化した『宇宙戦争』(*War of the Worlds*, 2005)、広大な仮想現実（VR）世界を舞台に遺産相続バトルを繰り広げる『レディ・プレイヤー1』(*Ready Player One*, 2018) など、SF大作を世に出している。

　シリアス映画の監督も多く、過酷な人生を歩む黒人姉妹の深い絆を描いた『カラーパープル』(*The Color Purple*, 1985) や日本占領下の上海を舞台に捕虜収容所のイギリス人少年の成長を描いた『太陽の帝国』(*Empire of the Sun*, 1987) の監督をし、ホロコーストから千人以上のユダヤ人を救った実在のドイツ人実業家を描いた『シンドラーのリスト』(*Schindler's List*, 1993) ではアカデミー作品賞、監督賞を受賞した。98年にはノルマンディ上陸作戦を題材に、極限状態に置かれた兵士たちの絆を描く『プライベート・ライアン』(*Saving Private Ryan*, 1998) にて2度目のアカデミー監督賞を受賞。その後も、ミュンヘン・オリンピック事件後のイスラエル諜報機関モサドの報復を描いた『ミュンヘン』(*Munich*, 2005)、第一次世界大戦下で馬と少年との友情を描く『戦火の馬』(*War Horse*, 2011)、第16代アメリカ大統領の人生を描いた『リンカーン』(*Lincoln*, 2012)、米ソ冷戦期のスパイ交換をスリリングに描く『ブリッジ・オブ・スパイ』(*Bridge of Spies*, 2015) と数多くのシリアス映画を監督している。2022年にはスピルバーグの少年時代の映画への熱狂ぶりや彼の家族を描いた半自伝的映画『フェイブルマンズ』(*The Fabelmans*) が公開された。早撮りで有名なため、監督や製作（総指揮）として関わった作品は非常に多い。硬軟問わず、ジャンルもSFやアドベンチャーから戦争や伝記映画まで多岐にわたり、「ハリウッドの帝王」として精力的な映画製作を続けている。

（中村）

参考文献紹介　メジャーな監督ゆえ文献は多い。日本語文献としては南波克行編『スティーブン・スピルバーグ論』(フィルムアート社) やKAWADEムック『スティーヴン・スピルバーグ——映画の子』(河出書房新社)、伝記としてはジョン・バクスター『地球に落ちてきた男』(角川書店) が入手しやすい。英語文献ではRichard Schickel, *Steven Spielberg: A Retrospective* (Palazzo Editions) がおすすめ。また、日本語論文としては、『アメリカ文学と映画』(三修社) 所収の宮本敬子の『カラーパープル』論がある。

俺たちに明日はない
Bonnie and Clyde, 1967

監督 アーサー・ペン／製作 ウォーレン・ベイティ／脚本 デヴィッド・ニューマン、ロバート・ベントン／撮影 バーネット・ガフィ／出演 ウォーレン・ベイティ、フェイ・ダナウェイ、ジーン・ハックマン

　アメリカン・ニュー・シネマの口火を切る本作は、世界恐慌時代の実在の無法者であるボニー・パーカーとクライド・バローの半生をドラマティックに描く。前科者のクライド（ベイティ）とウェイトレスのボニー（ダナウェイ）はテキサスで出会い、車の整備ができるC・Wを仲間にして銀行強盗を繰り返す。クライドの兄バック（ハックマン）とその妻も加わり、バローズ・ギャングとして新聞で大々的に報道されるようになる。一味を追跡するテキサス・レンジャーのヘイマーを逆に捕らえて辱め、彼の恨みを買う。アイオワで警察に包囲されてバックは射殺されるが、クライド、ボニー、C・Wは何とか逃げ出す。C・Wの実家に潜伏するも彼の父親はクライドとボニーのことをヘイマーに密告し、二人は、待ち伏せしていたヘイマーたちの機関銃でハチの巣にされて絶命する。

　フランスのヌーヴェル・ヴァーグの影響を受けたアーサー・ペン*の最高傑作である本作は、1960年代の反体制文化を見事に体現してあらゆるタブーを打ち破り、世界の映画史に残る革新的な偉業を達成した。まず、壮絶な死を遂げる犯罪者たちを主人公に据えて美しく描いたのが画期的。また、オーラルセックスや性的不能を示唆する場面は当時としては衝撃的だった。そして、本作は、人間が銃で撃たれて死ぬまでをカット処理なしで描写した最初の映画でもある（銀行員殺害の場面）。さらに、主人公たちに無数の銃弾が撃ち込まれる最後のシーン——「死の舞踏」と呼ばれる名場面——は、スローモーションも交えてリアルに描かれ、後続の映画に絶大な影響を及ぼした。

　また、本映画によって「愛の逃避行」というジャンルが復活し、テレンス・マリック*監督の『地獄の逃避行』(1973) などが生まれた。『俺たちに明日はない』について当時の批評は賛否両論だったが、同作品はアカデミー賞の撮影賞と助演女優賞に輝き、興行的にも大成功する。プロデューサーのウォーレン・ベイティは大金持ちとなり、また、無名に近かったフェイ・ダナウェイとジーン・ハックマンは脚光を浴びることとなった。　　（大地）

2001年宇宙の旅
2001: A Space Odyssey, 1968

監督 スタンリー・キューブリック／脚本 スタンリー・キューブリック、アーサー・C・クラーク／撮影 ジェフリー・アンスワース、ジョン・オルコット／出演 キア・デュリア、ゲイリー・ロックウッド、ダグラス・レイン（声）

Collection Christophel / Alamy Stock Photo

　1968年に作られたSF映画の金字塔。厳密な科学考証で可能な限り忠実に宇宙を描き出すという試みは『月世界征服』(1950)などでもすでに試みられていたが、それだけではなく人類の進化やテクノロジーの進歩、人工知能の反乱、地球外生命体との邂逅などのテーマを哲学的に描き出した映画史上もっとも重要な作品のひとつである。フロント・プロジェクションや特殊効果担当のダグラス・トランブルが採用したスリット・スキャンなどの革新的な技術によって、かつてない斬新な映像で話題を呼んだ。

　従来の質の低いものではなく、良質なSF映画を撮りたいと考えたキューブリックはSF作家のアーサー・C・クラークとコンタクトをとり、クラークの短編「前哨」をもとにして共同で物語を作った。「原作」とされる小説版は映画の公開後に完成しており、しばしば難解な映画の「解説」として読まれるが、とりわけ結末に関しては二人の意見が必ずしも一致していたわけではなく、別の作品として読まれるべきだろう。

　観客の理解を助けるために脚本に加えられていた説明的なナレーションは、未知の映像体験を阻害しないようにという意図ですべて削除された。結果的に映像だけであらゆるテーマを語ろうとする、当時としては非常に斬新な映画にはなったが、あまりにも難解な内容に当初は批判も多かった。

　同じ年に公開された『猿の惑星』(1968)とともに、どちらも猿からヒトへの進化が描かれているのは興味深い。また前者が核兵器、後者が人工知能という、自らが作り出したテクノロジーによって自滅に追いやられるという展開も共通していて、「進化」した動物であるヒトの立ち位置を内省する共通した心性がこの時代にあったと考えられる。作品解釈の糸口は多数あるが、現在盛んになされているポストヒューマン研究との相性は非常にいいだろう。

（高野）

ナイト・オブ・ザ・リビングデッド
Night of the Living Dead, 1968

監督 ジョージ・A・ロメロ／脚本 ジョン・A・ルッソ／出演 デュアン・ジョーンズ、ジュディス・オデア

PictureLux / The Hollywood Archive / Alamy Stock Photo

　現在ではカルト的作品のひとつとされ、いわゆる「モダン・ゾンビ」の嚆矢として知られる本作であるが、手違いにより発表の時点からパブリック・ドメイン扱いとされ、製作者は収入をまったく得ることができなかったいわくつきの作品でもある。ただし、監督ジョージ・アンドリュー・ロメロは本作によって「モダン・ゾンビ」を発明、特に2000年前後に起こった「ゾンビ・ルネサンス」（ゾンビ映画の急激な興隆）の原点となる監督とされ、2017年に亡くなってからも「ゾンビの父」として高い評価を受けつづけている。

　父の墓参りに訪れた白人女性（オデア）が兄とともにゾンビ＝グールに襲撃され、からくも生き延びて片田舎の農家に逃げ込むと、そこで黒人青年（ジョーンズ）と出会い、ほかの生存者とともに農家を取り囲むゾンビの群れと攻防を繰り返すという物語構造は、のちのゾンビ映画の物語のテンプレートとなっている。1968年という公開年、そして、主人公が黒人青年であることが研究史では重視され、キング牧師の暗殺と本作のエンディングを関連づける研究、あるいは、本作をベトナム戦争のアレゴリーとする研究が主流となってきたが、ロメロ自身は、こういった同時代的なコンテクストは意図的ではなく、彼が知らないうちにテクストに忍び込んだものだと話している。もちろん、こうした同時代的なコンテクストとの一致は、この作品を映画史のランドマークにした大きな要因であるが、この作品で確立されたゾンビ映画の主要な物語要素「籠城」に注目し、本作のより深層のレベルに、白人入植者とネイティヴ・アメリカンの「籠城戦」のアレゴリーを見て取り、ゾンビとはネイティヴ・アメリカンのメタフォリックな表象であるとする見方もあり得る。ホラー映画におけるほかのイコン的な登場人物（ジェイソン、マイケル・マイヤーズ、フレディ・クルーガーなど）とは違い、ゾンビは没個性的かつカリスマ性を持たず、虐殺の主体というよりは虐殺の対象＝客体であるため、インディアン戦争史におけるネイティヴ・アメリカンに対する暴力も、ゾンビ映画の物語構造と重なる。アメリカ大陸史＝入植史の批判的な読み直しにつながるようなアレゴリー研究が今後はあり得るだろう。

(小原)

ワイルドバンチ
The Wild Bunch, 1969

監督 サム・ペキンパー ／ 脚本 ウォロン・グリーン、サム・ペキンパー ／ 出演 ウィリアム・ホールデン、アーネスト・ボーグナイン

Moviestore Collection Ltd / Alamy Stock Photo

『ダンディー少佐』（1962）以降、問題児のレッテルを貼られたサム・ペキンパー＊監督にとって起死回生の作品であるとともに、映画史では、西部劇の終焉を告げる作品のひとつとして知られている。1910年代を時代設定とする本作は、西部で犯罪を繰り返した強盗団＝アウトローたちがアメリカ国境からメキシコを舞台に繰り広げる逃亡と暴力、そして、クライマックスのマパッチ将軍の軍隊との激闘を描く大作であり、マルチカメラで撮影した映像の編集による転換と緩急のリズム、特にスローモーションのショットの挿入など、ペキンパーの代名詞的なスタイルを完全に確立した作品だと言える。また物語的には、本作は西部劇的なアウトローたちが着く行き止まり＝メキシコと、彼らの壮絶かつ刹那的な最期を実録的に描き、製作年からしてもアメリカン・ニュー・シネマ作品のひとつとされ、いわば西部劇そのものの「終わり」を描き西部劇にとどめを刺した作品とも言われる。次作の『砂漠の流れ者／ケーブル・ホーグのバラード』（1970）は、砂漠の水飲み場を舞台に、テクノロジー＝自動車がもたらす「西部劇的なもの」の「終焉」を象徴的にそして抒情的に描いた作品である。『ワイルドバンチ』の独創性は、時間の直線的な流れの内部に、上述のスローモーションあるいはインターカット編集によって変化を生じさせている点であろう。特に冒頭の強盗のシークェンスにおいては、このいわば時間イメージの前景化が特色となる。ショットとショットの時間軸が逆転することはないが、直線的に流れていたはずの時間がスローモーションによって遅延される。この意味で、本作は時間の本源的なイメージ、時間的持続の主観にとっての原初的な現れ方をシネマトグラフィによって現働化させている。本作でペキンパーが用いた手法は、のちの数々のアクション映画に継承され、スタイリッシュなアクション映像構築の手本のような意味合いを持つことになる（ウォルター・ヒルもその継承者）。プロップ（小道具）の点では、アウトローたちが用いる銃が西部の銃たるコルトリボルバーではなくオートマティック拳銃であり、『ワイルドバンチ』とは、早撃ちガンマンがもはや必要とされない時代の終わりを告げるおとぎ話なのだとも言える。

（小原）

イージー・ライダー
Easy Rider, 1969

監督 デニス・ホッパー／脚本 デニス・ホッパー、ピーター・フォンダ、テリー・サザーン／撮影 ラズロ・コヴァックス／出演 デニス・ホッパー、ピーター・フォンダ、ジャック・ニコルソン

Universal Images Group North America LLC / DeAgostini / Alamy Stock Photo

　『俺たちに明日はない』*(1967) とともに、アメリカン・ニュー・シネマを代表する作品。製作予算わずか40万ドル程度のインディーズ映画だが、6,000万ドルの興行収入を上げた。ニュー・シネマという名称は、1967年の『タイム』誌が名づけたものだが、のちにニュー・ハリウッドと呼ばれる現象の始まりを告げる反体制的内容を持つ映画群の総称であり、日本でよく使われる。

　麻薬の取引で大金を得たワイアット（フォンダ）とビリー（ホッパー）の二人組がロサンゼルスからルイジアナ州ニューオーリンズのマルディ・グラ（イースター関連のカトリックの謝肉祭）を目指してオートバイで旅をする途上で、カトリックの農家、ヒッピー・コミューン、パレードなどと遭遇し、アメリカの現実、とりわけ南部の不寛容さに直面する。本作はロード・ムービーであり、また相棒映画（buddy film）でもある。フォンダのアイデアがストーリーの端緒であった。馬に代わるオートバイ、西から東への旅、モニュメント・バレーが現代の西部劇的なアイコンになっている。当時のポスターには「一人の男がアメリカを探しに旅に出て、どこにもそれは見つからなかった」と書かれている。

　アメリカン・ニュー・シネマの中でもとりわけスタイルの面で（あるいは技法的に）斬新であり、車やヘリコプターに搭載されたカメラを用いたラズロ・コヴァックスの撮影、ジャンプ・カットを用いた大胆な編集、16ミリの手持ちカメラで撮影されたマルディ・グラ、墓地のシークェンスの実験的映像などを用いて、混迷するアメリカの1960年代を見事に浮かび上がらせている。流行の既成音楽を用いたサウンドトラックも当時としては斬新で、前半の牧歌的なムードは後半に入ると一変し、悲劇的かつ曖昧な結末を迎える。アメリカン・ニュー・シネマの中でも最高傑作と言っても過言ではないだろう。なお、二人と短いあいだ旅をするリベラルな南部の弁護士を演じたジャック・ニコルソンは、この作品で注目され、大出世作となった。

（杉野）

明日に向って撃て！
Butch Cassidy and the Sundance Kid, 1969

監督 ジョージ・ロイ・ヒル／脚本 ウィリアム・ゴールドマン／撮影 コンラッド・L・ホール／音楽 バート・バカラック／出演 ポール・ニューマン、ロバート・レッドフォード、キャサリン・ロス

Photo 12 / Alamy Stock Photo

　実在した銀行／列車強盗ブッチ・キャシディとサンダンス・キッドの半生を描く本映画は、1960年代の反体制文化（counterculture）の影響を受けて同年代末から1970年代初頭にかけて製作された修正主義西部劇の典型であり、アメリカン・ニュー・シネマの代表的作品である。舞台となった19世紀末は、作品中で鉄道が体現する資本主義的近代化によってフロンティアが消滅し、ブッチやサンダンスのようなアウトローが跋扈していた開拓時代の西部（the Wild West）は失われつつあった。

　頭の切れるブッチ（ニューマン）は強盗団のボスであり、名高いガンマンのサンダンス（レッドフォード）は、女性教師のエッタ（ロス）と付き合っている。強盗被害に遭った鉄道会社に、彼らを殺すよう雇われたピンカートン探偵社の一団は、法と秩序の力が効率的かつ強固になっていく現代社会の象徴である。同団に追い詰められた二人は、自由を求めてエッタとともに南米ボリビアに旅立つ。同国で強盗を再開するが、またしてもピンカートンの追っ手が迫り、「二人が死ぬところは見たくない」と以前から言っていたエッタは一人で帰国。残ったブッチとサンダンスは、最終的に大勢の警官たちに撃たれて重傷を負った挙句、軍隊に包囲される。本作の2年前に公開された『俺たちに明日はない』*と異なり、主人公たちが銃弾でハチの巣にされる直前で映画は終わるが、フリーズ・フレーム（ストップ・モーション）を効果的に用いたエンディングは映画史に刻まれている。同年に公開された『ワイルドバンチ』*は、ブッチとサンダンスが属していた強盗団の後日譚である。

　本作は、アカデミー脚本賞、撮影賞、作曲賞、歌曲賞に輝き、主題歌「雨にぬれても」も大ヒットした。ヒル監督が数年後に同じニューマンとレッドフォードのコンビで撮った『スティング』（1973）も映画史に残る大傑作である。若手監督の登竜門として知られる、レッドフォードが始めたサンダンス映画祭は、その名をサンダンス・キッドから取っている。

（大地）

スウィート・スウィートバック
Sweet Sweetback's Baadasssss Song, 1971

監督・脚本・製作・編集 メルヴィン・ヴァン・ピーブルズ／撮影 ボブ・マックスウェル／出演 メルヴィン・ヴァン・ピーブルズ

Bill Waterson /
Alamy Stock Photo

　ブラックスプロイテーション映画の最初の作品。ブラックスプロイテーション映画とは、セックスや暴力や麻薬などタブー題材やセンセーショナルで低俗な問題をあえて取り上げ低予算で特定の観客層をターゲットとするエクスプロイテーション映画のサブジャンルで、黒人が製作の主体となり黒人（特に都市居住者）向けに製作された映画を指す。

　娼館で育てられセックスショウの男優として働いているスウィートバックは、白人刑事が黒人をリンチする現場に居合わせ、リンチされている黒人活動家を助け、黒人社会の諸相を前景化しながら逃走し潜伏しつづける。これがピカレスクと形容できる本作のストーリーである。

　ブラックスプロイテーション映画のもっとも重要な映画製作者であるメルヴィン・ヴァン・ピーブルズが監督・脚本・主演・編集を兼ねており、彼の３作目の監督映画である。スーパーインポーズ、ジャンプ・カット、ストップ・モーション、カラー・フィルター、ドキュメンタリー的映像、サイケデリックな実験的映像など、低予算ながら製作技法も変革期の同時代映画から多くを学び斬新であった。

　黒人映画史を振り返れば、黒人初の監督は主にサイレント期の「人種映画」で活躍したオスカー・ミショーである。本作が公開される少し前に製作された『夜の大捜査線』(1967)、『招かれざる客』(1967) などシドニー・ポワチエ主演・白人監督の作品の主人公が社会の上層に属する黒人で、アメリカ社会へ同化できる融和的な黒人だとすれば、ブラックスプロイテーション映画では黒人ステレオタイプを描いていると批判されることもある。しかし、下層階級の黒人を主人公とし、不当に貶められ罪を負わされ拷問されることに反抗する黒人を赤裸々に描いた。ニュー・シネマの黒人版とも言えるだろう。アメリカ社会および映画の激変期を背景として、黒人映画製作者が黒人観客に向けて自分たちが置かれた状況を赤裸々に描き、黒人の怒りや不満に声を与え、高いレベルの製作方法でありながら、それを低予算で製作した意義は大きい。

（杉野）

ゴッドファーザー
The Godfather, 1972

監督 フランシス・フォード・コッポラ ／ 脚本 マリオ・プーゾ、フランシス・フォード・コッポラ ／ 音楽 ニーノ・ロータ ／ 撮影 ゴードン・ウィリス ／ 出演 マーロン・ブランド、アル・パチーノ、ロバート・デュヴァル、ジェイムズ・カーン

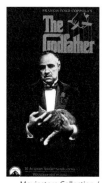

Moviestore Collection / Alamy Stock Photo

　映画史上最高傑作のひとつである本作品は、アメリカン・ドリームを追求するイタリア系犯罪組織の一家の物語である。第二次世界大戦直後のニューヨークで最大の勢力を誇るマフィアの首領ヴィトー・コルレオーネ（ブランド）は、ニューヨーク五大ファミリーのひとつタッタリアの客分ソロッツォの麻薬ビジネスを拒否して襲われ、瀕死の重傷を負う。激昂したヴィトーの長男ソニー（カーン）はタッタリアの跡取り息子を殺害したため全面抗争となる。名門大学出の末っ子マイケル（パチーノ）は堅気の人生を捨ててソロッツォを殺すも、ソニーは機関銃でハチの巣にされて絶命する。一連の事件の黒幕がコルレオーネに次ぐ有力マフィアのバルジーニであることを突き止めたヴィトーは、マイケルを跡継ぎに指名した後心臓発作で死去。「ゴッドファーザー」マイケルは、裏切者も五大ファミリーのボスも全員抹殺する。

　本作は、アカデミー賞の作品賞、主演男優賞、脚色賞に輝いただけでなく、当時の史上最高興行収入記録を打ち立てた。現代資本主義社会における家族の問題をギリシャ悲劇やシェイクスピア劇のように荘厳に描くフランシス・フォード・コッポラ*の脚本、メソッド・アクティングに基づくマーロン・ブランドとアル・パチーノのリアルで重厚な演技、明暗を強調する華麗な映像、ニーノ・ロータによる哀愁漂う美しい主題曲により、過剰なまでに暴力的な物語が極上の芸術作品に昇華されている。マイケルが甥の代父（ゴッドファーザー）を務めるカトリック洗礼式と五大ファミリーのボスの暗殺場面の大胆なクロスカッティングも芸術的と言うほかない。

　『ゴッドファーザー』3部作のうち、『ゴッドファーザー PART III』(1990) は秀作とは言い難いが、『ゴッドファーザー PART II』(1974) は、家族を殺されてシチリアを追われたヴィトーがアメリカでのし上がってゴッドファーザーになる話とマイケルがゴッドファーザーとしての地位を固めつつも妻、母、兄を失っていく話を対位法的に描いており、続編映画として極めて異例ながら前作に勝るとも劣らぬ大傑作となっている。

(大地)

チャイナタウン
Chinatown, 1974

監督 ロマン・ポランスキー／脚本 ロバート・タウン／撮影 ジョン・A・アロンゾ／出演 ジャック・ニコルソン、フェイ・ダナウェイ、ジョン・ヒューストン

　『チャイナタウン』は陰鬱な腐敗の物語である。ロバート・タウンによる脚本は1940年代から50年代にかけて流行したフィルム・ノワールの形を借りて30年代を舞台とし、ジャック・ニコルソン演じる私立探偵はダシール・ハメットのサム・スペードやレイモンド・チャンドラーのフィリップ・マーロウを想起させる。しかし凡百のノスタルジックなパスティーシュと異なるのは、この作品がこの時代でなければ生まれ得なかった点だ。『チャイナタウン』の第1の主題は、政治と産業の共同体としてのアメリカの腐敗である。20世紀初頭のロサンゼルスに実在した人物や出来事を緩やかにモデルにしながら、ベトナム戦争やウォーターゲート事件、そして次第に認識されるようになってきた環境問題に揺れる70年代初頭のアメリカへの不信と批判をフィルムに焼きつけた。第2の主題は、ホメロスからギリシャ悲劇を経て描かれつづけてきたタブー、近親相姦である。監督のロマン・ポランスキー＊と脚本のタウンはエンディングについて対立する。ハリウッド流ハッピー・エンディングを主張するタウンに対してポランスキーは、死ぬのはジョン・ヒューストン演じる父親（彼はふたつの腐敗の根源でもある）ではなく、フェイ・ダナウェイが演じた娘のほうであると主張して譲らなかった。こうしてダナウェイは自らの目を抉ったオイディプスのように、その目を撃ち抜かれる。現在の基準からすれば穏健に見えるかもしれない表現だが、ふたつの主題はどちらも、1968年以前の映画製作倫理規定による自主検閲下にあったハリウッド映画にはほのめかすことしかできなかったものであった。ハリウッド・ルネサンスの時代、スタジオは監督たちに大きな裁量を与え、プロデューサーのロバート・エヴァンスも多くを監督の判断にゆだねたという。タイトルをはじめ、随所にいわゆるオリエンタリズムが散見されることは否めないが、このようにして陰鬱な腐敗の物語は完成し、ハリウッド・ルネサンスの最盛期を彩る代表作のひとつが生まれたのである。

(小野)

ナッシュビル
Nashville, 1975

監督 ロバート・アルトマン ／ 脚本 ジョーン・テュークスベリー ／ 撮影 ポール・ローマン ／ 出演 ロニー・ブレイクリー、キース・キャラダイン、リリー・トムリン、バーバラ・ハリス

　『ナッシュビル』は、カントリー＆ウェスタンの聖地ナッシュビルをミクロコスモスに見立てた、同時代アメリカ文化・社会・政治への壮大なコメンタリーである。ミュージック・ビジネスの世界と、ある選挙キャンペーンが交差する物語は、24人の主要人物たちを通じて、大統領選と建国200年祭を控えてなおも混乱の続くアメリカが抱えるいくつもの問題点を刻み込む。アメリカの無垢を象徴するスター歌手は物語のはじめからすでに病み、風前の灯のように危うい。彼女に影のように付きまとって離れない兵士の姿はベトナム戦争そのものだ。アフリカン・アメリカンのカントリー歌手を罵るアフリカン・アメリカン（たぶん彼もカントリー音楽が好きである）の姿は、公民権運動の先鋭化を想起させる。女性の自立を認めない旧弊な夫から逃れて妻は歌手を目指す。訪問者たちは保守的なこの街に性の解放を持ち込む。音痴のウェイトレスは、搾取されても、アメリカン・ドリームの追求をやめることができない。メディアは偏向を繰り返し、真実を見逃す。政治と産業の共同体としてのアメリカはここにもある。選挙参謀は大物歌手に取り入り、政治とビジネスは互いに相手を利用しようとし、その果てには暗殺がある。クライマックスにおいて、カメラは政治ショウのステージに立つスター歌手を凝視する青年を映し出すが、彼が視線を上げると、ショット／切り返しショットによって映し出されるのは彼女の姿ではなく、ステージ上にはためく巨大な星条旗である。遠く銃声が響き、悲劇が起こる。しかし、聴衆は動じることなくステージに残った者たちとともに歌い出す、「自由ではないかもしれない。でも私は気にしない」と。人々は長かった動乱の時代に疲れて平安を求めはじめ、この時期のアメリカは社会への無関心＝内向きの時代を迎える。ハリウッド・ルネサンスもまた観客にあまりに多くを要求しすぎたのだろうか、1976年を境に急速に力を失っていく。結果として『ナッシュビル』は、絶頂期のハリウッド・ルネサンスにおける最後の輝きを放つ作品のひとつとして記憶されることとなった。

（小野）

タクシードライバー
Taxi Driver, 1976

監督 マーティン・スコセッシ／脚本 ポール・シュレイダー／撮影 マイケル・チャップマン／出演 ロバート・デ・ニーロ、シヴィル・シェパード、ジョディ・フォスター、ハーヴェイ・カイテル

　市民生活への適応に問題を抱えるベトナム戦争帰還兵を主人公にしたネオ・ノワール作品。ベトナム帰りで不眠症に悩まされるトラヴィス（デ・ニーロ）は、夜通しニューヨークの町を流すタクシー運転手になる。タクシーは孤独な男の心的空間を表象する。車窓を通して優しく歪んだ雨のネオン街を背景に、トラヴィスのヴォイスオーヴァーが夜の街の住人に対する憎悪を吐露する。トランペットの甘美な調べに、パーカッションの不穏なざわめきを挿入するバーナード・ハーマンの作中曲は、理想の他者を夢見つつ憎悪対象の一掃を望むトラヴィスの欲望世界と見事に調和している。

　物語を駆動するのは、タクシーの移動がもたらす出会いである。トラヴィスが一目惚れした選挙事務所の職員ベッツィ（シェパード）には、初デートでポルノ映画館に連れて行くという愚行により絶交される。少女娼婦アイリス（フォスター）には、売春を斡旋する恋人（カイテル）と別れて親元に戻るよう諭す。ベッツィに振られたことで、トラヴィスの憎悪は暴力行為へと具現化していく。まずトラヴィスはベッツィがその事務所で働く大統領候補の暗殺を企てるが、呆気なく挫折すると、今度はアイリスの働く売春宿を襲撃して彼女を除く従業員を皆殺しにする。事件は的外れな憎悪を動機とする殺戮行為にしか見えないにもかかわらず、トラヴィスはマフィアから少女を救出した英雄だと新聞で報じられてしまう。

　スコセッシ*らしい映画史の自意識的な引用は、作品にインターテクスト的な意味の厚みを加えている。映画はフィルム・ノワールのように雨に濡れた夜の街で始まり（鬱屈した帰還兵という人物造形もまたフィルム・ノワール的である）、タクシーの移動中に一瞬映り込む『悪魔のいけにえ』の映画看板でスプラッターホラーのような暴力衝動の純粋な発露を予期させつつ、ポン引きと対峙するトラヴィスを西部劇『捜索者』*で先住民と対峙するジョン・ウェインに重ねて提示する。最終的に、所属師団名の入った軍ジャケットにモヒカン刈りで娼館に突撃するトラヴィスは、血みどろの少女救出劇をベトナム戦争映画のパロディのように見せてしまう。

（大勝）

キラー・オブ・シープ
Killer of Sheep, 1978

脚本、監督、製作 チャールズ・バーネット ／ 出演 ヘンリー・G・サンダース、ケイシー・ムーア、チャールズ・ブレイシー

　1950年代半ばに始まった公民権運動によって公民権法や投票権法が成立し、法律上の黒人差別は撤廃されたが、社会的、経済的な格差は大きく、貧困は改善されなかった。70年代に入るとブラックスプロイテーションと呼ばれるアフリカ系俳優が主演する大都市を舞台としたアクション映画がメジャーなスタジオによって製作され、人種の壁を越えて人気を集めた。アフリカ系の監督やスタッフや俳優が活躍したという点では好ましいものだったが、麻薬や犯罪に関与し、暴力的で性的魅力で女性を屈服させるというステレオタイプが量産されるばかりで、貧困と隣り合わせの一般の人たちの人生や生活が表象されることはなかった。70年代後半に入り、そうした映画の人気が下火になってきたころ、ロサンゼルスのワッツ地区（1965年の暴動で知られるスラム街）の住民の等身大の日常を描いた、その地区出身のアフリカ系監督が手がけた16ミリフィルムの映画がUCLAフィルムスクールの卒業制作として提出された。

　主人公スタン（サンダース）は羊の屠殺・解体工場で低賃金の肉体労働に従事し、家に帰れば家の修繕や子育て、ひっきりなしに訪れる隣人の対応に追われ、疲れをためて、不眠に悩み、「死んでしまいたい」とつぶやく。妻に対する愛情も薄れ、妻も満たされない欲望に苦しんでいる。子どもたちはといえば、線路沿いの空き地や路地、家の屋根を遊び場にして時間を過ごす。その野外でのロケーション撮影はイタリアのネオレアリズモを思わせるが、登場人物の人生を変える出来事は何も起こらず、小さな幸せが訪れるとすれば、徒労と失望の連鎖のあいだにあるだけである。例えば、せっかくの家族旅行がタイヤのパンクで台無しになり、ひどく疲れて家に帰ったとき、子どもの質問に対して、不意に出た言葉が妻を微笑ませ、夫婦に小さな愛情が戻るといったことである。ブルースやR&Bをはじめとする多様な音楽が流れ、音楽が厳しい生活環境に置かれた人たちの支えになっていたことも示される。1981年にベルリン国際映画祭批評家賞を受賞し、1990年に国立映画保存委員会によって文化的、歴史的、あるいは美学的に重要な映画とみなされるアメリカ国立フィルム登録簿に登録された。

（藤田）

スター・ウォーズ
Star Wars, 1977

監督・脚本 ジョージ・ルーカス ／ 撮影 ギルバート・テイラー ／ 音楽 ジョン・ウィリアムズ ／ 出演 マーク・ハミル、キャリー・フィッシャー、ハリソン・フォード、アレック・ギネス

　遠い昔の銀河系を舞台に、宇宙空間の支配をもくろむ悪の帝国軍と、平和の守護者たるジェダイ率いる反乱軍の闘いを描いたSF冒険活劇。現在までに全世界で7億ドルを超える記録的な興行成績をあげ、その後の映画製作の潮流に大きな影響を与える作品となった。製作は、ジョージ・ルーカス*がより完全な創作上の裁量（クリエイティヴ・コントロール）を掌握するために自ら設立した製作会社ルーカスフィルムに20世紀フォックスが出資する形で行われた。配給はフォックスが担ったが、付属マーケットに関する権利はルーカスフィルムが保持し、その莫大な利益によってルーカスは次作以降の製作資金を自前で調達することができた。

　物語は、特殊なエネルギー「フォース」を操る若きジェダイの騎士ルーク・スカイウォーカー（ハミル）が、かつてジェダイでありながら悪の手に落ちたダースベイダー（ルークの父親でもある）との対決に臨むまでを描く。勧善懲悪の冒険譚に中世の騎士道物語、オイディプス神話の「父殺し」のテーマを組み合わせた過剰に古典的かつハイブリッドな物語構造に映画のジャンル的伝統（冒険活劇スワッシュバクラーや西部劇、日本の時代劇など）、特殊効果や音響などの最新テクノロジーを融合させることで、ルーカスは映画というメディウムを通して語られる現代の叙事詩を作り上げた。

　1975年のスティーブン・スピルバーグ*監督『ジョーズ』に続く本作の商業的大成功により、古典期以降のハリウッド映画産業が作家主義的な中規模予算作品から特殊効果を全面に押し出した大規模予算作品（ブロックバスター映画）へと製作の比重を移し、新たなフェーズへと移行する流れが決定的になった。退潮していたSFジャンルの復活、大規模一斉公開、見世物的な特殊効果技術の強調、続編製作、メディア横断的なマーケティングなど、現在にまで続く主流映画製作のひな型を作り上げたという点においても記念碑的な作品である。

（河原）

地獄の黙示録
Apocalypse Now, 1979

監督 フランシス・フォード・コッポラ／脚本 ジョン・ミリアス、フランシス・フォード・コッポラ／音楽 カーマイン・コッポラ／撮影 ヴィットリオ・ストラーロ／出演 マーロン・ブランド、マーティン・シーン、ロバート・デュヴァル

　フランシス・フォード・コッポラ*は、『ゴッドファーザー』*（1972）、『ゴッドファーザーPART II』（1974）に続く本作により、史上最高の映画監督の一人としての名声を不動のものとした。ジョゼフ・コンラッドの小説『闇の奥』をベースにしており、舞台はベトナム戦争に置き換えられている。同戦争の最中にウィラード大尉（シーン）は、カーツ大佐（ブランド）を暗殺せよとの密命を受ける。カーツは、もともと優秀な軍人だったが、常軌を逸した行動をとりはじめ、カンボジアの奥地で原住民を支配して自らの王国を築いていた。ウィラードは、哨戒艇で川を上っていきながら、キルゴア中佐（デュヴァル）のベトナム人虐殺など戦争の様々な惨状を目の当たりにする。哨戒艇が王国にたどり着くと、カーツは、ウィラードに戦争の狂気を語り、息子に真実を伝えてほしいと頼む。カーツの思想や言動に動揺したウィラードも結局暗殺を敢行し、カーツもそれを受け入れる。ウィラードは、原住民にひれ伏されるも、生き残った部下とともに川を下っていく。

　ドキュメンタリー映画『ハート・オブ・ダークネス──コッポラの黙示録』（1991）で描かれているように、ハーヴェイ・カイテルの降板、マーティン・シーンの心臓発作、マーロン・ブランドの勝手なふるまい、デニス・ホッパーの麻薬中毒、台風によるセットの破壊、フィリピン軍から借りたヘリコプターが実際に戦場に行ってしまうなどのトラブルによって撮影は困難をきわめ、撮影期間も予算も大幅に超過してコッポラは心労で倒れる。本作品は、未完成のままカンヌ国際映画祭に出品されるもパルムドールを受賞し、興行的にも大成功した。本作は、ベトナム戦争やアメリカ軍を批判的に扱った最初の映画であり、川をさかのぼるウィラードの旅は、アメリカがベトナムの泥沼に落ちていくさま、人間が文明から原始に戻るさまを象徴している。

　2001年には、53分の未公開シーンが追加された『地獄の黙示録──特別完全版』、2019年には、撮影時のネガフィルムにデジタル修復を施したりした『地獄の黙示録──ファイナル・カット』が公開された。

（大地）

6 ニュー・ニュー・ハリウッド
1980 — 2000

　1970年代の政治的混乱と経済的低迷、超大国としての威信低下に苦しむアメリカ合衆国において、70年代末から80年代にかけて台頭してきたのが保守主義と経済の自由化であった。映画俳優出身で、50年代のハリウッドを襲った赤狩りへの協力者としても知られる共和党のロナルド・レーガンが「アメリカを再び偉大な国に」をスローガンに1980年の大統領選を圧勝すると、彼はそれまでの合衆国の基調をなしていたニューディール・リベラリズムとその文化への反動とも言える保守的な政策を次々に実行していった。

　レーガン政権は、文化面においては伝統的な家族観や宗教観への回帰を訴えた。経済面においては「レーガノミクス」と呼ばれる福祉削減、公共サービスの民営化、企業や富裕層に対する減税、各種産業に対する規制緩和を実施することで、市場原理による競争が国家の成長を促すとする「小さな政府」の実現を目指した。対外的には合衆国の対ソ強硬路線が鮮明となり、軍事費の大幅増額とともに軍備強化が行われた。1989年にはソ連が内部改革の混乱の末に解体、冷戦が終結する。

　レーガン政権期の1980年代に登場し、のちに新自由主義（ネオリベラリズム）と称される経済思想は、共和党のジョージ・H・W・ブッシュ、民主党のビル・クリントンへと政権が代わっても、支配的なイデオロギーであり続けた。冷戦終結後、唯一の超大国としての地位を確かなものにした合衆国は、90年代の新興産業（インターネットやIT技術）の成長やWTO（世界貿易機関）をはじめとした合衆国主導の国際貿易ルールの構築によって、経済のグローバル化の波を国内外に加速度的に波及させていく。では、この時代の映画を概観しよう。

レーガノミクスとメディア寡占

　1975年のスティーブン・スピルバーグ＊による『ジョーズ』（Jaws）で幕を開けたと言われるハリウッドの新たな産業構造と製作形態「ニュー・ニュー・ハリウッド（第二次ニュー・ハリウッドとも呼ばれる）」は、1980年代から90年代を通して、低迷していた大手スタジオの復活と産業内における支配力の強化を印象づけながら、その勢いを国内外に拡散させていくことになる。

ハリウッドがグローバルな支配力を強める存在へと変貌を遂げるための政治経済的条件を準備したのは、ロナルド・レーガンと彼のメディア政策だった。1981年に第40代大統領に就任すると、レーガンはメディア所有権の規制緩和に着手する。メディアの規制監督機関である連邦通信委員会（Federal Communications Commission, 略称 FCC）が反トラスト法を自由放任主義的に解釈し、メディアの領域を横断した所有権の集中を容認する態度を見せはじめると、合併・買収（M&A）の巨大な波が映画会社を含むメディア・エンターテインメント産業全体を襲うことになった。

　巨大な M&A ブームの中でメディア企業が離合集散を繰り返した結果、1980年代の終わりから90年代初頭には、大手映画スタジオの多くは異なるメディア媒体（映画、テレビ、出版、音楽、通信、ゲームなど）が水平的に統合され、複数の企業を傘下に収めた複合企業体「メディア・コングロマリット」の一部に組み込まれた。20世紀フォックスはオーストラリア出身のメディア王ルパート・マードック率いるニューズ・コーポレーションに（1984-85）、コロンビアはコカ・コーラを経てソニーに（1989）、ユニバーサルは松下電気産業に（1990、のちに酒販大手のシーグラムに売却）、すでにガルフ＆ウェスタン傘下にあったパラマウントはバイアコムに（1994）にそれぞれ買収され、ワーナー・ブラザースは出版大手タイムと合併してタイム・ワーナーを設立した（1990）。

　メディア・コングロマリットは複数のメディア企業をひとつの傘の下に集約し、事業を多角化することでリスク管理を行いながら、複数の媒体を組み合わせた販売・宣伝戦略を立てることで相乗効果（シナジー）を生み出し、利益を最大化することを目的に形成された。また、巨大資本が集中することで、市場における優位的な立場の獲得とグローバルな規模での商業活動が可能になることが期待された。この時代における大手スタジオの映画製作も、ごく少数のメディア・コングロマリットに資本と資源が集中する寡占状況とメディア環境の変化に敏感に反応しながら、その製作モードを変容させていく。

製作と配給──ブロックバスター映画と製作費の高騰

　『ジョーズ』からジョージ・ルーカス*による壮大なSFアドベンチャー『スター・ウォーズ』*（1977）の大ヒットへと続く流れの中で、ハイ・コンセプト（大衆にとってわかりやすく、簡潔で、話題性のある凝縮されたアイデア）に基づき、大規模予算が集中投下され、特殊効果による視覚的スペクタクルが強調されたブロックバスター映画製作は、1980年代以降の大手スタジオによる映画製作のモデルとなった。80年代に入ってからも、『スター・ウォーズ／帝国の逆襲』（Star Wars: The Empire Strikes Back, 1980）、『レイダース／失

われたアーク《聖櫃》』(*Raiders of the Lost Ark*, 1981)、『E.T.』(*E.T. the Extra-Terrestrial*, 1982)、『スター・ウォーズ／ジェダイの帰還』(*Star Wars: Return of the Jedi*, 1983)、『ゴースト・バスターズ』(*Ghost Busters*, 1984)、『バック・トゥ・ザ・フューチャー』(*Back to the Future*, 1985)、『バットマン』(*Batman*, 1989) といったブロックバスター映画の多くが1億ドルを超える総興行収入をあげ、続編製作はハリウッド全体の1割を占めるまでになった。

　1990年代に入り、デジタル技術が映像製作の分野に本格的に導入されると、CGI (Computer-Generated Imagery) で作り出されたリアルな恐竜が大きな話題を呼んだ『ジュラシック・パーク』(*Jurassic Park*, 1993) や機械によって生み出された仮想現実世界を描く『マトリックス』*(*Matrix*, 1999) のようなスペクタクル大作が続々と製作されるようになった。また、『ツイスター』(*Twister*, 1996)、『インデペンデンス・デイ』(*Independence Day*, 1996)、『タイタニック』(*Titanic*, 1997)、『アルマゲドン』(*Armageddon*, 1998) といった、地球を襲う天変地異の出来事と人類の危機を描くディザスター映画が大衆の人気を集めるジャンルとなった。

　ヒットが見込める少数の作品に予算を集中投下する戦略は、大手スタジオによる製作本数の減少と製作費の著しい高騰をもたらした。大手スタジオは自社製作作品の本数を抑制し、それ以外には独立系製作会社による作品の配給権や付属マーケットの権利を製作開始前に購入する方法（プリ・セールス）などで、配給作品のラインアップを補充した。その結果、平均的な製作費は1980年の940万ドルから1990年には2,680万ドル、そして2000年には5,400万ドルへと右肩上がりで上昇を続けることになった。

　この製作費のインフレには、宣伝・広告費とスターの出演料の増大も作用している。製作費900万ドルに対して2,000万ドルの宣伝・広告費を投じて大成功を収めた『ジョーズ』以降、作品公開前の集中的なマーケティング活動はブロックバスター映画戦略の重要な柱のひとつとなった。上映用フィルム・プリントの作成費と広告宣伝費とを合わせたマーケティング費用（Print and Advertising Costs、略称P&A費）は、1980年の平均430万ドルから1990年には1,197万ドル、そして2000年には2,731万ドルへと増加した。また、世界的な知名度を誇り、作品の呼び物にもなる一部のトップ・スターやスター監督たちの興行収入への影響力の増加は、彼らの出演料や監督料を急速に押し上げた。それに伴い、タレントの代理人としてスタジオとの交渉を行うエージェント会社の役割の重要性が増し、ウィリアム・モリス、クリエイティヴ・アーティスツ・エージェンシー（CAA）、インターナショナル・クリエイティヴ・マネジメント（ICM）といった会社が、競うように人件費を吊り上げていった。

206　　　　　　　　　　　　　　　　　　　　　　　　　　　　　第I部　アメリカ映画の歴史

上映──スクリーンの増加と縦の系列の復活

　ブロックバスター映画製作の活況と並行して、上映セクターもいくつかの大きな変化を遂げた。まず、この時期のもっとも顕著な変化がスクリーン数の増加である。増加の大きな要因となったのが、1980年代以降に本格化する同一施設に複数のスクリーンを兼ね備えた映画館「マルチプレックス・シアター（日本語ではシネコン［シネマコンプレックス］）」の建設ラッシュである。80年代の不動産ブームで全米各地に大型複合商業施設であるショッピング・モールが建設されると、そこに併設される形でマルチプレックス・シアターが次々と開館した。この映画館建設ブームにより、アメリカ国内のスクリーン数は1980年の17,590から1990年には23,689、2000年には37,396に達した。

　スクリーン数の爆発的増加と比例して、大手スタジオ作品の映画館での上映規模も拡大した。公開前にテレビを中心とする関連メディアで集中的に宣伝を行うことで大衆の関心を最大限に高め、公開後数週間で収益の大部分を回収することを狙うサチュレーション・ブッキング（またはワイド・リリース）は、この時期を通して、ますます大手スタジオにとっての支配的な公開方式となった。例えば、ブロックバスター映画製作のさらなる巨大化を決定づけたと言われる1989年のティム・バートン*による『バットマン』は、公開初週に2,194館で公開され、最初の週末には製作費（約3,500万ドル）を上回る約4,000万ドルのチケット（総売上の16パーセント）を売り上げた。1990年代の後半になると、大手スタジオの配給作品の多くが2,500から3,000館で公開を開始するようになった。結果として、チケット料金の断続的な値上げもあり、映画産業全体の総興行収入は1980年の28億ドルから1990年の約50億ドル、2000年には約77億ドルへと増加を続けた。

　また、マルチプレックスの流行と映画館市場の成長は上映セクター内部の再編も促した。映画館チェーン同士の合併・買収が1980年代から90年代にかけて多く行われ、シネプレックス・オデオン（Cineplex-Odeon）やAMC（American Multi-Cinema）、カーマイク（Carmike）といった数千スクリーンを保有する巨大映画館チェーンを生み出す一方で、上位数チェーンにスクリーン数と興行収入のシェアが集中する寡占状況も生み出した。2000年代初頭までスクリーン数は増加の一途をたどったが、映画館数（サイト数）は90年代に入ると減少に転じ、一館あたりのスクリーン数が増加することで映画館所在地の地理的集中が進んだ。1980年から2000年のあいだに、アメリカ国内の映画館数は13,100から7,421へとおおよそ半減した。

　さらに、この時期の上映セクターに起こった変化の中でも重要な出来事が、大手スタジオによる興行への再進出と映画館の直接保有の再開である。配給と上映を切り離すこ

とでスタジオ・システムの崩壊につながったとされる1948年のパラマウント合意判決以降、大手スタジオは映画館の所有を抑制してきたが、レーガン政権のメディア産業規制に対する自由放任主義的な態度に後押しされる形で、映画上映ビジネスへの再進出を果たした。1980年代の終わりには、大手スタジオがアメリカ国内で所有するスクリーンのシェアは約10パーセントに上昇し、合意判決以前に大手スタジオ5社（ビッグ5）が持っていたシェアに迫る水準となった。垂直統合の復活は、作品の上映期間や上映地域、入場料、プログラミングの決定、入札、収益配分の決定に関する大手スタジオの権力の増加を意味した。

付属マーケットの成長

　映画産業の復活を力強く後押ししたのが、ホームビデオと有料のケーブル・チャンネルの普及による映画鑑賞形態の多様化と、付属マーケットの成長である。映画の収益構造が、従来の映画館における興行に依存するモデルから映画を異なるメディアに横断的に流通させ、その相乗効果（シナジー）から利益を最大化させるモデルへと移行するなかで、付属マーケットはテレビ放映やホームビデオ、出版、音楽、玩具、アパレル、ゲーム、ミュージカル、テーマ・パーク事業を含む巨大なものへと成長した。

　付属マーケットの中でも映画産業の最大の収益源となったのがホームビデオである。1975年にソニーがベータマックス規格、翌76年に日本ビクターがVHS規格の家庭用ビデオ録画・再生機器を発売すると、家庭での映画視聴が急速に一般化していく。1980年に190万世帯であったビデオデッキの保有世帯数は、1989年には6,230万世帯にまで増加し、巨大なホームビデオ市場を形成した。また、ビデオデッキの普及は映画が録画されたカセットを一定期間顧客に貸し出すレンタル・ビデオという新しい業態を生み出すことにもなった。1985年にはブロックバスター・ビデオ、1988年にはハリウッド・ビデオといったレンタルチェーンが創業し、全米に店舗網を拡大した。1997年にはDVDが導入され技術移行がなされたが、レンタル視聴は引き続き付属マーケットにおける支配的な映画鑑賞方法であり続けた。

　テレビの分野においても、有料ケーブル・チャンネルの普及が映画の家庭視聴をさらに加速させた。HBO（Home Box Office）やShowtime、The Movie Channelといった映画専門の有料ケーブル・チャンネルが、1980年代に入ってから本格的にコマーシャルによる途中中断なしの24時間放送を開始すると、80年代の終わりには視聴者数が4,000万を超えた。ケーブル・チャンネルの登場により大量の放送枠が生み出されることで、それを埋

めるための「コンテンツ」としての映画へのニーズが高まることになった。

　1980年代から90年代を通して、付属マーケットは産業内でもっとも利益を生み出すセクターになるまで成長した。産業全体の収入に占める国内興行収入の割合は1978年の54パーセントから1995年には20パーセント以下にまで下落した。1986年にはホームビデオ市場の規模（約20億ドル）が映画館市場のそれ（約16億ドル）を上回り、興行の相対的地位の低下を招いた。付属マーケットでの成功を大きく左右する映画館上映の重要性こそ失われはしなかったものの、付属マーケットにおいていかにフランチャイズ化された商品の連鎖を生み出すかは、この時期における製作者たちが作品内容を企画し、製作費の回収と利益獲得を計画する上で欠かすことのできないものとなった。

商業化するインディペンデント

　巨大な付属マーケットが生み出した副産物のひとつがインディペンデント映画の成長である。ビデオ／DVDやケーブル・チャンネルの導入により、映画館の外部にかつてないほどの鑑賞機会が新たに生まれると、テレビの放送枠やビデオ店の棚を埋めるための安価で大量の低予算作品へのニーズが生じた。また、新市場で成長したビデオ製作・流通会社やケーブル・チャンネルから製作資金が集まる流れも生まれた（"Ancillary Boom"と呼ばれる）。さらに、古典期のスタジオ・システム下では中規模予算のジャンル映画を大量生産していた大手スタジオが、この時期においては少数のブロックバスター映画に製作の比重を移したため、そこに独立系の製作・配給会社が参入する余地が生まれた。そのほかにも、アートハウス（日本ではミニ・シアターと呼ばれる）や映画祭を中心に、インディペンデント映画に特化したニッチな市場と配給網が成立したことも非大手スタジオによる映画製作の活況を後押ししたと言える。

　「オフ・ハリウッド」と呼ばれる、西海岸の大手スタジオから資金、スタイルの両面で距離をとる映画製作も1980年代前半に新たな黄金期を迎えた。ニューヨーク大学映画学科の卒業製作作品『パーマネント・バケーション』（*Permanent Vacation*, 1981）で注目を集めたジム・ジャームッシュ＊が1984年に発表した低予算の劇場デビュー作『ストレンジャー・ザン・パラダイス』（*Stranger Than Paradise*）は、彼を一躍インディペンデント映画界の寵児に押し上げた。そのほかにも、同じくニューヨーク大学出身の黒人映画監督スパイク・リー＊（『シーズ・ガッタ・ハヴ・イット』［*She's Gotta Have It*, 1985］）やコーエン兄弟＊（『ブラッド・シンプル』［*Blood Simple*, 1984］）、ジョン・セイルズ（John Sayles, 1950- ）（『ブラザー・フロム・アナザー・プラネット』［*The Brother From Another Planet*, 1984］）らが注目を集

め、同時期の東海岸はインディペンデント映画ムーヴメントの一大拠点となった。

　しかしながら、1980年代以降のインディペンデント映画の顕著な特徴のひとつは、メジャーとインディペンデントの断絶や対立というよりも、その境界線の流動化にある。1980年代には、低予算のエクスプロイテーション映画の製作や都市部での外国映画の配給から徐々に事業規模を拡大し、大手スタジオの製作モードに近接していく会社が現れた。代表的な例では、DEG（De Laurentiis Entertainment Group）やキャノン・フィルムズ（Cannon）、ニュー・ライン・シネマ（New Line Cinema）、オライオン（Orion）、カロルコ（Carolco）である。

　これらの会社は、大手スタジオやソフト会社などに配給権や付属マーケットの権利（ホームビデオ権やケーブル放映権など）を製作開始前に販売する方法「プリ・セールス」を活用して製作資金の確保を行った。また、国内配給権と海外配給権を切り分け、後者は国／地域ごとに個別に販売を行うことで、グローバルな規模での資金調達方法と成長著しい国外市場の観客を意識した作品づくりを先駆的に導入した。これらの新興スタジオはニッチ市場向けの作品製作でデイヴィッド・リンチ*（『ブルーベルベット』* [1986]）やジョン・ウォーターズ（John Waters,1946-）（『ヘアスプレー』[Hairspray, 1988]）、ウディ・アレン*（『ハンナとその姉妹』[Hanna and Her Sisters, 1986]）、オリバー・ストーン*（『プラトーン』[Platoon, 1986]）といった監督たちに創作機会を提供する一方で、大手スタジオと競合するような大規模予算の作品製作にも進出した。アーノルド・シュワルツェネッガーやシルヴェスター・スタローンを起用したアクション大作（『コナン・ザ・グレート』[Conan the Barbarian, 1982]、『ランボー』[First Blood, 1982]、『ターミネーター』[Terminator, 1984]）や『エルム街の悪夢』（A Nightmare on Elm Street, 1984）、『ロボコップ』（Robocop, 1987）、『ミュータント・タートルズ』（Teenage Mutant Ninja Turtles, 1990）といった作品の商業的成功により、これらの独立系製作・配給会社は「ミニ・メジャー」と称されるようになった。

　しかしながら、ハリウッド・ルネサンスの伝統に連なるようなインディペンデント精神と商業性の高度な融合を目指すミニ・メジャーの野心的な試みは、長くは続かなかった。これらの新興スタジオは一時的に大手スタジオを脅かす成功を収めたものの、1980年代の終わりから90年代初頭にかけて業績不振に苦しむようになり、その多くが倒産した。不振の主な理由としては、巨大な資産を保有するメディア・コングロマリットの傘下にある大手スタジオとは異なり作品の興行的失敗が会社の資金繰りに与えるリスクがはるかに大きかったこと、配給権や付属マーケット権と引き換えに製作費を集める手法では収益源へのアクセスが限られていたこと、大手スタジオによるインディペンデント映画市場への

参入による競争の激化などが挙げられる。また、先述した製作費の増大も、結果的に収益率の高いブロックバスター映画製作への参入障壁として機能したと言えるだろう。

インディペンデント映画に接近するメジャー・スタジオ

　1990年代に入って以降、インディペンデント映画を取り巻く産業空間を生き残り、独自の地位を築いたのがミラマックス（Miramax）である。わずか110万ドルで製作され、1989年のカンヌ国際映画祭でパルムドールを獲得したスティーヴン・ソダーバーグ＊監督の『セックスと嘘とビデオテープ』（Sex, Lies, and Videotape）の商業的成功で一躍その名を轟かせたミラマックスは、戦略的に細分化されたマーケティング手法をニッチ映画市場に持ち込み、クエンティン・タランティーノ＊に代表されるような主流映画の規範的な性描写や暴力表現を拡張する挑戦的かつエッジの効いた作品群を送り出すことで、1990年代のジェネレーションＸ世代の若年層観客を中心とした「インディ映画」ブームの中心的存在となった。

　メジャーとインディペンデントの境界線は、1990年代に入るとますます曖昧かつ複雑になった。1980年代のミニ・メジャーが大手スタジオとの競合姿勢をとったのとは対照的に、ミラマックスは1993年にディズニーに、ニュー・ライン・シネマも1994年にテッド・ターナーが率いるターナー・ブロードキャスティング・システム（TBS）（のちにタイム・ワーナーと合併）に買収されることによって、メディア・コングロマリットの傘下で事業を行う道を選んだ。創作上の裁量権を与えられ、親会社からの一定の自立を維持してはいたものの、それと引き換えに経済的な独立性は失われた。それに伴い、1990年代を通して、インディペンデント映画の予算規模や資金調達方法、公開方法などは、徐々に主流映画のビジネス・モデルに近づいていった。

　さらに、低予算インディペンデント映画の商業性が認知され始めると、大手スタジオもインディペンデント映画の製作・配給に進出した。大手スタジオはインディペンデント映画専門の部門（ソニー・ピクチャーズ・クラシックス [1992] やフォックス・サーチライト・ピクチャーズ [1994] など）を設立し、ニッチ市場向けの作品（ジョン・セイルズの『真実の囁き』[Lone Star, 1996]、キンバリー・ピアースの『ボーイズ・ドント・クライ』[Boys Don't Cry, 1999] など）の製作・配給に乗り出した。

　メジャーとインディペンデントの製作プラクティスがお互いに接近し、重なり合うことで生まれた産業領域は「インディ・ウッド（Indiewood）」と呼ばれるようになったが、この時代のインディペンデント映画の流通ネットワークにおいて重要な役割を果たすようにな

6　ニュー・ニュー・ハリウッド　1980－2000

ったのが映画祭の存在である。とりわけ、サンダンス映画祭（第5章を参照）はインディペンデント映画界の新しい才能の発見と作品のプロモーションのための場として注目を集め、『スラッカー』（Slacker, 1990）のリチャード・リンクレーター（Richard Linklater, 1960- ）や『ポイズン』（Poison, 1991）のトッド・ヘインズ＊、『ウェルカム・ドールハウス』（Welcome to the Dollhouse, 1996）のトッド・ソロンズ（Todd Solondz, 1959- ）などを輩出した。

グローバル化

　第一次世界大戦以降、世界市場において圧倒的なシェアを握り、海外から多くの才能を呼び寄せ、製作機会を提供してきたアメリカ映画は、ある意味においては、その歴史を通じて常にグローバルな存在であり続けたと言えるかもしれない。しかし、1980年代以降の産業構造の変容を観察してみると、この時代のハリウッドを中心とするアメリカ映画のグローバル化が、従来とは一線を画する規模と速度で進行したことがわかる。

　その兆候のひとつ目が、国際市場の成長と収益構造の変化である。1994年には国外市場での興行収入が国内市場のそれを初めて上回った。ふたつ目の兆候は、国外からの製作資本の流入である。1980年代以降、独立系製作・配給会社が国外市場における配給権を国／地域別に事前販売するスキームを本格的に導入すると、国外からの映画製作への投資が促進されるようになり、ヨーロッパや日本のメディア企業からの投資資金の多くが合衆国の映画製作に流れ込んだ。そうしたトランスナショナルな資金の流れは、例えば『ナイト・オン・ザ・プラネット』（Night on Earth, 1991）や『デッドマン』＊（1995）などのジム・ジャームッシュの作品群に見られるように、主流映画のみならずインディペンデント映画製作にも波及した。

　そして、資金の流れとともに、第二次世界大戦以降やや停滞していた人材の国境を超えた移動も活発化した。1980年代から90年代にかけて活躍した独立系プロデューサーには、海外の市場や観客の嗜好に通じた外国人プロデューサーたち（DEGのディノ・デ・ラウレンティス［イタリア］、カロルコのマリオ・カサール［レバノン］とアンドリュー・G・ヴァイナ［ハンガリー］、キャノン・フィルムズのメナハム・ゴーランとヨーラン・グロバス［イスラエル］など）が多く含まれており、リドリー・スコット＊、トニー・スコット（Tony Scott, 1944-2012）、デヴィッド・クローネンバーグ＊、ヴィム・ヴェンダース（Wim Wenders, 1945- ）、ポール・ヴァーホーヴェン（Paul Verhoeven, 1938- ）といった主にイギリス、カナダやヨーロッパ出身の外国人監督によるハリウッドへの移動も顕著となった。そうした移動は、1990年代の後半からのピーター・ジャクソン＊、ジョン・ウー（John Woo, 1946- ）、

アン・リー＊やアルフォンソ・キュアロン（Alfonso Cuarón, 1976- ）のケースに見られるように、その地理的スコープをオセアニアやアジア、中南米にも拡大していくことになる。

　最後に、映画製作の脱アメリカ化が進行したことも重要である。1990年代以降、「ランナウェイ・プロダクション」と呼ばれるアメリカ映画が国外の施設で撮影あるいはポスト・プロダクション作業を行う事例が増加した。ランナウェイ・プロダクションには、作品のストーリーや舞台設定など、創作上の理由で合衆国では不可能な作品を国外で撮影する創造的ランナウェイと、税金対策や人件費抑制による製作コスト削減などの金銭的な理由で製作拠点を国外（主にカナダなどの英語圏）に移す経済的ランナウェイがあるが、特に増加が顕著となったのは後者の経済的ランナウェイである。全体の製作本数に占める経済的ランナウェイの割合は1990年の14パーセントから1998年には27パーセントに増加し、これによる合衆国内の経済的損失は100億ドルを超えるとされた。経済的ランナウェイによって国内産業から失われた仕事の多くはビロウ・ザ・ライン（below-the-line）と呼ばれる技術クルーやエキストラ、脇役俳優、衣装、運搬、メイク、VFXアーティストといった代替可能性の高い職種であり、国内映画産業の空洞化に関する懸念を引き起こした。

ジャンルの動向

　この時代におけるブロックバスター映画において圧倒的な人気を博したのはアクション（SF）アドベンチャーであったが、そのほかのジャンルの動向の中でも特筆すべきはアニメーションの復調である。ディズニーは1980年代の前半まで業績不振による低迷を続けていたが、1984年にマイケル・アイズナーがCEOに着任すると、ジェフリー・カッツェンバーグ、フランク・G・ウェルズとの3人体制で経営改革に取りかかった。『ロジャー・ラビット』（Who Framed Roger Rabbit, 1988）などの大人向け実写映画で観客層のターゲットを拡張する一方で、長編アニメーションの刷新にも取り組み、『リトル・マーメイド』（The Little Mermaid, 1989）の成功を皮切りに、『美女と野獣』（Beauty and the Beast, 1991）、『アラジン』（Aladdin, 1992）、『ライオン・キング』（Lion King, 1994）を次々に大ヒットさせることに成功し、商業ジャンルとしての長編アニメーションの復活を強く印象づけた。ディズニーがセルアニメーションの刷新に注力する一方で、1990年代半ばにはデジタル技術を用いたCGIアニメーションが実りのときを迎えた。1995年にピクサーが初のフルCGIアニメーション『トイ・ストーリー』（Toy Story）を発表すると、全世界で3億6,500万ドルの興行収入をあげる成功を収め、CGアニメーションが一気に主流化した。

　また、『エルム街の悪夢』、『ハロウィン』（Halloween）、『スクリーム』（Scream）シリーズ

に代表されるようなホラーのサブ・ジャンルとしてのスラッシャー・ホラーの流行と主流商業ジャンルとしての定着もつけ加えることができるだろう。かつてはエクスプロイテーション映画などの産業周縁に息づいていた残虐な暴力描写が主流映画に移植されることになった要因としては、第1に先述したメジャーとインディペンデントの境界が希薄化したこと、第2にジェネレーションX世代のティーンエイジャーを中心とした若年観客層の市場が育ったこと、第3にシンプルなプロット・ラインやスペクタクルを強調するハイ・コンセプトに基づいたブロックバスター製作やフランチャイズ化にフィットしたことが考えられる。

　さらに、人種やジェンダー、セクシュアリティなどのアイデンティティ表象のあり方を問う作品群が、産業空間の重要な一角を占めるようになった。ヒップホップ音楽を背景にブルックリンの人種コミュニティ間の衝突を描いたユニバーサル配給作品『ドゥ・ザ・ライト・シング』* (1989) やワーナーによる公民権運動指導者の伝記映画『マルコムX』 (Malcom X, 1996) で大手スタジオとも協働しながら商業監督としての地位を確かにしたスパイク・リーは、もっとも成功した黒人映画作家の一人と言えるだろう。リーの活躍に続いて、ジョン・シングルトン (John Singleton, 1968-2019) は『ボーイズ'ン・ザ・フッド』 (Boyz N the Hood, 1991) で黒人監督としては史上初めてアカデミー監督賞にノミネートされた。女性監督では、ペニー・マーシャル (Penny Marshall, 1943-2018) (『プリティ・リーグ』[A League of Their Own, 1992]) やキャスリン・ビグロー * (『ストレンジ・デイズ／1999年12月31日』[Strange Days, 1995]) が主流商業映画で活躍し、歌手のマドンナが主演して話題を呼んだ『スーザンを探して』 (Desperately Seeking Susan, 1985) のスーザン・シーデルマン (Susan Seidelman, 1952-) やセックス・ワーカーたちの日常を見つめる『ワーキング・ガールズ』 (Working Girls, 1986) のリジー・ボーデン (Lizzie Borden, 1958-)、3世代の黒人家族の歴史を女性の視点で物語る『自由への旅立ち』* (1991) が各地の映画祭で絶賛された黒人女性作家ジュリー・ダッシュ *らが批評的注目を集めた。また、スクリーンから排除、抑圧されてきたLGBTQの登場人物たちに生の声を与える一連の作品群（ガス・ヴァン・サント*の『マイ・プライベート・アイダホ』[My Own Private Idaho, 1991] やグレッグ・アラキ [Gregg Araki, 1959-] の『リビング・エンド』[The Living End, 1992] など）はニュー・クィア・シネマと呼ばれるオルタナティヴな映画ムーヴメントを作り出した。ただし、産業全体の意思決定プロセスや表象の多様性という観点から見れば、依然として白人・男性・異性愛中心主義が色濃く残り、そうした課題は次の世紀に持ち越されることになった。

(河原)

クリント・イーストウッド
Clint Eastwood (1930-)

——50年以上にわたり最前線で活躍しつづける俳優・監督・製作者

カリフォルニア州サンフランシスコ生まれ。1955年にユニバーサルと契約し、端役として映画に出演。だが、契約が更新されず、テレビに活路を見出す。1959年、テレビ西部劇『ローハイド』(1959-66)の準主役に抜擢。計217話に出演して頭角を現す。また、映画では、『ローハイド』の撮影休止期間中に、イタリアの製作会社からの依頼を引き受け（何人かのアメリカ人俳優がすでに断ったために話が回ってきた）、撮影現場のスペインに赴き、セルジオ・レオーネ監督『荒野の用心棒』(1964)（黒澤明監督『用心棒』[1961]のリメイク）に主演として参加。この『荒野の用心棒』が、イタリアのみならず世界中で大ヒットし、スパゲッティ・ウェスタン（日本ではマカロニ・ウェスタン）の造語が生まれた。本作と、レオーネがイーストウッドを続けて主演に起用した『夕陽のガンマン』(1965)および『続・夕陽のガンマン 地獄の決斗』(1966)をあわせて、「ドル箱3部作」と呼ばれる。

これらの成功を経てハリウッドに戻り、俳優、製作者、そして監督として、新たなキャリアを築きはじめる。1967年、製作会社マルパソ・プロダクションを設立する。ユニバーサル製作『マンハッタン無宿』(Coogan's Bluff, 1968)で主演した際、同作を監督したドン・シーゲル*と出会う。二人はその後、監督と主演でコンビを組み、『真昼の死闘』(1970)、『白い肌の異常な夜』(1971)、『ダーティハリー』(1971)、『アルカトラズからの脱出』(1979)を製作。『ダーティハリー』では、それまで西部劇俳優の印象が強かったイーストウッドが、組織からはみ出す刑事ハリー・キャラハンを演じた。警察や地方検事局の官僚主義的な対応が犯罪者を利することになるが、その犯罪者がさらなる犯行に手を染めるのを、ハリーは自身の力でじかに阻止する。本作は、俳優イーストウッドにとって生涯屈指の当たり役となっただけでなく、後続の犯罪映画に大きな影響を与えた。

また、イーストウッドは、演出にも強い関心を示し、『ダーティハリー』公開と同年に、サイコパスの女性につきまとわれる主人公を自身が演じたサスペンス映画『恐怖のメロディ』(Play Misty for Me, 1971)を初監督。監督として彼は、ジャンルとしての映画を強く意

識しており、手がけるジャンルも、西部劇、犯罪映画、サスペンス映画、ミステリー映画、冒険映画、ロード・ムービー、スポーツ映画、戦争映画、恋愛映画など多岐にわたる。また、同じ西部劇でも、匿名の主人公の神話性・不死性が際立つ『荒野のストレンジャー』(*High Plains Drifter*, 1973)、『ペイルライダー』(*Pale Rider*, 1985)の二作と、『許されざる者』(*Unforgiven*, 1992)では作風がまったく異なる。『許されざる者』では、主人公は馬や銃を扱う力の衰えた初老のガンマンで、カウボーイが娼婦の顔を傷つける、賞金を目当てにガンマンたちがカウボーイに報復する、保安官が主人公の相棒をなぶり殺しにするなど、あらゆる暴力が正当性に乏しいものとして描かれる。ほかに1990年代には、犯罪映画（『ガントレット』[*The Gauntlet*, 1977]、『ダーティハリー 4』[*Sudden Impact*, 1983]、『目撃』[*Absolute Power*, 1996]など）や、ロード・ムービー（『ブロンコ・ビリー』[*Bronco Billy*, 1980]、『センチメンタル・アドベンチャー』[*Honkytonk Man*, 1982]、『パーフェクト・ワールド』[*A Perfect World*, 1993]など）に秀作が多い。2000年代以降は、『ミスティック・リバー』(*Mystic River*, 2003)、『父親たちの星条旗』(*Flags of Our Fathers*, 2006)、『硫黄島からの手紙』(*Letters from Iwo Jima*, 2006)、『チェンジリング』(*Changeling*, 2008)、『アメリカン・スナイパー』(*American Sniper*, 2014)などで監督に専念するが、『グラン・トリノ』(*Gran Torino*, 2008)など、自身の年齢を反映した役では主演することもある。『許されざる者』、および、女性ボクサーと自らが演じるトレーナーとの交流を描いた『ミリオンダラー・ベイビー』(*Million Dollar Baby*, 2004)でアカデミー最優秀監督・作品賞を受賞。自作の作曲を担当することも多い。（碓井）

参考文献紹介　リチャード・シッケル『クリント・イーストウッド──レトロスペクティヴ』（キネマ旬報社）は入門に最適。中条省平『クリント・イーストウッド──アメリカ映画史を再生する男』（筑摩書房）は、スタジオ・システムが生み出したジャンルとしての映画を、ハリウッド衰退期に映画界に戻ったイーストウッドがいかに再構成しているかを論じた研究書。伝記として Patrick McGilligan, *Clint: The Life and Legend*（St. Martin's Press）がある。

リドリー・スコット
Ridley Scott（1937- ）

――芸術家とビジネスのセンスを持ち合わせた社会派監督

イギリス、サウス・シールズ生まれ。美術の才能に恵まれ、ウエスト・ハートプール美術大学へ進学し、グラフィック・デザインを学び、優秀な成績を収め、ロンドン王立美術学校（RCA［Royal College of Arts］）に進む。RCAを卒業した後、スコットはセット美術を学びたいと思い、セット・デザイナーとしてBBCに就職するも、次第に監督として人気番組のシリーズものなどまで手がけるようになる。BBCでキャリアを積んだ後、1965年に、ロンドンの中心地ウェスト・エンドにリドリー・スコット・アソシエーツ（RSA）を開く。この時期、主にテレビのコマーシャルを多く製作することになる。

スコットは、初監督作である、ジョセフ・コンラッドの短編小説の映画化『デュエリスト／決闘者』（The Duelist, 1977）でカンヌ国際映画祭新人監督賞を受賞する。次作『エイリアン』（Alien, 1979）の世界的大ヒット以降は活躍の場をアメリカに移す。『エイリアン』は、商業用宇宙船ノストロモ号の船内という狭い閉鎖空間に攻撃的な地球外生命体エイリアンが解き放たれるSFホラー映画であるとともに人間ドラマでもある。物語の主人公がシガニー・ウィーバー演じるリプリーという女性である点が意義深い。『エイリアン』の直後に、SF映画を監督する気はなかったものの、再びSF映画『ブレードランナー』*（Blade Runner, 1982）を監督することになる。『ブレードランナー』でスコットを魅了したのは、フィリップ・K・ディックの原作『アンドロイドは電気羊の夢を見るか？』のSF的側面ではなく、むしろ、この作品の投げかける道徳的なテーマであった。スコットはこの映画の中で、使い古された「アンドロイド」という呼称を使わず「レプリカント」という表現を使用している。『ブラックレイン』（Black Rain, 1989）は、一転してアジア、日本を舞台にした犯罪映画であり、二人のアメリカ人刑事役を演じるマイケル・ダグラスとアンディ・ガルシアがヤクザ佐藤（松田優作）を追いかける。スコットの作品の中ではあまり取り上げられることはないふたつの文化の同一性と差異を描いた興味深い作品と言えるだろう。

スコットのイメージを覆したのは、次作、女性を主人公にしたロード・ムービーかつ相

棒映画『テルマ＆ルイーズ』*（Thelma & Louise, 1991）で、男性社会の中で生きづらさ感じる女性二人の逃避行を描いた。本作ではじめてアカデミー監督賞にノミネートされる。スコットの作品のジャンルは多岐にわたり、ファンタジー系では、『レジェンド／光と闇の伝説』（Legend, 1985）、現代ものでは『誰かに見られてる』（Someone to Watch Over Me, 1987）、軍隊もの『G.I. ジェーン』（G.I. Jane, 1997）、歴史もので、スコットの作品の中で結果的に最高の興行成績を収めた『グラディエーター』（Gladiator, 2000）、そして『羊たちの沈黙』の続編の『ハンニバル』（Hannibal, 2001）などがある。その後も話題作を発表しつづけている。映画のほかにテレビにも関わりつづけ、例えば、日本でもよく観られた『NUMBERS 天才数学者の事件ファイル』シリーズ（NUMB3RS, 2005-10）や『グッド・ワイフ』シリーズ（The Good Wife, 2009-16）などをプロデュースしている。

　スコットの作品には、印象的な力強い女性が登場することが多い。例えば、『エイリアン』のリプリー、『テルマ＆ルイーズ』の主人公2人、『G.I. ジェーン』のジョーダン・オニールなどである。また、彼は映画を監督するとき、美術にも大変気を配り、レンブラントなどの絵画や写真などの芸術作品から触発されている。時間と金を無駄にしないコマーシャル作りで培った方法を映画製作でも用いた。単なるエンターテインメントに終わらない深い内容を持つ映画を、優れた芸術的センスとビジネスセンスで製作するのに長けた監督である。

　1995年にイギリスの映画界に多大な貢献に対して弟の故トニーとともにBAFTA（British Academy Film Awards）を授与された。また。2003年にイギリス映画産業への貢献を認められナイトの称号を与えられている。

（相原［優］）

参考文献紹介　ポール・M・サモン『リドリー・スコットの世界』（扶桑社）から入るとよい。インタヴュー集Ridley Scott: Interviews（UP of Mississippi）のほかに、William B. Parrill, Ridley Scott: A Critical Filmography（McFarland）などが刊行されている。

デヴィッド・クローネンバーグ
David Cronenberg (1943-)

―― 肉体とテクノロジー

CC BY-SA 3.0

　1943年、カナダ、オンタリオ州トロントに生まれる。父親はジャーナリストで文筆家、母親はピアニストといういわば知的な家庭で育った。少年時代から青年時代はSF小説に関心を抱き、小説家を志したと本人も述べている。

　デビュー作は『シーバース』(Shivers, 1975)で、本作では、科学的に開発された寄生虫によって異常に性欲が亢進した人間集団とこれに抵抗して孤軍奮闘しながらも敗北する主人公を描いてポスト・ヒューマン的な世界を提示している。1977年に発表した『ラビッド』(Rabid)では、科学的な治療の副作用によって女性の身体に形成された吸血器官がセックスを経由してもたらすパンデミックを描いている。テクノロジーと人間身体の関係性に対するクローネンバーグの強い関心は、これら初期の作品にも確認される。

　クローネンバーグの北米での成功の第一歩となった作品が『スキャナーズ』(Scanners, 1981)である。超能力者同士の戦いを描く本作では、超能力者は薬物によって量産可能な自動機械のようなものであり、冒頭の頭部爆発の場面に見られるように、劣った機械はいとも簡単に破壊される。この時期にクローネンバーグが監督した作品としては、母親の怒りが腫瘍化して怪物を生み出して人を殺す『ザ・ブルード／怒りのメタファー』(The Blood, 1979)や、現実とビデオ世界の空想の境界、肉体とメディアの境界が瓦解する『ビデオドローム』(Videodrome, 1983)があるが、この2作も『スキャナーズ』同様、カルト的な映画として知られている。

　クローネンバーグのハリウッド進出第1作はスティーヴン・キングの小説の映画化『デッド・ゾーン』(The Dead Zone, 1983)である。自動車事故をきっかけに超能力が覚醒する（体に触れると相手の秘密や未来がわかるようになる）というストーリーの本作は、自動車＝機械あるいはテクノロジーと身体の関係性に暗に言及している点で、その後のクローネンバーグの作品を予感させる作品でもある。『デッド・ゾーン』は、批評家から高く評価され、次作『ザ・フライ』(The Fly, 1986)の布石となる。『ザ・フライ』では、自動車の

220　　　　　　　　　　　　　　　　　　　　　　　　　第Ⅰ部　アメリカ映画の歴史

エンジンのような電送ポッド、そして、主演のジェフ・ゴールドブラム演ずる科学者の「肉体」の演出によって大ヒットし、クローネンバーグが監督した映画としては、あらゆる面でもっとも評価された作品となった。一人の女性をめぐって双子の兄弟の関係性が錯綜する『戦慄の絆』(*Dead Ringers*, 1988) での金属の手術器具への執着的描写、ウィリアム・S・バロウズの小説の薬物耽溺者的な幻想世界を描く『裸のランチ』(*Naked Lunch*, 1991) のマグワンプ（怪物的な生物とタイプライターの融合）にも、肉体と機械へのこだわりがやはり見て取れる。『クラッシュ』(*Clash*, 1996) の自動車事故＝機械的な衝撃によって喚起される性欲、『イグジステンズ』(*eXistenZ*, 1999) のゲーム＝機械的な仮想世界と肉体の「物理的な」接続もクローネンバーグ独特の機械観、身体観を提示している。

　2000 年以降のクローネンバーグは、『ヒストリー・オブ・バイオレンス』(*A History of Violence*, 2005) や、『イースタン・プロミス』(*Eastern Promises*, 2007) を監督し、ノワール的な物語世界を創造しているが、これらの作品で突如発生する身体破壊表現は、銃＝テクノロジーによる損壊こそが再認識させる肉体の物質性を演出している。フロイトとユングの一人の女性をめぐる確執を軸に死の欲動概念の着想の起源に迫る戯曲の映画化『危険なメソッド』(*A Dangerous Method*, 2011) も、文芸作品的な装いをもって抗えない「肉体」の欲動性＝機械性を描いている。

　『クライムズ・オブ・ザ・フューチャー』(*Crimes of the Future*, 2022) では、テクノロジーによって超進化を遂げた人間は痛覚を失い、自らの内臓を見世物＝スペクタクルとするアート・ショー、プラスティックを食べる人類が現れるディストピアともユートピアとも判断がつかない未来が描かれている。本作の紹介にあたってテクノロジーとは身体の「延長」なのだと述べるクローネンバーグの映画製作は、今でも、身体とテクノロジーの境界で行われているのである。

(小原)

参考文献紹介　クローネンバーグの作品における身体／肉体をめぐる議論としては、Scott Colbert, *Celluloid Flesh: The Films of David Cronenberg*（Bandersnatch Books）が極めて参考になる。クローネンバーグの作家性を論じたものとしては、Mark Browning, *David Cronenberg: Author or Filmmaker?*（Intellect）が研究のきっかけとして有用だろう。

マイケル・マン
Michael Mann (1943-)

——ドキュメンタリータッチとスタイリッシュな映像美の融合

テレビシリーズ『特捜刑事マイアミ・バイス』(*Miami Vice*, 1984-89)の製作者としてことに有名な映画監督マイケル・マンは、その緻密な監督術のゆえ比較的寡作である一方、高確率でヒット作品を世に送り出している。マンはイリノイ州シカゴで生まれ育ち、ベトナム戦争期の1960年代終わりに、著名な映画人を多く輩出していた職業大学院ロンドン・フィルムスクールにいわば疎開している。映画に興味を持ちはじめたのはウィスコンシン大学マディソン校在学中のことで、こ

CC BY-SA 2.0

こで映画史を学んだことが映画監督を目指す大きなきっかけになった、とマンはのちに述懐している。映画独自の手法を駆使する、をモットーとするマンの完全主義は、多くの作品に色濃く反映されており、それゆえの寡作という見方も可能であろう。もうひとつのマンの傾向は徹底したリアリティの追求である。これには彼が上記のフィルムスクールでの時間をドキュメンタリー映画に費やしたことが関係していると言われている。刑事ものであれば実在の刑事をアドバイザーとし、登場人物が窃盗犯であれば実在の窃盗犯をアドバイザーとし、現実・実在の世界を材料に物語を紡ぎだすのがマンの特徴的な映画製作法である。

　テレビシリーズの脚本家、監督としてキャリアをスタートしたマンは、監獄の受刑者が陸上競技でオリンピックを目指すテレビ映画『ジェリコ・マイル／監獄のランナー』(*The Jerico Mile*, 1979)で一躍注目を浴び、『ザ・クラッカー／真夜中のアウトロー』(*The Thief*, 1981)で劇場長編映画の監督デビューを果たす。本作では、ジェイムズ・カーンが演ずる、昼は中古車販売業者、夜は金庫破りのプロという男が自らの仁義を通すために組織と対決する姿が描かれるが、真夜中の金庫破りのシーン、そして、組織に挑む銃撃戦のシーンは、先に述べたマンの作家的な特性がいかんなく発揮されており、彼の作風の典型を見ることができる。本物の金庫破り、本物のタクティカル・シューターの指導のもと撮影される場面は（物語の統合性というよりは「殺し」という目的に対して）あまりにも機能的であまりにもリアルだ。

マンのテレビ映画『メイド・イン・LA』（LA Takedown, 1989）のリメイク『ヒート』（Heat, 1995）も同系統の作品と言える。刑事（アル・パチーノ）と強盗（ロバート・デ・ニーロ）の緊張感のある友情と敵対関係は、実在の刑事と強盗の関係性に基づくものである。マンは『ザ・クラッカー／真夜中のアウトロー』と同様、本作でも徹底的にリアリティを追求し、特に銃の演出に限界までこだわっている。警察の特殊班と強盗グループが激突する大銃撃戦のシーンは、アクション映画史に間違いなく残るリアリティで構築された。『コラテラル』（Collateral, 1994）では、タクシー運転手（ジェイミー・フォックス）を連れ回し事件に巻き込んでいく殺し屋（トム・クルーズ）の心情をも観客に感じ取らせる手法が用いられ、観客はどちらの側にもつけない宙吊り状態に留め置かれる。マンは一個の人間としての殺し屋のリアリティを独特の演出で描いているのである。

リアリティの追求という点では、アメリカ文学の古典的キャノンの映画化『ラスト・オブ・モヒカン』（The Last of the Mohicans, 1992）がマンのまた別の傾向を明らかにしている。本作のマンはいわば悪役でもあるヒューロン族のマグア（ウエス・ステューディ）を単なる「西部劇のインディアン」的な悪役ではなく、あくまで「敵」として描き、映像表現によって彼に対する理解を示すことで、西部劇的な歴史観に異議を唱えている、あるいは歴史修正主義的なモチベーションからリアリティを追求しているのである。

もちろん、マンは決して映画史に背を向けていない。残像効果とスローモーションを用いた映像美、ことに夜景をバックにした光の演出（『ヒート』のクライマックス、『コラテラル』全体の雰囲気など）はマンのスタイリッシュな演出の真骨頂と言えるだろう。こうした演出は映画（技法）史をくまなく学んだマンだからこそ可能なのだ。ドキュメンタリー・タッチ（リアリティの追求）とスタイリッシュな映像美の融合という点で、彼の作品の出演者と観客の多くが認めるように、マンはアメリカの「作家」として記憶されるべき監督である。

（小原）

参考文献紹介　Steven Rybin, *The Cinema of Michael Mann*（Lexington Books）、Johnathan Rayner, *The Cinema of Michael Mann: Vice and Vindication*（Wallflower Press）などの研究書が、マンの作家性を理解する際に有用である。『ラスト・オブ・モヒカン』には『アメリカ文学と映画』（三修社）所収の川本徹論文がある。

デイヴィッド・リンチ
David Lynch (1946-)
―――不気味な／の作家

CC BY-SA 3.0

　モンタナ州ミズーラ生まれ。幼少期より絵画とボーイ・スカウトに親しむ。ペンシルヴァニア美術アカデミー、アメリカン・フィルム・インスティテュート（AFI）在学中に「アルファベット」("The Alphabet," 1968)、「グランド・マザー」("The Grandmother," 1970) など短編数本を製作。1972年から4年がかりで『イレイザーヘッド』(Eraserhead, 1976) を完成させる。自身の最初の結婚と妻の妊娠という経験をもとに、ある工業地帯に暮らす男が見る悪夢をシュルレアリスムの伝統を想起させる奇怪かつ幻想的な映像と工業的なノイズ音で描いたこの作品は、当時、都市部のアートハウス映画館を中心に人気を博していた低予算アンダーグラウンド映画の深夜上映（ミッドナイト・ムービー）向けに配給され、カルト的な人気を得た。

　1980年に、19世紀後半のイギリスを舞台に疾患のため身体が変形した青年の半生を描いたパラマウント配給作品『エレファント・マン』(The Elephant Man) を監督し、興行的成功を収める。しかし、続いて独立系プロデューサー、ディノ・デ・ラウレンティスと組み、ユニバーサルが配給したSF作品『デューン／砂の惑星』(Dune, 1984) が興行的に失敗したために、以後、主流映画製作とは距離を置くことになる。

　主流映画製作への接近と離脱を経た後、創作上の裁量（具体的にはファイナル・カット権）を手にして製作されたのが『ブルーベルベット』*(Blue Velvet, 1986) である。1950年代のアメリカを想起させる平和な田舎町の日常に潜む暴力と狂気を描いたこの作品は、過激な性描写や暴力描写が論争を呼ぶ一方で、全米批評家協会賞の4部門を受賞するなどリンチの映画作家としての評価を高めた。

　ハリウッドの主流映画製作とは適度に距離を保ちつつ、独自の作家的地位を確立したリンチのキャリアは、1990年代にさしかかるころからメディアの境界を横断した独自の展開を見せる。1989年から、3大ネットワークのひとつであるABCでテレビ・シリーズ『ツイン・ピークス』(Twin Peaks, 1989-91) を製作、アメリカの田舎町で起こった女子高生殺人事件の謎を特異な人物造形で描いた。オットー・プレミンジャー*のフィルム・ノワール

作品『ローラ殺人事件』（1944）などの古典に意識的に言及しつつ、物語映画のジャンルの諸規則とテレビにおけるシチュエーション・コメディの伝統を実験的に結合させた本シリーズは、世界中で熱狂的な人気を博した。さらに、その放映の最中に公開されたキッチュなロード・ムービー『ワイルド・アット・ハート』（Wild at Heart, 1990）のカンヌ国際映画祭パルムドール受賞により、リンチは主流／周縁、ポップ／カルトといった構図を無効化するような高度に領域横断的な作家性を確立したと言えるだろう。

　テレビドラマシリーズの劇場版長編作品『ツイン・ピークス／ローラ・パーマー最期の7日間』（Twin Peaks: Fire Walk with Me, 1992）の発表後、しばらくの沈黙を経て、1990年代の後半からはフィルム・ノワールを非直線的な物語構造で再構築する『ロスト・ハイウェイ』（Lost Highway, 1997）、インディ映画の製作・配給を強化していたディズニーによるロード・ムービー『ストレート・ストーリー』（The Straight Story, 1999）をコンスタントに発表する。また、お蔵入りとなったテレビドラマのパイロット版を長編作品として再編集した『マルホランド・ドライブ』（Mulholland Drive, 2001）はカンヌ国際映画祭で監督賞を獲得し、健在ぶりを示した。技術変化にも敏感に反応し、『インランド・エンパイア』（Inland Empire, 2006）では、あえて最新でないデジタル・カメラを用いてデジタル映像の可能性を探求した。2017年には再びテレビドラマに取り組み、『ツイン・ピークス：リミテッド・イベント・シリーズ』（Twin Peaks: The Return）を監督した。

　古典作品とその物語規範に言及しつつ、そこに様式的なねじれを加えるパスティーシュ的な作風により、リンチをポスト・モダン作家の代表的存在とみなす批評もある。また映画やテレビでの活動以外にも短編アニメーション、絵画、写真、音楽、ウェブ動画など、その活動が多岐にわたることも特筆すべき特徴である。　　　　　　　　　　　　（河原）

参考文献紹介　インタヴュー集であるクリス・ロドリー『デイヴィッド・リンチ』改訂増補版（フィルムアート社）と自伝『夢見る部屋』（フィルムアート社）が翻訳されている。英語文献は数多いが、Justus Nieland, *David Lynch*（U of Illinois P）が入門書として適している。

オリバー・ストーン
Oliver Stone (1946-)

―― アメリカの今を語る社会派映画の巨匠

CC BY-SA 4.0

　1946年、ニューヨーク市生まれ。イェール大学を中退後、1967年にベトナム戦争に従軍。除隊後はニューヨーク大学にてマーティン・スコセッシ*に師事し、シナリオ製作に励むも失敗し、その後、ホラー映画『邪悪の女王』(Seizure, 1974) にて監督デビューをする。1978年にはトルコで投獄されたアメリカ人旅行者ビリー・ヘイズの脱獄を描いた社会派サスペンス『ミッドナイト・エクスプレス』(Midnight Express) の脚本を担当し、アカデミー脚本賞を受賞。しかし、1991年に監督した、不慮の事故で右手を失った漫画家を主人公としたホラー映画『キラー・ハンズ』(The Hand) が不評で、ドラッグに溺れる。アメリカの暗黒街で麻薬王としてのし上がり、転落するキューバ移民を描いたギャング映画『スカーフェイス』(Scarface, 1983) の脚本を担当し、執筆のために麻薬局の実態に触れてドラッグとは絶縁。その後、ニューヨークのチャイナタウンを舞台に、刑事とチャイニーズ・マフィアとの対決を描いたバイオレンス映画『イヤー・オブ・ザ・ドラゴン』(Year of the Dragon, 1985) の脚本を担当し、脚本家としての評価を高める。軍事政権下にあったエルサルバドルでの実在の写真家リチャード・ボイルの体験記を映画化した『サルバドル／遥かなる日々』(Salvador, 1986) にて、監督に復帰し、同年に、ベトナム帰還兵であったストーン自身の従軍体験をもとにベトナム戦争の実態をリアルに描いた『プラトーン』(Platoon, 1986) にてアカデミー作品賞や監督賞など4部門に輝き、一躍有名監督の仲間入りをする。両親の反対を押し切ってベトナム戦争に志願したクリス・タイラーを主人公に、アメリカ兵に蔓延する麻薬汚染や仲間内での殺人や同士討ち、敵兵に対する死体破損、無抵抗な民間人に対する虐待や強姦、民家の放火といった、ベトナム戦争の醜悪な現実を描き出し、『ディア・ハンター』(1978) や『地獄の黙示録』* (1979) に続く、ベトナム戦争映画の傑作として名高い。

　1989年にはロン・コーヴィックの同名の自伝的小説の映画化で、同じくベトナム戦争を扱った反戦映画『7月4日に生まれて』(Born on the Fourth of July) で2度目のアカデミー監督賞を受賞。ベトナム戦争で下半身不随となった帰還兵ロンの姿を通じて、アメリカ国内

の主戦派と反戦派の対立やPTSDや負傷兵に対する世間の冷たい反応、戦争に対する政治的な思惑が描かれ、戦場のみを舞台とした『プラトーン』の続編と言える。このふたつの戦争映画に加えて、伝説的バンド「ドアーズ」のボーカリスト、ジム・モリソンと彼を支えたパメラとの愛情を交えた伝記映画『ドアーズ』(The Doors, 1991) をあわせて、60年代アメリカ社会を描いた3部作を成す。このふたつの戦争映画はまた、ベトナム戦争を生き抜きアメリカへと渡った実在のベトナム女性レ・リー・ヘイスリップの40余年にわたる半生を描いた『天と地』(Heaven & Earth, 1993) を加えて、ベトナム戦争3部作ともなっている。

　『プラトーン』と同様にチャーリー・シーンが主演した『ウォール街』(Wall Street, 1987) は一攫千金を目論む若き証券マンとカリスマ投資家との企業買収を描いた金融サスペンス映画で、行き過ぎた資本主義への批判をこめている。1991年にはケネディ大統領暗殺事件の真相解明に執念を燃やす地方検事ジム・ギャリソンの奮闘を描いた『JFK』(JFK) を、1995年にはリチャード・ニクソンの激動と波乱に満ちた半生を描いた『ニクソン』(Nixon) を公開。2009年にはジョージ・W・ブッシュの半生をシニカルに描いた『ブッシュ』(W.) を加えて、アメリカ大統領をテーマとした映画を3本製作している。ほかには、9.11アメリカ同時多発テロで、奇跡の生還を果たした二人の警官の実話を映画化した『ワールド・トレード・センター』(World Trade Center, 2006) やアメリカによる個人情報監視の実態を暴露した元アメリカ国家安全保障局（NSA）職員エドワード・スノーデンの実話を映画化した『スノーデン』(Snowden, 2016) などがある。

　オリバー・ストーンはベトナム戦争での従軍経験を生かした戦争映画や、アメリカ政府やアメリカ社会の闇を描き出すサスペンス、実在の人物や実話の映画化を得意とするハリウッドきっての社会派映画の巨匠である。

（中村）

参考文献紹介　ジェームズ・リオーダン『オリバー・ストーン──映画を爆弾に変えた男』(小学館) は評伝。Oliver Stone & Peter Kuznick, *The Untold History of the United States* (Gallery Books) はオリバー・ストーンが語る歴史大作で、『オリバー・ストーンが語る もうひとつのアメリカ史 1～3』(早川書房) として日本語に訳されてもいる。

ガス・ヴァン・サント
Gus Van Sant (1952-)

―― ポートランド発、ニュー・クィア・シネマの先駆

ケンタッキー州ルイビル生まれ。オレゴン州ポートランドを舞台とする3部作以降ハリウッドでも活躍する。ゲイで、ビート文学に触発されたインディペンデント監督として、現実に起った事件に関心を寄せつつ、家族や死などをテーマに、社会の周縁に生きる人々に焦点を当てつづけている。

小説を映画化した作品が多く、「文学がシングル・センテンスでやってのけることを、映画でいつもやっていたい」と語っている。薬物中毒者の再生をテーマとする、ジェイムズ・フォーゲルの自伝的小説を映画化した『ドラッグストア・カウボーイ』(Drugstore Cowboy, 1989)では、ビート作家ウィリアム・S・バロウズをジャンキーの神父として登場させた。また、『小説家を見つけたら』(Finding Forrester, 2000)では、ショーン・コネリー演じる、ブロンクスに住む隠遁作家が登場し、J・D・サリンジャーを彷彿させる。

CC BY-SA 4.0

性的少数者の登場人物は数多いが、物語としては同性愛のラブストーリーといった枠に収まらない多様性があり、加えて、オルタナティヴな家族のあり方を模索する。白黒でアンダーグラウンド感を引き立たせた『マラノーチェ』(Malanoche, 1988)では、ゲイがストレートの不法移民に恋をする。1990年代初頭にインディペンデントなクィア映画の出現に対する名称「ニュー・クィア・シネマ」の先駆けとされる『マイ・プライベート・アイダホ』(My Own Private Idaho, 1991)では、睡眠障害を抱え、ストリートで体を売るゲイのリヴァー・フェニックスが、ストレートのキアヌ・リーヴスと母を探す旅に出る。『カウガール・ブルース』(Even Cowgirls Get the Blues, 1993)では、レズビアンたちが共同体を作って女装趣味の男と戦い、西部劇という男性的なジャンルを修正した。そして、アカデミー作品賞にノミネートされた『ミルク』(Milk, 2008)では、サンフランシスコのカストロ地区を舞台に、ゲイを公表したアメリカ初の公職者となったハーヴェイ・ミルクによる公民権をめぐる壮絶な戦いを讃えた。

ハリウッド的な作品では、実際の殺人事件を題材にした『誘う女』(To Die For, 1995)、そして、マット・デイモン、ベン・アフレック脚本・出演『グッド・ウィル・ハンティン

グ／旅立ち』（*Good Will Hunting*, 1997）では、天才でありながら閉塞感を抱えた若者と、妻を癌で失った心理学者の人間ドラマが展開されている。アカデミー作品賞にノミネートされサントの代表作となった。また、デイヴ・エッガーズ原作『プロミスト・ランド』（*Promised Land*, 2012）は、環境問題やリーマンショック以後の農業経済といった同時代的テーマで、主人公の社会正義をめぐる葛藤を真正面から捉えた。

　その一方、実験的な試みもあり、『サイコ』（*Psycho*, 1998）はヒッチコック版をフルカラーで完全リメイクした。「死の3部作」では、現実の事件の記憶に多義的な読みの可能性を与え、閉塞感から解放する。1作目『ジェリー』（*Gerry*, 2002）では、冒頭からロングテイクのドライブシーンが異化効果をもたらし、死と隣り合わせで二人の若い男性がほぼ会話なく砂漠を彷徨う。サント作品のシグニチャーとして雲のショットがあり、本作のロングショットによる壮大な自然景観は、人間の卑小さを浮き彫りにする。カンヌ国際映画祭でパルムドールと監督賞を受賞した2作目『エレファント』（*Elephant*, 2003）は、高校での銃乱射事件を取り上げ、ひとつのシーンを、視点を変えて反復し、複数の登場人物それぞれの立場での事件の解釈を可能にしている。3作目『ラスト・デイズ』（*Last Days*, 2005）は伝説的ロック・ミュージシャン、カート・コバーンの死に着想を得て、落ち込んだ精神状態の表現に挑んだ。その後も、水鳥を愛する、脳腫瘍で余命宣告された女の子と、第二次世界大戦で特攻隊として命を落とした亡霊に取り憑かれた男の子のラブストーリー『永遠の僕たち』（*Restless*, 2011）、妻を亡くしたアメリカ人の夫が富士の樹海で救済される『追憶の森』（*The Sea of Trees*, 2016）で死からの再生を描いた。

　また、ポートランドを舞台とする作品も作りつづけ、『パラノイドパーク』（*Paranoid Park*, 2007）ではスケートボード文化、『ドント・ウォーリー』（*Don't Worry, He Won't Get Far on Foot*, 2018）は、同地の車椅子の風刺漫画家ジョン・キャラハンのアルコール依存症からの再生に焦点を当てた。

（川村）

参考文献紹介　Katya Tylevich, *Gus Van Sant: The Art of Making Movies*（Laurence King Publishing）はサントの作品を網羅し、自伝的解説も充実。

ジュリー・ダッシュ
Julie Dash（1952- ）
——黒人女性の歴史と現在を描き出す監督

CC BY-SA 3.0

　ニューヨーク州クイーンズに生まれ、低所得層向け住宅で育つ。ニューヨーク市立大学映画学科で学んだ後に、UCLAのフィルム・スクールに進学、LAリベリオンと呼ばれる黒人映画作家集団において、チャールズ・バーネットらとともに中心的存在として活動し頭角を現す。主としてアートハウス系の外国映画に強い影響を受けてきたが、トニ・モリスンやアリス・ウォーカー、トニ・ケイド・バンバーラといった黒人女性作家たちの作品にも強い影響を受けて、自ら黒人女性についての作品を作ることを志すようになる。

　1975年には、ニーナ・シモンの同名曲にインスパイアされた短編映画「四人の女たち」("Four Women," 1975) を発表。それぞれに生きる時代も境遇も異なる4人の黒人女性の共通の抑圧を描き出す。続いて1977年には、アリス・ウォーカーの短編小説をベースにしたわずか13分の短編映画「アフリカの乳母の日記」("Diary of an African Nun," 1977) を製作。ドラムビートを効果的に用いた詩的で非線型的な構成は、のちの代表作『自由への旅立ち』*（Daughters of Dust, 1991）を思わせるような独特のスタイルを予型的に表現していた。80年代に入ると、短編「イリュージョンズ」("Illusions," 1982) を監督、パッシング（黒人の出自を隠し白人として生活すること）によって社会的成功を収めたミニョン・デュプレや、白人の声の吹き替えに甘んじるシンガー、エスター・ジーターの姿を通して、黒人女性性がいかに社会的に不可視なものにされていくかという主題に切り込み、それまで製作した短編の中でももっとも注目を集めた作品となった。

　短編映画での成功を受けて、ダッシュは長編映画製作に乗り出し、1991年に長編第1作にしてその代表作となる『自由への旅立ち』を公開した。物語はダッシュの父方の祖先であるガラと呼ばれる西アフリカにルーツを持つ黒人たちの歴史と生活に焦点を当て、南部ジョージア州・サウス・キャロライナ州沿岸の島、セント・ヘレナ島に奴隷制時代から居住し、ついに島を出る決心をする一家を描いている。時系列に沿わずにあえて語りの時点を混在させた斬新な構成とアヴァンギャルドな映像美、印象的なアフリカ音楽のモチー

フの多用によって他に類を見ないダッシュの映画作法を完成させたこの作品は、1991年のサンダンス映画祭に出品され、撮影賞を受賞するなど高い評価を受けた。『自由への旅立ち』は国立フィルム保存委員会により、保存が推奨される映像作品のリストであるアメリカ国立フィルム登録簿に登録されている。

『自由への旅立ち』以後、ダッシュはテレビやミュージックビデオの製作に活動の中心を移していく。テレビ映画として、アンジェラ・バセット主演でモンゴメリー・バス・ボイコット事件の担い手だったローザ・パークスの伝記映画『ローザ・パークス物語』(The Rosa Parks Story, 2002) を製作したほか、エイヴァ・デュヴァーネイの製作総指揮によるオプラ・ウィンフリー・ネットワークのドラマシリーズ、『クイーン・シュガー』(Queen Sugar, 2016-22) のエピソードを監督している。

ダッシュの功績のひとつは、90年代のインディペンデント映画ブームの中で、伝統的にはチャンスを与えられてこなかった黒人監督の一人として、メインストリームのスタジオ映画にはない自由な手法で映画製作を実践したことにある。『自由への旅立ち』は興行的には成功しなかったものの、アートハウスを中心に長らく評判を保ち、黒人映画とインディペンデント映画の双方における古典作品としての地位を確立している。ダッシュは、ニュー・クィア・シネマの代表作『ウォーターメロン・ウーマン』(The Watermelon Woman, 1996) を監督したシェリル・デュニエ、俳優としても活躍しつつ監督したゴシック・ホラー映画『イヴズ・バイユー』(Eve's Bayou, 1997) が高く評価され現在も第一線で活動するケイシー・レモンズらとともに、数少ない黒人女性監督の先駆的存在であり、エイヴァ・デュヴァーネイら新世代の監督たちの活躍に先鞭をつけたという点で、長きにわたるその活動はとても意義深いものである。

(ハーン)

参考文献紹介 『自由への旅立ち』に関連して、トニ・ケイド・バンバーラや代表的なブラック・フェミニスト、ベル・フックスとともに手がけたメイキング本 *Daughters of the Dust: The Making of an African American Woman's Film* (The New Press)、映画版の続編に当たる小説 *Daughters of the Dust* (Plume) がある。

ジム・ジャームッシュ
Jim Jarmusch (1953-)

——映画界のアウトサイダー

CC BY-SA 3.0

　1953年にオハイオ州の工業都市アクロンに生まれる。作家を目指し、コロンビア大学で英語文学を専攻するが、大学の最終学年を過ごしたパリで映画に目覚める。帰国後はニューヨーク大学大学院で映画製作を学び、講師を務めていたニコラス・レイ*に師事する。ドイツ人監督ヴィム・ヴェンダースがレイとともに撮影した『ニックス・ムービー／水上の稲妻』(Nick's Movie / Lightning Over Water, 1980) にも参加する。長編第1作は、もともと卒業製作として撮られた『パーマネント・バケーション』(Permanent Vacation, 1981) で、主人公の青年がニューヨークの街を彷徨し、自分と同様に社会の周縁を生きる人々と出会う物語である。

　ジャームッシュの名を一躍世界に知らしめたのは、カンヌ国際映画祭でカメラドールを受賞した長編第2作『ストレンジャー・ザン・パラダイス』(Stranger Than Paradise, 1984) である。当初はヴェンダースから譲り受けた余剰フィルムで製作された短編だったが、その後に新たな資金を得て、最終的には長編として完成した。ジャームッシュのスタイルはしばしばミニマリズムと称される。本作はその最たる例である。画面はモノクロで、映画の大部分を占めるのは、持続時間の長い固定ロングショット。中心人物の男女3人は、映画全体で3つの都市を移動するが、物語に大きな起伏はない。むしろ場所が変わっても退屈とすれ違いが続く。そこから生じる独特のユーモアが作品の魅力である。また、立身出世的な物語と距離を置こうとする姿勢や、アメリカ内部の異文化（例えば英語以外の言語）への関心など、のちのジャームッシュ映画にも見られる特徴が表れている。

　その後もジャームッシュは、監獄で出会った3人の男の脱獄と逃走を描く『ダウン・バイ・ロー』(Down by Law, 1986)、メンフィスを舞台に3つの物語をオムニバス形式で描く『ミステリー・トレイン』(Mystery Train, 1989)、世界の5つの都市のタクシードライバーと乗客のやり取りを再びオムニバス形式で描く『ナイト・オン・ザ・プラネット』(Night on Earth, 1991)、モノクロの幻想的西部劇『デッドマン』*、武士道を信奉する殺し屋の物語『ゴースト・ドッグ』(Ghost Dog: The Way of the Samurai, 1999) と、多作ではないが着実に作品

第Ⅰ部　アメリカ映画の歴史

を発表している。21世紀以後の作品に、コーヒーとたばこにまつわる11の挿話を集成した『コーヒー＆シガレッツ』(*Coffee and Cigarettes*, 2003)、中年男が1通の手紙に導かれて過去を探求する『ブロークン・フラワーズ』(*Broken Flowers*, 2005)、スペインを舞台とするミステリ映画『リミッツ・オブ・コントロール』(*The Limits of Control*, 2009)、ヴァンパイア映画とゾンビ映画に捻りを加えた『オンリー・ラヴァーズ・レフト・アライヴ』(*Only Lovers Left Alive*, 2013) および『デッド・ドント・ダイ』(*The Dead Don't Die*, 2019)、バスの運転を生業とする詩人の1週間を描く新たな代表作『パターソン』(*Paterson*, 2016) がある。また、音楽ドキュメンタリーに『イヤー・オブ・ザ・ホース』(*Year of the Horse*, 1997) や『ギミー・デンジャー』(*Gimme Danger*, 2016) がある。

　ジャームッシュ映画の主人公の多くは、社会のアウトサイダーである。監督自身、『ストレンジャー・ザン・パラダイス』の成功後も、映画界のアウトサイダーとして、つまりはハリウッドのメジャー・スタジオから距離を保ちながら活動を続けてきた。予算は少なくとも、それゆえに得られる製作の自由を守ってきた。そのようにして、ハリウッドの基準からすれば映画にはならないような題材すらも優れた映画に仕立て上げ、同世代や後続世代の作り手に多大な勇気を与えてきた。アメリカのインディペンデント映画史において、ジョン・カサヴェテス*以降最重要の監督の一人である。

(川本)

参考文献紹介　日本語で読める文献も多い。『ユリイカ』2017年9月号のジム・ジャームッシュ特集、E/M booksの1冊『ジム・ジャームッシュ』(エスクァイアマガジンジャパン)、ルドヴィグ・ヘルツベリ『ジム・ジャームッシュインタビューズ──映画監督ジム・ジャームッシュの歴史』(東邦出版) など。蓮實重彦『光をめぐって──映画インタビュー集』(筑摩書房) 所収のインタヴューも初期作品を理解する上で重要。英語文献としては、Juan A. Suárez, *Jim Jarmusch* (U of Illinois P) がある。

ジェームズ・キャメロン
James Cameron (1954-)

—— 驚異的な映像技術を駆使するスペクタクル映画の巨匠

1954年、カナダのオンタリオ州生まれ。71年にカリフォルニアに移住し、カリフォルニア州立大学フラトン校を中退後、『スター・ウォーズ』*(1977) を見たことをきっかけに、映画製作に挑む。「B級映画の帝王」ロジャー・コーマン*主宰のニューワールド・ピクチャーズにスタッフとして参加し、81年の『殺人魚フライング・キラー』(Piranha II: Flying Killers) で監督デビューする。ジョー・ダンテ監督の『ピラニア』(1978)の続編で、殺人兵器として開発された空飛ぶ人食い魚が人間に襲いかかるパニック・ホラー映画。

CC BY-SA 3.0

しかし、大幅な脚本変更を強いられ、製作途中で降板。ショックのあまり高熱を発し、その際見た悪夢をもとに製作されたのが、ヒット作『ターミネーター』(The Terminator, 1984) である。抵抗軍のリーダーたるジョン・コナーの母を抹殺すべく、機械が支配する未来社会から1984年の世界に送り込まれたターミネーターと人間の戦いを描き、キャメロンの名を一躍世界に轟かせた。その功績を買われ、『エイリアン2』(Aliens, 1986) の監督に大抜擢された。ホラー色の強かったリドリー・スコット*監督の前作『エイリアン』(Alien, 1979) に対し、複数形Aliensが示すように無数に繁殖したエイリアンを登場させ、アクション映画の魅力を加味し、世界的に大ヒットし、アカデミー視覚効果賞と音響効果賞を受賞した。次作は、遭難したアメリカ原子力潜水艦モンタナ救出指令を受けた深海油田発掘基地「ディープ・コア」のクルーと海軍ダイバーチーム「シール」が、未知の生命体に遭遇するスリリングな展開を描いた大作『アビス』(The Abyss, 1989) で、キャメロン自身が高校時代に執筆した短編小説をもとに映画化されたが、興行的には不振だった。しかし、再度シュワルツェネッガーと組んだ『ターミネーター2』(Terminator 2: Judgment Day, 1991) が大ヒットする。前作から10年後の1994年に、未来社会の機械側と人間側から各々送り込まれた新旧ターミネーターの死闘を描くSFアクション映画。次の『トゥルーライズ』(True Lies, 1994) でもシュワルツェネッガーを主役にし、家族思いの父親と凄腕の秘密諜報部員との二重生活を送るヒーローの危機と活躍をコミカルに描いたがヒットにいたらず、批評家からも不評だった。しかし、1997年に前作

を上回る超大作『タイタニック』(*Titanic*) を公開する。製作費は2億ドルを超えるが、全世界で興行収入10億ドルを超える空前のヒット作となった。初航海に出た豪華客船タイタニック号の悲運と画家志望の青年ジャックと上流階級の娘ローズの身分違いながらも強い絆で結ばれた恋が交差するラブロマンスで、本作は監督賞や作品賞を含む11部門でアカデミー賞を受賞した。『ベン・ハー』(1959) や『ロード・オブ・ザ・リング／王の帰還』(2003) に並ぶ歴代最多であった。『タイタニック』の成功後は、SFテレビシリーズ『ダーク・エンジェル』(*Dark Angel*, 2000-01) の製作・脚本を担当した後、深海に眠るタイタニックを探索した『ジェームズ・キャメロンのタイタニックの秘密』(*Ghosts of the Abyss*, 2003) などドキュメンタリー映画を監督する。『タイタニック』から12年が経った2009年に、驚愕の3D映像で映画史に金字塔を築いた『アバター』*(*Avatar*) を公開する。衛星パンドラに降り立った地球人ジェイクが、アバターとして異星人のナヴィ族との交流を深め、彼らの文明と未知の動植物が生息する豊かな自然を守るために、資源開発を目論む地球人と戦う姿を描いた叙事詩的SF作品に仕上がっている。『タイタニック』の記録を自ら塗り替える世界歴代最高興行収入を達成し、技術部門のアカデミー賞3部門を受賞した。『アバター』シリーズは全5作が予定されており、2022年には2作目となる『アバター：ウェイ・オブ・ウォーター』(*Avatar: The Way of Water*) が公開された。前作の設定から10年以上が経過したパンドラで再び地球人の侵略が始まり、森を追われたジェイクとその一家が海の楽園を舞台に人間との新たな戦いに挑む。

　キャメロン監督はデジタル技術の導入や3D映画の普及に貢献し、革新的な映像表現の先駆者として高く評価されている。また緻密なストーリー構成やキャラクターの心理描写に力を入れつつ、アクション大作を製作することのできる稀有な才能の持ち主でもある。

(中村)

参考文献紹介　レベッカ・キーガン『ジェームズ・キャメロン――世界の終わりから未来を見つめる男』(フィルムアート社) は第1作から『アバター』までを網羅する評伝。『テック・ノワール――ジェームズ・キャメロン コンセプト』(玄光社) は集大成的作品集。英語圏の研究としては、Ian Nathan, *James Cameron: A Retrospective* (Palazzo Editions) が最新作まで網羅し、おすすめ。

アン・リー
Ang Lee（1954- ）

——あらゆるボーダーを超えて生の豊穣さと機微を描くオールマイティな監督

CC BY 2.0

　1954年、台湾生まれ。中国語名は李安。国立芸術大学を1975年に卒業し、兵役後1979年渡米。イリノイ大学そしてニューヨーク大学で映画製作を学び1984年芸術学修士号取得。スパイク・リー*とは同期である。卒業後は映画監督を志すも機会に恵まれず、1990年に『推手』(Pushing Hands, 1991)、『ウエディング・バンケット』(The Wedding Banquet, 1993) の脚本が台湾のコンペで採用され、監督デビュー。『推手』ではアメリカの息子のもとに身を寄せる太極拳の達人を描き、『ウエディング・バンケット』ではアメリカに住む同性愛者の息子が台湾の親を安心させようと異性と偽装結婚するさまを描く。これらの2作は、台北の名コックの男やもめと3人の娘の人生の機微を食をモチーフに描くリー初の全編中国語映画『恋人たちの食卓』(Eat Drink Man Woman, 1994) と同様に台湾の名優ラン・シャン（郎雄）が父親を演じ、父親3部作と呼ばれる。

　1995年に、イギリスの作家ジェイン・オースティン原作の『いつか晴れた日に』(Sense and Sensibility) を公開。19世紀のイギリスを舞台に婚活中の娘たちの感情の揺らぎを見事に演出した。1998年には、リック・ムーディ原作でニューヨーク郊外の2家族の陰惨な崩壊を描いた『アイス・ストーム』(Ice Storm) を公開。その後、南北戦争のローレンスの大虐殺に巻き込まれていく若者を描いた『シビル・ガン 楽園をください』(Ride with the Devil, 1999)、中国・香港・台湾・アメリカ合作で、ワイヤーアクションを巧みに用いた武侠映画『グリーン・デスティニー』(臥虎蔵龍／Crouching Tiger, Hidden Dragon, 2000)、マーベル・コミックのキャラクターをもとにしたスーパーヒーロー映画『ハルク』(Hulk, 2003) を監督した。

　リーが監督した映画の中でもっとも評価されもっとも有名なのは、『ブロークバック・マウンテン』*(Brokeback Mountain, 2005) だろう。リーは、アニー・プルーの同タイトルのカウボーイ同士の秘めた同性愛を描いた短編小説の映画化を感情の機微を細かに表現する演出によって成功へと導いた。

236　　　　　　　　　　　　　　　　　　　　　　　　　　　　　　第Ⅰ部　アメリカ映画の歴史

『ブロークバック・マウンテン』でアジア系として初受賞のアカデミー監督賞など様々な賞を受賞しハリウッドでの地位を確たるものにしたリーは、第二次世界大戦中の日本軍占領下の香港と上海を舞台に暗殺対象の抗日組織弾圧特殊機関員に心惹かれ性愛関係になる女性スパイを彼女の視点から描いた台湾・香港・アメリカ合作映画『ラスト、コーション』（色、戒／*Lust, Caution*, 2007）、ウッドストック音楽祭の舞台裏をモーテル経営家族を中心に描く『ウッドストックがやってくる！』（*Taking Woodstock*, 2009）、世界的ベストセラー小説『パイの物語』を原作とし、乗っていた貨物船が遭難し1匹のトラとともに救命ボートで漂流することになった少年パイのたどる運命を描く3D冒険映画『ライフ・オブ・パイ／トラと漂流した227日』（*Life of Pi*, 2012）、イラク戦争で英雄に祭り上げられ凱旋ツアー最大の目玉としてアメリカ・フットボールのハーフタイム・イベントに招かれた若者を描く『ビリー・リンの永遠の一日』（*Billy Lynn's Long Halftime Walk*, 2016）、自らのクローンと対決するスナイパーを描いた近未来SFアクション映画『ジェミニ・マン』（*Gemini Man*, 2019）と、大物監督として着実に歩みつづけている。

　アン・リーは、映画の慣例や歴史を熟知し小さな革新を重ねながら、そして様々な国と言語とスタイルを横断しながら、移り変わる社会と生の多様性と豊饒さ、家族、伝統とモダニティなど多岐にわたるテーマとジャンルの映画を巧みに撮るグローバルな監督である。

（杉野）

参考文献紹介　藤井仁子編『入門・現代ハリウッド映画講義』（人文書院）の『ブロークバック・マウンテン』ならびにリー監督に関する韓燕麗論文から入るとよい。英語文献では、Whitney Crothers Dilley, *The Cinema of Ang Lee: The Other Side of the Screen*（Wallflower P）から入ることをすすめる。

マイケル・ムーア
Michael Moore（1954- ）

——グローバル資本主義に対抗するメディア・アクティビスト

CC BY 3.0

　自動車メーカーGM生誕の地として知られるミシガン州フリント市の郊外で生まれた。父は（GMの一部門である）自動車部品会社の組み立てラインで働く労働者であった。高校在学中にフリント市教育委員会委員に当選し、公職就任の全米最年少記録をつくった。入学したミシガン大学フリント校は一年で退学し、22歳のときに地元の新聞と経済界や政治家との癒着を批判して、隔週発行のオルタナティヴ紙『フリント・ヴォイス』、のちの『ミシガン・ヴォイス』を創刊。10年にわたって発刊を続け、地元フリントでの活動が映画につながっていく。1986年、進歩的言論誌『マザー・ジョーンズ』編集長に抜擢されるが、4か月で解雇され、サンフランシスコからフリントに戻ってくると、その和解金をもとにして、GMのフリント工場閉鎖とそれにともなう労働者の解雇とフリントの荒廃を扱った『ロジャー＆ミー』（Roger & Me, 1989）に取りかかる。野球帽をかぶり、くだけた服装のムーア自身がアポなし突撃取材を行い、大企業GMに立ち向かい、会長を追いかけ回す物語と（作品のコンテクストから切り離してモンタージュされた）PR映画などのアーカイヴ映像とポップミュージックの大胆な使用が生み出す強烈なブラック・ユーモアによって、深刻な労働問題をエンターテインメントに仕立て上げた。その結果、ワーナー・ブラザースと300万ドルで配給契約を結び、ドキュメンタリー映画が巨額の興行収入をあげ得ることを示してみせた。

　その後、NBCに続いてFOXで放送された『TVネイション』（TV Nation, 1994-95）の製作、監督、司会を務め、エミー賞を受賞。作家活動も始め、『アホの壁 in USA』（Downsize This!: Random Threats from an Unarmed American, 1996）はベストセラーとなる。その宣伝のために訪れた全米各都市で、人員整理を行う企業に対するアポなし突撃取材を敢行し、映画『ビッグ・ワン』（The Big One, 1997）として発表する。こうした型破りな労働者階級出身の有名人＝映画監督を世界的な映画作家に変えたのは、高校の銃乱射事件を取り上げ、アメリカの銃社会の現実をつきつけた『ボウリング・フォー・コロンバイン』（Bowling for Columbine, 2002）である。この映画でアカデミー賞を受賞したが、その授賞式のスピーチでブッシュ

政権のイラク侵攻を非難したため、ブーイングにさらされスピーチは中断に追い込まれた。しかし、その批判の試みは『華氏911』(Fahrenheit 9/11, 2004) として結実する。この映画でムーアは、ウサーマ・ビン・ラーディン一族とブッシュ家との癒着を暴いた上で、国民の恐怖心を煽り、攻撃の矛先を（同時多発テロ事件を起こした）アルカイダと無関係のイラクに向け、国内の貧しい若者を戦地に送り、イラク人とアメリカ人の命を奪っているとブッシュ政権を非難したのである。カンヌ国際映画祭ではパルムドール（最高賞）を受賞し、全世界で2億ドル以上という莫大な興行収入をあげた一方で、ディズニーの子会社ミラマックスが配給を拒否するなどアメリカ国内に波紋を広げた。

　その後、保険会社の実態を暴露し、アメリカの国民皆保険の不在という問題を追及した『シッコ』(Sicko, 2007)、証券会社の破綻を手がかりに資本主義の問題を取り上げた『キャピタリズム マネーは踊る』(Capitalism: A Love Story, 2009)、ヨーロッパの社会福祉制度をアメリカに欠けたものとして称賛した『マイケル・ムーアの世界侵略のススメ』(Where To Invade Next, 2015) を発表する。ムーアは福祉国家に転換したローズヴェルト政権を高く評価したが、2016年にドナルド・トランプが大統領に当選すると『華氏119』(Fahrenheit 11/9, 2018) を発表し、トランプ政権誕生の背景を探り、マス・メディアの責任や民主党の変質を追及しつつ、草の根の民主主義を取り戻すための行動を呼びかけた。ムーアの映画では問題の提示にとどまらず、抗議や解決を求める行動が示され、それがクライマックスになることが多い。GMの株主総会に乗り込む、銃乱射事件で障がいを負った車椅子の若者を連れて大型ディスカウントストア本部で銃弾の販売停止を求める、医療保険を持たないアメリカ人をキューバに連れていき、治療させるといったことである。映画の公開を通して、大統領選挙など現実の政治に影響を与えることも意図され、メディア・アクティビストの映画としての特徴がある。

(藤田)

参考文献紹介　経歴は『マイケル・ムーア、語る。』(辰巳出版) に詳しい。出来事の時系列が正確ではなく、歴史的事実に忠実でないと批判された『ロジャー＆ミー』を擁護し、グローバル資本主義時代の新しい労働闘争の映画として、いち早く映画史に位置づけた Miles Orvell による作品論 "Documentary Film and the Power of Interrogation: 'American Dream' & 'Roger and Me'" (Film Quarterly, vol. 48, no. 2, 1994) は研究のためのひとつの手がかりとなるだろう。

コーエン兄弟（ジョエル・コーエン／イーサン・コーエン）
Joel Coen (1954-) / Ethan Coen (1957-)

──暴力とユーモアのインディペンデント監督

CC BY-SA 3.0

ミネソタ州ミネアポリス出身。ユダヤ系で、父は経済学者、母は美術史家。クレジットでは監督のジョエルはニューヨーク大学で映画、プロデューサーのイーサンはプリンストン大学で哲学を学んだ。共同で行う編集にはロデリック・ジェインズという名前を使用する。

映画史に関する膨大な言及を含みながら複雑なプロットが展開するバイオレンス作品のインディペンデント監督として注目を集め、スリル感を高める視点ショット（POVショット）の多用や、ブラック・ユーモアを特徴とする。ダシール・ハメットの小説『血の収穫』にちなむノワール風作品『ブラッド・シンプル』（Blood Simple, 1985）から作家性を発揮し、ノワール、犯罪スリラーといったジャンルを、愚かな犯人、犯行が笑劇化する。脱獄や銀行強盗、乳児誘拐をめぐるコメディ『赤ちゃん泥棒』（Raising Arizona, 1987）では、スモールスというバイクに乗ったアウトロー、コーエン兄弟作品を代表する暴力的な不気味キャラが登場する。禁酒法時代のマフィアの抗争劇『ミラーズ・クロッシング』（Miller's Crossing, 1990）は、トーンは硬派だがボスのキャスパーは滑稽で、警察の手入れにシリアスさはない。ただし、ホモソーシャルな空間にゲイが登場し、風に舞う中折れ帽が男性性を示唆してジェンダーの議論を喚起させる。カンヌ国際映画祭パルムドール受賞作『バートン・フィンク』（Barton Fink, 1991）では、知的エリートと自惚れているブロードウェイ劇作家がハリウッドに招かれプロレス映画の脚本で苦悩し、殺人鬼による事件に巻き込まれる。経済システムへのコメンタリーは、『未来は今』（The Hudsucker Proxy, 1994）にも引き継がれ、田舎から出てきた主人公の青年が、株価優先の大企業の中で搾取、翻弄される。

アカデミー作品賞にノミネートされた『ファーゴ』（Fargo, 1996）は、冒頭の「これは真実の物語です」という説明を巧みに利用し、妊娠中の女性捜査官が卑小な男たちの猟奇的殺人事件を解決する。『ビッグ・リボウスキ』（The Big Lebowski, 1998）も、ヴォイスオーヴァーでの湾岸戦争への言及で始まり、ボーリング場での無職の主人公を中心とするホモソーシャルなコミュニティで男性性の危機を示唆する。また、サウンドトラックがグラミー賞

アルバム賞を受賞した『オー・ブラザー！』(*O Brother, Where Art Thou?*, 2000) は、脱獄した囚人の主人公が妻のもとへ帰るために仲間と銀行強盗をし黒人男性をKKKから救うコメディで、本作でも男性性の不安がうかがえる。『バーバー』(*The Man Who Wasn't There*, 2001) では、理髪師が投資詐欺にあい最後は死刑になる。『ディボース・ショウ』(*Intolerable Cruelty*, 2003) は女性結婚詐欺師を描いた法廷もの。『レディ・キラーズ』(*The Ladykillers*, 2004) では人種問題に絡むブラック・ユーモアを追求している。

　もっとも評価されたのは、コーマック・マッカーシーの同名小説の映画化で、アカデミー作品賞を受賞した『ノーカントリー』(*No Country for Old Men*, 2007)。麻薬組織が絡んだ、大金を奪い合う男たちの旅などコーエン兄弟作品との親和性は高い。殺人鬼アントン・シガーは、風変わりな髪形で牛乳を飲むというギャグの要素も持ち、コーエン兄弟のアイコニックなキャラクターの一人。本作以後の作品を紹介すると、『バーン・アフター・リーディング』(*Burn After Reading*, 2008) は冷戦のパラノイアを豪華キャストによって攪乱する。『シリアスマン』(*A Serious Man*, 2009) はユダヤ教に基づく神秘的物語。少女による復讐劇『トゥルー・グリット』(*True Grit*, 2010) は西部劇というジャンルを更新した。『インサイド・ルーウィン・デイヴィス 名もなき男の歌』(*Inside Llewyn Davis*, 2013) は、1960年代ニューヨークのフォーク・シーンでのミュージシャンの苦悩を描き、メビウスの輪のような語りが印象的である。1950年代の映画業界の変容と共産主義に関する『ヘイル、シーザー！』(*Hail, Caesar!*, 2016)、西部劇オムニバス『バスターのバラード』(*The Ballad of Buster Scruggs*, 2018)、シェイクスピアの『マクベス』をデンゼル・ワシントンが演じ、アフリカ系同士が最後に決闘する『マクベス』(*The Tragedy of Macbeth*, 2021) と続く。映画史への言及をちりばめながら、ユーモアを交えて、主にスリラー、ホラー、犯罪映画といったジャンルや様々なスタイルを交錯し、それらをパロディ化する映画を撮りつづけている。　（川村）

参考文献紹介　Adam Nayman, *The Coen Brothers: This Book Really Ties the Films Together* (ABRAMS) が網羅的分析を行っている。

スパイク・リー
Spike Lee (1957-)

――アイデンティを問うアフリカ系映画監督の第一人者

CC BY-SA 4.0

　1957年ジョージア州アトランタ生まれのアフリカ系アメリカ人。アトランタのモアハウス大学やニューヨーク大学映画学科で映画製作を学び、在学中からジャーナリスティックな短編や中編で頭角を現す。監督、プロデューサー、俳優の3役を担った低予算のデビュー作『シーズ・ガッタ・ハヴ・イット』(She's Gotta Have It, 1985) がカンヌ国際映画祭ユース賞を受賞し、注目される。次作は『スクール・デイズ』(School Daze, 1988) で、モアハウス大学での経験をもとにしたミュージカルテイストの学園コメディであるが、軽いノリの中にブラック・アイデンティティの問題をこめている。1986年にニューヨークのクイーンズで起こった「ハワード・ビーチ事件」にインスピレーションを得た『ドゥ・ザ・ライト・シング』*(Do the Right Thing, 1989) が続いて発表される。ブルックリンの黒人街を舞台に、ピザ屋の宅配人や目立ちたがりの活動家といった黒人たち、ピザ屋を経営するイタリア人親子や食料品店の韓国人夫婦など様々な人種の日常を追いつつ、人種差別問題に鋭く切り込んだ問題作。その後、伝説的なサックス奏者ジョン・コルトレーンの歴史的アルバム『至上の愛』に着想を得て、天才トランペッターの不器用な恋と友情を描いた『モ'・ベター・ブルース』(Mo' Better Blues, 1990) や、黒人建築家とイタリア系女性秘書との異人種間の恋愛とその波紋を描いた『ジャングル・フィーバー』(Jungle Fever, 1991) を監督する。1992年には3時間を超える壮大な伝記映画『マルコムX』(Malcolm X, 1992) を製作。『モ'・ベター・ブルース』でも主演を務めたデンゼル・ワシントンが、39歳で暗殺された伝説的な黒人解放運動指導者マルコムXの波乱に満ちた生涯を熱演した。その後、古き良きブルックリンを舞台に黒人一家の愛と平和に満ちあふれた日常を描くヒューマン・ドラマ『クルックリン』(Crooklyn, 1994) や、リチャード・プライスの同名小説をマーティン・スコセッシ*と組んで映画化した『クロッカーズ』(Clockers, 1995) を発表。「クロッカー」とは違法ドラッグの売人を意味し、黒人居住地区を舞台にアメリカの麻薬社会の実状とそれに関与する黒人の実態を鋭く暴き出した問題作である。1996年には「百万人大行進」に参加するためにワシントンD.C.へバスで向

かう黒人たちを描いた群像劇『ゲット・オン・ザ・バス』（Get on the Bus）を公開し、翌97年には16番通りバプティスト教会爆破事件のドキュメンタリー映画『四人の少女』（4 Little Girls, 1997）も手がけた。その後の作品には、スポーツ界の暗部を暴露しつつ、バスケットボールを通じて絆を取り戻す親子を描いたヒューマン・ドラマ『ラスト・ゲーム』（He Got Game, 1998）や、麻薬売人モンティの収監前の最後の1日に焦点を当てた『25時』（25th Hour, 2002）がある。『インサイド・マン』（Inside Man, 2006）は、銀行強盗グループと事件解決に向けて奔走する捜査官や女性交渉人らの心理戦を描いたサスペンス映画で、興行的にも成功を収めた。2008年の映画『セントアンナの奇跡』（Miracle at St. Anna）は、実話をベースに第二次世界大戦中イタリアにて一人の少年を助けたアメリカ黒人部隊の4人の兵士の運命をサスペンスタッチで綴っている。日本未公開ではあるが、2012年には『ドゥ・ザ・ライト・シング』や『クロッカーズ』同様、「ブルックリン年代記」のひとつである『レッド・フック・サマー』（Red Hook Summer）を監督している。『オールド・ボーイ』（Oldboy, 2013）は日本の漫画を原作とした暴力的な復讐ドラマで、『ダ・スウィート・ブラッド・オブ・ジーザス』（Da Sweet Blood of Jesus, 2014）は、1973年公開のヴァンパイア映画『ガンジャ＆ヘス』（Ganja & Hess）の現代版リメイクである。白人至上主義団体KKKに潜入捜査した黒人刑事のノンフィクション小説を映画化した『ブラック・クランズマン』（BlacKkKlansman, 2018）にて、カンヌ国際映画祭グランプリを受賞する。現在はニューヨーク大学映画学科教授としての顔も持つ。

　スパイク・リーはブラックスプロイテーション衰退以後のブラック・ムービーを牽引する第一人者であり、アメリカ黒人の文化やアイデンティティを独創的な映像表現と音楽でもって表現する。社会的議論を巻き起こすことも多い強烈なメッセージ性も彼の映画の特徴である。

(中村)

参考文献紹介　『ユリイカ』2019年5月号のスパイク・リー特集から入るとよい。杏レラト『ブラックムービー・ガイド』（スモール出版）はスパイク・リーの影響力を知るのにおすすめ。英語文献では、Mark T. Conard 編 The Philosophy of Spike Lee（UP of Kentucky）がおすすめ。

ティム・バートン
Tim Burton（1958- ）

――愛に満ちたファンタジー・ホラーの奇才

CC BY-SA 3.0

　カリフォルニア州バーバンク出身。郊外で過ごした10代は『ゴジラ』やヴィンセント・プライス出演のホラー映画に没頭。カリフォルニア芸術大学でアニメーションを学び、ディズニー・スタジオの実習生になるが、短編「フランケンウィニー」("Frankenweenie," 1984)製作後に退社。ワーナーの低予算長編第１作コメディ『ピーウィーの大冒険』(Pee-wee's Big Adventure, 1985)が興行的に成功し、続くホラー・コメディ『ビートルジュース』(Beetlejuice, 1988)もヒットする。低予算で高い興行収入作品を製作する監督と評価される。

　『バットマン』(Batman, 1989)の監督に抜擢され、マイケル・キートンの主役キャスティングが議論されたが、大富豪とヒーローという主人公の二面性をしっかりと映像化し興行的に成功した。二面性は愛と憎しみのあいだでの揺れの形で『シザーハンズ』(Edward Scissorhands, 1990)のジョニー・デップ演じる主人公に引き継がれる。クリーンではあるが排他的な郊外で、バートンが自身に感じてきた「誰からも理解されない変人」が投影された。フランケンシュタインの翻案的要素を盛り込み、その発明家役にヴィンセント・プライスを据え、彼の遺作となった。変人キャラへの固執は『バットマン リターンズ』(Batman Returns, 1992)の敵役ペンギンにも向けられた。

　バートン初の伝記作品『エド・ウッド』(Ed Wood, 1994)では、女装趣味がある「史上最悪の映画監督」が、Ｂ級ホラーを同志と作りつづけ、オーソン・ウェルズ*と出会い、「夢のためなら戦え。他人の夢を撮ってどうなる？」と励まされる。映画作りへのメッセージが表出したが、興行収入でバートン監督作品中最低だった。そのスピリッツは、緊張感のない宇宙戦争でＢ級感を最大限に高めたコメディ『マーズ・アタック！』(Mars Attacks!, 1996)で具現化した。

　他方で、ワシントン・アーヴィングの古典小説の映画化『スリーピー・ホロウ』(Sleepy Hollow, 1999)は、薄暗い森や魔女と、夥しい数の首切りシーンで構成し、ゴシック的世界観への傾倒を印象づけた。『PLANET OF THE APES／猿の惑星』(Planet of the Apes, 2001)では、

1968年の古典作品を「リイマジネーション」し、パラレルワールドで猿と人間との関係における緊張をさらに高めた。

『シザーハンズ』でエドワードは創造主の父と生き別れ、郊外コミュニティから疎外されるが、父と息子の物語はバートンの世界で主要モチーフのひとつである。『ビッグ・フィッシュ』（*Big Fish*, 2003）は、父のホラ話が、父の病気や死を機に現実味を帯び、息子との葛藤が解消されるファンタジーで、物語ることが現実を変える力を示した。『チャーリーとチョコレート工場』（*Charlie and the Chocolate Factory*, 2005）でも、歯科医の父と、チョコレートを愛する孤独な息子は和解し、最後は清貧だった一家の団欒に加わり、孤独も解消する。『ティム・バートンのコープスブライド』（*Tim Burton's Corpse Bride*, 2005）ではストップモーション・アニメーションで、『アリス・イン・ワンダーランド』（*Alice in Wonderland*, 2010）ではモーション・キャプチャで独特のアート世界を創造している。バートン映画の中でもっとも評価された作品をひとつ選ぶのは難しいが、興行収入という点では、古巣ディズニー製作・配給『アリス・イン・ワンダーランド』が桁違いである。バートン作品では珍しい女性主人公が、属する社会で疎外感を抱き、旅をとおして新たな仲間と、自分を信じる大切さに気づき、女性の自立といったメッセージ性もある。

『ダーク・シャドウ』（*Dark Shadows*, 2012）は吸血鬼と魔女の愛憎劇、『フランケンウィニー』（*Frankenweenie*, 2012）では、犬のスパーキーがフランケンシュタインのように蘇り、ゴシックな怪物たちが冷めた現代的日常に亀裂を生じさせ、情感や倫理観を喚起する。後者の作品コンセプト「愛がなければ怪物、愛があれば英雄が生まれる」は、バートン映画に通底する。仕事部屋に閉じこもる主人公、画家マーガレット・キーンの伝記『ビッグ・アイズ』（*Big Eyes*, 2014）、タイムループするなかで戦争と向き合う『ミス・ペレグリンと奇妙なこどもたち』（*Miss Peregrine's Home for Peculiar Children*, 2016）もこの文脈の中にある。

ハリウッドのメインストリームで、最先端の技術を駆使して19世紀ゴシック文学を現代に蘇生したようなダークで奇妙なバートン作品が観客を惹きつけるのは、疎外感を抱えた人間を癒し、世界を変える情感であり、『ダンボ』（*Dumbo*, 2019）はその力を最大限に高めた。

（川村）

参考文献紹介 マーク・ソールズベリー『ティム・バートン』（フィルムアート社）から入るとよい。Ian Nathan, *Tim Burton: The Iconic Filmmaker and His Work*（White Lion Publishing）は『ダンボ』までカバーしている。

ピーター・ジャクソン
Peter Jackson（1961- ）
——世界の辺境にグローバル・ハリウッドを呼び寄せた監督

CC BY-SA 2.0

　ニュージーランド、ウェリントン近郊プケルア・ベイにて、イングランドからの移民の両親のもとに生まれる。幼少期よりもっぱらテレビを通じて映像に親しみ、『キング・コング』（1933）などの特撮映画や『サンダーバード』（1965-66）などのテレビ人形劇シリーズに魅せられる。イーストマン・コダックの現像所に勤めていた隣人から両親に贈られた8ミリフィルムカメラ（スーパー8）を使って、友人を被写体にした戦争映画やストップモーション・アニメーションを作りはじめる。17歳で高校を中退、ウェリントンのローカル新聞『ザ・イヴニング・ポスト』で写真製版担当として7年間働くあいだも映画や特殊効果への関心が失われることはなく、両親からの借金で購入した16ミリフィルムカメラで友人たちと個人製作を続けた。

　1987年に、4年の歳月をかけて初の長編作品『バッド・テイスト』（Bad Taste）を完成させる。SF、スプラッター・ホラー、コメディ、アクションなどのジャンルを混淆させながら、銀河系ファストフードチェーンの食材として人間に狙いを定めた宇宙人と民兵団との戦いを独特なユーモアで描いたこの作品で、商業監督としての足がかりを得た。人形劇の風刺コメディ『ミート・ザ・フィーブル／怒りのヒポポタマス』（Meet the Feebles, 1989）の発表後、1992年に『ブレインデッド』（Brain Dead）を公開。デビュー作のスタイルに連なるこのスプラッター・ホラー／コメディ作品がニュージーランド国内で興行的成功を収め、その名声を海外にまで広めるきっかけとなった。

　1994年に『乙女の祈り』（Heavenly Creatures）でヴェネチア国際映画祭銀獅子賞を獲得、ミラマックスが配給した。1996年にユニバーサル製作・配給、ロバート・ゼメキスのプロデュースによるホラー／コメディ『さまよう魂たち』（The Frighteners）を監督し、ハリウッド・デビューを飾る。ジャンル横断的なスタイルをハリウッドに移植する試みは成功したとは言いがたいが、1990年代を通してハリウッドを中心とするグローバルな映画製作ネットワークに本格的に接近していった。

　ジャクソンのキャリアを大きく転換させ、商業監督としての地位を確かなものにしたの

は、21世紀初頭以降の一連のファンタジー大作映画によってである。モーション・キャプチャをはじめとする最新のデジタル効果技術を駆使し、現実と空想の境界線を巧みに曖昧化させながらJ・R・R・トールキンの小説『指輪物語』を映画化した『ロード・オブ・ザ・リング』3部作（*The Lord of the Rings*, 2001, 2002, 2003）は、全世界で累計約30億ドルの興行収入をあげ、史上もっとも成功した映画フランチャイズのひとつとなった。幼少期からの夢であった『キング・コング』のリメイク作品を2005年に監督した後、再びトールキンのファンタジー世界の映画化に取り組み、『ロード・オブ・ザ・リング』の前日譚にあたる『ホビット』3部作（*The Hobbit*, 2012, 2013, 2014）を発表。こちらも興行、批評の両面での成功に導き、2000年代から続くファンタジー映画ブームの先頭を走りつづけた。

　ジャクソンのキャリアで特筆すべきは、一貫して映画製作の拠点をニュージーランドに置きながら、グローバルな映画産業としてのハリウッドの頂点にのぼり詰めたことである。1993年、ウェリントンに視覚効果（VFX）スタジオWetaデジタルを設立、自作品の撮影はニュージーランドで行い、WetaがVFXを担当する体制を構築した。Wetaは数多くのハリウッド映画のポスト・プロダクション作業を手がける世界有数のスタジオに成長し、映画産業基盤が脆弱であったニュージーランドは、製作費削減を可能にする相対的に安価な労働力と英語圏という利点を生かし、ハリウッド映画産業にとっての海外委託先としての地位を確立した。デジタル化とグローバル化に駆動された映画製作プラクティスの大きな変容の流れの中に、フロントランナーとしてのジャクソンと彼の作品群を位置づけることができるだろう。

（河原）

参考文献紹介　日本語文献では『入門・現代ハリウッド映画講義』（人文書院）所収の石田美紀による『ロード・オブ・ザ・リング』シリーズに関する身体論がある。英語文献ではKristin Thompson, *The Frodo Franchise: The Lord of the Rings and Modern Hollywood* （U of California P）がある。そのほかにもErnest Mathijs & Murray Pomerance編 *From Hobbits to Hollywood: Essays on Peter Jackson's Lord of the Rings*（Editions Rodopi BV）があり、その中のトム・ガニングによる特殊効果論の翻訳がガニングの論集『映像が動き出すとき——写真・映画・アニメーションのアルケオロジー』（みすず書房）に収められている。

デヴィッド・フィンチャー
David Fincher (1962-)

――ダークな真実を緻密なストーリーテリングで描き出す鬼才

CC BY 2.0

　1962年、コロラド州デンバー生まれ。1980年にジョージ・ルーカス＊が設立した特殊効果専門スタジオILMのアニメーターとしてキャリアをスタートさせる。1986年には映像製作会社プロパガンダ・フィルムズを設立し、マドンナ、エアロ・スミス、ザ・ローリング・ストーンズらのコマーシャルやミュージックビデオの演出を経て、映画監督に転身。映画監督デビュー作は『エイリアン3』(Alien 3, 1992)。しかし、製作の主導権をめぐって20世紀フォックスと揉め、批評家から酷評され、興行的にも失敗する。この経験から1年以上映画の仕事から遠ざかるが、1995年にサスペンス・スリラー映画『セブン』＊(Seven, 1995)を監督。モーガン・フリーマンとブラッド・ピットが演じる二人の刑事が、7つの大罪をもとに殺人を犯すシリアルキラーを追跡する。衝撃的なラストシーンの『セブン』は好評を博し、興行的にも成功し、フィンチャーをハリウッドの有望新進監督の地位に押し上げた。その後、富と権力を手にした実業家が巧妙な罠によって、すべてを失う危機に立たされる様子を描いたサスペンス・スリラー『ゲーム』(The Game, 1997)を監督。次作『ファイト・クラブ』(Fight Club, 1999)は、エリート社員ジャックが、カリスマ的な若者タイラーに誘われ、暴力を通じて仲間意識を築き上げ、破壊活動を通じて文明社会の病巣を暴き出す問題作で、評論家からも高い評価を得る。2002年にはニューヨークの豪邸にある侵入不可能な緊急避難用個室＝パニック・ルームに逃げ込んだ母娘とその密室に眠る隠し財産を奪おうとする強盗団との攻防を描いたサスペンス映画『パニック・ルーム』(Panic Room)を監督。2007年公開の『ゾディアック』(Zodiac)は、1968年から74年にかけて、サンフランシスコで少なくとも5名が殺害された実在の連続殺人「ゾディアック事件」解決に挑み、人生を狂わされた4人の男の姿を描き出すサスペンス・ドラマ。翌年に製作されたのはF・スコット・フィッツジェラルドの短編小説を基にした『ベンジャミン・バトン 数奇な人生』(The Curious Case of Benjamin Button, 2008)で、『セブン』、『ファイト・クラブ』に続いてブラッド・ピットを主役に据え、ニューオーリンズを舞台に80歳で生まれ、徐々に若返っていく男の数々の出会いと別れ

を描き、初めてアカデミー監督賞にノミネートされた。Facebookの創設者マーク・ザッカーバーグの物語を描いた社会派ドラマ『ソーシャル・ネットワーク』(*The Social Network,* 2010) では、ザッカーバーグがハーヴァード大学でFacebookを作り上げるまでの過程と、法廷闘争などを通じて、成功の裏に隠された孤独や友情、そして権力欲といった深いテーマが描かれ、アカデミー賞3部門を受賞した。スティーグ・ラーソンによる小説『ミレニアム』シリーズの第1作の映画化『ドラゴン・タトゥーの女』(*The Girl with the Dragon Tattoo,* 2011) は、記者ミカエルが、背中に龍の刺青を施した天才ハッカーのリスベットと協力して、未解決の女性連続殺人事件の犯人を追うサスペンス。ギリアン・フリンの同名小説を映画化した『ゴーン・ガール』(*Gone Girl,* 2014) は理想的と思われた夫婦の結婚5周年記念日に、妻エイミーが突然失踪し、殺人の嫌疑をかけられた夫ニックがサイコパスな妻の正体を知るサイコロジカル・スリラー。2020年公開の『Mank／マンク』(*Mank*) は、フィンチャーの父ジャック・フィンチャーの脚本を映画化した作品。不朽の名作『市民ケーン』*(1941) の脚本家ハーマン・J・マンキーウィッツ、通称「マンク」を主人公とし、マンクが監督オーソン・ウェルズ*から依頼された『市民ケーン』の脚本を書き上げるまでの顛末を、表現主義的手法を真似て、白黒で映像化した伝記映画である。

　フィンチャー監督は妥協を許さない完璧主義者ゆえに多作ではないが、色調を抑えたダークな映像美の中で人間の暗部や病的な心理状態、現代社会の腐敗に鋭く切り込んだ作品を発表しつづけている。シリアスで重厚なストーリーテリングは予想外の展開を見せることも多く、観客の興味を惹きつけてやまない鬼才と言えよう。

(中村)

参考文献紹介　アダム・ネイマン『デヴィッド・フィンチャー──マインドゲーム』(DU BOOKS) は充実した図版を備え、全作品を網羅した待望の1冊。インタヴュー集としては、Laurence F. Knapp編*David Fincher: Interviews* (UP of Mississippi)、本格的な研究書としては、James Swallow, *Dark Eye: The Essential David Fincher* (Titan Books) から入ることをすすめる。

スティーヴン・ソダーバーグ
Steven Soderbergh (1963-)
―― システムをすり抜ける変革者

CC BY-SA 2.0

ジョージア州アトランタ生まれ。父はルイジアナ州立大学教授。高校生のときに大学のアニメーションのクラスに入り、映画製作を始める。不倫と性的不安が交錯する長編第1作『セックスと嘘とビデオテープ』(Sex, Lies, and Videotape, 1989) が、サンダンス映画祭観客賞、カンヌ国際映画祭パルムドールを受賞、アカデミー脚本賞にノミネート、興行的にも成功した。そのため、大手スタジオが触手を伸ばす対象となりインディペンデントの概念を修正し、ハリウッド業界を変えた。ただし、2作目以降は低迷した。思想的な『KAFKA／迷宮の悪夢』(Kafka, 1991)、大恐慌時代の貧困家族が愛を紡ぐ『わが街 セントルイス』(King of the Hill, 1993)、闇賭博に溺れた負け犬の犯罪映画『蒼い記憶』(The Underneath, 1995)、直線的な語りを避けた実験作『スキゾポリス』(Schizopolis, 1997) は興行的に失敗している。強盗団の大掛かりな犯行を描くケイパー映画、ハイスト映画『アウト・オブ・サイト』(Out of Sight, 1998) で復活、復讐劇『イギリスから来た男』(The Limey, 1999) も評価された。

もっとも評価された作品は、驚異のアカデミー作品賞ダブルノミネートとなった2000年公開2作品『エリン・ブロコビッチ』(Erin Brockovich) と『トラフィック』*(Traffic)。『エリン・ブロコビッチ』は、健康被害をめぐる企業との裁判で住民を勝訴に導いた女性の実話をもとにしている。『トラフィック』は、メキシコの麻薬カルテル、ワシントンD.C.での政治、ロサンゼルスの高校生のあいだでの薬物汚染という3つの物語を色分けしドキュメンタリー・タッチで描いた希望ある社会派の作品。『オーシャンと十一人の仲間』(Ocean's Eleven, 1960) のリメイクで、恋愛も絡めながら、豪華キャストの強盗団が壮大な仕掛けでラスベガスのカジノの金庫を破り、ヨーロッパの美術館の所蔵品を盗む『オーシャンズ』シリーズ (Ocean's, 2001, 2004, 2007) の登場人物たちは、社会システムや心の闇をすり抜け希望を見出す。

多彩なジャンルの映画を手がけており、映画業界へのコメンタリー群像劇『フル・フロンタル』(Full Frontal, 2002)、SFクラシックのリメイク『ソラリス』(Solaris, 2002)、人形工場

での嫉妬がもたらすサスペンス『Bubble／バブル』（*Bubble*, 2006）、ハリウッド黄金期への
オマージュ『さらば、ベルリン』（*The Good German*, 2006）がある。

　また、劇場公開期間に関する業界の通例を破り、配給方法で変革を率先し、不況下で
のインディペンデントの活路を模索した。チェ・ゲバラの伝記『チェ 28歳の革命』（*The
Argentine*, 2008）、『チェ 39歳 別れの手紙』（*Guerrilla*, 2008）、リーマン・ショック時のニュー
ヨークを高級娼婦の視点で捉えた『ガールフレンド・エクスペリエンス』（*The Girlfriend
Experience*, 2009）は、劇場公開前後にVOD視聴できた。ネットフリックス映画も手がけ、
『ハイ・フライング・バード―目指せバスケの頂点―』（*High Flying Bird*, 2019）はNBAビジネ
スの構造に迫り、新たなメディア勢力図を提起する。『ザ・ランドロマット―パナマ文書
流出―』（*The Laundromat*, 2019）は国際的なタブーに切り込んだ。

　さらに、国際的カルテル事件の内部告発の実話『インフォーマント！』（*The Informant!*,
2009）、コロナ禍を予兆した災害映画『コンテイジョン』（*Contagion*, 2011）、スパイアクシ
ョン『エージェント・マロリー』（*Haywire*, 2012）、男性ストリッパーの成長ドラマ『マジ
ック・マイク』（*Magic Mike*, 2012）、鬱病治療薬をめぐるサスペンス『サイド・エフェクト』
（*Side Effects*, 2013）、ゲイの世界的有名ピアニストの伝記『恋するリベラーチェ』（*Behind the
Candelabra*, 2013）、元アメフトの英雄が誇りを取り戻すケイパー映画『ローガン・ラッキー』
（*Logan Lucky*, 2017）と続いた。

　撮影方法も革新的で、ストーカー被害と精神病院ビジネスが交錯する『アンセイン～狂
気の真実～』（*Unsane*, 2018）はスマートフォンで撮影されている。豪華客船で小説家が苦悩
する『レット・ゼム・オール・トーク』（*Let Them All Talk*, 2020）ではRed Komodoで撮影し、
1950年代デトロイトのハイスト映画『クライム・ゲーム』（*No Sudden Move*, 2021）ではRed
Ranger Monstroで撮影するなど、最新カメラを使用している。

　他方、コロナ禍のロックダウンを反映した『KIMI／サイバー・トラップ』（*Kimi*, 2022）で
は、Siriなどテクノロジーの進歩への懐疑を示したように、ソダーバーグ作品は変革と同
時に未来のヴィジョンを映し出す。そのうえで、『マジック・マイク ラストダンス』（*Magic
Mike's Last Dance*, 2023）のような娯楽作を監督しており、多才ぶりは衰えを感じさせない。

（川村）

参考文献紹介　R. Barton Palmer & Steven M. Sanders編 *The Philosophy of Steven Soderbergh*（UP
of Kentucky）から入るとよいだろう。

クエンティン・タランティーノ
Quentin Tarantino（1963- ）

——ポストモダン映画の天才

CC BY-SA 2.0

　父親がイタリア系、母親がネイティヴ・アメリカンの血も引くアイルランド系のタランティーノは、テネシー州で誕生。看護師の母親は、彼を未婚のまま産んで、女手ひとつで育てた。タランティーノは、ロサンゼルスの高校を中退し、劇団で演技を学ぶ。のちにほぼすべての彼の作品をプロデュースすることになるローレンス・ベンダーとハリウッドのパーティで出会い、脚本を書くように勧められる。

　タランティーノの自主製作短編映画を気に入った名優ハーヴェイ・カイテルが製作総指揮と主演を務めて生まれたのが、タランティーノの監督・脚本家デビュー作『レザボア・ドッグス』（*Reservoir Dogs*, 1992）である。宝石店強盗に失敗する男たちの暴力と裏切りの物語だが、複数の主人公、ストーリーの時間軸の解体というタランティーノ作品の特徴がよく出ている。本映画は、各国の映画祭でセンセーションを巻き起こし、1993年には脚本『トゥルー・ロマンス』（*True Romance*）がトニー・スコット監督により、1994年には脚本『ナチュラル・ボーン・キラーズ』（*Natural Born Killers*）がオリバー・ストーン*監督により映画化されて大ヒットする。

　タランティーノが再び自分の脚本に基づいて監督した『パルプ・フィクション』*（*Pulp Fiction*, 1994）は、興行的に大成功しただけでなく、アカデミー賞とゴールデングローブ賞の脚本賞、カンヌ国際映画祭パルムドールを獲得した。本映画においては、作品の最初の場面は、物語の中で最初に起きたエピソードではなく、作品の最後の場面も、物語中で最後に起きたエピソードではないので、作品全体がクロノロジカルな時間軸から完全に逸脱しており、ストーリーの時間は脱中心化されている。なおかつ、本作は、3人の登場人物がそれぞれ主人公となる3つの物語で成立しているため、ストーリーの空間も脱中心化されている。『パルプ・フィクション』は、この技法に加えて、テーマも（父権制の）脱中心化であるため、完璧なポストモダン映画となっており、極めて画期的である。以後、タランティーノのスタイルに影響を受けた映画が続出することになる。

　1970年代のブラックスプロイテーション映画を代表する俳優パム・グリアを主役に迎

えたクライムサスペンスの次作『ジャッキー・ブラウン』（Jackie Brown, 1997）は、助演のサミュエル・L・ジャクソンにベルリン国際映画祭銀熊賞をもたらす。続いて、女殺し屋の復讐を描く2部作『キル・ビル』（Kill Bill, 2003, 2004）を発表し、2004年にはカンヌ国際映画祭に審査委員長として招聘される。2007年には、盟友ロバート・ロドリゲス監督と2本立ての映画などからなる『グラインドハウス』（Grindhouse）を製作し、そのうちの1本『デス・プルーフ』（Death Proof）の監督と脚本を担当した。

　ナチスにまつわる戦争群像劇『イングロリアス・バスターズ』（Inglourious Basterds, 2009）から人種問題を前景化しはじめ、2012年には、黒人奴隷が生き別れた妻を取り戻す物語『ジャンゴ 繋がれざる者』（Django Unchained）を発表。アメリカ南部社会の白人家父長制を徹底的に解体するポストモダン映画である本作は、『パルプ・フィクション』と並ぶタランティーノの代表作であり、『パルプ・フィクション』同様、アカデミー賞とゴールデングローブ賞の脚本賞に輝き大ヒットを記録した。アメリカ南部のプランテーションでの黒人奴隷虐待を正面から描いて批評的にも興行的にも成功したはじめてのハリウッド映画であり、映画史に残る大変重要な作品と言える。次作『ヘイトフル・エイト』（The Hateful Eight, 2015）も白人至上主義の問題を扱う。

　タランティーノは、近年では、ハリウッド黄金期の光と闇を描く『ワンス・アポン・ア・タイム・イン・ハリウッド』（Once Upon a Time in... Hollywood, 2019）を発表している。

（大地）

参考文献紹介　イアン・ネイサン『クエンティン・タランティーノ——映画に魂を売った男』（フィルムアート社）は、タランティーノのすべての作品を解説。『ユリイカ』2019年9月号「特集クエンティン・タランティーノ——『ワンス・アポン・ア・タイム・イン・ハリウッド』の映画史」は、最新作に着目しつつ、タランティーノのこれまでの歩みをたどっている。Gerald Peary編 Quentin Tarantino: Interviews（UP of Mississippi）は、タランティーノの主要なインタヴューを集めたもの。ジェイミー・バーナード『タランティーノ・バイ・タランティーノ』（ロッキング・オン）は、優れた評伝である。

ブレードランナー
Blade Runner, 1982

監督 リドリー・スコット ／ 原作 フィリップ・K・ディック ／ 脚本 ハンプトン・ファンチャー、デヴィッド・ピープルズ ／ 撮影 ジョーダン・クローネンウェス ／ 美術 シド・ミード ／ 視覚効果 ダグラス・トランブル ／ 音楽 ヴァンゲリス ／ 出演 ハリソン・フォード、ルトガー・ハウアー、ショーン・ヤング、ダリル・ハンナ

　フィリップ・K・ディックの代表作のひとつである『アンドロイドは電気羊の夢を見るか？』(1968) の映画化。舞台は、2019年のロサンゼルス。薄暗く人口過密で酸性雨の降りしきるアジア的な大都市である。奴隷として人間以上に知性も身体も優れた人造人間レプリカントが製造されている。レプリカントは、反乱の可能性を恐れて地球上では不法とみなされるため抹殺、いや言い換えれば「引退」させなければならない。それを、担当するのが「ブレードランナー」である。元ブレードランナーのデッカード（フォード）はすでに足を洗ったつもりだったが、再びレプリカントの処分を要請される。地球に人間そっくりのレプリカントが逃亡してきているらしいから、捕まえてほしいというのだ。デッカードは仕方なくその任務を遂行する。レプリカントの女性レイチェル（ヤング）に心を奪われながら、ほかのレプリカントとの死闘を繰り広げる。

　この作品を撮影しているときのスコット*は、兄の急逝など個人的にも大変辛い時期を過ごしており精神的にもかなりまいっていたようである。公開時の興行成績は振るわなかったものの、暗く退廃的なネオ・ノワール的な基調の近未来都市を舞台とする本作は、のちにカルト的な人気を博し、以降のSF映画に多大な影響を与えた。本映画には、「ワークプリント版」、「オリジナル劇場公開版」、「インターナショナル劇場公開版」、「ディレクターズ・カット版」、そして決定版たる「ファイナル・カット版」がある。ドキュメンタリー作品を好むスコットは、ディックの原作のSF的側面より、同作品の投げかける道徳的問い「人間とは何か」に惹かれたという。本映画の舞台となる大都会にアジア人やアジア的文化が登場するのは、2019年のロサンゼルスはアジア人に占められるという社会学的な未来予想によるものであった。

(相原[優])

ブルーベルベット
Blue Velvet, 1986

監督・脚本 デヴィッド・リンチ ／ 撮影 フレデリック・エルムス ／ 音楽 アンジェロ・バダラメンティ ／ 出演 カイル・マクラクラン、イザベラ・ロッセリーニ、ローラ・ダーン、デニス・ホッパー

　アメリカの平和なスモール・タウンの日常に潜む暴力と狂気を描いた作品。SFブロックバスター『デューン／砂の惑星』(1984) の興行的失敗の後、デヴィッド・リンチ*が約600万ドルの控えめな予算とファイナル・カット権を手にキャリアの立て直しを図った作品である。製作は『デューン』でも組んだ独立系プロデューサー、ディノ・デ・ラウレンティス率いるデ・ラウレンティス・エンターテインメント・グループ（DEG）。内容の過激さからハリウッドの大手スタジオが配給を断ったため、DEGが自主配給した。

　物語は、父親の入院により故郷のスモール・タウンへと戻ってきたマクラクラン演じる純朴な青年ジェフリーが、路上で切り取られた耳を発見したことをきっかけに、徐々に事件に巻き込まれていくというものである。1950年代のアメリカを思わせるようなノスタルジックでイノセントな共同体が60年代以降のカウンターカルチャー的な暴力性と道徳的逸脱（悪役フランクを演じるホッパーのスター・イメージによって強調されている）に脅かされるが、最終的にはそれを抑圧しイノセンスを回復する。一見したところ80年代のレーガン時代の保守主義に忠実に沿った内容にもかかわらず、二元論的な価値観の境界を揺さぶるようなリンチの様式的実験が、そのような構図に収まりきらない不気味な不安感を観客に残す。

　伝統的なアヴァンギャルド映画が支配的様式からのあからさまな逸脱によって美的な抵抗を試みたのとは対照的に、この作品をオルタナティヴなものにしているのは、逆説的なことに、その古典的な装いにある。アルフレッド・ヒッチコック*の『疑惑の影』(1943) の物語構造を下敷きにしながら古典的ハリウッド映画の規範との一体感を表面的に強調しつつ、その模倣がゆえに規範からのずれが対照的に引き立つという構造となっている。そこに1980年代以降のインディペンデント映画としての本作品の新しさがあったと言えるだろう。

（河原）

ドゥ・ザ・ライト・シング
Do the Right Thing, 1989

監督・脚本・製作・出演 スパイク・リー ／ 撮影 アーネスト・ディッカーソン ／ 出演 ダニー・アイエロ、オシー・デイヴィス

　1970年代に流行した娯楽色の強いブラックスプロイテーション映画に対して、アフリカ系アメリカ人監督の手になる人種差別問題を取り上げた社会派ドラマ。ブラック・ムービーの新潮流を生み出すきっかけとなった傑作で、1999年にはアメリカ国立フィルム登録簿に永久登録された。パブリック・エネミーの「ファイト・ザ・パワー」("Fight the Power")の「さあ1989年。また夏がやってきた」の歌詞とともにオープニングクレジットが始まり、映画全編にわたって夏の暑さを強調している。暑さがブルックリンを焦燥の街に仕立て上げ、1919年夏の暴動事件「赤い夏 (Red Summer)」を想起させ、最終場面で起こる暴動の伏線を担っている。本編は、スパイク作品のスローガンでもある「ウェイク・アップ (Wake Up)」コールで始まり、前作『スクール・デイズ』(1988) 同様、人種差別への「目覚め」を促している。

　映画ではブルックリンで多数派を占める黒人以外にも、ピザ屋を経営するイタリア系親子、雑貨店を営む韓国系夫婦やヒスパニックの若者が登場し、多様な人種や文化が共存するブルックリンの社会を活写している。彼らは各々の人種的立場から「正しい事 (the right thing)」を主張するが、それが衝突の原因となり、その対立が、「ジョイント（混合体）」という副題が示すように、登場人物たちのカラフルな衣装や音楽の違いと相まって可視化されている。同時に失業と貧困に直面する「持たざる」黒人をはじめ様々な人種民族の不満が「第四の壁」を破って、直接観客へ語りかけられている。その不満は些細なもめごとに端を発した暴動へと発展し、鎮圧に乗り出した白人警官によって黒人のラジオ・ラヒームは絞殺される。暴動により出火したピザ屋の壁には、肩を組むキング牧師とマルコムXの1枚の写真が貼られ、人種差別に対して暴力か非暴力か、観客の判断に委ねるスパイク・リーのメッセージが提示されている。映画公開の3年後に起こったロドニー・キング事件を契機とするロサンゼルス暴動や、約30年後のジョージ・フロイド事件を発端とするBLM（ブラック・ライヴズ・マター）運動の高まりを考慮すれば、この映画の重要性は今なお色褪せることはないだろう。

(中村)

テルマ&ルイーズ
Thelma & Louise, 1991

監督 リドリー・スコット ／ 製作 リドリー・スコット、ミミ・ポーク ／ 脚本 カリー・クーリ ／ 撮影 エイドリアン・ビドル ／ 音楽 ハンス・ジマー ／ 編集 トム・ノーブル ／ 出演 スーザン・サランドン、ジーナ・デイヴィス、ハーヴェイ・カイテル、ブラッド・ピット、マイケル・マドセン

　女性ロード・ムービーかつ相棒映画。また、ニューシネマ的な逃避行映画でもある。男性優位社会で生きづらさを感じる二人の女性、おっとりした主婦テルマ（デイヴィス）としっかり者の独身者ルイーズ（サランドン）は週末旅行に出かけることになり、ルイーズの愛車サンダーバード・コンバーチブルに乗ってアメリカを移動する。夫の身勝手さに振り回されるテルマは久々に羽を伸ばし、ある酒場で出会った男性と懇意になる。駐車場で彼に乱暴されそうになったところ、ルイーズが男を撃ち殺してしまう。ルイーズも男性の暴力に苦しめられた過去があった。警察の捜査からテルマとルイーズの関与が浮かび上がる。捜査官のハル（カイテル）も同情を示しつつも追跡を開始する。それから、二人の逃避行が始まる。逃亡を続けるうちにテルマもルイーズも気に入らない男たちを次々と退治していく（テルマをそそのかし誘惑する若い男J.D.を演じたブラッド・ピットの出世作でもある）。最後に二人は、グランド・キャニオン（西部劇のアイコン的場所）で警察に包囲されるが、サンダーバードごと崖をめがけて突っ走る。

　監督スコットは、ラストシーンを複数用意した。二人の自由の象徴、疾走するサンダーバードが崖を落ちる場面を採用してしまえば、「女性に自由はない」という陰惨なメッセージを告げたかもしれない。しかし、最終的に映画ではフリーズ・フレーム（ストップ・モーション）が採用された。明らかに多くのフェミニズム的要素がこめられた作品であるが、スコット自身は声高に政治的発言をしていない。この作品は予想外の反響を得て、多大な人気を博し、スコット初のアカデミー監督賞にノミネートされた。なお、2021年ネットフリックス公開の日本映画『彼女』（廣木隆一監督）とその原作マンガが本作にインスパイアされていることは間違いなさそうである。

（相原［優］）

自由への旅立ち
Daughters of the Dust, 1991

監督・脚本・製作 ジュリー・ダッシュ ／ 撮影 アーサー・ジャファ ／ 出演 コーラ・リー・デイ、バーバラ・O、アルヴァ・ロジャース、ケイシー・ムーア

　黒人女性監督ジュリー・ダッシュ＊の代表作であるインディペンデント映画。アメリカ南部沿岸のセント・ヘレナ島に住む3世代の黒人一家、ペザント家の女性たちを描いた。サンダンス映画祭に出品されて評判を呼び、撮影監督アーサー・ジャファ（当時ダッシュの夫であった）の仕事が高く評価されて撮影賞を受賞した。

　作品の舞台は1902年、ジョージア州沿岸の島にあるイボ・ランディングと呼ばれる集落であり、ここに暮らすガラ／ギーチーと呼ばれ西アフリカにルーツを持つ部族の一家、ペザント家の女性たちが描かれる。島を出て本土に暮らすイエロー・メアリー（バーバラ・O）たちが、家族の本土移住に際して島に戻るところで物語は始まる。島を離れようとしない伝統の権化のような母のナナ・ペザント（デイ）、妊娠中のユーラ（ロジャース）、島を忌み嫌い移住を主導するナナの義理の孫娘ハガー（ムーア）など、母系一族の様々な女性たちが登場し、祝祭的な親族の集まりや食事をともにするなかで、それぞれの島を離れる意図、あるいは島に残る意図が明かされていく。その自由な生き方を堕落とみなされ一族に軽蔑されるイエロー・メアリーや、白人によるレイプの末に妊娠したとされるユーラの姿を通して、奴隷制の時代から連綿と続く黒人女性の抑圧の歴史が明らかにされ、それでも家族の記憶を通して女性同士がつながることの重要性が示される。

　時系列に沿わない語りの構造や、ゆるやかにイメージをつないでいく映像美、印象的なアフリカ音楽の反復的使用によって、独特のマジック・リアリズムを湛えた本作は、インディペンデント映画の古典であり、黒人映画史上重要な作品でもある。全編にわたり俳優たちがガラ方言を使い演じた点で、歴史的資料としての価値も大きい。ビヨンセのヴィジュアル・アルバム『レモネード』(2016) の楽曲が本作に強く影響されたものだったことで、近年再び注目を集めた。

　　　　　　　　　　　　　　　　　　　　　　　　　　　　　　　　　（ハーン）

パルプ・フィクション
Pulp Fiction, 1994

監督・脚本 クエンティン・タランティーノ ／ 撮影 アンジェイ・セクラ ／ 出演 ジョン・トラボルタ、サミュエル・L・ジャクソン、ユマ・サーマン、ブルース・ウィリス、ティム・ロス、ハーヴェイ・カイテル

　タイトルのパルプ・フィクションとは、20世紀初頭から1950年代にかけてアメリカで流行った安いパルプ紙に印刷された雑誌に掲載された低俗小説のこと。本作はクエンティン・タランティーノ*の代表作にして、ポストモダン映画の金字塔である。ヴィンセント（トラボルタ）、ジュールズ（ジャクソン）、ブッチ（ウィリス）それぞれを主人公とする3つの物語が解体され、時間軸から逸脱した配置がなされている。ギャングのヴィンセントは、親分マーセルスの愛妻ミア（サーマン）のお守りを一晩頼まれ、オーバードースで意識を失ったミアを間一髪で助ける。ヴィンセントの相棒ジュールズは、至近距離から銃で撃たれたにもかかわらず無傷だったことを奇跡ととらえ、神の存在を感じてギャングを引退することにする。落ち目のボクサーのブッチは、八百長試合を持ちかけたマーセルスを裏切って怒りを買うが、何とか生き延びて街を出る。この3つの物語が交錯する構成となっている。

　『パルプ・フィクション』が極めてポストモダン的なのは、上記の物語構成に加えて、テーマも（父権制の）脱中心化だからである。同映画に登場する父親的人物、すなわちブッチの父親や〈親分〉マーセルスは徹底的に面子を潰され、彼らの権威は地に落ちる。また、本作は、ギャング映画、ヌーヴェル・ヴァーグ映画、ハードボイルド映画、コメディ、侍映画など多彩なジャンルを混在させたパスティーシュであると同時に、様々な年代や種類の音楽を引用している点でも非常にポストモダン的である。

　本映画は、アカデミー賞の脚本賞やカンヌ国際映画祭のパルムドールに輝き、興行的にも大成功した。タランティーノ、ユマ・サーマン、サミュエル・L・ジャクソンをスターにしただけでなく、ジョン・トラボルタのキャリアも復活させる。『パルプ・フィクション』は、1990年代のインディペンデント映画ブームの中心的役割を果たし、インディペンデント映画とハリウッド主流映画の境界線を事実上取り払った。クリストファー・ノーラン*、ガイ・リッチーなど本作の影響を受けた映画作家は数知れない。

（大地）

デッドマン
Dead Man, 1995

監督・脚本 ジム・ジャームッシュ ／ 撮影 ロビー・ミューラー ／ 音楽 ニール・ヤング ／ 出演 ジョニー・デップ、ゲイリー・ファーマー、ランス・ヘンリクセン

　従来のジャンルの価値観や歴史観の見直しを図る西部劇を、修正主義西部劇と呼ぶ。多文化主義が花開いた1990年代には、修正主義西部劇が多く製作された。『デッドマン』は特に個性的な作例であり、今日まで様々な解釈を呼んでいる。その幻影的な雰囲気やカウンターカルチャー的な精神から、60年代以降の西部劇のサブジャンル、アシッド・ウェスタン（アシッドはLSDを指すスラング）に分類されることもある。

　主人公ウィリアム・ブレイク（デップ）は、会計士の仕事に就くために訪れた西部の町で、偶然ある男を殺害し、お尋ね者となる。自らも重傷を負ったブレイクだが、ノーバディ（ファーマー）という名の先住民の男に助けられる。ブレイクを同名のイギリスの詩人と勘違いしたノーバディは、彼を霊的な世界へと送り出す手助けをする。

　監督のジャームッシュ＊の詩への愛が色濃く反映された1本である。同時に、ブレイクの詩が先住民の言葉のように響き、逆に先住民の言葉がブレイクの詩のように響くという点に、ジャームッシュならではの文化移植の実践が見て取れる。ニール・ヤングが即興でつけた音楽も評価が高い。

　西部劇というアクションを中心とするジャンルでは極めて異例なことに、主人公は多くのシーンで半分寝ているか、死にかけている。映画全体がいわば半覚醒状態にあり、その中に先住民虐殺や自然破壊の歴史が浮かび上がる。こうした歴史を直接批判する作品は多いが、本作はそれらとは異なる効果を上げており、西部開拓とその記憶をめぐる独自の省察となっている。

　先住民の描写にも独自性が見られる。ノーバディは、従来の先住民のステレオタイプである「血に飢えた悪魔」と「高貴な自然人」のいずれにも属さない、個性あふれるキャラクターである。本作ではいくつかのシーンで先住民の言語が使用されるが、ジャームッシュは英語字幕をつけず、先住民の観客だけにわかる状態で公開した。

(川本)

セブン

Seven, 1995

監督 デヴィッド・フィンチャー ／ 脚本 アンドリュー・ケヴィン・ウォーカー ／ 撮影 ダリウス・コンジ ／ 出演 ブラッド・ピット、モーガン・フリーマン、グウィネス・パルトロー、ケヴィン・スペイシー

　『セブン』は、『羊たちの沈黙』(1991) とともに連続猟奇殺人事件を描くサスペンス・スリラーの傑作である。キリスト教の「７つの大罪」（暴食、強欲、怠惰、色欲、傲慢、嫉妬、憤怒）に準えた「見立て殺人」を犯すジョン・ドゥ（英語で「身元不明の男性」の意）とその行方を追う、新米刑事ミルズ（ピット）とベテラン刑事サマセット（フリーマン）のバディムービー。映画名の『セブン』は「7つの大罪」だけでなく、事件解決までの1週間、サマセット刑事退職までの1週間を意味する。オープニングのタイトルバックはカイル・クーパーが担当。クレジットを記すタイポグラフィ的文字や揺れ動く文字は、捉えどころのない犯人の深層心理を反映している。その斬新な手法によって、クーパーは「タイトルデザイン」を確立したソール・バスの再来と称される。

　本編の映像はローキー (low-key) を基調とし、銀を取り除く工程をあえて省く「銀残し」の手法を採用して、ハイコントラストな陰影を生み出し、重厚な世界観を表現している。加えて、室内にまでも聞こえる雑踏の騒音や地下鉄の振動が大都市の生きづらさを強調する。降りつづく雨が陰鬱さに輪をかけるが、ジョン・ドゥ（スペイシー）の自首場面から晴天に切り替わり、天候は暗中模索の捜査状況から事件解明へと向かう情景描写としての役割を担う。本作には文学的モチーフも散りばめられ、事件解明の鍵として、ダンテの『神曲』やチョーサーの『カンタベリー物語』、ミルトンの『失楽園』やシェイクスピアの『ヴェニスの商人』といった世界的名著が引き合いに出され、映画に哲学的奥深さを与えている。映画の結末場面では、ジョン・ドゥの「嫉妬」によるミルズの妻トレーシー（パルトロー）殺害という衝撃の事実を用意し、法の番人たる刑事ミルズが「憤怒」のあまりジョン・ドゥを射殺することで「7つの大罪」を完成させてしまうバッド・エンディング。単なるサスペンスミステリーにとどまらず、法と正義の在り方を問う問題作と言える。

（中村）

6　ニュー・ニュー・ハリウッド　1980−2000

マトリックス
The Matrix, 1999

監督・脚本 ウォシャウスキー姉妹（クレジットはウォシャウスキー兄弟）／撮影 ビル・ポープ／出演 キアヌ・リーヴス、ローレンス・フィッシュバーン、キャリー＝アン・モス

　スタイリッシュかつ斬新な映像で描き出したサイバーパンクSF映画。世界中で大ヒットし、ある種の文化現象と化すほどの人気を獲得している。ウィリアム・ギブソンの『ニュー・ロマンサー』をはじめ、サイバーパンクやSF作品、ポップカルチャーを多数参照しながら、なおかつボードリヤールの『シミュラークルとシミュレーション』をはじめとする現代思想を引用し、香港映画のワイヤーアクション技術を採用するなど、独自の世界観を作り上げている。アカデミー賞4部門（視覚効果賞、編集賞、音響賞、音響編集賞）を獲得するなど、主に視覚効果や映像で極めて高い評価を得ている。

　物語の骨子は非常にシンプルで、人間が現実だと思い込んでいるのはコンピュータによって作られた仮想現実の世界にすぎず、人間はそれと気づかないままコンピュータに支配されているという設定で、主人公がやがて救世主として目覚めてコンピュータに戦いを挑むという展開である。

　ブレットタイムとして知られる撮影技術（スローモーションで動く被写体のあいだをカメラが通常の動きで動く映像）を初めて本格的に採用したことで知られ、主人公が銃弾をよける映像はこの映画のもっとも有名な場面としてしばしば取り上げられる。この技術だけでなく、CGIを活用しながらもアナログの撮影技術を混ぜ合わせ、独特の映像に仕上げながら、それが哲学的、宗教的モチーフと混然一体になっているところは高く評価できるだろう。

　研究の視点としては、作り手が言及している現代思想の概念を追究したところで、作り手の意図を追認することにしかならず、しかも必ずしもそれらの概念が正確に理解されているわけでもない。この作品がこの時代にこれほど幅広く受け入れられたことから、仮想現実やテクノフォビアなどのモチーフに時代特有のイデオロギーないし文化的不安を見て取るほうが有益であろう。また監督らがのちに性別適合手術を受けたことから、この作品にさかのぼってジェンダーやセクシュアリティのモチーフを見て取る研究も多い。　　（高野）

トラフィック
Traffic, 2000

監督 スティーヴン・ソダーバーグ ／ 脚本 スティーヴン・ギャガン ／ 撮影 ピーター・アンドリューズ（スティーヴン・ソダーバーグ）／ 編集 スティーヴン・ミリオン ／ 出演 マイケル・ダグラス、ベニチオ・デル・トロ、ドン・チードル、キャサリン・ゼタ＝ジョーンズ

　麻薬戦争を取り上げた『トラフィック』は、1989年のイギリスのテレビシリーズをもとにし、ワシントンD.C.、白人の郊外、黒人のインナーシティ、メキシコとの国境、ティファナから砂漠へと広がる壮大なアンダーグラウンドのシステムを可視化した。飲酒や隠された性（ゲイバー、売春）などにも言及し、依存をテーマとし、群像劇の形式で、政治や警察の機能不全・腐敗、家庭や学校の危機などのエピソードを重ねたリアリズム作品である。同年公開の『エリン・ブロコビッチ』とともに、アカデミー作品賞にノミネートされ、本作は監督賞を受賞した。

　手持ちカメラでの撮影や、彩度の低さ、統計的数字などの活用でドキュメンタリー感を演出し、リアリティを高めている。その一方で、ハイパーリンクシネマの一例とされるように、相互に影響しながら複数のプロットが展開し、それぞれの物語を観客が理解しやすくなる配慮がされた色の使い分けがなされている。麻薬カルテルが暗躍するメキシコは砂漠の乾いた光景になじむ黄、麻薬戦争に冷めた態度を取るワシントンD.C.や郊外は青を使い、現実離れした感覚をもたらしている。

　矛盾とも受け取れる、リアリティをめぐるこうした映像の取り組みは、娯楽作を含め多彩なジャンルを手がけた、インディペンデントの社会派監督ソダーバーグ*のリアリズム、すなわち、白黒つかない、絶望と希望の混在を示す。現実のどの部分を色づけして強調するかは、観察者が権力を行使できる。アメリカが恐怖に沈んだ2001年公開の『オーシャンズ』で、難攻不落の金庫が華麗に破られるように、絶望感が漂う本作でも、行き詰った捜査官がプールで自然光を浴びれば世界が一変し、絶妙な笑いが生じる。たとえ不毛な戦争が終わらずとも、メキシコの子どもたちのために野球場にナイトゲーム用の照明が取りつけられ、途方に暮れた判事は愛でもって家族を支え、マイケル・ダグラスの役者イメージまでも塗り変えた。

（川村）

7

21世紀のアメリカ映画
2001 —

　共和党ジョージ・W・ブッシュ大統領は、2001年9.11同時多発テロにより、合衆国史上最長の戦争、「テロとの戦い」を開始した。10月アフガニスタン侵攻、2003年イラク攻撃でサダム・フセインを拘束。アブグレイブ刑務所やグアンタナモ基地でのアメリカ兵による捕虜の扱いが問題視された。アメリカ軍は、2011年、テロ首謀者ウサーマ・ビン・ラーディンを殺害したが、アフガニスタンからの完全撤退は2021年だった。

　環境・エネルギーでは、ブッシュ政権は京都議定書から離脱したが、アル・ゴアが『不都合な真実』(*An Inconvenient Truth, 2006*) などで気候変動対策を訴えノーベル平和賞を受賞し、バラク・オバマがグリーン・ニューディール政策を掲げた後、シェールガス革命が起こった。その一方、カトリーナ、サンディなど、ハリケーンが甚大な被害をもたらした。テクノロジーでは、コンピュータの2000年問題、ドットコム・バブルを経て、GAFAM（グーグル、アップル、フェイスブック、アマゾン、マイクロソフト）が台頭し、2005年にはYouTube、2006年にはツイッターがサービスを開始し、2007年アップルがiPhoneを発売、ネットフリックスが新ストリーミングサービス開始。また、2009年の自動車大手ビッグスリー（GM、フォード、クライスラー）の経営破綻・危機の一方、イーロン・マスクがオンライン決済サービスや宇宙開発に続き、電気自動車開発を牽引し、ツイッター買収とともに、仮想通貨市場に影響を与えた。

　2008年にリーマン・ブラザーズが銀行では合衆国史上最大規模で破綻し、世界経済が危機に陥る。2009年「チェンジ」を掲げた民主党オバマが黒人として初めて大統領に就任。国民皆保険「オバマケア」を推進したが、大きな政府化に反対する「ティーパーティ運動」、経済格差の拡大に反対する「オキュパイ・ウォールストリート運動」が起こり、ねじれ議会が原因で政府機関が一部閉鎖した。政府機関による世界の通信監視を告発した「スノーデン事件」や、黒人の若者が白人の警察官らに暴行された事件をめぐるツイートで「ブラック・ライヴズ・マター運動」が起こった。その一方で、オバマは歴代大統領で初めて同性婚を支持し、アメリカ軍の同性愛差別も改善された。

　2016年、初めての女性大統領を目指すヒラリー・クリントンが「ガラスの天井」に阻まれ、共和党から実業家ドナルド・トランプが「メイク・アメリカ・グレイト・アゲイ

ン」を訴え大統領選挙に勝利した。「フェイク・ニュース」が流行語にもなった。「アメリ
カ・ファースト」の反グローバル主義で、TPP脱退、メキシコ国境に壁建設を計画、中国
との経済摩擦を高めた。ウクライナ疑惑で弾劾裁判にかけられたが、核をめぐり北朝鮮と
は関係改善を図った。2020年大統領選挙ではジョー・バイデンに敗れ、不正選挙を訴え
る支持者が議会議事堂を襲撃した。78歳で就任したバイデンは歴代最高齢の大統領とな
った。それでは、この時代の映画を概観しよう。

ハリウッドの再編

　ハリウッド映画は、巨額予算を投じて製作し大きな収益を目指すブロックバスター作
品、コミックや小説のアダプテーション作品への集中と同時に、テーマや、製作者たちの
顔ぶれ、映画館に限定しない観る場所・方法での多様化も進んだ。業界は再編され、6つ
あった大手スタジオ（ワーナー・ブラザース、パラマウント、20世紀フォックス、ユニ
バーサル、コロンビア、ディズニー）は配給を重点化し、2019年ディズニーによるフォ
ックス買収で数を減らした。携帯電話会社AT&Tのタイム・ワーナー買収、ユニバーサル
と放送局NBCの合併後のケーブルテレビ局コムキャストによる買収と、ほかの情報通信
メディア企業との吸収合併が相次いだ。

　比較的低予算のアート作品は、ブティック・レーベルやミニ・メジャーと呼ばれる会
社にゆだねられた。クエンティン・タランティーノ＊作品などで一時代を築いたミラマッ
クスはディズニーに買収されたが、設立者兄弟は2005年ワインスタイン・カンパニーを
立ち上げた。『ロード・オブ・ザ・リング』シリーズ（*The Lord of the Rings*, 2001, 2002, 2003）で
最高収益を上げたニュー・ライン・シネマは、ワーナー・ブラザースに買収された。ラ
イオンズゲートはサミット・エンターテインメントを買収、アカデミー作品賞を受賞し
た『クラッシュ』（*Crash*, 2005）以後も、強い女性像を打ち出したジェニファー・ローレン
ス主演『ハンガー・ゲーム』シリーズ（*The Hunger Games*, 2012, 2013, 2014, 2015, 2023）などヒッ
ト作が続いた。スティーブン・スピルバーグ＊らのドリームワークスはパラマウントと紛
糾した末、新会社を設立。フォックスが設立したサーチライト・ピクチャーズは常に新
たなアート作品に挑戦し、『スラムドッグ＄ミリオネア』（*Slumdog Millionaire*, 2008）、『スリ
ー・ビルボード』（*Three Billboards Outside Ebbing, Missouri*, 2017）、『女王陛下のお気に入り』（*The
Favourite*, 2018）などアカデミー賞の各部門を受賞する作品が多い。ユニバーサル傘下のフ
ォーカス・フィーチャーズはLGBTQをテーマとする作品も展開する。そして、2010年代
以降注目を集めたのはA24で、SF『エブリシング・エブリウェア・オール・アット・ワン

7　21世紀のアメリカ映画　2001 −

ス』（Everything Everywhere All at Once, 2022）でアカデミー作品賞を受賞したダニエルズ（Daniel Kwan 1988- , Daniel Scheinert 1987- ）など新進気鋭の監督によるエッジの効いた話題作を次々と世に送った。

アメリカ映画市場の成長性、販売戦略

　21世紀に入り、コロナ禍前までは、北米興行収入は右肩上がりで、海外興行収入や新たな動画配信サービスの伸びも顕著であった。1年間に映画館に行く回数は低迷したが、チケット代金は値上がりした。海外興行収入では、中国市場の重要性が増した。その後、コロナ禍により映画館は大打撃を受け、政治的対立が高まる中国市場では、ハリウッド映画はシェアを減らした。その一方、動画配信はアメリカ国内に限っても急成長した。

　製作から公開までのプロセスではマーケットリサーチを徹底し、ラフカットの段階でスクリーニングを開催し、その反応をファイナルカットに反映させているため、監督は市場性を考慮する必要があり、また、かつてのスターのような販売促進の道具としての役割を担う。広告は、劇場公開数か月前に1分未満で俳優やジャンルを告知するティーザーと、公開前後に2〜3分でプロットの一部を見せるトレーラーを利用する。公開は、作品規模が大きくなるにつれ限定ではなく同時に行われ、1週目が劇場興行収入のピークとなり、以降下がるパターンが多いため、公開週の週末が重視される。

デジタル化、DVD、動画配信

　デジタル化が進み撮影や編集が簡易化し、レッド・デジタル・シネマカメラ・カンパニーのREDシリーズやスマートフォンなど製作手段の幅が広がった。映画館にはDCP（Digital Cinema Package）で作品が届くようになった。コンピュータ生成画像や、その画像を実写映像と組み合わせて用いる技術を意味するCGI（Computer-generated imagery）は飛躍的に進歩している。人やモノの動きをデジタルデータ化する技術、モーション・キャプチャが『ロード・オブ・ザ・リング』などで注目された。ジェームズ・キャメロン*監督『アバター』*（2009）では、パフォーマンス・キャプチャ、エモーション・キャプチャでよりリアルな表現を実現し、3D映画ブームをもたらした。続編『アバター：ウェイ・オブ・ウォーター』（Avatar: The Way of Water, 2022）は、こうした最新技術を駆使した水中撮影に挑戦している。IMAXシアターでは、さらに大きなスクリーンで明るく鮮明な映像、臨場感ある音響が提供され、クリストファー・ノーラン*はIMAXカメラでの撮影にこだわった。ドゥニ・ヴィルヌーヴ（Denis Villeneuve 1967- ）は『デューン／砂の惑星』（Dune, 2021）をARRI ALEXA LF

で撮影、Filmed in IMAX プログラム認定の先駆的作品となった。

　ゼロ年代には、VHSに代わりDVDが普及し、映像特典が付けられた。2006年ブルーレイが登場すると、2007年から08年にかけDVD収益をめぐって全米脚本家協会がストライキを行った。他方で、映画館はシネマコンプレックスとなり、壮大な特殊効果、サウンドの充実が図られ、その結果、アクションや新たな経験が重視されるようになった。

　さらに、映画、テレビ、インターネットの区別が時代遅れとなり、ビデオ・オン・デマンド（VOD）が進化し、ネットフリックスなどが動画配信を開始、2010年代には、大手スタジオの慣習にとらわれないオリジナルのドラマシリーズや映画を製作、多様なメディアツールでの視聴が可能になった。『ROMA／ローマ』（Roma, 2018）はアカデミー監督賞を受賞し、作品賞にもノミネートされた。スピルバーグはネットフリックスのオリジナル作品が「アカデミー賞の候補にノミネートされるべきでない」と発言した。

アニメーション

　デジタルアニメーションはセルアニメーションよりも生産性が高く、ゼロ年代に、国内興行収入ランキング上位に入る快進撃を続けた。アメリカではアニメは劇場公開を皮切りに、人気作がテレビシリーズやコミック化されることが多い。アカデミー長編アニメ映画賞が創設され、ドリームワークス製作『シュレック』（Shrek, 2001）が初受賞している。アニメの代表的スタジオは、スティーブ・ジョブズがルーカスフィルムのアニメーション部門を買収して設立し、のちにジョン・ラセター（John Lasseter, 1957- ）監督の『トイ・ストーリー』（Toy Story, 1995）を生み出したピクサーで、ディズニーと共同で『ファインディング・ニモ』（Finding Nemo, 2003）、『Mr.インクレディブル』*（2004）、『カーズ』（Cars, 2006）、『ウォーリー』（WALL・E, 2008）、『インサイド・ヘッド』（Inside Out, 2015）などを手がけた。そして、商業的に成功し、アカデミー長編アニメ映画賞受賞の、ディズニー製作『アナと雪の女王』（Frozen, 2013）では、主題歌「Let it go　ありのままで」をふまえ、主人公エルサの同性愛に関する議論が起こった。

　伝統的な手法で、人形を少しずつ動かして、ひとコマずつ撮影し、編集でつなげて映像にするストップモーション・アニメーションは、2005年にライカ社が設立され技術的に進化した。フランケンシュタインの白黒の恐怖感を3D最新技術で蘇らせた、ティム・バートン*『フランケンウィニー』（Frankenweenie, 2012）や、手作りで人形の動物の毛並みにまでこだわった、ウェス・アンダーソン*『犬ヶ島』（Isle of Dogs, 2018）などがある。

マーベル・シネマティック・ユニバース（MCU）

　2022年までの全米興行収入ランキング1位は、俳優アダム・ドライバーの代表作のひとつ『スター・ウォーズ／フォースの覚醒』（Star Wars: The Force Awakens, 2015）、2位『アベンジャーズ／エンドゲーム』（Avengers: Endgame, 2019）で、2012年以降ディズニー傘下となった、ルーカスフィルム『スター・ウォーズ』シリーズとマーベル・スタジオ作品が上位を競っている。『アイアンマン』（Iron Man, 2008）から始まったMCUの人気は、21世紀のハリウッドで特筆すべき現象である。MCUの作品は、フェーズ1〜3「インフィニティ・サーガ」と、フェーズ4〜6「マルチバース・サーガ」から成り、中東から宇宙におよぶ戦闘アクションとして、現実にアメリカが展開する戦争をイデオロギー的に問い、人類史を振り返るとともに、宇宙的視点で人新世についての問題を提示した。また、完全無欠の「スーパーヒーロー」ではなく、スパイダーマンをはじめ、身体的に脆弱だったキャプテン・アメリカ、聴覚障害があるマッカリ、さらには、ゲイのファストなど多様性も配慮されている。そして、『ガーディアンズ・オブ・ギャラクシー』（Guardians of the Galaxy, 2014）では、チームワークの大切さが強調された。2019年、マーティン・スコセッシ*が、映画とは美的、感情的、精神的啓示をもたらすもので、「マーベルは映画ではない」と発言し物議を醸した。しかし、『42 世界を変えた男』（42, 2013）で好演したチャドウィック・ボーズマン主演の『ブラックパンサー』（Black Panther, 2018）はテクノロジー、未来、宇宙と黒人文化を結ぶアフロ・フューチャリズムを投影し、全米興行収入4位の人気だけでなく、アカデミー作品賞にノミネートされるなど批評的にも評価された。

　マーベルコミックスとともに、アメリカンコミックスの2大レーベルで、スーパーマンやバットマンを擁するDCコミックスは、ワーナー・ブラザースのもとで、2013年から、『ジャスティス・リーグ』（Justice League, 2017）などのDCエクステンデッド・ユニバース（DCEU）作品を製作し、2022年DCスタジオ設立後には、DCユニバース（DCU）が発表された。

#OscarSoWhite、#MeToo、Academy Aperture 2025

　2016年大統領選挙で、リベラルなハリウッドの多くの大物俳優たちはクリントンを応援し、トランプ勝利はアメリカ国民とハリウッドの政治意識の乖離、エリート主義への批判を露呈させ、政治的意識変革はハリウッドやアカデミーの側に要求された。活動家エイプリル・レインが2015年、アカデミー賞演技部門のノミネートが白人ばかりだと#OscarSoWhiteをツイートし拡散され、スパイク・リー*らが授賞式をボイコットして

268　　　　　　　　　　　　　　　　　　　　　第1部 アメリカ映画の歴史

いる。また、2017年『ニューヨーク・タイムズ』が大物プロデューサー、ハーヴェイ・ワインスタインによる性的嫌がらせを告発し、本事件を機に、性暴力被害をツイートする#MeToo運動が急拡大した。2022年には、その報道取材プロセスを映画化した『SHE SAID／シー・セッド その名を暴け』（She Said）が公開されている。

　こうしたタイミングで、アカデミーは2020年までに女性、民族／人種的少数者の会員数を2倍に、国際会員を大幅に増やす包括的なコミュニティへ向けた具体的目標を設定した。その結果、2015年と2020年の比較で、女性会員数は2倍、2020年にノミネートされた女性の割合は31パーセントと過去最高になったが、有色人種の割合は8パーセントに下がった。その状況でAcademy Aperture 2025が発表され、作品賞に関しては2022年から「アカデミー包括基準様式」の提出が求められ、2024年からは女性、特定の民族／人種、LGBTQの人々を具体的な割合で採用するよう規定した基準が設定された。

　取り組みの現れとして、2017年の作品賞発表の壇上でのハプニングは示唆に富む。デイミアン・チャゼル（Damien Chazelle, 1985- ）を最年少で監督賞受賞者にした、ライアン・ゴズリングとエマ・ストーンのミュージカル映画『ラ・ラ・ランド』*（2016）が作品賞として発表されたが、すぐに、黒人のバリー・ジェンキンス監督の『ムーンライト』（Moonlight, 2016）（黒人ギャングの同性愛というタブーに挑戦した作品）に変更された。2019年も、人種差別と対峙したジャマイカ系アメリカ人ピアニストの伝記『グリーンブック』（Green Book, 2018）が受賞。2020年、韓国人ポン・ジュノ（Bong Joon-ho, 1969- ）『パラサイト 半地下の家族』（Parasite, 2019）、2021年、中国出身クロエ・ジャオ（Chloé Zhao, 1982- ）『ノマドランド』（Nomadland, 2021）が受賞、経済格差や気候変動などユニバーサルな課題を見据えた国際化も進んだ。2020年、『ジョーカー』*（2019）で主演男優賞を受賞したホアキン・フェニックスによる、人種、ジェンダー、性的少数者、自然に言及した後の「愛をもって救済へ向かえ」は、時代を反映した熱のこもったスピーチとなった。

21世紀の監督と作品

　ゼロ年代は娯楽性の高いブロックバスターのシリーズが数多く誕生した。マーベル以外のアクションでは、ジョニー・デップ主演『パイレーツ・オブ・カリビアン』（Pirates of the Caribbean, 2003, 2006, 2007, 2011, 2017）、ジャスティン・リン（Justin Lin, 1971- ）らが監督した『ワイルド・スピード』（The Fast & Furious, 2001, 2003, 2006, 2009, 2011, 2013, 2015, 2017, 2021, 2023）、小説のアダプテーションでは、『ハリー・ポッター』（Harry Potter, 2001, 2002, 2004, 2005, 2007, 2009, 2010, 2011）やピーター・ジャクソン*監督『ロード・オブ・ザ・リング』、『ホビット』

（*Hobbit*, 2012, 2013, 2014）などがある。

　他方で、インディペンデントとして、映画の膨大な知識を背景に間テクスト性に富む大手スタジオ作品を手がける監督も存在感を高めた。クエンティン・タランティーノ*は『ジャンゴ 繋がれざる者』（*Django Unchained*, 2012）で、マカロニ・ウェスタン『続・荒野の用心棒』（*Django*, 1966）をオマージュするかたちで奴隷制度の記憶を再考し、さらにハリウッドもの『ワンス・アポン・ア・タイム・イン・ハリウッド』（*Once Upon a Time in... Hollywood*, 2019）を公開した。1990年代のニュー・クィア・シネマ運動を牽引したガス・ヴァン・サント*は、高校での銃乱射事件に関する『エレファント』（*Elephant*, 2003）でカンヌ国際映画祭パルムドールを受賞し、LGBTQの社会的地位向上に献身した政治家の伝記『ミルク』（*Milk*, 2008）を発表。スティーヴン・ソダーバーグ*は『オーシャンズ』（*Ocean's*, 2001, 2004, 2007）シリーズのヒット後、『コンテイジョン』（*Contagion*, 2011）でコロナ禍の混乱を予兆した。コーエン兄弟*は『ノーカントリー』（*No Country for Old Men*, 2007）でアカデミー作品賞を受賞した。

　21世紀に入り活躍した新しい監督では、ポール・トーマス・アンダーソン*が『ゼア・ウィル・ビー・ブラッド』（*There Will Be Blood*, 2007）の石油王や牧師、『ファントム・スレッド』（*Phantom Thread*, 2017）のファッションデザイナーなど、偉人の闇をとおして含みある笑いを提供している。クリストファー・ノーラン*は『バットマン ビギンズ』（*Batman Begins*, 2005）でバットマンシリーズを復活させ、ヒース・レジャーのジョーカーをとおしてテロリズムを再考し、『インセプション』（*Inception*, 2010）、『インターステラー』（*Interstellar*, 2014）など時空を超える想像力を喚起した。そして、『オッペンハイマー』（*Oppenheimer*, 2023）でアカデミー作品賞を受賞した。ウェス・アンダーソン*は『グランド・ブダペスト・ホテル』（*The Grand Budapest Hotel*, 2014）など細部までこだわったプロダクション・デザインでオルタナティヴな家族を提示。スパイク・ジョーンズ（Spike Jonze, 1969- ）は『her／世界でひとつの彼女』（*Her*, 2014）で、AIとの恋愛をテーマとして人間性を再考し、アレクサンダー・ペイン（Alexander Payne, 1961- ）は『ネブラスカ ふたつの心をつなぐ旅』（*Nebraska*, 2013）で、高齢者による哀感漂うコメディを追求した。

　ベテランでは、スピルバーグが『マイノリティ・リポート』（*Minority Report*, 2002）でAIが普及した社会を予言し、『キャッチ・ミー・イフ・ユー・キャン』（*Catch Me If You Can*, 2002）で詐欺師の伝記を扱い、『リンカーン』（*Lincoln*, 2012）で人種問題に切り込み、2015年大統領自由勲章を受章し、さらに『フェイブルマンズ』（*The Fabelmans*, 2022）でユダヤ系であることや両親の関係を含めた自身の生い立ち、そして、映画への情熱を語った。スコセッ

シは、19世紀ニューヨークのギャング抗争劇『ギャング・オブ・ニューヨーク』(Gangs of New York, 2002) で商業的に成功、『ディパーテッド』(The Departed, 2006) でアカデミー作品賞に加え、監督賞を初受賞。『アイリッシュマン』(The Irishman, 2019) でもロバート・デ・ニーロをヒットマンとしバイオレンスを貫いた。クリント・イーストウッド*は、貧困層の女性がボクサーとして活躍する『ミリオンダラー・ベイビー』(Million Dollar Baby, 2004) でアカデミー作品賞受賞。イラク戦争の狙撃手クリス・カイルの伝記『アメリカン・スナイパー』(American Sniper, 2012) も商業的に成功し、90歳を超えて、リベラルなハリウッドとは一線を画すマッチョな作品を展開した。

　少数であった女性監督の数は増えつつあり、東京をアメリカ人の視点から捉えた『ロスト・イン・トランスレーション』*(2003) でソフィア・コッポラ*がアカデミー脚本賞受賞。キャスリン・ビグロー*は、イラク戦争での危険物処理に焦点を当てた『ハート・ロッカー』*(2008) で女性初のアカデミー作品賞を受賞。パティ・ジェンキンス (Patty Jenkins, 1971-) のDC映画『ワンダーウーマン』(Wonder Woman, 2017) が大ヒット。マーベル映画では、2021年、スカーレット・ヨハンソンとフローレンス・ピュー共演の『ブラック・ウィドウ』(Black Widow) をケイト・ショートランド (Cate Shortland, 1968-)、『エターナルズ』(Eternals) をクロエ・ジャオが監督した。マンブルコアと呼ばれる、新世代の自主映画運動の中心人物グレタ・ガーウィグ (Greta Gerwig, 1983-) は、『レディ・バード』(Lady Bird, 2017) でアカデミー監督賞・脚本賞にノミネートされ、2023年には着せ替え人形バービーの実写映画『バービー』(Barbie) で女性監督の世界興行収入記録8億2,180万ドル (『ワンダーウーマン』) を大幅に更新した。『ファースト・カウ』(First Cow, 2020) などのケリー・ライカート (Kelly Reichardt, 1964-) はインディペンデント監督として存在感を高めた。そして、シアン・ヘダー (Sian Heder, 1977-) が『コーダ あいのうた』(CODA, 2021) でアカデミー作品賞受賞。

　LGBTQでは、トッド・ヘインズ*がクローゼットにいたゲイ、レズビアンに光を当てた『エデンより彼方に』*(2002)、『キャロル』(Carol, 2015) で商業的、批評的に成功。アン・リー*は『ブロークバック・マウンテン』*(2005) で、カウボーイたちの恋愛によりホモソーシャルな空間を攪乱、アカデミー監督賞を受賞。さらに、ティモシー・シャラメ主演『君の名前で僕を呼んで』(Call Me By Your Name, 2017) は家族に認められたオープンな愛を追求。『キッズ・オールライト』(The Kids Are All Right, 2010) は、中産階級のレズビアンカップルが、人工授精で授かった子どもたちとの家庭生活での問題と向き合った。また、トッド・フィールド (Todd Field, 1964-) 監督『TAR／ター』(Tár, 2022) は、ケイト・ブランシェット演じる、ベルリン・フィルハーモニーで女性初の首席指揮者となったレズビアンが、ハラスメント

で社会的立場を失うキャンセル・カルチャーを描いた。

アフリカ系では、KKKをめぐる実話『ブラック・クランズマン』（*BlacKkKlansman*, 2018）が高評価されたスパイク・リーが、2021年カンヌ国際映画祭審査委員長になった。サンダンス映画祭公開作『フルートベール駅で』（*Fruitvale Station*, 2013）で注目されたライアン・クーグラー（Ryan Coogler, 1986- ）は『ブラックパンサー』だけでなく、『ロッキー』（*Rocky*, 1976）のスピンオフ『クリード チャンプを継ぐ男』（*Creed*, 2015）も手がけた。ジョーダン・ピール（Jordan Peele, 1979- ）は人種問題を絡めたホラー話題作『ゲット・アウト』＊（2017）、『アス』（*Us*, 2019）、『NOPE／ノープ』（*Nope*, 2022）を発表。

外国出身者に目を転じると、メキシコ出身のアルフォンソ・キュアロン（Alfonso Cuarón, 1961- ）の『ゼロ・グラビティ』（*Gravity*, 2013）、『ROMA／ローマ』、アレハンドロ・ゴンサレス・イニャリトゥ＊の『バードマン あるいは（無知がもたらす予期せぬ奇跡）』（*Birdman or (The Unexpected Virtue of Ignorance)*, 2014）、『レヴェナント：蘇えりし者』（*The Revenant*, 2015）、ギレルモ・デル・トロ（Guillermo del Toro, 1964- ）の『シェイプ・オブ・ウォーター』（*The Shape of Water*, 2017）、『ナイトメア・アリー』（*Nightmare Alley*, 2021）などがアカデミー賞レースで存在感を発揮した。

中国系ではジョン・M・チュウ（Jon M. Chu, 1979- ）『クレイジー・リッチ！』（*Crazy Rich Asians*, 2018）がオールアジア系キャストで異例のヒット作となり、そこでのコミカルな演技で一躍人気となったオークワフィナは、ルル・ワン（Lulu Wang, 1983- ）の『フェアウェル』（*The Farewell*, 2019）でアジア系初のゴールデングローブ主演女優賞を受賞した。また、韓国系のリー・アイザック・チョン（Lee Isaac Chung, 1978- ）の『ミナリ』（*Minari*, 2020）がアカデミー作品賞にノミネートされ、ユン・ヨジョンは助演女優賞を受賞している。

デンマークのラース・フォン・トリアー（Lars von Trier, 1956- ）は『ダンサー・イン・ザ・ダーク』（*Dancer in the Dark*, 2000）の後、「機会の土地アメリカ3部作」を発表。オーストラリア出身バズ・ラーマン（Baz Luhrmann, 1962- ）は『華麗なるギャツビー』（*The Great Gatsby*, 2013）をラップで蘇らせ、『エルヴィス』（*Elvis*, 2022）を人種問題に対峙するアメコミ的ヒーローに昇華。『アメリカン・ビューティー』（*American Beauty*, 1999）を監督したイギリスのサム・メンデス（Samuel Mendes, 1965- ）は、007シリーズ2作品を手がけ、『1917 命をかけた伝令』（*1917*, 2019）がアカデミー作品賞にノミネートされた。フランスのミシェル・アザナヴィシウス（Michel Hazanavicius, 1967- ）は、ハリウッドにおけるトーキーの登場を描いた、白黒サイレント『アーティスト』（*The Artist*, 2012）でアカデミー作品賞受賞。

ドキュメンタリーでは、マイケル・ムーア＊が、『ボウリング・フォー・コロンバイン』

（*Bowling for Clumbine*, 2002）などでの体当たり取材、そして、モーガン・スパーロックが『スーパーサイズ・ミー』（*Super Size Me*, 2004）でファストフードを1か月食べつづける人体実験映像でドキュメンタリーを盛り上げ、巨匠フレデリック・ワイズマン＊が『ニューヨーク公共図書館エクス・リブリス』（*Ex Libris: The New York Public Library*, 2017）で図書館の舞台裏に密着。ホラーでは、『ザ・リング』（*The Ring*, 2002）などJホラーがリメイクされ、2010年代ピール監督以外では、A24が製作・配給した、『ヘレディタリー／継承』（*Hereditary*, 2018）、『ミッドサマー』（*Midsommar*, 2019）のアリ・アスター（Ari Aster, 1986- ）、『ウィッチ』（*The Witch*, 2016）、『ライトハウス』（*The Lighthouse*, 2019）のロバート・エガース（Robert Eggers, 1983- ）が注目を集めた。コメディでは『無ケーカクの命中男／ノックトアップ』（*Knocked Up*, 2007）などでジャド・アパトー（Judd Apatow, 1967- ）が活躍。チック・フリックでは、アン・ハサウェイ主演の『プラダを着た悪魔』（*The Devil Wears Prada*, 2006）がニューヨークのファッション業界を垣間見せ、サラ・ジェシカ・パーカー主演の『セックス・アンド・ザ・シティ』（*Sex and the City*, 2008）は大人気テレビドラマの映画化である。大学生のアカペラグループの様子を描いた『ピッチ・パーフェクト』（*Pitch Perfect*, 2012）はシリーズ化された。『20センチュリー・ウーマン』（*20th Century Women*, 2016）などA24が関わった青春映画もひとつのトレンドを形成した。

　コロナ禍による映画館の観客減少に加えて、2023年には、動画配信の収益配分などをめぐって待遇改善を訴える全米脚本家組合に続き、AIに危機感を募らせた映画俳優組合もストライキを敢行。さらに、『マーベルズ』（*The Marvels*, 2023）を撮ったニア・ダコスタ（Nia DaCosta, 1989- ）監督らの「スーパーヒーロー疲れ」発言と、ハリウッドは危機に直面している、あるいは、新たな変革期に入ったのかもしれない。だからこそ、SFに作品賞を授与したアカデミーが掲げる多様性とともに、もっと面白い監督、作品の誕生に胸躍らせたい。

（川村）

キャスリン・ビグロー
Kathryn Bigelow（1951- ）
──ジャンル映画を得意とする、現代女性監督の草分け

カリフォルニア州生まれ。若いころは絵画を学んでいたが、のちにコロンビア大学大学院の映画学科に進学、スーザン・ソンタグやエドワード・サイードといった有名教授たちの授業も受けながら、映画理論や批評を学んだ。前衛芸術家集団アート・アンド・ランゲージにも所属し、のちの映画作品に比べると高度に抽象的で前衛的な批評や製作活動を行った。

CC BY 2.0

実質上の監督デビュー作はホラー映画『ニア・ダーク／月夜の出来事』(Near Dark, 1987) であり、西部劇の道具立てを使った吸血鬼ものという一風変わった設定を持つ。映画ジャンルそのものに寄せる関心や、情動に訴えかける身体的経験の最たるものとしての暴力など、ビグロー監督作の特徴と言えるものの多くがすでにそこに現れている。続いて、銃の力に魅せられて警官になり、自らの汚名を晴らすために孤軍奮闘する女性をジェイミー・リー・カーティスが演じた『ブルースチール』(Blue Steel, 1990) を監督する。カーティスはビグロー的な女性ヒーロー像の元祖となった。続く『ハート・ブルー』(Point Break, 1991) では、キアヌ・リーヴスとパトリック・スウェイジのスター俳優を起用、監督作の中ではもっともメインストリーム性が強く、興行的にも成功した。製作総指揮はのちに夫となるジェームズ・キャメロン*が担当している。一応は刑事ものであり若者映画でもあるが、FBI捜査官（リーヴス）がサーファー／犯罪者（スウェイジ）を追ううちに、その魅力に引き寄せられるようにして犯罪の片棒を担いでしまうという型破りなストーリー展開にビグローらしさがある。続く『ストレンジ・デイズ／1999年12月31日』(Strange Days, 1995) ではキャメロンが原案・脚本・製作を担当、他人の経験を共有できるソフトウェアをめぐるSFクライムものとも言えるジャンル映画で、ビグローとキャメロンの双方の特徴が出た作品となった。

2000年代に入るとビグローはスリラー『悪魔の呼ぶ海へ』(The Weight of Water, 2000) や潜水艦事故を題材にした『K-19』(K-19: The Widowmaker, 2002) を発表するが、クリエイティヴな意味でもっとも成功したと言えるのは、やはり2008年の『ハート・ロッカー』*(The Hurt Locker) だった。インディペンデント映画として低予算で製作されたが、ヴェネチア国

274　第Ⅰ部　アメリカ映画の歴史

際映画祭を皮切りに多数の映画祭に出品されて高評価を得たことがオスカーへの布石になった。イラク戦争下のアメリカ軍爆弾処理班の男性３人の苦闘を描いた今作は、暴力的なシーンも多いものの、むしろ暴力が日常化した環境で生きる兵士たちへの心理的影響や彼らの苦闘にフォーカスが置かれている点が評価された。また、男性性を称揚するようでいて、男性の弱さやストレス、トラウマ的な出来事の心理作用の描写を通してある種のクリティークを提供している点でも、単なる軍事アクション映画にはない位相を備えた作品であると言える。

　『ハート・ロッカー』の成功を受け、ビグローは次作で再び軍隊ものに取り組み、ジェシカ・チャスティンがウサーマ・ビン・ラーディン殺害作戦に携わるCIAのエージェント、マヤ・ハリスを演じた軍事サスペンス『ゼロ・ダーク・サーティ』（Zero Dark Thirty, 2012）を発表した。暴力の遍在性や強いヒロイン像などビグローの十八番とも言える要素にあふれた作品に仕上がったが、情報収集の手法としての拷問を肯定しているという批判も受ける。拷問はデトロイト暴動を扱った『デトロイト』（Detroit, 2017）でも再度フィーチャーされており、痛みを伴うリアリティを追求するビグローの暴力表現の根幹を成すものであることは指摘されるべきだろう。

　2008年のアカデミー賞受賞スピーチでも女性として初の監督賞を得たことにあえて言及しなかったことから明らかなように、ビグローはフェミニストとしての自己定義を避けているようであり、伝統的に男性中心だったハリウッドで成功するために女性性を強調しない戦略を取ってきたのかもしれない。しかしその作品にはフェミニズムの観点から分析できるものも多くあり、ビグローの女性ヒーローの型は、キャメロンの『ターミネーター』シリーズ（1984-2019）のサラ・コナーや、ジョージ・ミラー（George Miller, 1945-　）監督の『マッドマックス　怒りのデスロード』（Mad Max: Fury Road, 2015）のフュリオサ、テレビシリーズ『HOMELAND』（2011-20）でクレア・デインズが演じたCIAエージェントのように、狂気じみてもいるようなタフネスによって道を切り開く同時代のほかの女性キャラクターと通じ合うものがある。

（ハーン）

参考文献紹介　論集に Sean Redmond & Deborah Jermyn 編 The Cinema of Kathryn Bigelow: Hollywood Transgressor（Wallflower P）がある。

ミーラー・ナーイル
Mira Nair（1957- ）

――境界と越境を問いつづけるインド系女性監督

CC BY-SA 4.0

インド、オリッサ州生まれ。デリー大学で学び、19歳で奨学金を得てハーヴァード大学で学ぶ。シネマ・ヴェリテ的技法を用いてドキュメンタリーに取り組み20作を超えるドキュメンタリー映画や短編映画などを製作。3作目のドキュメンタリー『インド・キャバレー』（*India Cabaret*, 1984）ではインドのキャバレーのダンサーとその客を追った。

1988年に『サラーム、ボンベイ！』（*Salaam Bombay!*）で長編映画監督デビュー。ボンベイのストリート・チルドレンをシネマ・ヴェリテ的技法を交えて描いた。カンヌ国際映画祭新人監督賞受賞。同年にウガンダ生まれのインド系文化人類学者マフムード・マムダニと結婚。1991年の『ミシシッピー・マサラ』（*Mississippi Masala*）では、ディアスポラを取り上げ、アミン大統領政権下の1972年ウガンダを追われアメリカに移住したインド系ウガンダ人一家の娘のラブストーリーを描いた。

これらの長編2作の成功によって、ナーイルは、同名小説を原作とする『太陽に抱かれて』（*The Perez Family*, 1995）で、大手映画会社の商業映画監督としてデビュー。本作は、故郷キューバを捨てアメリカに希望を求めてやってきた政治犯がひょんなことからつくる偽装家族を通して家族を問い直すコメディである。次作はインドに戻り、『カーマ・スートラ　愛の教科書』（*Kama Sutra: A Tale of Love*, 1996）を監督。16世紀インドのムガール帝国を舞台に、王の娘タラと召使の娘マヤの2人の階層の異なる女性の半生を古代インドの性愛論書をモチーフに描いた。次の長編映画『モンスーン・ウェディング』（*Monsoon Wedding*, 2001）では制約も多い商業映画からインディーズに戻り、現代のニューデリーでの伝統的結婚式に国内外から集う多様な人々を群像劇的に描いた。ヴェネチア国際映画祭金獅子賞を受賞した本作は、ロバート・アルトマン*監督の『ウエディング』（1978）へのオマージュともなっている。

ナーイルは、ドキュメンタリー映画や短編、さらにはテレビにも関わりつづけている。オムニバス映画『11'09"01／セプテンバー11』（*11'09"01 September 11*, 2002）に収録された「イ

ンド」("India") は、同時多発テロの際にテロリストのぬれぎぬを着せられた実在のイスラム系青年をもとにしている。

　『モンスーン・ウェディング』の大成功により、ナーイルは、ポピュラーな映画の監督を次々と依頼されるようになる。ウィリアム・メイクピース・サッカレーの小説『虚栄の市』の映画化である『悪女』（Vanity Fair, 2004）では、貧しい家に生まれ孤児になったものの上流社会へと進出し美貌と才覚を武器にロンドン社交界でのしあがっていこうとする野心家の女性ベッキーを描いた。ジュンパ・ラヒリの同名小説を原作とする『その名にちなんで』（The Namesake, 2006）では、アメリカの大学で学ぶアショケと故郷インドでお見合い結婚したアシマというニューヨークに移住した夫婦とロシアの文豪にちなんだ名前を持つ息子ゴーゴリのアメリカでの軌跡を追った。『アメリア 永遠の翼』（Amelia, 2009）は、1928年に女性初の飛行機による大西洋横断を成し遂げたアメリア・イヤハートを描く伝記映画である。『ミッシング・ポイント』（The Reluctant Fundamentalist, 2012）は、モーシン・ハミッドの小説の映画化であり、同時多発テロ事件を背景にアメリカのビジネスエリートであったパキスタン人の反米活動家チャンゲスがアメリカとパキスタンのあいだで揺れ動くさまを描く。『奇跡のチェックメイト クイーン・オブ・カトウェ』（Queen of Katwe, 2016）は、スラム街育ちのウガンダの貧しい少女がチェスに出会いエンパワーされていった実話に基づく。ナーイルは、国境、ジェンダー、人種、階級、イデオロギー、ハリウッドとボリウッド、メディアなどの境界と越境を問いつづけている映画監督と言えるだろう。　　（杉野）

参考文献紹介　日本語では、杉野健太郎編『交錯する映画』（ミネルヴァ書房）所収の山口和彦による『その名にちなんで』のアダプテーション論がある。英語圏の研究では、初の研究書 Amardeep Singh, *The Films of Mira Nair*（UP of Mississippi）から入るとよい。

7　21世紀のアメリカ映画　2001 −

トッド・ヘインズ
Todd Haynes（1961- ）
——ハリウッド・シネマをクィア化する監督

カリフォルニア州ロサンゼルス生まれ。高校時代から短編映画を撮っていたが、ブラウン大学卒業後にニューヨークに移り住み、自主映画プロダクションに所属して映像製作を本格化させる。1987年発表の短編映画「スーパースター」（"Superstar: The Karen Carpenter Story," 1987）で、バービー人形を使ってカーペンターズのカレン・カーペンターの人生を描くという斬新な手法で注目を浴びたが、楽曲使用にまつわる著作権侵害でカレンの兄リチャードに訴えられて敗訴し、作品はお

CC BY 2.0

蔵入りとなる。1991年には同性愛を主題とした『ポイズン』（Poison, 1991）でサンダンス映画祭審査員大賞を受賞。同賞ドキュメンタリー部門の審査員大賞を獲得したジェニー・リヴィングストン（Jennie Livingston, 1962- ）監督の『パリ、夜は眠らない。』（Paris Is Burning, 1990）やグレッグ・アラキ（Gregg Araki, 1959- ）監督の『リビング・エンド』（The Living End, 1992）などとともに、90年代のニュー・クィア・シネマの中心的作品として位置づけられる。

後年に度々タッグを組むことになるジュリアン・ムーアを初めて起用した『セーフ』（Safe, 1995）では、郊外に住むミドルクラスの主婦が重度のアレルギーに苦しむ物語を描き、のちの作品群に連なるような女性の心理ドラマを展開している。続いて、ジョナサン・リース・マイヤーズ、ユアン・マクレガー、クリスチャン・ベールらの人気俳優とスエードやプラシーボといった現代のロックバンドを起用して、ポピュラー音楽とクィア性への強い関心を合体させた『ベルベット・ゴールドマイン』（Velvet Goldmine, 1998）を発表し、これが出世作となる。オスカー・ワイルド以来の同性愛者のクリエイターの系譜をたどりつつデヴィッド・ボウイやイギー・ポップ、ルー・リードらをモデルにした70年代グラム・ロックのスターたちを描き出し、この音楽ジャンルがクィアな主体に与えた影響力の大きさを、伝記映画風ではあるがアヴァンギャルドな映像美で訴えて強烈なインパクトを残した。初期の「スーパースター」以来継続的に製作されてきたヘインズによる音楽映画の系譜は、ボブ・ディランの半生を6人の異なる俳優たちに演じさせた2007年の『アイム・ノット・ゼア』（I'm Not There, 2007）や唯一のドキュメンタリー作品『ベルベット・アンダー

グラウンド』（The Velvet Underground, 2021）に引き継がれ、映画作家としての関心の中核を成す題材となっている。

　2002年の『エデンより彼方に』*（Far from Heaven, 2002）以降、ヘインズは独自の「クィア・ミドルブラウ」とも言うべきジャンルを創出、中流の生活の中に存在するクィア性や逸脱を描き、女性の生き方にフォーカスする作品群を発表して新境地を開く。その共通点は、往年のハリウッド・シネマにインスピレーションを得、20世紀中ごろの女性たちの生活と、そこにおける葛藤を細やかに描き出す作風である。ジュリアン・ムーア主演の『エデンより彼方に』では、ダグラス・サーク*のメロドラマ『天が許し給うすべて』（All That Heaven Allows, 1955）をもとに、一見完璧な人生を送るアッパーミドルクラスの主婦が、夫のアルコール依存や同性愛で夫婦生活が破綻するなか、保守的な町の住民の反感を買いながらも黒人男性に心を惹かれていくさまを描いた。HBOのミニテレビシリーズ『ミルドレッド・ピアース』（Mildred Pierce, 2011）では、ケイト・ウィンスレットを主演に1945年の同名映画（ジョーン・クロフォードが主役を演じた）をリメイクし、エミー賞5部門の受賞を果たす。同様に評価の高いケイト・ブランシェット主演の『キャロル』（Carol, 2015）は、レズビアンであったミステリー作家パトリシア・ハイスミスの作品を原作に、同性愛が病理化されていた1950年代にあって恋に落ちる二人の女性を描いている。いずれの作品でも、既存の物語の型を独自の視点で現代的なナラティヴとして再編する姿勢が特徴的であり、古典的ハリウッド映画の映画作法に対するヘインズの深い造詣とその絶妙な再利用が際立つ。こうした作品群を契機に『ワンダーストラック』（Wonderstruck, 2017）や『ダーク・ウォーターズ 巨大企業が恐れた男』（Dark Waters, 2019）といったよりメインストリーム性の強い作品も手がけるようになるが、音楽やクィア性をトレードマークに優れた作家性を発揮する監督としてのヘインズの評価が広く定着したことは間違いない。　　　　（ハーン）

参考文献紹介　Julia Leydaによるインタヴュー集に *Todd Haynes: Interviews*（UP of Mississippi）。フェミニズム視点の論集にTheresa L. Geller & Julia Leyda編 *Reframing Todd Haynes: Feminism's Indelible Mark*（Duke UP）がある。

アレハンドロ・ゴンサレス・イニャリトゥ
Alejandro González Iñárritu（1963- ）

──父の存在を問いつづける巨匠

CC BY 2.0

　メキシコのメキシコシティで生まれるが、5歳のとき、牧場も所有する銀行家の父親が破産。素行不良により高校を退学になった後、世界中を旅する。イベロアメリカ大学で学んでいるとき、共同で脚本を執筆することになるギジェルモ・アリアガと出会う。

　アリアガと脚本を書いたイニャリトゥ初の長編映画監督作『アモーレス・ペロス』（*Amores perros*, 1999）は、世界中で大ヒットし、メキシコ・アカデミー賞の11部門で受賞した。イニャリトゥもアリアガも、アメリカ文学を代表する作家の一人であるウィリアム・フォークナーから影響を受けたことを公言しており、ひとつの交通事故に関係する3人の登場人物のそれぞれの愛を描く本作は、フォークナーの小説と同じく、主人公は複数人で、ストーリーの時間軸が断片化されている。また、フォークナー作品同様、父の不在が主要テーマである。

　ハリウッドに招かれて撮った次の長編『21グラム』（*21 Grams*, 2003）は、アメリカを舞台に、ひとつの心臓をめぐって交錯する3人の男女の運命を描いており、主演のショーン・ペンに2度目のヴェネチア国際映画祭男優賞をもたらした。ブラッド・ピット、ケイト・ブランシェット、ガエル・ガルシア・ベルナルといった国際的なスターを迎えた次作『バベル』（*Babel*, 2006）は、モロッコ、アメリカ、メキシコ、日本の登場人物たちが一発の銃弾をきっかけに交差する物語であり、カンヌ国際映画祭最優秀監督賞とアカデミー作曲賞に輝く。

　イニャリトゥは、上記の3作品を3部作とみなしているが、『バベル』のあと、アリアガとのコンビを解消する。3部作の根底には、父の不在のテーマがあるが、次の『BIUTIFUL ビューティフル』（*Biutiful*, 2010）からは変化が見られる。バルセロナを舞台とする本作は、余命2か月の主人公が、彼を父親のように頼る不法移民や二人の我が子のために苦闘する物語である。イニャリトゥは、「私は死についての映画をつくることにはまったく興味がなかった。不可避的な死が訪れる際の生きざまについて考える映画をつくりたかった」と

述べており、本作は、父の不在／死ではなく、死に直面した父の「生きざま」を描いているのだ。主人公を演じたハビエル・バルデムは、カンヌ国際映画祭男優賞を授与された。

　続く『バードマン あるいは（無知がもたらす予期せぬ奇跡）』（*Birdman or (The Unexpected Virtue of Ignorance)*, 2014）も単なる父の不在の物語ではなく、離婚もするし娘をほったらかして非行に走らせた駄目な父親である元映画スターが、自殺を図るも結局は役者としても父親としても復活を成し遂げる物語である。本作は、ヴェネチア国際映画祭とアカデミー賞のそれぞれ4部門で受賞した。

　熊に襲われて生還した人物の実話に基づくマイケル・パンクの小説を原作とする『レヴェナント：蘇えりし者』（*The Revenant*, 2015）は、死の淵から復活して息子の仇を討つ父親の物語。本作についてイニャリトゥは、フォークナーの作品からインスピレーションを受けたと説明しており、熊との闘いを描くフォークナーの中編小説「熊」から主に影響を受けたとも考えられるが、実話でも原作でも登場しない主人公の息子を映画で登場させて同映画をわざわざ父子の物語にしており、父の不在というフォークナーのテーマを父の蘇生というテーマへと発展させているのである。本作は、アカデミー賞の3部門で受賞し、イニャリトゥは、2年連続アカデミー監督賞獲得という快挙を成し遂げた。次作のネットフリックス映画『バルド、偽りの記録と一握りの真実』（*Bardo, falsa crónica de unas cuantas verdades*, 2022）は、昏睡状態の「父」が蘇生したかどうか不明のまま物語が終わっている。　　　（大地）

参考文献紹介　イニャリトゥを論じたものとして Deborah Shaw, *The Three Amigos: The Transnational Filmmaking of Guillermo del Toro, Alejandro González Iñárritu, and Alfonso Cuarón* (Manchester UP)、イニャリトゥのみを分析したものとして Celestino Deleyto, *Alejandro González Iñárritu* (U of Illinois P)、代表作のひとつ『バベル』を深く掘り下げたものとして Maria Eladia Hagerman編 Babel: *A Film by Alejandro González Iñárritu* (Taschen) がある。

ウェス・アンダーソン
Wes Anderson (1969-)

──ヒップなプロダクション・デザインの名匠

CC BY-SA 4.0

テキサス州ヒューストン出身。8歳のときに親が離婚。そのせいか、バラバラの家族の再生は、彼の作品の主旋律を成す。テキサス大学オースティン校で哲学を専攻、オーウェン・ウィルソンと出会う。共同製作の短編「アンソニーのハッピー・モーテル」("Bottle Rocket," 1993)がサンダンス映画祭で公開され、その後同名タイトルで長編映画化。以降もウィルソンは、脚本の共同執筆者やキャストとしてアンダーソン作品に関わる。

第2作以降も、複雑な家庭事情を抱える登場人物たちが窃盗や悪戯を企てるコメディを展開する。『天才マックスの世界』(Rushmore, 1998)は、商業的には成功しなかったが、助演俳優としてビル・マーレイが脚光を浴び、以後のアンダーソン作品に欠かせない存在となる。『ザ・ロイヤル・テネンバウムズ』(The Royal Tenenbaums, 2001)でメインストリームでの成功を収めた。長年別居中の夫婦と、大人になった3人の養子たちによる家族の絆の再生とともに、イノシシの首の壁飾り、家の装飾や主人公ロイヤルの衣装の色彩など、プロダクション・デザインへのこだわりが色濃く出ている。

映画製作の困難を前景化した『ライフ・アクアティック』(The Life Aquatic with Steve Zissou, 2004)では、マーレイは、海洋学者で映画監督の主人公に抜擢されるが、やはり円満な家族には恵まれない。船室シーンでは、船の断面が複数の部屋を横切る形で上下左右に移動して映され、セットであることが露わになり、演劇部だったアンダーソンの舞台への意識や、彼の作品を特徴づけるカメラワークがここでも垣間見える。『ダージリン急行』(The Darjeeling Limited, 2007)は、マーティン・スコセッシ*に観せてもらったジャン・ルノワール監督『河』(The River, 1951)や、インドの巨匠監督サタジット・レイに影響を受けて製作され、父の死を境に疎遠になっていた3兄弟がインド旅行を通じて精神的な成長をする。ボーイスカウトのサバイバル恋愛物語『ムーンライズ・キングダム』(Moonrise Kingdom, 2012)では、中年警部が、素行不良で孤児院に行きかけた少年を里子として引き取る。

もっとも評価が高いのは、『グランド・ブダペスト・ホテル』（The Grand Budapest Hotel, 2014）で、アカデミー作品賞と監督賞にノミネートされ、作曲賞、美術賞、メイクアップ＆ヘアスタイリング賞、衣装デザイン賞を受賞し、ビジュアル、プロダクション・デザインの名匠としての代表的な作品となった。戦争孤児がベルボーイとして絢爛豪華なホテルに雇われ、華麗な生活を送ってはいるが孤独な年配コンシェルジュと友情を温めるプロットは、『ムーンライズ・キングダム』同様に、他者同士のつながりに希望の火を灯す。

　アンダーソンによるディティールの追求は、ストップモーション・アニメーション作品でも展開され、ロアルド・ダールの児童文学が原作の『ファンタスティック Mr. FOX』（Fantastic Mr. Fox, 2009）では、温かみのあるハンドメイドの感覚にこだわり、ワイドショットからクロースアップにジャンプするシーンのために、ひとつのキャラクターに6つのサイズの違う人形を製作している。日本を舞台とする『犬ヶ島』（Isle of Dogs, 2018）でも、3Dプリンターを使わず、膨大な数の犬の人形を手作りした。両作とも、野生（化した）動物たちが悪い人間と戦い、前者では人間がキツネ家族の住む環境を根こそぎ破壊、後者ではゴミの島に飼い犬たちを捨てており、環境批評の側面もある。

　アンダーソンの作家性は際立っているが、シュールなオムニバス『フレンチ・ディスパッチ ザ・リバティ、カンザス・イヴニング・サン別冊』（The French Dispatch of the Liberty, Kansas Evening Sun, 2021）でもロマン・コッポラらと原案に名を連ねるなど、孤高の作家とは異なる作家イメージを構築した。そして、1950年代を振り返った『アステロイド・シティ』（Asteroid City, 2023）や、再びインドで展開する短編「ヘンリー・シュガーのワンダフルな物語」（"Roald Dahl's The Wonderful Story of Henry Sugar," 2023）では、一目で彼の作品とわかる独特のポップな空間で、劇中劇によってアンダーソン・ワールドを深化させた。　　　　（川村）

参考文献紹介　『ユリイカ』2014年6月号のウェス・アンダーソン特集から入るとよい。イアン・ネイサン『ウェス・アンダーソン――旅する優雅な空想家』（フィルムアート社）では、『フレンチ・ディスパッチ』までの長編がカバーされている。

ポール・トーマス・アンダーソン
Paul Thomas Anderson (1970-)

―― 世界3大映画祭の監督賞制覇

カリフォルニア州ロサンゼルス出身。自身の作品に登場するサンフェルナンド・バレーで育ち、ニューヨーク大学で映画を学ぼうとしたがすぐに諦め、映像製作のスタッフをしつつ短編映画を作りはじめる。

ロバート・アルトマン＊の影響で、複数の登場人物の物語が相互展開する群像劇を手がけ、撮影手法では、光源の使い方、ロングテイク、ホイップ・パン・ショットなどを特徴としている。フィリップ・シーモア・ホフマン、ジョン・C・ライリ

CC BY 3.0

ーといった俳優とともに、カリスマの光と影、自己破壊的な衝動、激しい会話バトルや電話での口論など、抑圧されたエネルギーが漲った作品を製作している。

クエンティン・タランティーノ＊が『レザボア・ドッグス』(1992)で脚光を浴びた時期、アンダーソンは短編「シガレッツ・アンド・コーヒー」("Cigarettes & Coffee," 1993)をサンダンス映画祭で発表し、注目を集めた。この短編の要素を膨らませた長編第1作『ハードエイト』(Hard Eight, 1996)は、ギャンブラーに焦点を当てたノワール風作品。作品タイトルにしたかった思い入れのあるシドニー役に、アルトマン作品で主演も務めたフィリップ・ベイカー・ホールを据えた。1970年代に活躍したポルノスター、ジョン・ホームズをモデルにした『ブギーナイツ』(Boogie Nights, 1997)がアカデミー脚本賞にノミネートされブレイクスルー作となる。スター誕生とその後の凋落は、アンダーソン作品におけるカリスマ表象の典型である。

3時間を超える『マグノリア』(Magnolia, 1999)は、アルトマンの『ショート・カッツ』(1993)にインスパイアされ、エイミー・マンの音楽を映画化するというコンセプトで製作され、ベルリン国際映画祭金熊賞を受賞した。トム・クルーズが新興宗教の教祖という奇抜な設定をし、カエルの雨は啓示的示唆に富み、群像劇という形式で、あらゆるものがつながっていく感覚を生み出した。カンヌ国際映画祭監督賞受賞作『パンチドランク・ラブ』(Punch-Drunk Love, 2002)は、コメディアンのアダム・サドラーを主役に据えたロマンティック・コメディと評される。だが、スーパーマーケット、マイレージが貯まるプリン、

テレフォン・セックスなどが象徴する消費文化において、抑圧されたエネルギーが暴発するように、資本主義へのコメンタリー的要素も垣間見える。

　もっとも評価された作品は、ベルリン国際映画祭監督賞、アカデミー作品賞ノミネート、ダニエル・デイ＝ルイス主演『ゼア・ウィル・ビー・ブラッド』(There Will Be Blood, 2007) だろう。本作はアプトン・シンクレアの小説『石油！』を原作に、アート作品としての重厚感を持たせ、石油王エドワード・ドヘニーと福音派伝道師ビリー・サンデーの衝突の緊張感を最大限に高めている。

　『ザ・マスター』(The Master, 2012) は、宗教的カリスマのセクシュアルな闇で含みある笑いをもたらし、ヴェネチア国際映画祭銀獅子賞を獲得し、世界3大映画祭で監督賞を受賞。続く『インヒアレント・ヴァイス』(Inherent Vice, 2014) では、ポストモダン文学の旗手トマス・ピンチョン作品のアダプテーションという難しい仕事を成し遂げた。ホアキン・フェニックスが私立探偵役で、1970年代ロサンゼルスでの陰謀論に迫った。デイ＝ルイス主演の『ファントム・スレッド』(Phantom Thread, 2017) は、ファッションデザイナーのクリストバル・バレンシアガに着想を得た、オートクチュールのカリスマの私生活での愛憎劇。ロックバンド、レディオヘッドのジョニー・グリーンウッドが音楽を担当し、贅を凝らしたアート空間に、不気味なユーモアが添えられた。アカデミー作品賞ノミネート作『リコリス・ピザ』(Licorice Pizza, 2021) は、前作のゴシック・ロマンスとは世界を異にする青春映画。再び1970年代のサンフェルナンド・バレーを舞台とし、亡き盟友ホフマンの息子、クーパーを主役に据え、アンダーソンの個人的な過去と向き合う作品と言える。

（川村）

参考文献紹介　アダム・ネイマン『ポール・トーマス・アンダーソン ザ・マスターワークス』(DU BOOKS) が『ファントム・スレッド』までをカバーしている。また、そのほかにも Ethan Warren, *The Cinema of Paul Thomas Anderson* (Wallflower P) などが刊行され研究も進んでいる。

クリストファー・ノーラン
Christopher Nolan（1970- ）

――時間と空間を巧みに操る映像の魔術師で稀代の映像作家

CC BY-SA 4.0

　アメリカ人の母親とイギリス人の父親のもとで育ったイギリス出身の監督。ロンドン大学で英文学を専攻し、在学中から映像製作を始め、1998年に長編第1作『フォロウィング』(Following) を製作。人を尾行する癖のある作家志望の男が事件に巻き込まれるフィルム・ノワールで、これを機に映画プロデューサーである妻エマ・トーマスとともにハリウッドに移住。ノーラン監督の弟ジョナサン執筆の短編小説をもとに脚色された2000年公開の『メメント』(Memento) は低予算ながら、斬新な映像で興行的にも成功。前向性健忘症の患者レナードが体中に彫ったタトゥーと写真を記憶の拠り所としながら、復讐の鬼と化して妻殺害の犯人ジョン・Gを探し出すストーリー。時系列どおりに進行する「モノクロパート」と逆方向に進行する「カラーパート」とが交互に展開する物語構造を特徴としている。『メメント』の成功を受けて、同名のノルウェー映画をリメイクしたサスペンス『インソムニア』(Insomnia) を2002年に公開。犯人追跡中に、誤って相棒のエッカートを射殺したベテラン刑事ドーマーが、射殺現場を目撃した犯人から取引を求められ、「不眠症」とフラッシュバックする殺人隠蔽の記憶から極度の葛藤状態に陥る様子を描いている。2005年からはバットマンのリブート映画『ダークナイト』3部作を手がけ、『バットマン ビギンズ』(Batman Begins, 2002)、『ダークナイト』(Dark Knight, 2008)、『ダークナイト ライジング』(The Dark Knight Rises, 2012) を監督する。『バットマン』(Batman, 1989) と『バットマン リターンズ』(Batman Returns, 1992) を監督したティム・バートン*版がダーク・ファンタジーの世界観を構築し、『バットマン フォーエヴァー』(Batman Forever, 1995)、『バットマン＆ロビン Mr.フリーズの逆襲』(Batman & Robin, 1997) 監督のジョエル・シュマッカー版が娯楽アクション路線を打ち出したのに対し、ノーラン版は人間の暗部を抉り出す、シリアスかつ重厚な作風を特徴とする。そのあいだにも、クリストファー・プリーストの小説『奇術師』を原作とし、二人の優秀なマジシャンの攻防を描いたミステリー映画『プレステージ』(The Prestige, 2006) を監督。2010年代に入ると、ビッグバジェット映画製作に乗り出す。2010年公開の『インセプション』

（*Inception*）は、潜在意識から情報を入手する産業スパイ・コブのミッションを描くSFアクション大作。夢の多層構造を設定し、階層の深化に伴い、時間が遅延する時系列操作を施し、クロスカッティングによって、現実と夢の世界が複雑に交差する世界観を描き出している。アカデミー賞では撮影賞を含む、技術部門の4部門で受賞。2014年の『インターステラー』（*Interstellar*）は世界的な食糧難と地球環境の変化により人類滅亡が迫る近未来を舞台に、ハヴタブルプラネットを探す元エンジニアの男の物語。ワームホールやブラックホールの特異点など理論物理学の事象を見事に映像化しつつ、未来への挑戦や希望、父娘の絆や愛といったヒューマニズムを織り交ぜた物語構成となっている。2017年にははじめての歴史物である『ダンケルク』*（*Dunkirk*）に挑戦。第二次世界大戦時の実際の撤退作戦を時間軸の異なる陸海空の3つのストーリーラインを複雑に絡ませ、無限音階をはじめとする特徴的な音楽を利用して、観客没入型の映画に仕立てた。2020年には、サスペンスアクション映画『テネット』（*Tenet*）を監督。進行／逆行する時間の、ふたつのタイムラインの中で、第三次世界大戦を阻止せんと特殊部隊所属の名もなき男が戦う姿を描いている。2023年には、第二次世界大戦中に原爆を開発した物理学者ロバート・オッペンハイマーの苦悩に満ちた半生を描いた『オッペンハイマー』（*Oppenheimer*）を公開。第96回アカデミー賞で13部門にノミネートされ、作品賞・監督賞など7部門で受賞した。

　『テネット』や『インセプション』など、ノーラン監督は複雑な時系列操作を施し、時間と空間を巧みに操り革新的な世界観を演出している。またデジタルフィルムやCGを敬遠して、リアリズムへのこだわりと超高感度のIMAXフィルムによる撮影によってスタイリッシュな映像を生み出し、ヒット作を連発する稀代のフィルムメーカーと言えよう。

（中村）

参考文献紹介　KAWADEムックの『クリストファー・ノーラン』（河出書房新社）から入るとよい。哲学的知識を要求されるが、トッド・マガウアン『クリストファー・ノーランの嘘――思想で読む映画論』（フィルムアート社）はノーランの深い作家性を知ることができる。また、網羅的な研究書として、トム・ショーンの『ノーラン・ヴァリエーションズ――クリストファー・ノーランの映画術』（玄光社）がある。

7　21世紀のアメリカ映画　2001 ―

ソフィア・コッポラ
Sofia Coppola (1971-)

――生のあやうさと不条理と空虚さを描く監督・脚本家

CC BY-SA 3.0

　ニューヨーク市生まれ、カリフォルニア育ち。父は映画界の大物フランシス・フォード・コッポラ*、母エレノアも映画監督で、タリア・シャイアは叔母、ニコラス・ケイジは従兄など、映画界の華麗なる一族に生まれる。幼少時より父親の『ゴッドファーザー』*(1972) などに出演。カリフォルニア芸術大学に進学するも中退し、ファッション業界やテレビ司会に携わるが、1996年に、ビデオ短編コメディ映画「ベッド・バス・アンド・ビヨンド」("Bed, Bath and Beyond") を友人たちと共同監督。高校を舞台に派閥のリーダーのクロエが排斥され自殺未遂に至るというのがストーリー。1998年に、友人と共同脚本の14分の白黒16ミリ短編映画「リック・ザ・スター」("Lick the Star") を初単独監督。本作では、女子高校生を取り上げ、彼女の後の映画にも見られるヒロインの若い女性の疎外と残酷さ、ファッションや音楽、世代間の対立などが萌芽的に表現されている。映画の中にも登場するV・C・アンドリュースの小説『屋根裏の花たち』(1979) の強い影響が指摘されている。

　1999年には、初の長編映画『ヴァージン・スーサイズ』(The Virgin Suicides, 1999) を公開。1993年刊行の同名小説の映画化をソフィア自身が切望し自ら脚本を書いて実現した。カトリック家庭のティーンエイジャー5人姉妹の不可解な自殺を、それを見守った近所の少年のナレーションで物語る。ティーンエイジャーの疎外と自殺という重いテーマは「リック・ザ・スター」から継続しており、ソフィアの姉のボート事故死が影を落としているという指摘もある。2003年には、長編監督第2作『ロスト・イン・トランスレーション』*(Lost in Translation) を公開。ともに精神の危機を抱えるコマーシャル撮影中の中年俳優とカメラマンの夫に同行している若妻が異国日本でさまよいながら交流する。アカデミーオリジナル脚本賞を受賞し、彼女の名声を確立した。

　次作『マリー・アントワネット』(Marie-Antoinette, 2006) は、アントニオ・フレーザーの『マリー・アントワネット』を原作とし、マリー・アントワネットがオーストリアからフランス王太子（のちのルイ16世）のもとへと政略結婚で嫁がされ、フランス王室のしき

たりになじめず夫とも疎遠で疎外感に苦しみ、やがてフランス革命に巻き込まれていく様子を描く伝記映画。

　2010年には、『SOMEWHERE』（*Somewhere*）を公開。華麗だが空虚なセレブ・ライフを送る映画スターが、離婚した妻のもとで育った11歳の娘と再会し、自己とその生を見つめ直す姿を描く。2013年の『ブリングリング』（*The Bling Ring*）は、ハリウッドで発生したティーンエイジャーによるセレブ宅窃盗事件を伝える雑誌記事をもとに、欲望のままに犯罪に手を染めSNSに投稿する少年少女たちを描いた。2017年公開の『ビガイルド 欲望のめざめ』（*The Beguiled*）では、『白い肌の異常な夜』（1971）によってすでに映画化されたトーマス・カリナンの同名小説を女性視点に変えて映画化した。南北戦争期のアメリカ南部で世間から隔絶された女子寄宿学園で暮らす7人の女たちが怪我を負った北軍兵士の男の出現によって情欲と嫉妬に支配されるようになっていくさまを描く。第70回カンヌ国際映画祭で監督賞を受賞した。2020年の『オン・ザ・ロック』（*On the Rocks*）は、ニューヨークに暮らす若き母親ローラがひょんなことから夫の素行に疑念を抱き、伝説のプレイボーイである父フェリックスを連れ立って夫の尾行に繰り出すというストーリー。2023年には、エルヴィス・プレスリーと偶然恋に落ちた14歳の少女プリシラの波乱に満ちた半生を彼女の回想録をもとに描いた『プリシラ』（*Priscilla*）を公開した。

　脚本家でもある父にならってか、彼女は、すべての監督長編作の脚本を単独で担当する。パーソナルな関心から作家性の強い映画を音楽・ファッションを巧みに用いたスタイルによって製作し、生の不条理さと空虚さと主人公のゆらぎを描き出しつづけている。

（杉野）

参考文献紹介　『ユリイカ』2018年3月号のソフィア・コッポラ特集から入るとよい。英語圏では2020年ごろから研究が進んでいる。本格的な研究書としては、Anna Backman Rogers, *Sofia Coppola: The Politics of Visual Pleasure*（Berghahn Books）がある。

エデンより彼方に
Far from Heaven, 2002

監督・脚本 トッド・ヘインズ ／ 音楽 エルマー・バーンスタイン ／ 撮影 エドワード・ラックマン ／ 出演 ジュリアン・ムーア、デニス・クエイド、デニス・ヘイスバート

　トッド・ヘインズ*による、ダグラス・サーク*監督のメロドラマ『天が許し給うすべて』（1955）に対するオマージュ作品。1950年代のコネティカット州ハートフォードを舞台に、アッパーミドルクラスの主婦である白人女性の、見たところ完璧な郊外の家庭生活に潜む欺瞞と内面の葛藤を描く。

　主人公キャシー・ウィテカー（ムーア）は、一流企業に勤める夫フランク（クエイド）とのあいだに二人の子どもに恵まれた、典型的な郊外の主婦として幸福な生活を送っていたが、飲酒問題を抱えるフランクがゲイであることを知りショックを受ける。キャシーは庭師の黒人男性レイモンド（ヘイスバート）との会話にささやかな慰めを見出し、次第に彼に好意を抱くが、保守的な町で二人の関係はスキャンダルになる。ほどなくキャシーとフランクは離婚することになり、レイモンドは娘とともに町を出ることを決意する。列車で去るレイモンドをキャシーは駅のホームで見送り、二人が無言で手を振り合う場面で映画は幕を閉じる。

　サークの『天が許し給うすべて』は、50年代の保守的な家族の理想や、女性はどうふるまうべきかというジェンダー観を肯定するかのようでいて、そうした価値観に翻弄される女性の葛藤を巧みに視覚的に表現していた。ヘインズによるサークへのオマージュである今作はメロドラマの撮影技法や色彩表現を完璧に踏襲しつつ、テクニカラーの世界で抑圧される主婦の白人女性やゲイ男性の姿を細やかにとらえ、また人種の文脈も新たに取り入れて、レイモンドを陰影ある人物として描き出した。悲劇的メロドラマの伝統にならいキャシーとレイモンドの恋愛は成立せず終わるが、台詞のないラストシーンの抑制のきいた演出によって、ヘインズはそれぞれに抑圧された人物同士の秘められた心の交流を伝えている。

(ハーン)

ロスト・イン・トランスレーション
Lost in Translation, 2003

監督・脚本・製作 ソフィア・コッポラ ／ 撮影 ランス・アコード ／ 音楽 ブライアン・レイツェル、ケヴィン・シールズ ／ 出演 ビル・マーレイ、スカーレット・ヨハンソン、ジョヴァンニ・リビシ

　ソフィア・コッポラ*の長編監督第2作。アカデミーオリジナル脚本賞を受賞し、ソフィアの名声を確立した作品。ソフィアがスパイク・ジョーンズと日本に滞在したときの体験をもとにしている。

　結婚25年で倦怠期をむかえ妻や家族ともうまくゆかず中年の危機かもしれない俳優ボブ・ハリス（マーレイ）と、カメラマンの夫（リビシ）と結婚して2年になりイェール大学で哲学を専攻し卒業したものの物書きにも写真家にもなれず夫から高慢ちきと言われ自分の生き方と将来に不安をおぼえ行き詰った若い女性シャーロット（ヨハンソン）。この「道に迷った（lost）」二人が、異文化・異言語の東京の街を見下ろす超高級ホテルで出会い交流し淡い恋心を抱くものの時期が来て離れ離れになるというのがストーリー。社会的・経済的には恵まれた境遇にあるものの生の充実感を得られずアンニュイを感じ彷徨する有閑な人というソフィア・コッポラの多くの映画に登場するタイプの主人公であり、さらに日本語がわからない二人が、世界一の大都市圏であり様々なイメージと記号に満ちあふれた東京の様々なシーンをさまよいお互いの精神的悩みを共有するさまを、長いASLによるゆっくりとしたテンポと物語の展開、環境音と環境音楽的な音楽、日本語に英語翻訳字幕をつけない、といったソフィア独自のスタイルで描き出す。

　ジャンルを特定するならば、『ロスト・イン・トランスレーション』はロマンティック・コメディであろう。しかし、精神的交流は持つものの二人が結ばれることはなく、ほとんどの社会規範が消失したアノミー的ポストモダン状況の中での二人の彷徨はやむことがなく宙に浮いたような状態も終わることがない特異なロマンティック・コメディである。

（杉野）

Mr.インクレディブル
The Incredibles, 2004

監督・脚本 ブラッド・バード ／ 製作 ジョン・ウォーカー ／ 音楽 マイケル・ジアッキーノ ／ 声の出演 クレイグ・T・ネルソン、ホリー・ハンター

　世界初の長編3DCGアニメーション『トイ・ストーリー』(1995) を製作したピクサー・アニメーション・スタジオの長編第6作にして、この時点での集大成的な作品。これ以前のピクサー映画と明確に違うのは、従来はモデリングが困難だった人間を主人公に据えた点である。

　劇中では『モンスターズ・インク』(2001) や『ファインディング・ニモ』(2003) などで培われた衣服や毛、水などをコンピュータで描く技術が総動員されている。シーンの舞台の数も過去作よりも圧倒的に多い。ピクサーの生え抜きのスタッフではなく、社外から招いた人物（バード）が監督した点も異色である。

　超人的な能力を隠し、平凡な市民生活を送ることを強要されたスーパーヒーローの一家が、ある島を舞台に、力を結集して敵と戦うことになる。ジェームズ・ボンド映画など、冷戦期のスパイ映画へのオマージュに満ちた1作である。

　ほかのピクサー映画と同様に、娯楽の中に社会的メッセージがある。本作のテーマは、少数者の抑圧である。多数派が、自分とは異質なものを嫌悪し排除する。または、平均という檻の中に閉じ込める。社会が求める画一性は、同じものがずらりと並ぶオフィスのシーンで的確に視覚化されている。超人的な能力を封じられた一家の苗字が、平均 (par) を思わせるパー (Parr) であるのは偶然ではない。監督のバード自身、最初に就職したディズニーで異端分子として排除された経験を持つ。一方で、これはMr.インクレディブルが単独行動を反省し、同じくスーパーヒーローである家族を信頼することを学ぶ物語でもある。原題は「インクレディブル家」であることに注意しよう。

　テクノロジーを駆使する敵（シンドローム）に対して、主人公たちが自分自身の能力で戦うのも興味深い。CGアニメーションはコンピュータで製作されるが、作品の出来を左右するのはあくまで人間である、というメッセージも読み取れる。2018年には続編の『インクレディブル・ファミリー』(*Incredibles 2*) が公開された。

(川本)

ブロークバック・マウンテン
Brokeback Mountain, 2005

監督 アン・リー／脚本 ラリー・ラクマートリー、ダイアナ・オサナ／原作 アニー・プルー／撮影 ロドリゴ・プリエト／出演 ジェイク・ギレンホール、ヒース・レジャー

　アニー・プルーの同名の短編小説の映画化である『ブロークバック・マウンテン』は、二人のカウボーイのクローゼットの中の同性愛を描き、2005年末から翌年にかけてアメリカで大ブームを巻き起こした。1963年にワイオミングでの羊放牧の仕事で出会ったジャック（ギレンホール）とイニス（レジャー）はふとしたきっかけで情交を結ぶ。仕事が終わり離れ離れになりそれぞれ女性と結婚する。二人の不安定な関係はその後20年続くが、ジャック死亡の知らせを受けたイニスが永遠の愛を心に秘めたまま生きる決意をするというストーリー。アカデミー最優秀監督賞、脚本賞、オリジナルスコア賞を受賞したが作品賞は逸し、ポール・ハギス監督『クラッシュ』（2005）が受賞している。

　西部劇映画は、もっともアメリカ的なジャンルのひとつであり、アメリカ史で重要な西部開拓史を神話化し、暴力の正当化、マッチョな男らしさの表象などに寄与してきた。この映画は、時代設定は西部開拓時代ではないが、その西部劇のカウボーイがゲイであり、その性行為が明示的に描写されているという点が公開当時のアメリカ社会に大きな波紋を投げかけた。映画製作倫理規定が有効な時代は同性愛を描くことは「性的倒錯」のひとつとして禁じられていた。レイティング・システム（ちなみに本作はPG-12）に移行した1968年以降には、同性愛が明示的に取り上げられることはあったが、これほどのヒットになった映画はほかにはない。

　ゲイ・カウボーイ映画というセンセーショナルな側面が強調されがちだが、台詞の少なさや固定カメラの多用など、独自のスタイルも見逃せない。また、監督のアン・リー*が「グレート・アメリカン・ラブストーリー」と呼ぶように、強い同性愛嫌悪が顕著な時代と運命に引き裂かれる二人の強い愛、イニスが克服できない貧困とトラウマ、二人が拘泥するカウボーイと男らしさの幻想、アカデミー賞を受賞したオリジナルスコアの音楽などまだまだ論じるべき点が多い映画である。

（杉野）

ハート・ロッカー
The Hurt Locker, 2008

監督・製作 キャスリン・ビグロー ／ 音楽 マルコ・ベルトラミ ／ 撮影 バリー・アクロイド ／ 編集 ボブ・ムラウスキー ／ 出演 ジェレミー・レナー、アンソニー・マッキー、ブライアン・ゲラティ、ガイ・ピアース、レイフ・ファインズ

　イラク戦争下で、多大な恐怖やストレスに苛まれながら活動するアメリカ陸軍所属の危険物処理班の3人の男性たちを描いた作品。低予算のインディペンデント映画として製作され、興行成績もさして振るわなかったものの、アカデミー賞では作品賞をはじめとする6部門で受賞。キャスリン・ビグロー＊が女性監督としてはじめて監督賞を受賞したことでも話題になった。

　「ハート・ロッカー」とはアメリカのスラングで、大きな苦痛や不快感を生み出す場所のことを指す。イラク戦争中に危険物処理班に所属する主人公たちが置かれた境遇は、まさにそのようなハート・ロッカーだった。作中では、バグダッド近郊の米軍基地に、殉職した前任者に代わって爆発物処理の専門家、ウィリアム・ジェームズ（レナー）が派遣されてくる。無線を意図的に切って連絡を断ったり、自分の一存で無謀な爆弾処理を次々敢行するジェームズに、同じ班に所属するサンボーン（マッキー）やエルドリッジ（ゲラティ）は当初反感を抱くが、ジェームズの確かな技術と判断力を認め次第に結束を固め、危険な任務の数々に挑んでいく。作中ではストイックに爆弾処理の任務を果たしながらも、身体的な激務と大きなストレスにさらされる軍人たちのギリギリの精神状態がリアリティをもって描かれている。

　低予算であったことから、本作の撮影にはスーパー16ミリフィルムが使われ、複数台の手持ちカメラを同時に回して様々な角度から対象を捉える撮影法によって、ニュース映像のようなざらざらとした感触と独特のリアリティが生まれた。日中の気温が摂氏50度ほどになる中東での過酷なロケも、俳優たちの真に迫る演技を引き出す一因になったと言えるだろう。爆弾テロや銃撃戦など暴力的な場面がエピソディックに重ねられる構成は一見脈絡を欠いているようにも思えるが、果てしなく思える任期を日々カウントダウンしながら生きる兵士たちの日常を的確に捉えている。

（ハーン）

アバター
Avatar, 2009

監督・脚本・製作 ジェームズ・キャメロン ／ 撮影 マウロ・フィオーレ ／ 出演 サム・ワーシントン、ゾーイ・サルダナ、
シガニー・ウィーバー

　時は22世紀。レアメタル「アンオブタニウム」（「入手不可能な物質」の意）獲得のた
め、パンドラ星への侵略を目論む人類と先住民ナヴィ族との交流と攻防を描いたSFアド
ベンチャー映画。最新の3D映像技術によって多種多様な動植物が生息する豊かな自然の
世界が展開し、エコクリティシズムからも興味深い。特に、パンドラの植物同士は神経線
維ネットワークを形成しているが、この設定は「地中の菌類ネットワーク」を解明した森
林生態学者スザンヌ・シマールの思想に負っている。先住民が使う言語ナヴィ語も本映画
のために独自開発され（開発者は言語学者ポール・フロマー）、緻密にして壮大な世界観
を生み出している。ゆえに製作費は2億ドルを超えるが、世界歴代興行収入1位だったこ
ともあるブロックバスター映画である。
　人間の遺伝子を組み込んだナヴィ族のクローン「アバター」を作り、擬態化した人類が
ナヴィ族と接触を図ろうとする計画が進行中。下半身不随の元海兵隊員ジェイク（ワーシ
ントン）は、アバターによって不自由な身体から解放され、族長の娘ネイティリ（サルダ
ナ）との交流を通じて先住民の言語や文化を知り尊ぶ様子が描かれ、仮想空間での身体性
や多文化主義への理解といった問題が提示されている。やがて、二人の関係は異種間恋愛
へと発展するが、人類とナヴィ族との戦いが勃発する。この戦いはアメリカの帝国主義へ
の歴史的批判もこめられている。自然と共生する半裸のナヴィ族はネイティヴ・アメリカ
ンを彷彿とさせ、人類がパンドラの資源を強奪しようとする構図はインディアン戦争の図
式を踏襲している。その中で、ジェイクは、被侵略者のナヴィ族に味方する「白人の救世
主（white savior）」の役回り。また、同時に、2000年代アメリカの対外戦略の背景も織り込
まれている。ナヴィ族との戦いで人類が口にする「先制攻撃」は、9.11以後の、テロ撲滅
のための国家戦略ブッシュ・ドクトリンの基本戦略で、「衝撃と畏怖（Shock and Awe）」は
フセイン政権打倒を目指した、イラク戦争時の作戦名である。『アバター』は3D娯楽映画
として名高いが、エコクリティシズムや多文化主義や帝国主義批判といった、社会的メッ
セージも含んだ映画である。

（中村）

ラ・ラ・ランド
La La Land, 2016

監督・脚本 デイミアン・チャゼル ／ 撮影 リヌス・サンドグレン ／ 音楽 ジャスティン・ハーウィッツ ／ 編集 トム・クロス ／ 出演 ライアン・ゴズリング、エマ・ストーン

　音楽と映画の夢を追う男女（ゴズリングとストーン）の関係を描くミュージカル映画。タイトルの「ラ・ラ・ランド」は夢見がちな精神状態を指す。舞台であるロサンゼルス（LA）を指す言葉でもある。恋愛映画である以上に、夢追い人たちへの賛歌と言える。

　21世紀に入ってミュージカル映画のヒットが相次いだが、本作はその代表作にして、最大級の挑戦的試み。事前に舞台で話題を呼んだ作品の映画化でもなければ、既成のヒット曲が使用されているわけでもない。つまり、物語も音楽もオリジナルである。映画のベースとなっているのは、監督のデイミアン・チャゼルが愛好する数々の古典ミュージカル映画。チャゼルは前作『セッション』(*Whiplash*, 2014) で名をあげ、以前から切望していた『ラ・ラ・ランド』の製作を実現させた。

　劇中で参照される過去のミュージカル映画には、アメリカの作品だけでなく、フランスのジャック・ドゥミの監督作も挙げられる。こうした映画の縦横無尽な引用のされ方、またそれと現代ロサンゼルスの都市景観の融合が見どころである。さらに言えば、古典ミュージカル映画を表面的になぞるのではなく、それらを現代に蘇らせることが不可能であることを悟りつつ、あえてそれに挑戦している点が（しかもフィルムによるロケーション撮影やロングテイクで意図的に難易度を上げている）、本作を特異なものにしている。

　いずれの曲のシーンも力が入っており、詳細な検討に値するが、特に冒頭の「アナザー・デイ・オブ・ザ・サン」のシーンは印象的である。ロサンゼルスの高速道路を舞台に渋滞で動けなくなった車から次々に人が飛び出し、シネマスコープの横長の画面の中で、華麗な群舞を披露する。チャゼルによれば、車の中のひとりひとりが夢を持ち、その内面にミュージカル映画を抱いている。だとすれば、道路上に並んでいるのは車ではなく、無数の夢、無数のミュージカル映画だと言えるだろう。

（川本）

ダンケルク
Dunkirk, 2017

監督・脚本 クリストファー・ノーラン ／ 撮影 ホイテ・ヴァン・ホイテマ ／ 音楽 ハンス・ジマー ／ 編集 リー・スミス ／ 出演 フィン・ホワイトヘッド、トム・グリン＝カーニー、ジャック・ロウデン、ハリー・スタイルズ、トム・ハーディ

　『ダンケルク』は1940年、ドイツ軍に包囲されたイギリス軍とフランス軍を救出した「ダイナモ作戦」に基づく映画。陸海空での3つの戦いをクロスカッティングで描くトリプティック（三連画）として展開され、各々のストーリーラインの分解・再配置により斬新なモンタージュ・シークェンスが生み出されている。陸の世界は1週間、海は1日、空は1時間と、各世界の時間の流れも異なるが、最後はひとつのタイムラインに収束し、物語の真実が明らかになる。音楽面でのギミックも見逃せない。音楽担当のハンス・ジマーはシェパード・トーン（無限音階）の技法を利用し、高／中／低音程の3オクターブの各音を陸海空の3つのストーリーラインに合致させるとともに、無限の上昇音が持続的な緊張と不安感を煽るように意図した。加えて、時計の秒針音が通奏低音として映画全般で鳴り、刻々と迫る脱出のタイムリミットを告げている。クリストファー・ノーラン＊監督のリアルさへの追求も顕著で、イギリスの戦闘機スピットファイアは実物で、ドイツ軍のメッサーシュミットは同型のスペイン空軍の戦闘機を借用し、リアルなドッグファイトを展開した。そのリアルさを引き立てるのが全体の約75パーセントを占めるIMAXによる撮影で、1.43：1と正方形に近いアスペクト比を生かし、海と空の対比や爆撃で舞い上がる土埃など、縦方向を意識した構図が目につく。技術的な革新のみならず、描写の仕方にも特徴がある。登場人物の台詞の少なさは、実際の戦闘にて兵士が言葉に頼らずに相手の意図を汲み、行動した現実を反映している。敵軍を直接描写しない点も異色。ドイツ軍は単に「敵」と呼ばれ、実際に登場するのは戦闘機だけ。ドイツ軍の不可視化は観客にさらなる恐怖心をかき立てている。このように、『ダンケルク』は、3層のストーリーラインの複雑な再構成や特異な時間操作、それに同調する音楽や圧倒的な解像度を誇るIMAXの使用によって、視覚と聴覚を異化的に揺さぶる異色の戦争映画である。

(中村)

ゲット・アウト
Get Out, 2017

監督・脚本 ジョーダン・ピール ／ 製作 ジェイソン・ブラム、ショーン・マッキトリック、ジョーダン・ピール ／ 出演 ダニエル・カルーヤ、アリソン・ウィリアムズ、ブラッドリー・ウィットフォード、キャサリン・キーナー

　コメディアンとして知られていたジョーダン・ピールによる初の監督作となるホラー映画。白人のガールフレンドの実家を訪問した黒人青年が恐怖の人体実験に巻き込まれる様子を描いて大きな話題を呼び、アカデミー脚本賞を受賞した。

　写真家のクリス（カルーヤ）は緊張しつつ白人の恋人ローズ（ウィリアムズ）の実家アーミテージ家を訪問し、奇妙に時代遅れな黒人使用人たちの姿に違和感を覚える。実はアーミテージ家は、黒人の身体に憧れる一方で自らの精神をキープしたい白人たちが、黒人の身体を精神から分離させてそれを乗っ取ろうとする、恐怖の人体実験「コアギュラ法」を展開するアジトだった。ローズの母ミッシー（キーナー）に催眠術をかけられたクリスは、知らないうちに捕らえられ、やがてオークションで別の白人に売り払われていた。窮地に陥り屋敷からの脱出を試みるクリスを次々に襲う恐怖体験が、ショッキングに展開されていく。

　『ボディ・スナッチャー／恐怖の街』*(1956) や『ステップフォード・ワイフ』(*The Stepford Wives,* 1975) など、身体の乗っ取りをテーマとした古典的SFホラー作品に影響を受けつつ、同種の物語をブラック・ライヴズ・マター以降の21世紀の新しい人種の文脈を得て映画化したのが『ゲット・アウト』である。作品は黒人がモンスターとして表象され、白人の恐怖の対象であり続けたハリウッド・シネマの歴史を参照しつつ、現実には黒人主体が奴隷制という文字どおりの身体の剥奪を皮切りに、絶え間ない暴力にさらされてきた歴史を否応なく想起させる。客体化されたモンスターや、スラッシャー映画の冒頭で唐突に殺される脇役としてではなく、恐怖を感じる主体としての黒人像をホラー映画の場において奪回しようとする意欲に満ちた作品である。

(ハーン)

ジョーカー
Joker, 2019

監督 トッド・フィリップス／脚本 トッド・フィリップス、スコット・シルヴァー／撮影 ローレンス・シャー／音楽 ヒドゥル・グドナドッティル／出演 ホアキン・フェニックス、ロバート・デ・ニーロ

　本映画は、アメリカン・コミックの代表格であるバットマンの宿敵ジョーカーの誕生の物語である。極度の貧困や（虐待が原因の）精神疾患に苦しみながらも一所懸命にコメディアンを目指す心優しきアーサー・フレック（フェニックス）は、市が予算削減のため精神病患者向けのカウンセリングなどの社会福祉事業を廃止したため途方に暮れる。道化師の仕事も失ったアーサーは、上流階級のビジネスマンたちに絡まれて殴る蹴るの暴行を受けたため、発作的に彼らを銃で撃ち殺してしまうが、この事件について市長候補の大富豪トマス・ウェインが、「社会的に成功しているわれわれにとって、奴ら［アーサー］のような落伍者は、自ら改善しない限りピエロ以外の何者でもない」とテレビで発言するのを聞く。さらに、長年あこがれていた国民的コメディアンのマリー・フランクリン（デ・ニーロ）からも屈辱的な扱いを受け、生放送のテレビ番組内でマリーを射殺する。

　トッド・フィリップス監督が、「経済的不公平を人々が感じていることは否定できないし、それはアメリカだけの問題ではない。この映画がみなさんの心に届き、世界中で思いやりが欠如していることについて語ってもらえるとうれしい」と述べているように、本作は、新自由主義（neoliberalism）によって世界中に広がった格差社会の問題を正面から扱っている。通常のDCコミックス映画よりもリアルでダークな作品としてマット・リーヴス監督の『THE BATMAN ザ・バットマン』（*The Batman*, 2022）があるが、本作の内容は、より社会的かつシリアスである。

　本作は、ヴェネチア国際映画祭の金獅子賞を獲得したが、アメリカン・コミックが原作の映画が世界3大映画祭で最高賞を受賞したというのは画期的。加えてアカデミー賞とゴールデングローブ賞の主演男優賞にも輝き、さらに、R指定映画の全世界での興行成績において歴代1位を記録しており、まさに今日の世界の映画を代表する作品と言える。2024年公開の続編には、レディー・ガガ演じるハーレイ・クインが登場。　　　　　　　（大地）

第Ⅱ部

アメリカ映画研究の主要テーマと研究方法

階級
class

　アメリカは、階級のない自由と平等の国を標榜しているが、実際は建国前から格差社会であり、ネイティヴ・アメリカンは人間扱いされず、黒人は奴隷として搾取され、女性は夫に経済的に依存せざるをえなかった。すでに19世紀末に世界トップの経済大国となっていたアメリカの存在感は、それまで経済的覇者であったヨーロッパが第一次世界大戦によって荒廃したことによって、いっそう大きくなった。それにより、世界一の富裕層が形成され、なおかつ、世界中から移民が押し寄せる。それらの移民、ネイティヴ・アメリカン、黒人が中心となって下層階級が形成され、ここに、世界に類を見ない格差社会が誕生した。出自を問わず才覚と努力次第で立身出世できるというアメリカン・ドリームは、その厳しい社会的現実を隠ぺいするものとして機能する。そして、アメリカ最大の夢工場であるハリウッドは、しばしばアメリカン・ドリームの神話を補強してきた。

　有能な白人男性のヒーローが苦難や悪を乗り越えて成功を手に入れるという立身出世の物語は、ハリウッド初期のサイレント映画の基盤であった。当初、労働者階級を扱って資本主義を明確に批判していたD・W・グリフィス*でさえも、中産階級の観客を意識するようになり、例えば代表作『イントレランス』(1916) では、ストライキは登場人物に死と悲しみをもたらすものとして描かれている。アメリカン・ドリームは、特にバスター・キートンやハロルド・ロイドのドタバタ喜劇の主人公たちによって実現可能であることが強調された。こうした流れとは一線を画し、社会的弱者の視点を大切にした映画を作りつづけたのが、チャールズ・チャップリン*である。彼が創造した「小さな浮浪者」は、貧しい移民や孤児の側に立ち、金持ち、資本家、警察など上流／中流階級の価値観を体現する人たちと戦いをくり広げた。

一方で、ハリウッドは、「夢工場」だけでなく「夢の王国」としても機能しており、1920年代には、ユダヤ系を中心とする貧しい移民の起業家たちが、ハリウッドにおける主要な権力者となったのである。また、無名の俳優が一夜にしてスターになることも多々あった。1929年に始まる世界恐慌の時代は、現実逃避の場として豪華絢爛な映画が人気を博したが、一部の観客はその楽観主義や物質主義に不信感を抱きはじめ、その影響で、マルクス兄弟などによる上流階級の気取りを風刺するコメディがヒットする。また、映画の主人公たちは、相変わらず成功への執念を燃やしていたが、通常の手段で成功をつかむことを諦めて法を犯す者も大勢現れ、『民衆の敵』(1931)、『暗黒街の顔役』(1932)といったギャング映画も盛んにつくられた。

　ただし、市民団体や宗教団体からの抗議を受けて1934年に映画製作倫理規定が施行され、また、フランクリン・D・ローズヴェルト大統領によるニューディール政策も軌道に乗り、中産階級の道徳と楽観的な物語が復権する。この時期に生まれたスクリューボール・コメディでは、フランク・キャプラ*監督の『或る夜の出来事』*(1934)に代表されるように、階級の異なる男女が最終的には結ばれている。ただし、1940年にジョン・フォード*監督は、銀行や資本家に土地を追われた貧農たちの苦境を正面から描くジョン・スタインベックの小説『怒りの葡萄』を映画化した。

　第二次世界大戦によって雇用が生まれ、アメリカ社会は不況を脱することになる。大恐慌のあいだ、パルプ・マガジンが人気を博し、レイモンド・チャンドラーやコーネル・ウールリッチらの殺伐とした物語が、富と権力のためなら誘惑、脅迫、殺人もいとわない登場人物たちに焦点を当てたが、その多くが第二次世界大戦終戦間際から映画化され、『深夜の告白』*(1944)、『郵便配達は二度ベルを鳴らす』(1946)などのフィルム・ノワールが登場した。フィルム・ノワールの主人公たちは、アメリカン・ドリームを手に入れることができず、経済状況に閉塞感を感じながら、絶望の生活を送っていることが多い。

　ソビエト連邦との冷戦により、共産党員やそのシンパと見られる人々を排除するパラノイア的な「赤狩り」が起こり、下院非米活動委員会が、アメリカの産業界に共産主義者が蔓延していないかどうかを調査する公聴会を開催しはじめた。それを受けてハリウッドは、共産主義者であるという疑いが少しでもある人物を採用しないことを決定したため、この時代のハリウッド映画は、『理由なき反抗』*(1955)、『風と共に散る』(1956)などを除いて、基本的に資本主義を過剰に讃える作品となっている。

　1960年代になると、物質主義を非難していたビート・ジェネレーションの運動に、人種的マイノリティ、女性、同性愛者らが加わるようになって反体制文化 (counterculture) が

階級　　　　　　　　　　　　　　　　　　　　　　　　　　　　　　　　303

生まれ、同文化に共鳴する人々は、中産階級の支配的な文化に対抗したり、人種差別、性差別、ベトナム戦争などの資本主義的搾取に反対を表明したりした。若者は映画から離れ、年配の人々は家でテレビを見るようになり、1960年代末にハリウッドは大不況に直面する。このような状況で、既存の映画作法にとらわれない若手の監督が台頭し、『俺たちに明日はない』*（1967）、『イージー・ライダー』*（1969）といった反体制的映画、ニュー・シネマが誕生した。

　1975年にはアメリカはベトナムから撤退し反体制文化の願望の多くは中流階級の価値観に吸収されていき、1980年代にはヤッピーも登場し、ハリウッド大作が資本主義を積極的に賛美するようになる。独立心のある映画学校（大学映画学科）出身の若手監督たちも、次第に興行収入の要求に屈していく。ジョージ・ルーカス*の『スター・ウォーズ』*シリーズ、スティーブン・スピルバーグ*の『インディ・ジョーンズ』シリーズなどの大成功は、ハリウッドを財政難から脱却させ、資本主義や経済格差に対する批判を急速に排除した。そのような状況に先駆けて、ともにイタリア系男性を主人公とする『ロッキー』（1976）、『サタデー・ナイト・フィーバー』（1977）というアメリカン・ドリームを再構築する映画が生まれている。それらに続いて、今度は労働者階級の女性を主人公とする成功物語『フラッシュダンス』（1983）、『ワーキング・ガール』（1988）が登場。1980年代の大統領であるロナルド・レーガンは、元ハリウッド俳優らしくアメリカン・ドリームを執拗に宣伝し、富裕層や大企業を中心に減税を行ったため、社会的格差はさらに拡大した。

　1990年代半ばになると、コンピュータとインターネットの普及によって経済成長が加速し、ビル・クリントン大統領の時代には、連邦政府の財政は赤字から黒字に転換するが、2001年のアメリカ同時多発テロ事件によって多くの国民が消費を控えるようになり、景気は低迷する。ジョージ・W・ブッシュ大統領は、レーガン政権と同様、大企業や富裕層への減税で対応したため、社会格差はさらに加速した。この時代の経済問題を取り上げた映画として、強力なタバコ産業を批判する『インサイダー』（1999）、腐敗した公共事業会社を描いた『エリン・ブロコビッチ』（2000）があり、いずれも実話に基づいている。しかし、ほとんどのハリウッド映画は、富と物質主義に執着しつづける。『プリティ・プリンセス』（2001）、『プラダを着た悪魔』（2006）などの映画は、物質的な豊かさよりも内面の高潔さが重要であると主張するが、それと同時に物質主義の魅力も前面に押し出している。ただし、マイケル・ムーア*監督の『シッコ』（2007）のように、規制緩和された多国籍企業がアメリカの一般労働者や消費者に与える影響をテーマにしたドキュメンタリー映画も数多く製作される。2008年にリーマン・ショックが発生し、2011年には、一般市民

304　　　　第Ⅱ部　アメリカ映画研究の主要テーマと研究方法

よりも大企業の保護を重視する政府の姿勢に反発する「ウォール街を占拠せよ」という抗議運動が起き、アメリカの人口の1パーセントにすぎない大富豪たちが、残りの99パーセントの人々を犠牲にして富を独占していると訴えた。

　世界規模の格差拡大は、社会保障の低下や雇用の不安定化を招く規制緩和・公企業民営化・大企業減税・緊縮財政・市場自由化を推進する新自由主義（neoliberalism）が元凶と言える。アメリカの重度の社会格差問題は、この新自由主義によってますます悪化し、出口がまったく見えない状況になったのである。近年、この閉塞感を正面から描いた映画として『ジョーカー』* (2019)、『ノマドランド』(2021) があり、特に前者は社会現象にまでなった。

　アメリカ映画における階級というテーマで研究する場合、以上述べた映画と社会格差の歴史的関係を考慮することが肝要であり、実践例として『タイタニック』(1997) を取り上げる。本作は、一見、社会的格差を正面から非難する階級闘争映画であるかのように見える。ただし、当時、世界歴代興行収入第1位を記録した本作が、アメリカの好景気の時期、すなわち社会格差が特に軽視された時期の作品だということに注目すべきである。主人公の敵はアメリカの富豪だが、20世紀初頭の昔の人物であり、また、タイタニック号では金持ちと貧乏人の客室ゾーンは雲泥の差だが、同船がイギリスの船である以上、その格差は実質的にイギリス階級社会の縮図にすぎない。したがって、本作の物語は現代で始まり現代で終わっているにもかかわらず、アメリカの観客がコミットする現代アメリカ社会の格差問題はまったく扱われていないのであり、現代アメリカの富裕層にとって、いたって無害な映画なのだ。だからこそ、好景気で富裕層が多いなか階級闘争映画の体裁を取っていても、そのことが歴史的大ヒットを阻害する要因にはならなかったのである。

　ハリウッド映画は、アメリカの極端な格差社会を、隠蔽したり、主人公の立身出世の場として利用したり、ときには真摯に取り上げたりしてきたが、格差が根強く存在する以上、これからも階級はアメリカ映画の重要なテーマでありつづけるであろう。　　　　（大地）

階級

人種・エスニシティ

race / ethnicity

人種（race）とは、特定の人間の集団を、皮膚や毛髪、骨格などの外見的特徴や社会的特質によって分類したものを指す。細胞や遺伝子的レベルで人種間に決定的な差異があるわけではなく、いずれの人種も現生人類の一部である以上、科学上の分類としての人種の本質性はすでに否定されていると言えるが、それでも私たちの文化・社会ではいまだに人種をベースにした人間の分類が広く行われている。人種としばしば類似した概念として持ち出されるのがエスニシティ（ethnicity、民族とも呼ばれる）だ。エスニシティは、言語や文化伝統、（常にではないが）人種や、歴史、国家などを共有する集団のことを指している。もっともわかりやすい例が、主としてアメリカ大陸に存在する、スペイン語を使用する文化圏の人々を指すヒスパニック（ラティーナやラティーノ、ラテンXとも）という語だろう。

人種やエスニシティは、移民の国アメリカの文化について考える上で欠かすことのできない概念であり、多様な集団が混在する国であるからこそその支配や抑圧、交流や衝突が、奴隷制をはじめとして歴史的に観察されてきた。支配や排除の歴史を通じて醸成されたのが人種主義（racism）、つまりは、人種間には本質的な差異があり、ある人種が別の人種より優れていたり劣っていたりするという考えである。公民権運動や近年のブラック・ライヴズ・マター運動をはじめ、人種主義に基づく差別や暴力に抵抗する社会運動が20世紀中葉から広くくり広げられているが、その根絶には至っていない。人種概念が本質性を欠いたものであるにせよ、現在のアメリカの文化や社会を構成する主要な要素であることは間違いない。ディズニー映画の実写版『リトル・マーメイド』（2023）が黒人俳優を主演に起用して議論を呼んだことは記憶に新しいが、アメリカ映画の人種やエスニシティの歴史

的変遷について考えることは、いまひときわ重要性が増していると言える。

　アメリカ映画史における人種を考える上で伝統的に見逃されがちであったのは、ホワイトネス（whiteness、白さ）という概念だ。ハリウッド・シネマやテレビなど、アメリカの大衆視覚文化の歴史においてスクリーンに継続的に映し出されてきたのは白人の姿であったが、白人中心主義的な文化において白さはいわば無徴（unmarked）の存在、当然の前提であって、あらためてその性質が問い直される必要があるものではなかった。逆に非白人は有徴（marked）の存在として、映画の中でも自らの存在の周縁性を常に視覚的に強調されてきた。

　それをもっともわかりやすく表しているのが、ブラックフェイス（blackface）の表象だろう。この芸能上の伝統は、19世紀から人気を博した、白人の演者が顔を黒塗りして黒人を戯画的に演じる大衆演劇ミンストレル・ショーに由来する。ブラックフェイスは、トーキー映画黎明期の『ジャズ・シンガー』(1927)でも大々的にフィーチャーされている。伝統的なユダヤ系家庭に生まれた主人公（アル・ジョルスン）が、親の意思に反してジャズ・シンガーを志す物語がそこでは描かれる。ジョルスンのブラックフェイスでのパフォーマンスは現代では当然差別的な表現に当たるが、同時にその黒塗り行為は、人種の社会的構築性を際立たせる効果も持つ。ブラックフェイスを行うエンターテイナーの多くはユダヤ系だったが、白人中心主義的なアメリカ社会におけるユダヤ系の微妙な位置づけを考えるならば、これらのエンターテイナーたちは自分たちとアフリカ系の、白人社会における共通の抑圧や周縁性を念頭に置いて仮装のパフォーマンスを行っていた、と考えることもできるかもしれない。自らの人種・エスニシティ上の有徴性を視覚的に強調してみせる仮装・演技が、ユダヤ系俳優たちがメインストリームの映画産業に徐々に参入するきっかけを作った。

　似たようなことは、移民の歴史が比較的新しいイタリア系やアイルランド系のハリウッド・シネマにおける表象にも言える。ユダヤ系同様イタリア系やアイルランド系も、移民第1世代はホワイトネスの周縁に留め置かれた存在であり、映画の中でももっぱら強いアクセントで話す大酒飲みやならず者、犯罪者といったステレオタイプを通し、白人らしからぬ存在として表象されていた。だが、これらの人々を起用したジャンルとしてのマフィア映画（イタリア系）や警察もの（アイルランド系）が成熟するうちに、こうした集団の視覚文化における存在感とリスペクタビリティは上昇し、いわばホワイトネスの内側に徐々に受け入れられていった。このことが逆照射するのは、アメリカ映画史におけるホワイトネスとは不変の優越的な存在ではなく、常に変化の可能性にさらされたものでもある

人種・エスニシティ

ということだ。他の人種やエスニシティ同様、白さもまた生物学的に決定されるのではなく、可変的アイデンティティのひとつなのだ。

　翻って、非白人にとっては、白人中心の映画産業への参入は当然ながらより多くの困難をともなった。アメリカ映画史において、アフリカ系、ヒスパニック、アジア系、ネイティヴ・アメリカンといった人種・エスニシティ上のマイノリティが抱えてきた課題は、大きくは次の3つに分けられるだろう——すなわち、(1) 映画産業におけるマイノリティの包摂、(2) ステレオタイプ的マイノリティ表象からの脱却、(3) マイノリティの視点による新しい映画表象への貢献、である。

　アメリカ映画史上のアフリカ系アメリカ人表象は、初期においてはとりわけネガティヴなものが多かった。KKKを英雄化し黒人、特に混血の人物を悪役に据えて、白人俳優によってブラックフェイス的に演じさせたD・W・グリフィス*の『國民の創生』*(1915) がその代表だろう。20世紀前半は南部を中心に人種隔離 (segregation) によって公共空間が分断されていた時代であり、映画におけるアフリカ系の表現も少なからずそうした現実を反映していた。1939年製作の『風と共に去りぬ』*(1939) のハティ・マクダニエルが黒人女性として初めてアカデミー助演女優賞を受賞するという画期的出来事はあったが、マクダニエル自身を含む黒人俳優は、乳母などステレオタイプ的な役柄しか与えられないというジレンマを抱えた。そんな中で演技派として多様な役柄を演じたのはシドニー・ポワチエだったが、白人が好む黒人像を大きく裏切ることはなかった。そうしたリスペクタビリティの政治の限界を突破しようとしたのは、ブラックパワー運動の高まりに影響されたブラックスプロイテーション (Blaxploitation) 映画であり、搾取的だという批判はあれ、時代に合った強く過激なヒーローを求める黒人観客の絶大な支持を得た。80年代以降は強い作家性を備えた監督としてスパイク・リー*が登場、インディペンデント映画でもチャールズ・バーネットやジュリー・ダッシュ*が創造的な作品づくりを展開した。90年代には『ボーイズ’ン・ザ・フッド』(1991) など、俗にフッド映画と呼ばれる、インナーシティのアフリカ系の若者の現実をリアルに描いた作品群も生まれる。こうした積み重ねが、歴史ドキュメンタリー『13th——憲法修正第13条』(2016) で評価されたエイヴァ・デュヴァーネイや、マーベルの『ブラックパンサー』(2018) を監督したライアン・クーグラーのような新世代の黒人監督がハリウッドに参入し活躍する素地を作ったことは間違いない。

　アメリカ映画におけるそのほかの人種、エスニシティの表象も、おおむねアフリカ系と類似した歴史をたどる。先住民について言えば、往年のハリウッド映画の西部劇の伝統において、その存在は常に周縁化されてきた。ジョン・フォード*の『駅馬車』*(1939) にし

ても、ジョン・ウェインの孤独なヒーロー像と対置されるかのように、先住民の存在は群像化され、画面の背景にとどまっている。これ以外の先住民表象のパターンといえば「高貴な野蛮人」であり、『ダンス・ウィズ・ウルブズ』(1990)、ディズニーの『ポカホンタス』(1995) なども、修正主義的な意図は感じられるが「高貴な野蛮人」ステレオタイプも保持されたままだった。数少ない例外は、先住民の人気作家シャーマン・アレクシーが脚本を書き、オール先住民キャストで製作された『スモーク・シグナルズ』(1998) であり、よりリアルな先住民表象の道を切り開いた。

　ヒスパニック、あるいはラティーノ（ナ）と呼ばれるスペイン語圏にルーツを持つ人々の場合も、ラテン・ラヴァーのようなステレオタイプ表象を踏襲するか、人気俳優リタ・ヘイワースのようにラティーナの出自を隠すかしなければ、映画界での成功が望めない時代があった。非当事者によるヒスパニック表象も散見され、最たる例はギリシア系のジョージ・チャキリスが「ブラウン・フェイス」によってプエルトリコ系を演じた『ウエスト・サイド物語』*(1961) だった。ヒスパニック系キャストを起用したリメイク版『ウエスト・サイド・ストーリー』(2021) は、そうした時代の終焉をついに告げているのかもしれない。

　アジア系の場合もやはり古典的ハリウッド・シネマではフー・マン・チューやドラゴン・レディといったステレオタイプが付与されたり、非アジア系の俳優がアジア系の役柄を演じたりした。潮目の変化はアン・リー*やウェイン・ワン、ジョン・ウーなどアジア系の監督がハリウッド映画製作の中核に参入したこと、アジア系アメリカ人だけでなく香港や韓国、日本などアジアの国、地域の俳優たちもハリウッドに進出しはじめたことにあった。『エブリシング・エブリウェア・オール・アット・ワンス』(2022) のアカデミー賞7部門受賞に象徴される大成功は、映画界のマイノリティの諸努力が成し遂げた大きな達成のひとつだろう。

（ハーン）

人種・エスニシティ

ジェンダー

gender

　ジェンダーとは、生物学的な性とは別の、社会的に構築された性差や、それに基づく性役割の規範などを指す多義的な語である。男性性や女性性、男らしさや女らしさは、社会の中である特定の形や表現により規定されるが、そのあるべき姿を二項対立的なジェンダー規範の中で決定してきたのが父権制である。父権制下で期待される性役割やジェンダー間の非対称な関係を解消すべく生まれた思想がフェミニズムであり、女性参政権運動を中心とする第1波フェミニズム、女性の法的・社会的な平等を求める第2波フェミニズム、第2波までに考慮されてこなかった女性間の人種や階級などの差異や多様性に意識を差し向けた第3波フェミニズム、現在に至るまで、#MeTooに代表されるように、ソーシャルメディアなど新しい表現の形態を通じて発言や連帯を試みる第4波フェミニズムと、便宜上4つに大別されている。フェミニズムの幅広い社会的・文化的展開によって20世紀から現在にかけて女性の地位は大きく向上したと言えるが、その歴史の中でアメリカのジェンダー観も様々に変化してきた。そうした変化をアメリカ映画の趨勢と合わせて考えると、視覚表現とジェンダーポリティクスの関係もいっそう明らかになるだろう。

　映画やその他の映像による文化的創作物は、あらかじめその存在の中核にジェンダー間の非対称性が刻み込まれたメディアなのかもしれない。長きにわたる映画史の中で、男性が見る主体＝カメラ・アイと同定される一方、女性は見られる存在として対象化されてきた。映画史におけるこのような非対称性を表す語として、ローラ・マルヴィが1975年の論文「視覚的快楽と物語映画」において提示したのが、「男性のまなざし」（メール・ゲイズ、male gaze）だった。見る／見られるという関係性の中で、男性と女性にはそれぞれ能動性と受動性という特徴が付与され、映像の中で女性はもっぱら見られるだけの主体性を

欠いた存在になる。アルフレッド・ヒッチコック*の作品、とりわけ覗き行為そのものを物語に組み込んだ『裏窓』（Rear Window, 1954）や、犯罪を解明する男性刑事が謎としての女性を見つめ追跡する『めまい』（Vertigo, 1958）に顕著なように、古典的なハリウッド映画は見る男性、見られる女性という構図を、物語の型においても、視覚表現においても実践してきた。女性の視覚的対象化を極限まで突き詰めたのが女性の身体のいわゆる「呪物（フェティッシュ）化」であり、バズビー・バークレーが振付した『フットライト・パレード』（1933）や『ゴールド・ディガーズ』*（1933）などの一連のミュージカル映画はその好例だ。これらの作品では、幾何学的に構築されたパターンを成し群舞する女性ダンサーたちの身体からは個別性が取り払われ、腕や脚といった各パーツに断片化している。ときにダンサーたちが構築する万華鏡のような円形図は女性器を思わせる形を取り、それ自体がひとりひとりの女性から切り離された呪物（フェティッシュ）として機能する。欲望の対象として男性にまなざされ対象化される女性の存在の、ある意味究極的な視覚表現だろう。

　アメリカ映画史全体を見渡してみると、能動的な男性／受動的な女性というジェンダー観は、強固ながらも時折ころびを見せながら徐々に変化してきた。その過程でどのような女性性や男性性が魅力的とされスクリーンに映し出されてきたのだろうか。また、その成り立ちから男性中心であった映画界全体における女性の役割はどのように変化したのだろうか。初期映画を席巻したのは、メアリー・ピックフォードやリリアン・ギッシュのように華奢で幼女めいており、透き通るような肌の色と柔らかな長い髪で無垢な雰囲気を醸し出す、ヴィクトリア朝の理想に基づいた女性像だった。女性の参政権成立などを背景に既存のジェンダー観が大きく揺らいだ1920年代以降は、フラッパーと呼ばれる性的に奔放で因習を否定する女性たちが現れ、映画の中でも蠱惑的なバッド・ガール表象が目立った。女性映画監督の数はもちろん多くなかったが、初期映画時代にはフランス人アリス・ギイ（ギイ＝ブラシェ）が監督、脚本、製作を行い、仏米で数多くの映画を作った。20年代以降はドロシー・アーズナー*が活躍し、クララ・ボウの『ワイルド・パーティー』*（1929）のようなフラッパー映画ジャンルを開拓した。アイダ・ルピノ*は、俳優としてのキャリアを得てから監督業に乗り出し、社会派映画を製作した。

　1930年代以降の古典期には、グレタ・ガルボ、マレーネ・ディートリヒ、キャサリン・ヘプバーン、バーバラ・スタンウィックなど、強さと性的魅力を兼ね備えたヒロインが登場した。1934年の映画製作倫理規定施行によって性表現への規制は厳しくなるが、逆にほのめかしや隠微なジョークを駆使した控えめな性表現を通してスクリューボール・コメ

ディのようなジャンル映画が隆盛した。スクリューボール・コメディは男女間の闘争をコミカルに強調し、ジェンダー関係の再検討を促した。トム・ボーイ的な女性にやり込められる男性のコミカルな描写、あるいはハワード・ホークス*の『僕は戦争花嫁』(1949) のような男性によるクロス・ドレッシングなどがその特徴だ。現在のチック・フリックの元祖のような女性映画、メロドラマ映画もこのころに発展した。女性映画には既存のジェンダー規範をそのまま肯定する性質もあったが、同時に女性ならではの苦境をとり上げて女性観客の支持を得た。他方、映画における男性性は、西部劇やギャング映画などのジャンル映画において、もっぱらヒーローの強さや個人主義を通して表現されていた。その例外はチャールズ・チャップリン*やバスター・キートンといったコメディアンたちのスラップスティック・コメディで、ある意味男らしさの表現を内側から脱臼させるような喜劇性がそこにはあった。

　1940年代を中心に男性性の不安の表現として機能したのはフィルム・ノワールで、男性主人公（しばしば探偵や警官）の主観ショットや不穏な斜め構図の多用が不安の表現として機能した。男性性の危機をいっそう強めたのはノワールにおける強く魅力的で謎に満ちたファム・ファタールの存在だったが、映画の結末では死や暴力、結婚などで力を失い、男性の復権で物語が閉じるパターンが常だった。そうした語りの型自体、伝統的なジェンダー表現を打ち破るような女性性をコントロールすることへの欲望の表出であった。

　第二次世界大戦中は、男性の徴兵を背景に女性の労働力としての存在感が増したが、戦後その動きは後退し、女性には郊外の主婦として家庭を守りジェンダー規範を遵守する役割が期待された。こうした規範的性役割がいずれのジェンダーに対しても抑圧的になりうることの集合的表現と言えるのが、執拗に家庭崩壊を描くホームドラマへの執着であったかもしれない。テネシー・ウィリアムズやウィリアム・インジらの脚本作品を中心に、一種のクィア・メロドラマとも言える家庭劇が量産され、その中では男性も女性も、規範的なジェンダーを実演することに強いストレスを感じていた。この傾向に並行してメソッド・アクティングと呼ばれる内面重視の演技法も一世を風靡し、ジェームズ・ディーンやマーロン・ブランドのように、役柄に入りこんで内面の葛藤の表現に注力しつつ男性性のあり方に注意を差し向ける独自の演技スタイルを持った俳優が現れた。

　1960年代には第2波フェミニズムの波が訪れ、既存のジェンダー観の更新が図られた。60年代にハリウッド映画がその力を失ったのも、こうした時代の変化にジェンダー表象を対応させきれなかったことに一因があるだろう。新たな流れとして目を引いたのはニュー・シネマだったが、男性同士のホモソーシャルな絆を強調する作品が多く、実際の社会

運動がもたらした成果とは逆に、映画の中の女性の役割は減じられていた。

1980年代に入ると、レーガン政権の成立や家族の価値の称揚とともに、映画の中のジェンダー・イメージはある種の文化的バックラッシュにさらされた。この時期には強いアクション・ヒーローの活躍を描き、女性は50年代に逆戻りした感のある、主体性を欠いた添え物的役割を演じるという古典的ブロックバスター映画が量産された。例外は『エイリアン』シリーズ（1979-2014）や『ターミネーター』シリーズ（1981-2019）における強力なSFヒロイン像だ。また、この時期に特有のスラッシャー映画も主として若い女性が殺されることでジェンダー間の力関係を強化したが、同時にそれを裏切るような、武器を手に生きのびるファイナル・ガール表象もまた出現した。

1990年代以降には、アファーマティヴ・アクションなど業界内の制度上の改善もあり、女性スタッフの割合は上昇した。主題の点で言えば従来のバディ・フィルムのジェンダーを逆転させた『テルマ＆ルイーズ』*（1991）は画期的だったが、その一方で、ポストフェミニズム的な雰囲気の中で伝統的な女性性の肯定に至る『ブリジット・ジョーンズの日記』（2001）のようなチック・フリックも人気を博した。2010年代に起きた映画プロデューサー、ハーヴェイ・ワインスタインによる性暴力の告発とそれを機に巻き起こった#MeToo運動は、ハリウッドのジェンダーポリティクスの圧倒的な変容を記録していたと言えるだろう。映画界のジェンダー観の目に見える変化の中で、『バービー』（2023）のグレタ・ガーウィグのような若い世代の監督も現れ、ハリウッドの映画製作を牽引する力になっている。このように、例えば男女間の賃金格差などの問題は現在でも継続的に見られるものの、映画界におけるジェンダー表現やジェンダー間の格差、決定的な役割を持つ女性の不足などは、時代を追うごとに改善されているとひとまずは言えるだろう。　（ハーン）

セクシュアリティ

sexuality

　ハリウッドはセクシュアリティに関して非常に保守的であった。ヘテロセクシュアルの一夫一婦制こそが「正常」であり、それ以外を逸脱と捉え、男性の視点で女性の性的魅力を搾取することが一般的であった。その構図はとりわけ第2次フェミニズム運動の中で強く批判された。映画論を超えて多大な影響力を持ったローラ・マルヴィのフェミニズム批評「視覚的快楽と物語映画」(1975) は、古典的ハリウッド映画の女性像を精神分析批評の概念を用いて批判的に検証し、観客の視覚的快楽を生み出す要因がナルシシズムと窃視症にあると指摘する。観客はしばしば好ましいイメージで描き出された主人公に感情移入し（ナルシシズム）、主人公の見たものを主人公の視点で眺める（窃視症）。古典的ハリウッド映画においてはほとんどの場合、観客が感情移入すべき主人公は男性であり、その主人公に眺められ、欲望の対象としてモノ化されるのは性的魅力を放つ女性なのである。

　女性登場人物は性的魅力で主人公（および観客）の目を惹きつけるが、その魅力は男性にとっては好ましいものの、それと同時に支配的な力を及ぼす脅威でもある。ゆえに「見られる」女性の魅力は何らかの形で抑圧されなければならない。マルヴィはハリウッド映画がこの抑圧のために用いた戦略をふたつ挙げる。ひとつは女性の謎めいた魅力が「調査」され「罰」を与えられるプロットパターンである。もうひとつはマルヴィが「呪物（フェティッシュ）化」と呼ぶ撮影方法である。女性の脚や顔など、特定の身体部位に性的魅力の要因を集中させることによって、女性身体を統一されたものではなく、身体部位のフェティッシュとして、すなわち人格を持たないモノとして描き出すのである。

　女性の性的魅力が、欲望の対象でありながら同時に脅威でもあったことは、ハリウッドの性に対する保守性と強く結びついている。とりわけサイレント時代は、19世紀ヴィク

トリア朝の価値観を引きずりながら、女性を処女か売春婦かという二項対立で捉え、前者を正しい女性の姿として肯定的に描いた。そして性を前面に押し出す女性はしばしば罪深い女性として描かれ、物語の最後で改心させられるか罰せられるかで終わることになる。初期のハリウッドで代表的なのが、『愚者ありき』(1915)で男を誘惑する毒婦役を演じ、「ザ・ヴァンプ」と呼ばれて人気を博したセダ・バラや、『あれ』(1927)でフラッパーを演じ、イット・ガールと呼ばれたクララ・ボウのような女優である。

　1930年代に入ると、ハリウッドでは映画製作倫理規定（以下「規定」と呼ぶ）を発布し、性行為を示唆する場面や裸体を描くことを自主規制した。これ以降、性的なモチーフは間接的にほのめかすことしかできなくなったのである。もともと『結婚哲学』(1924)のように夫婦の問題や不倫を描くことを得意としていたエルンスト・ルビッチ*は、このほのめかしの手法を磨き上げ、『極楽特急』(1932)や『生活の設計』(1933)、『青髭八人目の妻』(1938)など、性的なテーマの作品を作った。ルビッチの後継者ビリー・ワイルダー*もまた同様のテーマを得意とし、『七年目の浮気』(1955)、『昼下がりの情事』(1957)、『アパートの鍵貸します』(1960)など、規制の中で活躍した。

　またフィルム・ノワールも間接的なほのめかしの手法を用いながら、女性の性的魅力を物語のテーマに据えたジャンルであると言える。『深夜の告白』*(1944)や『ローラ殺人事件』(1944)など、男性を誘惑し破滅に導くファム・ファタールは、男性性を脅かす魔性の女として罰を受け、最後には男性権力に抑圧される。そういう意味でセダ・バラ以来のハリウッドに伝統的な構図を再演していると言える。この構図はハリウッドの歴史を通じて変わらず、80年代には『白いドレスの女』(1981)や『危険な情事』(1987)、『氷の微笑』(1992)など、ネオ・ノワールとして復活することになる。

　1950年代に入ると、マリリン・モンローやジェーン・マンスフィールドなど、ボムシェルと呼ばれたグラマーな女優が人気になったが、彼女らが演じたのは、性的魅力を振りまきながらも自らの魅力に無自覚な女性であり、ゆえに男性はその魅力に支配される不安を感じることなく欲望を満たすことができるのである。モンローが珍しく悪女を演じた『ナイアガラ』(1953)が観客の強い拒絶を招いたのは、これらの女性の性的魅力が当時の男性にいかに強い脅威として映っていたかの証左であると考えられるだろう。

　「規定」が廃止された後、1968年にレイティング・システムが始まり、事実上あらゆる性表現が可能になった。またヨーロッパから流入した映画やヒッピー文化、性革命などの影響を受け、ポルノ映画の製作も盛んになった。とりわけ『ディープ・スロート』(1972)はポルノ映画としては異例の大ヒットを記録し、社会現象にまでなった。そのような中、

X指定映画で唯一のアカデミー賞受賞作となった『真夜中のカーボーイ』(1969) など、過激な性表現をしながらも高く評価される作品が現れはじめることになる。

　一方マルヴィのフェミニスト的視点に欠けていたのは同性愛の視点であり、今日ではその点を強く批判する研究者も多い。スクリーンに映し出される身体が性的にモノ化されてしまう構造があるとするならば、男性身体もまた欲望の対象となり得るはずであり、女性身体が女性の欲望の対象となることもあり得る。例えば1920年代にはウィリアム・ヘインズなど「女性的」な役柄を演じた同性愛者の俳優も人気を博したし、『モロッコ』(1930) のマレーネ・ディートリヒはナイトクラブに男装で登場し、女性客にキスをするなど、同性愛を思わせる場面が描き出される。またこのころに活躍していた監督ジョージ・キューカー*やドロシー・アーズナー*が同性愛者であることは暗黙の了解であった。しかし作品で同性愛の問題を取り上げることはなかったし、自らのセクシュアリティを明らかにすることも非常に難しかった。実際ヘインズは同性愛者であることをカミングアウトしたとたんにスタジオを追われることになったのである。そして規定が1934年に発効すると、同性愛は「性的倒錯」とみなされ、描写を禁じられた。50年代末から徐々に同性愛の描写も見られるようになっていくが、その多くは「異常」な、あるいは「女々しい」人物であり、よくて観客の笑いものでしかない。『去年の夏 突然に』(1959) では同性愛者の登場人物は自らの欲望を強いていた犠牲者たちの報復として人肉食の餌食となるなど、悪として罰せられるのである。

　1969年のストーンウォール事件（警察によるゲイ・バーの取り締まりに端を発した暴動）をきっかけに、同性愛は社会的に大きな関心を集めることになる。このころ、同性愛に比較的好意的な映画として『甘い抱擁』(1968) や『真夜中のパーティー』(1970) が挙げられるが、後者と同じ監督によって撮られた80年の『クルージング』は同性愛を連続殺人の心理と同一視するような内容になっており、同性愛に対する偏見に満ちている。ほかにも『殺しのドレス』(1980) など、『サイコ』*(1960) に始まる同性愛者の殺人鬼というステレオタイプは数多く描かれたが、ゲイ団体がこれらの描写に抗議の声を上げたことはこの時代の特徴として挙げられる。その後80年代以降社会問題となっていたエイズを取り上げた『フィラデルフィア』(1993) なども作られたが、ここで賞賛されているのは異性愛者が同性愛を「許容」することであり、同性愛者の視点から描いた物語にはなっていないのである。

　1990年代にはニュー・クィア・シネマと呼ばれる一群の独立系映画が作られはじめる。『ポイズン』(1991)、『マイ・プライベート・アイダホ』(1991)、『恍惚』(1992)、『リビン

グ・エンド』(1992)、『GO fish』(1994)、『ウォーターメロン・ウーマン』(1997) などであり、これらの作品が比較的成功を収めたことから、ハリウッド映画における同性愛表象も徐々に変化していった。かつてニュー・クィア・シネマの中心的存在であったガス・ヴァン・サント＊はその後ハリウッドに進出し、2008 年には同性愛者の政治家ハーヴェイ・ミルクの生涯を描いた『ミルク』(2008) を撮っている。ほかにも『ボーイズ・ドント・クライ』(1999) や『RENT／レント』(2005)、『ブロークバック・マウンテン』＊(2005)、『キャロル』(2015)、『ムーンライト』(2016) など、評価の高い映画が数多く作られている。近年ではディズニーの『アナと雪の女王』(2013) でレズビアン的愛情が示唆されるなど、多くの娯楽作品で多様なセクシュアリティのあり方が描き出されている。

　最後に男性による女性に対する性加害の問題に関して触れておきたい。長らく男性中心的であったハリウッドで女性の性被害を深刻に描くことはまれであった。女性のレイプ自体は『捜索者』＊(1956) のような西部劇や『狼よさらば』(1974) のようなアクション映画などで頻繁に描かれるが、それらは男性に行動を促すプロットデバイスでしかない。『告発の行方』(1988) は女性のレイプ被害の苦しみを扱った作品として画期的であったが、レイプ場面を作品のクライマックスに置くなど、女性の被害を男性観客の性的好奇心の対象としていることは否定できない。その後も例えば『ディスクロージャー』(1994) など、女性に対するセクシュアルハラスメントの問題を扱いながらも、物語は女性の罠にはめられる男性の「被害」を中心に描かれる。

　2017 年に『ニューヨーク・タイムズ』の記者がハリウッドの映画プロデューサー、ハーヴェイ・ワインスタインの数十年にわたる性加害を告発した。この問題は #MeToo 運動として世界的に大きな流れを生み、俳優ケヴィン・スペイシーや監督ウディ・アレン＊など多くの映画人が告発された。映画製作においては性的場面でのインティマシー・コーディネーターの起用が進むなどの影響を及ぼすとともに、『プロミシング・ヤング・ウーマン』(2020) や『SHE SAID ／シー・セッド その名を暴け』(2022)、『ウーマン・トーキング 私たちの選択』(2022) など、女性の視点から男性の性加害を告発する映画も数多く作られはじめている。

(高野)

宗教

religion

　宗教とは、人間の力や自然の力をこえた超越的存在への信仰を中心とするイデオロギー・思想体系であると定義できるだろう。また、宗教には集団的・制度的宗教と個人的な宗教とがあり、前者は、宗教的思想体系に基づく教義、儀礼、施設、組織などをともなう。アメリカ社会では、宗教は現在でも強い力を持つ。ピュー・リサーチ・センターが2000年に行った宗教に関する国際調査に、アメリカの特異性がはっきりと示されている。一般的に経済が豊かになるにつれて宗教は重要性を失う傾向があるが、アメリカでは自分の人生にとって「宗教は大いに重要」であると考える人々は59パーセントにのぼった。例えば、イギリスでは33パーセント、ドイツでは21パーセント、フランスでは11パーセント、日本では12パーセントであった。また、2021年の調査では「宗教は大いに重要」／「ある程度重要」と考えるアメリカ人は41パーセント／25パーセントへと減少しているものの、依然として高い数値を示している。

　アメリカ映画は初期から宗教と深く関わっている。初期映画の発展に大きく寄与したのは自称無神論者トーマス・エジソンではあるものの、映画が大衆の娯楽となるのに貢献したのは、大都会に暮らすユダヤ系アメリカ人であった。そのため、アメリカの主流派であったキリスト教プロテスタント諸教派から、アメリカ映画がユダヤ系の産物として「非アメリカ的」と攻撃の矛先を向けられたこともあった。ただ、アメリカ映画の黎明期の技術的な発展に一役買ったのはキリスト教の聖職者たちであり、例えば、セルロイドの使用を思いついたのは聖公会の牧師ハンニバル・グッドウィンという人物であった。また、映画の影響力に気づいて、礼拝や説教に映画を積極的に利用しようと試みた聖職者もかなりの数にのぼった。イエス・キリストは、代表的な受難劇を参考にして、映画で何度も描かれ

てきた。1912年のカナダ人監督シドニー・オルコットによる『飼葉桶から十字架へ』を皮切りに、メル・ギブソン監督の『パッション』(2004) などに至るまで数多い。セシル・B・デミル*監督は、聖公会の司祭を夢見た父親の影響もあってか、『キング・オブ・キングス』(1927) でモンタージュやクロースアップなどの新技法を用いてよりドラマティックにキリストの生涯を描いた。聖書の物語を映画化することによるキリスト教の伝道効果はもちろん、その観客動員数の多さも魅力であった。デミルは、旧約聖書の物語を描いた『十戒』(1923, 1956) や『サムソンとデリラ』(1949) も監督した。

　1920年代になると映画製作の拠点は、大都市ニューヨークやシカゴから、カリフォルニアのハリウッドに移っていった。映画製作者たちは、巨大スタジオを建設し、製作から配給まですべて支配するスタジオ・システムを確立し、映画を巨大産業へと作り上げた。統計によると、1926年までに、映画産業はアメリカの主要産業の第5位となり、上映された映画の90パーセントはハリウッドで作られていた。映画スターも続々と登場したが、同時に世間を騒がすスキャンダルの数も多くなっていった。「罪の街」とみなされる恐怖と高まる世間の規制要求に映画界は1922年にアメリカ映画製作者配給者協会 (MPPDA) という組織を設立し、共和党員でプロテスタントで禁酒禁煙を忠実に守ってきた元郵政長官のウィル・H・ヘイズを会長に選んだ。ユダヤ系が多い製作側としては、確かな倫理観を備えたプロテスタント教徒を雇うことで、キリスト教団体や政治団体の批判から逃れることを画策したのではないかと推測される。また、「映画界の十戒」とまで呼ばれた映画製作倫理規定の根底には、キリスト教的価値観があった。カトリックの聖職者ダニエル・A・ロード神父は旧約聖書の十戒を参考にして映画製作倫理規定を起草した。その内容は3点の禁止事項から成ると言える。その3点とは、①神への冒瀆 ②性的不品行 ③窃盗・殺人（やそのほかの違法行為）である。この規定は、映画が下層階級の娯楽から脱し中上流階級の観客も引き込み地位上昇することに寄与した。

　「アメリカ人であること」を証明する必要性がもっとも高まったのは、マッカーシズムの時代である。共産党員、あるいは、共産主義シンパとみなされた場合、下院非米活動委員会 (HUAC) に召喚され、尋問された。この時代を象徴する人物として挙げられるのは、当時のハリウッドで有能な監督の一人、エリア・カザン*だろう。彼は、保身のために、召喚された際かつての演劇仲間8人を共産党シンパであるとして名前を挙げた。仲間を売り渡した「永遠の裏切り者ユダ」としてカザン自身はみなされたが、監督としての彼の名声を不動のものとした『波止場』*(1954) には、多数のキリスト教的モチーフが埋め込まれている。この作品の中で、重要な役どころを演じるイディはマフィアにも負けず、兄の

宗教

殺害の犯人を捜す。彼女は、映画の中で無垢なキリスト教的善を象徴する存在として異彩を放つだけでなく、常に十字架とともに登場する。その1年後に監督したのは、『エデンの東』(1955) である。この作品は、題名からして「聖書的」と言えよう。興味深いことに、この時期には、「アメリカ的」価値観に合致するものとして、『十戒』(1956) や『ベン・ハー』(1959) など聖書を題材とした作品が多く作られている。

　さて、映画における宗教というテーマ、さらにはスタイルの研究の嚆矢のひとつは、マーティン・スコセッシ＊監督の映画『タクシードライバー』＊(1976) の脚本家でもあるポール・シュレーダーが著した『聖なる映画──小津／ブレッソン／ドライヤー』(*Transcendental Syle in Film: Ozu, Bresson, Dryer*, 1972) であろう。シュレーダーは、デンマークのカール・ドライヤー監督（『裁かるるジャンヌ』[1928]）、フランスのロベール・ブレッソン監督（『田舎司祭の日記』[1950]）といった宗教的テーマやモチーフを明確に持つ監督だけではなく、日本の小津安二郎にも超越的スタイルを見出した。多くの映画の監督や脚本も担当したシュレーダー本人は、2018年に『魂のゆくえ』を公開し、息子が戦死し夫婦関係もうまくいかなくなり離婚した牧師を主人公に据え、環境問題を絡めて現代人と現代キリスト教の彷徨を描いた。キリストを主人公とする『最後の誘惑』(1988)、遠藤周作原作の『沈黙』(2016) などを監督しアメリカ映画においてもっとも重要な宗教的映画監督の一人であるスコセッシ監督の明確に宗教的な題材を取り上げた映画以外の映画にも宗教的な要素は現れる。例えば、1960年代のアメリカの争乱を背景とするニューシネマのひとつ『イージー・ライダー』＊(1969) では、オートバイに乗った二人組はニューオーリンズのマルディ・グラ（カトリックのイースター関連の謝肉祭）を目指すが、ニューオーリンズの墓地での経験は宗教を背景に実験的映像で提示され、この映画で重要な役割を果たしている。また、『マトリックス』＊3部作や最新の『デューン』2部作などを典型としてアメリカのヒーロー映画はキリストの物語をベースにすることが多い。また、この世で苦しむ人の描写はキリスト像を重ね合わせて製作されていたり、観客がキリストを想像しながら鑑賞することもよくあることである。さらには、ディザスター（大災害）映画には、宗教とりわけキリスト教の終末観が背景にあることが多い。このようにアメリカ映画には宗教が遍在している。

　さて、宗教と関係が深いジャンルとしてファンタジーが挙げられるだろう。宗教映画と同様にファンタジー映画には、現実世界では実際に起こりえない超自然的な事象がしばしば登場する。両者は重なるところが多い。ファンタジーを論じる際に重要なコンセプトとして、ツヴェタン・トドロフのファンタジーの定義を紹介しよう。トドロフは、ファンタ

ジーをふたつに分けた。ひとつは、「不気味なもの（the uncanny）」、すなわち、現実の法則が維持され自然あるいは心理的説明ができるものである。もうひとつは、「驚異的なもの（the marvelous）」、すなわち、そういった説明ができず別の法則が必要なものである。この定義は宗教にも有効である。宗教映画とファンタジー映画との関係の深さの例、そしてまた、このトドロフの定義が有効な例として、『オズの魔法使』*（1939）を取り上げてみよう。映画も、フランク・ライマン・ボームによる原作『オズのふしぎな魔法使い』（1900）も、宗教が絡んでいるようには考えられないかもしれない。しかし、両者が標榜する反キリスト教的とも言える楽天的人間観には、原作者ボームが会員であった神智学ひいてはアメリカや、西洋文化の伏流に存在するエマヌエル・スヴェーデンボリの宗教神秘思想が深く関わっている。また、原作では超越的世界が実在し超自然的な事象が実際に起きるという設定なのでトドロフの定義では「驚異的なもの」だが、映画では、ドロシーが行く超越的世界と経験する超自然的な事象はすべてドロシーが見た夢の中で起きたことだという「夢落ち」になっており、トドロフの定義では「不気味なもの」にあたる。また、このトドロフの区分は、フィル・アルデン・ロビンソン監督の畢生の名作『フィールド・オブ・ドリームス』（1989）の分析にも有効である。映画に登場する非現実的な事象は登場人物の心理的事象、登場人物が見るヴィジョンあるいは幻覚、すなわち、トドロフの言う「不気味なもの」であり、この映画はリアリズムの範囲内に収まる。また、この映画同様に多くのアメリカ映画には死者が登場するが、死者の登場が登場人物の幻覚であるにせよ、実際に起きる現象であるにせよ、宗教やファンタジーの観点から重要である。

　個人的な宗教であれ、組織的・制度的な宗教であれ、宗教的テーマやモチーフなどは数多く登場し、宗教はアメリカ映画の重要なテーマであり続けている。　　　　　（相原［優］）

家族

family

　ハリウッドは草創期以来、家族が重要であるというメッセージを発しつづけていた。1930年に発布された映画製作倫理規定でも「結婚制度と家庭の神聖さは、称揚されなければならない」と定められており、ハリウッド映画において「家族」が重要な基盤であったことは明らかである。それは家族がイデオロギー装置の最小単位であり、保守的なハリウッドの支持する価値観を普及させ、浸透させる対象として想定していたからである。「家族を大切にしなければならない」というハリウッド映画に普遍的に見られるテーマは、裏を返せば父権制の再生産を試みていたということにほかならない。古典的ハリウッド映画で想定される家族のイメージとは、母親が家庭の世話をし、父親が資本主義社会に稼ぎに出かけ、子どもは愛情をもって夫婦に育てられる。この形での家族が再生産されることで、男性が社会で主体的な活躍をし、女性が受動的に男性の庇護を受けるという古典的ハリウッドの語りが成り立つのである。

　そして20世紀初頭にあってまだ離婚はほとんどなく、母親と父親と生物学的な子どもという家族の最小単位こそが典型的な家族像であると信じて疑うことがなかった。あまりにもこの家族像が当然視されたために、ハリウッドでは伝統的家族像が崩壊する1960年代まで、あえて「家族」のあり方について問いを投げかけることすらなかった。『若草物語』（1933）や『ステラ・ダラス』（1937）などのメロドラマは保守的な父権制的価値観を提示し、女性の固定化された役割を押しつけるばかりであった。とりわけ冷戦期には画一的な家庭像がアメリカ的かつ幸せの象徴として無批判に描き出されることになる。例えばこのような家族重視のイデオロギーを典型的に描き出すフランク・キャプラ*の『素晴らしき哉、人生！』（1946）は、家族を持たないポター氏と家族に守られる主人公ジョージの戦

いの物語である。そしてジョージがポター氏に対抗して貧乏な家族を住まわせるべくして建設するベイリー・パークは、同じ形の家々が並び立つ様子から明らかなように、冷戦期アメリカの家族の象徴たる画一化された郊外住宅地にほかならない。

　冷戦期には、アメリカ人はこのような画一的な家族をこそ幸せの象徴と考えた。そしてその当然の帰結として、白人中産階級を除く貧困層や移民、そして当時の制度・技術では家族を築くことのできなかった同性愛者たちは、この典型的家族のイメージからはじき出されることになるのである。そして家庭を守るためにキャリアを諦めざるを得ない女性もまた、この父権制的価値観を内在化させることによって、自らの不満を自分の責任であると思いこみ、疎外された生活を送らざるを得なくなる。

　このような理想的な家族像の裏側で1950年代から徐々に離婚件数が増えていき、従来の伝統的な家族像は崩壊に向かいつつあった。そのような状況にもかかわらず、このころに家族を描いたアメリカ映画は非常に少なく、わずかにエリア・カザン*の『欲望という名の電車』(1951) や『エデンの東』(1955) といった作品が、従来の家族像が歪みはじめてきた状況を描き出していた。

　また興味深いのは異人種間の結婚を描いた『招かれざる客』(1967) である。この作品が公開された当時、アメリカの17の州ではいまだに異人種間の結婚が違法であった。リベラルな家庭で育ち、人種的な偏見を持たないジョアナはある日、自宅に結婚相手として黒人のジョンを連れてくる。最初は娘の結婚相手が黒人であることにショックを受けていたジョアナの両親は、旧友のライアン神父やジョンの両親と交わるなかで、やがてジョンとの結婚を認めるようになるという物語である。公民権運動が盛んになっていたアメリカにおいて、人種と家族の問題に取り組んだ作品として重要であるが、シドニー・ポワチエ演じるジョンはノーベル賞候補になるほどの優秀な医者であり、その優秀さこそがジョンを受け入れる要因になっているのである。そのことからも必ずしも白人が黒人一般を家族の一員として受け入れる物語にはなりきれていない。異人種間の結婚を直接のテーマとした作品はその後、『エデンより彼方に』*(2002) や『ゲス・フー／招かれざる恋人』(2005)、『ラビング 愛という名前のふたり』(2016) などに受け継がれる。

　1970年代に入ると第2次フェミニズム運動の影響で、『愛と喝采の日々』(1977) や『結婚しない女』(1978) などのいわゆる女性映画と呼ばれるジャンルが流行した。これらの作品では女性がキャリアを追求するか、家庭を守る専業主婦となるかの選択を迫られる状況が描かれ、表向きは当時のフェミニスト的主張に沿う形で女性の自己実現を称揚しているように見える。しかしそもそも女性だけがキャリアと家庭の選択を迫られるという状況そ

のものに構造的な問題があることを問題視することはない。

　一方で男性の育児・家庭への関わりを問いかける作品も、このころになって次第に現れはじめた。『クレイマー、クレイマー』(1979) は女性映画とは異なり、男性主人公が子育てのためにキャリアを犠牲にせざるを得なくなる状況を描き出す。ある日、昇進のニュースを伝えようと帰宅した主人公テッドに対し、妻ジョアナは離婚を切り出す。5歳のビリーとともに取り残されたテッドは次第に父親としての愛情に目覚め、息子と親子の絆を深めていくという展開の物語である。しかし男性視点で作られたこの映画は、家族の崩壊の責任を妻であるジョアナに負わせ、家庭を守るべき母親が家庭を見捨てたことを糾弾する物語になっている。仕事を辞めて妻や母という役割に閉じこめられ、自分の主体性を失ってしまうことの苦しみは、本来は極めて切実な問題であり、夫も分かち合うべきものである。しかしジョアナが自立するきっかけとなったフェミニスト的考えを持つ女友達マーガレットすらが、物語の最後の親権裁判の場面では、テッドとビリーの絆を引き裂いて子どもを奪おうとするような裁判を起こすジョアナを批判する。父親の子育てへの参加や親権の問題など、社会問題となっていたモチーフを取り上げながらも、結局は家庭崩壊の責任をすべて母親に押しつけるという男性的物語になっているのである。

　同様の問題はロバート・レッドフォードの初監督作品『普通の人々』(1980) に対しても言える。これらの映画に特徴的なのは、本来母親は家族に対して深い愛情を傾けるのが当然であり、それを怠ることによって家庭崩壊が起こるという非常に保守的で男性中心的視点である。ここには家庭より自分を優先する妻／母に対する男性の怒りと不満が見て取れる。家庭崩壊の原因を男性に求める作品はもっと後年の『アメリカン・ビューティー』(1999) を待たねばならない。

　1980年代以降は、離婚や再婚などが当たり前の状況となり、様々な家族像が描かれるようになっていく。離婚、再婚、養子縁組の結果、血のつながりのない家族が愛情を通じて結ばれていく作品が数多く作られた。『スリーメン＆ベビー』(1987)、『ベイビー・トーク』(1989)、『ミセス・ダウト』(1993) など、伝統的な生物学的つながりのある家族に回帰することなく、自由意思による選択によって形成された新しい家族が描かれるのである。古典的ハリウッド映画の語りにおいては、たとえ両親の関係が危機に瀕しても子どもは生物学的な両親のもとに戻ることでしかハッピーエンドになり得なかった（捨て子を拾い育てる浮浪者の物語であったチャールズ・チャップリン*の『キッド』ですら、子どもは最終的に生みの親のもとに帰ることになる）。しかし例えば『ミセス・ダウト』などは表面的には女装をモチーフにした喜劇であるものの、離婚した元妻の新たな恋人を受け入れ、

もう一人の父親として子どもに愛情を注ぐという結末には、時代の変化が映し出されていると言えるだろう。これはアメリカ人世帯の約半数が離婚を経験するという結婚制度の危機的状況において、伝統的な形での家族像がもはや維持できなくなるなか、新しい形の家族像を積極的に模索する必要があったからであろう。

　また80年代にはレーガン政権下で保守化するアメリカにおいて、シルヴェスター・スタローンやアーノルド・シュワルツェネッガーなど、強いアメリカを体現するようなアクションスターが数多く登場したが、これらのヒーローたちに家族の影はなかった。いわば機能不全を起こしていた家族制度から目をそらしながら、強いアメリカの姿だけを見ようとしていたのである。それが90年代前後になると『ダイ・ハード』(1988) や『パトリオット・ゲーム』(1992)、『エアフォース・ワン』(1997) など、ヒーローが家庭人としての姿も見せはじめる。『ターミネーター2』(1991) ですら前作とは異なり、母子家庭にロボットの父親が加わるという家族の映画になっていることからも、家庭重視イデオロギーの揺り戻しが起こっていることが見てとれる。

　21世紀に入ると、家族を描く際にも多様性を意識するようになってくる。例えば『キッズ・オールライト』(2010) はレズビアンの夫婦が精子提供を受けてそれぞれ一人ずつ子どもを産み、4人家族を形成する物語であるが、夫婦が同性であることを特別視することなく、当たり前の家族として描いているところが新しい時代の家族観を提示している。このように同性のカップルが家族を形成し、子育てをする作品は、ほかにも『チョコレート・ドーナツ』(2012) などがある。いずれもメジャー系の映画ではないものの、こういった作品の高評価に応じて一般的な娯楽作品にも徐々に同性愛カップルの好意的な描写は増えてきている。近年ではマーベル作品のひとつ『エターナルズ』(2021) に登場するヒーローの一人はゲイとして描かれ、パートナーとともに子育てをしていることが描かれたが、アメコミ・ヒーロー映画としては画期的なことであったと言えるだろう。ただしこの作品がホモフォービックな観客による激しい攻撃を浴びたことからも、いまだ一般観客の理解が得られているとは言えない現状である。

（高野）

家族

戦争

war

　アメリカは現在に至るまで幾多の戦争を経験してきており、アメリカ映画はそれぞれの戦争を描いてきた。狭義の戦争映画（war film）はアメリカ軍による戦闘行為を描く戦闘映画（combat film）を指すが、広義の戦争映画は、戦闘描写の有無にかかわらず戦争を背景にした様々なジャンル（とその混合）、例えば、ホームフロント映画（銃後の社会が舞台）、帰還兵映画、軍務コメディ、基礎訓練映画、戦争捕虜映画などを含む。

　戦争映画の研究方法は、戦争映画というジャンルの特性を解明するものと、戦争映画を映画研究と人文学に共通する主題において解明するものに大別できる。まず、戦争映画のジャンル特性研究から説明しよう。ジャンルの有力な分析方法に、意味論的要素（登場人物、場所、そのほかの事物）に注目するものと統語論的要素（事物の関係性としての物語、そこからのアレゴリー的な含意）に着目するものがある。前者すなわち戦争映画の意味論的分析は、兵士や銃火器といった一般的なものや、ベトナム戦争映画のヘリコプターやイラク戦争映画のハンヴィー（軍用ジープ）のような特殊なイコノグラフィーの探究である。後者すなわち統語論的分析は、主に物語のパターンを探究する。第二次世界大戦（以降WWII）戦闘映画ジャンルの基礎を築いた『バターン特命隊』(1943) を例に挙げると、出自も職能も戦歴も異なる兵士からなる混成部隊が、内紛を経つつも共通の目的に向かって連帯していく物語パターン、いわば「多からなる一」というアメリカ的理想の体現が見られる。しかし、あらゆるジャンルと同様に、戦争映画ジャンルも絶えず変化していき、しばしばジャンル内部または横断的に新しいサブジャンルを生み出す。よって、戦争映画ジャンルの研究は、特定の戦争映画ジャンルの定義、そのジャンルの歴史的な変質、その変質を促した要因という3つの問いを中心とするだろう。

次に、人文学的主題の研究に移ろう。人文学の代表的な主題は、ジェンダー／セクシュアリティ、人種／民族、階級／格差などである。さらに戦争映画研究と深く関わるものとして、記憶／トラウマがある。まず、ジェンダー／セクシュアリティを取り上げよう。戦争映画は、兵士として戦地に赴く男性と、銃後の社会で彼らの無事を祈る女性といった固定的なジェンダー分業を前提にすることが多く、特に戦闘映画は男性間のホモソーシャルな絆を特権的に描く。またアメリカ文化では、戦争で一人前の男になるといった言説に示されるように、戦争と攻撃的な男性性とが密接な関係にある。そこで戦争映画を男性性（または女性性）の表象という観点から分析するアプローチが重要になる。例えばベトナム戦争映画『フルメタル・ジャケット』（1987）では、海兵隊の宣伝文句「海兵隊は男を作る」のとおりに、基礎教練は新兵を再男性化する過程として描かれる。新兵はまず「お嬢ちゃん」と呼ばれて女性化され、教官から性差別的な言語で徹底的に侮辱されながら、あたかも射殺と射精が同等の快楽であるかのように、銃が男根の類似物であることを喚起する歌を歌いながら銃の操作を覚える。こうして新兵は殺戮機械としての男性性を備えた一人前の兵士となる。さらに近年の研究動向として、戦闘を通じて男性兵士の男らしさを確証する戦争映画の内に密かに織り込まれた同性愛的な欲望を探究する試みも見られる。

　人種／民族に関しては、主にナショナリズムとレイシズムの観点から考察できる。最初の戦争映画とみなされるサイレント短編「スペイン国旗を引きずり下ろす」（"Tearing Down the Spanish Flag," 1898）は、スペイン国旗が下ろされて代わりにアメリカ国旗が掲揚されるという単一のシークェンスにより、米西戦争の勝利を象徴的に描くプロパガンダ映画である。戦争映画は、その起源からナショナリズム高揚の目的で製作されることが多かった。国民的統合のイメージを表象するために『バターン特命隊』や『サハラ戦車隊』（1943）などのWWII映画では、軍隊の人種分離という当時の不都合な現実が抑圧されて、黒人兵も含む人種的に多様な兵士たちの連帯が理想的に描かれた（戦争映画における黒人兵の表象は重要テーマのひとつである）。このように戦争映画においてレイシズムは否認されるが、他方で承認されることもある。戦争映画では西部劇と同様に、敵は観客の憎悪の対象として表象される。例えば、WWII映画において日本兵は、顔の見えない非人格的存在か、背後から攻撃し捕虜を虐待する卑怯者である。観客が共感可能な主体として敵兵を描く作品は『ワンス・アンド・フォーエバー』（2002）や『硫黄島からの手紙』（2006）まで待たねばならない。

　階級／格差は、帰還兵映画においてしばしば復職や失業の問題となって表面化する。他方、戦闘映画では同じ軍服を着る兵士に上下関係はあっても、彼らの出身階級はあま

り問題にならない。ウィリアム・ワイラー＊監督のWWII帰還兵映画『我等の生涯の最良の年』＊(1946) は、同郷だが出身階級の異なる3人の帰還兵を描いている。銀行に復職する中産階級のアルとは対照的に、労働者階級のフレッドは、再就職に難儀し戦場の記憶に苛まれるなど適応に問題を抱えている。結局、フレッドがアルの娘と結婚することで映画は大団円を迎える。帰還兵の問題は、ワイラーのメロドラマでよくあるように、階級を超えた連帯により解決されるのである。

　戦争のトラウマは戦争の歴史と同等に古い問題だが、戦争映画においてその直接的な表象はスキャンダルだった。陸軍製作のWWIIドキュメンタリー『光あれ』(1946) は、1981年まで公開を禁じられた問題作である。この作品は陸軍病院の精神科で治療を受ける兵士の記録である。兵士は治療を経て快方に向かい笑顔で退院していくが、治療中に彼らの身体に現れた演技ではない涙、怯え、吃り、震えは、戦争と男らしさの神話を懐疑させるに十分である。他方、劇映画（物語映画）が表象する戦争のトラウマは、異性愛の力によりメロドラマ的に解決されていた――例えば、前述の『我等の生涯の最良の年』だけでなく『時の終りまで』(1946) や『男たち』(1950) などのWWII戦争映画。戦争のトラウマは、特にベトナム以降、戦争映画の主要テーマとなる。敗戦に終わったベトナム戦争は、国民的なトラウマとしてアメリカ社会に刻印された。かくして70年代後半からのベトナム戦争映画は、敗戦の記憶とどう折り合いをつけるのかという問題に直面したわけだが、解決策は単純だった。ひとつはWWII戦争映画と同様に、トラウマを抱えた兵士の社会的な再包摂を描く帰還兵映画である。ただしWWII帰還兵映画よりも兵士のトラウマが視覚的に表象されるようになる。『幸福の旅路』(1978) や『ランボー』(1982) といった戦後のベトナム帰還兵映画では、帰還兵の抱える適応不全の真の原因として戦場のトラウマ的記憶がフラッシュバックにより開示され、よき理解者による抱擁というメロドラマ的瞬間を迎える。もうひとつは、『プラトーン』(1986) や『ハンバーガー・ヒル』(1987) のように、戦場の破壊と死をリアリズムで描きながら、戦争の経験を癒しとカタルシスの物語として国民的な記憶の中に再回収しようとする戦闘映画だった。

　これまでの論点を念頭に置いて、ベトナム戦争戦闘映画『プラトーン』を分析してみよう。1970年代末のベトナム戦争映画が依拠した象徴主義（『ディア・ハンター』[1978] のロシアン・ルーレットや『地獄の黙示録』＊[1977] における無断離隊した兵士の王国）を排して、『プラトーン』は一兵卒から見た戦場をリアリズムで描いているとして賞賛された。作品のリアリズムを下支えするのは、疑似的な戦争回想記としての地位である。監督・脚本のオリバー・ストーン＊は正真正銘のベトナム帰還兵であり、彼の兵士時代の写

328　　　　　　　　　　　　　　　第II部　アメリカ映画研究の主要テーマと研究方法

真は宣伝に利用された。語り手でもある白人兵士クリス（チャーリー・シーン）は、大学を中退して志願兵になったという点でストーンの経歴と重なる。英単語の綴りもままならない黒人兵との会話で明かされるクリスの経歴は、小隊内の人種的、階級的な格差も示唆している。だが他方で、映画にはメロドラマ的な過剰性も認められる。小隊内はバーンズとエリアスという対照的な二人の下士官を中心とする集団に分裂している。60年代の政治的分断を反映して、両陣営の一方は好戦的な保守派の、他方は対抗文化的なリベラルの色彩を帯びている。後者の集団が基地で興じるマリファナ・パーティで、エリアスから銃口を介して煙を口移しされたクリスが浮かべる恍惚の表情は、性行為を暗示している。だが同性愛すら含意する友愛でまとまるのは片方の集団だけである。民間人を処刑したバーンズの暴走をエリアスが制止したことで、両集団の対立が決定的になる。敵襲で窮地に陥った際にバーンズはエリアスに協力する素振りを見せながらエリアスに瀕死の重傷を負わせる。エリアスを慕うクリスはバーンズの謀略に気づき、最後の激戦で生き延びたバーンズを射殺して復讐を遂げる。このように、アメリカ兵同士の内紛は殺し合いにまでいたり（兵士による兵士殺しはベトナム戦闘映画『フルメタル・ジャケット』にも含まれる）、諍いを経た連帯という戦闘映画の慣例は否定される。さらにクリスが負傷で戦線離脱する最終シークェンスでは「弦楽のためのアダージョ」という感傷的な調べの曲が流れるなか、ヘリコプターから地上を眺めて涙を流すクリスが映し出され「われわれはわれわれ自身と戦った」というヴォイスオーヴァーの語りが入る。この語りは、観客がスクリーン上で目撃してきた一兵士の戦争体験を総括することを通して、ベトナム戦争の国民的経験を歴史のうちにどう意味づけるべきかを示唆している。敗戦から約10年後に公開された『プラトーン』は、ベトナム戦争の記憶をアメリカ人同士の内輪揉めに還元することで、あたかも回復可能な国民的トラウマとしてノスタルジーの対象にするのである。

　以上のように戦争映画研究は、ある時代の戦争映画が、同時代的または事後的に、すなわち歴史的に、戦争の意味をいかに構築するかを分析するものである。

（大勝）

スター

movie star

スクリーンに現れた瞬間に観客の心をつかみ、熱い視線を浴びて輝くのが映画スターである。スターとは、高い知名度を誇り、スターのために企画された映画で主演を務め、映画を興行的な成功に導くことを期待される俳優である。スター主演の失敗作やスター不在のヒット作は珍しくなく、また、スターよりも作品全体の出来や好意的な批評のほうが興行成績に影響するとも指摘されるが、過去の実績に基づいたスター主演作の企画・製作は、昔も今も一定の興行的成功を見込める有力な方法でありつづけている。以下では、アメリカ映画におけるスターの歴史の概略とそのイメージについて述べる。

アメリカ映画のスターの歴史は、一般的に最初のスターとして知られるフローレンス・ローレンスから始まっている。ローレンスは、1908年からバイオグラフ社で多数のD・W・グリフィス*監督作品に出演して人気を得たが、俳優の名前が未クレジットの時代だったので、彼女の素性を求めるファンレターが舞いこみはじめた。だが、会社側は独立した名声とそれに伴う給料増額の要求を恐れて、名前の公表に踏み切らなかった。独立系映画製作会社（IMP: Independent Moving Pictures）のカール・レムリが、この人気に目をつけて、1909年に彼女を引き抜き、大々的に売り出した。レムリが話題作りのために、彼女がニューヨークの市電で轢死したというデマ情報を流したのは有名なエピソードである。

ローレンス以後、メアリー・ピックフォード、ダグラス・フェアバンクス、チャールズ・チャップリン*など、数々のスターが誕生したが、1920年代から50年代にかけてのハリウッドでは、スター主演作の製作は、映画の企画・製作・配給・宣伝を計画的に行うスター・システムに依拠していた。スター・システムは、スター主演作を定期的に製作・

公開することで一定の収入を確保する手法であり、映画の製作過程を各工程に分割して効率的に生産するスタジオ・システムの主軸であった。

　スター・システムはまた、映画会社がスターと結んだ長期契約によっても支えられていた。スタジオは最長7年に及ぶ期間にわたってスターと独占的契約を結び、自社作品のみに出演させ、他社の映画に出演するときは貸し出すという形をとることで、スターの活動を管理した。スター側から契約の打ち切りはできず、スタジオ主導で出演作や宣伝方針が決められ、従わない場合は、懲罰として契約の一時停止（出演・給与なし）を課されることもあった。ベティ・デイヴィスが『ミルドレッド・ピアース』* (1945) 出演を断ったとき、ワーナー・ブラザースが彼女との契約を一時停止した例がある（デイヴィスのライバルだったジョーン・クロフォードが代わりに主演してアカデミー主演女優賞を受賞）。主演作が大ヒットしても、スターの収入は契約時の額に縛られており、強い集客力にもかかわらず、それに見合った出演料や発言権がスターには与えられていなかった。こうした契約上の制約は、スターも映画会社との関係では一人の労働者であった事実を教えてくれる。

　1950年代から映画会社の力が相対的に弱まってくるのにともなって、スターの発言力・独立性が高まってくる。スターは代理人を通してスタジオと交渉し、個々の作品ごとに契約して、出演料や成果報酬（興行収入のパーセンテージ）を決められるようになった。会社の所属を離れたことから、様々な監督や俳優、会社のスタッフと働くことになり、出演作品のジャンルの多様化も進んだ。自分のイメージ作りやキャリアに対して意見を反映できるようになり、主流会社の大作だけでなく、野心的・挑戦的な企画の映画や独立系会社の作品にも出演するようになった。ロバート・デ・ニーロやジュリア・ロバーツのように、製作過程全体に関わるために自分の製作会社を設立したり、クリント・イーストウッド*やバーバラ・ストライサンドのように、自分で製作・監督・主演をこなす俳優も出てきた。近年では、映画界全体の製作本数の減少と製作費の高騰によって、利益を保証する要素として、スター人気への依存がより強まっていて、トム・クルーズやドウェイン・ジョンソンのような一部のトップスターの出演料をさらに押し上げることにもなっている。

　こうしてスターと映画産業との関係は時代ごとに変化してきているが、いつの時代でも変わらないのは、大衆の支持がスターを作ることである。この意味では、スターはその時代の大衆の夢や願望を何らかの形で反映した存在として捉えることができる。例えば、反逆的な若者を演じてスターになったマーロン・ブランドやジェームズ・ディーンの

人気は、体制順応と赤狩りの1950年代に抑圧された若者文化という文脈で理解できるし、1980年代にボディビルで鍛えた身体で暴れ回ったシルヴェスター・スタローンやアーノルド・シュワルツェネッガーの人気は、70年代以降に社会に浸透したフェミニズム思想への反動としても解釈できる。時代的な文脈でスター人気のすべてを説明できるわけではないが、それを理解する手がかりを与えてくれる重要な観点なのである。

　次にスターの持つイメージである。スターには、特徴的な身振り・声・話し方・表情などから総体的に生まれる特定のイメージがあり、映画会社、あるいはスター本人の意向で、そのイメージに合った役柄を演じる傾向が強い。例えば、西部劇スターのジョン・ウェインはゆっくりと自信に満ちた態度で話し、優雅だが力強く歩くという演技を通して、指導者として頼りになる理想的なカウボーイというイメージを作り上げたスターであり、数々の西部劇や戦争映画で、そうしたイメージに合わせた演技を見せている。ウェインには「不死身の男」というイメージもあるので、劇中で死ぬこともない。

　このスター・イメージに沿って、企画・脚本・演出から宣伝までを一貫して行うスター主演映画は、ハリウッド用語で「スター・ヴィークル（star vehicle）」と呼ばれる。リチャード・ダイアーは、スター研究で画期をなした『映画スターの〈リアリティ〉』の中でこのスター・ヴィークルが、「スターにまつわる状況や設定やジャンルというコンテクスト」、あるいは「スターが自分のお得意を披露する場面」を通して、「スターにむすびつけられた類型の特徴を用意する」と説明している。そして、スター・ヴィークルには、衣装やパフォーマンスなどの「図像表象的なパターンの共通性」、撮影や照明の仕方などの「視覚的なスタイルの共通性」、スターの果たす物語上の役割といった「構造の共通性」が認められると続けている。つまり、「スター・ヴィークル」では、物語の構造から映像設計のレベルまでのあらゆる要素がスター・イメージの生成に寄与しているのである。スターはそうした映画に繰り返し出演することで、自分のイメージを強化していくのだが、他方、スター・イメージが作品毎にどのように発展しているのかや、それに調和しない作品がときに現れることにも注目する必要があるとダイアーは指摘している。

　このスター・イメージは構造の観点からも捉えることができる。スター・イメージには、実在の個人としてのイメージ（ダイアーはこれも結局はメディアのテクストから生まれるイメージにすぎないとしている）、映画での演技を通して表現する登場人物のイメージ、それに、映画会社の宣伝や様々なメディア（インターネット、テレビ、雑誌、新聞、広告など）の情報から形成される三層があり、それらから総体的に形成される、動的でときに矛盾も含んだイメージとして理解できる。

このスター・イメージの構造を、1950年代に反抗的な若者を演じてスターになったマーロン・ブランドを例にして考えてみる。ブランドはエリア・カザン＊監督の『欲望という名の電車』(1951) において、不幸な境遇のために身を持ち崩し、不安定な精神状態で家に転がり込んできた義姉（ヴィヴィアン・リー）に露骨な敵意を見せ、ついには発狂させてしまう修理工の男を、粗野なのに身体的な官能性を放つという、それまで誰も見たことのない人物として演じて、一躍スターになった。

　この映画の成功によって定着したブランドのスター・イメージは、次のような構造として把握できる。基底にあるのは、いつもよれよれのTシャツとジーパンを着て、髭はそらず、髪もぼさぼさで、反抗的な姿勢で周囲に接する若者という、ブランドの人間像である。監督のカザンはこの人間像と映画の役柄像には重なる部分があると考え、（正確には映画化前に演出した同名の演劇作品で）彼を主役に配役、演出に活かした。ブランド本人は、自分はこの役柄と「正反対の人間」であると考えたが（自分が「獣的」なのは感受性が強くて傷つきやすいからだと話している）、筋力トレーニングで身体を鍛え、日常会話の言い回しを街中で聞き覚え、いわゆるメソッド流の演技スタイルによって、登場人物の内面から役柄を構築することで、尊大で乱暴だが官能的なこの男を「想像の産物」として「創作」した。そして、映画会社は観客やメディアの関心を惹きつけるために、劇中のその男がブランド自身であるかのように映画を宣伝した。このようにして反社会的な若者というブランドのスター・イメージは確立されたのである。

　このスター・イメージは、『乱暴者』(1953) における、保守的な町の秩序に反抗するバイク集団のリーダー役と、『波止場』＊(1954) における、世話になった組織のボスに最後に反逆する港湾人夫の役（アカデミー主演男優賞を獲得）によって継承され、また、ブランド本人もそのような人間であるかのように振る舞ったこともあって、彼のイメージとして定着した。史劇やミュージカルにも出演したが、それが変わることはなかった。1950年代の彼のスター・イメージは、現在でも反抗的な若者のイメージのままである。1960年代のキャリア低迷期を経て、『ゴッドファーザー』＊(1972) で復活したブランドについては、別の考察が必要になる。

（長谷川）

メディアとしての映画

movie as a media

　メディアという言葉には、直接的に、すなわちメディアの媒介なしに経験できない世界を人に伝えるという含意がある。「映画の父」リュミエール兄弟は、1896年からカメラマンを各地に派遣し、ニコライ2世の戴冠式やヴィクトリア女王の葬儀などの歴史的記録を映画館で公開し、アメリカではバイオグラフ社が映画ニュースを上映した。これらの上映は不定期だったが、1908年にフランスのパテ社による「パテ・ジュルナル」によって、定期的なニュース映画が開始された。ニュース映画は、新聞などの活字媒体以上に迫真性があり、時事問題などの情報を伝達するメディアとして機能した。

　マス・メディアのひとつである映画は情報の提供だけでなく、人心を扇動する機能もあわせ持つ。例えばD・W・グリフィス*監督の『國民の創生』*(1915) は黒人を悪役として、白人を救済する英雄としてKKKを描き、衰退傾向にあったKKKを復活させる契機となった。逆にNAACP（全米黒人地位向上協会）をはじめとする、白人至上主義に異を唱える団体はアメリカ各地で大規模な上映中止運動を引き起こした。

　同じ1915年には最高裁判所が映画を、言論の自由を定めた合衆国憲法修正第1条の対象外とし、映画界は以後独自の検閲対策を行っていく。特に、1920年代に入ると映画を既存モラルに反するメディアとして考えるキリスト教団体の批判に対抗するため、共和党政権の郵政長官であったウィル・ヘイズを会長とするアメリカ映画製作者配給者協会（MPPDA）が組織された。道徳的・倫理的基準を示した映画製作倫理規定が完成し、大手映画スタジオの同意を得て、1930年から施行される。しかし、自主規制制度は、社会のモラルや価値観の変化にともないやがて機能しなくなり、1945年にMPPDAから改名したアメリカ映画業協会（MPAA）は1968年に映画製作倫理規定を廃止し、代替としてレイ

ティング・システムを導入することになった。

　自主的な映画倫理規定は元来、公権力の干渉を回避する目的で制定されたが、ふたつの世界大戦期には国民の戦意高揚や戦争遂行に有効なメディアとして、政府主導のもと、戦争プロパガンダ映画が活発に製作された。第一次世界大戦時にはウッドロウ・ウィルソン大統領の命を受けたジャーナリスト、ジョージ・クリールを委員長とする広報委員会が組織され、新聞、ポスター、ラジオとともに映画を通じて、国威発揚のプロパガンダが行われた。1918年にはアメリカ初の公式戦争映画『パーシングの十字軍』をはじめ、『アメリカの返答』や『四つの旗の下で』の3連作が製作されている。第二次世界大戦では、先の大戦以上に映画が有するマスメディアの力が注目され、フランクリン・D・ローズヴェルト大統領はCBSのニュースアンカーであったエルマー・デイヴィスを局長とするプロパガンダ機関「戦時情報局」を設置した。戦時情報局はパラマウント以外のすべてのスタジオを統制下に置き、各スタジオは、プロパガンダ映画製作に勤しんだ。とりわけアカデミー監督賞を3度受賞したフランク・キャプラ＊が1942年から45年に製作した7編の映画シリーズ『我々はなぜ戦うのか』（『戦争の序曲』）は名高い。ディズニーも例外ではなく、日本、ドイツ、イタリアの枢軸国批判を目的とし、1943年に『総統の顔』や『死の教育』、実写とアニメの合成映画『空軍力の勝利』を立て続けに公開した。

　テクノロジーが生んだ映画はその発展とも不可分で、その進歩は映画スクリーンの質や規模、撮影や編集といった様々な分野に変革をもたらした。1927年には歌唱場面だけを同時録音した「パート・トーキー」の『ジャズ・シンガー』（1927）が、翌28年には世界初の「オール・トーキー」である『紐育の灯』が製作され、サイレントからトーキー映画の時代を迎えることになるが、第二次世界大戦後、映画はテレビの普及によって打撃を受ける。それに対し、映画界はメディア固有の特性を意味するメディウム・スペシフィシティの概念を踏まえ、ワイドスクリーンの一種であるシネラマを1952年に、翌53年にはシネマスコープを導入し、立体音響の採用とともに大型画面の技術を進歩させ、テレビとの差別化を図っていった。1970年代からは巨額の製作費や広告費を投入し、刺激的な娯楽性と壮大なスペクタクル性を備えたブロックバスター映画の時代が到来することになる。1975年公開のスティーブン・スピルバーグ＊監督の『ジョーズ』を皮切りに、『スター・ウォーズ』＊（1977）や『エイリアン』（1979）、『インディ・ジョーンズ』シリーズの第1作『レイダース／失われたアーク《聖櫃》』（1981）が代表作として挙げられる。

　1990年代に入ると、デジタル技術が飛躍的な進化を遂げ、「視覚効果（VFX）」はCGと同義になっていく。1993年製作の『ジュラシック・パーク』は現存しない恐竜をCGで作り上

メディアとしての映画　　　　335

げ、1995年には世界初のフルCGアニメーション映画『トイ・ストーリー』が公開された。2000年代には、撮影・編集・配給・上映までの全工程をデジタル機材やデジタル情報で処理するデジタルシネマが普及しはじめる。完全なデジタルシネマは『スター・ウォーズ エピソード2／クローンの攻撃』(2002) で、2010年代中ごろにはアメリカの大半の映画館がデジタルシネマ対応になった。デジタルシネマの利点は、従来のフィルムと比べて、高画質で6倍近い連続撮影を可能とし、画質の劣化がないことである。製作時間やコストも大幅に削減でき、フィルムの焼き増しや配送の必要がなく、保管が容易といった特徴が挙げられる。映画の音声、映像、メタデータ（字幕など）はデジタルデータへと還元され、映画というメディウムの固有性は喪失されていくポストメディウム的状況が生まれていった。

　テクノロジーの発展は、映画のオーディエンス側の視聴環境にも変化をもたらした。1970年代中ごろに家庭用ビデオデッキが登場し、80年代に一般家庭でも購入可能となると、ビデオをレンタルし、家庭で映画鑑賞するスタイルが生まれた。またケーブルテレビの普及や、「ターナー・クラシック・ムービー」や「サンダンスTV」といった映画専用チャンネルの登場によって、鑑賞の選択肢が増えた。これに呼応して、映画館も変化していく。一施設内に複数のスクリーンがあるシネマコンプレックスが従来の映画館に取って代わり、またショッピング・モールなどの大型商業施設内に建設され双方の集客効果が図られた。観客の多様な視聴ニーズに対応できるシネマコンプレックスはその数を増やしていった。

　さらに、ブロードバンド・インターネットの普及により、スマートフォンやタブレットを介して、ストリーミング配信にて映画を視聴することができるVOD（ビデオ・オン・デマンド）サービスが2000年代から続々と登場する。このサービスの提供元となったのが、コムキャスト、ウォルト・ディズニー・カンパニー、タイム・ワーナーといったメディア・コングロマリットである。「電気通信法」の1996年の改正によって、特定資本が多数のメディアを傘下に置くクロスオーナーシップが認められ、コングロマリットはラジオやテレビ、映画、音楽、新聞、出版といった多様なメディアを従え、VODサービスにも乗り出した。2006年にはAmazonプライム・ビデオの前身Amazon Unboxが、2007年にはネットフリックスやウォルト・ディズニー傘下のフールーが、2014年にはパラマウント・グローバルのParamount+、2020年にはワーナメディアのHBO MaxやコムキャストのPeacockと、IT企業とメディア企業がこぞってVODサービスを提供した。

　こうした複数のメディアを統合する動きは、メディア・コンバージェンスなる言葉を生み出した。これは従来のメディアやプラットフォームの枠組みを超えて、デジタル技術を介して情報やコンテンツを結びつけることを意味する。そのひとつとして、映画やゲー

ム、テレビなど複数の異なるメディアを横断して、一貫したテーマを有する物語を構築するというトランスメディア・ストーリーテリングの手法がある。この概念は2006年出版のヘンリー・ジェンキンズの『コンヴァージェンス・カルチャー』に詳しい。例えば、映画『マトリックス』3部作の場合、第1作『マトリックス』*（1999）の封切り前に、「マトリックスとは何か？」という広告を出し、潜在的な観客をWEB検索へと誘導した。また第1作公開時から、監督であるウォシャウスキー兄弟（姉妹）は『マトリックス』のウェブコミックスを提供して、次作への期待をファンに渇望させ、第2作、3作の公開年にはアクションゲーム『ENTER THE MATRIX』を発売して、映画版を補完する情報や場面を提供した。2003年にはマトリックスの世界観やキャラクターをモチーフにしたオムニバス・アニメーション『アニマトリックス』を公開し、映画の枠組みを越えた壮大な世界観を展開していった。トランスメディア・ストーリーテリングは異なるメディアを通じた、物語やコンセプトへの新たな要素の付加や拡張を重視するが、ストーリーの再構築やフォーマットの変更を行うアダプテーションとも無縁ではない。

　アダプテーションと映画の語りには別項を設けたが、最後に映画と小説のメディア特性の違いに関して少し述べよう。例えば小説の視点人物を映画で表現するには、映像と音声から成るメディアである映画の場合は、次の3つの可能性が考えられる。①その登場人物の視点ショットを用いる、②その登場人物のヴォイスオーヴァーを用いる、③その登場人物が経験・認知する世界のみを映像として映し出す。例えば、ヘンリー・ジェイムズの小説『メイジーの知ったこと』の映画化作品『メイジーの瞳』（2014）は、小説の視点人物である少女メイジーの比較的低い位置からの①視点ショットをときどき用いるが長時間用いることはない。ある登場人物の視点ショットを長時間用いた映画は『湖中の女』（1946）など映画史でも数えるほどである。しかし『メイジーの瞳』は②を用いることはなく、③を映画を通して用いている。また、遠藤周作『沈黙』の映画化であるマーティン・スコセッシ*監督の『沈黙』（2017）は、小説では誰の言葉か判然としない言葉を登場人物以外のヴォイスオーヴァーで発話させその声の持ち主が神だと提示する。

　さて、ウィリアム・カルロス・ウィリアムズの詩にインスパイアされたジム・ジャームッシュ*監督『パターソン』（2017）を見た多くの観客は自分たちのメディアに媒介された（mediated）現実と生に思い至ることが多いだろう。しかし、メディア、メディウム＝ミディアムを欠いた生や現実を想定することも不可能である。われわれは、19世紀末に登場し重要なメディアとなった映像や映画に関しても問いつづけなければならないだろう。

（中村）

メディアとしての映画

映画の語り

film narration

　映画に語りはあるのだろうか。なるほど、映画には台詞があり、インタータイトルもあれば、ヴォイスオーヴァーもある。しかし、ひとつの文学作品全体を覆うように、それらのいわゆる「言葉」が、ひとつの映画作品全体を覆うことは極めてまれであることに気づくだろう。

　映画は、例えばヴォイスオーヴァー、登場人物の台詞、音楽、効果音、照明、カメラ・ムーヴメント、アングル、カッティング、フェイドイン、フェイドアウト、ディゾルヴなどを含む、映像と音声からなる様々な映画的語りの手段によってナラティヴを紡ぐのである。

　映画の語りについての理論は、言語学や文学作品研究などの他領域における理論研究に大きな影響を受けながら、今日までに発展を遂げてきた。このような映画の語りの理論は、むろん、個々の映画作品を分析する際に役立つだけでなく、理論自体も研究対象となる。しかしながら、いまだ論争の渦中にある問題も多く、関連する概念を表す用語の使い方もまた多種多様である。さらに、同じ用語を採用した概念であっても、論者によってその意味するところが異なる場合も少なくない。作品研究においても、また理論研究においても、ある理論家の提唱した概念を用いる際には、その議論全体を理解した上で、各々の定義するところに従った概念体系の正しい運用が求められる。これらを念頭に置きつつ、ここでは映画の語りにおける議論を理解するために重要と思われるいくつかの概念を紹介してみたい。

　多くの研究者が指摘するように、映画の語りにとってしばしば議論の的となってきた第1の問題は、「視点」にまつわるものである。ジェラール・ジュネットは、1972年に発

表した『物語のディスクール——方法論の試み』の中で、文学作品研究の立場から、文学作品の語りにおいて、ある出来事が知覚・認知・経験されるパースペクティヴの所在を、「視点」という語を用いて説明する代わりに、改めて「焦点化」という語を採用して考察することを提案し、様々なタイプの「焦点化」について論じた。ジュネットの考え方は、その後の文学と映画における語りの理論に影響を与え、多くの派生的な概念を生み出すこととなる。

　シーモア・チャトマンもまた『小説と映画の修辞学』(1990) において、「視点」に代わる新たな用語を提案する。語り手の態度などを示す概念を「視座（スラント）」、登場人物の知覚・認知・情感・記憶・空想などを指す概念を「フィルター」と呼ぶことを主張し、文学作品と映画作品の双方における語り手の「視点」と登場人物の「視点」との区別を試みた。

　また、エドワード・ブラニガンは、映画研究の立場から、観客が登場人物の「視点」を通じてナラティヴへと関与する、その様態について考察する。ブラニガンは、「視点」という語をそのまま用い、それをフィクションの世界に住む登場人物の主観にアクセスし、その意味内容へと到達することを操作するテクストの仕組み、という意味に限定して使用することを主張した（『映画における視点』[1984]）。観客はこのとき、例えば字義どおりの視点ショットだけではない、多様な映画的語りの手段を通じて登場人物の主観へとコミュニケートするというのである。ブラニガンはその後、1992年に発表した『ナラティヴの理解と映画』において、語りと「焦点化」の関連モデルを映画的なものへと発展させて8段階の階層を想定し、それぞれの階層に語り手などの送り手と受け手を想定した、複雑な語りのメカニズムを提示している。

　さて、「語り手」の問題もまた、多くの議論を生み出してきた難題のひとつである。デイヴィッド・ボードウェルは『フィクション映画における語り』(1985) において、他領域における議論を吟味しつつ、映画という媒体が持つ固有の特色に着目する。心理学における構成主義の考え方を参照しながら、映画作品を鑑賞する際の観客自身の知覚的・認知的側面に注意を向け、映画の語りについての議論を展開した。彼は、ロシア・フォルマリストにならい、「ファーブラ」と「シュジェート」の呼称を採用する。すなわち、所与の時間と空間の中で起こる複数の出来事をクロノロジカルで因果的な連鎖として具現化したものが「ファーブラ」（通常は「ストーリー」と訳される）、「ファーブラ」の実際の配列と提示が「シュジェート」（あるいは「プロット」）である。さらに重要な概念として「スタイル」を提唱する。「スタイル」とは、ここでは映画的な装置のシステマティックな使

用のことと定義される。ボードウェルにとって、映画の語りとは、観客自身が「ファーブラ」を構築するにあたって、「シュジェート」と「スタイル」が相互に作用して観客に合図を与え、道筋を示す、そのあいだのプロセスのことである。このとき、観客は様々な「図式」――例えば、登場人物の目的であるとか、出来事の因果関係といったことを把握するために自身が元来持っていると仮定される――と呼ばれるものを用いて自らの認知を働かせる。ボードウェルにとって「映画の語り」はあっても、「映画の語り手」は（基本的には）存在しない。これもまた特徴のひとつであると言えるだろう。

　チャトマンは、前述の著作において、文学作品と映画作品の双方における語りのメカニズムを説明するために不可欠な概念として、かつてウェイン・ブースが提唱した「内包された作者」を支持し、その概念を洗練させる。チャトマンにとって「内包された作者」とは、テクストをどのように読む／観るべきかを読者／観客に教えてくれる存在である。しかしながら「内包された作者」は実際の作者とは異なるのはもちろんのこと、語り手とも異なる存在であり、自らの言葉あるいは観客に直接なにかを伝える手段を持たない。映画の観客に語りを伝えるのは、「内包された作者」に割り振られた映画的語りの手段を利用できる「映画的語り手」の仕事であり、このとき「映画的語り手」は「内包された作者」の意向に沿ってそれだけを伝えるのである。チャトマンは「内包された作者」の存在を説明するもっとも明白な例として、ブースが提唱した「信頼できない語り手」を取り上げる。例えば、アルフレッド・ヒッチコック＊監督の『舞台恐怖症』(1950) における「登場人物＝語り手」のジョニーは、もっとも有名な「信頼できない語り手」の一人として知られるが、ジョニーが、いわゆる「嘘をつくフラッシュバック」によって、ある出来事について虚偽の語りを行うとき、あらゆる映画的語りの手段、例えば照明や編集、サウンドまでが、彼の嘘を具現化するために使われる。そして、その後、同じ出来事について、ジョニーが語った内容とは異なる内容の語りがなされたとき、異なるふたつの語りのどちらが真実かを決めるのが最終的にはたとえ観客であったとしても、それを可能にするのは「内包された作者」の意向なのだと主張するのである。

　ロバート・バーゴインは「映画的語り手――非人称的語りの論理とプラグマティクス」(1990) において、フィクションとしての映画作品が観客の前に提示される際に、観客と当該の映画作品とのあいだに暗黙のうちに交わされる、ある種の約束に目を向ける。そして、各領域におけるいくつかの先行する議論を参照しつつ、映画作品における「非人称的語り手」と「人称的語り手」の区別を提案する。バーゴインによれば、「非人称的語り手」は、ときに「総合的な映画的語り手」とも呼ばれ、観客がそれを通じてフィクションの世

界を再構築するにあたって、常に、当該のフィクションの世界の中で事実とされている様々な事象を「本当のことである」と認証する権威を持つ。「非人称的語り手」には主にふたつの仕事がある。第1の仕事は、フィクションの世界の基盤を創造・構築することだ。世界の基盤を創造・構築するその性質上、「非人称的語り手」は嘘をつくことができない。第2には、当該のフィクションの世界があたかも自律的に存在しているかのように言及し、登場人物や事物に対してコメントしたり、評価したり、あるいは異なるいくつかの報告を比較検証し、訂正することであり、ときには登場人物に対してアイロニカルな態度を取ることもある。すなわち「非人称的語り手」は、フィクションの世界に生きる登場人物の見解を支持したり、拒絶したりできるのである。一方、「人称的語り手」は、基本的に「登場人物＝語り手」の形を取る。このような「登場人物＝語り手」は、決して、フィクションの世界を創出することはない。その中で起こる出来事を、目撃し、経験・参加し、そして報告するだけである。したがって「人称的語り手」は、フィクションの世界の中で事実とされる出来事を歪めて報告することが可能だ。彼らは、言葉のみならず、映像によっても嘘をつくことができる。例えば、はじめのうちは「登場人物＝語り手」によってコントロールされているように思えていたひとつのシーンが、より高次にあり、その世界の事実を生み出している「非人称的語り手」による裏づけを必要とする場合があるのだ。バーゴインによれば、基本的に「登場人物＝語り手」しか「信頼できない語り手」になることができない。『舞台恐怖症』において、ジョニーは「登場人物＝語り手」であり「信頼できない語り手」でもあった。はじめのうちは、ひとつのシーンがジョニーによってコントロールされていたように思われていたとしても、彼の報告は、最終的に、より高次にある「非人称的語り手」による裏づけ、あるいは承認が得られなかったにすぎない、というのである。

　前述したように、映画の語りをめぐる問題には、いまだ議論の渦中にあるものが少なくない。いずれの研究を行う際にも、それぞれの理論を体系的に把握して臨むことが重要である。

（小野）

ジャンル

genre

　ジャンルという言葉の原義は「種類」。ジャンル研究は、分類学（taxonomy）的な研究の一種であり、文学などの様々な芸術分野と同様に、映画研究でも行われる。内容や形式の諸特徴によって作品の分類あるいはグループ分けを行う研究方法である。また、学術的には、多くの作品の深層に共通する構造を見出そうとする1960年代の構造主義の影響が強くあったことは否めない。なお、ジャンルの下位区分を「サブジャンル」、比較的短期間に流行した映画群を「サイクル」と呼ぶこともある。

　ジャンル研究の対象は、主に次の3種類に大別できる。1）映画作品そのもの、2）映画産業のジャンル慣例やマーケティング、3）観客のジャンルに関する期待や反応。初期映画のころから映画製作者たちは映画のジャンルあるいは分類をある程度意識して製作しており、特にハリウッドのスタジオ・システムにはそれが顕著でありジャンルが慣例化・規格化してもいたので、2）はその時期の映画に特に有効である。スタジオ・システム時代のハリウッド映画のジャンルとしては、西部劇映画、ギャング映画、ミュージカル映画、コメディ映画、女性映画、喜劇とロマンスが混合したロマンティック・コメディ（romantic comedy）、戦争映画などが挙げられる。だからといって、製作する際に、それぞれのジャンルに関する明確で厳格な基準があったというわけでもない。西部劇は場所と時代設定、ギャング映画は主要登場人物の職業、ミュージカルは音楽と歌というスタイル、コメディは観客の心に引き起こす感情、などが基準となり、ジャンルの分類基準も異なる。ここでは、現在のジャンル研究の主流と考えられる1）を説明する。

　ジャンル映画は、次のような要素あるいは特徴によって規定されていると推定できる。
1. 物語的要素：テーマ、ストーリーの類似性やパターンが様々な映画間に見出せる。ま

た、様々な人物が登場するが、実はそれらの登場人物は、役割あるいは機能によって分類できる。

2. 視覚的要素：これは視覚的・映像的な要素であり、例えば、アイコノグラフィが重要である。カウボーイハット、拳銃、馬、西部的な風景が、西部劇ジャンルと深く結びついている。

　例えば、アンドレ・バザンがもっともアメリカ的なジャンルと呼んだ西部劇の最重要規定要素は、アメリカ西部フロンティア（開拓地と未開拓地の境界）という場所設定と、西部開拓時代（1865-90）という時代設定である。1のジャンルの物語的な側面に関しては、主にふたつの要素の分析が重要である。ひとつはストーリーのパターンの要素であり、もうひとつは登場人物の機能である。西部劇映画には、開拓地と未開拓地の境界において無法者によって文明の成立がおびやかされるがヒーローが無法者を制圧し文明が成立するというパターンがほぼすべての映画に見出せる。

　ジャンルの物語要素を、西部劇の古典であるジョン・フォード*監督『リオ・グランデの砦』（1950）でもう少し詳しく説明しよう。この作品では、一般市民と少数の騎兵隊員が教会＝閉所に立てこもり、攻囲するアパッチの一団と戦いをくり広げるが、やがて劣勢となり、危機一髪というところでジョン・ウェイン扮する中佐が率いる騎兵隊本体が到着し、一同を救出する。この籠城→戦い→危機→救出が、西部劇物語の定型的なパターンであると言ってよい。

　2の視覚的要素の分析例を示そう。西部劇ではヒーローと悪漢は、白帽子と黒帽子によってアイコニックに示されることが多い。ここでは、ジョージ・A・ロメロ監督の『ナイト・オブ・ザ・リビングデッド』*（1968）を取り上げよう。本作は明らかに「ホラー映画」のジャンルに属すと理解される。だが、アイコノグラフィの点では「西部劇」と密接な関係性にある。明らかにアイコノグラフィカルな言及として現れているのは、ゾンビ＝グールに取り囲まれた一軒家で主人公が発見する武器が、「西部を支配した銃」としてのウィンチェスターライフルであること、また、家具などを利用して「要塞化」したこの一軒家の視覚的な像は、籠城戦を繰り返し描いた西部劇ジャンルとのクロスオーバーをあまりにも明白に指示している。また、本作は、『リオ・グランデの砦』におけるアパッチと騎兵隊の攻防を視覚的に反復している。騎兵隊と入植者が籠城する教会とこの教会を攻囲する先住民の視覚的な描写において、『リオ・グランデの砦』には、フレームの右側にライフルを構える騎兵隊を置き、この騎兵隊の兵士が右側に十字架上に開けられた狭い隙間からアパッチをウィンチェスターライフルで狙うショットがある。これは、『ナイト・オブ・

ザ・リビング・デッド』においても、要塞化した一軒家の壁の狭い隙間からゾンビ＝グールをウィンチェスターライフルでフレーム右側から攻撃する主人公のショットとして反復されている。このように、『ナイト・オブ・ザ・リビング・デッド』が実は西部劇『リオ・グランデの砦』の要素を取り入れていることが明らかになる。さらに、西部劇的主人公がゾンビ＝グールと間違えられて射殺されるエンディングを考慮すれば、『ナイト・オブ・ザ・リビング・デッド』は、古典的西部劇映画のジャンルに変奏を加えており、最後に到着する騎兵隊を悪者として描くこと、また、籠城場所のリーダーとして黒人俳優を配置することで、アレゴリカルに古典的西部劇映画のキャノンに何らかの異議を唱えている作品であることが明らかになるわけである。

　また、「ジャンル」は、古典期以降の複雑な映画においては必ずしも明確ではなく、また、そのジャンルの下位に「サブジャンル」が想定できる。例えば、フランス出身の監督リュック・ベッソンによる『レオン』(1994) の「アクション映画」としてのジャンルはかなり複雑な下層ジャンルによって構成されていることがわかる。まず、重要登場人物の少女マチルダは、弟の仇討ちをその最優先事項にしていることで、この映画のサブジャンルは「仇討ち」である。また、主人公のレオンというイタリア出身の人物は殺し屋であり、この人物がマチルダを救うことで、この映画のサブジャンルは「殺し屋」となる。さらに、この殺し屋が仇討ちをしたいマチルダにクリーニング＝殺しのテクニックを教授するプロットが加わることで、本作は「師弟もの」のサブジャンルを含むことになる。このように、アクション映画としての『レオン』は、下位構造として、①「仇討ち」、②「殺し屋」、③「師弟もの」という少なくとも3つのサブジャンルを含むことになるが、各サブジャンルでのハリウッド・コードへの対応が異なる。①では、レオンがマチルダの敵を倒すことで、ハリウッドでは一般的な仇討ちは達成されない。②では、殺し屋である機械的なレオンが、マチルダとの関係性の中で人間的になり、命を失う。これはハリウッド的展開である。③では、師の死を乗り越えて弟子が敵を倒すというハリウッドに一般的なプロットは構築されず、師であるレオンが自爆することで敵を倒す。サブジャンルという視点で『レオン』を解析すると、①と③では、この映画がハリウッドのパターンを逸脱していることがわかる。しかし深層では、これらのハリウッドのパターンへの準拠と逸脱には、ある根拠があることがわかるのである。つまり、子どもに殺しをさせない、子どもは子どもの領域に留めるということである。①と③におけるハリウッドのパターンからの逸脱の根拠はマチルダの「子ども性」の維持なのだ。この逸脱は、マチルダに人殺しをさせないために生じているのである。同時に、②の殺し屋の人間化→殺し屋の死は、マチルダが今

後、殺しという「大人の領域」に参入しない、参入できないことを決定づける要因として機能しているのである。このように、『レオン』では、サブジャンルのコードが複雑に絡みあっている。

　以上、映画のジャンルについて述べてきたが、もっとも重要なことは、一見無関係と思われる映画間において、スタイルや視覚表現などの形式あるいはテーマやモチーフなど内容の共通性を見出すことよって、新たな研究の視野が開かれる可能性がある、ということである。ジャンルの理論の研究やそれぞれのジャンル映画全体の研究ももちろんジャンル研究の一種だが、ひとつの映画を研究する際にも、ほかの同ジャンルの映画と比較考察を行うとその映画の理解も深まるであろう（ジャンル研究は比較研究の一種でもある）。また、ジャンルといっても堅固なものではなく、ジャンルの混交は頻繁に起きる。さらに、ジャンルのコードは単に継承されるだけではなく、コードの侵犯・変更こそが新たな作品を生み出す場合もある。とりわけ、ニュー・ハリウッドの映画製作者たちの、古典期の映画のジャンル慣例の改変は重要である。例えば、『ダーティ・メリー／クレイジー・ラリー』(1974) のヒーローとヒロインは、幾多の困難を乗り越えて警察の追跡を逃れるが、彼らの乗る自動車はちょっとした不注意から電車に衝突し、あえなく最期を遂げて、エンディングに向かう。観客の期待を裏切るとともに新しい物語がここに現出している（ここにはもちろん『イージー・ライダー』*[1969] のクライマックスからエンディングへの流れからの影響がある）。観客の観る行為も何らかのコードに従って物語の先を予見しているわけだが、だからこそ、コードの侵犯は観客に新鮮な印象を与える。同時に、映画製作者たちは、先行作に影響を受けながらも先行作を乗り越えようとする。この点では、文学研究の分野でハロルド・ブルームが論じた先行映画からの「影響の不安（anxiety of influence）」と「修正率（revisionary ratios）」の概念も参考になるであろう。

(小原)

ドキュメンタリー映画

documentary film

　「ドキュメンタリー」という語はロバート・フラハティ＊の映画『モアナ』(1926) に対して、英国ドキュメンタリー運動を先導することになるジョン・グリアスンが「ドキュメンタリーの価値がある」と評して用いたことが最初とされる。のちに彼は「現実を創造的に扱うこと（creative treatment of actuality）」という有名な定義を残した。「創造的」という語で意味したのは、ドキュメンタリーが「芸術の形式」であり、「ニュース映画」やスポーツや自然、旅行といった「趣味」（今でいう「教養」）を扱った映画とは区別されること、スタジオ内で俳優が他の人物を演じる劇映画と異なり、現実世界の中で生きた物語を捉え、複雑で予想もできないような出来事を解釈する力を持つことであった。欧米圏ではドキュメンタリーは現在に至るまで、実在する世界や人物を記録した映像（ドキュメント）を用いながら、個性的な視点や表現性（作家性）を打ち出した映画として、おおむね理解されており、国際映画祭でも報道番組が選出されることはなく、大学でもドキュメンタリーとジャーナリズムの学科は区別されている。ただし、グリアスンの活躍した時代から比べると、新しい手法や表現が生まれ、ジャンルの慣習となり、その境界を拡げてきた。映画研究者ビル・ニコルズはドキュメンタリーの6つの様式（モード）に整理したが、ここではスペクタクルと親密さというふたつの志向性を加えて、アメリカのドキュメンタリーの映画史の見取り図を示してみよう。

　フラハティは『極北のナヌーク』(1922) でイヌイット族の家族の親密さを演出し、観客が異人種や異民族の生活や人生に共感できることを示し、世界の記録（ドキュメント）とは異なるドキュメンタリーという新しいジャンルを作りだした。その1年前、ポール・ストランドとチャールズ・シーラーは、国外ではなく国内のスペクタクルに目を向け、

「マンハッタ」を共作する。ニューヨークの高層建築物や巨大吊り橋ブルックリン橋や蒸気船などを群衆の小ささと対比させ、近代都市や産業のスペクタクルを威厳のある新しい神のように表現した。1920年代に世界的に流行する「都市交響楽」（大都市の諸相を主題とした映画）の先駆けであった。だが、1929年に大恐慌が起こり失業者が街にあふれ、ファシズムが台頭すると、ドキュメンタリー映画作家たちは、内容よりも形式や表現を重視する「詩的な様式」に背を向け、失業、貧困、自然災害といった社会問題やファシズムとの闘いに取り組んだ。このときすでにトーキーの時代に入っており、権威ある男性の声（神の声）のヴォイスオーヴァーで説明と主張を行うようになる（この「説明的様式」はニュース映画やテレビの報道番組の特徴になる）。ただスペクタクルへの志向性は根強く、ローズヴェルト政権下でニューディール政策の一環として製作されたパレ・ロレンツ監督の『河』(1938) を例にあげれば、舞台は都市から離れたものの、中西部の大平原をカウボーイが疾走するショットで始まり、過剰な開墾による荒廃した土地のショットから、（クライマックスでその解決策として提示される）大平原に出現したダムや発電所のショットに至るまで、スペクタクルに満ちていた。

　第二次世界大戦後は、世界経済を牽引する大都市ニューヨークのスペクタクルが再び関心を集め、光学フィルターや低速度撮影による特殊効果に加えて、現代音楽やジャズ音楽を通して大都市の躍動感が表現された。D・A・ペネベイカー監督の「夜明けの急行」(1953)、フランシス・トンプソン監督「ニューヨーク・ニューヨーク」(1957) などである。1950年代に入るとタイム社製作のニュース映画『マーチ・オブ・タイム』(1935-51) が終了し、ライブ放送を特徴とするテレビが急速に普及し、映像と同期できる録音機と静かな駆動音の16ミリフィルムカメラの開発が助けとなり、ナレーションなしで生々しい現実を捉えようとする「観察的な様式」（ダイレクトシネマ）が現れる。そのとき都市のスペクタクルを表現していた映画作家の一部は、若者のカウンターカルチャーを新しいスペクタクルとして見出した。その代表作として、マイケル・ウォドレー監督の『ウッドストック／愛と平和と音楽の3日間』(1970) や、メイズルス兄弟とシャーロット・ズウェリン共同監督による『ザ・ローリング・ストーンズ／ギミー・シェルター』(1970) がある。

　1980年代に入るとABC、CBS、NBCの三大ネットワークによるテレビの独占が終わり、ケーブルテレビが普及する。多チャンネル化に伴い視聴者層が番組ごとに細分化され、1981年にミュージックテレビジョン（MTV）が開局すると、それに若者は夢中になった。このように氾濫する映像に囲まれ多様化した日常が「現実」となったとき、客観的な世

ドキュメンタリー映画

界の探索ではなく、一人称の語りを用いて「私」の周辺の個人的世界や親密な人間関係を表現する試みがなされ、この時期から各都市で催されオルタナティヴな上映の場になった映画祭で人気を集める。その最初の映画とされるのは、サンダンス映画祭審査員大賞受賞のロス・マケルウィー監督『シャーマン将軍の行進』(1986) である。北軍の将軍ウィリアム・シャーマンによる焦土化作戦の影響を探る南北戦争歴史ドキュメンタリーとして始まりながら、恋人との別離を契機に一人で16ミリカメラとマイクを担いで将軍の行進ルートをたどり、様々な女性たちと出会い、彼女たちの生きざまをカメラに収めた。「私は」と観客に語りかけることによって親近感やユーモアを生みストーリーの自由な構成を許す一人称の語りは大きな影響を与え、アフリカ系、アジア系などマイノリティの家族の物語や歴史を扱った作品でも用いられた。それらは監督自身が映画に姿を見せ、歴史的な世界を探る「参加型の様式」だが、エイズ禍の時期に（自身もHIVに感染していた）マーロン・リッグスが監督した『解き放された言葉』(1989) では、黒人かつゲイであることによる二重の差別の中で育ち沈黙を強いられたこと、同時にゲイでしか体験できない豊かな性愛の世界があることを、監督を含めた出演者がダンスやラップといった「パフォーマティヴな様式」を通して表現した。さらにはピーター・フリードマンとトム・ジョスリンが監督した『シルバーレイクの暮らし』(1993) では、エイズを発症した男性カップルがビデオ日記を撮りはじめ、やがて訪れた死の瞬間を残された者が撮影した。もっとも私的な時間や出来事までもドキュメンタリーの領域となり、多様な個人の歴史が語られ、自由で創造的なジャンルとなっていく。このほかには、トリン・ミンハ監督の『姓はヴェト、名はナム』(1989) のような、「現実」を映し出すとされるドキュメンタリーの慣習を疑問視し、表象の問題や製作過程に関心を向ける「再帰的な様式」も登場する。また、製作資金を提供する助成団体も増え、映画祭とPBS（公共放送サービス）が発表の場となり、アメリカのドキュメンタリーの多様性を支えた。

　他方でロナルド・レーガンが大統領に就任した1982年にゴッドフリー・レジオ監督の『コヤニスカッツィ／平衡を失った世界』が公開された。経済のグローバル化と環境問題は、ドキュメンタリーに「地球」（グローブ）という視点をもたらし、21世紀以降のネイチャー・ドキュメンタリーの大作へとつながっていく。この映画では人間の諸活動が生み出すスペクタクルが〈地球上の諸現象〉として等価なものとされ、視覚に訴えるタイムラプスやスローモーション、逆再生によって表現された。『コヤニスカッツィ』の撮影監督のロン・フリックが監督を務めた70ミリの大作『バラカ』(1992) では、ホロコーストもカンボジア大虐殺の現場も広大なゴミ廃棄場やアマゾンの大自然と同様にひとつの

スペクタクルとして同等に扱われた。

　2000年以降のデジタルビデオカメラとノンリニア編集の普及により、世界各地で様々な民族・階級・性別の人たちが自らの歴史を語りはじめ、ドキュメンタリーは、多くの人に開かれ極めて豊かなジャンルとなった。また、映像の高解像度化および、ドローンやアクションカメラ、360度カメラなどの撮影機器による新たなスペクタクルは、現在のドキュメンタリー映画にも確認できる。しかし、新たな事態も生じている。デジタル化とインターネットの普及によって、鑑賞者であった人たちがウェブやSNS上で表現活動を始めただけでなく、映画が扱った出来事や人物をウェブ検索し映画の内容を検証したり、登場人物の過去と現在を確認したりと能動的な解釈を行っている。それは作品性や創造性の問い直しにつながるだろう。さらにアニメーションやCGを用いた作品も増え、ジャンルの境界を曖昧なものにしつつある。

　最後に学術研究における劇映画との違いについて触れよう。ドキュメンタリー作家は多くの場合、実在する場所で特定の集団や人物を撮影し、題材を通してテーマを表現すべく、膨大な映像素材を1時間や2時間などに短く編集し、ひとつの「現実」として作品を提示する。研究者は、誰のどの言動を選択し、どのような関係性においていかなる手法で撮影し編集したのか、作り手の意図は何かなどを探り、構築された「現実」を分析することが求められる。そのとき使用された写真や文献資料を確認し、撮影現場を訪れ、登場人物をはじめとする関係者に取材することもできる（フラハティ神話はこのようにして崩されてきた）。また、実在の人物であるがゆえに避けられない倫理性（『フープ・ドリームス』[1994]には主人公の少年の父親が麻薬を売買する場面がある）、助成金と公共放送をめぐる論争（『解き放された言葉』のPBSでの放映は共和党の大統領予備選でも非難された）、アーカイヴと著作権（フェアユース）の問題（マイケル・ムーア*の『人間の惑星』[2019]がYouTubeから削除されたことも話題になった）などの考察も必要だろう。ニコルズが指摘するようにドキュメンタリーのモンタージュでは音声が大きな役割を果たすことにも注目できよう。作品自体が「現実」を映しているとすれば、作品内外の「現実」も視野に入れて、複合的な視点で考察する必要がある。　　　　（藤田）

アニメーション

animation

　アニメーションは映像文化の中で重要な位置を占めている。1980年代ごろから学術研究も活発になった（1987年にはアメリカで国際アニメーション学会［Society for Animation Studies］が設立）。なお、アニメーションは映画だけでなく、ウェブ広告やスマートフォンのアプリケーションなど、現代生活のあらゆる場所に多様な形で登場するが、本項では映画のアニメーションに議論を限定する。また、日本では一般的にアニメという言葉がアニメーションの略語として使用されるが、これは海外では日本の商業アニメーションを指す概念であるため、本項では使用しない。

　アニメーションと実写映画の研究は完全に異なるわけではなく、共通する部分も多い。本書の第Ⅱ部で解説するテーマや研究方法は、多くの場合、アニメーションにも応用可能である。例えば、語り、ジェンダー、アダプテーションといった視点から、読者自身が選んだアニメーションの作家や作品を論じることができる。一方で、アニメーションには実写映画とは異なる独自の実践と歴史がある。そこに関心を注ぐことを忘れないようにしよう。

　そもそもアニメーションとは何だろうか。実写映画とはどう違うのだろうか。これは一見単純なようで、実は複雑な、またそれ自体、映像論の重要なテーマとなる問いである。まずはこの点について論じておこう。

　撮影対象が実体か描画かで、実写映画とアニメーションを区別する見方がある。例えば、『お熱いのがお好き』(1959) に登場するマリリン・モンローは実体だが、『蒸気船ウィリー』(1928) に登場するミッキーマウスは実体ではなく描画である。これとは別に、コマ撮りという手法をアニメーションの定義の根幹に置く見方もある。コマ撮りとは、現実には動い

350　　　　　第Ⅱ部　アメリカ映画研究の主要テーマと研究方法

ていない撮影対象を、その位置や形を少しずつ変化させつつ、1コマずつカメラで撮影する方法である。こうして撮影したものを映写機にかけると、現実には存在しなかった動きが生まれる。この定義は、粘土や人形などの立体物を使った作品（ストップモーション・アニメーションと呼ばれる）を含むことになる。撮影対象は実体であっても、動きはコマ撮りで一から創造されるため、アニメーションに分類されるのである（逆に人形劇をそのまま映したものはアニメーションとは呼べない）。同じ手法で、粘土や人形ではなく、人間を使ってアニメーションを作ることも可能である（ピクシレーションと呼ばれる）。

　しかし、映像文化にコンピュータ技術が深く浸透した現在、こうした定義は大きく揺らいでいる。従来の描画やコマ撮りに相当する工程は、コンピュータの中で実現されるようになった。一方、実写映画においてもコンピュータの存在が重要となっている。今や現実と見紛うような精緻な映像がコンピュータの中で生成・描出され、それが現実の映像とほとんど縫い目なく結合されることは珍しくない。実写映画も絵画のように、あるいはアニメーションのように、描かれるようになった。ジェームズ・キャメロン*は監督作『アバター』シリーズ（2009- ）の第1作の時点ではこの映画はアニメーションではないとわざわざ断っていたが、逆に言えば、それだけ映像文化の中で、実写映画とアニメーションの境目が曖昧になったということである。

　次にアニメーションの種類を見よう。描画アニメーションのほかに、代表的な種類として、すでに述べたストップモーション・アニメーションがある。ティム・バートン*監督『ナイトメアー・ビフォア・クリスマス』（1993）やウェス・アンダーソン*監督『ファンタスティック Mr. FOX』（2009）などが実例である（近年の作品については7章も参照）。ストップモーション・アニメーションは実写映画の特撮としても利用されてきた。その巨匠がレイ・ハリーハウゼンである（『原子怪獣現わる』［1953］など）。『トイ・ストーリー』（1995）を皮切りに、現代の長編映画の主流となったのは、3DCGアニメーションである。以上は製作方法による分類だが、商業アニメーションと個人製作のアニメーションも、趣向を大きく異にする。現代の個人製作の重要な作家として、ドン・ハーツフェルトを挙げよう（作品については後述する）。

　また、古典的な描画アニメーションひとつを取っても、ディズニーに代表されるフル・アニメーション（キャラクターの全身を滑らかに動かす）と、UPA（ユナイテッド・プロダクションズ・オブ・アメリカ）に代表されるリミテッド・アニメーション（キャラクターの身体の動く範囲を限定し、様式化する）では、まったく印象が異なる。アニメーションの語源は息や命を意味するラテン語の「アニマ」であり、アニメーションとは要するに

アニメーション　　　　　　　　　　　　　　　　　　　　　　　　　　　　　　　　351

命なきものに命を吹き込むアートだが、その吹き込み方はアニメーションの種類、スタジオ、作家によって千差万別である。その多様性に目を向けつつ、表現の具体的な分析を行うとよいだろう。キャラクターが話したり歩いたりするときのひとつひとつの動きが、興味深い研究対象となり得るのである。

　ここまで映像について述べたが、音も重要な研究対象である。アニメーションにおいて、映像と音の同期はどのように実現されてきただろうか。映像には直接登場しない声優の存在も重要である。『ライオン・キング』(1994) のような動物しか登場しない作品でも、その声を担当しているのは人間である。ではどの役をどのような背景を持つ人物が演じているのか。声とキャラクターのあいだにはどのような関係があるのか。こうした点のリサーチから作品の分析を深めることができる。さらにミュージカルの要素を含む作品を研究する際には、曲の音楽的特徴や歌詞の内容、キャラクターやカメラの動きなどを総合的に考察する必要があるだろう。

　以下では、アニメーション研究の実践例を示そう。まず取り上げるのはディズニーの『白雪姫』(1937) である。本作は北米初の長編アニメーションである。アニメーションは長編の形式では見るに堪えない、そう考えられていた時代に、『白雪姫』は当初予算の6倍をかけて完成され、結果的に1930年代のアメリカで、『風と共に去りぬ』* (1939) 以外のどの実写映画よりも稼いだ映画となった。原作はグリム童話の『白雪姫』。同じ原作で多くの映像作品があり、アダプテーション研究の観点からの分析が可能である。白雪姫とほかのキャラクター（継母、小人たち、王子）の関係をジェンダー研究の観点から読み解くこともできる。白雪姫（原作では7歳）については、純真無垢な少女とするか、成熟した女性とするかで議論があったが、最終的には前者に決まった。その声を演じ、白雪姫の造形にも影響を与えたのが、駆け出しの子役兼歌手だったアドリアナ・カセロッティである。また、ダンサーのマージョリー・ベルチャーが白雪姫の動きを演じ、アニメーターはロトスコーピング（実写映像を描画でトレースし、現実世界の動きを再現する技術）によって、その動きを白雪姫に反映させた。ただし、ロトスコーピングをどの程度活用するか（つまり、作品をどの程度実写に近づけるか）については、アニメーターのあいだで喧々諤々の議論が交わされた。

　次にピクサーの『トイ・ストーリー』を取り上げよう。『トイ・ストーリー』はピクサーの長編第1作であり、かつ世界初の長編3DCGアニメーションである。ピクサーは現在はディズニーの子会社だが、その前身はルーカスフィルムの1部門であり、元々はディズニーとは別の会社だった。いくつかの短編で注目を集めた後、長編の製作に着手するとき

にディズニーとの契約を結んだ。それはディズニー側が必要と判断すれば、いつでも製作を中止できる内容だった。『トイ・ストーリー』はディズニー配給だが、エッジの効いたギャグは、ワーナー・ブラザースの古典短編アニメーションや、テレビアニメーション『ザ・シンプソンズ』(1989-)の影響を受けている。ふたりのオモチャ（トム・ハンクスとティム・アレンが声を担当）が対立しながらも徐々に協力していく物語は、バディ映画の枠組みを借りたものである。同時に、『白雪姫』が母（継母）と娘の物語だとすれば、『トイ・ストーリー』は父と息子の物語として読める（オモチャの持ち主の少年の父は不在だが、その代わりをオモチャが務める）。さらに、少年とオモチャの関係は神と人間のようでもあり、家族だけでなく宗教の点からも考察できる。映像面では、冒頭のショットから3DCGの強みが生かされている（複雑なカメラワークや画面手前に突き出す物体）。とはいえ、この段階では3DCGで人間の肌や毛髪、筋肉・関節の動きを描くのは困難だった。プラスチックなどでできたオモチャが主人公に選ばれたのは、そのためである。ディズニーはキャラクターを商品化してきたが、『トイ・ストーリー』では商品そのものが主人公というのが特異である。この点からポップアートとの関連性を見ることもできる。

　最後に、大手スタジオの作品から目を転じて、個人製作の重要作家であるドン・ハーツフェルトの作品に触れておこう。ハーツフェルトは最初期のアニメーションを思わせる単純な棒線画のキャラクターを使って、奇想天外な物語を語ることで知られる。初期の作品はブラック・ユーモアや悲喜劇の要素が強かったが、徐々にそこに哲学的な考察が加わっていった。『きっと全て大丈夫』(2006) では、脳に病気を抱えた主人公ビルの日常と思索が、スクリーンに現れる複数の鍵穴状の映像の内に映し出される。ヴォイスオーヴァーや互いに衝突する音・音楽も優れた効果を上げており、語りという観点からも興味深い作例である。『明日の世界』(2015) はハーツフェルトの初のデジタル作品。4歳の少女エミリーのもとに、227年後の未来から彼女の第3世代クローンが訪ねて来る。ミニマルな描画と宇宙規模の物語の交錯は、ピクサーの『ソウルフル・ワールド』(2020) にも影響を与えた。

　繰り返しになるが、実写映画とアニメーションの研究には重なる部分もある。ただし、どのような研究を行うにせよ、まずはここに略述したような、アニメーション独自の実践や歴史を押さえることが肝要である。

(川本)

アダプテーション

adaptation

アダプテーションとは、あるメディアの先行作品をもとに別のメディアの作品を作るプロセス、また、そのようにして作られた作品を指す。アダプテーションは、文学から映画へ、マンガから映画へ、映画から演劇へというように様々なメディア間で起きるが、映画が誕生してからは、文学から映画へという組み合わせが一番多い。映画へのアダプテーション作品の場合は、映画化（作品）と呼ばれることも多い。文学作品の映画へのアダプテーションは、映画の研究なので映画研究に属すると考えるのが適切かもしれないが、いずれにせよ学際的研究領域である。一説によると、映画の半分以上がそれ以前の映画以外の作品のアダプテーションである。したがって、別のメディアによる物語を映画化することは映画産業にとって重要な業務のひとつであり続けている。スパイク・ジョーンズ監督『アダプテーション』（2002）は、アダプテーションをめぐる自己言及的な内幕映画である。

映画の中で文学の映画化作品の比率は高く、サイレントの時代からハリウッドは文学作品を映画化しつづけてきた。世界中でもっともアダプテーションされた作品はシェイクスピア戯曲だと推測される（ちなみに著作権が切れた作品は映画化権料がかからない）。その連綿と続くアダプテーションにもサイクル（集中的製作公開）がある。例えば、トーキーが始まって間もないハリウッド黄金期の1930年代から始まり特に40年代に隆盛を迎えるブロードウェイ・ミュージカルの映画化、30年代に書かれたハードボイルド探偵小説あるいはノワール小説を主に1941年から58年にかけて映画化したフィルム・ノワールなどである。マンガの映画化では、21世紀に入ってからのマーベル・コミックの映画化が顕著である。

さて、アダプテーションの研究に入ろう。アダプテーションは、次のふたつの先入見に

まとわりつかれていた。オリジナルである作品のほうがそのコピーである映画化作品より優れている、また、映画化作品の評価基準はオリジナル作品への忠実度 (fidelity) である。この固定観念に揺らぎを与えたのが、アダプテーション研究である。アダプテーション研究は、アメリカで映画研究が大学のカリキュラムに徐々に取り入れられるようになっていた1970年代とともに始まった。それ以降、完全な忠実度は不可能であることの指摘や忠実度を数段階に分ける考えが提案されてはいたが、21世紀に入ってからは、原作とアダプテーション作品間のヒエラルキーは否定され、オリジナルの作品（原作）のほうが優れており原作への忠実度によってアダプテーション作品の評価をするという考えも否定されるようになり、アダプテーションのプロセスとその結果できあがった作品そのものに関心が向けられるようになった。また、アダプテーションは、広い枠組みで言えば比較研究の一種だが、そのインターテクステュアリティ（間テクスト性）ならびにアダプテーション作品が含む原作の解釈に関心が向けられ、アダプテーションはトランスレーション、トランスコーディング、トランスポジション、リメディエーションなどの一種ともみなされるようになった。また、オリジナルのテクスト（原作）は、何回も書き換えが可能なパリンプセストとみなされることも一般的である。アダプテーションという行為は、原作に新しい生を与える行為とみなされるようになった。

　次に、アダプテーション研究の方法を説明しよう。1）まず、原作テクストと映画テクストの物語内容の違いを分析し、改変の意味や効果を探る。2）次に、メディア特性 (medium specificity) に配慮し、可能な限りメディアの表現の違いを分析し、その違いが生み出す効果を考察する。3）さらに、原作が書かれた時代と映画が製作された時代の歴史、社会、経済などの状況の差異を考慮に入れながら原作と映画テクスト双方の歴史性を考察する。この3原則が基本である。また、次の諸点に基づいてアダプテーションをグループ分けできるだろう。時代、国などの場所、文化や言語、登場人物の人種やエスニシティ、原作のジャンルや作品傾向などに変更を加えたかどうか、原作がキャノン（名作）かどうか、などである。例えば、アルフレッド・ヒッチコック*監督のほぼすべての映画には、原作があるが、キャノンと呼ばれるものは少ない。

　次は、アダプテーション研究の実践例をいくつか示そう。F・スコット・フィッツジェラルドの小説『グレート・ギャツビー』(1925) は、1926、1949、1974、2000、2002、2013年と、計6回映画化された。1926年のサイレント映画は現存しておらず、2000年版はTV映画である。また、2002年の『G』(G、日本劇場未公開) は、キャストをすべて黒人にするとともに原作への忠実度が薄い映画化である。小説『グレート・ギャツビー』は、ア

メリカン・ドリームといういかにもアメリカ的な信条と結びつけて考えられることが多い作品である。貧しい出自のギャツビーという男が金持ちになり昔の恋人デイジーを取り戻そうとし失敗するさまをニューヨークに出てきたばかりの隣人の証券マンのニックが物語る小説である。その映画化作品の中でも有名な1974年のジャック・クレイトン監督／フランシス・フォード・コッポラ*脚本『華麗なるギャツビー』と2013年のバズ・ラーマン監督版『華麗なるギャツビー』（映画の原タイトルは小説の原タイトルと同じ *The Great Gatsby*）を比べてみよう（ちなみに、クレイトンはイギリス出身、ラーマンはオーストラリア出身）。1974年のクレイトン版は、1960年代を経た当時の時代風潮を反映してか、あるいはクレイトンのアメリカ観を反映してか、とりわけエンディングにおいて、アメリカン・ドリームに対する幻滅感が強くなるような変更が加えられている。これに対して、2013年のラーマン版は、原作により忠実で、あるいは原作以上に、主人公ギャツビーが体現していた夢へのニックの執着が強くなるよう改変されていると言えるだろう。また、メディア特性に関して述べれば、両映画版は、原作のニックの一人称の語りにある程度忠実であり、ニックのヴォイスオーヴァー・ナレーションを用いている。だが、2013年版は1974年版よりもそれを多用している。さらにメディア特性に関してもう一例を挙げると、ヘンリー・ジェイムズの小説を時代を現代に置き換えて映画化した『メイジーの瞳』(2012) は、6歳の女の子の視点から描かれた原作小説に忠実に低い角度からの視点ショットによって、小説の主人公の少女の視点を表現している（ただしそれで通すことはない）。

　MGMミュージカルの名作『オズの魔法使』* (1939) を取り上げよう。原作は、ライマン・フランク・ボームの『オズのふしぎな魔法使い』(1900) である。映画は、子ども向けおとぎ話の原作に音楽だけではなく歌をつけてミュージカル映画にしている。ジャンル的にはミュージカルであると同時にファンタジー映画でもある。映画『オズの魔法使』は、原作の物語内容を少し割愛するだけではなく、カンザスのシークェンスを長くし、そのシークェンスの登場人物を増やしオズの国の登場人物と重ねてダブルキャストにしている。さらに映画はドロシーのオズへの旅は夢落ちになっており、現状肯定イデオロギーが強化されている。この原作小説は、映画および映画のテレビ放映なしでは、現在のような名声を得ることはなかっただろう。『オズの魔法使』は、原作小説が輝かしい新生を得た一例である。

　演劇の映画化に移ろう。演劇の観客は第4の壁の向こうの固定された客席からしか見ることができないが、映画のカメラは多方向から物語世界を映し出せるというメディア特性の相違は重要である。例えば、バスビー・バークレー監督のミュージカル映画では、

上から見た万華鏡的な幾何学的映像が多用される。また、現在では、実際の演劇上演を複数のカメラで撮影し映画作品に編集するということもよく行われる。

　リリアン・ヘルマンのブロードウェイデビュー作『子供の時間』(1934) の映画化を例に取り上げてみよう。この戯曲をウィリアム・ワイラー＊監督は、2度映画化した。最初は原作者ヘルマン自身が脚本を務めた『この三人』(1936) で、2度目はジョン・マイケル・ヘイズ脚本の『噂の二人』(1961) である。1930年に制定され1934年に厳格に運用されはじめたハリウッドの自主規制である映画製作倫理規定に制約された『この三人』は原作の同性愛的要素を除外しているが、映画製作倫理規定が徐々に緩みはじめた1961年に公開された『噂の二人』は、原作に忠実でレズビアニズム的要素を除外はしていない（が、エンディングの物語の出来事の順序を入れ替えている）。

　また、現代のアメリカのアダプテーション映画は、父権制社会の圧力が強い時代設定ながらそれに原作より強く抵抗する現代的女性像を描くことが多い。例えば、ローランド・ジョフィ監督の『スカーレット・レター』(1995) は、原作『緋文字』(1851) の17世紀の時代設定・場所は変えていないが、その政教一致でピューリタニズムの影響が強い父権制的社会の権力に挑み、またのぞき見をし性的欲望を持つ女性として主人公ヘスターを描いている。また、ジェイン・オースティン原作／アン・リー＊監督で脚本を主演女優でもあるエマ・トンプソンが務めアカデミー脚色賞を受賞した『いつか晴れた日に』(1995)、ルイザ・メイ・オルコット原作／グレタ・ガーウィグ監督・脚本の『ストーリー・オブ・マイライフ　わたしの若草物語』(2019) なども、19世紀の時代設定ながら父権制社会に原作よりも強く抗う現代的な女性主人公となっている。アダプテーション研究は、原作と映画双方の理解を深める研究方法／領域と言えるだろう。

(杉野)

アダプテーション

巻末資料

レポート・卒論の書き方

感想文との違いについて——分析すること

　中学・高校で課された読書感想文と大学のレポートとの違いはどこにあるのでしょうか。読書感想文には生徒の知識や経験をもとに本の内容を吟味させ、書くことを通して、より深い理解に導くという教育的な目的があります。そのため著者／作品から学ぶという姿勢があれば、自由に感想を書くことが許されますが、大学のレポートでは著者（作者）から距離をとり、客観的な分析を行うことが求められます。

　映画を分析するためには、映画というメディア固有の表現手法や用語、映画製作に関する知識がまず必要になります。あるホラー映画の一場面を分析するとすれば、構図／色彩、カメラワーク、人物のサイズ、照明、モンタージュ（カット割り）、サウンドデザイン／音楽、画角、衣装、小道具に分けて、それぞれがどのような効果を生み出しているのかを考察できます。主人公が妖怪に襲われる場面では、妖怪が突然、画面に現れる演出と主人公の背後から迫っていることを観客に知らせておく演出とでは、恐怖の感じ方に違いがあります（ヒッチコックは前者をサプライズ、後者をサスペンスと呼んで区別しました）。

　こうした映画について語るための、映画メディアに関する基本的な知識は映画史から学ぶことができます。1894年にキネトスコープ・パーラーがニューヨークで開店したとき、映写装置の小さなのぞき窓から見ることができたのは1ショットだけから成る映画でした。その後、大きなスクリーンに投影され、クロースアップが用いられ、スターが誕生し、製作予算も増え、音声が入り、作品は長くなっていきます。テクノロジーの進歩に合わせて、映画がどのように多様な表現手法を獲得し、映画産業が発展していったのか、その過程や変遷をたどることができます。もちろん撮影現場を見学する、あるいは大学の授業等で作品制作を行うことも映画の理解を深める手助けになるでしょう。

　さて、大学のレポートでは何をどのように分析すべきか指定されていることが多いですが、卒業論文ではそうした指示はなくなり、すべて自分で書くことになります。何を書いてもいいだけに、どこから始めればいいのか悩むことになるかもしれません。

「問い」を立てること

　卒業論文ではこれまでの研究をふまえた「問い」を立てて、その問いを論じ、根拠を示

し、範囲を限定した上で、一般化できる主張を行います。それは映画という研究領域で積み重ねられた知見に新しい知見をつけ加えることです。実は映画の領域では、知られていなかった何かを明らかにすること（発見）自体は難しいことではありません。数千本の映画が世界各地で毎年作られ、多くの人たちが映画の仕事に従事しています。ある映画のスタッフにインタヴューをしたり、過去のテレビ番組の台本を見つけたりすれば、何らかの新しい発見があるでしょう。また、テレビ番組『水戸黄門』などの放送年ごとのカット数を調べ上げる、あるいは登場人物の衣装や髪型についてシリーズごとの一覧表を作るとすれば、それもひとつの発見だと言えます。しかし、それらに対する評価がなければ分析としては不十分です。

『水戸黄門』の編集カット数を調べるといえば、なぜ行うのか、その意義は何かと問われるはずです。その問いに納得できる説明ができたとき、そこには「問い」があります。例えば、記録メディアがフィルムからビデオへの移行したとき、カット数に影響したのではないかという仮説を立てて調べた上で分析し、根拠を示して、その関係性を示すことができれば、（卒業）論文になります。そのとき、これまで書かれた論文を読む必要があります。これまで議論され、明らかにされてきたことをふまえた上で、新しい発見をそうした議論の中に位置づけていきます。また、論文を読みつづけていくと、新しい問いが浮かんでくることがよくあります。海外のデジタル化の事例にも関心を持つかもしれません。アメリカではフィルムの質感を好む傾向が強く、21世紀以降、記録メディアの選択に製作者は悩まされてきました。Netflixの連続ドラマ『マスター・オブ・ゼロ』(Master of None, 2015-2021) の第3シーズンではフィルムが使われたことが話題になりました。こうしたことを知れば、記録メディアの選択はカット数にとどまらず、表現と切り離せないこともわかり、その考察も始めることになるでしょう。

問いを見つける手がかり──比較すること

しかし、問いが見つからないまま、とりあえず映画を1本選んだものの大量の先行研究を前にして途方に暮れた、あるいはまったく見つからずに困ったということもあるでしょう。そのとき、ひとつの作品にとどまってあれこれ考えるよりも、何かと比較できないか考えてみましょう。同じ監督の映画を見ていけば、複数の映画に共通する演出とそうではない演出が見つかるかもしれません。リメイクや原作と比較すれば、時代や国によって、あるいはテクノロジーの変化に伴って生じた様々な違いに気づくかもしれません。そのとき、なぜ違いがあるのか、その違いが何を意味するのか、という問いが浮かんできます。

こうした比較によって見えてくるものが研究のアプローチです。さきほどの例だと前者は作家主義、後者はアダプテーション研究になります。こうしたアプローチを知っておくと、思いがけないような映画と比較できるようになります。ここでは最初の一歩として、映画の「外」——映画を取り巻くメディア環境、テクノロジー、政治や社会、文化——に目を向けて、作品との関係を考察するアプローチを紹介してみます。

研究のアプローチについて

　レポートや卒論で取り上げる「作品」はどのようなメディア（環境）で誰に受容（鑑賞／消費）されてきたのでしょうか。映画といえば、映画館が思い浮かびますが、実際はテレビ放送（衛星放送やケーブルテレビ）やレンタルビデオ／DVD、動画配信サービスを通じて自宅で見られることが多く、近年はタブレットやスマートフォンも使われています。過去に目を向ければ、舞台のパフォーマンスの合間に映画の上映が行われた時代もありました。こうした作品を受容する環境と映画の関係を探ることができます。

　次に映画を取り巻くテクノロジーを考えてみましょう。2000年代に映画製作は急速にデジタル化し、製作プロセスは大きく変化しました。またインターネットがブロードバンド化し、誰でもスマートフォンで動画を撮り、SNSを介して他者と共有できるようになりました。映画を作るための技術だけでなく、社会のメディア環境の変化も観客の好みに影響を与えるはずです。映画史を振り返るとトーキー、カラー、ステレオ、CGといった進歩やシネマスコープに3D映画といった試みがあり、日常生活ではラジオやテレビ、ケーブルテレビが普及し、郊外の大型ショッピングモールにはシネマコンプレックスが併設されるようになりました。こうした影響はどうでしょうか。

　映画を取り巻く制度も時代によって変化しています。現在、世界各国で映画業界の自主規制あるいは法律で観客の年齢制限を行うレイティング・システムがとり入れられています。かつて映画製作倫理規定と呼ばれるハリウッドの業界団体による自主規制がありました。セックス、暴力、犯罪、同性愛などを扱うことに対する制約が加えられたため、それを回避すべくハリウッド映画を特徴づける演出や表現が生み出されました。

　2001年の同時テロ多発事件では、多くのアメリカ人の命が奪われ、衝撃的な映像が繰り返しニュースで流れ、国民は喪に服す状況になりました。このような社会的なトラウマを残す出来事が映画化されるとき、「表象」という問題がつきまといます。現代社会では（過去の村社会と違って）重要な出来事や人物を直接、見聞きできず、メディアを介してしか知ることができません。ありのままに伝えることは不可能で、誰かの視点で特定の物

語が語られ、どこかの出来事に重点が置かれます。自然なものに見えても、様々な力関係のもとで意識的、無意識的な操作が行われています。その考察は大切です。第二次世界大戦やベトナム戦争、イラク戦争などの表象を考えることもできるでしょう。また、「表象」に関しては、映画の登場人物にも注目できます。イスラム系、アフリカ系、日系あるいは女性などの登場人物像は時代によって変化しており、その背景を調べると大きな事件や出来事が関係していることもあります。

　グローバリゼーションが進む現代では、映画コンテンツはますます国境を越えて受容されるようになっています。異なる文化圏に入ると映画の再編集が行われたり、観客の反応が異なっていたりします。映画史を振り返れば、サイレント映画の時代にデンマーク映画『アトランティス』（*Atlantis*, 1913、オーガスト・ブロム監督）がアメリカに輸出されるときと異なり、ロシアではハッピーエンドから悲劇に変更されたといった例がありました。こうした映画が持つ文化的側面や観客の反応に注目することも面白いでしょう。

　ここで紹介したアプローチは一部に過ぎませんが、映画という「作品」を成立させている条件や背景を意識することになり距離を取って分析する手助けになってくれるはずです。そして、様々な作品を比較し、異なるアプローチを考えていると、ぼんやりとした「問い」が浮かんでくるでしょう。その段階ではじめて過去の研究を調べると範囲も絞られ、目的意識をもって論文を読むことができます。また研究論文がない／少ないという場合でも、その問いは他の映画において論じられているはずです。新規性とは関係性を見出すことでもあり、意外な映画や研究の組み合わせから思いがけない「問い」が見つかるかもしれません。

（藤田）

「問い」から資料集め、執筆まで

　適切な「問い」を立てたら、次にするべきことは、その問いに答えるための証拠を探すことです。感想文や批評と違い、レポート・卒論では単に自分がそう思うからという理由で結論を出すことはできません。自分以外の第三者が言っていることを証拠として挙げることによって、自分の出した答えが妥当であることを示す必要があります。

　レポート・卒論で挙げるべき証拠には、様々な種類があります。まず、映画作品そのものが大事な証拠です。作品によっては完全な形で残っていなかったり、劇場公開版／ディレクターズ・カット版といったように複数のバージョンが存在するものもあります。まずは作品がどのような形で作られているのか、そこから何がわかるのかを把握しましょう。例えば AFI Catalog のデータベースで映画作品名を検索すると、監督や俳優などの名前、

レポート・卒論の書き方

サウンドやスクリーン・サイズの種類、公開年月日、レイティングの区分、原作やジャンルなどについての詳細な情報を調べることができます。

　作品そのもの以外で重要な証拠になるのは、映画に関わる資料です。資料にもいくつか種類がありますが、まず把握すべきなのは、その映画について研究者が書いた本や論文です。これらは通常「先行研究」と呼ばれ、大学図書館やAmazon、CiNiiやJ-Stageといった検索サイトで見つけることができます。自分の「問い」に関して先行研究ではどのような説明がなされているのかを確認し、レポート・卒論ではそうした本や論文の書誌情報や引用を含めるようにしましょう。先行研究の見解に同意するにしろ反論するにしろ、それらをふまえた上で議論していることを示すことが、学術的なアプローチとして必要になります。

　先行研究は自分の立てた「問い」に答える上で役に立つかもしれませんが、場合によってはその説明に納得がいかなかったり、「問い」に答えきれないことがあるかもしれません。それぞれの先行研究が示すのは、ある事象に対するあくまでもひとつの説明であって、映画史の説明はひとつとは限らないからです。その場合は、映画の「一次資料」を調べましょう。「一次資料」とは、「問い」の対象となる映画や事象に直接関わる資料のことで、例えばある映画作品についての卒論・レポートであれば、その映画の製作記録や監督のインタヴュー、公開当時の批評などがあたります（これに対して、のちの時代の研究者が書いた先行研究などは「二次資料」と呼ばれます）。一次資料はアメリカのアーカイヴに行かないと見ることができないものもありますが、現在はオンラインでアクセスできる資料も多くありますので、それらをのぞいてみるのもよいでしょう。例えば、『ロサンゼルス・タイムズ』や『バラエティ』といった新聞や業界紙で、映画が公開当時どのように批評されたのかを調べることもできますし、Media History Digital Libraryのようなオンライン・アーカイヴから、昔のファン雑誌や業界の動向をまとめた年鑑を読むこともできます。

　先行研究や資料にあたって証拠を見つけ、「問い」に対するオリジナルな答え＝説明を示すことが、レポート・卒論執筆の目的になります。レポート・卒論の「問い」と「答え」、そして、その「理由」である根拠や具体例がある程度そろったら、全体の構成を考えましょう。論文は序論（Introduction）＋本体（Body）＋結論（Conclusion）の構成にすると、読む人にもわかりやすくなります。同じ結論だとしても、結論を裏づける根拠や具体例（本体の部分）の質や量が充実しているほど説得力のある論文になりますので、複数の根拠や具体例を、それぞれ段落に分けながら書いていくとよいでしょう。また、根拠や具体例をどこで見つけたかを明示することが、学術のマナーです。それらは学術論文の書

式（例えばMLAスタイルやシカゴ・スタイル）に従って、引用や参考文献一覧に書きましょう。

　例えば、「ハリウッドの自主規制である映画製作倫理規定が、映画の表現形式に与えた影響」というテーマで卒論を書くとします。ここで筆者は、映画製作倫理規定が検閲として単に表現の自由を妨げただけではなく、逆に新たな表現方法を生み出すきっかけにもなっていたのではないか、という仮説を立てます。ただし、映画製作倫理規定のもとで製作された映画は何千本とあり、この問いのままでは範囲が広すぎて立証するのが難しいため、『深夜の告白』*（*Double Indemnity*, 1944）という具体的な作品を取り上げて論じることにします。映画製作倫理規定が生まれた歴史的背景、映画製作倫理規定の影響を受けたとされる1930年代のスクリューボール・コメディやギャング映画の特徴をふまえた上で、『深夜の告白』の表現方法を分析します。分析においては、1936年に出版された原作小説との比較、同時代のフィルム・ノワールと呼ばれる映画群との比較をしながら、作品に見られる映画製作倫理規定に適応した表現方法を具体的に指摘します。以下は、筆者が実際に書いた卒業論文の章立てです。

題目『ハリウッド映画とプロダクション・コード——『深夜の告白』をめぐって』
　序章
　1章　プロダクション・コードとは何か
　　1.1　アメリカにおける映画検閲の始まり
　　1.2　ハリウッドの自主規制——MPPDA
　　1.3　プロダクション・コードの制定
　　1.4　映画とコードについての研究
　2章　『深夜の告白』が1936年に映画化できなかった理由
　　2.1　小説を映画化する問題
　　2.2　主人公を変えること
　　2.3　コメディにすること
　　2.4　社会的にすること
　　2.5　過去にすること
　3章　『深夜の告白』が1944年に映画化できた理由
　　3.1　戦争の影響
　　3.2　フラッシュバックとヴォイスオーヴァー

レポート・卒論の書き方

3.3 間接的な描き方

3.4 キャスティングについて

3.5 映像におけるリアリズム

3.6 削除された死刑の場面

終章

参考文献

　今回は、主に学部生の読者を対象としてレポート・卒論の書き方を説明しましたが、大学院生の修士論文、博士論文も基本的な書き方は同じです。ただし、大学院での論文はより専門的な内容が求められるため、論文の根拠の部分としては、日本語だけでなく英語で出版されている学術研究の把握、二次資料だけでなく一次資料の収集、などが必須になるでしょう。学部生の論文だとしても、日本語で検索して先行研究がうまく見つからない場合は、Google Scholar や ProQuest で英語の文献や論文を探してみるとよいですし、論文のテーマによっては、アメリカの大学図書館や議会図書館、マーガレット・ヘリック図書館といったアーカイヴで資料にあたりましょう。

（仁井田）

＜参考サイト＞

映画のデータベース	
AFI Catalog	アメリカン・フィルム・インスティテュート (AFI) によるアメリカ映画のカタログ。製作年、出演俳優、スタッフなどを調べることができる。　　　　　　　　　　aficatalog.afi.com
Internet Movie Database	インターネットの黎明期に映画ファンの Usenet グループから誕生し、現在は Amazon.com 社の子会社。映画だけでなく、テレビ番組やミュージックビデオ、ゲームまでの作品情報に加えて、ユーザーのレヴューなども投稿されている。　　　　　　　　　　　　　　　　　　　　www.imdb.com
学術論文のデータベース（日本）	
J-STAGE	国立研究開発法人科学技術振興機構（JST）が運営。学術誌の掲載を支援し、J-STAGE 上の電子ジャーナルを（多くの場合）無料で公開している。　　　　　www.jstage.jst.go.jp/browse/-char/ja

Google Scholar	学術論文のための検索に特化したグーグル社のサイト。高い精度を誇り、学術論文だけでなく、書籍や雑誌記事、紀要など幅広い関連資料を見つけることができる。 scholar.google.co.jp
CiNii Research	国立情報学研究所が運営するデータベース。J-STAGE 上にはない（学術機関リポジトリに掲載された）紀要なども検索できる。 cir.nii.ac.jp

映画に関する学術論文を書くときに使われるスタイル

MLA スタイル	アメリカ現代語学文学協会の出版するMLA Handbookが定める書式。人文学で使われることが多く、本文中に括弧内引用（著者名やページ数などを記載）が用いられる。 style.mla.org/works-cited/ citations-by-format
シカゴスタイル	シカゴ大学出版局による書式マニュアル。こちらも人文学で用いられ、引用先は脚注あるいは文末注で示される。 www.chicagomanualofstyle.org/tools_citationguide.html

映画資料アーカイヴ

Media History Digital Library	パブリックドメインとなった業界紙や雑誌のオープンアクセスのデジタルアーカイヴ。映画史家の個人的努力から始まり、現在はthe Wisconsin Center for Film and Theater Researchの一部となっている。　mediahistoryproject.org
Margaret Herrick Library	アカデミー賞で知られる映画芸術科学アカデミー（Academy of Motion Picture Arts and Sciences）が保管する（1928年以降の）シナリオをはじめとする当時の文献資料を閲覧できる。予約が必要。　　　　www.oscars.org/library

アグリゲーター系データベース

ProQuest	様々な出版社が発行する電子ジャーナルや電子書籍をひとつのサイトに集めて、閲覧と全文検索のサービスを提供するサイト。それぞれ異なる会社や機関によって運営され、JSTORの一部を除いて有料で、所属機関を通したログインが求められる。
EBSCO	
JSTOR	

レポート・卒論の書き方

アメリカ合衆国基礎データ

面　積	371.8万平方マイル （962.8万平方キロメートル、50州・日本の約25.5倍）
人　口	約3億3,200万人（2021年7月米統計局推計）
首　都	ワシントンD.C.
言　語	主として英語（法律上の定めはない）
宗　教	信教の自由を憲法で保障、主にキリスト教
政　体	大統領制、連邦制（50州ほか）
議　会	二院制 上院 100議席、任期6年（2年ごとに約3分の1ずつ改選） 下院 435議席、任期2年（2年ごとに全員改選）
軍事力	2020年度国防費予算　7,126億ドル 兵役 志願制　　約133万6千人（2020年3月末現在）
GDP	18兆8,226億ドル（実質、2020年）
一人当たりGDP	69,221ドル（実質、2020年）
在留邦人数	426,354人（2020年10月、50州）
在日当該国人数	56,834人［2018年6月現在］ （但し、外交官、公用滞在者、在日米軍を除く）

＊日本の外務省のデータに基づき作成

アメリカ映画史年表

年号	歴史事項
1492	コロンブス、バハマ諸島に到着。
1607	イギリス、ヴァージニアにジェイムズタウン建設。
1620	ピルグリム・ファーザーズ、メイフラワー号でプリマスに到着、プリマス植民地建設。
1630	ジョン・ウィンスロップら、マサチューセッツ湾岸植民地建設。
1692	セイラム魔女裁判。
1730	ジョナサン・エドワーズらによる大覚醒運動 (〜40年代)。
1733	イギリス領13植民地となる。
1774	第1回大陸会議
1775	独立戦争始まる (〜83)。
1776	独立宣言公布。
1788	アメリカ合衆国憲法批准。
1789	ジョージ・ワシントン、初代大統領に就任。
1803	フランスからルイジアナ購入。
1808	奴隷貿易禁止令。
1820	ミズーリ協定。
1821	スペインよりフロリダ譲渡。
1823	モンロー宣言 (孤立主義へ)。
1825	エリー運河開通。
1828	アンドルー・ジャクソン、大統領に当選 (ジャクソニアン・デモクラシーへ)。
1830	インディアン強制移住法。
1833	アメリカ奴隷制反対協会設立。
1836	アラモの戦い。テキサス共和国成立。
1845	「明白な天命」論、広まる。テキサス併合。
1846	アメリカ＝メキシコ戦争始まる (〜48)。

年号	歴史事項
1846	カリフォルニアで金鉱発見（ゴールド・ラッシュへ）。 セネカ・フォールズ大会（女性の権利を求めた全米初の大会）で「所感宣言」発布。
1850	1850年の妥協。
1854	奴隷制に反対する共和党結成。
1860	リンカン、大統領に当選。南部各州が連邦脱退へ。
1861	CSA（南部同盟政府 The Confederate States of America）樹立。 南北戦争始まる（〜65）。
1862	ホームステッド法（公有地無償交付）。
1863	奴隷解放宣言。ゲディスバーグの戦い。
1865	南北戦争終結。リンカン大統領暗殺。憲法修正13条で奴隷制が正式に撤廃。 南部再建期始まる（〜77）。クー・クラックス・クラン（KKK）結成。
1869	大陸横断鉄道開通。

年号	歴史事項	映画史事項	公開映画
1889		ジョージ・イーストマンが等間隔穴式セルロイド・フィルムを発明、トーマス・エジソンが使用。	
1890	フロンティア消滅。ウンデッド・ニーの大虐殺（先住民族の組織的抵抗終わる）。		
1891		エジソンがキネトグラフ（カメラ）とキネトスコープ（のぞき式映画鑑賞装置）を発明。	
1893		エジソンが世界初の映画スタジオ「ブラック・ダリア」をニュージャージー州に建設。	
1894		エジソンのキネトスコープがNYで営業開始。	

370　　　　　　　　　　　　　　　　　　　　　　　　　　　　　　　　　　　　　巻末資料

年号	歴史事項	映画史事項	公開映画
1895		リュミエール兄弟のシネマトグラフの有料上映会。	
1896	最高裁「分離すれど平等」(separate but equal) の判決 [プレッシー判決]。	エジソンの投影式映画鑑賞装置ヴァイタスコープがNYで営業開始。	
1898	米西戦争 (帝国主義論争へ)。		
1901	セオドア・ローズヴェルト、大統領就任 (革新主義の時代へ)。		
1903			『大列車強盗』
1908	フォードの「モデルT」発売開始。	MPPC結成。	
1909	全国黒人地位向上協会 (NAACP) 結成。		
1914	第一次世界大戦 (〜 18、アメリカは17年に参戦)。		
1915			『國民の創生』『チート』
1916			『イントレランス』『シヴィリゼーション』
1919	禁酒法制定 (1920年発効、1933年無効)。		
1920	国際連盟発足 (アメリカは加盟せず)。サッコ＝ヴァンゼッティ事件 (容疑者逮捕、1927年処刑)。女性参政権発効。		
1921	緊急移民法 (出身国別移民割当て)。		『シーク』
1922			『極北のナヌーク』
1923			『ロイドの要心無用』
1924	移民法 (出身国別移民数割当てにいっそう厳しい制限)。アメリカ・インディアン公民権法。		『キートンの探偵学入門』『グリード』

アメリカ映画史年表

年号	歴史事項	映画史事項	公開映画
1925	スコープス裁判（モンキー裁判）。		『黄金狂時代』
1927	リンドバーグ大西洋横断飛行。	初のトーキー映画『ジャズ・シンガー』公開。	『メトロポリス』『サンライズ』『ジャズ・シンガー』
1929	大恐慌(10月24日「暗黒の木曜日」株価大暴落)。		『ワイルド・パーティー』
1930		「映画製作倫理規定」発表。	『嘆きの天使』
1932			『フリークス』『暗黒街の顔役』『極楽特急』
1933	フランクリン・D・ローズヴェルト、大統領に就任。ニューディール政策。		『ゴールド・ディガーズ』
1934		「映画製作倫理規定」厳格適用開始。	『或る夜の出来事』
1936			『モダン・タイムス』
1937			『スタア誕生』
1938	下院に非米活動委員会設立（45年、常設化）。		『赤ちゃん教育』
1939	第二次世界大戦（～45）。		『駅馬車』『オズの魔法使』『ニノチカ』『風と共に去りぬ』
1940			『独裁者』『ヒズ・ガール・フライデー』
1941	真珠湾攻撃。アメリカ参戦。		『ハイ・シェラ』『市民ケーン』『マルタの鷹』『サリヴァンの旅』
1942			『我々はなぜ戦うのか』（『戦争の序曲』)（1942-45)『ミッドウェイ海戦』『カサブランカ』『キャット・ピープル』
1944			『深夜の告白』
1945	広島、長崎に原爆投下。国際連合設立（本部ニューヨーク）。		『ミルドレッド・ピアース』

年号	歴史事項	映画史事項	公開映画
1946			『殺人者』 『我等の生涯の最良の年』 『素晴らしき哉、人生！』
1947	トルーマン・ドクトリン（冷戦の激化）。	赤狩りが強まりハリウッド・テン映画界から追放。	『紳士協定』
1948		パラマウント判決。	『黄金』
1949			『白熱』
1950	マッカーシーズム（〜 54）。 朝鮮戦争始まる（〜 53）。		『サンセット大通り』
1951			『欲望という名の電車』
1952		シネラマ第1作『これがシネラマだ』公開。	『雨に唄えば』『真昼の決闘』 『これがシネラマだ』
1953	ローゼンバーグ夫妻処刑。	シネスコープ第1作『聖衣』公開。	『月蒼くして』 『紳士は金髪がお好き』 『ローマの休日』『聖衣』 『二重結婚者』
1954	ブラウン判決（公立学校における白人と黒人の別学を定めた州法が違憲とされる）。		『波止場』
1955	キング牧師の率いるバス・ボイコット運動、公民権運動始まる。		『エデンの東』『マーティ』 『理由なき反抗』 『天が許し給うすべて』
1956	マーティン・ルーサー・キング、ロバート・ケネディ暗殺。		『ボディ・スナッチャー／恐怖の街』 『捜索者』
1957	リトルロック騒動。ソ連の人工衛星スプートニク打ち上げ、スプートニク・ショックと呼ばれる論争始まる（〜 61）。		『戦場にかける橋』
1958			『黒い罠』
1959			『アメリカの影』『ベン・ハー』
1960			『サイコ』

アメリカ映画史年表

年号	歴史事項	映画史事項	公開映画
1961	アイゼンハワー大統領、軍産複合体への危惧表明。ジョン・F・ケネディ大統領就任。ニューフロンティア政策。		『荒馬と女』 『ウエスト・サイド物語』
1962	キューバ危機。		『アラバマ物語』
1963	ワシントン大行進。ケネディ大統領暗殺。		『アルゴ探検隊の大冒険』
1964	ミシシッピ州で公民権運動家3名がKKKに殺害される。もっとも包括的な公民権法成立。		『マイ・フェア・レディ』
1965	ベトナム北爆開始（アメリカ、ベトナム戦争に本格介入）。全米で反戦運動。		『サウンド・オブ・ミュージック』
1966	ブラック・パワー運動高まる。全米女性機構（NOW）結成。		『バージニア・ウルフなんかこわくない』
1967			『夜の大捜査線』 『俺たちに明日はない』 『チチカット・フォーリーズ』 『卒業』
1968	キング牧師暗殺、全米で黒人暴動。ロバート・F・ケネディ暗殺。ネイディブ・アメリカンのレッド・パワー運動。	レイティング・システムの導入。	『2001年宇宙の旅』 『ローズマリーの赤ちゃん』 『ナイト・オブ・ザ・リビングデッド』
1969	ストーンウォールの暴動。各地の大学で紛争。アポロ11号、人類初の月面着陸。ウッドストック・ロック・フェスティバル開催。		『真夜中のカーボーイ』 『ワイルドバンチ』 『イージー・ライダー』 『明日に向って撃て！』
1970			『M★A★S★Hマッシュ』 『真夜中のパーティー』 『キャッチ22』『小さな巨人』 『わらの犬』
1971			『スウィート・スウィートバック』 『ギャンブラー』 『黒いジャガー』 『フレンチ・コネクション』 『ラスト・ショー』 『ダーティハリー』

年号	歴史事項	映画史事項	公開映画
1972			『ゴッドファーザー』 『ディープ・スロート』
1973	アメリカ軍、ベトナムから撤退。 ロー対ウェイド判決により中絶 禁止は原則違憲となる。		『グループ・マリッジ』 『コフィー』 『アメリカン・グラフィティ』 『地獄の逃避行』 『エクソシスト』
1974	ニクソン大統領、ウォーターゲ ート事件で辞任。		『チャイナタウン』 『悪魔のいけにえ』 『ゴッドファーザー PART II』
1975			『ナッシュビル』『ジョーズ』
1976			『タクシードライバー』 『キャリー』
1977			『スター・ウォーズ』 『アメリカの友人』 『未知との遭遇』
1978			『ハロウィン』 『キラー・オブ・シープ』 『ディア・ハンター』
1979			『地獄の黙示録』
1980			『天国の門』
1981			『パーマネント・バケーション』 『レッズ』
1982			『ブレードランナー』
1983	SDI（戦略防衛構想）		『愛と追憶の日々』
1984			『ストレンジャー・ザン・パラ ダイス』
1985			『カイロの紫のバラ』 『バック・トゥ・ザ・フューチャー』
1986			『ハンナとその姉妹』 『ブルーベルベット』
1987			『ブロードキャスト・ニュース』

アメリカ映画史年表

年号	歴史事項	映画史事項	公開映画
1988			『存在の耐えられない軽さ』
1989	ベルリンの壁崩壊。ジョージ・H・W・ブッシュ大統領とソ連共産党書記長ゴルバチョフによるマルタ会談、冷戦終結宣言。		『偶然の旅行者』 『ドゥ・ザ・ライト・シング』 『セックスと嘘とビデオテープ』 『ドラッグストア・カウボーイ』 『ロジャー＆ミー』
1990	米ソ首脳会談で戦略兵器削減交渉（START）合意。東西ドイツ再統一。		『シザーハンズ』
1991	湾岸戦争。ソ連崩壊（アメリカ一極集中の時代へ）。		『自由への旅立ち』 『テルマ＆ルイーズ』 『マイ・プライベート・アイダホ』
1992			『レザボア・ドッグス』
1993	ビル・クリントン大統領就任。		『ジュラシック・パーク』
1994			『パルプ・フィクション』
1995			『セブン』『トイ・ストーリー』
1996			『ファーゴ』
1997			『ブギーナイツ』
1999			『マトリックス』 『アメリカン・ビューティー』 『マグノリア』
2000			『トラフィック』
2001	ジョージ・W・ブッシュ大統領就任。9.11同時多発テロ。		『モンスーン・ウェディング』 『ザ・ロイヤル・テネンバウムズ』 『ロード・オブ・ザ・リング』
2002		全編デジタル映画『スター・ウォーズエピソード2／クローンの攻撃』公開。	『ボウリング・フォー・コロンバイン』 『エデンより彼方に』
2003	イラク戦争開始。ソドミー法無効。		『ロスト・イン・トランスレーション』 『エレファント』
2004			『Mr.インクレディブル』 『ミリオンダラー・ベイビー』

年号	歴史事項	映画史事項	公開映画
2005			『ブロークバック・マウンテン』
2006			『不都合な真実』
2007	サブプライム・ローン問題発覚。		『ノーカントリー』
2008	リーマン・ブラザーズが倒産し、世界的金融危機発生。		『ミルク』『ハート・ロッカー』『スラムドッグ＄ミリオネア』
2009	バラク・オバマが黒人として初の大統領に就任。		『アバター』
2010			『インセプション』
2011			『ツリー・オブ・ライフ』
2012			『リンカーン』
2013			『ネブラスカ ふたつの心をつなぐ旅』『アナと雪の女王』
2014			『グランド・ブダペスト・ホテル』『バードマン あるいは（無知がもたらす予期せぬ奇跡）』『インターステラー』
2015	事実上全50州における同性結婚の合法化。		『キャロル』
2016			『ムーンライト』『ラ・ラ・ランド』
2017	ドナルド・トランプが大統領就任。		『ゲット・アウト』『ワンダーウーマン』『ダンケルク』『スリー・ビルボード』
2018			『ブラック・クランズマン』『クレイジー・リッチ！』
2019			『ワンス・アポン・ア・タイム・イン・ハリウッド』『ジョーカー』『パラサイト 半地下の家族』
2020	COVID-19が世界中で猛威をふるう。		『ミナリ』

アメリカ映画史年表

年号	歴史事項	映画史事項	公開映画
2021	ジョー・バイデンが大統領就任。		『コーダ あいのうた』 『ノマドランド』
2022	ロシアがウクライナ侵攻。1973年のロー対ウェイド判決が覆る。		『エブリシング・エブリウェア・オール・アット・ワンス』
2023			『バービー』 『オッペンハイマー』

アメリカ大統領一覧

	大統領	副大統領	政党	在任	生誕州	生没年
1	ジョージ・ワシントン George Washington	J・アダムズ	なし	1789-97	VA	1732-99
2	ジョン・アダムズ John Adams	T・ジェファソン	フェデラリスト	1797–1801	MA	1735-1826
3	トマス・ジェファソン Thomas Jefferson	A・バー; G・クリントン	リパブリカン党	1801–9	VA	1743-1826
4	ジェイムズ・マディソン James Madison	G・クリントン; E・ゲーリー	リパブリカン党	1809–17	VA	1751-1836
5	ジェイムズ・モンロー James Monroe	D・D・トンプキンズ	リパブリカン党	1817–25	VA	1758-1831
6	ジョン・クインシー・アダムズ John Quincy Adams	J・C・カルフーン	リパブリカン党	1825–29	MA	1767-1848
7	アンドルー・ジャクソン Andrew Jackson	J・C・カルフーン; M・ヴァン・ビューレン	民主党	1829–37	SC	1767-1845
8	マーティン・ヴァン・ビューレン Martin Van Buren	R・M・ジョンソン	民主党	1837–41	NY	1782-1862
9	ウィリアム・ヘンリー・ハリソン William Henry Harrison	J・タイラー	ホイッグ党	1841	VA	1773-1841
10	ジョン・タイラー John Tyler	なし	ホイッグ党	1841–45	VA	1790-1862
11	ジェイムズ・ポーク James Knox Pork	G・M・ダグラス	民主党	1845–49	NC	1795-1849
12	ザカリー・テイラー Zachary Tayler	M・フィルモア	ホイッグ党	1849–50	VA	1784-1850
13	ミリアード・フィルモア Milliard Fillmore	なし	ホイッグ党	1850–53	NY	1800-74
14	フランクリン・ピアース Franklin Pierce	W・R・キング	民主党	1853–57	NH	1804-69
15	ジェイムズ・ブキャナン James Buchanan	J・C・ブレッキンリッジ	民主党	1857–61	PA	1791-1868
16	エイブラハム・リンカン Ablaham Lincoln	H・ハムリン; A・ジョンソン	共和党	1861–65	KY	1809-65
17	アンドルー・ジョンソン Andrew Jophnson	なし	民主党	1865–69	NC	1808-75
18	ユリシーズ・S・グラント Ulysses S. Grant	S・コルファクス; H・ウィルソン	共和党	1869–77	OH	1822-85

	大統領	副大統領	政党	在任	生誕州	生没年
19	ラザフォード・B・ヘイズ Rutherford B. Hayes	W・A・ウィーラー	共和党	1877–81	OH	1822-93
20	ジェイムズ・ガーフィールド James Garfield	C・A・アーサー	共和党	1881	OH	1831-81
21	チェスター・A・アーサー Chester A. Arthur	なし	共和党	1881–85	VT	1829-86
22	グローヴァー・クリーヴランド Stephen Grover Cleveland	T・A・ヘンドリックス	民主党	1885–89	NJ	1837-1908
23	ベンジャミン・ハリソン Benjamin Harrison	L・P・モートン	共和党	1889–93	OH	1833-1901
24	グローヴァー・クリーヴランド Stephen Grover Cleveland	A・E・スティーヴンソン	民主党	1893–97	NJ	1837-1908
25	ウィリアム・マッキンリー William McKinley	G・A・ホバート; T・ローズヴェルト	共和党	1897–1901	OH	1843-1901
26	シオドア・ローズヴェルト Theodore Roosevelt	C・W・フェアバンクス	共和党	1901–09	NY	1858-1919
27	ウィリアム・H・タフト William H. Taft	J・S・シャーマン	共和党	1909–13	OH	1857-1930
28	ウッドロー・ウィルソン Woodrow Wilson	T・R・マーシャル	民主党	1913–21	VA	1856-1924
29	ウォレン・ハーディング Warren Harding	C・クーリッジ	共和党	1921–23	OH	1865-1923
30	カルヴィン・クーリッジ Calvin Coolidge	C・G・ドーズ	共和党	1923–29	VT	1872-1933
31	ハーバート・フーヴァー Herbert Hoover	C・カーティス	共和党	1929–33	IA	1874-1964
32	フランクリン・D・ローズヴェルト Franklin Delano Roosevelt	J・N・ガーナー; H・A・ウォーレス; H・S・トルーマン	民主党	1933–45	NY	1882-1945
33	ハリー・S・トルーマン Harry S. Truman	A・W・バークリー	共和党	1945–53	MO	1884-1972
34	ドワイト・アイゼンハワー Dwight Eisenhower	R・M・ニクソン	共和党	1953–61	TX	1890-1969
35	ジョン・F・ケネディ John F. Kennedy	L・B・ジョンソン	民主党	1961–63	MA	1917-63
36	リンドン・B・ジョンソン Lyndon C. Johnson	H・H・ハンフリー	民主党	1963–69	TX	1908-73
37	リチャード・M・ニクソン Richard M. Nixon	S・T・アグニュー; G・R・フォード	共和党	1969–74	CA	1913-94
38	ジェラルド・R・フォード Gerald R. Ford	N・A・ロックフェラー	共和党	1974–77	NE	1913-2006
39	ジェイムズ・カーター James Carter	W・F・モンデール	民主党	1977–81	GA	1924-

	大統領	副大統領	政党	在任	生誕州	生没年
40	ロナルド・W・レーガン Ronald W. Reagan	G・H・W・ブッシュ	共和党	1981–89	IL	1911-2004
41	ジョージ・H・W・ブッシュ George Herbert Walker Bush	J・D・クェール	共和党	1989–93	MA	1924-
42	ウィリアム・J・クリントン William J. Clinton	A・ゴアJr.	民主党	1993–2001	AR	1946-
43	ジョージ・W・ブッシュ George Walker Bush	R・B・チェイニー	共和党	2001–09	CT	1946-
44	バラク・H・オバマ Barack H. Obama	J・バイデン	民主党	2009-17	HI	1961-
45	ドナルド・トランプ Donald J. Trump	M・ペンス	共和党	2009-21	NY	1946-
46	ジョー・バイデン Joe Biden	K・ハリス	民主党	2021-	PA	1942-

映画ランキング

2007年1月1日以前に封切られた映画を対象として、AFI（American Film Institute）が2007年はじめに行ったアンケート結果。アンケート回答者は、1500名の多岐にわたる映画関係のリーダー。長編映画、アメリカ映画、批評的に評価のある映画、主要映画賞受賞映画、時代を超えて人気のある映画、歴史的意義のある映画、文化的なインパクトのある映画かどうかを投票の判断基準とする。なお、10年前の1997年にも、AFI 100のアンケートが行われた。

AFI 100

	タイトル		製作年	監督
1	市民ケーン	Citizen Kane	1941	オーソン・ウェルズ
2	ゴッドファーザー	The Godfather	1972	フランシス・フォード・コッポラ
3	カサブランカ	Casablanca	1942	マイケル・カーティス
4	レイジング・ブル	Raging Bull	1980	マーティン・スコセッシ
5	雨に唄えば	Singin' in the Rain	1952	ジーン・ケリー、スタンリー・ドーネン
6	風と共に去りぬ	Gone with the Wind	1939	ヴィクター・フレミング
7	アラビアのロレンス	Lawrence of Arabia	1962	デイヴィッド・リーン
8	シンドラーのリスト	Schindler's List	1993	スティーブン・スピルバーグ
9	めまい	Vertigo	1958	アルフレッド・ヒッチコック
10	オズの魔法使	The Wizard of Oz	1939	ヴィクター・フレミング
11	街の灯	City Lights	1931	チャールズ・チャップリン
12	捜索者	The Searchers	1956	ジョン・フォード
13	スター・ウォーズ	Star Wars	1977	ジョージ・ルーカス
14	サイコ	Psycho	1960	アルフレッド・ヒッチコック
15	2001年宇宙の旅	2001: A Space Odyssey	1968	スタンリー・キューブリック
16	サンセット大通り	Sunset Boulevard	1950	ビリー・ワイルダー
17	卒業	The Graduate	1967	マイク・ニコルズ
18	キートン将軍	The General	1927	バスター・キートン、クライド・ブラックマン
19	波止場	On the Waterfront	1954	エリア・カザン
20	素晴らしき哉、人生！	It's a Wonderful Life	1946	フランク・キャプラ
21	チャイナタウン	Chinatown	1974	ロマン・ポランスキー
22	お熱いのがお好き	Some Like It Hot	1959	ビリー・ワイルダー
23	怒りの葡萄	The Grapes of Wrath	1940	ジョン・フォード
24	E.T.	E.T. the Extra-Terrestrial	1982	スティーブン・スピルバーグ
25	アラバマ物語	To Kill a Mockingbird	1962	ロバート・マリガン
26	スミス都へ行く	Mr. Smith Goes to Washington	1939	フランク・キャプラ
27	真昼の決闘	High Noon	1952	フレッド・ジンネマン
28	イヴの総て	All About Eve	1950	ジョセフ・L・マンキーウィッツ
29	深夜の告白	Double Indemnity	1944	ビリー・ワイルダー

	タイトル		製作年	監督
30	地獄の黙示録	Apocalypse Now	1979	フランシス・フォード・コッポラ
31	マルタの鷹	The Maltese Falcon	1941	ジョン・ヒューストン
32	ゴッドファーザー PART II	The Godfather Part II	1974	フランシス・フォード・コッポラ
33	カッコーの巣の上で	One Flew Over the Cuckoo's Nest	1975	ミロス・フォアマン
34	白雪姫	Snow White and the Seven Dwarfs	1937	デイヴィッド・ハンド
35	アニー・ホール	Annie Hall	1977	ウディ・アレン
36	戦場にかける橋	The Bridge on the River Kwai	1957	デイヴィッド・リーン
37	我等の生涯の最良の年	The Best Years of Our Lives	1946	ウィリアム・ワイラー
38	黄金	The Treasure of the Sierra Madre	1948	ジョン・ヒューストン
39	博士の異常な愛情 または私は如何にして心配するのを止めて水爆を愛するようになったか	Dr. Strangelove or: How I Learned to Stop Worrying and Love the Bomb	1964	スタンリー・キューブリック
40	サウンド・オブ・ミュージック	The Sound of Music	1965	ロバート・ワイズ
41	キング・コング	King Kong	1933	メリアン・C・クーパー、アーネスト・B・シュードサック
42	俺たちに明日はない	Bonnie and Clyde	1967	アーサー・ペン
43	真夜中のカーボーイ	Midnight Cowboy	1969	ジョン・シュレシンジャー
44	フィラデルフィア物語	The Philadelphia Story	1940	ジョージ・キューカー
45	シェーン	Shane	1953	ジョージ・スティーヴンス
46	或る夜の出来事	It Happened One Night	1934	フランク・キャプラ
47	欲望という名の電車	A Streetcar Named Desire	1951	エリア・カザン
48	裏窓	Rear Window	1954	アルフレッド・ヒッチコック
49	イントレランス	Intolerance	1916	D・W・グリフィス
50	ロード・オブ・ザ・リング	The Lord of the Rings: The Fellowship of the Ring	2001	ピーター・ジャクソン
51	ウエスト・サイド物語	West Side Story	1961	ロバート・ワイズ、ジェローム・ロビンス
52	タクシードライバー	Taxi Driver	1976	マーティン・スコセッシ
53	ディア・ハンター	The Deer Hunter	1978	マイケル・チミノ
54	M★A★S★H マッシュ	M*A*S*H	1970	ロバート・アルトマン
55	北北西に進路を取れ	North by Northwest	1959	アルフレッド・ヒッチコック
56	ジョーズ	Jaws	1975	スティーブン・スピルバーグ
57	ロッキー	Rocky	1976	ジョン・G・アビルドセン
58	黄金狂時代	The Gold Rush	1925	チャールズ・チャップリン
59	ナッシュビル	Nashville	1975	ロバート・アルトマン
60	我輩はカモである	Duck Soup	1933	レオ・マッケリー
61	サリヴァンの旅	Sullivan's Travels	1941	プレストン・スタージェス
62	アメリカン・グラフィティ	American Graffiti	1973	ジョージ・ルーカス
63	キャバレー	Cabaret	1972	ボブ・フォッシー
64	ネットワーク	Network	1976	シドニー・ルメット

映画ランキング

	タイトル		製作年	監督
65	アフリカの女王	The African Queen	1951	ジョン・ヒューストン
66	レイダース／失われたアーク《聖櫃》	Raiders of the Lost Ark	1981	スティーブン・スピルバーグ
67	バージニア・ウルフなんかこわくない	Who's Afraid of Virginia Woolf?	1966	マイク・ニコルズ
68	許されざる者	Unforgiven	1992	クリント・イーストウッド
69	トッツィー	Tootsie	1982	シドニー・ポラック
70	時計じかけのオレンジ	A Clockwork Orange	1971	スタンリー・キューブリック
71	プライベート・ライアン	Saving Private Ryan	1998	スティーブン・スピルバーグ
72	ショーシャンクの空に	The Shawshank Redemption	1994	フランク・ダラボン
73	明日に向って撃て！	Butch Cassidy and the Sundance Kid	1969	ジョージ・ロイ・ヒル
74	羊たちの沈黙	The Silence of the Lambs	1991	ジョナサン・デミ
75	夜の大捜査線	In the Heat of the Night	1967	ノーマン・ジュイソン
76	フォレスト・ガンプ 一期一会	Forrest Gump	1994	ロバート・ゼメキス
77	大統領の陰謀	All the President's Men	1976	アラン・J・パクラ
78	モダン・タイムス	Modern Times	1936	チャールズ・チャップリン
79	ワイルドバンチ	The Wild Bunch	1969	サム・ペキンパー
80	アパートの鍵貸します	The Apartment	1960	ビリー・ワイルダー
81	スパルタカス	Spartacus	1960	スタンリー・キューブリック
82	サンライズ	Sunrise: A Song of Two Humans	1927	F・W・ムルナウ
83	タイタニック	Titanic	1997	ジェームズ・キャメロン
84	イージー・ライダー	Easy Rider	1969	デニス・ホッパー
85	オペラは踊る	A Night at the Opera	1935	サム・ウッド
86	プラトーン	Platoon	1986	オリバー・ストーン
87	十二人の怒れる男	12 Angry Men	1957	シドニー・ルメット
88	赤ちゃん教育	Bringing Up Baby	1938	ハワード・ホークス
89	シックス・センス	The Sixth Sense	1999	M・ナイト・シャマラン
90	有頂天時代	Swing Time	1936	ジョージ・スティーヴンス
91	ソフィーの選択	Sophie's Choice	1982	アラン・J・パクラ
92	グッドフェローズ	Goodfellas	1990	マーティン・スコセッシ
93	フレンチ・コネクション	The French Connection	1971	ウィリアム・フリードキン
94	パルプ・フィクション	Pulp Fiction	1994	クエンティン・タランティーノ
95	ラスト・ショー	The Last Picture Show	1971	ピーター・ボグダノヴィッチ
96	ドゥ・ザ・ライト・シング	Do the Right Thing	1989	スパイク・リー
97	ブレードランナー	Blade Runner	1982	リドリー・スコット
98	ヤンキー・ドゥードゥル・ダンディ	Yankee Doodle Dandy	1942	マイケル・カーティス
99	トイ・ストーリー	Toy Story	1995	ジョン・ラセッター
100	ベン・ハー	Ben-Hur	1959	ウィリアム・ワイラー

AFI ジャンル別トップ10

＊AFIの資料に基づき作成

アニメ：映像が主にコンピュータまたは手作業によって作られ、登場人物の声を役者が演じるジャンル

1	白雪姫	Snow White and the Seven Dwarfs	1937
2	ピノキオ	Pinocchio	1940
3	バンビ	Bambi	1942
4	ライオン・キング	The Lion King	1994
5	ファンタジア	Fantasia	1940
6	トイ・ストーリー	Toy Story	1995
7	美女と野獣	Beauty and the Beast	1991
8	シュレック	Shrek	2001
9	シンデレラ	Cinderella	1950
10	ファインディング・ニモ	Finding Nemo	2003

ロマンティック・コメディ：ロマンス（恋愛）の展開がコミックなシチュエーションへと至るジャンル

1	街の灯	City Lights	1931
2	アニー・ホール	Annie Hall	1977
3	或る夜の出来事	It Happened One Night	1934
4	ローマの休日	Roman Holiday	1953
5	フィラデルフィア物語	The Philadelphia Story	1940
6	恋人たちの予感	When Harry Met Sally...	1989
7	アダム氏とマダム	Adam's Rib	1949
8	月の輝く夜に	Moonstruck	1987
9	ハロルドとモード 少年は虹を渡る	Harold and Maude	1971
10	めぐり逢えたら	Sleepless in Seattle	1993

西部劇：アメリカ西部を舞台とし、フロンティアの精神そしてその葛藤および消滅を具体的に表現するジャンル

1	捜索者	The Searchers	1956
2	真昼の決闘	High Noon	1952
3	シェーン	Shane	1953
4	許されざる者	Unforgiven	1992
5	赤い河	Red River	1948
6	ワイルドバンチ	The Wild Bunch	1969
7	明日に向って撃て！	Butch Cassidy and the Sundance Kid	1969
8	ギャンブラー	McCabe & Mrs. Miller	1971
9	駅馬車	Stagecoach	1939
10	キャット・バルー	Cat Ballou	1965

スポーツ：主人公たちが競技スポーツあるいは競技ゲームに参加するジャンル

1	レイジング・ブル	Raging Bull	1980
2	ロッキー	Rocky	1976
3	打撃王	The Pride of the Yankees	1942
4	勝利への旅立ち	Hoosiers	1986
5	さよならゲーム	Bull Durham	1988
6	ハスラー	The Hustler	1961
7	ボールズ・ボールズ	Caddyshack	1980
8	ヤング・ゼネレーション	Breaking Away	1979
9	緑園の天使	National Velvet	1944
10	ザ・エージェント	Jerry Maguire	1996

映画ランキング

ミステリー：犯罪の解決を中心に展開するジャンル

1	めまい	Vertigo	1958
2	チャイナタウン	Chinatown	1974
3	裏窓	Rear Window	1954
4	ローラ殺人事件	Laura	1944
5	第三の男	The Third Man	1949
6	マルタの鷹	The Maltese Falcon	1941
7	北北西に進路を取れ	North by Northwest	1959
8	ブルーベルベット	Blue Velvet	1986
9	ダイヤルMを廻せ！	Dial M for Murder	1954
10	ユージュアル・サスペクツ	The Usual Suspects	1995

ファンタジー：生身の登場人物が、空想上の舞台設定に存在しているか、自然界の法則を超越した状況を経験するか、少なくともいずれかのひとつであるジャンル

1	オズの魔法使	The Wizard of Oz	1939
2	ロード・オブ・ザ・リング	The Lord of the Rings: The Fellowship of the Ring	2001
3	素晴らしき哉、人生！	It's a Wonderful Life	1946
4	キング・コング	King Kong	1933
5	三十四丁目の奇跡	Miracle on 34th Street	1947
6	フィールド・オブ・ドリームス	Field of Dreams	1989
7	ハーヴェイ	Harvey	1950
8	恋はデジャ・ブ	Groundhog Day	1993
9	バグダッドの盗賊	The Thief of Bagdad	1924
10	ビッグ	Big	1988

SF：科学的あるいはテクノロジー的な前提と想像的な空想を結びつけるジャンル

1	2001年宇宙の旅	2001: A Space Odyssey	1968
2	スター・ウォーズ	Star Wars	1977
3	E.T.	E.T. the Extra-Terrestrial	1982
4	時計じかけのオレンジ	A Clockwork Orange	1971
5	地球の静止する日	The Day the Earth Stood Still	1951
6	ブレードランナー	Blade Runner	1982
7	エイリアン	Alien	1979
8	ターミネーター2	Terminator 2: Judgment Day	1991
9	ボディ・スナッチャー／恐怖の街	Invasion of the Body Snatchers	1956
10	バック・トゥ・ザ・フューチャー	Back to the Future	1985

ギャング：20世紀を舞台として、組織的犯罪あるいは一匹狼的な犯罪者に焦点をあてるジャンル

1	ゴッドファーザー	The Godfather	1972
2	グッドフェローズ	Goodfellas	1990
3	ゴッドファーザー Part II	The Godfather Part II	1974
4	白熱	White Heat	1949
5	俺たちに明日はない	Bonnie and Clyde	1967
6	暗黒街の顔役	Scarface	1932
7	パルプ・フィクション	Pulp Fiction	1994
8	民衆の敵	The Public Enemy	1931
9	犯罪王リコ	Little Caesar	1931
10	スカーフェイス	Scarface	1983

法廷劇：物語において訴訟制度が重要な役割を果たすジャンル

1	アラバマ物語	To Kill a Mockingbird		1962
2	十二人の怒れる男	12 Angry Men		1957
3	クレイマー、クレイマー	Kramer vs. Kramer		1979
4	評決	The Verdict		1982
5	ア・フュー・グッドメン	A Few Good Men		1992
6	情婦	Witness for the Prosecution		1957
7	或る殺人	Anatomy of a Murder		1959
8	冷血	In Cold Blood		1967
9	クライ・イン・ザ・ダーク	A Cry in the Dark	日本未公開	1988
10	ニュールンベルグ裁判	Judgment at Nuremberg		1961

歴史叙事：過去を映画的に解釈することに焦点をあてた大がかりな映画ジャンル

1	アラビアのロレンス	Lawrence of Arabia	1962
2	ベン・ハー	Ben-Hur	1959
3	シンドラーのリスト	Schindler's List	1993
4	風と共に去りぬ	Gone with the Wind	1939
5	スパルタカス	Spartacus	1960
6	タイタニック	Titanic	1997
7	西部戦線異状なし	All Quiet on the Western Front	1930
8	プライベート・ライアン	Saving Private Ryan	1998
9	レッズ	Reds	1981
10	十戒	The Ten Commandments	1956

＊ジャンルとは、ある共通のテーマ、題材、プロット、モチーフなどを持つ映画のグループのことを指す。「ジャンル」という
言葉は用いなかったが映画製作会社は早くからこのグループ分けを意識して製作していた。また、「ジャンル」という言葉が
映画批評および研究において用いられるようになったのは第二次世界大戦後である。ジャンルは、必ずしも固定的なものでは
なく、様々な要因によって変化する。したがって、このAFIによる2007年のジャンルは、他の人によるジャンル定義とジャン
ル分け、ある特定の時代に支配的であったと考えられるジャンル、産業的カテゴリーとしてのジャンル、批評的カテゴリーと
してのジャンル、などと必ずしも一致するとは限らない。

アカデミー賞作品賞 歴代受賞作品

	タイトル		監督
1929	つばさ	Wings	ウィリアム・A・ウェルマン
1930	ブロードウェイ・メロディー	The Broadway Melody	ハリー・ボーモント
1931	西部戦線異状なし	All Quiet on the Western Front	ルイス・マイルストン
1932	シマロン	Cimarron	アンソニー・マン
1933	グランド・ホテル	Grand Hotel	エドマンド・グールディング
1934	カヴァルケード	Cavalcade	フランク・ロイド
1935	或る夜の出来事	It Happened One Night	フランク・キャプラ
1936	戦艦バウンティ号の叛乱	Mutiny on the Bounty	フランク・ロイド
1937	巨星ジーグフェルド	The Great Ziegfeld	ロバート・Z・レナード
1938	ゾラの生涯	The Life of Emile Zola	ウィリアム・ディターレ
1939	我が家の楽園	You Can't Take It with You	フランク・キャプラ
1940	風と共に去りぬ	Gone With the Wind	ヴィクター・フレミング
1941	レベッカ	Rebecca	アルフレッド・ヒッチコック
1942	わが谷は緑なりき	How Green Was My Valley	ジョン・フォード
1943	ミニヴァー夫人	Mrs. Miniver	ウィリアム・ワイラー
1944	カサブランカ	Casablanca	マイケル・カーティス
1945	我が道を往く	Going My Way	レオ・マッケリー
1946	失われた週末	The Lost Weekend	ビリー・ワイルダー
1947	我等の生涯の最良の年	The Best Years of Our Lives	ウィリアム・ワイラー
1948	紳士協定	Gentleman's Agreement	エリア・カザン
1949	ハムレット	Hamlet	ローレンス・オリヴィエ
1950	オール・ザ・キングスメン	All the King's Men	ロバート・ロッセン
1951	イヴの総て	All About Eve	ジョーゼフ・L・マンキーウィッツ
1952	巴里のアメリカ人	An American in Paris	ヴィンセント・ミネリ
1953	地上最大のショウ	The Greatest Show on Earth	セシル・B・デミル
1954	地上より永遠に	From Here to Eternity	フレッド・ジンネマン
1955	波止場	On the Waterfront	エリア・カザン
1956	マーティ	Marty	デルバート・マン
1957	八十日間世界一周	Around the World in 80 Days	マイケル・アンダーソン
1958	戦場にかける橋	The Bridge on the River Kwai	デヴィッド・リーン
1959	恋の手ほどき	Gigi	ヴィンセント・ミネリ
1960	ベン・ハー	Ben-Hur	ウィリアム・ワイラー

	タイトル		監督
1961	アパートの鍵貸します	The Apartment	ビリー・ワイルダー
1962	ウエスト・サイド物語	West Side Story	ロバート・ワイズ、ジェローム・ロビンス
1963	アラビアのロレンス	Lawrence of Arabia	デヴィッド・リーン
1964	トム・ジョーンズの華麗な冒険	Tom Jones	トニー・リチャードソン
1965	マイ・フェア・レディ	My Fair Lady	ジョージ・キューカー
1966	サウンド・オブ・ミュージック	The Sound of Music	ロバート・ワイズ
1967	わが命つきるとも	A Man for All Seasons	フレッド・ジンネマン
1968	夜の大捜査線	In the Heat of the Night	ノーマン・ジュイソン
1969	オリバー！	Oliver!	キャロル・リード
1970	真夜中のカーボーイ	Midnight Cowboy	ジョン・シュレシンジャー
1971	パットン大戦車軍団	Patton	フランクリン・J・シャフナー
1972	フレンチ・コネクション	The French Connection	ウィリアム・フリードキン
1973	ゴッドファーザー	The Godfather	フランシス・フォード・コッポラ
1974	スティング	The Sting	ジョージ・ロイ・ヒル
1975	ゴッドファーザーPart II	The Godfather Part II	フランシス・フォード・コッポラ
1976	カッコーの巣の上で	One Flew Over the Cuckoo's Nest	ミロス・フォアマン
1977	ロッキー	Rocky	ジョン・G・アヴィルドセン
1978	アニー・ホール	Annie Hall	ウディ・アレン
1979	ディア・ハンター	The Deer Hunter	マイケル・チミノ
1980	クレイマー・クレイマー	Kramer vs. Kramer	ロバート・ベントン
1981	普通の人々	Ordinary People	ロバート・レッドフォード
1982	炎のランナー	Chariots of Fire	ヒュー・ハドソン
1983	ガンジー	Gandhi	リチャード・アッテンボロー
1984	愛と追憶の日々	Terms of Endearment	ジェームズ・L・ブルックス
1985	アマデウス	Amadeus	ミロス・フォアマン
1986	愛と哀しみの果て	Out of Africa	シドニー・ポラック
1987	プラトーン	Platoon	オリバー・ストーン
1988	ラスト・エンペラー	The Last Emperor	ベルナルド・ベルトルッチ
1989	レインマン	Rain Man	バリー・レヴィンソン
1990	ドライビングMissデイジー	Driving Miss Daisy	ブルース・ベレスフォード
1991	ダンス・ウィズ・ウルブズ	Dances with Wolves	ケビン・コスナー
1992	羊たちの沈黙	The Silence of the Lambs	ジョナサン・デミ
1993	許されざる者	Unforgiven	クリント・イーストウッド
1994	シンドラーのリスト	Schindler's List	スティーブン・スピルバーグ
1995	フォレスト・ガンプ 一期一会	Forrest Gump	ロバート・ゼメキス
1996	ブレイブハート	Braveheart	アンソニー・ミンゲラ
1997	イングリッシュ・ペイシェント	The English Patient	アンソニー・ミンゲラ

アカデミー賞作品賞 歴代受賞作品

	タイトル		監督
1998	タイタニック	Titanic	ジェームズ・キャメロン
1999	恋に落ちたシェイクスピア	Shakespeare in Love	ジョン・マッデン
2000	アメリカン・ビューティー	American Beauty	サム・メンデス
2001	グラディエーター	Gladiator	リドリー・スコット
2002	ビューティフル・マインド	A Beautiful Mind	ロン・ハワード
2003	シカゴ	Chicago	ロブ・マーシャル
2004	ロード・オブ・ザ・リング／王の帰還	The Lord of the Rings: The Return of the King	ピーター・ジャクソン
2005	ミリオンダラー・ベイビー	Million Dollar Baby	クリント・イーストウッド
2006	クラッシュ	Crash	ポール・ハギス
2007	ディパーテッド	The Departed	マーティン・スコセッシ
2008	ノーカントリー	No Country for Old Men	ジョエル・コーエン、イーサン・コーエン
2009	スラムドッグ＄ミリオネア	Slumdog Millionaire	ダニー・ボイル
2010	ハート・ロッカー	The Hurt Locker	キャスリン・ビグロー
2011	英国王のスピーチ	The King's Speech	トム・フーパー
2012	アーティスト	The Artist	ミシェル・アザナビシウス
2013	アルゴ	Argo	ベン・アフレック
2014	それでも夜は明ける	12 Years a Slave	スティーヴ・マックイーン
2015	バードマン あるいは (無知がもたらす予期せぬ奇跡)	Birdman or (The Unexpected Virtue of Ignorance)	アレハンドロ・ゴンサレス・イニャリトゥ
2016	スポットライト 世紀のスクープ	Spotlight	トム・マッカーシー
2017	ムーンライト	Moonlight	バリー・ジェンキンス
2018	シェイプ・オブ・ウォーター	The Shape of Water	ギレルモ・デル・トロ
2019	グリーンブック	Green Book	ピーター・ファレリー
2020	パラサイト 半地下の家族	Parasite	ポン・ジュノ
2021	ノマドランド	Nomadland	クロエ・ジャオ
2022	コーダ あいのうた	CODA	シアン・ヘダー
2023	エブリシング・エブリウェア・オール・アット・ワンス	Everything Everywhere All at Once	ダニエル・クワン、ダニエル・シャイナート
2024	オッペンハイマー	Oppenheimer	クリストファー・ノーラン

歴代アメリカ映画 興行収入トップ50

2023年9月15日までに公開された映画のランキング

アメリカとカナダの映画館興行収入ランキング（現代の映画ほど料金が高くなるので上位になりやすい）

	映画タイトル		公開年	総収入 (単位百万ドル)
1	スター・ウォーズ／フォースの覚醒	Star Wars: Episode VII–The Force Awakens	2015	936.7
2	アベンジャーズ／エンドゲーム	Avengers: Endgame	2019	858.4
3	スパイダーマン：ノー・ウェイ・ホーム	Spider-Man: No Way Home	2021	814.1
4	アバター	Avatar	2009	785.2
5	トップガン マーヴェリック	Top Gun: Maverick	2022	718.7
6	ブラックパンサー	Black Panther	2018	700.4
7	アバター：ウェイ・オブ・ウォーター	Avatar: The Way of Water	2022	684.1
8	アベンジャーズ／インフィニティ・ウォー	Avengers: Infinity War	2018	678.8
9	タイタニック	Titanic	1997	674.3
10	ジュラシック・ワールド	Jurassic World	2015	653.4
11	アベンジャーズ	The Avengers	2012	623.4
12	バービー	Barbie	2023	622.2
13	スター・ウォーズ／最後のジェダイ	Star Wars: Episode VIII–The Last Jedi	2017	620.2
14	インクレディブル・ファミリー	Incredibles 2	2018	608.6
15	ザ・スーパーマリオブラザーズ・ムービー	The Super Mario Bros. Movie	2023	574.9
16	ライオン・キング	The Lion King	2019	543.6
17	ダークナイト	The Dark Knight	2008	535
18	ローグ・ワン／スター・ウォーズ・ストーリー	Rogue One: A Star Wars Story	2016	533.5
19	スター・ウォーズ／スカイウォーカーの夜明け	Star Wars: Episode IX–The Rise of Skywalker	2019	515.2
20	美女と野獣	Beauty and the Beast	2017	504.5
21	ファインディング・ドリー	Finding Dory	2016	486.3
22	アナと雪の女王2	Frozen II	2019	477.4
23	スター・ウォーズ エピソード1／ファントム・メナス	Star Wars: Episode I–The Phantom Menace	1999	474.5
24	スター・ウォーズ エピソード4／新たなる希望	Star Wars: Episode IV–A New Hope	1977	461
25	アベンジャーズ／エイジ・オブ・ウルトロン	Avengers: Age of Ultron	2015	459
26	ブラックパンサー／ワカンダ・フォーエバー	Black Panther: Wakanda Forever	2022	453.8
27	ダークナイト ライジング	The Dark Knight Rises	2012	448.1
28	シュレック2	Shrek 2	2004	441.2
29	E.T.	E.T. the Extra-Terrestrial	1982	437.1
30	トイ・ストーリー4	Toy Story 4	2019	434
31	キャプテン・マーベル	Captain Marvel	2019	426.8

	映画タイトル		公開年	総収入 (単位百万ドル)
32	ハンガー・ゲーム2	The Hunger Games: Catching Fire	2013	424.7
33	パイレーツ・オブ・カリビアン／ デッドマンズ・チェスト	Pirates of the Caribbean: Dead Man's Chest	2006	423.3
34	ライオン・キング	The Lion King	1994	422.8
35	ジュラシック・ワールド／炎の王国	Jurassic World: Fallen Kingdom	2018	417.7
36	トイ・ストーリー3	Toy Story 3	2010	415
37	ワンダーウーマン	Wonder Woman	2017	412.8
38	ドクター・ストレンジ／ マルチバース・オブ・マッドネス	Doctor Strange in the Multiverse of Madness	2022	411.3
39	アイアンマン3	Iron Man 3	2013	409
40	シビル・ウォー／キャプテン・アメリカ	Captain America: Civil War	2016	408.1
41	ハンガー・ゲーム	The Hunger Games	2012	408
42	ジュラシック・パーク	Jurassic Park	1993	407.2
43	スパイダーマン	Spider-Man	2002	407
44	ジュマンジ	Jumanji: Welcome to the Jungle	2017	404.5
45	トランスフォーマー／リベンジ	Transformers: Revenge of the Fallen	2009	402.1
46	アナと雪の女王	Frozen	2013	401
47	スパイダーマン：ファー・フロム・ホーム	Spider-Man: Far From Home	2019	390.5
48	ガーディアンズ・オブ・ギャラクシー：リミックス	Guardians of the Galaxy Vol. 2	2017	389.8
49	ハリー・ポッターと死の秘宝 PART2	Harry Potter and the Deathly Hallows - Part 2	2011	381.4
50	スパイダーマン：アクロス・ザ・スパイダーバース	Spider-Man: Across the Spider-Verse	2023	381.3

＊*The World Almanac*（2024）に基づき作成

チケット価格の上昇に配慮し2022年現在の興行収入へと修正したランキング

	映画タイトル		公開年	総収入 (単位百万ドル)
1	風と共に去りぬ	Gone With the Wind	1939	1,895.4
2	スター・ウォーズ エピソード4／新たなる希望	Star Wars: Episode IV–A New Hope	1977	1,669.00
3	サウンド・オブ・ミュージック	The Sound of Music	1965	1,335.10
4	E.T.	E.T. the Extra-Terrestrial	1982	1,329.20
5	タイタニック	Titanic	1997	1,270.10
6	十戒	The Ten Commandments	1956	1,227.50
7	ジョーズ	Jaws	1975	1,200.90
8	ドクトル・ジバゴ	Doctor Zhivago	1965	1,163.10
9	エクソシスト	The Exorcist	1973	1,036.30
10	白雪姫	Snow White and the Seven Dwarfs	1937	1,021.30
11	スター・ウォーズ／フォースの覚醒	Star Wars: Episode VII–The Force Awakens	2015	1,013.00
12	101匹わんちゃん	101 Dalmatians	1961	936.20
13	スター・ウォーズ エピソード5／帝国の逆襲	Star Wars: Episode V–The Empire Strikes Back	1980	920.80
14	ベン・ハー	Ben-Hur	1959	918.70
15	アバター	Avatar	2009	911.80
16	アベンジャーズ／エンドゲーム	Avengers: Endgame	2019	892.70
17	スター・ウォーズ エピソード6／ジェダイの帰還	Star Wars: Episode VI–Return of the Jedi	1983	881.30
18	ジュラシック・パーク	Jurassic Park	1993	860.20
19	スター・ウォーズ エピソード1／ファントム・メナス	Star Wars: Episode I–The Phantom Menace	1999	846.20
20	ライオン・キング	The Lion King	1994	835.30
21	スティング	The Sting	1973	835.30
22	レイダース／失われたアーク《聖櫃》	Raiders of the Lost Ark	1981	829.70
23	卒業	The Graduate	1967	801.90
24	ファンタジア	Fantasia	1940	778.10
25	ゴッドファーザー	The Godfather	1972	739.50
26	フォレスト・ガンプ 一期一会	Forrest Gump	1994	736.80
27	メリー・ポピンズ	Mary Poppins	1964	732.60
28	グリース	Grease	1978	722.40
29	アベンジャーズ	The Avengers	2012	720.4
30	ジュラシック・ワールド	Jurassic World	2015	719.6
31	ブラックパンサー	Black Panther	2018	715
32	007 サンダーボール作戦	Thunderball	1965	700.9
33	ダークナイト	The Dark Knight	2008	697.7
34	ジャングル・ブック	The Jungle Book	1967	690.4
35	眠れる森の美女	Sleeping Beauty	1959	681

歴代アメリカ映画 興行収入トップ 50

	映画タイトル		公開年	総収入 (単位百万ドル)
36	アベンジャーズ／インフィニティ・ウォー	Avengers: Infinity War	2018	678.6
37	ゴーストバスターズ	Ghostbusters	1984	667.9
38	シュレック2	Shrek 2	2004	665.7
39	スパイダーマン	Spider-Man	2002	661.8
40	明日に向って撃て！	Butch Cassidy and the Sundance Kid	1969	661.1
41	ある愛の詩	Love Story	1970	656
42	インデペンデンス・デイ	Independence Day	1996	649
43	ホーム・アローン	Home Alone	1990	634.7
44	スター・ウォーズ／最後のジェダイ	Star Wars: Episode VIII–The Last Jedi	2017	633.4
45	ピノキオ	Pinocchio	1940	631.6
46	クレオパトラ	Cleopatra	1963	629.5
47	ビバリーヒルズ・コップ	Beverly Hills Cop	1984	629.2
48	007／ゴールドフィンガー	Goldfinger	1964	621.2
49	インクレディブル・ファミリー	Incredibles 2	2018	621.2
50	大空港	Airport	1970	619.5

＊*The World Almanac*（2023）に基づき作成

アメリカの映画館

	映画館チケット 売上収入 (単位百万ドル)	入場者数 (単位百万人)	週当たりの 入場者数 (単位百万人)	スクリーン数	平均 チケット 料金 (単位ドル)	映画製作数	公開映画数
1946	1,692.0	4,067.30	78.2		0.42		400
1950	1,379.0	3,017.50	58		0.46		483
1955	1,204.0	2,072.30	39.9		0.58		319
1960	984.4	1,304.50	25.1		0.76		248
1965	1,041.8	1,031.50	19.8		1.01		279
1970	1,429.2	920.6	17.7		1.55	279	306
1975	2,114.8	1,032.8	19.9	15,030	2.03	258	233
1980	2,748.5	1,021.5	19.6	17,590	2.69	214	233
1985	3,749.4	1,056.1	23.3	21,147	3.55	264	470
1990	5,021.8	1,188.6	22.9	23,689	4.22	346	410
1995	5,269.0	1,211.0	23.3	27,805	4.35	631	411
2000	7,468.0	1,383.0	26.6	37,396	5.39	683	475
2005	8,832.0	1,376.0	26.5	38,852	6.41	920	507
2010	10,741.0	1,341.0	25.8	39,547	7.89	795	563
2015	11,081.2	1,321.0	25.4	42,552	8.43	495	753
2016	11,574.3	1,315.0	25.3	42,659	8.65	511	799
2017	11,072.7	1,240.0	23.8	43,216	8.97	549	872
2018	11,852.1	1304.0	25.1	43,459	9.11	576	862
2019	11,375.3	1,242.0	23.9	43,681	9.16	601	967
2020	2,200.0	240.0	4.6	44,111	9.37	341	338
2021	4,500.0	470.0	9	41,882	9.57	696	387

＊*The World Almanac*（2023）に基づき作成

映画製作数：2012年以降はMPAAに加盟していない100万ドル以下の予算の映画は含まない／ 2019年からNetflixの映画も加算

テレビ所有率・ケーブルテレビ加入率

	テレビ所有世帯数 （単位千）	全世帯の中の テレビ所有世帯の 比率（%）
1950	3,880	9.0
1951	10,320	23.5
1952	15,300	34.2
1953	20,400	44.7
1954	26,000	55.7
1955	30,700	64.5
1956	34,900	71.8
1957	38,900	78.6
1958	41,920	83.2
1959	43,950	85.9
1960	45,750	87.1
1961	47,200	88.8
1962	48,855	90.0
1963	50,300	91.3
1964	51,600	92.3
1965	52,700	92.6
1966	53,850	93.0
1967	55,130	93.6
1968	56,670	94.6
1969	58,250	95.0
1970	59,550	95.2
1971	60,900	95.5
1972	62,350	95.8
1973	65,600	96.0
1974	66,800	97.0
1975	68,500	97.0
1976	69,600	97.0
1977	71,200	97.0
1978	72,900	98.0

	ケーブルテレビ 加入数 （単位百万）	テレビ所有世帯の テーブルテレビ 加入率（%）
1980	17.7	22.6
1985	38.7	45.3
1990	53.9	58.6
1995	62.1	65.1
2000	78.6	77.9
2005	94.0	85.7
2010	104.1	90.6
2011	104.8	90.4
2012	103.6	90.3
2013	103.3	90.5
2014	103.7	89.6
2015	100.2	86.0
2016	97.8	84.0
2017	96.0	81.0
2018	92.8	77.6
2019	88.4	73.7
2020	82.3	68.3
2021	75.5	62.4
2022	65.9	53.8

＊The American Centuryのサイトおよび*The World Almanac*（2023）に基づき作成

アメリカのスクリーンレジェンド

原則として1950年以前にデビューした俳優でスクリーンで顕著な存在感のあった俳優。映画界のリーダーたちを対象のアンケート調査をもとに、AFIが1999年に発表したランキング。

		男　性		
	氏名		生没年	代表的出演作
1	ハンフリー・ボガート	Humphry Bogart	1899-1957	『カサブランカ』
2	ケーリー・グラント	Cary Grant	1904-1986	『北北西に進路を取れ』
3	ジェームズ・ステュアート	James Stewart	1908-1997	『素晴らしき哉、人生！』
4	マーロン・ブランド	Marlon Brando	1924-2004	『ゴッドファーザー』
5	フレッド・アステア	Fred Astaire	1899-1987	『有頂天時代』
6	ヘンリー・フォンダ	Henry Fonda	1905-1982	『十二人の怒れる男』
7	クラーク・ゲーブル	Clark Gable	1901-1960	『風と共に去りぬ』
8	ジェームズ・キャグニー	James Cagney	1899-1986	『ヤンキー・ドゥードゥル・ダンディ』
9	スペンサー・トレイシー	Spencer Tracy	1900-1967	『ニュールンベルグ裁判』
10	チャールズ・チャップリン	Charles Chaplin	1889-1977	『モダン・タイムス』
11	ゲイリー・クーパー	Gary Cooper	1901-1961	『真昼の決闘』
12	グレゴリー・ペック	Gregory Peck	1916-2003	『ローマの休日』
13	ジョン・ウェイン	John Wayne	1907-1979	『駅馬車』
14	ローレンス・オリヴィエ	Laurence Olivier	1907-1989	『レベッカ』
15	ジーン・ケリー	Gene Kelly	1912-1996	『雨に唄えば』
16	オーソン・ウェルズ	Orson Welles	1915-1985	『市民ケーン』
17	カーク・ダグラス	Kirk Douglas	1916-2020	『スパルタカス』
18	ジェームズ・ディーン	James Dean	1931-1955	『理由なき反抗』
19	バート・ランカスター	Burt Lancaster	1913-1994	『山猫』
20	マルクス兄弟	Marx Brothers		『我輩はカモである』
21	バスター・キートン	Buster Keaton	1895-1966	『キートンの探偵学入門』
22	シドニー・ポワチエ	Sidney Poitier	1927-2022	『招かれざる客』
23	ロバート・ミッチャム	Robert Mitchum	1917-1997	『狩人の夜』
24	エドワード・G・ロビンソン	Edward G. Robinson	1893-1973	『キー・ラーゴ』
25	ウィリアム・ホールデン	William Holden	1918-1981	『ワイルドバンチ』

女　性			
	氏名	生没年	代表的出演作
1	キャサリン・ヘプバーン　Katharine Hepburn	1907-2003	『赤ちゃん教育』
2	ベティ・デイヴィス　Bette Davis	1908-1989	『何がジェーンに起ったか?』
3	オードリー・ヘプバーン　Audrey Hepburn	1929-1993	『ローマの休日』
4	イングリッド・バーグマン　Ingrid Bergman	1915-1982	『カサブランカ』
5	グレタ・ガルボ　Greta Garbo	1905-1990	『グランド・ホテル』
6	マリリン・モンロー　Marilyn Monroe	1926-1962	『お熱いのがお好き』
7	エリザベス・テイラー　Elizabeth Taylor	1932-2011	『クレオパトラ』
8	ジュディ・ガーランド　Judy Garland	1922-1969	『オズの魔法使』
9	マレーネ・ディートリヒ　Marlene Dietrich	1901-1992	『モロッコ』
10	ジョーン・クロフォード　Joan Crawford	1904-1977	『ミルドレッド・ピアース』
11	バーバラ・スタンウィック　Barbara Stanwyck	1907-1990	『レディ・イヴ』
12	クローデット・コルベール　Claudette Colbert	1903-1996	『或る夜の出来事』
13	グレース・ケリー　Grace Kelly	1929-1982	『裏窓』
14	ジンジャー・ロジャース　Ginger Rogers	1911-1995	『恋愛手帖』
15	メイ・ウェスト　Mae West	1893-1980	『マイラ』
16	ヴィヴィアン・リー　Vivien Leigh	1913-1967	『風と共に去りぬ』
17	リリアン・ギッシュ　Lillian Gish	1893-1993	『國民の創生』
18	シャーリー・テンプル　Shirley Temple	1928-2014	『テンプルちゃんお芽出度う』
19	リタ・ヘイワース　Rita Hayworth	1918-1987	『上海から来た女』
20	ローレン・バコール　Lauren Bacall	1924-2014	『脱出』
21	ソフィア・ローレン　Sophia Loren	1934-	『ひまわり』
22	ジーン・ハーロウ　Jean Harlow	1911-1937	『民衆の敵』
23	キャロル・ロンバード　Carole Lombard	1908–1942	『スミス夫妻』
24	メアリー・ピックフォード　Mary Pickford	1892-1979	『雀』
25	エヴァ・ガードナー　Ava Gardner	1922-1990	『殺人者』

＊The American Film Institute Desk Reference（2002）に基づき作成

ASLの年代推移

アメリカの長編映画の年ごとのASL（Average Shot Length）の中間値

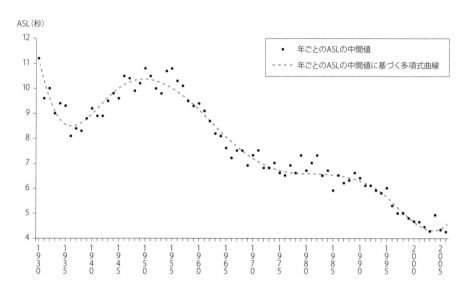

＊Barry Salt, *Film Style and Technology* 第3版（Starword 2009）に基づき作成

映画製作倫理規定

前文

　映画製作者は、全世界の人々から寄せられる大きな信用と信頼を認識する。映画は、この信用と信頼によって全世界共通の娯楽となった。

　映画製作者は、この信用のために、そしてまた娯楽と芸術が国民の生活に重要な影響力を持つゆえに、一般大衆に対する責任を痛感する。

　よって、彼ら映画製作者は、教化あるいは宣伝という明白な目的を持たない娯楽だとまず第一義的に映画を見なすが、娯楽の領域内にある映画が精神的あるいは道徳的発展、高次の種類の社会生活そして多くの正しい思考に直接的責任があることを認識している。

　サイレント映画からトーキー映画への急速な移行の時期にあって、彼ら映画製作者は、トーキー映画製作の管理規定を順守することの、また、この責任を認めることの、必要性と機会を痛感した。

　映画製作者側からは、一般大衆とその指導者に、製作者の目的と問題に対する好意的理解と協力的態度を要請する。それによってはじめて、彼ら映画製作者は、万人にとっての健全な娯楽というより高いレベルに映画を到達させるに必要な自由と機会を得ることができるであろう。

一般原則

1. 観る人の道徳規範を低下させる映画は製作してはならない。それゆえ、観客の共感は、犯罪、悪行、邪悪、罪に向けられてはならない。

2. 人生の正しい規範は、ドラマと娯楽の枠内で、示されなければならない。

3. 自然法であれ実定法であれ、法律は、軽んじられてはならない。また、その法律の侵犯に対して共感を生み出してはならない。

個別細則適用

Ⅰ. 法律に反する諸犯罪

法や正義に反する犯罪に対する共感を与える仕方で、あるいは模倣への欲求を人に与えるような仕方で、これら諸犯罪を提示してはならない。

1. 殺人
    a. 殺人の手法は、模倣を誘発しないような仕方で提示されなければならない。
    b. 残虐な殺人は詳細に提示されてはならない。
    c. 現代における復讐は正当化してはならない。

2. 犯罪の方法は明白に提示すべきではない。
   a. 窃盗、強盗、金庫破り、ならびに列車、鉱山、建物などの爆破は、方法の詳細を示してはならない。
   b. 放火も同様である。
   c. 火器の使用は、必要最小限に制限されるべきである。
   d. 密輸の方法は、示されるべきではない。
3. 違法な薬物取引は、決して示してはならない。
4. プロットあるいは適切な登場人物描写に必要がない限り、アメリカの生活における酒類の使用は、示してはならない。

Ⅱ．性

結婚制度と家庭の神聖さは、称揚されなければならない。映画は、低級な形式の性的関係が許容される、あるいは普通のことであるかのようにほのめかしてはならない。

1. 不倫や不義密通は、しばしばプロットに必要ではあるが、あからさまに扱ったり、正当化したり、あるいは、魅力的に提示してはならない。
2. 欲情の諸場面
   a. これらは、プロットに明確に欠かせない場合を除いて、導入すべきではない。
   b. 過剰で肉欲的なキス、肉欲的な抱擁、挑発的なポーズやジェスチャーは、見せてはならない。
   c. 一般的に、欲情は、劣悪で低級な感情を刺激しないような仕方で扱われるべきである。
3. 誘惑とレイプ
   a. これらは、示唆するにとどめるべきである。しかも、プロットに必要不可欠な場合に限る。決して明白な仕方で示してはいけない。
   b. これらは、コメディの適切な題材ではない。
4. 性的倒錯とそれをほのめかすことは禁ずる。
5. 白人奴隷は、扱ってはならない。
6. 異人種混交（白人種と黒人種の間の性的関係）は、禁ずる。
7. 性衛生と性病は、劇場用映画の適切な題材ではない。[1934年追加]
8. 実際の出産場面は、実際の場面でもシルエットでも決して示してはならない。
9. 子どもの性器は、決して露出してはならない。

Ⅲ．下品

必ずしも邪悪ではないが低級で嫌悪感を抱かせる不快な題材は、上品な感覚に従わせるべきであり、また、観客の感受性に対する適切な配慮をもって扱われるべきである。

IV．わいせつ

言葉、しぐさ、言及、歌、ジョークあるいはほのめかしによるわいせつは、（たとえ一部の観客にしか理解できない場合でも）禁ずる。

V．冒瀆

明白な冒瀆（神 God、主 Lord、イエス Jesus、キリスト Christ ［以上は、信仰をもって使われた場合を除く］、および地獄hell、サノバビッチ S.O.B.［son of a bitch］、呪う damn、神 Gawd）およびその他の冒瀆あるいは下品な表現は、どのように使われようとも、禁ずる。［1934年追加］

VI．衣装

1. 完全なヌードは決して許されない。これには、実際のヌードおよびシルエットのヌードも含まれる。また、映画の登場人物がヌードに常軌を逸した関心を持つことも含まれる。
2. 脱衣場面は、避けるべきである。プロットに不可欠な場合を除いて、決して用いてはならない。
3. 下品あるいは過度な露出は禁ずる。
4. ダンスにおいて下品な動きの過度な露出を許すことを意図したダンス衣装は禁ずる。

VII．ダンス

1. 性的行為あるいは下品な欲情を示唆あるいは表象するようなダンスは禁ずる。
2. 下品な動作を強調するダンスは、わいせつと見なされる。

VIII．宗教

1. 映画あるいはその一挿話は、あらゆる宗教の信仰を嘲ってはならない。
2. 宗教の聖職者は、宗教の聖職者の役割で登場するときは、滑稽な登場人物および悪役として用いるべきではない。
3. あらゆる明確な宗教の諸儀式は、慎重かつ敬意を持って扱うべきである。

IX．場所

寝室の扱いは、上品な趣味と慎み深さに従わねばならない。

X．国民感情

1. 国旗の使用は、絶えず敬意を込めること。
2. すべての国の歴史、制度、著名人は、公正に表現しなければならない。

XI. タイトル

好色、下品、あるいはわいせつなタイトルは、用いてはならない。

XII. 嫌悪感を催させる題材

次の題材は、よい趣味の慎重な範囲内で扱わないといけない。

1. 法的刑罰としての絞首刑あるいは電気椅子処刑。
2. 拷問の方法。
3. 残虐行為と陰惨な行為。
4. 人あるいは動物に対する焼き印。
5. 子供あるいは動物に対する明白な残酷な行為。
6. 女性の売買、あるいは売春する女性。
7. 外科手術。

(杉野健太郎訳)

解題

　アメリカ映画製作者配給者協会 (MPPDA [Motion Picture Producers and Distributors of America]) は、1930年に、「映画製作倫理規定 (The Motion Picture Production Code)」を発表した。プロダクション・コードあるいは、MPPDAの会長ウィル・ヘイズの名前を取ってヘイズ・コードとも呼ばれる。執筆したのは、カトリック司祭でイエズス会士のダニエル・A・ロード (Daniel Aloysius Lord, SJ, 1888-1955) であり、ほぼそのままMPPDAに採用された。ロード神父は、カトリック系の雑誌の編集と執筆に携わっていた人物であり、セシル・B・デミル*監督の『キング・オブ・キングス』(1927) などで宗教専門アドバイザーを務めたこともあった。

　さらに1934年に、MPPDAは映画倫理規定管理局 (PCA [Production Code Administration]) を設置し、カトリックの平信徒でジャーナリストのジョセフ・ブリーンを局長に任命し、この規定を厳格に運用しはじめた。このPCA (ブリーン・オフィスとも呼ばれた) による自主規制は1967年まで続き、アメリカ映画の内容を強く規定することになったが、1968年にレイティング・システムに取って代わられた。

　検閲 (censorship) という、公権力の介入をも連想させがちな言葉が使われることもあるが、加藤幹郎も強調するように、あくまで映画業界内の自主規制であった。カトリックとその他の教派団体およびその他の民間団体による映画批判やロビー活動ひいては市や州や国家といった公権力による映画産業への介入を回避することを主目的に制定された (本書の特に第I部の2章と5章も参照のこと)。

　ただ、トマス・ドアティ (Thomas Doherty) が著書 (1999, 2007) で説明しているように、

映画製作倫理規定　　　　403

ロサンゼルスのマーガレット・ヘリック図書館 (Margaret Herrick Library) のPCAアーカイヴにも決定的テクストは残されていない。

　ここに訳出したのは、1930年発行当時の映画製作倫理規定の「前文 (Preamble)」、および「一般原則 (General Principles)」、「個別細則適用 (Particular Applications)」のセクションのみである。また、1934年の厳格適用の際の追加もカッコ内に示してある。

　決定的テクストは残されていないので、ドアティの本など以下を参照した。

- Martin, Olga J. *Hollywood's Movie Commandments: A Handbook for Motion Picture Writers and Reviewers.* The H. W. Wilson, 1937.

- Doherty, Thomas. *Pre-Code Hollywood: Sex, Immorality and Insurrection in American Cinema, 1930–1934.* Columbia UP, 1999.

- ———. *Hollywood's Censor: Joseph I. Breen & the Production Code Administration.* Columbia UP, 2007.

- The Motion Picture Production Code: https://productioncode.dhwritings.com/multipleframes_productioncode.php .

- Mintz, Steven, Randy Roberts, and David Welky, editors. *Hollywood's America: Understanding History through Film.* 5th ed., Wiley Blackwell, 2016.

- Maltby, Richard. *Hollywood Cinema.* 2nd ed., Blackwell, 2006.

- Vizzard, Jack. *See No Evil: Life Inside a Hollywood Censor.* Simon and Schuster, 1970.

　なお、本規定の日本語初訳は、加藤幹郎訳（加藤幹郎『映画　視線のポリティクス』[1996年] 所収）であり、参照させていただいた。また、PCAでブリーンの秘書であったマーティン (Martin) の本は、HathiTrustで全文無料公開されている。

(杉野)

さらに学びたい人のための文献資料案内

＊新版やデジタル版が刊行されている場合もあります。

アメリカ映画史概説および研究書

- 北野圭介『ハリウッド100年史講義　夢の工場から夢の王国へ』、平凡社新書、2001年、新版 2017年。　簡便なハリウッド史。

- Lewis, Jon. *American Film: A History.* 2008. 2nd ed., Norton, 2019.　1巻本のアメリカ映画史。

- Kolker, Robert P. *The Cultures of American Film.* Oxford UP, 2015.　アメリカ映画文化史の教科書。

- Belton, John. *American Cinema/ American Culture.* 5th ed., McGraw Hill, 2018.　アメリカ映画文化史の教科書。

- Mintz, Steven, Randy Roberts, and David Welky, editors. *Hollywood's America: Understanding History through Film.* 5th ed., Wiley Blackwell, 2016.　アメリカ映画社会史の教科書。

- Dixon, Wheeler Winston, and Gwendolyn Audrey Foster. *A Short History of Film.* 3rd ed., Rutgers UP, 2018.　1巻本の簡便な世界映画史。

- Sklar Robert. *Movie-Made America: A Cultural History of American Movies.* 1975.　Rev. and updated ed., Vintage, 1994. スクラー、ロバート『アメリカ映画の文化史——映画がつくったアメリカ』、上・下2巻、講談社学術文庫、1995年。

- Casper, Drew. *Postwar Hollywood 1946-1962.* Wiley-Blackwell, 2007.

- ——. *Hollywood Film 1963-1976.* Wiley-Blackwell, 2011.

- Gaudreault, Andre. *American Cinema 1890-1909: Themes and Variations.* Rutgers UP, 2009. The Screen Decades Series.　各年代を1年ごとに扱う映画史（総説もあり）のThe Screen Decadesシリーズの1冊。2010年まで刊行。

- Williams, Linda Ruth, and Michael Hammond, editors. *Contemporary American Cinema.* Open UP, 2006.　1960年代からの20世紀アメリカ映画史。

- 遠山純生『〈アメリカ映画史〉再構築——社会派ドキュメンタリーからブロックバスターまで』、作品社、2021年。

- Barnouw, Erik. *Documentary: A History of the Non-Fiction Film.* Oxford UP, 1983. バーナウ、エリック『ドキュメンタリー映画史』、安原和美訳、筑摩書房、2015年。

- Nowell-Smith, Geoffrey, editor. *The Oxford History of World Cinema.* Oxford UP, 1996. 1巻本の世界映画史。

- Thompson, Kristin, and David Bordwell. *Film History: An Introduction.* McGraw-Hill, 1994.

- Lucia, Cynthia, Roy Grundmann, and Art Simon, editors. *The Wiley-Blackwell History of the American Film*. Wiley-Blackwell, 2012. 4 vols.　4巻の共同執筆の映画史概説と論集。

- ——, editors. *American Film History: Selected Readings*. Wiley Blackwell, 2016. 2 vols.　直前の4巻本のセレクションなどからなる2巻ペーパー版。

- Bordwell, David, Janet Staiger, and Kristin Thompson. *The Classical Hollywood Cinema: Film Style and Mode of Production to 1960*. Columbia UP, 1985.　古典的ハリウッド映画を確立した研究書。

- Lewis, Jon, and Eric Smoodin, editors. *The American Film History Reader*. Routledge, 2014.

- Neale, Steve, editor. *The Classical Hollywood Reader*. Routledge, 2012.　古典的ハリウッド論集。

- Cohan, Steven. *Hollywood Musicals: The Film Reader*. Routledge, 2002.　ミュージカル論集。

- Miller, Toby, editor. *The Contemporary Hollywood Reader*. Routledge, 2009.　現代ハリウッド論集。

- Chapman, James, Mark Glancy, and Sue Harper, editors. *The New Film History: Sources, Methods, Approaches*. Palgrave Macmillan, 2007.

- Biltereyst, Daniel, Richard Maltby, and Phillipe Meers, editors. *The Routledge Companion to New Cinema History*. Routledge, 2020.

- Maltby, Richard, Daniel Biltereyst, and Phillipe Meers, editors. *Explorations in New Cinema History: Approaches and Case Studies*. Wiley-Blackwell, 2011.

- In Focus: Routledge Film Readers. Routledge.　Routledgeの映画論集シリーズ。Hollywood Musicals、Queer Cinema、Transnational Cinema, Horrorなどが刊行されている。

- Russo, Vito. *The Celluloid Closet: Homosexuality in the Movies*. Harper & Row, 1981.

映画事典

- Corey, Melinda, and George Ochoa, editors. *The American Film Institute: Desk Reference*. DK Pub, 2002.　AFIによるアメリカ映画の1巻本の事典。おすすめ。

- Hill, John, and Pamela Church Gibson, editors. *The Oxford Guide to Film Studies*. Oxford UP, 1998.　映画史用語の大項目辞典。

- Cook, Pam, editor. *The Cinema Book*. 3rd ed., BFI, 2007.　世界映画の研究案内事典。

- Katz, Ephraim, and Ronald Dean Nolen, editors. *The Film Encyclopedia: the Complete Guide to Film and the Film Industry*. 7th ed., Collins, 2012.　包括的な世界映画事典。

- Rollins, Peter C., editor. *The Columbia Companion to American History on Film*. Columbia UP, 2003.　アメリカ史に関する映画の大項目辞典。

- Guynn, William, editor. *The Routledge Companion to Film History*. Routledge, 2011. 簡便な事項別映画史解説と後半の辞典。

- Abel, Richard, editor. *Encyclopedia of Early Cinema*. Routledge, 2005. 初期映画事典。

- Hischak, Thomas S. *The Oxford Companion to the American Musical: Theatre, Film, and Television*. Oxford UP, 2008. ミュージカル事典。

- Buscombe, Edward, editor. *The BFI Companion to the Western*. Da Capo Press, 1988. 西部劇事典。

- Fagan, Herb. *The Encyclopedia of Westerns.* Checkmark Books, 2003.

- Cavalier, Steven. *World History of Animation.* Aurum Press, 2011. キャヴァリア、スティーヴン『世界アニメーション歴史事典』、仲田由美子／山川純子訳、ゆまに書房、2012年。

- Slide, Anthony. *The New Historical Dictionary of the American Film Industry*. The Scarecrow Press, 2001. 映画産業事典。

- Berry, S. Torriano, and Venise T. Berry. *The A to Z of African American Cinema.* The Scarecrow Press, 2009.

- Ray. Robert B. *The ABC of Classical Hollywood*. Oxford UP, 2008.

- Mayer, Geoff, and Brian McDonnell. *Encyclopedia of Film Noir.* Greenwood Publishing Group, 2007. フィルム・ノワール事典。

- Grant, John. *A Comprehensive Encyclopedia of Film Noir: The Essential Reference Guide.* Applause Theatre & Cinema Books, 2013. フィルム・ノワール事典。

- Aitken, Ian, editor. *The Concise Routledge Encyclopedia of the Documentary Film*. Routledge, 2006. ドキュメンタリー映画事典。

- Mazur, Eric Michael, editor. *Encyclopedia of Religion and Film*. ABC-CLIO, 2011.

- Murguía, Salvador Jimenez, editor. *The Encyclopedia of Racism in American Films.* Roman & Littlefield, 2018. アメリカ映画における人種差別事典。

- Murguía, Salvador Jimenez, Erica Joan Dymond, and Kristen Fennelly, editors. *The Encyclopedia of Sexism in American Films.* Roman & Littlefield, 2019. アメリカ映画における性差別事典。

- Murguía, Salvador Jimenez, and Erica Joan Dymond, editors. *The Encyclopedia of LGBTQIA+ Portrayals in American Films.* Roman & Littlefield, 2022. アメリカ映画におけるLGBTQIA+事典。

- 岩本憲児／高村倉太郎監修『世界映画大事典』、日本図書センター、2008年。

- 横田正夫／小出正志／池田宏編『アニメーションの事典』、朝倉書店、2012年。

映画用語辞典・事典

- 村山匡一郎編『映画史を学ぶクリティカル・ワーズ』、フィルムアート社、2003年。 簡便な

映画用語辞典。

- 山下慧／井上健一／松崎健夫『現代映画用語事典』、キネマ旬報社、2012年。

- Kuhn, Annette, and Guy Westwell. *A Dictionary of Film Studies.* Oxford UP, 2012. 英語で一番おすすめの映画用語辞典。

- Hayward, Susan. *Cinema Studies: The Key Concepts.* 2nd ed., Routledge, 2000.

- Blandford, Steve, et al. *The Film Studies Dictionary.* Arnold, 2001. ブランドフォード他『フィルム・スタディーズ事典——映画・映像用語のすべて』、杉野健太郎／中村裕英監訳、フィルムアート社、2004年。

映画監督案内

- Tasker, Yvonne, and Suzanne Leonard. *Fifty Hollywood Directors.* Routledge, 2015. 研究志向の簡便な映画監督事典。

- Tasker, Yvonne, editor. *Fifty Contemporary Film Directors.* Routledge, 2002. 研究志向の簡便な現代映画監督事典。

- Thomson, David. *The New Biographical Dictionary of Film.* 6th ed., Knopf, 2014. 映画人名事典。

- Critical Companions to Contemporary Directors. Lexington Books. 現代映画監督研究シリーズ。

- キネマ旬報社編『知っておきたい21世紀の映画監督100』、キネマ旬報社、2010年。

映画案内

- 渡辺幻／佐野亨編『ゼロ年代アメリカ映画』、芸術新聞社、2010年。 映画案内。この他に『60年代アメリカ映画』、『70年代アメリカ映画』、『80年代アメリカ映画』、『90年代アメリカ映画』が刊行されている。

- Haenni, Sabine, and John White, editors. *Fifty Key American Films.* Routledge, 2009. アメリカ映画の主要作品の簡便な研究案内。

- Wood, Jason. *100 American Independent Films.* 2nd ed., BFI Publishing, 2009.

映画研究入門

- 藤井仁子編『入門・現代ハリウッド映画講義』、人文書院、2008年。

- Benshoff, Henry M., and Sean Griffin. *America on Film: Representing Race, Class, Gender, and Sexuality at the Movies.* 2nd ed., Blackwell, 2009.

- Bordwell, David, and Kristin Thompson. *Film Art: An Introduction.* 8th ed., McGraw-Hill, 2006. ボードウェル、デイヴィッド／クリスティン・トンプソン『フィルム・アート——映画芸術入門』、藤木秀朗監訳、名古屋大学出版会、2007年。

- Buckland, Warren. *Film Studies*. 2nd ed., Hodder and Stoughton, 2003. バックランド、ウォレン『フィルムスタディーズ入門――映画を学ぶ楽しみ』、前田茂／要真理子訳、晃洋書房、2007年（第2版の訳）。　おすすめ。

- Elsaesser, Thomas, and Warren Buckland. *Studying Contemporary American Film: A Guide to Movie Analysis*. Oxford UP, 2002. エルセサー、トマス／ウォーレン・バックランド『現代アメリカ映画研究入門』、水島和則訳、書肆心水、2014年。

- Lenos, Melissa, and Michael Ryan, editors. *An Introduction to Film Analysis: Technique and Meaning in Narrative Film*. Continuum, 2012. ライアン、マイケル／メリッサ・レノス編『映画分析入門』、フィルムアート社、2014年。

- Mintz, Steven, Randy Roberts, and David Welky, editors. *Hollywood's America: Understanding History through Film*. 5th ed., Wiley-Blackwell, 2016.

- Gocsik, Karen M., et al. *Writing about Movies*. W. W. Norton, 2018. ゴックシク、カレン・M他『映画で実践！アカデミック・ライティング』、土屋武久訳、小島遊書房、2019年。

映画理論

- 岩本憲児／波多野哲朗編『映画理論集成』、フィルムアート社、1982年。

- 岩本憲児／武田潔／斉藤綾子編『「新」映画理論集成① 歴史／人種／ジェンダー』、フィルムアート社、1998年／『「新」映画理論集成② 知覚／表象／読解』、フィルムアート社、1999年。

- 堀潤之／木原圭翔編『映画論の冒険者たち』、東京大学出版会、2021年。　21名の世界の映画理論家の解説書。おすすめ。

- オーモン、Jほか『映画理論講義　映像の理解と探究のために』、武田潔訳、勁草書房、2000年。　「視聴覚的表象としての映画」「モンタージュ」「映画と物語」「映画と言語活動」「映画と観客」の5章からなるフランスの映画理論書。

- Doughty, Ruth, and Christine Etherington-Wright. *Understanding Film Theory*. 2nd ed., Palgrave, 2018.　映画理論の入門書。

- Branigan, Edward, and Warren Buckland, editors. *The Routledge Encyclopedia of Film Theory*. Routledge, 2014.　1巻本の映画理論事典。

- Braudy, Leo, and Marshall Cohen, editors. *Film Theory and Criticism: Introductory Readings*. 8th ed., Oxford UP, 2016.　映画理論の原典集成。

- Nichols, Bill, editor. *Movies and Methods: An Anthology*. U of California P, 1985. 2 vols.　映画理論の原典集成。

- Stam, Robert, and Toby Miller, editors. *A Companion to Film Theory*. Blackwell, 2000.　映画理論の案内書。

- ――, editors. *Film and Theory: An Anthology*. Blackwell, 2000.　映画理論の原典集成。

さらに学びたい人のための文献資料案内

映画研究書

- 岡田温司『映画とキリスト』、みすず書房、2017年。

- 加藤幹郎『映画ジャンル論——ハリウッド的快楽のスタイル』、平凡社、1996年。増補改訂版、文遊社、2016年。

- ——『映画 視線のポリティクス——古典的ハリウッド映画の戦い』、筑摩書房、1996年。

- ——『映画とは何か』、みすず書房、2001年。増補改訂版、文遊社、2015年。

- ——『映画館と観客の文化史』、中公新書、2006年。

- ——監修／杉野健太郎、塚田幸光編、映画学叢書、全10巻。　アメリカ映画に関する論考を多く含む映画研究論文集シリーズ。2010年から現在まで既刊8冊。　『映画とネイション』、『映画の身体論』、『映画のなかの社会／社会のなかの映画』、『交錯する映画——アニメ・映画・文学』、『映画とイデオロギー』、『映画とジェンダー／エスニシティ』、『映画史の論点——映画の〈内〉と〈外〉をめぐって』。

- ガニング、トム『映像が動き出すとき——写真・映画・アニメーションのアルケオロジー』、長谷正人編訳、みすず書房、2021年。　初期映画研究の論集。

- 川本徹『荒野のオデュッセイア——西部劇映画論』、みすず書房、2014年。

- ——『フロンティアをこえて——ニュー・ウェスタン映画論』、森話社、2023年。

- 木谷佳楠『アメリカ映画とキリスト教——120年の関係史』、キリスト新聞社、2016年。

- ツェーラム、C・W『映画の考古学』、月尾嘉男訳、フィルムアート社、1977年。

- シオン、ミシェル『映画にとって音とはなにか』、川竹英克／J・ピノン訳、勁草書房、1993年。

- ——『映画の音楽』、小沼純一他訳、みすず書房、2008年。

- 塚田幸光『シネマとジェンダー——アメリカ文学の性と戦争』、臨川書店、2010年。

- 中村秀之『映像／言説の文化社会学——フィルム・ノワールとモダニティ』、岩波書店、2003年。

- ナヴァスキー、ヴィクター・S『ハリウッドの密告者——1950年代アメリカの異端審問』、三宅義子訳、論創社、2008年。

- 仁井田千絵『アメリカ映画史におけるラジオの影響——異なるメディアの出会い』、早稲田大学出版部、2012年。

- 蓮實重彦『ハリウッド映画史講義——翳りの歴史のために』、筑摩書房、1993年。

- 筈見有弘『ハリウッド・ビジネスの内幕——映像ソフト王国の全貌』日本経済新聞社、1991年。

- マッサー、チャールズ『エジソンと映画の時代』、岩本憲児編・監訳／仁井田千絵・藤田純一訳、森話社、2015年。　初期映画研究の論集。

- 吉田広明『B級ノワール論』、作品社、2008年。

- ──『亡命者たちのハリウッド──歴史と映画史の結節点』、作品社、2012年。

- ──『西部劇論──その誕生から終焉まで』、作品社、2018年。

- 四方田犬彦『映画史への招待』、岩波書店、1998年。

- ラインハルツ、アデル『ハリウッド映画と聖書』、栗原詩子訳、みすず書房、2018年（原著書2013年）。

- Routledge Advances in Film Studies.　Routledgeの映画研究書シリーズ。

- BFI Film Classics.　BFIによるひとつの映画に関するモノグラフ研究シリーズ。

- Philosophical Filmmakers. Bloomsbury.　映画監督研究シリーズ。

- Acland, Charles R. *Screen Traffic: Movies, Multiplexes, and Global Culture.* Duke UP, 2003.

- Balio, Tino, *Hollywood in the New Millennium*, British Film Institute, 2013.

- Behlil, Melis. *Hollywood Is Everywhere: Global Directors in the Blockbuster Era.* Amsterdam UP, 2016.

- Bogle, Donald.　*Toms, Coons, Mulattoes, Mammies, and Bucks: An Interpretive History of Blacks in American Films.* 1973. 5th ed., Bloomsbury Academic, 2018.　アメリカ映画における黒人表象史の古典。

- Bowman, Barbara. *Master Space: Film Images of Capra, Lubitsch, Sternberg, and Wyler.* Greenwood Press, 1992.

- Brownlow, Kevin. *The Parade's Gone By.* Martin Secker & Warburg, 1968. ブラウンロウ、ケヴィン『サイレント映画の黄金時代』、国書刊行会、宮本高晴訳、2019年。

- Cavell, Stanley. *Pursuits of Happiness: The Hollywood Comedy of Remarriage.* Harvard UP, 1984. カヴェル、スタンリー『幸福の追求──ハリウッドの再婚喜劇』、法政大学出版局、石原陽一郎訳、2022年。

- ──. *Contesting Tears: The Hollywood Melodrama of the Unknown Woman.* U of Chicago P, 1996. カヴェル、スタンリー『涙の果て──知られざる女性のハリウッド・メロドラマ』、春秋社、中川雄一訳、2023年。

- Dyer, Richard. *Stars.* 2nd ed., BFI, 1998. ダイアー、リチャード『映画スターの〈リアリティ〉──拡散する「自己」』、浅見克彦訳、青弓社、2006年。　スター研究の古典。

- Jewell, Richard. *The Golden Age of Cinema: Hollywood, 1929-1945.* Wiley-Blackwell, 2007.

- Langford, Barry. *Post-Classical Hollywood: Film Industry, Style and Ideology since 1945.* Edinburgh UP, 2010.　ポスト古典期ハリウッド論。

- Maltby, Richard. *Hollywood Cinema.* 2nd ed., Blackwell, 2003.

さらに学びたい人のための文献資料案内

- Manovich, Lev. *The Language of New Media*. The MIT Press, 2001. マノヴィッチ、レフ『ニューメディアの言語──デジタル時代のアート、デザイン、映画』、堀潤之訳、ちくま学芸文庫、2023年。

- Mercer, John, and Martin Shingler. *Melodrama: Genre, Style, Sensibility.* Wallflower, 2004. マーサー、ジョン／マーティン・シングラー『メロドラマ映画を学ぶ』、中村秀之／河野真理江訳、フィルムアート社、2013年。

- Segaloff, Nat. *Breaking the Code: Otto Preminger Versus Hollywood's Censors.* Applause, 2023.

アメリカ映画関係の映画

- 『サイドバイサイド──フィルムからデジタルシネマへ』、角川書店、2013年。　映画におけるデジタル技術についてのドキュメンタリー映画。

- 『クリント・イーストウッドが語るワーナー映画の歴史』、ワーナー・ホーム・ビデオ、2011年。

- 『ライオンが吼える時──MGM映画の歴史』、ワーナー・ホーム・ビデオ、2011年。

- 『ようこそ映画音響の世界へ』、キングレコード、2011年。

- 『すばらしき映画音楽たち』、キングレコード、2017年。

- 『セルロイド・クローゼット』、1995年、ロブ・エプスタイン／ジェフリー・フリードマン監督、アップリンク、2001年。　ハリウッドが性的少数者をどう描いてきたかに関するヴィト・ルッソの同名の著書に基づくドキュメンタリー映画。

- 『ブラック・イナフ？！？─アメリカ黒人映画史─』、Netflix、2022年。

映画と文学

- 杉野健太郎責任編集『アメリカ文学と映画』、三修社、2019年。

- 松本朗責任編集／岩田美喜／木下誠／秦邦生編『イギリス文学と映画』、三修社、2019年。

- 野崎歓編『文学と映画のあいだ』、東京大学出版会、2013年。

- 岩田和男／武田美保子／武田悠一編『アダプテーションとは何か──文学／映画批評の理論と実践』、世織書房、2017年。

- 小川公代／村田真一／吉村和明編『文学とアダプテーション──ヨーロッパの文化的変容』、春風社、2017年。

- 諏訪部浩一『ノワール文学講義』、研究社、2013年。

- Hutcheon, Linda. *A Theory of Adaptation*, 2006. ハッチオン、リンダ『アダプテーションの理論』、晃洋書房、2012年。

映画製作解説書

- ヴィンヤード、ジェレミー『傑作から学ぶ映画技法完全レファレンス』、フィルムアート社、2002年。

- シル、ジェニファー・ヴァン『映画表現の教科書——名シーンに学ぶ決定的テクニック100』、フィルムアート社、2012年。

- ビデオSALON編集部『新版 映像制作ハンドブック』、玄光社、2014年。

- Chandler, Gael. *Film Editing: Great Cuts Every Filmmaker and Movie Lover Must Know.* Michael Wiese Film Productions, 2009.

アメリカの歴史

- Boyer, Paul S., editor. *The Oxford Companion to United States History.* Oxford UP, 2001. もっとも頼りになる1巻本アメリカ史事典。

- 和田光弘編『大学で学ぶアメリカ史』、ミネルヴァ書房、2014年。

- 梅崎透／坂下史子／宮田伊知郎編『よくわかるアメリカの歴史』、ミネルヴァ書房、2021年

- 遠藤泰生／小田悠生編『はじめて学ぶアメリカの歴史と文化』、ミネルヴァ書房、2023年。

- 藤永康政／松原宏之編『「いま」を考えるアメリカ史』、ミネルヴァ書房、2022年。

- アメリカ合衆国史全４巻、岩波新書（和田光弘『①植民地から建国へ——19世紀初頭まで』、2019年／貴堂嘉之『②南北戦争の時代——19世紀』、2019年／中野耕太郎『③20世紀アメリカの夢——世紀転換期から一九七〇年代』、2019年／古矢旬『グローバル時代のアメリカ——冷戦時代から21世紀』、2020年）。

映画研究に役立つウエブサイト

- AFI (American Film Institute)：https://www.afi.com/

- BFI (British Film Institute)：https://www.bfi.org.uk/

- Wikipedia：https://www.wikipedia.org/

- SCMS (Society for Cinema and Media Society)：https://www.cmstudies.org/

- 日本映画学会：https://japansociety-cinemastudies.org/

- 日本映像学会：https://jasias.jp/

- 表象文化論学会：https://www.repre.org/

- J-Stage：https://www.cmstudies.org/　日本の学協会誌サイト。

- CiNii：https://cir.nii.ac.jp/　国立情報学研究所 (NII) の文献サイト。

- Google Scholar：https://scholar.google.co.jp/

- Media History Digital Library (MHDL)：https://mediahistoryproject.org/　映画や放送などにかかわる雑誌などの印刷物のデジタルアーカイヴ。

- CINEMETRICS：http://www.cinemetrics.lv/database.php　映画計測サイト。

映画紹介サイト

- IMDb：https://www.imdb.com

- ALLMOVIE：https://www.allmovie.com/

- allcinema：https://www.allcinema.net/

映画視聴案内

- ブルーレイ：アメリカと日本は同じリージョンコードであるため、アメリカ版ブルーレイソフトは、日本国内で販売されている一般的なプレーヤーで再生できる。

- DVD：日本がリージョン 2、アメリカがリージョン1である。ネットショッピング等で日本でも購入できるリージョンフリーのブルーレイあるいはDVDプレーヤーで見ることができる。DVD対応ドライブ も原則としてそれに対応している。

- ストリーミング・サービス：加入が必要だが、アマゾンプライムやネットフリックスなどでかなりの数の映画を見ることができる。

- 映画のネット公開：映画監督の習作などはYouTubeなどで公開されていることもあるので検索してみるとよい。また、例えば、エジソン社の作品はアメリカ議会図書館 (Library of Congress) のウェブサイトで公開されており、かなり多くの作品を見ることができる。

映画用語集

アイライン・マッチ eyeline match

演技者のアイライン（視線）を利用したショットのつなぎ。例えば、ある人物が観客から見て画面外左に視線を向けるショットの次に、見られている事物のショットを提示する。その場合、その事物は人物が画面外右にいることを示唆するアングルで捉えられる。そうすることによって、観客の画面内の空間認識を混乱させることなく、なめらかなコンティニュイティ（連続性）が保たれる。

▶カメラ・アングル、コンティニュイティ編集、ショット／切り返しショット、180度システム

アイリス iris

シーン転換のための編集技法のひとつ。レンズの絞り（アイリス）を模した形状のマスクを開くことによって映像を提示したり（アイリスイン）、閉じることによって消去したりする（アイリスアウト）。一般に、アイリスインは次第に見えてくる映像の大きさを強調し、アイリスアウトは映像の細部に注意を向けさせる効果がある。

▶シーン、ディゾルヴ、フェイド、ワイプ

アダプテーション adaptation

物語が、異なるメディアへ移し替えられること。例えば、演劇から映画へ、小説から映画へ、テレビドラマから映画への置換である。これに対して、リメイクの場合は、メディアの変更が起こらないアダプテーションである。アダプテーションには、翻案者の解釈や新たな創造のプロセスが介在する。特に脚本に関して、原作のないオリジナル脚本と区別し、原作を脚色する行為を指す場合もある。

アトラクションの映画 cinema of attractions

アメリカの映画学者トム・ガニングが1986年に発表した論文で提唱した概念。映画の誕生から1900年代半ばあたりまでの映画を、直線的な映画史観に基づいてその後の物語映画の未熟な初歩段階とみなすのではなく、「アトラクションの映画」（見世物の映画）という別種の映画であるとした。これは、自己完結的な物語世界に観客の没入を促すのではなく、露出症的に観客の注意や興味を喚起することを目的とする映画である。例えば、登場人物がカメラ（＝観客）に向かって視線を送ったり、しきりに身振り手振りをするなどして注意をひこうとする。あるいは、珍奇な見世物的性質によって観客の好奇心を喚起し、驚きやショックなどの即時の反応を引きだす。

アフレコ post-synchronization

和製英語であるアフター・レコーディングの略。映像が撮影・編集された後に、画面上の動きに同期させて音（台詞や環境音などの物語世界に属する音）を録音すること。1930年代初頭のサイレント映画からトーキーへの移行期に、同時録音が困難な状況下で撮影されたシー

ンへの追加録音や、言語の発音に問題のある俳優の台詞の吹き替えのために編み出された。現在でも、経費削減や録音の失敗などの、様々な事情に応じて用いられる。

アングル angle ▶カメラ・アングル

イーリング・コメディ Ealing comedy

第二次世界大戦直後のイギリスで、イーリング・スタジオによって製作されたコメディ映画。しばしば、身近な日常世界の中で起こる荒唐無稽な事件が描かれる。戦後の耐乏生活への不満とそこからの解放、階級を超えた共同体の団結精神、ドキュメンタリー的リアリズムが特徴として挙げられる。代表的作品は、『ピムリコへの旅券』(1949)、『やさしい心と宝冠』(1949)など。

色温度 color temperature

色温度（いろおんど、しきおんど）とは、光の色の度合いのこと。ケルビン（K）という単位を用いて数値で表される。色温度が低いほど暖色系の色（赤、オレンジ）となり、中間は白系の色となり、高いほど寒色系の色（青）となる。フィルムの種類や照明などによって、画面の色温度を調節することができる。例えば『ヴァージン・スーサイズ』(1999) では、色温度の低いオレンジがかった映像が多くを占めるが、いくつかの重要なシーン（例えば自殺した姉妹の遺体が発見されるシーンなど）には、色温度の高い青みがかった映像が用いられている。色温度を調整することによって、その場面の時間帯（昼か夜か）、場所（屋内か屋外か）、天気などを表し、さらには登場人物の心理などを暗示することができる。

インタータイトル、中間字幕、説明字幕 intertitle

文章を映し出したショットのこと。1900年代半ば以降のサイレント映画において、観客に正確にわかりやすく物語を伝えるための手法として用いられた。これから起こるアクションの要約、状況設定の説明など、第三者的視点での説明を主な目的とする。あるいは、登場人物の台詞の内容や思考を伝える内容のものもある。

ヴァンプ vamp

性的魅力にあふれ、男を誘惑して食い物にする妖婦の意。Vampireの略。『愚者ありき』(1915) でセダ・バラが演じたキャラクターがその元祖で、バラはThe Vampの愛称で知られた。

ヴォイスオーヴァー voice-over

画面内の人物による発話と同期しない声を入れる技法、またはその声そのものを指す。登場人物ではない声のヴォイスオーヴァーの場合は、画面内のアクションの解説・分析などを行う。これはナレーションとも呼ばれる。登場人物の声のヴォイスオーヴァーの場合は、次の二つの場合がある。画面内のアクションの解説・分析などを行う場合すなわちナレーションの場合と、登場人物の心中を伝える場合である。フィルム・ノワールではヴォイスオーヴァーが使われることが多いが、例えば『深夜の告白』(1944) では、レコーダのマイクに向かって話す男の声が映画の大部分を占めるフラッシュバックのナレーションを務める。また、『サンセット大通り』(1950) では死んだはずの主人公のヴォイスオーヴァーが自らが死に至る物語のナレーションを務める。また、主人公以外の登場人物のヴォイスオーヴァーがナレーションを務める映画には、例えばテレンス・マリック監督の『地獄の逃避行』(1973) がある。

▶フィルム・ノワール、フラッシュバック

運動イメージ／時間イメージ movement-image/time-image

映像表現のふたつの異なるモード（様式）あるいは段階。運動イメージは、映画空間の一貫性と時間的因果律の一貫性を特徴とする。運動イメージの映画は、その一貫性によって明確な結果へと向かう。他方、時間イメージは、記憶や夢などの心理的プロセスが支配的となり、省略や不連続によって表現され、現在を中心にして過去・現在・未来が一貫してつながる日常的な時間感覚とはおおいに異なる映画的時間あるいは心理的時間を特徴とする。哲学者ジル・ドゥルーズがベルクソンなどに影響を受けて提唱した用語で、ドゥルーズによると、第二次世界大戦前の映画では運動イメージがその後では時間イメージが支配的になる。

映画製作倫理規定　▶ プロダクション・コード

映画の誕生

映画の誕生以前にも、17世紀以降、動く映像を投影するための様々な装置（幻灯機、パノラマ、ジオラマなど）が発明されてきた。19世紀に写真が発明されると、エドワード・マイブリッジとエティエンヌ＝ジュール・マレーによって、動物の運動を解析するための連続写真の撮影が行われた。彼らの連続写真は、トーマス・エジソンやリュミエール兄弟に刺激を与え、映画の誕生に大きな役割を果たした。1888年以降、エジソンは、世界最初の映画カメラであるキネトグラフの開発を進め、1891年には、キネトグラフで撮影した映像を見るための装置キネトスコープを発表した。キネトスコープは、1人の人間がのぞき穴から映像を見る装置である。スクリーンに投射する方式の映写機は、1894年にフランスのリュミエール兄弟によって発明された（シネマトグラフ）。エジソンも後に、映写方式の装置ヴァイタスコープを開発する。1895年12月28日、リュミエール兄弟が撮影した映画が、パリで一般公開された。これは、映画史上最初の有料映画上映とされる。

ASL、ショット平均持続時間 average shot length

一本の映画を構成する全ショットの持続時間の平均値。映画全編の上映時間をショットの数で割った数値。編集スタイルの特徴を知るためのひとつの手法として、ASLに注目するとよい。一般に、ASLが長い映画は、各ショットの持続時間が長くなるため、物語のテンポが遅く感じられる。逆にASLが短いと、目まぐるしく画面が切り替わり、テンポが速く感じられる。ハリウッド映画では、ASLは短くなる傾向にあり、近年では2.5〜3秒程度のものが多い。

エスタブリッシング・ショット establishing shot

状況設定ショット。シークェンスの冒頭近くに置かれ、これから起こるアクションに関する基本的な情報（場所・時間・状況など）をあらかじめ提示する。通常、ロング・ショットで撮影されるが、様々なカメラ・アングルでとらえ直されることもある。

▶ カメラ・アングル、ロング・ショット

エクスプロイテーション映画 exploitation film

同時代のセンセーショナルな出来事や社会問題を題材にしたり、麻薬や暴力、セックスなどのきわどい描写を売り物にして、もっぱら商業的成功を意図して製作された映画。通常、独立系の映画製作者によって低予算で製作され、特定の、限定された観客層を対象に上映される。1920年代にはすでに存在していたが、アメリカでは、スタジオ・システムの崩壊とプロダクション・コードの廃止に伴い、60年代から70年代にかけて人気を博した。

▶ブラックスプロイテーション、スタジオ・システム、プロダクション・コード

カット　cut

ショット転換のための編集技法のうち、もっとも単純な手法。フェイド、ディゾルヴ、ワイプなどを使用することなく、あるショットから別のショットへと直接的に移行すること。ショットのためにカットされたフィルム片をカットと呼び、ショットとショットをつなぐ行為をカッティング（カット割り）と呼ぶこともある。ディレクターズ・カットは、監督によって編集された映画のバージョンを指し、この場合、カットは映画の完成版を意味する。

▶ショット、ディゾルヴ、フェイド、ワイプ

カメラ・アングル　camera angle

被写体に対してカメラの置かれる位置・角度。通常、アイレベル（被写体の目線の位置）にセットされる。アイレベルよりも下にセットし被写体を見上げるように撮影するロー・アングル（あおり）、高い位置にセットして見下ろすように撮影するハイ・アングル（俯瞰）などの手法もある。

画面比率　aspect ratio

画面の横幅と高さの関係。1932年にアメリカの映画芸術科学アカデミーによって定められた標準的画面比率（アカデミー比）は、4：3（＝1.33：1）。現在では、これよりも横幅の大きいワイドスクリーンが一般的である。

▶ワイドスクリーン

観察映画　observational cinema

カメラや録音機器の軽量化を背景に、1960年前後に出現したドキュメンタリー映画製作へのいくつかのアプローチを説明するのに使用される用語。カメラの前の出来事を観察し、起こっているとおりに記録して、その出来事の真実を暴くことを目指す。民族誌映画、シネマ・ヴェリテ、ダイレクト・シネマは、すべて観察映画の形式のひとつであり、映像人類学とも密接に関連する。

▶シネマ・ヴェリテ、ダイレクト・シネマ

キアロスクーロ　chiaroscuro

「明るい（chiaro）」と「暗い（oscuro）」というふたつのイタリア語を組み合わせて作られた語。光と影のコントラストを強調した照明法、特にドイツ表現主義やフィルム・ノワールにおける影を強調した明暗法を指して用いられる。

▶ドイツ表現主義、フィルム・ノワール

切り返しショット　reverse shot　▶ショット／切り返しショット

空撮　aerial shot

飛行機、ヘリコプター、最近ではドローンを使って、空中で撮影されたショット。超高度からのハイ・アングルのショットによって、360度の風景を見せることができる。空中ショット、航空ショットとも呼ばれる。

クォータ quota

自国映画産業の保護のために各国政府が設けた割当制度。外国映画の輸入本数や上映日数に上限を設け、映画館に自国映画上映のための最低時間を確保するよう義務づける。第一次世界大戦以降、映画市場において圧倒的な優勢を誇ってきたハリウッド映画への対抗策として導入された。イギリスは1927年に映画法を制定し、配給者には年間配給の7.5パーセント、興行者には年間上映の5パーセント（のちに20パーセントまで引き上げられた）を自国映画に割り当てることを定めた。しかし、アメリカの映画会社が、イギリスに子会社を設立するなどして、割当を満たすための速成映画（quota quickie）を製作したため、期待された効果をあげることはできなかった。1928年にクォータを導入したフランスは、現在ではテレビ番組にもこの制度を適用している。

クレーン・ショット crane shot

クレーンから撮影されたショット。通常、ハイ・アングルで、中空を縦横無尽に浮遊する移動ショットなどを可能にする。

▶ ロング・ショット

クロースアップ close-up

カメラが被写体に接近して撮影したショット・サイズで、フレームの大部分を被写体が占める。一般には、人物の顔を大写しにするもの。その人物の重要さを強調し、観客に親近感を抱かせ、感情や思考のプロセスを画面いっぱいに提示する効果がある。また、体の部位や特定の物を接写すると、観客の注意を細部に向けさせることが可能である。

▶ ショット・サイズ、フル・ショット、ミディアム・ショット、ロング・ショット

クロスカッティング crosscutting

時を同じくして、異なる場所で起きている二つ以上の出来事を、交互につないで編集すること。交互に提示することによって、両者を関連づけることができる。一般に、緊張感やサスペンスを生み出したいときに用いられることが多い。また、物語を加速させる効果もある。Ｄ・Ｗ・グリフィスの『國民の創生』(1915) は、クロスカッティングを効果的に用いた最初の映画とされ、例えば、黒人の襲撃を受けて窮地に陥っている一家と、救助に駆けつけるKKKのショットをクロスカッティングで見せることによってサスペンスを盛り上げている。並行モンタージュ（parallel montage）、並行編集（parallel editing）、並行カッティングとも呼ばれる。

群像劇映画

主人公が複数いる映画のこと。日本でよく使われる。マルチプロタゴニスト映画、アンサンブル（・キャスト）映画、グランド・ホテル形式映画などとも呼ばれる。

劇映画

フィクションの物語映画（narrative film）のこと。日本でよく使われる。

興行 exhibition ▶ 製作／配給／興行

古典的ハリウッド映画 classical Hollywood cinema

主に、1930年代から50年代にかけてハリウッドのスタジオ・システム下で製作された物語映画のスタイルあるいは形式。デイヴィッド・ボードウェルらが1985年に同名の著書で主張し

た。アリストテレス以来の「始め・中間・終わり」を持つプロット（筋）の基本形を踏まえ、フランス古典演劇における規則「三統一の法則」を受け継ぐ。すなわち、時・場所・プロットの一致の原則に基づいて、一本化されたプロットを、連続したあるいは一貫して継続した時間と、限定された空間において展開する。観客に、効率よく明快に物語を伝えることを重視するスタイルで、コンティニュイティ編集はその代表的技法である。古典的ハリウッド映画のスタイルは、現在の主流映画にも継承されている。

▶ コンティニュイティ編集、スタジオ・システム

コンティニュイティ、連続性 continuity

ショットからショットへの、一貫性のある連続的でスムーズなつながりのこと。また、これを維持するための各ショット（テイク）の記録。日本でいうコンテはコンティニュイティの略。

▶ コンティニュイティ編集

コンティニュイティ編集 continuity editing

画面内の事象を、継ぎ目なく、連続してスムーズに動いているように見せる編集技法。時間や空間の連続性（コンティニュイティ）を維持し、被写体の位置・動き・視線の方向などを一貫させて視覚的な整合性を保ちながら、ショットとショットをつなぐ。180度システムや30度ルールは、コンティニュイティ編集のための重要な技法である。もしこれらのルールを侵犯すれば、観客の画面内の空間認識を混乱させてしまう。観客にショットとショットの継ぎ目を意識させずに、スムーズに画面内の出来事を認識させることで、直線的で理解しやすい物語を生み出すことができる。見えない編集（invisible editing）とも呼ばれる。

▶ 30度ルール、180度システム

サイレント映画 silent movie

無声映画。トーキー（音声映画）以前の映画の総称。

▶ トーキー

サウンド・トラック sound track

文字通りには、フィルムの縁にある録音帯を指す。音声（台詞、効果音、音楽）を記録する細い帯状の部分のこと。光学サウンド・トラックと磁気サウンド・トラックがある。また、ここに記録された音声、さらには、その音（特に映画音楽）を収録してCDなどにしたアルバムのことを指すこともある。日本でいうサントラ。

作家 auteur

個性的な演出上のスタイル（独創的な個人様式）持つ映画監督のこと。映画は通常、共同作業によって製作されるが、批評上の用法として、映画監督をその作品の創造的主体＝「作家」とみなす。1920年代のフランス映画論壇で監督を作家として扱う試みがなされたが、一般には、1950年代フランスの批評家たちによって作家としての監督が論じられて以来の呼称。

▶ 作家主義

作家主義 auteurism, auteur theory

個人（通常は映画監督）のスタイルに着目し、映画を個人的製作物として評価する批評手法。

1950年代のフランスで、特に『カイエ・デュ・シネマ』誌上で盛んに議論されて以降、映画批評の手法として普及した。

▶作家

30度ルール 30° rule

視覚的な一貫性を保証し、ショット間のコンティニュイティを維持するための、撮影上の約束事のひとつ。ある被写体を異なるカメラ・アングルでとらえ直す場合、被写体に対するカメラの位置を30度以上、動かさなければならない（ただし、180度以上動かしてはいけない）。30度未満の場合、観客は、カメラ・アングルの変化が小さいために、ショットの移行を明確に認知できず、同一のショット内で被写体がほんの少し移動（ジャンプ）したように理解する。

▶コンティニュイティ編集、ジャンプ・カット、180度システム

時間イメージ ▶運動イメージ

シークェンス sequence

一般に、映画の物語展開において特定の連続性を持つ、複数のショットやシーンで構成された、ひとかたまりの区分。シーンよりも大きな区分になるが、両者の区別は曖昧である。

▶ショット、シーン

CGI Computer-Generated Imagery

コンピュータによって生成された映像。日本ではCGと呼ばれる。

シネマ・ヴェリテ cinema verité

1950年代末から1960年代にかけてフランスで台頭したドキュメンタリーのスタイル。ロシアのジガ・ヴェルトフによるニュース映画群『キノ・プラウダ』(1922-25) のフランス語訳であり、「映画・真実」という意味。手持ちカメラや同時録音、自然な照明、高感度フィルムなどを使用し、即興性や真実性を求め、カメラの前の出来事を起こっているとおりに記録することを目指す。ダイレクト・シネマと同じ意味で用いられることもあるが、インタヴューなどで相手に問いかけるなど、撮影対象に積極的に関わることで真実を明らかにしようとする点で、ダイレクト・シネマのアプローチとは重要な違いがある。代表作は、ジャン・ルーシュとエドガール・モランによる『ある夏の記録』(1961)、クリス・マルケルの『美しき五月』(1963) など。そのスタイルは、近年では『ロジャー＆ミー』(1989) のマイケル・ムーアなどに引き継がれている。

▶観察映画、ダイレクト・シネマ

視点ショット、見た目のショット point-of-view shot

ある特定の人物の視点から撮られたショット。観客がその人物の視点に立ち、主観的に出来事を体験し、感情移入することを促す。略してPOVショットとも呼ばれる。主観ショット、主観カメラ、一人称カメラと呼ぶこともある。近年は、手持ちカメラによる視点ショットを多用した低予算映画が多く見られる。

シャロー・フォーカス shallow focus

被写界深度（カメラである一点に焦点を合わせたとき、その前後で鮮明な像が得られる撮影

範囲）を浅くし、カメラに近い部分にのみ焦点を当てた撮影法。ディープ・フォーカスの逆。

▶ ディープ・フォーカス

ジャンプ・カット jump cut

2つのショットを、空間的・視覚的一貫性を攪乱するような唐突な移行によってつなぐ手法。ショット間のなめらかな連続性を是とするコンティニュイティ編集に用いられるマッチ・カットに対して、ミスマッチ（・カット）とも呼ばれる。シーン内での時間の経過や空間の移動を示す際に用いれば、無駄な部分を除去してショットをつなぐことができる。『勝手にしやがれ』(1960) に代表されるように、ヌーヴェル・ヴァーグの作家はしばしば意図的に、観客を当惑させるようなジャンプ・カットを用いた。

▶ アングル、コンティニュイティ編集、30度ルール、ヌーヴェル・ヴァーグ、180度システムライティング

ジャンル genre

芸術作品の類型、あるいはカテゴリー分けのこと。映画の場合、プロット、主題、形式、技法、イコノグラフィ、登場人物の型などの要素において、比較的容易に認識可能な共通性を有し、確立された芸術上の慣行・形式に特徴づけられる作品群のカテゴリーのこと。ジャンル映画が有するおなじみの慣行・形式は、規格化された製作・配給・興行を容易にし、特にスタジオ・システム下において重要な役割を果たした。観客は、同じジャンルに属する先行映画と同様の快楽を期待し、ジャンルの紋切型（ときにはそこからの逸脱）を楽しむ。映画の代表的なジャンルとして、ギャング映画、探偵映画、フィルム・ノワール、西部劇映画、戦争映画、SF、ホラー映画、メロドラマ映画、ミュージカル映画、スラップスティック・コメディ、スクリューボール・コメディ、スワッシュバックラー映画などがある。しかし実際のところ、ジャンルの定義は曖昧である。例えば、西部劇映画と戦争映画のように、共通する要素を有し、ジャンル同士の境界が曖昧な場合もある。また、ジャンルは、さらに細かいサブジャンルに分類することもできる。フィルム・ノワールは、そもそもジャンルとみなすか否かについて、映画研究者の意見が分かれている。

▶ フィルム・ノワール

照明 lighting　▶ ライティング

ショット shot

撮影段階においては、カメラを継続的に回してとらえたひと続きの記録。その撮影行為および撮影されたフィルムは、テイクともよばれる。完成作品においては、途切れることのない映像のこと。一般に、ショット、シーン、シークェンスの順で区分が大きくなり、シーンとシークェンスはショットの集合体である。

▶ シークェンス、シーン、長回し

ショット／カウンターショット shot/counter shot　▶ ショット／切り返しショット

ショット・サイズ、ショット・スケール shot size, shot scale

フレーム内での被写体の大きさによって分類される。クローズアップ、ミディアム、フル、ロングの順で、被写体は小さくなる。

▶ クローズアップ、フル・ショット、ミディアム・ショット、ロング・ショット

ショット／切り返しショット shot/reverse shot

対峙する人物と人物、あるいは人物と事物などを撮影する際に頻繁に用いられる撮影上、および編集上の手法。会話のシーンがその典型であり、二人の話者のショットが、話し手が替わるのに応じて交互に提示される。一般的に、肩越しのショット、あるいは聞き手の視点ショットで話し手がとらえられる。

▶ アイライン・マッチ、180度システム、視点ショット

ショット平均持続時間 ▶ ASL

シーン scene

一般に、単一の場所で起こった単一の出来事を映し出した、ひとかたまりの区分を指す。単一、あるいは複数のショットによって構成される。シークェンスよりも小さい区分になるが、両者の区別は曖昧である。

▶ ショット、シークェンス

スクリューボール・コメディ screwball comedy

コメディ映画の一形式。「スクリューボール」とは野球の変化球の一種であり、転じて予測不能で突飛な行動をする「変人」を意味する。個性豊かで魅力的な男女が、様々な騒動を経て結ばれるまでを描き、ロマンティック・コメディと同義で用いられることもある。1934年の『或る夜の出来事』、『特急二十世紀』にはじまり、1940年代前半にかけてハリウッドで盛んに製作された。ハイテンポでユーモアに満ちた台詞のやりとり、スラップスティック・コメディの流れを引き継ぐドタバタ騒動を盛り込み、しばしば豊かで華やかな上流社会を舞台にすることで、大恐慌期の観客に現実逃避的な魅力を提供した。また、独立心が強く、恋愛に積極的で、ウィットに富んだヒロインが特徴として挙げられる。

▶ ロマンティック・コメディ

スタジオ・システム studio system

ハリウッドにおいて少数の大手スタジオ（製作会社）が、製作・配給・興行部門を垂直的に支配した1920年代から1950年代までの垂直統合（系列）システムを指す。映画の大量生産・大量消費を可能にした。1948年、連邦最高裁判所は独占禁止法違反の判決（いわゆる「パラマウント判決」）を下し、各スタジオに興行部門の切り離しを命じた。これを契機として、スタジオ・システムは崩壊に向かった。

スーパーインポーズ superimposition

ひとつの映像の上にもうひとつ、あるいはそれ以上の映像を重ねること。多重露光。「字幕スーパー」（サブタイトル）は、スーパーインポーズド・タイトルを意味する。つまり、多重露光で重ねた文字のこと。

▶ モンタージュ

製作／配給／興行 production/distribution/exhibition

映画産業を構成する三つの部門。映画を創造し（製作）、完成した映画を流通させ（配給）、映画館で観客に対して上映する（興行）各プロセスのこと。

▶ スタジオ・システム

ダイレクト・シネマ direct cinema

1960年代にアメリカで発達したドュメンタリーのスタイル。携帯用16ミリカメラ、同期録音装置、ズームレンズ、指向性マイクを用いて、リハーサルや再構成なしで、カメラの前の出来事を忠実に記録しようとした。「ダイレクト・シネマ」という用語は、アルバート・メイズルスがシネマ・ヴェリテと差別化するために使いはじめ、リチャード・リーコックが「壁のハエ」と表現したように、できる限り控え目であることを旨とした。撮影対象に介入することはせず、ナレーションを排し、ロング・テイク、最小限の編集、時間順の構成を特徴とする。当初はテレビネットワーク用のドキュメンタリーを製作するドリュー・アソシエイツの作家が中心となった。代表作は、リーコックの『母の日』(1963)、メイズルス兄弟の『セールスマン』(1969)、D・A・ペネベイカーの『ドント・ルック・バック』(1967)など。その思想は、『チチカット・フォーリーズ』(1967)のフレデリック・ワイズマンらに継承された。

▶ 観察映画、シネマ・ヴェリテ

ディープ・フォーカス deep focus

カメラのとらえる視野全体に焦点を合わせて撮影する手法。被写界深度を深くすることで、前景から後景までのすべての面を鮮明に見せ、画面に奥行きを与える。オーソン・ウェルズとカメラマンのグレッグ・トーランドは、『市民ケーン』(1941)でこの技法を初めて大々的に用いた。画面手前の人物から、はるか奥に位置する人物にまで焦点の当たったショットが多数登場する。パン・フォーカスともいう。

▶ シャロー・フォーカス

テイク take

撮影段階においては、カメラを止めずにひと続きの映像を撮影すること。編集段階においては、あるショットのバージョンのひとつ。通常、複数撮影されたテイクのうちのひとつを選んで、作品に用いる。

ディゾルヴ dissolve

シーン転換のための編集技法のひとつ。最初の映像がゆっくりと消えていき、それに重なって新たな映像がゆっくりと現れる。二つの映像がスーパーインポーズされ、徐々にシーンが移行する。

▶ アイリス、シーン、スーパーインポーズ、フェイド、ワイプ

ティルト tilt

カメラ本体は移動させずに、カメラを垂直方向に回転させること。ティルト・アップは下から上へ、ティルト・ダウンは上から下へ、カメラを軸移動させる。

▶ パン

ドイツ表現主義 German Expressionism

20世紀初頭に、ドイツを中心に起こった芸術運動の総称。反自然主義・反印象主義的傾向をもち、前衛絵画グループを起点として文学、音楽、演劇、映画へと広まった。ドイツ表現主義映画は、日常空間とはまったく異質な世界の現出、強調された明暗法（キアロスクーロ）、

画面に不安定感をもたらす構図や人工的な舞台装置などを特徴とする。代表的作品は、『カリガリ博士』（1920）、フリッツ・ラングの『メトロポリス』（1927）など。ラングをはじめとして、後に多くのドイツ人映画関係者がハリウッドに渡ったことから、ハリウッド映画（特にフィルム・ノワール）にも影響を与えた。

▶ フィルム・ノワール

トーキー talkie

発声映画、音声を伴う映画。talking movieの略。世界初の長編トーキーは、1927年10月にアメリカで公開された『ジャズ・シンガー』（正確には、部分的なトーキー）である。イギリスではアルフレッド・ヒッチコックが、サイレント映画として製作された『恐喝（ゆすり）』（1929）の一部のシーンをトーキーで撮影し直し、サイレントとトーキーの両方のバージョンを公開した。1930年代前半に、トーキーの製作・上映のための技術革新が行われ、サイレント映画からトーキーへの移行が進んだ。

▶ サイレント映画

トラヴェリング・ショット traveling shot

移動ショットの総称。移動ショットとは、カメラを移動して撮影したショットであり、前後左右に流れるような動きが可能。

▶ トラッキング・ショット、ドリー・ショット

トラッキング・ショット tracking shot

トラヴェリング・ショットの一種。線路に似たトラック軌道（track）上でカメラを乗せたドリー（台車）を走らせて撮影したショット。また、トラック（truck）などの乗り物にカメラをのせて撮影したショットは、トラッキング・ショット（trucking shot）と呼ばれる。

▶ トラヴェリング・ショット、ドリー・ショット

ドリー・ショット dolly shot

トラヴェリング・ショットの一種で、車輪のついたドリー（台車）にカメラを乗せて撮影したショット。

▶ トラヴェリング・ショット、トラッキング・ショット

長回し、ロング・テイク long take

通常よりも長く持続したショットのこと。

ニュー・ウェイヴ new wave

(1) ヌーヴェル・ヴァーグ（新しい波）の英語訳で同義。
(2) 1950年代後半から60年代にかけて起こったイギリスにおける新しい映画製作の動き。フリー・シネマ出身の作家が中心となり、労働者階級の日常への関心、詩的リアリズムなどを特徴とした作品を生み出した。
(3) より広い意味で、その他の国における新しい映画製作の動き、新しい映画作家グループを指す際にも用いられる。

▶ ニュー・ハリウッド、ヌーヴェル・ヴァーグ

映画用語集

ニュー・シネマ new cinema

『俺たちに明日はない』(1967) などの過去のハリウッド映画の慣例や検閲などから自由な映画を1967年の『タイム』誌がこう呼んだ。日本ではいまだによく使われるが、アメリカでは、より広い範囲の時代を指すニュー・ハリウッドという言葉が一般的。

▶ニュー・ハリウッド

ニュー・ハリウッド new Hollywood

1960年代後半から70年代後半のハリウッドを指す。テレビとの競争などに起因するハリウッドの苦境および社会の騒擾（公民権運動、ベトナム戦争、カウンターカルチャー、フェミニズム運動など）を背景として、若い映画監督が活躍し古典的ハリウッド映画から自由な映画を製作した。ニュー・シネマとも呼ばれる『俺たちに明日はない』(1967) と『イージー・ライダー』(1969) などがニュー・ハリウッドの方向を定めた。古典的ハリウッド映画の慣例からの自由、社会の体制に反逆する若者の主人公、ハッピーエンディングの拒否などを特徴とする映画が多い。この意味では、ポスト古典的ハリウッド、ハリウッド・ルネサンスとも呼ばれる。また、1970年代後半から始まるハリウッドの映画製作を指すこともある。『ジョーズ』(1975)、『スター・ウォーズ』(1977)、『E.T.』(1982) などの人目を引く高予算の大作映画であるブロックバスターなどの高収益の映画製作と一斉公開などのマーケティング戦略を特徴とし、映画産業のコングロマリット化を促進した。

▶古典的ハリウッド映画、ニュー・シネマ

ヌーヴェル・ヴァーグ nouvelle vague

フランス語で「新しい波」の意。1950年代末から60年代にかけて起こったフランスにおける新しい映画製作の動き。その中心は、映画批評誌『カイエ・デュ・シネマ』の若い批評家たち（ジャン＝リュック・ゴダール、フランソワ・トリュフォー、クロード・シャブロル、ジャック・リヴェット、エリック・ロメールら）。伝統的な映画作りに異を唱え、それぞれ同じ時期に「作家」として自身の作品を作り始めた動きの総称であり、厳密には芸術運動とは言い難い。共通点として、低予算製作、即興演出、ロケ撮影、手持ちカメラの使用、同時録音、ジャンプ・カットの多用、コンティニュイティ編集に代表されるショット間のなめらかな連続性や直線的でわかりやすい物語構成の破棄が挙げられる。

▶古典的ハリウッド映画、コンティニュイティ編集、作家、ジャンプ・カット

配給 distribution ▶製作／配給／興行

ハリウッド・テン Hollywood ten

1947年、下院非米活動委員会の聴聞会に喚問された10人の非友好的証人（脚本家のダルトン・トランボや監督のエドワード・ドミトリクなど）を指す。共産主義との関わりを問われた彼らは、表現の自由を保障する憲法修正第一条を根拠に証言を拒否したが、議会侮辱罪によって短期間、服役した。以後、1950年代を通して、共産主義者を映画業界から追放する赤狩りがおこなわれ、多くの才能ある映画人が職を追われた。その中には、海外へ活動の場を移した者や、トランボのように偽名で仕事を続けた脚本家もいた。トランボの名が再びクレジットにのるのは1960年なってからであり、後に『ローマの休日』(1953) と『黒い牡牛』(1956) でアカデミー賞を受賞した脚本家の正体がトランボであることが明らかにされた。

ハリウッド・ルネサンス Hollywood Renaissance　▶ニュー・ハリウッド

パン pan

カメラを水平方向に回転させること。panoramaの略。左から右へ動かすのが一般的。

▶ティルト

B級映画 B movie, B film

1930年代から50年代初頭までのアメリカで、二本立て興行が一般的だった時代に、メインの呼び物となる映画（A級映画、フィーチャー映画）に対し、その添え物として製作された映画を指す。スタジオ内に、そのような映画を専門に製作する部署（B班）が設けられたことに由来する呼称。通常、低予算の早撮り映画で、若く無名の映画監督や俳優が起用された。スタジオからの干渉が少なかったため、若い監督らの訓練の場や、実験的試みを行う機会となった。現在では、主に低予算で質の劣った映画に対して用いられる。

180度ルール、180度システム 180° rule, 180° system

視覚的な一貫性を保証し、ショット間のコンティニュイティを維持するための、撮影上の約束事のひとつ。例えば、ショット／切り返しショットを用いて二人の人物の会話のシーンを撮影する場合、カメラは二人を結ぶ想像上の線（イマジナリー・ライン）を横切ることなく、撮影し続けなければならない。それによって、観客の画面内の空間認識を混乱させることなく、ショットをつなぐことが可能になる。

▶コンティニュイティ編集、30度ルール、ショット／切り返しショット

フィルム・ノワール film noir

フランス語で「暗黒映画」の意。映像と物語の両面における暗さを特徴としたアメリカ映画に対して、フランスの批評家が最初に用いた表現。一般に、1941年の『マルタの鷹』以降、1958年の『黒い罠』に至るまでに、盛んに製作された。ハードボイルド探偵小説の伝統を受け継ぎ、大都会を舞台にした犯罪を描く場合が多い。明暗を強調した照明法、斜線や垂直線を強調した画面構図がもたらす閉所恐怖症的雰囲気、錯綜した時間軸（しばしばヴォイスオーヴァーで始まるフラッシュバックが用いられる）、男性を破滅へと導く魔性の女ファム・ファタールの存在、物語の道徳的両義性、シニシズム、ペシミズムが特徴として挙げられる。

フェイド fade

シーン転換のための編集技法のひとつ。フェイドインでは、暗い画面が徐々に明るくなるにつれて映像が現れる。フェイドアウトでは、画面が暗くなるに伴って映像が消えていく。一般に、黒色のカラー・スクリーンに映像を重ねて編集するが、白やその他の色が用いられる場合もある。

▶アイリス、ディゾルヴ、ワイプ

ブラックスプロイテーション blaxploitation

1970年代前半にアメリカで登場した、都市部の黒人層をターゲットにしたエクスプロイテーション映画。代表的作品は『スウィート・スウィートバック』(1971)、『黒いジャガー』(1971)など。主要キャストに黒人俳優を起用し、都市部のゲットーを舞台に、麻薬・暴力・セックスを扱った。ポン引きや麻薬密売人といったステレオタイプ化された黒人登場人物は、黒人

公民権運動家から批判を浴びた。

▶ エクスプロイテーション映画

ブラック・ムービー black movie ▶ ブラックスプロイテーション

フラッシュバック／フラッシュフォワード flashback/flashforward

「現在」の出来事に、「過去」あるいは「未来」の出来事を挿入し、物語の時系列を変更する手法。その過去または未来が登場人物の思い描いたものである場合、その登場人物のクロースアップやヴォイスオーヴァーが導入に用いられることが多い。フラッシュバックは過去の出来事の回想に、フラッシュフォワードは未来に起こることの想像や予知を描く際に、しばしば用いられる。

フリーズ・フレーム freeze frame

フィルムのある1コマ（フレーム）を無数に繰り返すことによって、静止画のように見せる技法。ストップ・モーションと呼ばれることもある。しばしば映画の最後に用いられ、フランソワ・トリュフォーの『大人は判ってくれない』(1959) では、主人公の不確かな未来を暗示する。『明日に向って撃て！』(1969) と『テルマ＆ルイーズ』(1991) では、2人組の主人公の死が近づいた瞬間に時間が止まったように見える。

プリミティヴ映画 primitive movie

通常、映画の誕生から1910年半ばまでの初期映画を指す。映画の誕生間もない1890年代の映画は、技術的制約ゆえに、単一のショットで構成された1分にも満たないものであった。1900年代に入ると、ジョルジュ・メリエスの「月世界旅行」(1902)、エドウィン・S・ポーターの「大列車強盗」(1903) のような、複数のショット／シーンで構成された物語性を有する作品が登場する。そして、クロースアップ、クロスカッティング、スーパーインポーズ、ディゾルヴなどの新たな撮影・編集技法、ショット間のコンティニュイティを維持して物語を語る手法が発見・洗練されていく。初期映画におなじみの題材は、日常の情景描写、珍しい異国の風景を撮影した紀行映画 (travelogue)、公的行事などを撮影したニュース映画、舞台演劇やヴォードヴィルの演目を撮影あるいは再現したもの、チェイス（追っかけ）映画など。初期映画は、それ自体が新しい科学技術的発明であり、作品の内容は珍奇な見世物としての性質が強く、ヴォードヴィル劇場のライブパフォーマンスの一環として上映されることが多かった。1900年代半ば以降、映画上映専門の映画館が次々と建てられ、作品の需要が増大するにつれ、フランスやアメリカなどで映画産業が発展し、新たな大衆娯楽としての地位を確立していった。

▶ アトラクションの映画

フリー・シネマ free cinema

1950年代のイギリスにおけるドキュメンタリー映画運動。カレル・ライス、リンゼイ・アンダースン、トニー・リチャードソンらによって提唱された。イギリスにおける商業映画とドキュメンタリー映画の現状を批判し、労働者階級の日常をテーマにした詩的リアリズムを特徴とする短編ドキュメンタリーを製作した。その精神と手法は、ニュー・ウェイヴ、キッチンシンク映画へと受け継がれた。

▶ ニュー・ウェイヴ

フル・ショット full shot

人物の全身がフレーム内にちょうど収まるように撮影したショット。

▶ クロースアップ、ミディアム・ショット、ロング・ショット

プロダクション・コード、映画製作倫理規定 production code

アメリカ映画製作者配給者協会（MPPDA）によって制定された映画製作自主検閲規定。初代会長ウィル・ヘイズの名をとってヘイズ・コードとも呼ばれる。映画作品における性や暴力などの表現に対する公共の批判、州レベルでの検閲制度導入への動きに対し、映画産業の独自性と自立性を保つために導入された。1930年に制定され、1934年から罰則規定とともに厳格に運用される。1968年に完全廃棄され、レイティング・システムへ移行した。

プロパガンダ映画 propaganda film

ある特定の主義・主張、思想などを宣伝することを第一目的として製作された映画。イデオロギーがもっとも顕著に表れるタイプの映画である。戦時における戦争宣伝映画などがその代表例である。

並行モンタージュ parallel montage ▶ クロスカッティング

ヘイズ・コード Hays Code ▶ プロダクション・コード

ヘリテージ映画 heritage movie

イギリスの文化・歴史的遺産に依拠した映画群。文芸映画や歴史映画などもこれに含まれる。歴史的建造物や上流階級の伝統的生活様式などの描写が、視覚的悦びを提供する。1980年代、「大きな政府」から「小さな政府」への移行を進めたサッチャー政権下での社会変動と精神的基盤の喪失を背景に製作され、過去の栄光を思い起こさせることによって、イギリス国民に慰安と自負心を提供した。代表的作品は、『炎のランナー』(1981)、『インドへの道』(1984)、ジェームズ・アイヴォリー監督による文芸映画（『眺めのいい部屋』[1985]）など）。これらの作品の国内外における成功が、イギリス映画の国際的地位と競争力を高めることに寄与した。

編集 editing

製作段階において、撮影後のフィルムを切ったり、つないだり、並べ替えたりする作業。

ポスト古典的ハリウッド post-classical Hollywood ▶ ニュー・ハリウッド

ミザンセヌ mise en scene

フランス語で「演出」の意で、もともとは演劇用語である。ミザンセンと表記される場合もある。カメラがとらえるフレーム内のすべての要素（セット、小道具、大道具、照明、衣装、メイクアップ、俳優の演技など）を含む。

見た目のショット ▶ 視点ショット

ミディアム・ショット medium shot

登場人物を、中程度の距離から撮影したショット。通常、人物の上半身（腰のあたりまで）が含まれ、フレームの2分の1ないし3分の2を占める。ミドル・ショットとも呼ぶ。

▶ クロースアップ、フル・ショット、ロング・ショット

映画用語集

ミドル・ショット middle shot　▶ミディアム・ショット

モンタージュ montage

フランス語で「組み立て」の意。

(1) 一般には編集と同義。

(2) 1920年代に、ソビエトの映画製作者によって実践された編集法。特に、エイゼンシュテインによって体系化された弁証法的モンタージュ、あるいはテーマ・モンタージュと呼ばれるモンタージュ技法を指すことが多い。ダイナミックにショットを組み合わせたり、一見すると相反するショットを並置することによって、それらのショットが単独では持ちえない新たな概念や意味を創造する。例えば、エイゼンシュテインの『十月』(1928)は、登場人物（ケレンスキー）の手の込んだ制服の細部のショットに、孔雀のショットを差し挟むことによって、彼の虚栄心を暗示している。

(3) スーパーインポーズ、ジャンプ・カット、ディゾルヴ、フェイド、ワイプなどの特殊な手法を駆使して、あるいは特殊な手法を用いないまでも卓越した編集によって、短いショットをつなぎ、時間・場所を凝集したり、主題を簡潔で象徴的な、インパクトのあるイメージに集約する編集技法。モンタージュ・シークェンスともいう。例えば、『市民ケーン』(1941) のオープニングに用いられたニューズリールのモンタージュ、『カサブランカ』(1942) のオープニングで、パリからカサブランカへの人の流れを描くモンタージュなどがその例。

　▶コンティニュイティ編集、スーパーインポーズ、ディゾルヴ、フェイド、ワイプ

ライティング lighting

照明。撮影に必要な十分な量の光を確保するために、あるいは特別な効果を得るために、光を調整し統御すること。例えば、セットに十分な光を当てて、事物の輪郭をはっきりと照らし出すハイキー照明、逆に光の量を減らして影をつくり、事物をおぼろげに照らし出すローキー照明といった照明法がある。

　▶色温度

リヴァース・ショット reverse shot　▶ショット／切り返しショット

レイティング・システム rating system

映画作品における性や暴力などの表現の度合いに基づいて作品を分類し、観客を規制する制度。アメリカでは、プロダクション・コードにかわって1968年に正式に導入された。現在のアメリカ映画協会（MPPA）によるレイティング・システムでは、G（一般向け）、PG（子供には保護者の指導推奨）、PG13（13歳未満には保護者の指導を強く推奨）、R（17歳未満は親または成人の保護者同伴必要）、NC-17（17歳以下は禁止）。現在の全英映像等級審査機構（BBFC）によるレイティング・システムでは、U（全年齢対象）、PG（保護者による指導推奨）、12A（12歳以上推奨で視聴の場合は保護者による指導推奨）、12（12歳未満視聴非推奨）、R18（性的内容のために18歳未満視聴禁止）。

　▶プロダクション・コード

430　　　　　　　　　　　　　　　　　　　　　　　　　　　　　　　　　　　巻末資料

ロマンティック・コメディ romantic comedy

男女のロマンスを、コメディの要素を交えて描くコメディ映画の一形式。典型的には、男女が出会い、互いに惹かれ合いながらも反発し、誤解や多くの障害を経て最後に結ばれるまでを描く。エルンスト・ルビッチは、『ラヴ・パレイド』（1929）や『極楽特急』（1932）などの洗練されたロマンティック・コメディを生んだ。1930年代〜40年代前半に隆盛したスクリューボール・コメディ、フレッド・アステアとジンジャー・ロジャースのミュージカル映画などもロマンティック・コメディとして言及されることもある。第二次世界大戦を経て、ドリス・デイやロック・ハドソンのセックス・コメディ（『夜を楽しく』［1959]）、ウディ・アレンのナーバス・ロマンス（『アニー・ホール』［1977]）など、変化する性役割や結婚観・家族観、性の多様化などを反映しながら絶えず製作されている。

▶ スクリューボール・コメディ

ロング・ショット long shot

人物や風景を遠方からとらえたショット。周辺の環境（風景・セット）が広く含まれる。ワイド・ショットとも呼ぶ。

▶ クロースアップ、フル・ショット、ミディアム・ショット

ロング・テイク long take ▶ 長回し

ワイドスクリーン widescreen

アメリカにおける標準的画面比率（1.33：1 = 4：3）よりも横幅が大きく、ヨーロッパのスタンダードである1.66：1以上の横幅のあるスクリーンのこと。アナモフィック・レンズ（歪曲レンズ）を使用するタイプと、使用しないタイプに大別される。シネマスコープ、パナヴィジョン、70ミリ映画などの様々な方式が開発されている。現在、アメリカでは1.85：1が一般的。

▶ 画面比率

ワイプ wipe

シーン転換のための編集技法のひとつ。最初のショットを横に押しのけるようにして、新たなショットが表れ、スクリーンが拭い去られたような効果をもたらす。

▶ アイリス、ディゾルヴ、フェイド

（有森由紀子）

＊各用語の定義には、下記を参照した。

Kuhn, Annette, and Guy Westwell. *A Dictionary of Film Studies.* Oxford UP, 2012.
Blandford, Steve, et al. *The Film Studies Dictionary.* Arnold, 2001.〔ブランドフォード他『フィルム・スタディーズ事典——映画・映像用語のすべて』、杉野健太郎・中村裕英監訳／亀井克朗・西能史・林直生・深谷公宣・福田泰久・三村尚央訳、フィルムアート社、2004年。〕

映画用語集 431

索引

人名

あ

アイエロ、ダニー	256
アイズナー、マイケル	213
アーヴィング、ワシントン	244
青木鶴子	23
アクロイド、バリー	294
アコード、ランス	291
アーサー、ジョージ・K	30
アザナヴィシウス、ミシェル	272
アシュビー、ハル	153
アスター、アリ	273
アステア、フレッド	42, 79
アーズナー、ドロシー	**66-67**, 86, 124, 311, 316
アダムズ、サミュエル・ホプキンズ	90
アーノルド、ジャック	88
アーバックル、ロスコー・"ファッティ"	14
アパトー、ジャド	273
アフレック、ベン	228
アマルリック、マチュー	173
アミン、イディ	276
アームストロング、トッド	146
アラキ、グレッグ	214, 278
アリアガ、ギジェルモ	280
アールス、ハリー	88
アルトマン、ロバート	
	150, 151, 153, 155, **160-161**, 199, 276, 284
アルドリッチ、ネルソン	140
アルドリッチ、ロバート	108, **140-141**, 154, 163
アルバート、エディ	140
アレクシー、シャーマン	309
アレン、ウディ	155, **176-177**, 210, 317
アレン、ティム	353
アーレン、ハロルド	94
アロンゾ、ジョン・A	198
アンスワース、ジェフリー	191
アンダーソン、ウェス	267, 270, **282-283**, 351
アンダーソン、ポール・トーマス	270, **284-285**
アントニオーニ、ミケランジェロ	137
アンドリュース、V・C	288
アンドリュース、ダナ	101
アンドリュース、ピーター	263

い

イェーガーシュテッター、フランツ	185
イーストウッド、クリント	63, 122, 123, **216-217**, 271, 331
イニャリトゥ、アレハンドロ・ゴンサレス	272, **280-281**
イヤハート、アメリア	277
インジ、ウィリアム	116, 312
インス、トーマス・H	12, **22-23**, 35

う

ウー、ジョン	212, 309
ヴァイナ、アンドリュー・G	212
ヴァーホーヴェン、ポール	212
ヴァレンチノ、ルドルフ	14, 66
ヴァレンティ、ジャック	136, 137
ヴァンゲリス	254
ヴァン・ダイク、W・S	13, 25
ヴィクトリア女王	334
ヴィダー、キング	**56-57**, 94
ウィットフォード、ブラッドリー	298
ウィナー、マイケル	154
ウィーバー、シガニー	218, 295
ウィラット、アーヴィン	35
ウィリアム、ウォーレン	89
ウィリアムズ、アリソン	298
ウィリアムズ、ウィリアム・カルロス	337
ウィリアムズ、ジョン	153, 186, 202
ウィリアムズ、テネシー	116, 143, 312
ウィリアムズ、ロビン	161
ウィリス、ゴードン	197
ウィリス、ブルース	259
ウィルソン、ウッドロウ	34, 335
ウィルソン、オーウェン	282
ヴィルヌーヴ、ドゥニ	266
ウィンスレット、ケイト	279
ウィンター、ダナ	130
ウェイル、クローディア	153
ウェイン、ジョン	
	47, 49, 58, 59, 60, 93, 123, 129, 200, 309, 332, 343
ウェスト、メイ	41
ウェスト、レイモンド・B	23, 35
ウェバー、ロイス	14
ウェルズ、オーソン	42, 70, **84-85**, 96, 101, 158, 244, 249

ウェルズ、フランク・G	213
ウェルズ、H・G	51, 84, 188
ウェルマン、ウィリアム・A	**62-63**
ウェルマン、ウィリアム・オーガスタス	→ウェルマン、ウィリアム・A
ウェンジャー、ウォルター	59
ヴェンダース、ヴィム	119, 212, 232
ウォーカー、アリス	230
ウォーカー、アンドリュー・ケヴィン	261
ウォーカー、ジョン	292
ウォシャウスキー姉妹／兄弟	262, 337
ウォーターズ、ジョン	157, 210
ウォドレー、マイケル	157, 347
ウォーホル、アンディ	157
ウォラック、イーライ	144
ウォルシュ、ラオール	**46-47**
ウォルソール、ヘンリー・B	34
ウォーレン、ハリー	89
ウッズ、フランク	34
ウッド、ナタリー	128, 129, 145
ウールナー、ローレンス	179
ウルフ、エドガー・アラン	94
ウルマー、エドガー・G	74, 108
ウールリッチ、コーネル	303

え

エアロ・スミス	248
エイキンス、ゾー	66, 67
エイゼンシュテイン、セルゲイ	180
エヴァンス、ロバート	198
エガース、ロバート	273
エジソン、トーマス	9, 10, 11, 16, 22, 38, 318
エッガーズ、デイヴ	229
エディソン、アーサー	98
エプスタイン、ジュリアス	98
エプスタイン、フィリップ	98
エリオット、T・S	181
エルムス、フレデリック	255
遠藤周作	183, 320, 337

お

オーウェル、ジョージ	186
オーガスト、ジョゼフ	35
オークワフィナ	272
オコナー、ドナルド	126
オサナ、ダイアナ	293
オースティン、ジェイン	236, 357
オッペンハイマー、ロバート	287
小津安二郎	35, 320
オデア、ジュディス	192

オデッツ、クリフォード	116
オニール、ユージン	116, 143
オバマ、バラク	264
オフュルス、マックス	108
オブライエン、ウィリス	146
オブライエン、ジョージ	37
オルコット、シドニー	319
オルコット、ジョン	191
オルコット、ルイザ・メイ	72, 357
オールビー、エドワード	136

か

カイテル、ハーヴェイ	200, 203, 252, 257, 259
カイル、クリス	271
カーヴァー、レイモンド	161
ガーウィグ、グレタ	271, 313, 357
カウフマン、ボリス	127, 142
カーコリアン、カーク	139
カサヴェテス、ジョン	156, **168-169**, 233
カサール、マリオ	212
カザン、エリア	
	104, 108, 109, **116-117**, 127, 319, 323, 333
カザンジョグルス、アシーナ	116
カザンジョグルス、エリア	→カザン、エリア
カスター、ジョージ・アームストロング	46, 159
カセロッティ、アドリアナ	352
カーソン、ジャック	100
カーソン、パメラ	227
カーター、ジミー	148
カッツェンバーグ、ジェフリー	213
カーティス、ジェイミー・リー	274
カーティス、マイケル	**48-49**, 98, 100
加藤幹郎	131
ガードナー、エヴァ	75
カナット、ヤキマ	93
ガフィ、バーネット	190
カーペンター、カレン	278
カーペンター、ジョン	156
カーペンター、リチャード	278
ガーランド、ジュディ	41, 78, 79, 94
カリナン、トーマス	289
ガルシア、アンディ	218
ガルボ、グレタ	13, 311
カルーヤ、ダニエル	298
カーン、ジェームズ	160, 163, 197, 222
カンター、マッキンレー	101
ガンディー、マハトマ	91

き

ギイ（ギイ＝ブラシェ）、アリス	13, 311
ギッシュ、リリアン	19, 34, 311
キッド、サンダンス	195
キートン、ジョー	36
キートン、バスター	15, 36, 302, 312
キートン、マイケル	244
キーナー、キャサリン	298
ギネス、アレック	202
ギブソン、ウィリアム	262
ギブソン、メル	319
ギャガン、スティーヴン	263
ギャグニー、ジェームズ	47
キャシディ、ブッチ	195
ギャビン、ジョン	131
キャプラ、フランク	43, 45, **64-65**, 90, 303, 322, 335
キャメロン、ジェームズ	165, **234-235**, 266, 274, 275, 295, 351
キャラダイン、キース	199
キャラハン、ジョン	229
ギャリソン、ジム	227
キュアロン、アルフォンソ	213, 272
キューカー、ジョージ	**72-73**, 94, 316
キューブリック、スタンリー	150, 152, 156, **166-167**, 178, 188, 191
キーラー、ルビー	89
ギレンホール、ジェイク	293
キーン、マーガレット	245
キング・ジュニア、マーティン・ルーサー	148, 192, 256
キング、スティーヴン	167, 220

く

クエイド、デニス	290
クーグラー、ライアン	272, 308
グッドウィン、ハンニバル	318
グドナドッティル、ヒドゥル	299
クーパー、ウィルキー	146
クーパー、カイル	261
クーパー、ゲーリー	31, 61, 140
クーパー、ミリアム	34
クーパー、メリアン・C	59
クラーク、アーサー・C	191
グラント、ケーリー	95
グラント、ヒュー	173
クランプ、ポール	174
クーリ、カリー	257
グリアスン、ジョン	25, 346
グリア、パム	252
クリスティ、アガサ	82

（右段）

グリフィス、D・W	12, 15, 16, **18-19**, 23, 26, 32, 34, 46, 302, 308, 330, 334
クリフト、モンゴメリー	60, 144
クリフトン、エルマー	124
クリール、ジョージ	335
グリーン、アドルフ	126
グリーン、ウォロン	193
グリーンウッド、ジョニー	285
グリン＝カーニー、トム	297
クリントン、ヒラリー	264, 268
クリントン、ビル	204, 304
クルーズ、トム	182, 223, 284, 331
クルーゾー、アンリ・ジョルジュ	174
グールド、エリオット	160
グレイヴズ、ロバート	31
クレイトン、ジャック	356
グレノン、バート	93
グレンジャー、ファーリー	118
黒澤明	216
クロス、トム	296
クロスビー、ビング	41
クローネンウェス、ジョーダン	254
クローネンバーグ、デヴィッド	212, **220-221**
グロバス、ヨーラン	212
クロフォード、ジョーン	100, 118, 119, 141, 279, 331

け

ケイジ、ニコラス	180, 288
ゲイナー、ジャネット	37
ケイン、ジェイムズ・M	99, 100
ケース、セオドア	39
ゲッベルス、ヨーゼフ	53
ケネディ、ジョセフ・P	42
ケネディ、ジョン・F	132, 152, 227
ケネディ、ロバート・F	148
ゲバラ、チェ	251
ゲーブル、クラーク	90, 92, 144
ケラー、ヘレン	158
ゲラティ、ブライアン	294
ケリー、ジーン	41, 73, 79, 126
ケリー、ハリー	58

こ

ゴア、アル	264
コヴァックス、ラズロ	194
コーヴィック、ロン	226
コーエン、イーサン	**240-241**
コーエン兄弟	209, **240-241**, 270
コーエン、ジョエル	**240-241**
ゴズリング、ライアン	269, 296

ゴダード、ポーレット	91
ゴダール、ジャン=リュック	61, 120
コッチ、ハワード	98
コットン、ジョゼフ	96
コッブ、リー・J	127
ゴッホ、ヴィンセント・ファン	161
コッポラ、エレノア	180, 288
コッポラ、カーマイン	180, 203
コッポラ、ソフィア	180, 271, **288-289**, 291
コッポラ、フランシス・フォード	84, 85, 150, 151, 152,
	164, 174, **180-181**, 186, 197, 203, 288, 356
コッポラ、ロマン	283
コネリー、ショーン	228
コバーン、カート	229
コーマン、ロジャー	149, **164-165**, 178, 179, 180, 234
コムデン、ベティ	126
ゴーラン、メナハム	212
ゴールドウィン、サミュエル	20, 41, 76
ゴールドフィッシュ、サム →ゴールドウィン、サミュエル	
ゴールドブラム、ジェフ	221
ゴールドベック、ウィリス	88
ゴールドマン、ウィリアム	195
コルトレーン、ジョン	242
コルベール、クローデット	90
コーン、ハリー	43
コンウェイ、トム	97
コンジ、ダリウス	261
コンラッド、ジョゼフ	84, 181, 203, 218

さ

サイツ、ジョン・F	99
サイード、エドワード	274
サーク、ダグラス	**68-69,** 106, 108, 279, 290
サザーン、テリー	194
ザッカーバーグ、マーク	249
サッカレー、ウィリアム・メイクピース	167, 277
サドラー、アダム	284
ザナック、ダリル・F	22, 42, 59, 112, 133
ザ・バンド	183
サーマン、ユマ	259
サランドン、スーザン	257
サリヴァン、アン	158
サリヴァン、ガードナー・C	35
サリンジャー、J・D	228
サルダナ、ゾーイ	295
ザ・ローリング・ストーンズ	157, 170, 183, 248
サンダース、ヘンリー・G	201
サンデー、ビリー	285
サント、ガス・ヴァン	214, **228-229**, 270, 317
サンドグレン、リヌス	296

し

ジアッキーノ、マイケル	292
シェイクスピア、ウィリアム	
	72, 84, 85, 145, 180, 197, 241, 261, 354
ジェームズ、ジェシー	120
ジェイムズ、ヘンリー	77, 337, 356
ジェインズ、ロデリック	→コーエン兄弟
ジェンキンス、パティ	271
ジェンキンス、バリー	269
シェパード、シヴィル	200
シェリー、メアリー	50
シェリフ、R・C	50
シェルドン、E・ロイド	86
ジェンキンズ、ヘンリー	337
シェンク、ジョゼフ	112
シオドマク、カート	74
シオドマク、ロバート	**74-75**, 108, 122
シーゲル、ドン	108, **122-123**, 130, 153, 168, 216
シーデルマン、スーザン	214
シナトラ、フランク	113, 135
ジマー、ハンス	257, 297
シマール、スザンヌ	295
シモン、シモーヌ	97
シモン、ニーナ	230
シャー、ローレンス	299
シャイア、タリア	180, 288
シャーウッド、ロバート・E	101
ジャオ、クロエ	269, 271
ジャクソン、サミュエル・L	253, 259
ジャクソン、ピーター	212, **246-247**, 270
ジャファ、アーサー	258
シャーマン、ウィリアム	348
ジャームッシュ、ジム	119, 209, 212, **232-233**, 260, 337
シャラメ、ティモシー	271
シャリー、ドーリ	108
ジュイソン、ノーマン	154
シュヴァリエ、モーリス	41
シュトロハイム、エリッヒ・フォン	12, **26-27**, 30
シュトロハイム、エリッヒ・オズヴァルト	26
ジュネット、ジェラール	338, 339
シュマッカー、ジョエル	286
シュールバーグ、バッド	104, 127
ジョージ、W・ジョージ	160
ジョスリン、トム	348
ジョルソン、アル	39, 42
シュニッツラー、アルトゥル	167
ジュノ、ポン	269
シュレイダー、ポール	200
シュレシンジャー、ジョン	150

シュワルツ、チャールズ・S	178, 179
シュワルツェネッガー、アーノルド	210, 234, 325, 332
ショートランド、ケイト	271
ジョフィ、ローランド	357
ジョブズ、スティーブ	267
ジョルスン、アル	307
ジョーンズ、ジェイムズ	184
ジョーンズ、スパイク	270, 291, 354
ジョーンズ、デュアン	192
ジョンソン、ドウェイン	331
ジョンソン、リンドン	132, 136
シーラー、チャールズ	346
シルヴァー、スコット	299
シルヴァー、ジョーン・ミックリン	153
ジークル、ハンス・デトレフ	→サーク、ダグラス
シールズ、ケヴィン	291
シーン、チャーリー	227, 329
シーン、マーティン	203
シングルトン、ジョン	214
シンクレア、アプトン	285
ジンネマン、フレッド	74, 108

す

スウェイジ、パトリック	274
スヴェーデンボリ、エマヌエル	321
ズウェリン、シャーロット	157, 347
スエード	278
ズーカー、アドルフ	11, 16, 41
スカル、デイヴィッド	88
スコセッシ、マーティン	63, 150, 152, 164, **182-183**, 186, 200, 226, 242, 268, 271, 282, 321, 322, 337
スコット、ザカリー	100
スコット、トニー	212, 219, 252
スコット、リドリー	212, **218-219**, 234, 254, 257
スコリモフスキ、イエジー	172, 173
スタイガー、ロッド	127
スタイナー、マックス	92
スタイルズ、ハリー	297
スタインベック、ジョン	303
スタージェス、ソロモン	70
スタージェス、プレストン	41, **70-71**, 114
スタニスラフスキー、コンスタンチン	108
スターレット、ジャック	155
スタローン、シルヴェスター	210, 325, 332
スタンウィック、バーバラ	99, 311
スタンフォード、リーランド	9
スタンバーグ、ジョゼフ・フォン	13, **30-31**, 41
スティッレル、マウリッツ	13
ステファーノ、ジョゼフ	131
ステュアート、ジェームズ	114, 115

ステューディ、ウエス	223
ストーカー、ブラム	28
ストライサンド、バーバラ	331
ストラス、カール	37
ストラスバーグ、リー	108, 116, 117
ストラーロ、ヴィットリオ	203
ストランド、ポール	346
ストーン、エマ	269, 296
ストーン、オリバー	210, **226-227**, 252, 328, 329
スノーデン、エドワード	227
スパーロック、モーガン	273
スピーゲル、サム	127
スピルバーグ、アーノルド	188
スピルバーグ、スティーブン	58, 145, 151, 153, 186, **188-189**, 202, 204, 265, 267, 270, 304, 335
スピルバーグ、リア	188
スペイシー、ケヴィン	261, 317
スミス、ケント	97
スミス、ジョン	184
スミス、リー	297
スローン、ポール	78
スワンソン、グロリア	27, 47, 83

せ

セイルズ、ジョン	209, 211
セイント、エヴァ・マリー	127
セクラ、アンジェイ	259
ゼタ＝ジョーンズ、キャサリン	263
セニエ、エマニュエル	173
セネット、マック	15, 23, 64
ゼメキス、ロバート	246
セルズニック、デヴィッド・O	
	41, 43, 57, 62, 92, 110, 111, 114

そ

ソダーバーグ、スティーヴン	211, **250-251**, 263, 270
ソープ、リチャード	94
ソロンズ、トッド	212
ソンタグ、スーザン	119, 274
ソンドハイム、スティーヴン	145

た

ダイアー、リチャード	332
ダイアモンド、I・A・L	82
タウン、ロバート	198
ダグラス、カーク	166
ダグラス、マイケル	218, 263
ダコスタ、ニア	273
タシュリン、フランク	108
ダッシュ、ジュリー	214, **230-231**, 258, 308

ターナー、ジャック	**80-81**, 97
ターナー、テッド	211
ダナウェイ、フェイ	190, 198
ダニエルズ	266
ダフ、ウォーレン	81
ダミアーノ、ジェラルド	154
ダライ・ラマ14世	183
タランティーノ、クエンティン	
211, **252-253**, 259, 265, 270, 284	
タルバーグ、アーヴィング	22, 41, 57
ダール、ロアルド	283
ダーン、ローラ	255
ダンカン、イザドラ	70
ダンテ、ジョー	165, 234
ダンテ・アリギエーリ	261

ち

チェーホフ、アントン	143
チードル、ドン	263
チミノ、マイケル	151, 152
チャキリス、ジョージ	145, 309
チャスティン、ジェシカ	275
チャゼル、デイミアン	269, 296
チャップマン、マイケル	200
チャップリン、ソール	145
チャップリン、チャールズ	
15, 23, 30, **32-33**, 43, 44, 66, 91, 302, 312, 324, 330	
チャトマン、シーモア	339, 340
チャフィ、ドン	146
チャリシー、シド	126
チャンドラー、レイモンド	82, 99, 160, 198, 303
チュウ、ジョン・M	273
チョーサー、ジェフェリー	261

て

デイ、コーラ・リー	258
ディヴァイン	157
デイヴィス、エルマー	335
デイヴィス、オシー	256
デイヴィス、ジーナ	257
デイヴィス、ベティ	77, 141, 331
デイヴィス、マリオン	23
ディクスン、トーマス	34
ディクソン、ウィリアム・K・L	9
ディクソン・ジュニア、トーマス	19
ディケンズ、チャールズ	72
ディッカーソン、アーネスト	256
ディック、フィリップ・K	218, 254
テイト、シャロン	172, 173
ディートリヒ、マレーネ	13, 30, 31, 41, 83, 311, 316

デイモン、マット	228
テイラー、エリザベス	133, 134, 135, 136
テイラー、ギルバート	202
ディラン、ボブ	157, 170, 183, 278
デイ=ルイス、ダニエル	285
ディーン、ジェームズ	109, 117, 119, 128, 312, 331
デインズ、クレア	275
デ・ヴィナ、クライド	35
デ・シーカ、ヴィットリオ	139
デニス、サンディ	160
デップ、ジョニー	173, 244, 260, 269
デ・ニーロ、ロバート	164, 183, 200, 223, 271, 299, 331
デ・ハヴィランド、オリヴィア	77, 92
デ・パルマ、ブライアン	87, 156, 186
デミ、ジョナサン	165
デミル、セシル・B	12, **20-21**, 319
デミル、ヘンリー	20
デュー、ロバート	170
デュヴァーネイ、エイヴァ	231, 308
デュヴァル、ロバート	197, 203
デューク、パティ	158
テュークスベリー、ジョーン	199
デュニエ、シェリル	231
デュービン、アル	89
デュマ、アレクサンドル	72
デュリア、キア	191
デル・トロ、ギレルモ	272
デル・トロ、ベニチオ	263
テンプル、シャーリー	42

と

ドゥヴォーラック、アン	87
ドゥミ、ジャック	296
ドゥルーズ、ジル	87, 95
トゥルヌール、モーリス	80
トザロー、ローランド	91
トドロフ、ツヴェタン	320, 321
ドヌーヴ、カトリーヌ	172
ドーネン、スタンリー	126
ドヘニー、エドワード	285
トーマス、エマ	286
トムリン、リリー	199
ドライバー、アダム	268
ドライヤー、カール	320
トラボルタ、ジョン	259
トーランド、グレッグ	76, 77, 96, 101
トランプ、ドナルド	239, 264, 268
トランブル、ダグラス	153, 191, 254
トランボ、ダルトン	104
トリアー、ラース・フォン	272

人名

トリュフォー、フランソワ 61, 165
トールキン、J・R・R 247
トレヴァー、クレア 93
トンプソン、エマ 357
トンプソン、フランシス 347

な

ナーイル、ミーラー **276-277**
ナボコフ、ウラジーミル 166

に

ニクソン、マーニー 145
ニクソン、リチャード 148, 227
ニコライ2世 334
ニコルズ、ダドリー 93
ニコルズ、ビル 346, 349
ニコルズ、マイク 136, 138, 139, 150, 151
ニコルソン、ジャック 159, 164, 194, 198
ニュージェント、フランク 129
ニューマン、デヴィッド 190
ニューマン、ポール 143, 158, 161, 182, 195

ね

ネルソン、グレイグ・T 292
ネルソン、ラルフ 159

の

ノーブル、トム 257
ノーラン、クリストファー 259, 266, 270, **286-287**, 297
ノーラン、ジョナサン 286
ノリス、フランク 27

は

ハイアムズ、リーラ 88
ハイスミス、パトリシア 279
バイデン、エドモンド・プレストン
　　　　　　　　→スタージェス、プレストン
バイデン、ジョー 265
ハウアー、ルトガー 254
ハーウィッツ、ジャスティン 296
ハヴェス、ジャン 36
パウエル、ディック 89
ハウスマン、ジョン 118
パーカー、サラ・ジェシカ 273
パーカー、ボニー 158, 190
バカラック、バート 195
ハギス、ポール 293
パーキンズ、アンソニー 131
バーク、J・フランク 35

パークス、ゴードン 155
パークス、ローザ 231
バーグマン、イングリッド 98, 143
パクラ、アラン・J 153
バークレー、バズビー 42, 89, 311, 357
バーゴイン、ロバート 340, 341
バコール、ローレン 60
ハサウェイ、アン 273
バザン、アンドレ 343
バス、ソール　あるいはソウル？ 113, 261
ハースト、ウィリアム・ランドルフ 23, 84, 96
バセット、アンジェラ 231
バダラメンティ、アンジェロ 255
パチーノ、アル 87, 117, 180, 197, 223
ハックマン、ジーン 159, 180, 190
バッファロー・ビル 161
ハーツフェルト、ドン 351, 353
ハーディ、トム 297
ハート、ウィリアム・S 12, 22
バード、ブラッド 292
ハドソン、ロック 69
バートン、ティム 207, **244-245**, 267, 286, 351
バートン、リチャード 133, 136
バーネット、チャールズ 155, 190, 201, 230, 308
ハーバーグ、イップ 94
パブリック・エネミー 256
バーバラ・O 258
ハーマン、バーナード 96, 131, 146, 200
ハミッド、モーシン 277
ハミル、マーク 202
ハメット、ダシール 198, 240
早川雪洲 20, 23
バラ、セダ 14, 315
パランス、ジャック 140
ハリス、バーバラ 199
ハリスン、ジョージ 183
ハリーハウゼン、レイ 146, 351
バリモア、ジョン 39
バルコン、マイケル 110
バルサム、マーティン 131
バルデム、ハビエル 281
パルトロー、グウィネス 261
バレンシアガ、クリストバル 285
バロウズ、ウィリアム・S 221, 228
バロー、クライド 158, 190
ハワード、レスリー 92
パンク、マイケル 281
ハンクス、トム 353
バンクロフト、アン 138, 158
バーンスタイン、エルマー 290
バーンスタイン、レナード 127, 145

ハンター、ジェフェリー	129
ハンター、ホリー	292
ハンナ、ダリル	254
バンバーラ、トニ・ケイド	230

ひ

ピアース、ガイ	294
ピアース、キンバリー	211
ビグロー、キャスリン	214, 271, **274-275**, 294
ピックフォード、メアリー	14, 32, 54, 60, 311, 330
ヒックマン、ハワード	35
ヒッチコック、アルフレッド	43, 61, 107, **110-111**, 113, 131, 136, 156, 160, 229, 255, 311, 340, 355
ピッツァー、ビリー	18, 34
ピット、ブラッド	248, 257, 261, 280
ヒトラー、アドルフ	32, 68, 82
ビドル、エイドリアン	257
ピープルズ、デヴィッド	254
ピープルズ、メルヴィン・ヴァン	154, 196
ピュー、フローレンス	271
ヒューズ、ハワード	79
ヒューストン、ジョン	70, 144, 198
ビヨンセ	258
ヒル、ウォルター	193
ヒル、ジャック	155, 178
ヒル、ジョージ・ロイ	195
ピール、ジョーダン	272, 273, 298
廣木隆一	257
ピンター、ハロルド	174
ピンチョン、トマス	285
ビン・ラーディン、ウサーマ	239, 264, 275

ふ

ファイト、コンラート	28
ファインズ、レイフ	294
ファップ、ダニエル・L	145
ファビアン、ワーナー	86
ファーマー、ゲイリー	260
ファンチャー、ハンプトン	254
フィオーレ、マロン	295
フィッシャー、キャリー	202
フィッシャー、ジョージ	35
フィッシュバーン、ローレンス	262
フィッツジェラルド、F・スコット	72, 116, 248, 355
フィニィ、ジャック	130
フィーニー、ジョン・マーティン	→フォード、ジョン
フィリップス、トッド	91, 299
フィールド、トッド	272
フィンチャー、ジャック	249
フィンチャー、デヴィッド	**248-249**, 261

フェアバンクス、ダグラス	14, 32, 46, 62, 330
フェニックス、ホアキン	269, 285, 299
フェニックス、リヴァー	228
フェリーニ、フェデリコ	139, 155-156, 165
フォアマン、カール	104
フォスター、ジョディ	200
フォークナー、ウィリアム	96, 100, 280, 281
フォーゲル、ジェイムズ	228
フォックス、ウィリアム	11, 41
フォックス、ジェイミー	223
フォッシー、ボブ	154
フォード、ジョン	42, 45, **58-59**, 60, 77, 93, 107, 129, 183, 303, 308, 343
フォード、ハリソン	173, 202, 254
フォード、フランシス	58
フォード、ロバート	120
フォンダ、ピーター	194
ブース、ジョン・ウィルクス	44
ブース、ウェイン	340
フセイン、サダム	264
プーゾ、マリオ	180, 197
フック、バイロン	36
ブッシュ、ジョージ・H・W	204
ブッシュ、ジョージ・W	227, 238, 239, 264, 304
フート、ホートン	158
フーパー、トビー	156
フラー、サミュエル	108, **120-121**
フライシャー、リチャード	108
プライス、アン	100
プライス、ヴィンセント	244
プライス、リチャード	242
ブラウニング、トッド	42, 88
ブラウン、クラレンス	80
ブラウン、ジョン	49
ブラウン、ナシオ・ハーブ	126
ブラケット、チャールズ	55, 82
プラシーボ	278
ブラックウッド、アルジャーノン	97
ブラックマン、オナー	146
ブラックマン、クライド	36
ブラニガン、エドワード	339
フラハティ、フランシス	25
フラハティ、ロバート	13, **24-25**, 29, 346, 349
ブラム、ジェイソン	298
ブランシェット、ケイト	272, 279, 280
ブランド、マーロン	108-109, 116, 117, 127, 154, 158, 159, 180, 197, 203, 312, 331, 333
プリエト、ロドリゴ	293
プリースト、クリストファー	286
フリック、ロン	348
フリード、アーサー	41, 78, 94, 107, 126

フリードキン、ウィリアム	154, 156, **174-175**
フリードマン、ピーター	348
フリーマン、モーガン	248, 261
フリン、エロール	48
フリン、ギリアン	249
ブリーン、ジョセフ	40
ブリンケン、リューディア	68
ブルー、アニー	236, 293
ブルックス、メル	155, 156
ブルーム、ハロルド	345
ブレイク、ウィリアム	260
ブレイクリー、ロニー	199
フレイザー、ジェイムズ	181
ブレイシー、チャールズ	201
フレーザー、アントニオ	288
プレスリー、エルヴィス	49, 289
プレスリー、プリシラ	289
ブレッソン、ロベール	320
フレデリクス、エルズワース	130
ブレヒト、ベルトルト	53, 104
フレミング、ヴィクター	92, 94
プレミンジャー、オットー	108, **112-113**, 135, 224
フロイト、ジークムント	221
ブロック、ロバート	131
フロマー、ポール	295
ブロンテ姉妹	124
ブロンテ、シャーロット	80, 124
ブロンデル、ショーン	89

へ

ベイカー、レジナルド	23, 35
ヘイゲン、ジーン	126
ヘイコックス、アーネスト	93
ヘイズ、ウィル・H	14, 15, 40, 319, 334
ヘイズ、ジョン・マイケル	357
ヘイズ、ビリー	226
ヘイスバート、デニス	290
ヘイスリップ、レ・リー	227
ベイティ、ウォーレン	190
ベイマー、リチャード	145
ヘイワース、リタ	85, 309
ペイン、アレクサンダー	270
ヘインズ、ウィリアム	316
ヘインズ、トッド	212, 271, **278-279**, 290
ペキンパー、サム	123, 155, **162-163**, 193
ヘクト、ベン	87
ヘストン、チャールトン	162
ヘダー、シアン	271
ベッソン、リュック	344
ベネット、ブルース	100

ペネベイカー、D・A	157, 170, 347
ヘプバーン、オードリー	73, 77
ヘプバーン、キャサリン	60, 67, 73, 143, 311
ヘミングウェイ、アーネスト	75, 122, 177
ベラミー、ラルフ	93
ベルイマン、イングマール	165, 178
ベール、クリスチャン	278
ベルチャー、マージョリー	352
ベルトラミ、マルコ	294
ベルトルッチ、ベルナルド	154
ベルナル、ガエル・ガルシア	280
ヘルマン、リリアン	77, 158, 357
ベルモント、ジャン=ポール	120
ペン、アーヴィング	158
ペン、アーサー	138, 150, 153, 155, **158-159**, 190
ペン、ショーン	280
ベンダー、ローレンス	252
ベントン、ロバート	190
ヘンリクセン、ランス	260
ヘンリード、ポール	98

ほ

ポー、エドガー・アラン	164
ホイテマ、ホイテ・ヴァン	297
ボイル、リチャード	226
ボウ、クララ	66, 86, 311, 315
ボウイ、デヴィッド	278
ホエール、ジェームズ	**50-51**, 88
ボガート、ハンフリー	44, 47, 49, 60, 98, 118, 124
ポカホンタス	184
ポーク、ミミ	257
ホークス、ハワード	**60-61**, 77, 87, 95, 107, 312
ボグダノヴィッチ、ピーター	23, 152, 174
ボーグナイン、アーネスト	193
ボーズマン、チャドウィック	268
ポーター、エドウィン・S	12, **16-17**, 18
ホック、ウィントン・C	129
ホッパー、デニス	150, 194, 203, 255
ポップ、イギー	278
ボディーン、ドウイット	97
ボーデン、リジー	214
ボードウェル、デイヴィッド	339, 340
ボードリヤール、ジャン	262
ポープ、ビル	262
ホープ、ボブ	41
ホフマン、クーパー	285
ホフマン、ダスティン	117, 138
ホフマン、フィリップ・シーモア	284, 285
ボーム、ライマン・フランク	94, 321, 356
ホームズ、ウィリアム	61

ホームズ、ジョン	284	マルコムX	242, 256
ホメロス	198	マレー、エティエンヌ=ジュール	9
ホーラー、アーネスト	100, 128	マーレイ、ビル	282, 291
ポランスキー、ロマン	150, 152, 156, **172-173**, 198	マン、アンソニー	108, **114-115**
ホリデイ、ジュディ	73	マン、エイミー	284
ホール、コンラッド・L	195	マン、マイケル	**222-223**
ホール、フィリップ・ベイカー	284	マンキーウィッツ、ジョゼフ・L	108, 133
ホールデン、ウィリアム	193	マンキーウィッツ、ハーマン・J	96, 249
ポワチエ、シドニー	154, 196, 308, 323	マンスフィールド、ジェーン	315
ホワイトヘッド、フィン	297	マンソン、チャールズ	173

ま

マイブリッジ、エドワード	9
マイヤーズ、ジョナサン・リース	278
マイルズ、ヴェラ	131
マイルストーン、ルイス	72
マーヴィン、リー	121, 141
マーキー、エニッド	35
マクガイア、キャスリン	36
マクダニエル、ハティ	92, 308
マクドゥガル、ロバート	100
マクマレイ、フレッド	99
マクラクラン、カイル	255
マクレガー、ユアン	278
マケルウィー、ロス	348
マーシャル、ペニー	214
マーシュ、メエ	34
マスク、イーロン	264
マーチ、フレドリック	86, 101
マッカーシー、ケヴィン	130
マッカーシー、コーマック	241
マッカーシー、ジョゼフ	102, 117
マッキー、アンソニー	294
マッキトリック、ジョーン	298
マックイーン、スティーブ	162, 163
マックスウェル、ボブ	196
マッケンジー、ウィリアム	24
マッケンブリッジ、メルセデス	119
マッソー、ウォルター	123
松田優作	218
マーティン、ディーン	60
マドセン、マイケル	257
マードック、ルパート	205
マドンナ	214, 248
マムダニ、マフムード	276
マムーリアン、ルーベン	39, 112, 133
マリー・アントワネット	288
マリック、テレンス	150, **184-185**, 190
マルクス兄弟	41, 303
マルヴィ、ローラ	310, 314, 316

み

ミショー、オスカー	196
ミッチェル、ジョゼフ・A	36
ミッチェル、トーマス	93
ミッチェル、マーガレット	92
ミード、シド	254
ミネオ、サル	128
ミネリ、ヴィンセント	**78-79**
ミネリ、ライザ	79
ミネリ、レスター・アンソニー	→ミネリ、ヴィンセント
ミハーイ、ケルテス	→カーティス、マイケル
ミューラー、ロビー	260
ミラー、アーサー	116, 144
ミラー、ギルバート	112
ミラー、ジョージ	275
ミリアス、ジョン	203
ミリオン、スティーヴン	263
ミルク、ハーヴェイ	228, 317
ミルトン、ジョン	261
ミルナー、ヴィクター	86
ミンハ、トリン	348

む

ムーア、ケイシー	201, 258
ムーア、ジュリアン	278, 279, 290
ムーア、マイケル	**238-240**, 273, 304, 349
ムサンテ、トニー	60
ムスラカ、ニコラス	97
ムーディ、リック	236
ムニ、ポール	87
ムラウスキー、ボブ	294
ムルナウ、F・W	12, 13, 25, **28-29**, 37, 58

め

メイ、ローラ	35
メイズルス、アルバート	157
メイズルス兄弟	170, 347
メイズルス、デヴィッド	157
メイスン、ジェイムズ	73

メイホール、ハーシェル	35
メイヤー、カール	37
メイヤー、ルイス・B	41, 43
メインウェアリング、ダニエル	130
メティ、ラッセル	144
メリエス、ジョルジュ	16
メンデス、サム	272

も

モーガン、マリオン	67
モス、キャリー=アン	262
モーパッサン、ギ・ド	93
モリスン、トニ	230
モリソン、ジム	227
モレノ、リタ	145
モンロー、マリリン	60, 83, 113, 144, 315, 350

や

ヤーリ、ヒルデ	68
ヤング、コリアー	124
ヤング、ショーン	254
ヤング、ニール	260

ゆ

ユング、カール・グスタフ	221
ユン・ヨジョン	272

よ

ヨハンソン、スカーレット	271, 291

ら

ライアソン、フロレンス	94
ライカート、ケリー	271
ライス、エルマー	76
ライト、テレサ	101
ライリー、ジョン・C	284
ラインハルト、マックス	28, 112
ラウレンティス、ディノ・デ	212, 224, 255
ラカン、ジャック	88
ラクマートリー、ラリー	293
ラスキー、ジェシー	20, 21
ラセター、ジョン	267
ラーソン、スティーグ	249
ラックマン、エドワード	290
ラッセル、ジョン・L	131
ラッセル、ハロルド	101
ラッセル、ロザリンド	95
ラヒリ、ジュンパ	277
ラファエルソン、サムソン	55

ラフト、ジョージ	87
ラーマン、バズ	272, 356
ランカスター、バート	75, 140
ラング、フリッツ（フリードリヒ）	44, **52-53**, 108
ラング、フリードリヒ・クリスティアン・アントン	
	→ラング、フリッツ
ラングドン、ハリー	64
ラングリー、ノエル	94
ラン・シャン	236
ランソホフ、マーティン	172
ランドルフ、ジェーン	97

り

リー・アイザック・チョン	272
リー、アン	213, **236-237**, 271, 293, 309, 357
リー、ヴィヴィアン	92, 333
リー、ジャネット	131
リー、スパイク	
	92, 209, 214, 236, **242-243**, 256, 268, 272, 308
リー、ブルース	85
リヴィングストン、ジェニー	278
リヴィングストン、マーガレット	37
リヴェット、ジャック	61
リーヴス、キアヌ	228, 262, 274
リーヴス、マット	299
リスキン、ロバート	65, 90
リッグス、マーロン	348
リッチー、ガイ	259
リット、マーティン	168
リード、キャロル	85
リード、ジャン	146
リード、ルー	278
リビシ、ジョヴァンニ	291
リュートン、ヴァル	80, 81, 97
リュミエール兄弟	10, 13, 334
リュミエール、オーギュスト	9
リュミエール、ルイ	9
リン、ジャスティン	270
リンカーン、エイブラハム	34, 46
リンクレーター、リチャード	212
リンチ、デイヴィッド	94, 210, **224-225**, 255
リンドバーグ、チャールズ	8

る

ルイ16世	288
ルイス、ジョゼフ・H	106
ルーカス、ジョージ	
	85, 151, 152, 153, 180, **186-187**, 188, 202, 205, 248, 304
ルッソ、ジョン・A	192
ルーニー、ミッキー	41

ルノワール、ジャン	282
ルビー、ジェイ	25
ルビッチ、エルンスト	41, **54-55**, 83, 315
ルビッチ、ニコラ	55
ルピノ、アイダ	47, 66, 108, 118, **124-125**, 311
ルメイ、アラン	129
ルメット、シドニー	**142-143**
ルメット、バルーク	142
ルロイ、マーヴィン	89, 94

れ

レイ、サタジット	282
レイ、ニコラス	105, 108, **118-119**, 128, 232
レイツェル、ブライアン	291
レイノルズ、デビー	126
レイン、エイプリル	268
レイン、ダグラス	191
レヴィル、アルマ	110
レヴィン、ジョゼフ・E	139
レオーネ、セルジオ	216
レーガン、ロナルド	
	204, 205, 208, 255, 304, 313, 325, 348
レジオ、ゴッドフリー	348
レジャー、ヒース	270, 293
レスレー、エルジン	36
レッツ、トレイシー	175
レッドフォード、ロバート	157, 195, 324
レディオヘッド	285
レディー・ガガ	299
レデラー、チャールズ	95
レナー、ジェレミー	294
レーマン、アーネスト	136, 145
レムリ、カール	11, 14, 22, 42, 76, 330
レムリ・ジュニア、カール	42
レモン、ジャック	83
レモンズ、ケイシー	231
レンブラント、ファン・レイン	219

ろ

ロー、マーカス	11
ロイ、マーナ	101
ロイド、ハロルド	15, 71, 302
ロウデン、ジャック	297
ロージー、ジョゼフ	104, 108
ロシャー、チャールズ	37
ロジャース、アルヴァ	258
ロジャース、ジンジャー	42, 89
ロス、キャサリン	138, 195
ロス、ティム	161, 259
ローズヴェルト、エレノア	124

ローズヴェルト、フランクリン・D	239, 303, 335, 347
ロスマン、ステファニー	153, 165, **178-179**
ローゼンマン、レナード	128
ロータ、ニーノ	180, 197
ロックウッド、ゲイリー	191
ロックフェラー、ネルソン	140
ロッセリーニ、イザベラ	255
ロッソン、ハロルド	126
ロード、ダニエル・A	319
ロドリゲス、ロバート	253
ロバーツ、ジュリア	331
ロビンス、ジェローム	145
ロビンソン、アンディ（アンドリュー）	122
ロビンソン、エドワード・G	99
ロビンソン、フィル・アルデン	321
ロブソン、ポール	51
ロブソン、マーク	81
ローマン、ポール	199
ロメロ、ジョージ・A	156, 192, 343
ローランズ、ジーナ	168, 169
ローレンス、ジェニファー	265
ローレンス、フローレンス	14, 330
ロレンツ、パレ	347

わ

ワイズ、ロバート	81, 97, 145
ワイズマン、フレデリック	157, **170-171**, 273
ワイダ、アンジェイ	172
ワイラー、ウィリアム	43, 65, **76-77**, 101, 107, 328, 357
ワイルダー、ソーントン	116, 118
ワイルダー、ビリー	
	21, 41, 45, 55, 70, 74, **82-83**, 99, 100, 108, 315
ワイルド、オスカー	278
ワインスタイン、ハーヴェイ	269, 313, 317
ワグナー、ジョージ	88
ワーシントン、サム	295
ワシントン、デンゼル	241, 242
ワーナー兄弟	11
ワーナー、アルバート	133
ワーナー、ジャック・L	133, 136
ワーナー、ハリー	133
ワン、ウェイン	309
ワン、ルル	272

作品名

あ

『アイアン・ホース』	58
『アイアンマン』	268
『アイス・ストーム』	236
『アイズ ワイド シャット』	167
『愛と喝采の日々』	323
『アイム・ノット・ゼア』	278
『アイリッシュマン』	183, 271
『アウト・オブ・サイト』	250
『アウトサイダー』	181
『蒼い記憶』	250
『青い服の少年』	28
『青髭八人目の妻』	55, 315
『赤い河』	60
『赤い航路』	173
『赤ちゃん教育』	60
『赤ちゃん泥棒』	240
『暁の偵察』	60
『悪女』	277
『悪人と美女』	79
『悪の力』	182
『悪魔の合鍵』	26
『悪魔のいけにえ』	156, 200
『悪魔の呼ぶ海へ』	274
『アス』	272
『アステロイド・シティ』	283
『明日に処刑を…』	164
『明日に向って撃て』	**195**
『明日の世界』	353
『アスファルト・ジャングル』	106
『アダプテーション』	354
『アダム氏とマダム』	72
『アッシャー家の惨劇』	164
『アーティスト』	273
『あなただけ今晩は』	83
『アナタハン』	31
『アナと雪の女王』	267, 317
『アニー・ホール』	155, 176
『アニマトリックス』	337
『アバター』	235, 266, **295**, 351
『アバター：ウェイ・オブ・ウォーター』	235, 266
『アパッチ』	140
『アパッチ砦』	59
『アパートの鍵貸します』	82-83, 315
『アビス』	234
『アブサロム、アブサロム！』	96
「アフリカの乳母の日記」	230
『アベンジャーズ／エンドゲーム』	268
『アホの壁 in USA』	238
『甘い抱擁』	154, 316
『雨に唄えば』	107, **126**
『雨にぬれた舗道』	160
「雨にぬれても」	195
『アメリア 永遠の翼』	277
「アメリカ国民を作る」	13
「アメリカ消防士の生活」	11, 16, 17
『アメリカの影』	156, 168, 169
『アメリカの幻想』	117
『アメリカの返答』	335
『アメリカの友人』	119
『アメリカ野郎』	49
『アメリカン・グラフィティ』	85, 152, 186
『アメリカン・スナイパー』	217, 271
『アメリカン・ビューティー』	272, 324
『アメリカン・ロマンス』	57
『アモーレス・ペロス』	280
『荒馬と女』	**144**
『荒くれ五人拳銃』	164
『嵐ケ丘』	76
『嵐の孤児』	19
『嵐の三色旗』	43
『アラジン』	213
『アラン』	13, 25
『アリス・イン・ワンダーランド』	245
『アリスのレストラン』	159
『或る殺人』	113
『アルカトラズからの脱出』	123, 216
『アルゴ探検隊の大冒険』	**146**
「アルファベット」	224
『アルプス嵐』	12, 26
『アルマゲドン』	206
『或る夜の出来事』	43, 64, **90**, 303
『あれ』	315
『アレキサンドリア物語』	73
『荒地』	181
「アンクル・トムの小屋」	16
『暗黒街』	30
『暗黒街の顔役』(1932)	60, **87**, 302
『暗黒街の顔役』(1983)	87
『暗黒街の弾丸』	53
『暗殺者の家』	110
『アンセイン～狂気の真実～』	251
「アンソニーのハッピー・モーテル」	282
『アンソニーのハッピー・モーテル』	282

『アンダー・ユア・スペル』	112
『アンドロイドは電気羊の夢を見るか?』	218, 254
「アンブリン」	188

い

『イヴズ・バイユー』	231
『家なき少年群』	62
『硫黄島からの手紙』	217, 327
『怒りの河』	114
『怒りの葡萄』	42, 58, 303
『イギリスから来た男』	250
『生きるべきか死ぬべきか』	55
『イグジステンズ』	221
『イージー・ライダー』	150, **194**, 304, 321, 345
『イースタン・プロミス』	221
『イスラエルの月』	48
『偉大なる愛』	110
『偉大なるアンバーソン家の人々』	84
『偉大なるマッギンティ』	70
『イタリアナメリカン』	182
『11'09"01／セプテンバー 11』	276
『1917 命をかけた伝令』	272
『一日だけの淑女』	64
『いつか晴れた日に』	236, 357
『偽りの花園』	43
『E.T.』	188, 206
『田舎司祭の日記』	320
『いにしえの魔術』	97
『犬ヶ島』	267, 283
『イヤー・オブ・ザ・ドラゴン』	226
『イヤー・オブ・ザ・ホース』	233
『いらない』	124
「イリュージョンズ」	230
『イレイザーヘッド』	224
『インクレディブル・ファミリー』	292
『イングロリアス・バスターズ』	253
『インサイダー』	304
『インサイド・ヘッド』	267
『インサイド・マン』	243
『インサイド・ルーウィン・デイヴィス 名もなき男の歌』	
	241
『インセプション』	270, 286, 287
『インソムニア』	286
『インターステラー』	270, 287
『インディ・ジョーンズ』シリーズ	188, 304, 335
『インデペンデンス・デイ』	206
『インテリア』	176
「インド」	276-277
『インド・キャバレー』	276
『イントレランス』	19, 302

『インヒアレント・ヴァイス』	285
『インフォーマント!』	251
『インランド・エンパイア』	225

う

『ヴァージン・スーサイズ』（1993）	288
『ヴァージン・スーサイズ』（1999）	288
『ウィッチ』	273
『ウィンチェスター銃'73』	114, 115
『ウェスト・サイド・ストーリー』	309
『ウエスト・サイド物語』	**145**, 309
『ウエディング』	161, 276
『ウエディング・バンケット』	236
「ヴェニスの子供自動車競走」	32
『ヴェニスの商人』	261
『ヴェラクルス』	140
『ウェルカム・ドールハウス』	212
『ウォーターメロン・ウーマン』	231, 317
『ウォタルウ橋』	51
『ウォーリー』	267
『ウォール街』	227
『牛泥棒』	62
『失われた週末』	82
『宇宙戦争』（1983）	84
『宇宙戦争』（2005）	189
『宇宙大征服』	160
『ウッドストック／愛と平和と音楽の3日間』	
	157, 182, 347
『ウッドストックがやってくる！』	237
「うつろな人間たち」	181
『ウディ・アレンの愛と死』	155
『ウーマン・トーキング 私たちの選択』	317
『飢ゆるアメリカ』	62
『裏切りの街角』	75
『裏窓』	111, 311
『ウルフ・オブ・ウォールストリート』	183
『麗しのサブリナ』	82
『噂の二人』	76, 77, 357

え

『A.I.』	188
『エアフォース・ワン』	325
『永遠の僕たち』	229
『映画スターの〈リアリティ〉』	332
『映画とは何か』	131
『映画における視点』	339
『栄光』	46
『栄光のハリウッド』	73
『エイプリル・フール』	68
『英雄の条件』	175

『エイリアン』シリーズ	313
『エイリアン』	218, 219, 234, 335
『エイリアン2』	234
『エイリアン3』	248
『駅馬車』	59, **93**, 308
『エクソシスト』	156, 174, 175
『エージェント・マロリー』	251
『エジプト人』	49
『エターナルズ』	271, 325
『エッセネ派』	171
『エデンの東』	107, 116, 320, 323
『エデンより彼方に』	271, 279, **290**, 323
『エド・ウッド』	244
『エブリシング・エブリウェア・オール・アット・ワンス』	
	265-266, 309
『M』	52
『エリア・カザン自伝』	117
『L.A.大捜査線／狼たちの街』	175
『エリン・ブロコビッチ』	250, 263, 304
『エル・シド』	115
『エル・ドラド』	60
『L・B・ジョーンズの解放』	76
『エルヴィス』	272
『エルム街の悪夢』	210, 213
『エレファント』	229, 270
『エレファント・マン』	224

お

『お熱いのがお好き』	82, 107, 350
『黄金狂時代』	32
『黄金の腕』	113, 135
『大いなる幻影』	27
『大いなる西部』	76, 77
『狼男』	88
『狼たちの午後』	143
『狼よさらば』	154, 317
『奥様は顔が二つ』	72
『奥様は魔女』	125
『オーシャンズ』シリーズ	250, 263, 270
『オーシャンと十一人の仲間』	250
『恐れてはならぬ』	124
『オズのふしぎな魔法使い』	94, 321, 356
『オズの魔法使』	43, 57, **94**, 321, 356
『オセロ』	85
『オーソン・ウェルズのフォルスタッフ』	85
『堕ちた天使』	112
『お茶と同情』	79
『夫なき妻』	67
『オッペンハイマー』	270, 287
『男たち』	328

『男の敵』	58
『大人になれば…』	180
『乙女の祈り』	246
『鬼軍曹ザック』	120
『オフィサー・アンド・スパイ』	173
『オープニング・ナイト』	169
『オー・ブラザー！』	241
『オペラハット』	64
『汚名』	111
『オリエント急行殺人事件』	143
『オールド・ボーイ』	243
「オールマンリヴァー」（『ショーボート』挿入歌）	51
『折れた銃剣』	120
『俺たちに明日はない』	
	133, 138, 150, 153, 158, 159, **190**, 194, 195, 304
『俺たちは天使じゃない』	49
『愚なる妻』	12, 26
『オン・ザ・ロック』	289
『女相続人』	76, 77
『女の顔』	72
『オンリー・ラヴァーズ・レフト・アライヴ』	233

か

『凱旋の英雄万歳』	71
『海賊ブラッド』	48
『飼葉桶から十字架へ』	319
『快楽の園』	110
『カイロの紫のバラ』	176
『カウガール・ブルース』	228
『帰らざる河』	113
『過去を逃れて』	81, 106
『カサブランカ』	44, 49, **98**, 123
『飾窓の女』	53
『華氏119』	239
『華氏911』	239
『カジノ』	183
『カーズ』	267
『ガス燈』	72
『風と共に去りぬ』	43, **92**, 308, 352
『風と共に散る』	107, 303
『喝采』	39
『ガーディアンズ・オブ・ギャラクシー』	268
『悲しみは空の彼方に』	69, 107
『彼女』	257
『彼女の初めての出来事』	124
『KAFKA／迷宮の悪夢』	250
『カフェ・ソサエティ』	177
『カーマ・スートラ 愛の教科書』	276
『仮面の米国』	42
『カラナグ』	25

『カラーパープル』	189
『カリフォルニア・ドールズ』	141
『ガルシアの首』	163
『ガールフレンド』	153
『ガールフレンド・エクスペリエンス』	251
『カルメン』	113
『華麗なるギャツビー』(1974)	356
『華麗なるギャツビー』(2013)	272, 356
『彼らはみな出所する』	80
『河』(1938)	347
『河』(1951)	282
『看護学生』	178
『カンサス騎兵隊』	48-49
『ガンジャ&ヘス』	243
『カンタベリー物語』	261
『間諜X27』	31
『ガントレット』	217
『カンバセーション…盗聴…』	85, 181

き

『黄色いリボン』	59
「機会の土地アメリカ3部作」	272
『危機一髪』	116
『帰郷』	152
『危険な情事』	315
『危険な場所で』	118
『危険なメソッド』	221
『奇術師』	286
『偽証』	114
『奇跡の人』	158
『奇跡の人』(演劇)	158
『奇跡のチェックメイト クイーン・オブ・カトウェ』	277
『基礎訓練』	157, 171
『気狂いピエロ』	120
『キッズ・オールライト』	272, 325
『キッスで殺せ!』	106
『キッド』	32, 33, 324
『きっと全て大丈夫』	353
『キートン将軍』	15
『キートンの警官騒動』	15
『キートンの探偵学入門』	15, **36**
『昨日・今日・明日』	139
『ギミー・デンジャー』	233
『君の名前で僕を呼んで』	271
『キャッチ・ミー・イフ・ユー・キャン』	270
『キャッチ22』	151
『キャット・ピープル』	80, **97**
『キャット・ピープルの呪い』	97
『キャバレー』	154
『キャピタリズム マネーは踊る』	239

『彼奴は顔役だ!』	47
『キャリー』	156
『キャロル』	271, 279, 317
『ギャング・オブ・ニューヨーク』	183, 271
『ギャンブラー』	153
『吸血鬼ノスフェラトゥ』(1922)	12, 28
『吸血鬼ノスフェラトゥ』(1978)	28
旧約聖書	20, 116, 319
『狂乱のアメリカ』	64
『恐怖省』	53
『恐怖と欲望』	166
『恐怖の報酬』(1953)	174
『恐怖の報酬』(1977)	174
『恐怖の岬』	182
『恐怖のメロディ』	216
『虚栄の市』	277
『極北のナヌーク』	13, 24, 346
『巨人登場』	76
『去年の夏 突然に』	316
『キラー・エリート』	163
『キラー・オブ・シープ』	155, **201**
『キラー・ハンズ』	226
『ギリガンの島』	125
『キル・ビル』	253
『疑惑の影』	255
『キング・オブ・キングス』(1927)	20, 319
『キング・オブ・キングス』(1961)	119
『キング・オブ・コメディ』	182
『キング・コング』(1933)	42, 43, 146, 246, 247
『キング・コング』(2005)	247
『金枝篇』	181
『近代女性風俗』	66

く

『クィーン・ケリー』	27
『クイーン・シュガー』	231
『空軍力の勝利』	335
『愚者ありき』	315
『孔雀夫人』	43
『グッド・ウィル・ハンティング／旅立ち』	228-229
『グッド・オールド・サマータイム』	55
『グッドフェローズ』	183
『グッド・ワイフ』シリーズ	219
「熊」	281
『暗い鏡』	75
『クライ・ベイビー・キラー』	164
『クライム・ゲーム』	251
『クライムズ・オブ・ザ・フューチャー』	221
『グラインドハウス』	253
『クラッシュ』(1996)	221

作品名　　　　　　447

『クラッシュ』(2005)	265, 293	『ゲット・オン・ザ・バス』	243
『グラディエーター』	219	『ケープ・フィアー』	182
『クランズマン』	19, 34, 46	『ゲーム』	248
『グランド・ブダペスト・ホテル』	270, 283	『原子怪獣現わる』	351
『グランド・ホテル』	41	『拳銃王』	107
「グランド・マザー」	224	『拳銃魔』	106
『グラン・トリノ』	217	『剣と十字架』	49
『クリスマスの休暇』	74	『現金に身体を張れ』	166
『グリード』	12, 27		

こ

『クリード チャンプを継ぐ男』	272	『恋するリベラーチェ』	251
『グリーン・デスティニー』	236	『恋に踊る』	67
『グリーンブック』	269	『恋の旅路』	73
『クルージング』	174, 175, 316	『恋の手ほどき』	79
『クルックリン』	242	「恋の二十分」	32
『グループ・マリッジ』	153, 179	『恋のページェント』	31
『クレイグの妻』	67	『恋人強奪』	66
『クレイジー・リッチ!』	272	『恋人たちの食卓』	236
『クレイマー、クレイマー』	324	『攻撃!』	140, 163
『クレオパトラ』(1932)	21	『高校』	157, 171
『クレオパトラ』(1963)	133, 134, 135, 136	『恍惚』	316
『グレート・ギャツビー』	72, 355	「工場の出口」	9
『クレイジーホース・パリ 夜の宝石たち』	171	『幸福の旅路』	328
『グレムリン』シリーズ	188	『荒野の女たち』	59
『紅の翼』	63	『荒野のガンマン』	162
『黒い牡牛』	104	『荒野のストレンジャー』	217
『黒いジャガー』	155	『荒野の用心棒』	216
『黒い罠』	85, 106	『氷の微笑』	315
『クロッカーズ』	242, 243	『故郷への道』	56
『黒猫の怨霊』	164	『告発の行方』	317
『黒の報酬』	107	『國民の創生』	12, 19, 23, 26, **34**, 46, 308, 334
『グロリア』	169	『極楽特急』	55, 315
『群衆』(1928)	56, 57	『心のともしび』	69, 106
『群衆』(1941)	65	『心を汚されし女』	72
『クンドゥン』	183	『孤児ダビド』	72
		『ゴジラ』	146, 244

け

『KIMI／サイバー・トラップ』	251	『ゴースト・ドッグ』	232
『K-19』	274	『ゴースト・バスターズ』	206
『刑事マディガン』	122	『ゴスフォード・パーク』	161
『毛皮のヴィーナス』	173	『コーダ あいのうた』	271
『激突』	188	『湖中の女』	337
『激怒』	53	『国境事件』	114
『下宿人』	110	『ゴッドファーザー』	
『ゲス・フー／招かれざる恋人』	323		150, 151, 180, 181, **197**, 203, 288, 333
『結婚行進曲』	27	『ゴッドファーザー PART II』	152, 181, 197, 203
『結婚しない女』	323	『ゴッドファーザー PART III』	181, 197
『結婚哲学』	54, 315	『ゴッホ』	161
『月世界征服』	191	『孤独な場所で』	118
『ゲッタウェイ』	163	『子供の時間』	357
『ゲット・アウト』	272, **298**	『コナン・ザ・グレート』	210

『この三人』	357
『コーヒー＆シガレッツ』	233
『コフィー』	155
『GO fish』	317
『コマンチェロ』	49
『コメディー・フランセーズ 演じられた愛』	171
『小麦は緑』	73
『コヤニスカッツィ／平衡を失った世界』	348
『今宵、フィッツジェラルド劇場で』	161
『コラテラル』	223
『コールガール』	153
『ゴールド・ディガーズ』	42, **89**, 311
『これがシネラマだ』	105
『殺しのダンディー』	115
『殺しのドレス』	156, 316
『こわれゆく女』	157, 169
『コンヴァージェンス・カルチャー』	337
『ゴーン・ガール』	249
『混血児』	52
『コンテイジョン』	251, 270
『コンバット！』	160
『コンボイ』	163

さ

『サイコ』（1959）	131
『サイコ』（1960）	111, **131**, 136, 156, 316
『サイコ』（1998、リメイク）	229
『最後の人』	12, 28
『最後の命令』	30
『最後の誘惑』	182, 312
『最前線物語』	121
『サイド・エフェクト』	251
『ザ・ウィズ』	143
『サウンド・オブ・ミュージック』	133, 150
『ザ・クラッカー／真夜中のアウトロー』	222, 223
『ザ・シンプソンズ』	353
『ザ・スター』	79
『誘う女』	228
『サタデー・ナイト・フィーバー』	304
『殺人狂時代』	33, 91
『殺人魚フライング・キラー』	234
『殺人幻想曲』	71, 107
『殺人者』	75, 122
『殺人者たち』	122
『殺人捜査線』	122
『ザ・ディリンクエンツ』	160
『13th──憲法修正第13条』	308
『裁かるるジャンヌ』	320

『砂漠の流れ者／ケーブル・ホーグのバラード』	
	155, 162, 193
『THE BATMAN ザ・バットマン』	299
『サハラ戦車隊』	327
『ザ・パレス（原題）』	173
『ザ・フライ』	220
『ザ・ブルード／怒りのメタファー』	220
『ザ・プレイヤー』	161
『ザ・マスター』	285
『さまよう魂たち』	246
『SOMEWHERE』	289
『サムソンとデリラ』	20, 319
『さよなら、さよならハリウッド』	177
『サラアと其の子』	67
『さらば、ベルリン』	251
『サラーム、ボンベイ！』	276
『ザ・ランドロマット―パナマ文書流出―』	251
『サリヴァンの旅』	70
『ザ・リング』	273
『猿の惑星』	191
『サルバドル／遥かなる日々』	226
『ザ・ロイヤル・テネンバウムズ』	282
『ザ・ローリング・ストーンズ／ギミー・シェルター』	
	157, 347
「産業英国」	25
『三十九夜』	110
『サンセット大通り』	21, 27, 82, 106
『サンダーバード』	246
『サンライズ』	12, 29, **37**

し

『G』	355
『G.I.ジェーン』	219
『G・Iジョー』	63
『シヴィリゼーション』	22, **35**
『JFK』	227
『シェイプ・オブ・ウォーター』	272
『ジェミニ・マン』	237
『ジェームズ・キャメロンのタイタニックの秘密』	235
『ジェリー』	229
『ジェリコ・マイル／監獄のランナー』	222
『シェーン』	107
『ジェーン・エア』	80
「シガレッツ・アンド・コーヒー」	284
『ジキル博士とハイド氏』	28
『シーク』	14
『死刑執行人もまた死す』	44, 53
『地獄の逃避行』	150, 184, 190
『地獄の中の安全』	63
『地獄の黙示録』	151, 181, **203**, 226, 328

『地獄の黙示録——特別完全版』	203
『地獄の黙示録——ファイナルカット』	203
『地獄への逆襲』	53
『地獄への挑戦』	120
『シザーハンズ』	244, 245
『史上最大の作戦』	133
『至上の愛』	242
『シーズ・ガッタ・ハヴ・イット』	209, 242
『静かなる男』	59
『SHE SAID／シー・セッド その名を暴け』	269, 317
『七月のクリスマス』	70
『7月4日に生まれて』	226
『七年目の浮気』	82, 107, 315
『シッコ』	239, 304
『失楽園』	261
『死の教育』	335
『死の谷』	47
『シーバース』	220
『シビル・ガン 楽園をください』	236
『脂肪の塊』	93
『シー・ホーク』	48
『シミュラークルとシミュレーション』	262
『情婦』	82
『市民ケーン』	42, 70, 80, 84, **96**, 97, 101, 158, 249
『邪悪の女王』	226
『シャイニング』	156, 167
『ジャズ・シンガー』(1927)	39, 42, 126, 307
『ジャズ・シンガー』(1952)	49
『ジャスティス・リーグ』	268
『ジャッキー・ブラウン』	253
「シャドー・ワルツ」	89
『シャーマン将軍の行進』	348
『シャーロック・ホームズの冒険』	83
『ジャングル・フィーバー』	242
『ジャンゴ 繋がれざる者』	253, 270
『上海から来た女』	85
『上海特急』	31
『自由への旅立ち』	214, 230, 231, **258**
『十二人の怒れる男』	142
『十誡（十戒）』(1923)	20, 21, 319
『十戒』(1956)	20, 21, 319, 320
『ジュニア・ボナー／華麗なる挑戦』	162
『ジュラシック・パーク』	206, 336
『ジュラシック・パーク』シリーズ	188
『シュレック』	267
『蒸気船ウィリー』	350
『小公女』	60
『少佐と少女』	82
『小説家を見つけたら』	228
『小説と映画の修辞学』	339
『ショウボート』	51

『女王陛下のお気に入り』	265
『ジョーカー』	91, 269, **299**, 305
「ジョシュおじさん映画を見る」	16
『ジョーズ』	151, 188, 202, 204, 205, 206, 335
『ショック集団』	121
『ショート・カッツ』	161, 284
『ジョニー・スタッカート』	168
『白雪姫』	352
『白雪姫』(1937)	352, 353
『シリアスマン』	241
シリー・シンフォニー	43
『シルバーレイクの暮らし』	348
『白いドレスの女』	315
『白い肌の異常な夜』	125, 220, 293
『白い肌の異常な夜』	123, 216, 289
『知りすぎていた男』	110
『深海の軍神』	81
『神曲』	261
『新サイコ』	156
『紳士協定』	116
『真実の囁き』	211
『紳士は金髪がお好き』	60
『人生の高度計』	67
『人生の乞食』	62
『シンドラーのリスト』	189
『人民対ポール・クランプ』	174
新約聖書	321
『深夜の告白』	45, 82, **99**, 100, 303, 315
『侵略戦線』	164
『シン・レッド・ライン』(1964)	184
『シン・レッド・ライン』(1998)	184

す

『推手』	236
『スウィート・スウィートバック』	154, **196**
『枢機卿』	113
『崇高な時』	70
『スカーフェイス』	226
『スカーレット・ストリート』	53
『スカーレット・レター』	357
『スキゾポリス』	250
『スキャナーズ』	220
『救ひを求める人々』	30
『スクリーム』シリーズ	213
『スクール・デイズ』	242, 256
『スコウ・マン』	20
『スーザンを探して』	214
『スタア誕生』(1937)	62
『スタア誕生』(1954)	73
『スター・ウォーズ』	

146, 151, 153, 186, 187, **202**, 205, 234, 268, 304, 335

『スター・ウォーズ／ジェダイの復讐』　187, 206

『スター・ウォーズ／帝国の逆襲』　187, 205

『スター・ウォーズ エピソード1／ファントム・メナス』　187

『スター・ウォーズ エピソード2／クローンの攻撃』　187, 336

『スター・ウォーズ エピソード3／シスの復讐』　187

『スター・ウォーズ エピソード4／新たなる希望』　186

『スター・ウォーズ エピソード5／帝国の逆襲』　187

『スター・ウォーズ エピソード6／ジェダイの帰還』　187

『スター・ウォーズ／フォースの覚醒』　268

『スターダスト・メモリー』　155

『スティング』　195

『ステップフォード・ワイフ』　298

『ステラ・ダラス』　57, 322

『ストア』　171

『ストーリー・オブ・マイライフ わたしの若草物語』357

『ストリート・シーンズ』　182

『ストレート・ストーリー』　225

『ストレンジ・デイズ／1999年12月31日』　214, 274

『ストレンジャー・ザン・パラダイス』　209, 232, 233

『砂に咲く花』　125

『スノーデン』　227

『スーパーサイズ・ミー』　273

「スーパースター」　278

『素晴らしき哉、人生！』　65, 322

『素晴らしき休日』　72

『スパルタカス』　166

『西班牙狂想曲』　31

「スペイン国旗を引きずり下ろす」　327

「スマイル」　33, 91

『スミス都へ行く』　43, 64

『スモーク・シグナルズ』　309

『スラッカー』　212

『スラムドッグ＄ミリオネア』　265

『スリーピー・ホロウ』　244

『スリー・ビルボード』　265

『スリーメン＆ベビー』　324

せ

『ゼア・ウィル・ビー・ブラッド』　270, 285

『聖衣』　105

「成功争ひ」　32

『生活の設計』　55, 315

『青春がいっぱい』　125

『聖なる映画——小津／ブレッソン／ドライヤー』　321

『聖杯たちの騎士』　185

『姓はヴェト、名はナム』　348

『聖バレンタインの虐殺』　164

『西部戦線異状なし』　72

『西部魂』　53

『世界最大のショウ』　21

『石油！』　285

『世代』　172

『セックス・アンド・ザ・シティ』　273

『セックスと嘘とビデオテープ』　211, 250

『セッション』　296

『セーフ』　278

『セブン』　248, **261**

『セールスマン』　157

『セルピコ』　143

『ゼロ・グラビティ』　272

『ゼロ・ダーク・サーティ』　275

『戦火の馬』　189

『一九八四年』　186

「前哨」　191

『戦場』　63

『戦場のピアニスト』　172

『戦争と平和』　57

『戦争の序曲』　45, 65, 335

『戦争のはらわた』　163

『ゼンダ城の虜』　16

『センチメンタル・アドベンチャー』　217

『センテニアル・サマー』　112

『セントアンナの奇跡』　243

『戦慄の絆』　221

『戦慄のスパイ網』　44

そ

『総統の顔』　335

『草原の輝き』　116

『続・夕陽のガンマン 地獄の決斗』　216

『捜索者』(1954)　129

『捜索者』(1956)　59, 107, **129**, 183, 200, 317

『ソウルフル・ワールド』　353

『壮烈！外人部隊』　63

『壮烈第七騎兵隊』　46

『続・荒野の用心棒』　270

『ソーシャル・ネットワーク』　249

『卒業』　138, 139, 150

『ゾディアック』　248

『ソドムとゴモラ』　48

『ソニーとシェールのグッド・タイムス』　174

『その名にちなんで』　277

『ソラリス』　250

『ソルジャー・ブルー』　159

『それでも恋するバルセロナ』　177

『ソロモンとシバの女王』　57

『ソング・トゥ・ソング』　185

作品名

た

『TAR／ター』	272
『大アマゾンの半魚人』	88
『第九交響曲』	68
『大砂塵』	107, 118
『第三の男』	85
『第十七捕虜収容所』	82
『タイタニック』	206, 235, 305
『タイタンの戦い』	146
『ダイナマイト諜報機関／クレオパトラ危機突破』	155
『ダイ・ハード』	325
『代役』	117
『太陽の帝国』	189
「大列車強盗」	12, 16, 17
『太陽に抱かれて』	276
『ダウン・バイ・ロー』	232
『鷹の巣から救われて』	18
『ダーク・ウォーターズ 巨大企業が恐れた男』	279
『ダーク・エンジェル』	235
『ダーク・シャドウ』	245
『ダークナイト』	286
『ダークナイト』3部作	286
『ダークナイト ライジング』	286
『ダ・スウィート・ブラッド・オブ・ジーザス』	243
『タクシードライバー』	129, 151, 182, 183, **200**, 320
『ダージリン急行』	282
『脱獄の掟』	114
『脱出』	60
『ダーティハリー』	122, 123, 153, 216
『ダーティハリー4』	217
『ダーティ・メリー／クレイジー・ラリー』	345
『旅路の果て』(1928)	50
『旅路の果て』(1930)	50
『タブウ』	13, 25, 29
『魂のゆくえ』	320
『ターミナル・アイランド』	179
『ターミネーター』シリーズ	275, 313
『ターミネーター』	210, 234
『ターミネーター2』	234, 325
『誰かに見られてる』	219
『ダンケルク』	287, **297**
『ダンサー・イン・ザ・ダーク』	272
『誕生パーティー』	174
『ダンス・ウィズ・ウルブズ』	309
「ダンスと二人の男」	172
『ダンディー少佐』	162, 193
『ダンボ』	245

ち

『小さな巨人』	155, 159

（右段）

『チェ 39歳 別れの手紙』	251
『チェ 28歳の革命』	251
『チェンジリング』	217
『地球の静止する日』	107
『力と栄光』	70
『父親たちの星条旗』	217
『チチカット・フォーリーズ』	157, 170
『チート』	12, 20
『血と砂』	14, 66
『血塗られた代償』	75
『血ぬられし爪あと／影なき殺人ピューマ』	63
『血の収穫』	240
『血のバケツ』	164
『血まみれギャングママ』	164
『チャイナタウン』	150, 152, 173, **198**
『チャイニーズ・ブッキーを殺した男』	169
「チャップリンの移民」	33
『チャップマン報告』	73
『チャーリーとチョコレート工場』	245
『チョコレート・ドーナツ』	325
『散り行く花』	19
『沈黙』	337
『沈黙──サイレンス』	183, 320, 337

つ

『追憶の森』	229
『ツイスター』	206
『追跡』	47
『ツイン・ピークス』	224
『ツイン・ピークス：リミテッド・イベント・シリーズ』	225
『ツイン・ピークス／ローラ・パーマー最期の7日間』	225
『月蒼くして』(劇)	113
『月蒼くして』	113, 135
『椿姫』	72
『つばさ』	62
『翼よ！あれが巴里の灯だ』	82
『罪の街』	13
『ツリー・オブ・ライフ』	184

て

『ディア・ハンター』	152, 226, 328
『TVネイション』	238
『THX 1138』	180, 186
『ディスクロージャー』	317
『ディパーテッド』	183, 271
『ディープ・スロート』	154, 315
『ディボース・ショウ』	241
『ティム・バートンのコープスブライド』	245
『Tメン』	114
『ディメンシャ13』	164, 180

『デス・プルーフ』	253
『デスレース2050』	165
『デッドエンド』	76, 77
『デッド・ゾーン』	220
『デッド・ドント・ダイ』	233
『デッドマン』	212, 232, **260**
『デトロイト』	275
『テナント／恐怖を借りた男』	173
『テネット』	287
『デュエリスト／決闘者』	218
『デューン／砂の惑星』(1984)	224, 255
『デューン／砂の惑星』(2021)	266, 320
『テルマ＆ルイーズ』	219, **257**, 313
『テレマークの要塞』	115
『天が許し給うすべて』	69, 106-107, 279, 290
『天国の日々』	184
『天国の門』	151
『天才マックスの世界』	282
『天と地』	227

と

『ドアーズ』	227
『ドアをノックするのは誰？』	182
『トイ・ストーリー』	213, 267, 292, 336, 351, 352, 353
『20センチュリー・ウーマン』	273
『東京暗黒街・竹の家』	121
『ドゥ・ザ・ライト・シング』	214, 242, 243, **256**
『トゥ・ザ・ワンダー』	184
『どうしたんだい、タイガー・リリー？』	176
『逃亡者』	59
『逃亡地帯』	158
『透明人間』	42, 50, 51
『トゥルー・グリット』	241
『トゥルーライズ』	234
『トゥルー・ロマンス』	252
『遠い国』	114
『都会の女』	29
『都会の叫び』	75
『時の終りまで』	328
『解き放たれた言葉』	348, 349
『独裁者』	32, 33, 44, 91
『特捜刑事マイアミ・バイス』	222
『ドクター・ブロードウェイ』	114
『時計じかけのオレンジ』	150, 166
『土地』	25
『突撃』	166
『特攻大作戦』	141, 168
『突破口！』	123
『トップ・ハット』	42
『ドラキュラ』	181

『ドラゴン・タトゥーの女』	249
『ドラッグストア・カウボーイ』	228
『トラフィック』	250, **263**
『鳥』	111
「ドリーの冒険」	18
『泥棒野郎』	176
『トワイライトゾーン』	125
『ドント・ウォーリー』	229
『ドント・ルック・バック』	157
『ドン・ファン』	39
『トンプソン少佐の日記』	71

な

『ナイアガラ』	315
『ナイト・オブ・ザ・リビングデッド』	156, **192**, 343
『ナイト・オン・ザ・プラネット』	212, 232
『ナイトメア・アリー』	272
『ナイトメアー・ビフォア・クリスマス』	351
『ナイトムーブス』	159
『ナインスゲート』	173
『長い灰色の線』	59
『嘆きの天使』	30
『ナチュラル・ボーン・キラーズ』	252
『懐かしのアリゾナ』	47
『ナッシュビル』	150, 161, **199**
『夏の嵐』	68
『何かいいことないか子猫チャン』	176
『何がジェーンに起こったか？』	141
『名もなき生涯』	185
『ナラティヴの理解と映画』	339
『南海の白影』	13, 25
『NUMBERS 天才数学者の事件ファイル』シリーズ	219

に

『ニア・ダーク／月夜の出来事』	274
『ニクソン』	227
「虹の彼方に」	94
『21グラム』	280
『25時』	243
『二重結婚者』	107, 125
『二重生活』	72
『2001年宇宙の旅』	152, 153, 166, 167, **191**
『日曜日の人々』	74
『ニックス・ムービー／水上の稲妻』	119, 232
『ニッケルオデオン』	152
「担へ銃」	33
『ニノチカ』	55
『ニューヨーカーの青い鳥』	161
『ニューヨーク公共図書館エクス・リブリス』	273
「ニューヨーク・ニューヨーク」(1957)	347

『ニューヨーク、ニューヨーク』(1977) 182
『ニューヨークの王様』 33
『紐育の波止場』 30
『紐育の灯』 335
『ニュー・ロマンサー』 262
『ニュー・ワールド』 184
『人間の惑星』 349

ぬ

『盗まれた街』 130

ね

『ネットワーク』 143
『ネブラスカ ふたつの心をつなぐ旅』 270

の

『ノアの箱舟』 48
『ノーカントリー』 241, 270
『NOPE／ノープ』 272
『ノマドランド』 269, 305

は

『バイオレント・サタデー』 163
『廃墟の群盗』 63
『バイク・ボーイ』 157
『ハイ・シェラ』 47, 124
『パイの物語』 237
『ハイ・フライング・バードー目指せバスケの頂点ー』 251
『パイレーツ・オブ・カリビアン』 269
『博士の異常な愛情 または私は如何にして心配するのを止めて水爆を愛するようになったか』 166
『BUG／バグ』 175
『バグダッドの盗賊』 14, 46
『白昼の決闘』 57
『白昼の幻想』 165
『白熱』 47
『はぐれ者たち』 144
『バージニア・ウルフなんかこわくない』(1962) 136
『バージニア・ウルフなんかこわくない』(1966) 136, 138, 139
『馬上の二人』 129
『走り来る人々』 107
『パーシングの十字軍』 335
『バスターのバラード』 241
『ハスラー』 182
『ハスラー2』 182
『her／世界でひとつの彼女』 270
『裸の拍車』 114

『裸のランチ』 221
『パターソン』 233, 337
『ハタリ!』 60
『バターン特命隊』 326, 327
『8 1/2』 139, 156
『パッション』 319
『バッド・テイスト』 246
『バック・トゥ・ザ・フューチャー』 206
『バック・トゥ・ザ・フューチャー』シリーズ 188
『パットとマイク』 72
『バットマン』 206, 207, 244, 290
『バットマン＆ロビン Mr.フリーズの逆襲』 286
『バットマン ビギンズ』 270, 286
『バットマン フォーエヴァー』 286
『バットマン リターンズ』 244, 286
『パットン大戦車軍団』 180
『ハードエイト』 284
『ハート・オブ・ダークネスーコッポラの黙示録』 203
『波止場』 104, 109, 116, **127**, 320, 333
『ハート・ブルー』 274
『バードマン あるいは (無知がもたらす予期せぬ奇跡)』 272, 281
『パトリオット・ゲーム』 325
『ハート・ロッカー』 271, 274, 275, **294**
『バートン・フィンク』 240
『花嫁の父』 79
『パニック・ルーム』 248
『バーバー』 241
『バービー』 271, 313
『パーフェクト・ワールド』 217
『Bubble／バブル』 251
『バベル』 280
『パーマネント・バケーション』 209, 232
『パームビーチ・ストーリー』 71
『バラカ』 349
『ハラキリ』 52
『パラサイト 半地下の家族』 269
『パラノイドパーク』 229
『ハリーおじさんの悪夢』 74, 75
『パリ、テキサス』 129
『巴里のアメリカ人』 79, 107
『パリのスキャンダル』 68
『ハリー・ポッター』 269
『パリ、夜は眠らない。』 278
『バリー・リンドン』 167
『遥かなる西部』 162
『バルカン超特急』 110
『ハルク』 236
『バルド、偽りの記録と一握りの真実』 281
『パルプ・フィクション』 252, 253, **259**
『ハレルヤ』 56

『ハロウィン』	156, 213
『ハロルド・ディドルボックの罪』	71
「ハワード・ホークスの天才」	61
『バーン・アフター・リーディング』	241
『ハンガー・ゲーム』シリーズ	265
『パンチドランク・ラブ』	284
『ハンテッド』	175
『バンドワゴン』	79
『ハンナとその姉妹』	176, 210
『ハンニバル』	219
『ハンバーガー・ヒル』	328
『反撥』	172

ひ

『ピーウィーの大冒険』	244
『ビガイルド 欲望のめざめ』	289
『東への道』	19
『光あれ』	328
『ビキニ・ワールド』	178
『非情の罠』	166
『美女と野獣』	213
『ヒズ・ガール・フライデー』	60, **95**
『ヒストリー・オブ・バイオレンス』	221
『ピーター・ガン』	160
『左きゝの拳銃』	158
『ビッグ・アイズ』	245
『ビッグ・アメリカン』	155, 163
『ビッグ・トレイル』	47
『ビッグ・パレード』	56, 57
『ビッグ・フィッシュ』	245
『ビッグ・ボウの殺人』	122
『ビッグ・リーガー』	140
『ビッグ・リボウスキ』	240
『ビッグ・ワン』	238
『羊たちの沈黙』	219, 261
『ヒッチコック劇場』	111, 160
『ヒッチハイカー』	125
『ピッチ・パーフェクト』	273
『ビデオドローム』	220
『ヒート』	223
『ヒトラーの狂人』	68
『ビートルジュース』	244
『火の海』	23
『火の女』	72
『緋文字』	357
『ヒューゴの不思議な発明』	183
『BIUTIFUL ビューティフル』	280
『病院』	171
『評決』	143
『ピラニア』	234

『ビリー・ザ・キッド』	57
『ビリー・ザ・キッド／21才の生涯』	163
『ビリー・リンの永遠の一日』	237
『昼下がりの決斗』	162
『昼下がりの情事』	82, 315
『拾った女』	120
『ピンク・フラミンゴ』	157

ふ

『ファイト・クラブ』	248
「ファイト・ザ・パワー」	256
『ファインディング・ニモ』	267, 292
『ファウスト』	28, 29
『ファーゴ』	240
『ファースト・カウ』	271
『ファニー・ガール』	76
『ファンタスティック Mr. FOX』	283, 351
『ファントム・スレッド』	270, 285
『フィクション映画における語り』	339
『フィールド・オブ・ドリームス』	321
『フィーメイル・トラブル』	157
『フィラデルフィア』	316
『フィラデルフィア物語』	72
『フェアウェル』	273
『フェイシズ』	156-157, 169
『フェイブルマンズ』	189, 270
『フォー・フレンズ／4つの青春』	159
『フォロウィング』	286
『ブギーナイツ』	284
『復讐は俺に任せろ』	53
『袋小路』	172
『舞台恐怖症』	340, 341
『普通の人々』	324
『復活』	46
『不都合な真実』	264
『ブッシュ』	227
『フットライト・パレード』	311
『フープ・ドリームス』	349
『不法侵入者』	164
『プライベート・ライアン』	189
『ブラザー・フロム・アナザー・プラネット』	209
『プラダを着た悪魔』	273, 304
『ブラック・ウィドウ』	271
『ブラック・クランズマン』	92, 243, 272
『ブラックパンサー』	268, 272, 308
『ブラックレイン』	218
『フラッシュダンス』	304
『ブラッド・シンプル』	209, 240
『ブラッド・バス』	178
『プラトーン』	210, 226, 227, 328, 329

『PLANET OF THE APES／猿の惑星』	244
「フランケンウィニー」	244
『フランケンウィニー』	245, 267
『フランケンシュタイン』	42, 50, 88
『フランケンシュタインの花嫁』	50, 51
『フランティック』	173
『フリークス』	42, **88**
『ブリジット・ジョーンズの日記』	313
『プリシラ』	289
『ブリッジ・オブ・スパイ』	189
『プリティ・プリンセス』	304
『プリティ・リーグ』	214
『プリングリング』	289
『ブルージャスミン』	177
『ブルースチール』	274
『フルートベール駅で』	272
『フール・フォア・ラブ』	161
『フル・フロンタル』	250
『ブルーベルベット』	210, 224, **255**
『フルメタル・ジャケット』	167, 327, 329
『ブレインデッド』	246
『ブレージングサドル』	156
『プレステージ』	286
『ブレードランナー』	218, **254**
『フレンジー』	111
『フレンチ・コネクション』	174, 175, 180
『フレンチ・ディスパッチ ザ・リバティ、 　カンザス・イヴニング・サン別冊』	283
『ブロークバック・マウンテン』　236, 237, 271, **293**, 317	
『ブロークン・フラワーズ』	233
『ブロードウェイ・メロディー』	41
『ブロードウェイをゆく』	27
『プロミシング・ヤング・ウーマン』	317
『プロミスト・ランド』	229
『ブロンコ・ビリー』	217
『ブロンドと棺の謎』	23
『ブロンド・ヴィナス』	31

へ

『ヘアスプレー』	210
『ヘイトフル・エイト』	253
『ベイビー・トーク』	324
『ヘイル、シーザー！』	241
『ペイルライダー』	217
『北京の55日』	119
『ヘスター・ストリート』	153
『ベストフレンズ』	73
「ベッド・バス・アンド・ビヨンド」	288
『ペーパー・ムーン』	152
『ベビイ・ドール』	116

『ベルベット・アンダーグラウンド』	278-279
『ベルベット・ゴールドマイン』	278
『ベルベット・バンパイア』	178-179
『ベルリン特急』	81
『ヘレディタリー／継承』	273
『ベンジャミン・バトン 数奇な人生』	248
『ベン・ハー』	76, 235, 320
「ヘンリー・シュガーのワンダフルな物語」	283

ほ

『ボーイズ・ドント・クライ』	211, 317
『ポイズン』	212, 278, 316
『ボーイズン・ザ・フッド』	214, 308
『暴君ネロ』	21
『ボヴァリー夫人』	79
『暴行』	125
『法と秩序』	171
『暴力教室』	107
『暴力の季節』	168
『暴力波止場』	168
『ボウリング・フォー・コロンバイン』	238, 273
『ポカホンタス』	309
『僕の彼女はどこ？』	69
『僕は戦争花嫁』	312
『北北西に進路を取れ』	111
『ボー・ジェスト』	62
『ボディガード』	160
『ボディ・スナッチャー／恐怖の街』　107, 122, **130**, 298	
『ボードウォーク・エンパイア──欲望の街』	183
『ボナンザ』	160
『ポパイ』	161
『ホビット』3部作	247, 269
『誉の名手』	58
『HOMELAND』	275
『ボヤージュ・オブ・タイム』	185
『ポランスキーの欲望の館』	173
『ポルターガイスト』	188
『ホワイト・クリスマス』	49
『ボーン・イエスタデイ』	72

ま

『マイケル・ムーアの世界侵略のススメ』	239
『マイノリティ・リポート』	270
『マイ・フェア・レディ』	73
『マイ・プライベート・アイダホ』	214, 228, 316
『マクティーグ』	27
『マグノリア』	284
『マクベス』	84, 241
『マクベス』(1971)	173
『マクベス』(2021)	241

『まごころ』	124
『マジック・マイク』	251
『マジック・マイク ラストダンス』	251
『魔人ドラキュラ』	42, 88
『マージン・フォー・エラー』	112
『マーズ・アタック!』	244
『マダム・デュバリー』	54
『マーチ・オブ・タイム』	347
『街の灯』	32
『M★A★S★H マッシュ』	151, 160
『マッチポイント』	177
『マッドマックス 怒りのデスロード』	275
『摩天楼』	57
『マトリックス』	206, **262**, 320, 337
『真人間』	53
『招かれざる客』	196, 323
『真昼の決闘』	104, 107
『真昼の死闘』	123, 216
『マーベルズ』	273
『幻の女』	74, 75
『真夜中のカーボーイ』	150, 316
『真夜中の処女』	63
『真夜中のパーティー』	154, 174, 316
『マラノーチェ』	228
『マリー・アントワネット』(2001)	288
『マリー・アントワネット』(2006)	288
『マルコムX』	214, 242
『マルタの鷹』	106
『マルホランド・ドライブ』	225
『Mank／マンク』	249
「マンハッタ」	347
『マンハッタン』	155, 176
『マンハッタン・カクテル』	66
『マンハッタン無宿』	122, 123, 216
『マン・ハント』	53

み

「水着美人」	15
『ミシシッピー・マサラ』	276
『見知らぬ乗客』	111
『Mr.インクレディブル』	267, **292**
『ミスティック・リバー』	217
『ミステリー・トレイン』	232
『水のナイフ』	172
『ミス・ペレグリンと奇妙なこどもたち』	245
『ミズーリ・ブレイク』	159
『ミセス・ダウト』	324
『未知との遭遇』	153, 188
ミッキー・マウス・シリーズ	43
『ミッシング・ポイント』	277

『三つ数えろ』	60, 106
『3つの物語』	172
『ミッドウェイ海戦』	45
『ミッドサマー』	273
『ミッドナイト・イン・パリ』	177
『ミッドナイト・エクスプレス』	226
『ミート・ザ・フィーブル／怒りのヒポポタマス』	246
『港の女』	46
『ミナリ』	272
『ミュータント・タートルズ』	210
『ミュンヘン』	189
『未来は今』	240
『ミラーズ・クロッシング』	240
『ミリオンダラー・ベイビー』	217, 271
『ミルク』	228, 270, 317
『ミルドレッド・ピアース』(1941)	99, 100
『ミルドレッド・ピアース』(1945)	49, **100**, 331
『ミルドレッド・ピアース』(2011)	279
『ミレニアム』	249
『民衆の敵』	42, 62, 303
『ミーン・ストリート』	150, 182

む

『麦秋 (むぎのあき)』	56, 57
『無ケーカクの命中男』	273
『無責任時代』	62
『ムーンライズ・キングダム』	282, 283
『ムーンライト』	269, 317

め

『メイジーの知ったこと』	337
『メイジーの瞳』	337, 356
『メイド・イン・LA』	223
『めくらの鼠』	67
『女群西部へ!』	63
『メトロポリス』	52
『めまい』	111, 113, 311
『メメント』	286
『メリー・ウィドウ』	27
『メリーゴーランド』	27
『メル・ブルックスのサイレント・ムービー』	156
『メル・ブルックスの大脱走』	55

も

『モアナ』	24, 346
『猛進ロイド』	15
『燃えよドラゴン』	85
『モーガンズ・クリークの奇跡』	71
『目撃』	217
『モダン十戒』	66

作品名

『モダン・タイムス』	32, 33, **91**
『モデル』	171
『物語のディスクール──方法論の試み』	339
『モヒカン族の最後』	80
『モ・ベター・ブルース』	242
『桃色の店』	55
『モロッコ』	30, 31, 41, 316
『モンキー・ビジネス』	60, 95
『モンスターズ・インク』	292
『モンスーン・ウェディング』	276, 277
『モンタレー・ポップ フェスティバル'67』	157
『モンテ・クリスト伯』	16

や

「夜行バス」	90
『屋根裏の花たち』	288
『闇に響く声』	49
『闇の奥』	84, 181, 203
『野望の系列』	113
『ヤンキー・ドゥードゥル・ダンディ』	48
『ヤング・フランケンシュタイン』	156

ゆ

『誘拐魔』	68
『友情ある説得』	76, 77
『夕陽のガンマン』	216
『郵便配達は二度ベルを鳴らす』	99, 303
『有名になる方法教えます』	72
『誘惑の巴里』	73
『ユー・ガット・メール』	55
『恐喝（ゆすり）』	110
『指輪物語』	247
『夢小説』	167
『許されざる者』	217

よ

「夜明けの急行」	347
『容疑者』	74
『陽気な中尉さん』	41, 54
『用心棒』	216
『欲望』	136, 137
『ヨーク軍曹』	61
『欲望という名の電車』	116, 323, 333
『横丁』	114
『四つの旗の下で』	335
『四人の悪魔』	29
「四人の女たち」	230
『四人の少女』	243
『予備選挙』	170
『夜の看護師』	63

『夜の大捜査線』	154, 196
『夜の人々』	118
『夜への長い旅路』	143
『夜までドライブ』	47
『夜も昼も』	49
『42 世界を変えた男』	268
『四十二番街』	89
『四十挺の拳銃』	121

ら

『ライオン・キング』	213, 352
『ライトハウス』	273
『ライフ・アクアティック』	282
『ライフ・オブ・パイ／トラと漂流した227日』	237
『ライフルマン』	162
『ライムライト』	33
『ラヴ・ストリームス』	169
『ラヴ・パレイド』	54
『ラスト・オブ・モヒカン』	223
『ラスト・ゲーム』	243
『ラスト、コーション』	237
『ラスト・シューティスト』	123
『ラスト・ショー』	152
『ラスト・タイクーン』	116
『ラストタンゴ・イン・パリ』	154
『ラスト・デイズ』	229
『らせん階段』	74, 75
『ラビッド』	220
『ラビング 愛という名前のふたり』	323
『ララミーから来た男』	114, 115
『ラ・ラ・ランド』	269, **296**
『ランブルフィッシュ』	181
『ランボー』	210, 328
『乱暴者』	107, 333

り

『リオ・グランデの砦』	59, 343, 344
『リオ・ブラボー』	60
『リオ・ロボ』	60
『リコリス・ピザ』	285
「リック・ザ・スター」	288
『リトル・ショップ・オブ・ホラーズ』	164
『リトル・マーメイド』(1989)	213
『リトル・マーメイド』(2023)	306
『リビング・エンド』	214, 278, 316-317
『リミッツ・オブ・コントロール』	233
『理由なき反抗』	105, 107, 118, 119, **128**, 303
『リンカーン』	189, 270

る

『ルイジアナ物語』	25

れ

「レアビット中毒者の夢」	16
『レイジング・ブル』	182
『レイダース／失われたアーク《聖櫃》』	205-206, 335
『レインメーカー』	181
『レヴェナント：蘇えりし者』	272, 281
『レオパルドマン豹男』	80
『レオン』	344, 345
『レザボア・ドッグス』	252, 284
『レジェンド／光と闇の伝説』	219
「Let it go ありのままで」	267
『レット・ゼム・オール・トーク』	251
『レッド・フック・サマー』	243
『レディ・イブ』	71
『レディ・キラーズ』	241
『レディ・バード』	271
『レディ・プレイヤー 1』	189
『レベッカ』	43, 111
『レモネード』	258
『恋愛準決勝戦』	107
『RENT／レント』	317

ろ

『ロイドの要心無用』	15
『ロー&オーダー』	159
『ローガン・ラッキー』	251
『ロッキー』	272, 304
『ローザ・パークス物語』	231
『ロジャー&ミー』	238
『ロジャー・ラビット』	213
『ロスト・イン・トランスレーション』	271, 288, **291**
『ロスト・ハイウェイ』	225
『ロスト・ワールド』	146
「ローズバーグ行きの駅馬車」	93
『ローズマリーの赤ちゃん』	156, 168, 172-173
『ロード・オブ・ザ・リング』3部作	247, 265, 266, 269
『ロード・オブ・ザ・リング／王の帰還』	235
『ローハイド』	216
『ロビン・フッド』	14
『ロビンフッドの冒険』	48
『ロープ』	111
『ロボコップ』	210
『ROMA／ローマ』	267, 272
『ローマ帝国の滅亡』	115
『ローマの休日』	76, 104
『ロマン・ポランスキーの吸血鬼』	172
『ロミオとジュリエット』	72, 145

『ローラ殺人事件』	112, 225, 315
『ロリータ』	166
『ロング・グッドバイ』	160
『ロンゲスト・ヤード』	141
『ロンサム・カウボーイ』	157

わ

『ワイルド・アット・ハート』	225
『ワイルド・エンジェル』	165
『ワイルド・スピード』	269
『ワイルド・パーティー』	66, **86**, 311
『ワイルドバンチ』	155, 162, **193**, 195
『若草の頃』	78
『若草物語』	72, 322
『わが谷は緑なりき』	42, 58
『わが街 セントルイス』	250
『我が家の楽園』	43, 64
『ワーキング・ガール』	304
『ワーキング・ガールズ』(1974)	179
『ワーキング・ガールズ』(1986)	214
「忘れられた男を思い出して」	89
「私たちはお金の中にいる」	89
『私はゾンビと歩いた！』	80
『わらの犬』	162
『ワールド・トレード・センター』	227
『われ、クラウディウス』	31
『我に栄誉を』	101
『我等の生涯の最良の年』	43, 76, **101**, 328
『我々はなぜ戦うのか』	45, 65, 335
『ワンス・アポン・ア・タイム・イン・ハリウッド』	253, 270
『ワンス・アンド・フォーエバー』	327
『ワンダーウーマン』	271
『ワンダーストラック』	279

おわりに

　本書の執筆は、日本においても大学の授業で使える映画史の教科書が必要だという、当時は日本映画学会会長の任にあった杉野の思いから始まった。研究のすそ野を広げ基盤を確立するために本書を刊行したいというわれわれの願いに三修社から快諾をいただいたところから本プロジェクトはスタートした。前田俊秀社長と担当の永尾真理さんには大変お世話になった。深く御礼申し上げる。また、本書の構成は諏訪部浩一責任編集『アメリカ文学入門』（三修社）を参考にさせていただいた。また、主にアメリカで刊行されている諸書も参考にさせていただいた（巻末資料を参照のこと）。学恩に感謝を申し上げる。

　執筆者は、日本映画学会会員を中心にアメリカ映画研究の粋を集めた。本書がアメリカ映画の理解にいくばくか役立つことを祈念している。

2024年9月

杉野健太郎・大地真介

執筆者一覧

責任編集　　杉野 健太郎 〔信州大学〕

副編集　　　大地 真介 〔広島大学〕

執筆　　　　相原 直美 〔千葉工業大学〕

　　　　　　　相原 優子 〔武蔵野美術大学〕

　　　　　　　碓井 みちこ 〔関東学院大学〕

　　　　　　　大勝 裕史 〔千葉商科大学〕

　　　　　　　小野 智恵 〔慶應義塾大学〕

　　　　　　　河原 大輔 〔同志社大学〕

　　　　　　　川村 亜樹 〔愛知大学〕

　　　　　　　川本 徹 〔名古屋市立大学〕

　　　　　　　小原 文衛 〔公立小松大学〕

　　　　　　　高野 泰志 〔九州大学〕

　　　　　　　中村 善雄 〔京都女子大学〕

　　　　　　　仁井田 千絵 〔京都大学〕

　　　　　　　長谷川 功一 〔京都情報大学院大学〕

　　　　　　　ハーン小路恭子 〔専修大学〕

　　　　　　　藤田 修平 〔東京情報大学〕

監修　　　　日本映画学会

映画用語集　有森 由紀子

資料作成　　森兼 寛登

アメリカ映画史入門

2024 年 10 月 15 日　初版第 1 刷発行

責 任 編 集 ── 杉野 健太郎

発 行 者 ── 前田 俊秀

発 行 所 ── 株式会社 三修社
　　　　　　〒150-0001 東京都渋谷区神宮前 2-2-22
　　　　　　TEL 03-3405-4511
　　　　　　FAX 03-3405-4522
　　　　　　https://www.sanshusha.co.jp
　　　　　　振替 00190-9-72758
　　　　　　編集担当 永尾 真理

印刷・製本 ── 萩原印刷株式会社

装丁・本文デザイン ── 秋田 康弘

©2024　Printed in Japan
ISBN978-4-384-06037-9 C3098

JCOPY 〈出版者著作権管理機構 委託出版物〉

本書の無断複製は著作権法上での例外を除き禁じられています。複製される場合は、
そのつど事前に、出版者著作権管理機構（電話 03-5244-5088 FAX 03-5244-5089
e-mail: info@jcopy.or.jp）の許諾を得てください。